G
GOLDMANN

Buch

Als Joletta Caresses geliebte Großmutter stirbt, nimmt sie die geheime Zusammensetzung eines legendären Parfüms mit sich, das schon zu den Lieblingsdüften von Kleopatra und Kaiserin Josephine gezählt haben soll. Der einzige Schlüssel zu der geheimen Formel liegt offenbar in den Tagebüchern ihrer Urahnin Violet Fossier. Diese Tagebücher führen Joletta auf einer abenteuerlichen Reise auf den Spuren des Parfüms durch ganz Europa. Dabei stößt sie auf lang gehütete Geheimnisse,verbotene Leidenschaften und eine skandalträchtige Liebesgeschichte, die eng mit dem Zauber des Parfüms verwoben ist. Und es ist alles andere als ein Zufall, daß sich ihr Weg immer öfter mit dem von Rone Adamson, einem draufgängerischen Südstaatenplayboy, kreuzt, der verdächtig gut über Parfüms informiert ist. Doch Joletta will einfach nicht glauben, daß er bei der Jagd nach dem legendären Duft eine zweifelhafte Rolle spielt – denn schon seit ihrem ersten Treffen weiß sie, daß sie sämtliche Skrupel über Bord werfen und ihrem Verlangen freien Lauf lassen wird, sobald sie ihn wiedersieht…

Autorin

Jennifer Blake wurde in Goldona, Louisiana, auf der Farm ihrer Großeltern geboren. Mit fünfzehn heiratete sie, mit zwanzig begann sie Romane zu schreiben. Seitdem hat sie mehr als 35 Bücher veröffentlicht, deren Auflage mittlerweile die 10-Millionen-Grenze weit überschritten hat. Jennifer Blake lebt mit ihrem Mann in einem Landhaus in Louisiana.

Außerdem von Jennifer Blake bei Goldmann erschienen:

Bitteres Paradies. Roman (9812) · Brennende Glut. Roman (41446) · Ein Hauch von Paradies. Roman (9752) · Der Kreole. Roman (9463) · Feuerlilien. Roman (9997) · Im Sturm erobert. Roman (41281) · Mitternachtswalzer. Roman (9675) · Nacht über Louisiana. Roman (9684) · Ruchloser Engel. Roman (42128) · Serenade der Leidenschaft. Roman (9998) · Strom der Sehnsucht. Roman (9814) · Träume des Südens. Roman (9467) · Wie Feuer auf meiner Haut. Roman (41250) · Wie Feuer im Blut. Roman (9830) · Willkür meines Herzens. Roman (41366) · Zärtliche Betrügerin. Roman (42032) · Zur Liebe verdammt. Roman (41246)

Jennifer Blake

Wilder Jasmin

R O M A N

Aus dem Amerikanischen
von Dinka Mrkowatschki

GOLDMANN VERLAG

Deutsche Erstveröffentlichung

Die Originalausgabe erschien unter dem Titel »Wildest Dreams«
bei Fawcett Columbine/Ballantine Books, New York

Umwelthinweis:
Alle bedruckten Materialien dieses Taschenbuches
sind chlorfrei und umweltschonend.
Das Papier enthält bereits Recycling-Anteile.

Der Goldmann Verlag
ist ein Unternehmen der Verlagsgruppe Bertelsmann

Umschlaggestaltung: Design Team München
Umschlagillustration: Schlück/Ennis, Garbsen
Satz: IBV Satz- und Datentechnik GmbH, Berlin
Druck: Elsnerdruck, Berlin
Verlagsnummer: 42221
Lektorat: Angela Kupper/AK
Herstellung: Heidrun Nawrot
Made in Germany
ISBN 3-442-42221-3

3 5 7 9 10 8 6 4 2

Für Loretta Theriot,
die von Parfüms träumt und sie kreiert.

Danksagungen

Mein tiefstempfundener Dank gebührt Loretta Theriot, Parfümeur aus Creole, Louisiana, für die großzügige Leihgabe einer Fülle von Material aus ihrer riesigen Bibliothek über Parfümforschung. Ebenso danke ich ihr für die Geschichte von der hundert Jahre alten Parfümflasche, die in einem alten Plantagenhaus in Louisiana gefunden wurde und sich ihren frischen Blumenduft bewahrt hatte. Aber am meisten danke ich ihr für einen frühmorgendlichen Anruf, der damit begann: »Rate mal, was ich geträumt habe? Ich habe geträumt, daß du ein Buch über ein besonderes Parfüm geschrieben hast…«

Ich möchte auch Alessandra Lassabe danken, ehemals von der Bourbon French Perfume Company in New Orleans. Sie hat mich über die Rolle ihrer Familie im Parfümgeschäft informiert inklusive der Geschichte von ihrer Großmutter, die die Formel für ein kostbares Parfüm mit ins Grab nahm. *Wilder Jasmin* ist zwar nicht die Geschichte ihrer Familie und des Bourbon French Parfum Shop, St. Ann Street, im französischen Viertel von New Orleans, aber von ihr kam der Inspirationsfunke, für den ich sehr dankbar bin.

Die häufigsten Hinweise auf die Sprache der Blumen, wie sie in der viktorianischen Zeit verwandt wurde, stammen hauptsächlich aus den herrlich parfümierten Seiten von *Penhaligon's Scented Treasury of Verse and Prose, The Language of Flowers*, herausgegeben von Sheila Pickles. *Wilder Jasmin* wäre ohne diesen wunderbaren Band undenkbar.

Weitere Bücher, die den Hintergrund über Parfüm und seine Herstellung lieferten, besorgte mir das Personal der Jackson Parish Library, Jonesboro, Louisiana. Wie immer möchte ich ihnen allen meine Anerkennung aussprechen für ihre Mitarbeit und die schnellen Antworten auf Hilferufe.

Tausend Dank an Sue Anderson, die meine Erinnerung an eine besondere Reise nach Europa im Frühling geweckt hat, an die Panoramen, die Blumen, die vielen Kilometer und andere Details, ganz zu schweigen von der Erinnerung an zwanzig Jahre voller Träume und anderer Reisen.

Zum Schluß ein besonderes Dankeschön am meine zwei großartigen Assistentinnen, Delinda Corbin und Katherina Faucheux – die zufällig auch meine Töchter sind – für die Recherchen, die Korrekturen und dafür, daß sie mir das Leben erleichtert haben, während dieses Buch entstand.

1. Kapitel

Die Parfümerie war schummrig und ruhig, schwach erhellt vom Licht der Straßenlampen vor den Schaufenstern und dem venezianischen Lüster, der noch im Hinterzimmer brannte. Dichte Nachtschatten drängten sich zwischen den funkelnden Tischvitrinen und in den Ecken. Sanfte Dunkelheit verhüllte die Öffnung zum hinteren Arbeitsbereich.

Joletta Caresse machte keinerlei Anstalten, mehr Lichter einzuschalten. Sie schloß und verriegelte die hohe Eingangstür hinter sich schnell und sorgfältig. Dann zog sie den altmodischen Messingschlüssel heraus, blieb still stehen und horchte.

Draußen auf der Straße waren Schritte zu hören, die den Arkadengang des Gebäudes entlangkamen und sich, langsamer werdend, näherten. Unvermittelt hielten sie inne.

Joletta spähte durch das gewellte, antike Glas in der Ladentür. Hinter dem schwarzbeschleiften Trauerkranz in Augenhöhe konnte sie undeutlich die hochgewachsene Gestalt eines Mannes erkennen, der in den Schatten der Arkaden stand.

Ihr Herzschlag wurde schneller, hämmerte gegen die Wand ihrer Brust. Trotz des dämmrigen Lichts im Laden fühlte sie sich unerträglich exponiert. Der Impuls zu rennen, sich zu verstekken, stieg in ihr auf, gleichzeitig hatte sie das Gefühl, ihre Füße wären am Boden festgeklebt. Sie hielt den Schlüssel in ihrer Hand so fest, daß die gezackten Kanten sich in ihre Fingerknochen bohrten. Der Mann vor der Tür bewegte sich nicht. Er versuchte nicht, sich weiter zu verstecken, sondern schien sie mit einem durchdringenden und entschlossenen Blick direkt anzusehen. Die Haltung seiner Schultern zeugte von beherrschter Kraft und alerten Sinnen.

Joletta hatte keine Ahnung, wie lange er ihr schon folgte. Sie hatte ihn erst an der letzten Kreuzung vor dem Parfümladen entdeckt. Selbst da war sie sich noch nicht sicher gewesen, ob er nicht vielleicht nur denselben Weg hatte. Er bemühte sich nicht, sie einzuholen, aber irgend etwas am Rhythmus seiner Schritte, die sich im selben Takt wie die ihren bewegten, löste die Alarmglocke in ihrem Kopf aus. Ihr ganzes Leben lang hatte sie von den Gefahren des französischen Viertels in New Orleans bei Nacht gehört, aber heute war es das erste Mal, daß sie in Schwierigkeiten geriet.

Jolettas Augen brannten von der Anstrengung, etwas im Schatten der Arkade zu erkennen. Sie schloß sie für einen Augenblick, um sie auszuruhen. Als sie wieder hinschaute, erblickte sie nur noch leeren Raum.

Der Mann war fort.

Sie lehnte ihre Stirn einen Augenblick gegen die Glastür und hauchte eine leise Verwünschung. Sie war sich nicht sicher, was sie erwartet hatte, aber ihre Knie wurden vor Erleichterung, daß nichts passiert war, ganz weich. Gleichzeitig waren ihre Nerven bis zum Zerreißen angespannt von dem Katz- und Mausspiel, das der Mann in diesen wenigen Sekunden mit ihr gespielt hatte.

Natürlich bestand die Möglichkeit, daß sie sich das alles einbildete. Es wäre nicht sonderlich überraschend, denn ihre Reaktionen waren nach allem, was sie in den letzten paar Tagen durchgemacht hatte, nicht so normal wie sonst.

Vielleicht war es aber auch keine Einbildung.

Joletta holte tief Luft und versuchte, sich zu entspannen. Im Halbdunkel nahm sie den penetranten Parfümgeruch wahr, er umhüllte sie wie die Umarmung einer vertrauten und geliebten Person. Joletta drehte sich langsam um und kämpfte gegen den plötzlichen Schmerz und das Gefühl von Verlust.

Mimi. Es war ihr Duft, die unauslöschliche Signatur Anna Perins, Jolettas Großmutter. Das üppige Gemisch verschiedener Düfte haftete an allen Kleidern der alten Frau, an dem weichen weißen Krepp ihrer Haut und den silbernen Wellen ihres Haars. Es war ein Teil von ihr gewesen wie ihr strahlendes, warmes Lächeln und der Name Mimi, den Joletta ihr als Kind gegeben hatte. Der Duft schlich sich auch in Mimis obere Räume ein, in der Wohnung, in der schon vier Generationen Fossier-Frauen, denen der Laden gehörte, gelebt hatten. Im Lauf der Jahre hatte der Duft sich in den Fasern der Vorhänge und Teppiche festgesetzt, sich in versteckte Schubladen eingeschlichen und in das Craquelé antiker Möbel, ja selbst den Putz an den Wänden und das Holz der Böden hatte er durchdrungen. Mimi liebte diese ständige Aura von Parfüm. Es war ihr Glück, sagte sie, daß sie zwischen den Seelen der Blumen leben durfte.

Mimis Beerdigung war ein Meer von Blumen gewesen, die letzten überschwenglichen Grüße von Freunden und Geschäftsfreunden und den vielen bürgerlichen, sozialen und karitativen Organisationen, mit denen Mimi während all der langen Jahre ihres Lebens in Berührung gekommen war, da sie ausschließlich im Vieux Carré gewohnt hatte, wie das französische Viertel unter den Nachkommen der französischen Kreolen hieß. Ihr Duft hatte sich während der Messe in der St.-Louis-Kathedrale mit dem Geruch der Heiligkeit vermischt und schwebte in der warmen, feuchten Luft, die das graue Moos auf den Eichen des Friedhofs sanft schaukelte, als Mimi zur letzten Ruhe in der Gruft der Familie Fossier gebettet wurde. Jeder hatte gewußt, wie sehr Mimi Blumen liebte; genau wie der Besitz der Parfümerie war dies Tradition bei den Fossier-Frauen.

Joletta schüttelte kurz den Kopf, um die Bilder zu vertreiben. An diese Dinge wollte sie jetzt nicht denken. Sie schob ihr Kinn vor und ging tiefer in den Laden hinein.

Ihre Schritte waren sicher, hier kannte sie jeden Zentimeter, das Geschäft war ein Teil ihres Lebens. Von Kindheit an konnte sie, selbst in stockfinsterer Nacht, ihren Weg hindurch finden. Sie wußte blind, in welchem Blau die Wände bespannt waren. Sie hatte den Pariser Blumenkarren während eines recht ausgelassenen Jagdspiels mit ihrer Cousine Natalie und ihrem Cousin Timothy an einem regnerischen Sonntagnachmittag umgeworfen, als sie alle noch Kinder waren. Seit ihrem zwölften Geburtstag war es ihre Aufgabe, die antiken Vitrinen mit ihren mit Spitze bespannten Fächern voller Parfümbehälter jeder Form, Farbe und Größe abzustauben. Ihre erste Lektion in der Parfümherstellung hatte sie an ihrem dreizehnten Geburtstag bekommen, als sie die Essenzen aus den braunen Fläschchen auf dem Verkaufskarren verwandte. Sie war auf dem abgewetzten antiken Aubussonteppich gestolpert und hatte sich den Knöchel verstaucht, als sie das erste Mal hohe Absätze getragen hatte. Und sie hatte sich ihren Schmerz und ihre Verwirrung nach der Auflösung ihrer vierjährigen Verlobung auf dem Rosenholzsofa mit dem cremefarbenen Seidenbezug aus der Seele geweint.

Das alte Geschäft war voller Erinnerungen, guter und auch schlechter. Nach dem Tod ihrer Eltern, die auf regennasser Straße mit dem Auto ins Schleudern gekommen und in einen Kanal gestürzt waren, wurde der Laden zum Mittelpunkt ihres Lebens. Ihre Großmutter Mimi hatte sie aufgenommen. Manchmal glaubte sie, das wäre der Grund dafür, daß sie nach dem College so entschlossen gewesen war, nicht dorthin zurückzukehren. Der Duft von Parfüm begleitete jeden wachen Augenblick ihres Lebens. Sie hatte es nicht mehr ertragen können.

Sie hatte Unabhängigkeit und Privatsphäre gewollt, mußte einfach weg von der erstickenden, nachsichtigen, liebevollen Überwachung jedes ihrer Schritte, ihrer Gedanken und Stimmungen. Damals war sie entschlossen gewesen zu beweisen, daß sie niemanden brauchte, weder Mimi noch die älteren Frauen, die in dem Laden arbeiteten und ihre Ersatzmütter geworden waren, und schon gar nicht ihren Exverlobten. Aus diesem Grund hatte sie sich vor sechs Monaten eine eigene Wohnung in der Nähe ihrer Arbeitsstelle als Geschichtswissenschaftlerin in einer Forschungsbibliothek, aber weit weg vom Vieux Carré genommen.

Joletta war an der Tür im hinteren Teil des Ladens angelangt, die zum Mischungsraum mit seinen zahllosen Regalen führte. Sie ging durch die Tür, und der Parfümgeruch wurde wegen der zahllosen Glaskaraffen, die in endlosen Reihen auf den Regalen glänzten, noch intensiver. In der Mitte des Raums stand ein Arbeitstisch mit vielen Fächern unter der Platte, angefüllt mit alten ledergebundenen Folianten und auch neueren mit Plastikeinbänden. In diesen Folianten waren Hunderte von Parfümformeln niedergeschrieben. Ein Teil davon waren die Mischungen, die unter einem speziellen Markenzeichen seit Jahren für die Öffentlichkeit angefertigt wurden, aber die meisten waren, mit genauen

Anmerkungen versehen, für die verschiedenen Spezialmischungen für Einzelkunden. Ein großer Teil der Eintragungen war neueren Datums, aber einige reichten bis in eine Zeit vor hundertvierzig Jahren zurück, eine melancholische Auflistung der Lieblingsdüfte längst verstorbener Frauen. Jede Mischung war mittels eines komplizierten Systems von Nummern und Symbolen festgehalten, ein System, das Violet Fossier entwickelt hatte, Jolettas Urahnin, die vor so langer Zeit kurz nach dem Bürgerkrieg Fossier's Royal Parfums gegründet hatte.

Joletta musterte mit ihren sanften braunen Augen die Foliantenregale und runzelte irritiert die Stirn. Die Regale waren ein einziges Chaos, neue Bücher waren mit alten vermischt und wahllos ohne Rücksicht auf Ordnung in die Fächer gestopft, so daß die Seiten teilweise zerknittert waren.

Ihre Tante Estelle Clements, Mimis ältere Tochter und Schwester von Jolettas Mutter, war für dieses Durcheinander verantwortlich. Sie war am Morgen mit ihrer Tochter Natalie hier gewesen und hatte nach einer bestimmten Parfümformel gesucht. Das Parfüm Le Jardin de cour war das älteste, das das Geschäft produzierte, und sein Verkauf machte fast den halben Jahresumsatz aus.

Einer Familienlegende zufolge war Le Jardin de cour unter einem anderen Namen in der Zeit der Zweiten Republik der Lieblingsduft der Kaiserin Eugénie von Frankreich gewesen. Der Legende nach hatte Eugénie das Parfüm von einer ehemaligen Bediensteten der Kaiserin Joséphine bekommen, einer alten Frau, die es nach dem Tod ihrer Herrin an sich genommen hatte. Joséphine hatte es von Napoléon Bonaparte persönlich bekommen, der, wie hinreichend bekannt war, feine Parfüms über alles liebte. Angeblich hatte Napoléon diesen Duft während seines Ägyptenfeldzuges entdeckt. Er schätzte ihn ganz besonders, weil er angeblich der Duft war, mit dem Kleopatra Markus Antonius verführt hatte. Sie wiederum hatte es aus den Wüsten des Fernen Ostens bekommen, wo es in uralter Zeit von den Priesterinnen der Mondgöttin verwandt worden war.

Diese spezielle Formel war von den Fossier-Frauen immer streng gehütet worden. Die genauen Ingredienzen waren in jeder

Generation nur dem Eigentümer des Ladens bekannt und wurden im Lauf der Jahre von der Mutter an die Tochter weitergegeben. Mimi war die letzte gewesen, der sie anvertraut waren. Aber Mimi hatte es versäumt, sie weiterzugeben.

Alle hatten Mimi zahllose Male bei der Herstellung des Parfüms beobachtet, sie kannten die meisten Essenzen, die dafür nötig waren. Doch Le Jardin de cour war keine einfache Mischung. Die Herstellung dieses einzigartigen Duftes bedurfte mindestens einer Stunde präzisen Abmessens und Mischens. Ein winziger Fehler, der kleinste überflüssige Tropfen einer Blumen- oder Pflanzenessenz bedeutete, daß der Vorgang von Anfang an wiederholt werden mußte. Die falsche Mischung war zwar auch eine Art Parfüm und konnte zu einem Sonderpreis verkauft werden, aber eben nicht als Le Jardin de cour.

Mimi hatte verzweifelt versucht, ihnen in den wenigen Stunden auf der Intensivstation, nach ihrem Sturz von der Treppe bis zu dem Augenblick, in dem ihr Herz zu schlagen aufhörte, diese Information zu geben. Es war unmöglich gewesen. Der Schlaganfall hatte die linke Seite ihres Körpers und auch ihre Gesichtsmuskeln gelähmt, so daß sie nur noch krächzen konnte und ihre Sprache völlig unverständlich war. Diese wichtigste Formel war viel zu kompliziert und verlangte eine genauere Ausführung der Einzelheiten, um sie mit den wenigen Geräuschen, die Mimi fertigbrachte, mitteilen zu können.

Einer nach dem anderen hatte versucht, sie zu verstehen – Estelle, Natalie, Timothy und Joletta. Alle hatten sie sich erschöpft von dem sinnlosen Unterfangen abgewandt. Dann, als das Ende nahte, hatte Joletta ein einzelnes Wort verstanden, nur drei schwierige unbestimmte Silben.

Tagebuch. So ähnlich hatte es geklungen, was Mimi gesagt hatte.

Joletta hatte den anderen mitgeteilt, was sie gehört hatte, und hinzugefügt, daß sie sich nicht daran erinnern konnte, Mimi je mit einem Tagebuch gesehen zu haben. Tante Estelle und Natalie waren nahezu aus dem Krankenhaus gerannt. Die Ärzte hatten sie gewarnt, daß Mimi nicht mehr lange durchhalten würde, aber sie hatten nicht warten wollen.

Timothy war dageblieben, um Joletta Gesellschaft zu leisten. Er saß mit den Händen zwischen den Knien da, ließ unaufhörlich seine Knöchel knacken und schwafelte, wobei er sich immer wieder eine Strähne überlangen blonden Haares aus den Augen strich. Er war ein schlaksiger, sportlicher junger Mann, der als gutaussehend bezeichnet werden könnte, wenn er etwas energischer aufträte. Aber Aggressivität war seiner Mutter und seiner Schwester vorbehalten. Obwohl Joletta nur ein Jahr älter war als er, wirkte er wesentlich jünger, weil er sich so in der Gewalt seiner Mutter befand. Er hatte eine recht flotte Art, und aus seinen braunen Augen blitzte der Schalk. Er versuchte, Joletta abzulenken, sah aber nach einiger Zeit ein, daß es sinnlos war und trollte sich auf der Suche nach der Krankenhauscafeteria und einem Abendessen davon.

Joletta war mit ihrer Großmutter allein gewesen, als die Abendschatten Einzug in die Intensivstation hielten und die Stille der Essenszeit sich über das Krankenhaus legte. Sie war allein gewesen, als Mimis Puls schwächer und ihr Atem langsamer wurde, stockte, wieder einsetzte und dann schließlich in der ungebrochenen Stille des Todes aufhörte. Danach stand Joletta eine geraume Weile in der Isolation der mit Vorhängen abgetrennten Kabine und hielt die schlaffen Hände ihrer Großmutter mit ihren kantigen Knöcheln und der feinen weißen Haut, die von Altersflecken verunstaltet war. Diese Hände hatten gebacken und geputzt und ihre kindlichen Schmerzen gelindert. Sie strich die weichen silbernen Strähnen von Mimis Schläfen, dieses Haar, das immer noch so lebendig schien. Und warme Tränen sammelten sich in ihren Augen und glitten langsam ihre Wangen hinunter.

Tante Estelle hatte auf dem Gang vor der Wachstation eine Szene gemacht, als sie bei ihrer Rückkehr feststellen mußte, daß Mimi tot war. Sie behauptete, Joletta hätte sie mit Absicht auf diese Phantomjagd geschickt, damit sie sie und ihre Kinder aus dem Weg hatte und als einzige Mimis letzte Worte hören konnte.

Joletta war über diesen Auftritt so wütend und entsetzt gewesen, daß sie sich nicht einmal gegen diese bösartigen Anschuldigungen verteidigt hatte. Jedenfalls würde es sehr lange dauern, bis sie ihrer Tante das verzeihen konnte.

Auch jetzt wollte sich Joletta nicht an diesen Augenblick erinnern. Sie ging an dem Foliantenschrank vorbei und auf die schwere Tür am Ende des Mischraumes zu. Sie griff nach der Eisenstange, die den Eingang zum Hof dahinter verschloß.

Die schwere Stange in der Hand, zögerte sie eingedenk des Mannes auf der Straße. Der ganze Hof war von einer Mauer umgeben, aber es gab zwei weitere Eingänge. Einer war eine verschlossene Tür in dem großen Eisentor, das den Hofeingang oder die alte Kutscheneinfahrt von der Straße absperrte, der andere war ein kleines, hölzernes Tor, das den Hof mit dem Gebäude nebenan verband.

Joletta schüttelte den Kopf, als sie die Stange hochschob und nach draußen ging. Seit Jahren hatte keiner mehr die andere Tür oder das Tor benutzt; Mimi war es lieber gewesen, wenn alle durch das Geschäft kamen und gingen, so konnte sie sie im Auge behalten. Wahrscheinlich waren die Türen zugerostet, aber selbst wenn nicht, konnte nur jemand, der sich gut auskannte, durch sie den Weg in den Laden finden.

Joletta ging unter den Bögen der Loggia, die die Hintertür des Ladens schützte, entlang bis zur Treppe zum hinteren Balkon und den Räumen über dem Laden. Sie strich mit der Hand über das abgegriffene Geländer der Mahagonitreppe und begann hinaufzusteigen. Als sie einen Blick auf den Hof warf, dachte sie für einen Augenblick an Violet Fossier, die Frau, die die Parfümerie gegründet hatte.

Violet hatte aus dem Erdgeschoß des Stadthauses, das ihr Mann ihr zur Hochzeit geschenkt hatte, ihren Laden gemacht. Dieses Stadthaus, gelegen in einer der berühmtesten Straßen des Viertels, war von James Gallier auf dem Höhepunkt seines Ruhms als Architekt der Pflanzer Louisianas entworfen worden. Die Zimmer waren geräumig und luftig, mit fein modelliertem Stuck. Die Einrichtungsgegenstände – die Marmorkamine, die Gemälde und Skulpturen, die Spiegel und die teuren Portieren mit ihren Seidenquasten, das Silber und Kristall und die feinen Porzellanfigürchen – hatten Violet und Gilbert Fossier von ihrer großen Europatour, die gleichzeitig ihre Hochzeitsreise war, mitgebracht. Auf diesem zweijährigen Streifzug hatte Violet ihre

Leidenschaft für Parfüm entdeckt und auch die Formel des besonderen Duftes, den sie Le Jardin de cour nannte.

Dieses Parfüm, wie Mimi den Kunden immer wieder gern erzählt hatte, war nach dem Hof hinter dem Laden benannt. Im Gegensatz zum Haus, das ihr Mann in Auftrag gegeben und eingerichtet hatte, war dieser Hof das Werk Violet Fossiers. Für Joletta war es immer der beschaulichste und beglückendste Ort in New Orleans gewesen. Die hohen Mauern aus cremefarbenem Putz, mit den römischen Bögen unter den Loggias entlang des untersten Stockwerks des Hauses, harmonierten in vollendeter Form mit den geometrischen Blumen- und Kräuterbeeten, die in französischem Stil mit Buchsbaum eingefaßt waren. Diese und die Wege, die strahlenförmig von einem Brunnen in der Mitte des Hofes und einer Steinlaube mit alten Weinranken ausgingen, zeigten den Einfluß jener Tour durch Europa vor so langer Zeit. Die Pflanzen, die Violet damals ausgesucht hatte, dufteten alle: die Kletterrosen und die Glyzinen an den Mauern, der riesige, alte süße Olivenbaum und die Jasminbüsche, die die Ecken zwischen den Petunien, den Tabakspflanzen und den frühen Lilien in den Beeten ausfüllten. Ihre süßen Düfte, zusammen mit den Gaslichtern, die flackernde Schatten über den Brunnen warfen und hie und da geheime Lustnischen schufen, machten den Hof zu einer sinnlichen, ja sogar verführerischen Zuflucht.

Violet hatte Joletta schon immer interessiert. Sie hätte zu gerne gewußt, was für ein Mensch sie gewesen war, was sie gedacht hatte, als sie ihren Garten gebaut hatte, und was sie dazu veranlaßt hatte, den Laden mit seinem duftenden kleinen Paradies dahinter zu eröffnen. Als Geschichtswissenschaftlerin war Joletta am Viktorianischen Zeitalter mit seinen welterschütternden Ereignissen, seinen strikten Moralprinzipien und Benimmregeln sehr interessiert. Violets Verhalten war für diese Zeit sehr ungewöhnlich gewesen, insbesondere unter der kreolischen Aristokratie französischer und spanischer Abstammung im Vieux Carré, wo Handel selbst für einen Mann als unschicklich galt, ganz zu schweigen von einer Frau.

Joletta hatte Mimi mehrmals danach gefragt, und ihre Großmutter hatte immer wieder versprochen, ihr die Geschichte zu gegebener Zeit zu erzählen. Irgendwie war dieser Zeitpunkt nie gekommen, ebensowenig der für das Weitergeben der Formel.

Am hinteren Ende des Hofes bewegten sich Schatten. Ein Wispern war durch das Plätschern des Brunnens zu hören, als würden die Äste im Nachtwind über die alten Backsteine streifen. Oder als würden Geister von Liebespaaren in einer der Laubennischen flüstern.

Es war wirklich unheimlich, hier im Dunkeln allein zu sein; sie hätte besser bis zum Morgen warten sollen, dachte Joletta. Selbst dann wäre es seltsam gewesen, weil der Laden für die Dauer der Beerdigung und das anschließende Wochenende geschlossen war. Die Ladenglocke würde nicht fröhlich bimmeln, keine neuen Parfüms würden gemischt, es gäbe keine lachende Begrüßung oder liebevollen Tadel von Mimi, kein Aroma zöge durchs Haus von einem Gericht, das mit viel Zwiebeln, Sellerie und Knoblauch in gutgebräunter Mehlschwitze in der Küche im ersten Stock brodelte. Eine sonderbare Vorstellung, daß es nie wieder so sein würde.

Joletta wollte eigentlich die Leere der oberen Räume nicht betreten. Ihr kam es wie eine Verletzung der Intimsphäre vor. Und trotzdem, was war schon eine Verletzung mehr? Die anderen waren längst hier gewesen, hatten Mimis Bücher und Papiere durchgeblättert, in ihren Schränken und Schubladen gewühlt. Ihre eigene Suche konnte auch kein schlimmeres Eindringen sein. Sie ging die obere Galerie entlang zur schmalen Eingangstür und öffnete mit ihrem Schlüssel den Zugang zum Stadthaus.

Im Salon schaltete sie das Licht an, hielt sich aber nicht zwischen den vergoldeten Möbeln und denen aus Rosenholz, Marmor und Ormolu auf. Sie ging um einen eckigen Tisch herum, über dem ein Baccarat-Lüster hing, und weiter in das angrenzende Schlafzimmer.

Der Raum glich mit seinem Louis-XIV.-Bett, dem dazu passenden Toilettentisch und den verblichenen Vorhängen aus altrosa Satin über vergilbten Spitzenborten einem Museum. Hier gab es, genau wie im Salon, einen Kamin aus carrarischem Marmor über einem reichverzierten, gußeisernen Kohlebrenner. An einer Wand stand ein hohes Möbelstück aus geschnitztem und vergoldetem Holz. Der untere Teil bestand aus Schubladen verschiedener Größe, der obere enthielt eine Reihe kleiner Fächer, die hinter Doppeltüren versteckt und im Stil Bouchers mit Schäferszenen voller liebestoller Schäfer und Schäferinnen und schwebender Putti bemalt waren.

Mimi hatte dieses Möbelstück immer als ihre Erinnerungskommode bezeichnet. Darin bewahrte sie Dinge auf, die ihr besonders am Herzen lagen: eine Muschel, die sie auf ihrer ersten Reise als Kind in Biloxi aufgesammelt hatte, Fächer, Silberspiegel und andere Andenken, die sie von den Mitgliedern der Mardi Gras Krewes, die sie bei den Bällen anläßlich ihres Debüts zum Tanzen aufforderten, geschenkt bekommen hatte, die roten Glasknöpfe des Kleides, das sie in der Nacht getragen hatte, als ihr Mann ihr den Heiratsantrag gemacht hatte, eine getrocknete und zerbröselnde Nelke von einem seiner Grabkränze und unendlich viele andere solche Schätze. Irgendwo unter all diesen Sachen war das, was Joletta suchte, da war sie sich sicher.

Sie fand es im dritten Fach, versteckt hinter einem Taufkleidchen. Das Bündel war mit einem ausgefransten schwarzen Band verschnürt, zusammen mit einer Miniatur, deren Rahmen so schwer war und dessen Patina so opaleszierend schimmerte, daß er nur aus Silber sein konnte.

Das, was Mimi als ihr Tagebuch bezeichnet hatte, war ein schachtelähnliches Buch, das mit braunem Samt bezogen war und verfärbte Ecken aus Messing hatte. Eigentlich war es ein viktorianisches Reisejournal mit Seiten aus schwerem, säurefreiem Papier, und jede Seite war mit eleganter Schrift beschrieben, unterbrochen von Skizzen zarter Blumen und ein paar kleinen Figuren und Landschaften. Joletta hatte es erst einmal gesehen, und das war viele Jahre her. Jetzt stand sie mit dem Bündel in der Hand da, tastete die Messingecken des Buches ab und betrachtete die Miniatur, die zuoberst lag.

Das winzige Gemälde, dessen sanfte, zarte Ölfarben so klar waren wie am Tag, an dem sie aus dem Pinsel geflossen waren, zeigten Kopf und Schultern einer jungen Frau. Sie war im Begriff zu lächeln, und der Blick ihrer rehbraunen Augen war schüchtern und doch neugierig, wachsam und doch verletzlich. Ihre

Brauen waren zarte Bögen, die Wimpern lang und dicht. Die Nase war leicht nach oben gebogen, und der sanft geschwungene Mund strahlte in natürlichem Korallenrot. Ihr weiches braunes Haar war zu einem losen Chignon geschlungen, vorwitzige, zarte Strähnen lockten sich über Schläfen und Wangenknochen. An ihren Ohren baumelten Ohrringe aus Granaten und Orientperlen, die passende Brosche raffte ihren flachen Spitzenkragen. Sie war keine Schönheit im klassischen Sinn, aber sie hatte etwas Faszinierendes, das den Blick fesselte. Der Künstler hatte sein Modell mit Sorgfalt und Genauigkeit gemalt und mit so großem Talent, daß man den Eindruck hatte, sie würde im nächsten Moment wirklich lächeln, den Kopf zur Seite neigen und einige Fragen beantworten, deren Echo längst verklungen war.

Violet Fossier.

Joletta erinnerte sich an den Tag, an dem sie die Miniatur und das Tagebuch, mit dem sie zusammengebunden war, zum ersten Mal gesehen hatte. Mimi hatte mit einer Erkältung im Bett gelegen. Joletta, damals dreizehn oder vierzehn Jahre alt, hatte versucht, sie zu pflegen. Mimi, die Untätigkeit verachtete, hatte sich geweigert, zu lesen oder zu schlafen. Sie hatte Joletta zu ihrem Schrank geschickt, um ihre Schiffchenarbeit zu holen. Joletta hatte auf der Suche danach die Schätze einzeln herausgeholt, und Mimi hatte ihr zu jedem die Geschichte erzählt.

»Bring mir das, *chère*«, hatte Großmutter befohlen, als Joletta das Tagebuch herauszog.

Das messinggebundene Buch war schwer gewesen, und der verschnörkelte Verschluß mit dem kleinen Schloß und dem Schlüssel an einem schwarzen Band hatte geklappert, als Joletta zum Bett ging. Mimi nahm ihr behutsam das Buch ab, strich die abgenutzten Stellen des Samts glatt. Auf Jolettas Bitte hin hatte ihre Großmutter vorsichtig das Schloß geöffnet und den Buchdeckel aufgeklappt, damit das Kind die vergilbten Seiten mit ihrer schönen Handschrift und die zarten, mit kleinen Tintenflekken verunstalteten Skizzen sehen konnte.

»Das hat deiner Urahnin gehört«, sagte Mimi. »Sie selbst hat es in den Händen gehalten und hat zwei Jahre lang, während ihrer Reise durch Europa, jeden Tag darin geschrieben. Sie hat ihre

Sie hat ihre Gedanken und Gefühle auf diesen Seiten festgehalten, wer sie liest, weiß, wer und was sie war. Eine Schande, daß wir das heutzutage nicht mehr machen.«

Joletta war hingerissen von der schnörkeligen Schrift und dem verstaubten Geruch des Papiers und drehte den Kopf, um die erste Zeile zu lesen.

»Nein, nein, *chère*«, hatte ihre Großmutter gesagt und das Buch zugeklappt. »Das ist nichts für dich.«

»Aber warum, Mimi?«

»Du bist noch zu jung, vielleicht in ein paar Jahren, wenn du älter bist.«

»Ich bin jetzt alt genug! Ich bin fast erwachsen und kein kleines Kind mehr.« Sie war den Tränen nahe.

Mimi lächelte sie an. »Schon so alt, was? Aber es gibt immer noch Dinge, die du nicht weißt und die du auch erst wissen solltest, wenn du alt genug bist, sie zu verstehen.«

Joletta hatte sie mit trotzig zusammengekniffenem Mund angesehen. »Wann wird das sein?«

Mimi seufzte. »Wer kann das sagen. Manche finden nie zu diesem Verständnis. Aber leg jetzt bitte das Buch für mich weg, dann komm wieder her und laß dir etwas erzählen.«

Joletta hatte widerwillig gehorcht. Sie kletterte auf Aufforderung ihrer Großmutter zu ihr hinauf aufs Bett und setzte sich neben sie. Mimi streckte ihre weiche, von der Zeit gezeichnete Hand aus und ergriff ihr schmales Kinn.

»Du bist nach deiner Urahnin Violet benannt worden, hast du das gewußt? Joletta ist eine lateinische Form von Violet. Du bist ihr auch sehr ähnlich. Deine Augen sind nicht so braun, deine Haare sind um ein oder zwei Nuancen heller. Wahrscheinlich von der Sonne – Violet ist wahrscheinlich ihr Leben lang nie ohne Hut und Schirm in die Sonne gegangen. Aber du hast denselben Knochenbau, dieselben Brauen und dieselbe Nase – besonders die Nase. *Le nez*, die Nase des Parfümeurs.«

»Hab' ich das? Hab' ich das wirklich?« Joletta verschlug es vor Freude fast den Atem.

Mimi nickte langsam. »Ich habe es bemerkt. Eines Tages wirst du genauso aussehen wie sie.«

»Aber sie ist so hübsch.«

»Das bist du auch, *chère,* hab' ich dir das nicht schon immer gesagt?« Mimis Ton war etwas vorwurfsvoll.

»Ja, aber das sagst du nur so.« Joletta zweifelte nicht an Mimis Liebe, sondern an sich selbst.

Mimi strich ihr übers Haar. »Keine Sorge, eines Tages wirst du es sehen. Und du wirst auch Violets Temperament haben, glaube ich. Die meiste Zeit bist du so ein stilles, kleines Ding, aber du hast wilde Träume, die eines Tages aus dir herausbrechen werden. Du läßt dich leiten und leicht durch Vernunft überzeugen, aber niemals unter Druck. Du wirst nachgeben und nachgeben, bis es schließlich das kleine bißchen zuviel ist, und dann wirst du dich umdrehen und kämpfen, ohne Rücksicht auf Verluste, vielleicht sogar ohne Gnade. Manchmal hab' ich Angst um dich, meine Kleine. Du brauchst so dringend ein bißchen Glück und ein leichtes Herz, und du kannst so grausam verletzt werden, wenn du nicht auf der Hut bist.«

Während Joletta die Miniatur betrachtete, konnte sie sich nicht an alles erinnern, was ihre Großmutter gesagt hatte, aber doch an genug, um jetzt das Gesicht Violet Fossiers sehr eindringlich zu mustern.

Als sie jetzt so zurückdachte, fragte sie sich, ob hinter Mimis Weigerung, sie das Tagebuch lesen zu lassen, nicht mehr steckte, als sie damals vermutet hatte. Vielleicht stand in diesen Seiten etwas Beschämendes, ein dunkles Familiengeheimnis, für das Mimi sie noch für zu unschuldig hielt. Mimi war so gewesen. Nachdem sie in einer Klosterschule erzogen und keusch in die Ehe gegangen war, ging sie davon aus, daß ihre Töchter und Enkelinnen genauso rein wären. Es war ein rührender Gedanke, aber ein Bild, dem man nur schwer gerecht werden konnte.

War sie wirklich wie Violet Fossier? Joletta legte den Kopf zur Seite und überlegte. Sie war jetzt etwa im selben Alter wie Violet damals, als sie für diese Miniatur Modell gesessen hatte. Es gab vielleicht eine Ähnlichkeit, aber der Unterschied in der Frisur, der Kleidung und dem Ausdruck machten es sehr schwer, das festzustellen. Wenn wirklich eine Ähnlichkeit da war, dann nur eine oberflächliche. Joletta war sich bewußt, daß sie nie so faszinierend sein würde wie die Frau in der Miniatur. Sie war eine unabhängige Frau mit einem Beruf, der ihr Freude machte, ihrer eigenen Wohnung und keinem Mann fürs Leben in Sicht. Das einzige, was unverkennbar gleich war, war die Nase.

Sie blieb reglos stehen, atmete langsam ein und aus und prüfte die angesammelten Düfte im Raum. Ja, sie hatte die Nase.

Es hatte nie eine Zeit gegeben, in der sie sich nicht der unendlichen Vielzahl von Gerüchen in ihrer Umgebung bewußt gewesen war. Sie hatte geglaubt, jeder könnte sie genauso leicht einatmen wie sie, müßte sie bemerken, zuordnen können und manchmal den Kopf drehen und ihnen folgen. Inzwischen wußte sie es besser. Einige Menschen erkannten die meisten der Gerüche ihrer Umgebung, aber nicht alle, einige registrierten nur die Hälfte, andere nur die auffallend guten oder schlechten.

Dieser Raum hier war angefüllt von den angesammelten Gerüchen von Staub und altem Kohlenfeuer, Möbelpolitur, Bodenwachs und den trockenen, scharfen Gerüchen von alter Seide, Leder, Wolle und Baumwolle aus dem Inhalt der Erinnerungskommode. Aber sie alle wurden von den zahllosen Gerüchen, die vom Laden darunter aufstiegen und in der feuchten Stille der Luft schwebten, überlagert.

Der stärkste von diesen war Rose, das älteste aller Parfüms und immer noch das beliebteste der Welt. Es war das erste gewesen, das Mimi vor langen Jahren Joletta hatte abmessen lassen. Sie hatte ihr die Hand um die Karaffe gehalten und den kleinen verschütteten Tropfen mit einem Tüchlein aufgewischt, das sie Joletta in die Tasche gesteckt hatte. »Das bringt Glück«, hatte sie zwinkernd gesagt und ihr einen Kuß gegeben, »und Liebe.«

Lavendel, Muguet, Zimt: dieser Duft kam von dem Potpourri, das jeden Morgen frisch im Laden gemischt wurde. Jolettas Mutter hatte das Parfüm oft in ihrem eigenen Haus verwendet, und der saubere, etwas altmodisch süße Geruch war für Joletta untrennbar mit Erinnerungen an sie verbunden.

Ein fruchtiges Gemisch mit Veilchenwurzel brachte eine unwillkommene Erinnerung an Tante Estelle. Die ältere Frau hatte den Hang, sich und ihre Kleidung mit dem jeweilig neuesten Parfüm, für das am meisten geworben wurde, zu überschütten und hatte sich in den letzten Tagen in einem Miasma irgendeines Designerduftes bewegt, der fatal an einen künstlichen Traubentrunk erinnerte.

Die Mischung von Orangen und anderen Zitrusdüften beschwor Jolettas Zimmer im College herauf. Mit Hilfe ihrer Frische hatte sie dort versucht, den Geruch von alter Farbe und Sportsocken zu überdecken. Damals fand sie die Gerüche erfrischend und modern, jedoch mit einem Hauch von Hochzeitsorangenblüten versehen. Ihre Vorliebe dafür hatte sich nach der Auflösung ihrer Verlobung schlagartig gelegt.

Ein Unterton von Moschus brachte den Wintertag zurück, an dem sie und ihre Cousine Natalie eine volle Flasche dieser Essenz aus einem Regal auf den Steinboden des Mischraumes geworfen hatten. Natalie behauptete, Joletta hätte es getan. Das stimmte zwar, aber Natalie hatte sie gegen das Regal gestoßen. Nichtsdestotrotz hatte Joletta die Glassplitter aufkehren und die klebrige Flüssigkeit alleine aufwischen müssen. Der Geruch, der in dieser Menge kaum auszuhalten war, hatte tagelang an ihr gehaftet, sich in den Poren ihrer Haut und in ihrer Nase festgesetzt. Und das Allerschlimmste war, daß Mimi monatelang Angst hatte, sie in den Mischraum zu lassen.

Joletta hatte versucht zu erklären, was an diesem Tag passiert war, aber Natalie war lauter gewesen, war in Tränen und Geschrei ausgebrochen, als man sie bezichtigte. Joletta hatte es schließlich aufgegeben, sich Gehör zu verschaffen. Nach all den Jahren war Joletta es gewöhnt, von ihrer älteren Cousine an die Wand gedrückt zu werden. Sie bewunderte immer noch die direkte Art ihrer Cousine, ihre auffällige modische Kleidung, den teuren Schmuck und mit welcher Entschlossenheit sie ihren Kopf durchsetzte, ohne Rücksicht auf die Konsequenzen. Joletta hatte zwar, wie sie wußte, ihren eigenen, sehr zurückhaltenden Stil. Ihre wenigen, dafür qualitativ hochwertigen Stücke in neutralen Farbtönen konnte sie beliebig kombinieren und durch hübsche Accessoires und einige antike Schmuckstücke interessant machen. Trotzdem kam sie sich immer schäbig und verblaßt vor, wenn Natalie das Neueste von Saks oder Neiman Marcus zur Schau trug.

Das Aroma von Nelken erinnerte an Timothy, dessen Männercologne viel davon enthielt. Er liebte starke Düfte, nicht die schlichten, sportlichen Mischungen, die Joletta erwartet hätte. Timothy war sehr zurückhaltend, mit ungezwungenem Charme, der von langen Sommern an den Pools von Country Clubs oder irgendwelchen riskanten Sportarten wie Paragliding oder Wildwasserfloßfahrten herrührte. Als Mimis einziger Enkel und einziger männlicher Nachkomme der Familie seit zwei Generationen war er sehr verwöhnt gewesen, hatte das aber anscheinend mit dem Erwachsenwerden überwunden.

Zahllose andere Düfte erfüllten den Raum. Der dominierendste davon, wetteifernd mit der Rose, war Vetiver. Der grüne, waldige Duft, dem des Eukalyptus nicht unähnlich, wurde in vielen Duftnoten des Geschäftes verwendet. Vetiver stammt ursprünglich aus Indien und wurde während der französischen Kolonialzeit nach New Orleans gebracht. Vetiver ersetzte seit vielen Jahren den Lavendel in tropischen Klimazonen, überall dort, wo das englische Kraut schwer anzubauen war. Heutzutage wurde Lavendel in großen Mengen importiert, aber die Leute aus New Orleans liebten immer noch die unverkennbaren Duftnoten, denen ihr alter Lieblingsduft beigemischt war.

Ja, sie hatte die Nase. Wofür auch immer das gut war.

Joletta trug das Buch zum Bett und streifte das Band ab. Sie sperrte es auf und blätterte rasch die Seiten mit den endlosen verblaßten Paragraphen und Skizzen durch, wobei sie mit besonderer Aufmerksamkeit das vordere und hintere Deckblatt betrachtete. Aber sie fand keine Liste von Nummern und Maßen, die eine Formel sein könnten.

Sie kniff enttäuscht den Mund zusammen und holte tief Luft. Sie hätte wissen müssen, daß es nicht so einfach sein würde.

Es würde Zeit brauchen, und jetzt war es zu spät, um damit anzufangen. Sie mußte das Tagebuch mit nach Hause nehmen, es vielleicht fotokopieren, damit es nicht beschädigt wurde, und es dann eingehend studieren. Möglicherweise hatte sie Mimi auch falsch verstanden. Die Chance, daß sie recht hatte, war gering.

Joletta steckte das Tagebuch in ihre Umhängetasche, dann löschte sie alle Lichter und verließ das Stadthaus.

Draußen spielte ein Frühlingswind mit dem Unrat auf der Straße. Er kam vom Pontchartrain-See, und seine Kühle brachte den Geruch von Regen mit sich. Joletta schob den Riemen ihrer Tasche höher auf das Schulterpolster ihrer Jacke, steckte die Hände in die Taschen und machte sich auf den Weg zu dem Parkplatz, auf dem sie ihren Wagen abgestellt hatte.

Die Straßen waren fast leer, es war schon spät. Auf der anderen Straßenseite ging ein eng umschlungenes Liebespaar. Das langsame Klippklapp von Hufen signalisierte eine Touristenkutsche, die in der Nähe einer Querstraße entlangfuhr. Eine Gruppe Studenten begegnete ihr, die hinter ihr herpfiffen, trunken von Bier und Freiheit und zu jung, es für sich zu behalten. In der Ferne trompetete ein Jazzmusiker sein trauriges Lied in die Nacht.

Die Regsamkeit in New Orleans schwand mit dem Fortschreiten der Nacht. Sie war wesentlich länger als erwartet im Laden gewesen. Die Geräusche wurden leiser, als sie die Hauptstraße des Viertels verließ, bis schließlich nur noch das Klappern ihrer Absätze auf dem unregelmäßigen Gehsteig zu hören war.

Zuerst dachte sie, es wäre ein Echo. Selbst als sie begriff, daß die Schritte schwerer waren als ihre, hoffte sie, wer immer hinter ihr war würde in eine Seitenstraße einbiegen, ein Gebäude betreten oder zurückbleiben, wenn sie ihr Tempo beschleunigte.

Nichts davon passierte. Die Schritte gingen weiter, entschlossen, stetig, den ihren so genau angepaßt, daß es nur eins bedeuten konnte.

Sie hatte den Mann, der ihr heute gefolgt war, schon beinahe wieder vergessen. Er war so unvermittelt wieder verschwunden, daß sie schon fast überzeugt gewesen war, sich geirrt zu haben.

Aber anscheinend hatte sie doch recht gehabt.

Ihr Mund war trocken. Ihr schnelles Schrittempo hatte leichtes Seitenstechen verursacht. Jetzt fielen ihr unzählige Dinge ein, die sie hätte machen können, um so eine Situation zu verhindern: zum Beispiel die Polizei anzurufen oder in Mimis Haus zu übernachten. Aber all das nutzte ihr jetzt nichts mehr.

Es gab zwei Möglichkeiten: entweder wollte der Mann Geld, oder er war ein schräger Vogel, der Spaß daran hatte, Frauen Angst einzujagen. Sie könnte ihre Tasche fallen lassen und losrennen, in der Hoffnung, daß ihn das zufriedenstellen würde. Andererseits war die Tasche durch das Tagebuch so schwer, daß sie eine beachtliche Waffe abgeben würde.

Sie blickte sich während des Gehens um. Die Schritte hielten inne. Sie sah die Gestalt eines Mannes im Schatten eines der vielen Balkons, die den Gehsteig verdunkelten, aber sie konnte weder sein Gesicht noch seine Kleidung erkennen, um ihn besser einschätzen zu können. Seine Größe entsprach etwa der des Mannes, der ihr heute gefolgt war, obwohl sie das nicht mit Sicherheit sagen konnte.

Sie schaute wieder nach vorn und ging schneller. Die Schritte folgten ihr erneut. Das Geräusch hallte zwischen den Gebäuden, wurde lauter und verblaßte, kam und ging in seltsamem, unregelmäßigem Rhythmus. Oder der hämmernde Puls, der in ihren Ohren dröhnte, gaukelte ihr das vor.

All die Dinge, die sie über Selbstverteidigung alleinstehender Frauen gelesen hatte, purzelten durch ihren Kopf, all die guten Vorsätze, ein paar Stunden in Selbstverteidigung zu nehmen oder eine Waffe für ihre Handtasche zu kaufen. Das alles nutzte ihr jetzt herzlich wenig. Es war bei den guten Vorsätzen geblieben.

Zwei Straßen trennten sie noch vom Parkplatz. Aber bis sie dort angelangt war, würde es sicher dunkel sein, und der Wächter würde wahrscheinlich schlafen oder schon nach Hause gegangen sein. Wenn sie es bis dahin schaffte.

Sie senkte den Kopf und beschleunigte das Tempo, bis sie fast lief. Gleich würde sie losrennen. Die Schritte hinter ihr wurden ebenfalls schneller.

»Mein Schatz! Da bist du ja endlich!«

Die tiefe, männliche Stimme voller Besorgnis ertönte direkt vor ihr. Sie hob erschrocken den Kopf, erhaschte einen kurzen Blick auf dunkles Haar und durchdringende Augen, bittend und mutig, und ein Hauch von Nachtfrische, gestärktem Leinen und der klare Sandelholzduft eines ausgezeichneten Aftershave kitzelten ihre Nase. In Windeseile war der Mann bei ihr, umarmte sie und drückte sie mit langen, muskulösen Armen an sich.

»Ma'am, hinter Ihnen ist ein Typ, und wie's aussieht, hat er ein Messer in der Hand«, flüsterte er mit leiser, eindringlicher Stimme. »Ich würde ja gerne den Helden spielen und ihn für Sie zerlegen, aber ich bin mir nicht sicher, ob er nicht Freunde hat. Spielen Sie mit, vielleicht funktioniert's.«

Sie war viel zu angespannt, um zu begreifen, was er sagte. Sie wußte nur, daß etwas faul war und daß sie am ganzen Körper Gänsehaut hatte. Sie holte Luft, um loszuschreien.

In diesem Augenblick umschloß sie der Mann noch fester, und sein harter Mund senkte sich über ihre geöffneten Lippen.

2. Kapitel

Der Kuß war wie Feuer und von durchdringender Süße, doch vor seiner Härte gab es kein Entrinnen. Joletta fühlte, wie das Blut in ihrem Kopf rauschte und den perlenden Champagnerschaum wachsender Lust in ihren Adern. Doch sie versuchte, abwehrend den Kopf wegzudrehen, während ihr ein Verzweiflungsschrei in der Kehle steckenblieb.

Einen Augenblick später hob der Mann den Kopf. Er blieb ruhig stehen und hielt sie immer noch umarmt. Joletta begegnete seinen Augen, die im Licht der Straßenlampen dunkelblau wirkten, sah seinen besorgten Blick mit einem Hauch ironischem Fatalismus.

Es war schon einige Zeit her, seit sie jemand geküßt hatte. Vielleicht schon zu lange her. Sie erschauderte, und Sehnsucht schnürte ihr die Kehle zu. Die überstürzten Ereignisse hatten sie verwirrt, und sie stand reglos da, die Hände leicht gegen die harten Muskeln seiner Brust unter dem Jackett gestützt.

Der Mann holte tief Luft und ließ sie los, trat hastig, aber widerstrebend zurück. Er warf einen Blick hinter sie. »Verzeihung, Ma'am«, sagte er mit kurzem, atemlosem Lachen. »Ich – ich dachte nur, ich wäre als Leibwächter überzeugender, wenn es aussieht, als hätte ich ein persönliches Interesse. Wenigstens scheint es funktioniert zu haben.«

Joletta warf einen kurzen Blick über die Schulter. Keine Spur von ihrem Verfolger. Mit einiger Mühe brachte sie heraus: »Das mag ja sein, aber ich denke, das hätten Sie auch ohne –«

»Ja, Ma'am, aber wie käme ich dann zu meiner Belohnung?«

Sie sah ihm direkt in die Augen. Seine Art der Anrede und die lässige Betonung waren etwas übertrieben. Sie hielt es für Absicht, war sich aber nicht sicher. Bei dieser schwachen Beleuchtung hatte sein Haar die Farbe polierter, schwarzer Walnüsse, es war dicht und nicht ganz glattgekämmt. Sein Gesicht war gutgeschnitten, beherrscht von einer geraden Nase und einem energischen Kinn mit einem Grübchenansatz. Er hatte Lachfalten um den Mund, und ein wacher Verstand funkelte aus seinen Augen. Seine Schultern unter einem gutgeschnittenen marineblauen Anzugsjackett waren breit, aber nicht massig. Er war überdurchschnittlich groß, sein Auftreten bestimmt, aber nicht anmaßend.

Nach einer kurzen Pause entgegnete Joletta: »Muß es denn eine Belohnung geben?«

»Die gute alte Ritterlichkeit des Südens wird auch nicht mehr so geschätzt wie früher. Sie sollte wohl um ihrer selbst willen praktiziert werden, aber ich ziehe es vor, selbst den Lohn einzuheimsen, wenn ich die Chance dazu habe.«

Seine Stimme machte sie neugierig. »Woher sind Sie?«

»Ursprünglich aus Virginia. Spielt das eine Rolle?«

»Nein«, erwiderte sie, und dann wiederholte sie etwas bestimmter, während sie mit gebeugtem Kopf in ihrer Tasche nach den Autoschlüsseln kramte: »Nein, natürlich nicht.«

Seine Stimme hatte einen leicht schelmischen Unterton, als er sagte: »Wollten Sie irgendwohin? Zeigen Sie mir, wo's langgeht, ich gehe mit.«

Der Vorschlag war entwaffnend, aber sie dachte gar nicht daran, ihn zu ermutigen. Sie traute schon bei Tageslicht den meisten Männern nicht, geschweige denn einem, dem sie um Mitternacht auf einer dunklen Straße hier in diesem Viertel begegnete. Sie sah auf, als sie ihren Messingring mit den klimpernden Schlüsseln herausholte. »Vielen Dank, aber die Ritterlichkeit muß doch nicht so weit gehen.«

»Meine alte Kinderfrau, die mir Manieren beigebracht hat, wäre damit nicht einverstanden gewesen.« Er machte keinerlei Anstalten zu gehen.

»Sie ist aber nicht hier«, sagte Joletta ruhig. »Und ich habe keine Ahnung, wer Sie sind. Wer weiß, vielleicht machen Sie mit dem Kerl mit dem Messer gemeinsame Sache.«

»Gut gedacht, aber es ist Ihnen immer noch nichts passiert oder – fast nichts. Seien Sie doch vernünftig. Lassen Sie sich zu ihrem Auto begleiten.«

»Ich weiß Ihre Hilfe wirklich zu schätzen, aber ich bin mir sicher, ich komme alleine zurecht.«

Joletta ging um ihn herum und weiter in Richtung Parkplatz. »Vielleicht ja«, sagte er, drehte sich um und ging neben ihr her, »aber warum sollten Sie das?«

Sie warf ihm einen kurzen Blick zu. »Das ist wirklich nicht nötig.«

»Da bin ich anderer Meinung.«

Der Parkplatz, der jetzt vor ihnen auftauchte, ein kleines Viereck, umgeben von Mauern und Höfen, war wie ein schwach erleuchteter Brunnenschacht. Die tröstliche Anwesenheit eines breiten Rückens war eigentlich nicht unwillkommen, warum sollte sie also etwas anderes vorgeben. Anscheinend würde sie ihn sowieso nicht loswerden, also zeigte sie ihm durch ihr Schweigen ihre zögernde Einwilligung.

Einen Augenblick später regten sich aber auch bei ihr die Anstandsregeln, die ihr auf Mimis Schoß eingetrichtert worden waren. Das, was noch vor wenigen Minuten wie vornehmes Schweigen schien, glich jetzt verdächtig unhöflichem Schmollen. Sie warf einen kurzen Blick auf den Mann, der neben ihr herging, und seinen dunklen Anzug mit der passend gestreiften Krawatte. Er sieht aus, dachte sie, wie ein Geschäftsmann, der nach einem Tag intensivster Verhandlungen ein bißchen Freizeit genießt. Um die Atmosphäre etwas zu lockern, sagte sie: »Sind Sie geschäftlich in New Orleans?«

»Das könnte man sagen.«

»Ist das Ihr erster Besuch hier?«

Er schüttelte den Kopf. »Ich komm' gelegentlich hier durch.«

»Ein Kongreß?« New Orleans war ein beliebter Tagungsort.

»Dieses Mal nicht.«

Da er nicht weiter darauf einging, stellte Joletta auch keine weiteren Fragen. Es spielte keine Rolle, was er machte oder warum er in der Stadt war, sie würde ihn sowieso nie wiedersehen. Überraschenderweise fand sie seine spärlichen Antworten enttäuschend. Das Kribbeln in ihrem Bauch, das dieser Mann auslöste, hatte ihr gerade noch gefehlt. Auf solche Komplikationen konnte sie verzichten.

»Sie brauchen nicht zu rennen«, sagte er ruhig. »Ich werde nicht wieder über Sie herfallen.«

Joletta verlangsamte das Tempo. »Ich bin nicht gerannt.«

»Nein, natürlich nicht.« Ein leichter ironischer Unterton schwang in seiner Stimme.

Sie blieb stehen. »Das ist weit genug«, sagte sie. »Ich bin sehr dankbar, daß Sie zu einem so günstigen Zeitpunkt auftauchten. Ich weiß nicht, was ich ohne Sie getan hätte. Ich mache Ihnen nicht mal Vorwürfe wegen des Kusses, aber –«

»Nein?« fragte er zweifelnd.

»Nein«, erwiderte sie fest, vielleicht fester als beabsichtigt. »Auf jeden Fall ist mein Wagen gleich da drüben, und ich bin sicher, jetzt kann mir nichts mehr passieren.«

Er musterte sie einen Augenblick lang. »Also hau ab, was? Was, wenn der Typ mit dem Messer immer noch hinter uns ist und nur darauf wartet, daß Ihr Leibwächter geht?«

»Das ist wohl ziemlich unwahrscheinlich«, meinte Joletta tapfer, strafte sich aber durch einen hastigen Blick über die Schulter selbst Lügen.

»Richtig«, sagte er spöttisch und dann sehr entschlossen: »Mein Wagen steht auch hier, da das der einzige anständige Parkplatz auf dieser Seite des Viertels ist. Erlauben Sie mir, Sie nach Hause zu fahren, damit ich weiß, daß Sie sicher und wohlbehalten dahin kommen.«

Sie schüttelte fassungslos den Kopf. »Sie müssen verrückt sein. Ich kenne nicht einmal Ihren Namen –«

»Tyrone Kingsley Stuart Adamson der Vierte, zu Ihren Diensten. Reicht Ihnen das? Wenn's Ihnen zuviel ist, nennen Sie mich einfach Rone. Und wie darf ich Sie nennen, abgesehen von ›Schatz‹ und ›Ma'am‹?«

»Überhaupt nicht! Hören Sie –«

»Nein, Sie hören jetzt zu«, unterbrach er sie, und seine Stimme duldete keinen Widerspruch. »Ich lasse Sie nicht einfach mitten in der Nacht hier allein. Wenn Sie mir nicht erlauben, Sie nach Hause zu fahren, gestatten Sie wenigstens, daß ich Ihnen folge. Nein, lassen Sie mich korrigieren. Ich werde Ihnen folgen, egal, ob Sie das wollen oder nicht.«

Sie starrte sein unnachgiebiges Gesicht mit den entschlossenen Augen lange an. »Warum?« fragte sie. »Warum diese Besorgnis?«

»So bin ich nun mal. Eine sehr entschlossene schwarze Haushälterin, die Wert auf solche Dinge legte, hat mir das mit einer Pfirsichholzgerte eingebleut. Ich öffne auch Türen und biete Frauen meinen Platz an. Ich kann einfach nicht anders.«

Diese Antwort war nicht unbedingt befriedigend. Trotzdem gelang es Joletta nicht, einen triftigen Grund zu finden, sie anzuzweifeln. Mimi hatte auch sehr großen Wert auf Manieren und Verpflichtungen gelegt. Sie kniff zwar den Mund beim Weitergehen zusammen, widersetzte sich aber seinem Geleit bis zu ihrem dunklen, verschlossenen Mustang nicht mehr.

Der Mann namens Rone nahm ihr den Schlüssel ab, öffnete die Tür und überprüfte den Rücksitz nach versteckten Passagieren, bevor er ihr mit einer höflichen Geste bedeutete, daß alles in Ordnung war und sie einsteigen konnte.

Joletta wollte mit ihrer Höflichkeit nicht hinter ihm zurückstehen und reichte ihm die Hand. »Herzlichen Dank für die Rettung. Ich bin Ihnen wirklich sehr dankbar.«

»Trotz allem? Sehr großmütig von Ihnen.« Er lächelte zu ihr hinunter.

»Nein, wirklich –«, begann sie.

»Ist schon gut«, sagte er. »Ich bin auch dankbar für diese Gelegenheit.«

Es war wohl das beste, hierauf nicht näher einzugehen. Sie entzog ihm ihre Hand. »Also dann, gute Nacht.«

Er trat zurück, damit sie einsteigen konnte. Sie glitt hinter das Steuerrad, er wandte sich ab und ging auf einen silbernen Buick zu, der den Aufkleber einer Autovermietung trug.

Seine Scheinwerfer in ihrem Rückspiegel machten Joletta nervös, als sie losfuhr. Es war ein sonderbares Gefühl zu wissen, daß er beobachtete, wie sie sich durch die schmalen Gassen des Viertels schlängelte und dann Richtung See fuhr. Außerdem beunruhigte es sie, wenn sie es sich recht überlegte, daß sie einem völlig Fremden erlaubte, ihre Adresse herauszufinden.

Ihre Sorge war unbegründet. Als sie in die Einfahrt ihres

Wohnblocks einbog, blinkte Rone Adamson kurz mit den Scheinwerfern und fuhr ohne anzuhalten weiter. Anders, sagte sich Joletta, hätte sie es auch nicht gewollt.

Trotzdem schaute sie hinter seinen Rücklichtern her, bis sie verschwunden waren. Sie ließ das Steuerrad los und berührte die weiche Oberfläche ihrer Lippen. Sie waren besonders empfindlich und leicht fiebrig.

Es war schon fast sechs Monate her, seitdem ein Mann sie so geküßt hatte. Sechs Monate, seit Charles, ihr Verlobter, sie zum Abschied geküßt hatte.

Sie hatten sich schon so lange gekannt. Charles, blond und stämmig, war Spielgefährte, Freund und Bruder und der einzige Junge, mit dem sie während der High School gegangen war. Die Intimität zwischen den beiden hatte sich ganz natürlich entwikkelt. Sie hatte mit einem keuschen Gutenachtkuß begonnen, und zwei Jahre später, nachdem sie sich offiziell verlobt hatten, erreichte sie ihren Höhepunkt auf einem Schlafsack neben dem Mississippi. Als sie gemeinsam zum College gingen, wollte Charles mit ihr eine Wohnung in der Nähe des Universitätsgeländes beziehen, aber sie hatte sich geweigert. Mimi hätte das, wie sie wußte, nicht verstanden. Trotzdem hatten sie jede freie Minute zusammen verbracht. Sie waren wegen der Geburtenregelung gemeinsam beim Arzt gewesen. Sie hatten gemeinsam ihr zukünftiges Zuhause geplant, ihre Familie und jede Einzelheit der Hochzeit, die irgendwann stattfinden sollte. Gemeinsam, immer gemeinsam. Joletta hatte ihr Brautkleid aus champagnerfarbener Seide mit Perlen und irisierenden Glassteinen gekauft. Die Begleiter sollten alle Blau tragen, passend zu der dominierenden Farbe des Bleiglasfensters in der kleinen viktorianischen Kirche an der River Road, wo die Zeremonie stattfinden sollte.

Doch irgendwie wurde das Hochzeitsdatum nie festgesetzt. Charles Eltern wollten, daß er sie in dem Sommer, in dem beide ihren Collegeabschluß gemacht hatten, auf einer Safari in Afrika begleitete. Dann war sein Großvater nach langer Krankheit gestorben, und Charles fand es selbstsüchtig, in so einer Zeit an sein eigenes Glück zu denken. Er hatte den Vorschlag gemacht, beide sollten für eine Anzahlung eines Hauses sparen und vielleicht ein wenig für Flitterwochen in der Karibik auf die Seite legen. Warum alles überstürzen? Sie hatten ja noch ihr ganzes Leben vor sich.

Joletta hatte nach einiger Zeit das Gefühl, hingehalten zu werden, aber Charles Argumente für das Warten hatten so vernünftig, so nützlich geklungen, daß sie pflichtschuldigst ihr Geld gespart hatte und bei Mimi wohnte.

Dann hatte Charles mit seinem Spargeld ein petrolblaues Mazda Cabrio angezahlt.

Joletta war um den Sportwagen herumgegangen, der vor dem Parfümladen geparkt war. Ihre Brust wurde eng. Charles stand stolz lächelnd und mit in die Hüften gestemmten Händen da. Ihre Stimme zitterte ein bißchen, als sie schließlich sagte:

»Du – du willst eigentlich gar nicht heiraten, nicht wahr, Charles?«

»Was soll das heißen?« fragte er und wich zurück.

»Gibt es eine andere? Du mußt es mir nur sagen.«

»Niemanden, das schwöre ich«, sagte er, und seine Stimme überschlug sich. »Was soll das alles?«

»Ich versuche nur herauszufinden, warum du unsere Ersparnisse für ein Auto ausgibst.«

Er runzelte die Stirn. »Es ist mein Geld. Ich hab' das Recht, mir davon zu kaufen, was ich will.«

»Ja, aber du hast gesagt –«

»Ich weiß, was ich gesagt habe, aber, mein Gott, Joletta, wir werden doch noch ewig verheiratet sein, und ich hab' das Gefühl, ich wär' noch nie frei gewesen.«

»Willst du damit sagen, daß du andere Frauen kennenlernen möchtest?« Wenn sie zusammen waren, hatte er immer schon jeder attraktiven Frau, die vorbeiging, nachgeschaut, aber sie hatte geglaubt, das würde aufhören, wenn er etwas reifer wäre.

»Warum nicht?« sagte er herausfordernd. »Du solltest auch ein paar andere Männer kennenlernen. Vielleicht bringt dich das in Fahrt, mir ist das sowieso nie so richtig gelungen.«

»Ich habe mich nicht beklagt«, sagte sie mit leiser Stimme.

»Vielleicht hättest du das besser getan, es hätte vielleicht geholfen. Aber so, wie die Dinge stehen –« Er zuckte die Achseln.

Sie schluckte. »Ich habe nie geahnt, daß du so empfindest.«

»Jetzt weißt du es.«

Es dauerte einige Zeit, bis es ihr gelang, etwas zu sagen. »Also gut. Ich glaube, ich möchte auch keinen Mann heiraten, dem ich so wenig bedeute.« Sie tastete nach dem Ring, den er ihr geschenkt hatte. Er ging leicht ab, da er immer schon zu groß gewesen war. Sie nahm seine Hand, klatschte den Ring auf seine Handfläche und bog seine Finger darum. »Nimm ihn«, sagte sie, »und dann geh einfach. Jetzt.«

Er starrte einen Moment erstaunt und unentschlossen auf den Ring. Dann wandte er sich unvermittelt von ihr ab und stieg in das Auto. Der Miata hinterließ zwei dicke, schwarze Gummistreifen auf der Straße, als er losbrauste.

Das jähe Ende von Jolettas Plänen und all dem, was sie und Charles miteinander geteilt hatten, war wie ein Tod. Ihr Leben war mit seinem so verstrickt gewesen, daß sie nun das Gefühl hatte, sie wäre entzweigerissen. Die verletzenden Dinge, die er gesagt hatte, gingen ihr nicht aus dem Kopf und nagten an ihrem Selbstwertgefühl.

Mimi und die Zeit hatten ihr geholfen. Mimi hatte es aber nicht geschafft, sie davon zu überzeugen, daß nicht alle Männer wie Charles waren. Die meisten, die sie kennenlernte, waren genau wie er: bereit, mit ihr auszugehen, bereit, mit ihr ins Bett zu steigen, als wäre das eine Art Test für die Zukunft. Joletta war nicht daran interessiert gewesen, Versuchskaninchen zu spielen; sie vertraute nicht auf eine Zukunft, die zuerst getestet werden mußte. Meistens war es nicht zu einer zweiten Verabredung gekommen, und die ersten wurden auch immer weniger.

Mimi hatte ihr gesagt, sie würde sich in ihrer Forschungsbücherei vergraben. Möglicherweise hatte ihre Großmutter recht gehabt. Auf die Vergangenheit konnte man zählen, sie änderte sich nie.

Rone blendete kurz die Scheinwerfer zum Gruß für Joletta Caresse auf, dann fuhr er etwa eine Viertelmeile weiter, bog links ab und blieb vor einem Geschäft stehen. Er sah kurz auf die Uhr, stieg aus und ging in den Laden. Ein paar Minuten später kam er mit einem Styroporbecher Kaffee mit Plastikdeckel wieder, ließ sein Auto an und fuhr den Weg wieder zurück, den er gekommen war.

Beim Wohnblock angekommen, bog er in die Einfahrt ein, stellte sich auf einen Parkplatz und schaltete Motor und Scheinwerfer aus. Der Komplex war ziemlich neu und bestand aus separaten Gebäuden für jeweils zwei bis vier Wohnungen, die um einen Pool gruppiert waren. Von seinem Parkplatz aus konnte Rone das Schlafzimmerfenster der Wohnung sehen, die, wie er vorher überprüft hatte, der Frau gehörte, die er beobachtete. Die Jalousien waren fest geschlossen, nur ab und zu war ein Schatten dahinter zu sehen.

Er nahm den Deckel von seinem Kaffee und probierte ihn. Er verzog kopfschüttelnd das Gesicht. Zu stark, wahrscheinlich stand er schon seit Stunden auf einer Wärmeplatte, aber er brauchte ihn, um wach zu bleiben. Er steckte den Deckel in die von der Autovermietung bereitgelegte Abfalltüte und versuchte, seine langen Gliedmaßen bequemer im Sitz zu verteilen. Er legte eine Hand aufs Steuer und nahm noch einen Schluck Kaffee, dann wanderte sein Blick wieder zu dem erleuchteten Fenster über ihm.

Er schüttelte seufzend den Kopf. Der Impuls, Joletta Caresse zu küssen, war unwiderstehlich gewesen. Und außerdem dumm. Aber das war ihm egal, die Sache war das Risiko wert gewesen.

Sein erster Abend in diesem Job, und schon hatte er seine Dekkung preisgegeben, um es mit einer Phrase aus einem Krimi auszudrücken. Das konnte gut oder schlecht sein, je nachdem. Auf jeden Fall war es notwendig gewesen, er konnte doch nicht zulassen, daß der Kerl mit dem Messer über sie herfiel. Es waren ein paar sehr ängstliche Sekunden gewesen, als er dachte, er käme zu spät. Nächstes Mal würde er wachsamer sein.

Das nächste Mal. Mein Gott.

Er war sich nicht sicher gewesen, ob das, was er tat, auch wirklich notwendig war. Es schien so melodramatisch, geradezu paranoid. Aber anscheinend hatte er sich geirrt.

Er kam sich vor wie ein Amateur. Am Parfümladen hätte sie ihn fast gesehen. Er hatte gedacht, das Geschäft befände sich noch ein Stück weiter die Straße hinunter, und hatte nicht damit gerechnet, daß sie so wachsam war. Das mußte besser werden.

Außerdem hatte er nicht damit gerechnet, daß ihr noch jemand folgte. Er hatte versucht, sich und Joletta etwas Spielraum zu lassen, indem er in der Nähe des Parkplatzes auf sie wartete. Ein großer Fehler. Dieser Widerling. Wo war er überhaupt hergekommen? Hatte er wirklich ein Messer gehabt? Etwas hatte aufgeblitzt, und es war eine gute Ausrede gewesen.

Aber sie küssen? Unprofessionell. Falsch. Ein klarer Fall von Übervorteilung. Er sollte wirklich ein schlechtes Gewissen haben.

Joletta Caresse war etwas Besonderes. Nicht unbedingt schön, aber hübsch auf eine sanfte, altmodische Art, eine Mischung von Schönheit und Stolz und wacher Intelligenz, die bei einem Mann den Wunsch auslöste, ihr näherzukommen, um herauszufinden, ob das, was er zu sehen glaubte, echt war. Sie sah sehr zerbrechlich aus, dafür war sie aber erstaunlich mutig und zeigte innere Kraft. Sie roch wunderbar; ihr Haar hatte nach Rosen geduftet. So wie sie sich in seinen Armen angefühlt hatte, weich und seidig, aber fest, wo eine Frau fest sein sollte, und rund, wo eine Frau rund sein sollte – allein der Gedanke an sie spannte schon seine Bauchmuskeln. Irgendwie hatte alles so gut gepaßt, ihre Größe, ihre Figur, wie sie sich anfühlte und roch – sie hätte direkt in seine Träume von der vollkommenen Frau eintreten können.

Er mußte verrückt sein.

Und Gott hatte zweifelsohne einen sehr seltsamen Sinn für Humor.

Jetzt war sie dort oben, möglicherweise genau die Frau, die er schon sein ganzes erwachsenes Leben lang suchte. Und er war hier unten und schmachtete wie ein liebeskranker Teenager und verbrannte sich den Mund mit schlechtem Kaffee.

Irgendwann in allernächster Zeit würde ihn etwas an sie verraten, und dann würde sie ihn verabscheuen, möglicherweise sogar hassen.

Garantiert. Eine andere Möglichkeit gab es nicht.

3. Kapitel

Der Anwalt, der Mimi die letzten zwanzig Jahre betreut hatte, war ein silberhaariger Charmeur, der, seit Joletta ihn kannte, zahllose Angebote für politische Ämter ausgeschlagen hatte. Er hatte versucht, das Treffen in seinem Büro zur Erklärung von Mimis testamentarischen Verfügungen so angenehm wie möglich zu gestalten. Er führte sie persönlich in den getäfelten Konferenzraum und ließ Kaffee servieren. Tante Estelle, die sich gegenüber von Joletta an den langen Tisch setzte, zu ihrer Unterstützung von Natalie und Timothy begleitet, hatte abgelehnt und verlangt, daß die Legalitäten abgeklärt wurden. Er hatte ihrem Wunsch entsprochen.

Bis jetzt hatte es noch keine Überraschungen gegeben. Der größte Teil des Vermächtnisses, bestehend aus dem Haus im französischen Viertel, der Parfümerie und einem Sparbrief über einen nicht sonderlich großen Betrag, wurde gemäß der verpflichtenden Erbgesetze Louisianas zu gleichen Teilen zwischen Estelle Clements, Mimis älterer Tochter, und Joletta, dem einzigen Kind und Alleinerbin ihrer jüngeren Tochter Margaret, aufgeteilt. Tante Estelle kniff irritiert den Mund zusammen, sagte aber nichts, als der Anwalt diese Seite des Dokuments beiseite legte und sich der nächsten zuwandte.

»Wir kommen jetzt«, sagte der Anwalt mit einem grimmigen Lächeln für alle Parteien, »zu den persönlichen Hinterlassenschaften.«

Er las sie vor. Das Familiensilber ging an Estelle, die schon immer ein Auge darauf geworfen hatte; Natalie bekam ein paar sehr geschmackvolle, aber nicht sonderlich kostbare Schmuckstücke; Timothy die silberne Taschenuhr und das elfenbeinerne Bürstenset, das seinem Großvater und Urgroßvater gehört hatte.

Der Anwalt räusperte sich und fuhr dann mit fester, ruhiger

Stimme fort: »Der Schlußsatz lautet wie folgt: ›Meiner geliebten Enkelin Joletta Maria Caresse vermache ich das Möbelstück, das als meine Erinnerungskommode bekannt ist, mit seinem vollständigen Inhalt. Zu diesem Inhalt gehört neben anderem ein Tagebuch mit Messingbeschlägen, das von Violet Marie Fossier, geborene Villère, in den Jahren 1854–1855 geführt wurde. Es ist zum alleinigen Gebrauch und Besitz besagter Joletta Marie Caresse bestimmt, mit allen Rechten und der Erlaubnis, es in jeder ihr beliebigen Weise zu verwenden!«

Der Anwalt legte die Abschrift des Testaments vor sich auf den Tisch und faltete die Hände darüber. Dann fragte er in sehr geschäftlichem Ton: »Irgendwelche Fragen?«

Tante Estelle schnappte hörbar nach Luft, bevor sie mit ihrem massigen Körper im Stuhl nach vorne rutschte. Mit beißender Stimme sagte sie: »Wollen Sie damit sagen, daß dieses Tagebuch, dieses Journal, die ganze Zeit in dem alten Möbelstück meiner Mutter war?«

»Das nehme ich an«, erwiderte der Anwalt.

Die ältere Frau wandte sich an Joletta. »Du hast es gewußt, stimmt's? Stimmt's?«

Joletta merkte, wie es ihr die Schamröte ins Gesicht trieb, aber sie antwortete bereitwillig. »Nein, nicht sofort. Später ist es mir eingefallen.«

»Das ist ungeheuerlich«, empörte sich Tante Estelle und drehte sich zu dem Anwalt. »Dieses Tagebuch ist das wertvollste Stück des gesamten Besitzes. Meine Mutter kann es doch nicht ernsthaft so vererbt haben, daß meine Kinder und ich nicht davon profitieren.«

»Das Testament wurde nach genauen Anweisungen meiner Klientin aufgesetzt«, erwiderte der Anwalt am Kopf des Tisches kühl.

»Dann muß sie nicht ganz bei Sinnen gewesen sein«, keifte die ältere Frau. »Ich will, daß das sofort gestrichen wird.«

»Sie können es natürlich anfechten, Mrs. Clements«, sagte der Rechtsvertreter in schärferem Ton. »Aber ich sollte Sie warnen, daß Sie damit nur wenig Chancen haben. Meine Klientin war sich vollkommen bewußt, was sie tat, als sie die hier niedergelegten

Bestimmungen diktierte, und es gibt keinerlei Unvorschriftsmäßigkeiten in der Handhabung der Sache. Ich kann nichts zu dem Wert dieses Tagebuchs sagen, da ich es nie gesehen habe, aber ich denke doch, daß es höchstens ideellen Wert hat.«

»Sie wissen nicht sonderlich viel über das Geschäft meiner Mutter, wenn Sie das glauben«, erwiderte Tante Estelle. »Aber das spielt keine Rolle. Ich glaube, es gibt keine speziellen Anweisungen, was die Formeln des Parfüms angeht. Gibt es irgendeinen Grund, warum diese nicht verkauft werden können, irgendein gesetzliches Hindernis für den Verkauf?«

»Gar keinen – vorausgesetzt, alle Parteien erklären sich damit einverstanden«, sagte der Anwalt in eisigem Ton. »Da Sie und Joletta den Nachlaß zwischen sich aufteilen, müßten Sie beide den Kaufvertrag unterschreiben und beide gleiche Gewinnanteile bekommen.«

»Ich verstehe.« Die ältere Frau nickte so heftig, daß ihre fetten Kinnbacken bebten.

»Ich fürchte, ich nicht«, sagte Joletta langsam und wandte sich ihrer Tante zu. »Du willst doch nicht etwa das Geschäft verkaufen?«

Tante Estelles Blick bohrte sich in ihre Augen. »Warum denn nicht? Aber im Augenblick hab' ich nur von den Formeln gesprochen, insbesondere von der für Le Jardin de cour.«

»Aber Mimi fände das furchtbar. Sie wäre sehr verletzt, wenn sie wüßte, daß wir auch nur daran denken, sie weiterzugeben.«

»Du brauchst mir nicht zu sagen, was meine Mutter gewollt hätte, Joletta, danke sehr.«

»Ohne das Parfüm wäre der Laden nutzlos«, protestierte Joletta und beugte sich zu ihrer Tante. »Dieses Geschäft ist das Erbgut der Frauen unserer Familie, ein Teil der Geschichte von New Orleans. Das kannst du nicht einfach wegwerfen.«

Joletta sah, wie Natalie hinter ihrer Tante Timothy eine Grimasse schnitt. Timothy schüttelte nur den Kopf, warf aber einen mitleidigen Blick in Richtung Joletta.

Estelle sah kurz zu ihrem Sohn, dann richtete sie ihre Aufmerksamkeit wieder auf Joletta. Mit zusammengekniffenem Mund sagte sie: »Ich habe nicht vor, irgend etwas wegzuwerfen.

Ich werde es sogar zu einem sehr hohen Preis verkaufen. Aber was schert das dich schon. Ich werde alles arrangieren, während du die Beine hochlegst und die Hälfte vom Geld kassierst.«

»Ich kann einfach nicht glauben, daß du das tun willst«, sagte Joletta kopfschüttelnd.

Das Gesicht der älteren Frau verzog sich verächtlich, und ihre massige Brust bebte unter dem Panzer von Gold- und Perlenketten. »Da ich gerade dabei bin, Joletta, ich wollte dir immer schon was sagen. Du hast jahrelang bei meiner Mutter schmarotzt und dich in ihr Herz eingeschlichen. Du glaubst vielleicht, daß du mich und meine Kinder jetzt verdrängen und alles übernehmen kannst, aber da hab' ich eine Neuigkeit für dich. Sobald die Formel gefunden ist, wird sie an den Höchstbietenden verkauft, und du wirst nichts daran ändern können.«

Joletta war von der Feindseligkeit ihrer Tante so schockiert, daß es ihr die Sprache verschlug. Sie hatte nicht geahnt, daß ihre Tante ihr gegenüber so empfand.

Timothy war es schließlich, der das gespannte Schweigen brach. »Aber, Mom, reg dich doch nicht auf«, sagte er, zog seine schlaksigen Beine näher an den Stuhl, setzte sich aufrecht hin und strich sich mit einer schnellen, nervösen Geste das Haar aus der Stirn. »Ich bin sicher, Joletta denkt nicht im Traum daran, uns etwas wegzunehmen.«

Seine Mutter warf ihm einen giftigen Blick zu. »Wenn ich deine Meinung hören will, Timothy, werde ich danach fragen. In der Zwischenzeit darf ich dich vielleicht daran erinnern, daß deine Loyalität mir gehören sollte.«

»Ich hab' doch nur gesagt –«

»Ich habe dich gehört«, erwiderte seine Mutter, und ihr Ton duldete keinen Widerspruch. »Sei bitte still, außer du willst etwas sagen, was Joletta überzeugt, meinen Standpunkt zu akzeptieren.«

Timothy errötete bis unter die Haarspitzen. Er begegnete Jolettas Blick achselzuckend, als wolle er sie um Verzeihung bitten.

Joletta schenkte ihm ein kleines Lächeln. Timothy war ihr immer nähergestanden als Natalie, er stand ihr altersmäßig näher, und seine unstete Art ähnelte der ihren. Es war sehr mutig von ihm, seiner Mutter die Stirn zu bieten. Sein Vater hatte Timothy, als er noch jung war, immer in Sommercamps und auf Abenteuertrips geschickt, um ihn zu stählen und selbständiger zu machen. Timothy war immer braungebrannt und fit zurückgekommen, aber immer noch genauso abhängig vom Wohlwollen seiner Mutter.

Die Einmischung ihres Cousins hatte Joletta Zeit gegeben, ihre Gedanken zu ordnen. Sie versuchte, ihre Stimme möglichst ruhig klingen zu lassen, als sie sagte: »Ich finde wirklich, wir alle sollten uns das noch einmal durch den Kopf gehen lassen.«

»Da gibt's nicht viel zu überlegen«, widersprach ihre Tante. »Ich habe ein paar Kontakte in der Kosmetikindustrie. Lara Camors selbst ist interessiert, sie ist bereit, die Marketingabteilung von Camors Cosmetics für Le Jardin de cour zu aktivieren. Sie will eine riesige Kampagne mit all den alten Legenden über Napoléon, Joséphine und Kleopatra starten. Ein Parfüm für alle Frauen, die vorwärtskommen wollen, das Parfüm, das die Macht und den Einfluß einer Frau stärkt.«

»Du hast bereits über das Marketing gesprochen?« fragte Joletta entsetzt.

»Du brauchst nicht so zu tun, als hätte ich es nicht erwarten können, bis meine Mutter begraben ist. Die Möglichkeiten für dieses Parfüm sind vor einiger Zeit zur Sprache gekommen, als Lara und ich Gäste auf einer Hausgesellschaft waren. Diese Frau hat mit einer Reinigungscreme angefangen und eine Firma aufgebaut, die jetzt ein Industriegigant ist, ein Milliardenkonglomerat; die Möglichkeiten, was sie und Camors Cosmetics mit diesem Parfüm anfangen können, sind grenzenlos. Natürlich hatte es keinen Sinn, auch nur ein Wort darüber zu verlieren, solange Mimi noch am Leben war.«

»Aber – macht dir das gar nichts aus, der Gedanke, alles zu beenden, den Laden zu schließen?« Joletta appellierte an ihr Gewissen.

»Das Geschäft hab' ich nie gemocht, und ich will meine Tage nicht damit zubringen, irgendwelche Parfüms zu mischen. Lara wird mindestens zwei Millionen, vielleicht sogar mehr, für die kompletten Rechte an dem Namen von Fossier's Royal Parfums und die Formel für Le Jardin de cour bezahlen. Ich denke gar nicht daran, mir soviel Geld entgehen zu lassen.«

Joletta hatte sich immer gefragt, warum Mimi die Parfümformel nie ihrer ältesten Tochter anvertraut hatte. Vielleicht hatte sie gute Gründe dafür gehabt.

Estelle hatte New Orleans mit Anfang Zwanzig verlassen und einen Job in Houston angenommen. Kurze Zeit später heiratete sie einen Texaner, einen Mann, der zu groß, zu laut, zu reich und offensichtlich zu sehr von sich selbst überzeugt war, um Mimi zu gefallen. Mimi hatte sich nie mit Errol Clements vertragen und hatte ihrer Tochter die Heirat mit ihm erst verziehen, nachdem Estelle sich von ihm hatte scheiden lassen, als Natalie und Timothy noch klein waren.

Danach war Estelle nicht nach Hause gekommen, sondern hatte sich in Houston, an der Ost- und der Westküste aufgehalten. Sie war sehr extravagant geworden und für Mimis Geschmack viel zu fasziniert von Designeretiketten. Von ihrem ausgezeichneten französischen Stil, der ihr als Kind anerzogen worden war, war sie abgekommen, und ihre Erscheinung wirkte nun etwas überspannt.

Das alles war schon schlimm genug, aber Mimis älteste Tochter hatte außerdem bewiesen, daß ihr die Nase eines Parfümeurs fehlte, wie man an ihren beklagenswerten Vorlieben merkte.

Alle warteten darauf, daß sie noch etwas sagte, und der Anwalt verfolgte das Ganze mit einer Art gelangweilter Ungeduld. Er hatte wohl schon öfter solchen Familiendisputen beigewohnt, und es würde sicher auch nicht das letzte Mal sein.

Natalie, groß und blond, mit dem schmollenden Gesichtsausdruck eines Laufstegmodells, wirkte etwas nervös, aber die Situation schien sie trotzdem zu interessieren. Joletta konnte sich gar nicht vorstellen, daß sie irgendein Interesse daran hatte; ihr Leben hatte weiß Gott Glamour genug: ständige Parties und kleine Ausflüge in die Karibik und an die Riviera. Sie hatte gut geheiratet und sich noch besser scheiden lassen, mindestens zweimal. Geld war wohl kaum ein Problem für sie, gemessen an dem Kostüm aus glattem, seidig weichem Leder, ihrer Fendi-Handtasche und den Ferragamo-Schuhen. Joletta musterte Natalies sorgfältig geschminktes Gesicht mit den feinen Fältchen um die Augen, die von der ständigen Sonnenbestrahlung für die erstrebte Bräune kamen. Nichts an der Miene ihrer Cousine deutete darauf hin, daß Familiengefühl sie auch nur im geringsten interessierte. Aber eine Chance bestand vielleicht doch.

»Was ist mit dir, Natalie? Möchtest du nicht versuchen, den Laden zu führen?«

»Du machst wohl Scherze«, entgegnete Natalie in nasalem Singsang, einem Gemisch von New Yorker und texanischem Akzent. »Woher soll ich denn die Zeit nehmen?«

»Soviel ich weiß, arbeitest du doch nicht. Vielleicht genießt du es sogar, deine Energien endlich mal nutzbringend einzusetzen.«

»O ja, sonst noch was? Siehst du mich, wie ich Parfüms an schmuddelige Touristen in T-Shirts und Gummischlappen verhökere? Nein danke, ich konzentriere meine Energien, wie du das nennst, auf bessere Sachen, zum Beispiel auf den wunderbaren Mann, den ich letzte Woche kennengelernt habe. Du würdest deinen Augen nicht trauen – sieht umwerfend aus und hat die besten Manieren. Geld natürlich auch. Das ist meine Vorstellung von Karriere.«

»Und außerdem«, unterbrach Tante Estelle sie gehässig, »weiß Natalie gar nichts über den Laden. Mimi hatte es nie für nötig befunden, darüber bei unseren Besuchen zu sprechen.«

Joletta betrachtete ihre Tante eine Weile, bevor sie leise sagte: »Aber ich kenne mich damit aus.«

»Und was, bitte, soll das heißen?« Der bedrohliche Unterton war unüberhörbar.

»Das bedeutet«, erwiderte Joletta gelassen, »daß ich vielleicht den Laden führen werde.«

Der Blick ihrer Tante hatte etwas verstohlen Verschlagenes, als sie entgegnete: »Das könntest du, wenn der Laden ohne die Formel für Jardin de cour überhaupt noch laufen würde.«

»Du vergißt da etwas«, sagte Joletta. »Wenn Violets Tagebuch mir gehört und die Formel darin steht, gehört Le Jardin de cour ebenfalls mir.«

»Und du vergißt, daß es noch eine andere Möglichkeit gibt, herauszufinden, woraus sich das Parfüm zusammensetzt.«

Joletta schüttelte den Kopf. »Chemische Analyse? Du weißt doch, was Mimi davon gehalten hat.«

Eine seelenlose, ungenaue Methode hatte ihre Großmutter es genannt. Wie die meisten kreativen Parfümeure hatte Mimi nur Verachtung übrig für eine Prozedur, die am häufigsten benutzt wurde, um billige Kopien berühmter Düfte zu machen. Keine Maschine, sagte sie, könnte die feineren Nuancen einer Duftnote unterscheiden oder die winzigen Mengen rarer Öle identifizieren, die einem großen Parfüm seinen subtilen Charakter, seine wahre Essenz und die geheime Seele gaben.

»Sie wird ihren Zweck erfüllen«, sagte Estelle knapp.

Joletta musterte ihre Tante, bevor sie widersprach: »Ich glaube nicht, nicht ohne das Journal.«

Tante Estelle gab keine Antwort, aber ihr ohnehin hochrotes Gesicht nahm eine noch bedrohlichere Färbung an. Natalie sah kurz zu ihrer Mutter, dann wandte sie sich zu Joletta und fragte in scharfem Ton: »Was willst du damit sagen?«

»So wie ich das verstehe, ist Camors Cosmetics an dem ganzen Paket interessiert, sowohl an der Formel als auch dem Tagebuch. Le Jardin de cour ist einfach nur ein Parfüm wie alle anderen, ohne den dazugehörigen Hintergrund. Und außerdem ist die Regierung heutzutage sehr vorsichtig, was unbegründete Behauptungen in der Werbung betrifft. Camors braucht das Buch, um die Legenden zu legitimieren.«

Ihre Tante lachte ohne einen Funken von Humor. »Kluges Mädchen. Aber weißt du, ich glaube, du hast die Formel auch noch nicht gefunden, sonst wärst du wesentlich mehr an dem Geld interessiert.«

Joletta erwiderte nichts, da sie nicht zugeben wollte, daß das stimmte.

»Und noch etwas«, fuhr die alte Frau fort, ohne Luft zu holen. »Wenn du den Laden besitzen willst, wirst du meinen Anteil daran und an dem Haus kaufen müssen. Woher willst du denn das Geld nehmen? Wer, glaubst du, leiht es jemandem in deinem Alter, ohne Geschäftserfahrung, ohne nennenswerte Kreditfähigkeit, ohne Stammkapital? Du wirst bald einsehen, wie hoffnungslos das ist.«

»Ich werde einen Weg finden.«

Das Echo dieser Worte dröhnte noch lange, nachdem sie das Büro des Anwalts verlassen hatte, in Jolettas Ohren. Woher sie gekommen waren? Sie hatte nicht den leisesten Schimmer. Sie hatte ein bißchen Geld gespart, das Geld, das ursprünglich für ein Haus bestimmt war. Selbst wenn sie das, was sie von Mimi zu erwarten hatte, dazu zählte, war es nicht annähernd genug.

Außerdem war ihr der Gedanke, Fossier's Royal Parfums zu leiten und in die Fußstapfen ihrer Großmutter zu treten, noch nie in den Sinn gekommen. Irgendwie hatte sie immer gedacht, ihre Tante würde etwas unternehmen, vielleicht einen Geschäftsführer anheuern, wenn die Zeit gekommen war.

Es würde nicht passieren. Sie mußte das Geschäft einfach übernehmen. Aber war es wirklich das, was sie wollte?

Erst vor so kurzer Zeit hatte sie ihr Leben in die eigene Hand genommen, erst seit kurzem steuerte sie selbst die Ereignisse, statt darauf zu warten, daß etwas passierte. Sie duldete nicht mehr, daß die Menschen ihrer Umgebung ohne ihre Einwilligung in ihr Leben traten und machten, was sie wollten. War es denn wirklich ihre eigene Entscheidung, den Laden selbst führen zu wollen, oder ließ sie es wieder zu, daß Umstände ihr Leben steuerten?

Sie wußte es nicht. Doch welche andere Wahl hatte sie schon?

Am nächsten Morgen wurde sie in Mimis Haus gerufen. Die drei Frauen, die in der Parfümerie arbeiteten und die das Geschäft während der letzten Tage geführt hatten, waren sehr verstört, zwei von ihnen in Tränen aufgelöst. Das Geschäft und Mimis Wohnung darüber waren während der Nacht durchwühlt worden. Vitrinen waren zerbrochen, Parfüm verschüttet und Seiten aus den Formelfolianten gerissen worden. Im ersten Stock waren kostbare Antiquitäten umgeworfen worden, Polster aufgeschlitzt und der Inhalt von Schränken und Schubladen wie Müll auf einen Haufen geworfen worden. Es schien eine absichtliche Zerstörung, das Ergebnis frustrierter Wut zu sein. Die Erklärung lag nahe: Jemand hatte die Formel gesucht und nicht gefunden.

Wer sollte so etwas tun, wenn nicht ihre Tante?

Joletta glaubte jedoch nicht, daß die Frau selbst diesen Schaden angerichtet hatte. Sicher hatte sie jemanden beauftragt, der nachts in den leeren Laden eingebrochen war, vielleicht Profis, die genau wußten, wo Sachen versteckt werden konnten und die keine sentimentalen Skrupel hatten, schöne, alte Möbel zu zerstören. Es war wirklich abstoßend, daß Tante Estelle es fertigbrachte, Leute auf das Eigentum ihrer eigenen Mutter loszulassen.

Joletta stand inmitten der Verwüstung, beugte den Kopf und sah zu ihren Füßen die Miniatur von Violet Fossier liegen. Sie ließ sich langsam auf die Knie nieder und hob sie auf. Der Rahmen war verbogen, die Leinwand verbeult, und die rissigen Ölfarben blätterten ab. Während sie das Gesicht der Frau in dem kleinen Porträt betrachtete, glaubte sie plötzlich, einen sanften Vorwurf und eine Herausforderung in ihrem gemalten Blick zu sehen.

Schmerz regte sich unter der Wut, die in Joletta schwelte, fast als wäre ein richtiger Mensch verletzt worden. Sie fühlte sich Violet so verbunden, seit sie ihr Tagebuch gelesen hatte. Sie hatte die dicht beschriebenen Seiten in wenigen Stunden verschlungen und sehnte sich nach mehr als nach dieser Chronik von Sehnsucht und Täuschung, Liebe und Verlust.

Während sie so mit der Miniatur in der Hand dastand, nahm ein Plan Gestalt an.

Violet hatte das Parfüm, dem sie den Namen Le Jardin de cour gegeben hatte, in Europa gefunden. Das Tagebuch beschrieb genau, wie es in ihren Besitz gekommen war und was sie dazu bewegt hatte, mit der Herstellung zu beginnen. Bestand möglicherweise die Chance, daß Joletta durch den Besuch der Länder und Plätze, die Violet gesehen hatte, schneller den Sinn der Formel begreifen konnte, falls sie in den Seiten des Tagebuchs versteckt war? Wäre es vielleicht möglich, daß sie, indem sie mit dem Tagebuch als Führer Violets Fußstapfen folgte, ein Muster erkennen konnte, irgendeine Anordnung von duftenden Blumen und Nummern, die dem ähnelten, was sie von den Ingredienzen des alten Parfüms wußte?

Violet hatte minutiös alle Einzelheiten ihrer Reise geschildert.

Sie hatte die täglich zurückgelegten Entfernungen notiert und die Zeit, die nötig war, um von einem Ort zum anderen zu gelangen. Sie hatte die Höhe der Gebäude, Brücken und Berge und die Länge von Flüssen und Strömen notiert. Sie hatte Größenangaben von Schiffen, Kutschen und Zügen niedergeschrieben, von Zimmern und Möbelstücken und die Anzahl und Beschreibung von Gemälden und Statuen, die sie in berühmten Kirchen und alten Häusern besichtigt hatte. Zusätzlich hatte sie anscheinend jede Blume, die sie in den Gärten der fünf besuchten Länder hatte blühen sehen, aufgeschrieben und die meisten von ihnen auch gezeichnet.

Joletta war sich noch nicht schlüssig, ob Violet einfach jedes Detail geliebt hatte oder befürchtete, alles zu vergessen, wenn sie es nicht aufschrieb, oder ob irgendeine Bedeutung dahintersteckte. Tatsache aber war, daß Zahlen für die Aufzeichnung von Parfümformeln unerläßlich waren. Die meisten Parfümeurs bezeichneten die verschiedenen Essenzen oder ihre eigenen speziellen Kombinationen von Essenzen mit Nummern statt mit Namen, während die Formeln selbst durch Prozentanteile ausgedrückt wurden.

Seit Joletta die ersten Seiten des Tagebuchs gelesen hatte, hatte sie der Drang, zu reisen und von hier wegzukommen gepackt. Ihre Urahnin schilderte auf diesen Seiten ihre ungeheure Freude angesichts der Aussicht, endlich die abstumpfende Routine ihrer Tage hinter sich zu lassen und neue Länder und schöne neue Dinge zu sehen. Die Worte hatten in Joletta ein Echo ausgelöst. Jetzt erst wurde ihr der Schmerz und der Verlust, den Mimis Tod mit sich gebracht hatte, so richtig bewußt und sie hatte das Bedürfnis, sich von allen Erinnerungen daran zu befreien. Gleichzeitig wurde alles, was sie kannte – ihre Arbeit, ihre Wohnung, der ewig gleiche Kreislauf ihrer Tage – langweilig und uninteressant. Sie brauchte dringend Veränderung. Außerdem hatte man sie auch noch um ihre Flitterwochen betrogen.

Hinzu kam noch die Tatsache, daß es Frühling war. Violet war zwar zwei Jahre in Übersee gewesen, aber die Ereignisse, die sie in ihrem Tagebuch schilderte, hatten sich scheinbar innerhalb eines Jahres abgespielt. Sie begannen im Frühling 1854 und endeten, fast zwölf Monate später, wieder im Frühling. Wenn Joletta sofort handelte, konnte sie zur selben Zeit, die für Violet so wichtig gewesen war, im Frühling in Europa sein. Vielleicht konnte sie dieselben Blumen und Bäume blühen und dieselben Pflanzen auf den Hügeln und Feldfrüchte auf dem Ackerland sehen.

Joletta bemerkte mit einemmal, daß ihre Hände zitterten. Aber nicht mehr vor Wut oder Angst, sondern vor Aufregung.

Sie würde nicht zulassen, daß ihre Tante gewann. Unter keinen Umständen. Sie würde die Formel dechiffrieren, gleichgültig, was sie dafür tun oder wohin sie dafür reisen mußte. Mit der Formel und dem Tagebuch in ihrem Besitz würde sie am längeren Hebel sitzen, wenn die Zeit kam, sich zu entscheiden, was mit dem Parfüm passieren sollte.

Sie würde nach Europa gehen. Sie würde diese Reise für Mimi machen, ein Versuch, das Vertrauen zu rechtfertigen, das die Großmutter ihr entgegengebracht hatte, als sie das Tagebuch in ihre Hände legte. Sie würde verreisen, um den Manipulationen ihrer Tante zu entgehen, zumindest für eine Weile. Und sie machte diese Reise auch für sich. Es würde eine Art Suche werden, eine zielgerichtete Reise. Wenn nichts dabei herauskommen sollte, hatte sie zumindest die Erinnerung an die Reise.

Es regnete, als die Maschine in London landete; ein feiner grauer Nieselregen, der die Fenster verschmierte und Pfützen auf dem Asphalt bildete, als sie auf das Tor zurollten. Die kühle, feuchte Luft im Terminal von Heathrow roch nach feuchter Wolle, getoasteten Brötchen und einem Hauch von Safran, der über dem unvermeidlichen Gestank von Kerosin schwebte. Joletta atmete tief ein und lächelte.

England. Sie war in England. Sie platzte fast vor Freude. Es war das erste Mal, daß die Depression wegen Mimis Tod sie nicht niederdrückte, und das war ein gutes Gefühl. Bis zu dieser Minute war die Reise ein Ziel und eine Verpflichtung gewesen. Die wenigen Tage, die ihr seit der Buchung geblieben waren, hatte sie damit zugebracht, Vorkehrungen für ihre Stellung zu treffen, eine Garderobe zusammenzustellen, zu packen und all die zahllosen Einzelheiten zu regeln, die notwendig sind, wenn man mehrere Wochen von zu Hause weg ist. Es war so viel zu tun und an so vieles zu denken gewesen, daß sie nachts kein Auge zugetan hatte. Sobald sie abends in das Flugzeug gestiegen war, war sie in erschöpften Schlaf gefallen. Jetzt hatte sie zum ersten Mal das Gefühl, daß diese Reise kein Traum war.

Sie hatte sich für eine Gruppenreise entschieden, da sie gar keine Erfahrung mit Reisen hatte. Während jemand anderes alle organisatorischen Probleme löste, konnte sie sich auf ihr Reisemotiv konzentrieren. Es war ihr gelungen, eine Route zu finden, die der entsprach, die Violet Fossier und ihr Mann Gilbert vor so langer Zeit zurückgelegt hatten. Sie begann in England, schloß ganz Frankreich und die Schweiz ein und endete in Italien. Der Hauptunterschied war, daß Violet und Gilbert zwei Jahre für ihre Reise gebraucht hatten und sie mit wesentlich weniger Zeit vorliebnehmen mußte. Die rote Uniform ihrer Reiseleiterin war ein willkommener Anblick. Sie schloß sich einigen anderen amerikanischen Touristen an und ließ sich in Richtung Paß- und Zollkontrolle führen.

Die Warteschlangen davor waren sehr lang. Joletta stellte ihre braune Tweedbordtasche neben sich und kramte in ihrer Umhängetasche nach dem Paß. Sie fand ihn und hob den Kopf, gerade als um sie herum aufgeregtes Geflüster zu hören war. Gleich neben ihrer Schlange wurde eine größere Gruppe aus einem afrikanischen Land von uniformierten Wächtern vorbeigeführt, die Männer ernst und die Frauen faszinierend in bodenlangen Kleidern aus drapierter Seide. Man murmelte sich zu, daß es wahrscheinlich Flüchtlinge infolge eines weiteren Staatsstreichs wären.

Dann hörte Joletta gedämpfte hastige Schritte auf dem Teppich hinter ihr. Sie schwang den Kopf herum und sah, wie ein drahtiger junger Mann mit Jeans und Pferdeschwanz an ihr vorbeiglitt. Er bückte sich, ohne stehenzubleiben, und riß ihre Bordtasche an sich.

»He!« schrie sie und stürzte ihm nach. Sie bekam einen Riemen der Tasche zu fassen und riß heftig daran.

Der junge Mann hielt unvermittelt und wirbelte herum. Sein

Gesicht war eine Maske von Bosheit und Verzweiflung, als er zu einem Schlag auf Jolettas Kopf ausholte. Sie sah den Schlag kommen und duckte sich, aber er streifte ihre Schläfe, das Ohr und den goldenen Kreolenohrring, der an ihrem Ohr baumelte. Sie taumelte nach hinten, und die Tasche wurde ihr entrissen.

Starke Arme bremsten ihren Fall und fingen sie auf. Im selben Moment riß der junge Mann seine eng zusammenstehenden Augen ängstlich auf. Er sprang einen Schritt zurück und drehte sich um. Dann drängte er sich mit der schweren Tasche in der Hand durch den Strom von Flüchtlingen und verschwand um eine Ecke.

»Haltet ihn!« schrie Joletta und versuchte, sich von dem Mann loszureißen, der sie festhielt. »Er hat meine Tasche!«

Der Mann hielt sie gnadenlos fest, sie konnte sich nicht befreien. »Lassen Sie ihn, Ma'am«, ertönte eine ruhige Stimme über ihrem Kopf. »Was immer da drin ist, es kann nicht so wertvoll sein wie Ihre Sicherheit.«

Sie erstarrte. Sandelholz. So frisch und sauber und doch so zart, daß man unwillkürlich näher rückte, um es einzuatmen. Ein leichter Schauder lief über Jolettas Rücken. Sie richtete sich langsam auf, während die Stimme des Mannes noch in ihren Ohren nachhallte. Ihre Augen weiteten sich vor Schreck, als sie sein Gesicht sah.

»Ich glaub' es einfach nicht«, sagte sie mehr zu sich selbst.

»Strengen Sie sich ein bißchen an.« Tyrone Kingsley Stuart Adamson der Vierte grinste ironisch, bevor er fortfuhr. »Ich bin selbst erschrocken, als ich Sie drüben in das Flugzeug einsteigen sah. Aber ich hätte nie gedacht, daß ich schon wieder den Ritter spielen muß. Alles in Ordnung?«

»Ja, ich bin in Ordnung.« Ihre Antwort kam rein automatisch.

»Tut mir leid, daß ich Ihre Tasche nicht für Sie retten konnte.«

Sie schüttelte kurz den Kopf. »Wirklich, es macht nichts. Jedenfalls nicht, solange ich mir nicht die Zähne putzen will.«

Ein etwas kläglicher Versuch, nonchalant zu wirken, aber er nickte anerkennend. »Wie ich sehe, haben Sie Ihren Paß festgehalten, das ist doch schon etwas. Gehen wir durch den Zoll, dann werde ich Sie zu Ihrem Hotel bringen.«

Sie sagte ihm den Namen des Hotels, wies ihn aber darauf hin, daß der Transfer durch die Reiseveranstalter geregelt sei. Er winkte ab und sagte, die Busse wären längst weg, bis sie endlich die lästige Verlustmeldung ihrer Tasche hinter sich gebracht hätte.

Er hatte recht. Als Joletta schließlich mit den endlosen Erklärungen und der Mühe fertig war, sich für die Formulare an jedes einzelne Stück in ihrer Tasche zu erinnern, wünschte sie, sie hätte die Sache einfach vergessen und den Diebstahl gar nicht erst gemeldet. Es war ohnehin nichts wirklich Wertvolles in der Tasche gewesen. Sie wollte zwar ursprünglich die Fotokopie des Tagebuchs hineintun, hatte sich aber anders entschlossen, weil sie sie bei sich haben wollte, und sie in die Schultertasche gesteckt. Das Original hatte sie in New Orleans gelassen, wie sie hoffte, gut versteckt.

Der Regen hatte aufgehört, und die Sonne schien, als sie und Rone schließlich die Stadt erreichten. Es war ganz natürlich und auch praktisch, sich von ihm zu einem kombinierten Frühstück und Mittagessen einladen zu lassen. Sie hätte schwerlich einem Mann gegenüber förmlich sein können, der sich gerade die Beschreibung ihres Nachthemds und ihrer Unterwäsche angehört hatte, die sich in ihrer Bordtasche befanden. Außerdem war er so hilfsbereit und verständnisvoll gewesen und lud sie so charmant ein, daß sie keinen Grund fand, die Einladung abzulehnen.

Sie luden Jolettas Gepäck im Hotel ab, holten ihren Schlüssel und fuhren dann weiter ins Zentrum der Stadt. In einem kleinen Restaurant mit bunten Glasfenstern, rauchgeschwärzter Holztäfelung und mit grünen, ledergepolsterten Bänken unter geblümten viktorianischen Tapeten bestellten sie Rühreier mit Speck, gegrillten Würstchen, Pilzen und Tomaten und eine ungewöhnliche Pizza mit Ziegenkäse.

»So«, sagte Rone, nachdem der Kellner gegangen war. »Haben Sie einfach gerade eine Pechsträhne, oder haben Sie Probleme?«

Diese Frage hatte sich Joletta auch schon gestellt. Aber die Vorstellung, daß ihre Tante sowohl hier als auch in New Orleans jemanden auf sie gehetzt hatte, war so entnervend, daß sie gar nicht daran denken wollte.

»Pech, denke ich«, antwortete sie mit einem etwas gequälten Lächeln. »Nach dem heutigen Morgen komme ich mir wirklich wie ein blutiger Anfängertourist vor.«

Er musterte sie lange und nachdenklich mit seinen dunkelblauen Augen. Schließlich sagte er: »So was kommt vor. Falls noch etwas passiert, gestatten Sie mir hoffentlich, Ihnen zu helfen.«

»Ich werde Ihre Rettungsagentur in meine Kartei aufnehmen.«

»Ich meine es ernst.«

Es hatte eine Zeit gegeben, in der auch sie, wie jeder normale Teenager, Träume von einem beschützenden Ritter gehabt hatte. Der Mann, der ihr jetzt gegenübersaß, hatte die besten Voraussetzungen dazu: er strahlte Wärme und Besorgnis aus und sah sogar noch besser aus, als sie von ihrer ersten Begegnung in Erinnerung hatte. Die Lachfalten in seinem Gesicht waren noch ausgeprägter, die Haare noch üppiger und das Braun noch dunkler. Sein Anzug war teure Maßarbeit, und er trug ein Hemd aus weißer Seide. Aber trotz allem war er ein Fremder, jemand mit eigenen Problemen. Und Charles hatte sie ein für allemal von albernen Träumen kuriert.

Sie schüttelte den Kopf. »Ich danke Ihnen wirklich für Ihre Besorgnis, aber ich bin nur auf Urlaub, das ist alles. Es wird nichts mehr passieren.«

»Klopfen wir auf Holz«, sagte er, und sein Mund verzog sich amüsiert. »Oder vielleicht auch nicht. Ihr Pech ist scheinbar mein Glück.«

»Ich glaube, mir reicht's, selbst wenn Sie zufällig wieder gerade daneben stehen würden«, sagte sie und klopfte auf den Tisch.

Das Lächeln verschwand, und er streckte die Hand aus und hob eine Haarsträhne von ihrem Gesicht. »Wissen Sie, daß Sie einen Ohrring verlieren?«

Sie griff nach dem breiten, achtzehnkarätigen Goldring in dem Ohr, auf das er zeigte, und zuckte zusammen, weil das Loch in ihrem Ohr ganz wund war. »Er war wohl dem Kerl mit der Faust im Weg. Gut, daß er aufgegangen ist.«

»Moment, ich mach' ihn fest.« Er wartete nicht auf ihre Erlaubnis, sondern beugte sich vor, nahm den Ring und zog den Goldhaken durch die Öse.

Er war Joletta so nahe, daß sie die dichten dunklen Reihen seiner Wimpern sehen konnte und den Schatten dunkler Bartstoppeln unter seiner Haut. Sie fühlte sich mit einemmal seltsam verletzlich. Was er machte, war auf seine Art eine sehr intime Sache; die meisten Männer, die sie kannte, wären meilenweit gerannt, um so etwas nicht tun zu müssen, oder hätten bei dem bloßen Gedanken nur noch linke Hände gehabt.

Seine Finger streiften ihre Wange und brachten ein leichtes Schaudern und die Erinnerung seiner Lippen auf den ihren zurück. Angesichts seiner geschickten Bewegungen fragte sie sich, was für intime Dinge sie wohl sonst noch so gut beherrschten.

Diese unerwartete geistige Abschweifung trieb ihr die Röte ins Gesicht. Um sie zu vertreiben, sagte sie: »Sie haben mir noch nicht erzählt, warum Sie in England sind.«

Er sah ihr direkt in die Augen. »Wenn ich sage, Sie hätten mich hierhergeführt, würden Sie mir dann glauben?«

»Offen gesagt, nein«, erwiderte sie.

»Das hab' ich mir gedacht«, sagte er seufzend, ließ aber ihr hochrotes Gesicht nicht aus den Augen, als er fortfuhr: »Also gut, die Antwort ist Geschäft und Vergnügen, ich habe mich dazu entschlossen, ein bißchen von einem mit viel vom anderen zu mischen.«

»Was genau machen Sie denn?« Sie stützte ihren Ellbogen auf die Tischkante und ihr Kinn in die Handfläche, während sie auf seine Antwort wartete.

»Es gibt Leute«, begann er locker, »die sagen würden, daß ich überhaupt nichts mache, das aber sehr gut.«

»Ein Playboy?« fragte sie zweifelnd.

»Nicht ganz.«

»Das hab' ich mir gedacht. Ich glaube, mich zu erinnern, daß Sie in New Orleans auch geschäftlich zu tun hatten.«

»Ah ja, ich war mir nicht sicher, ob Sie das noch wissen.«

»Diese Nacht verfolgt mich immer noch«, sagte sie erbost. »So oft werde ich auch nicht beinahe überfallen.«

»Ich hoffte für einen Moment, daß vielleicht etwas anderes sie erinnerungswürdig gemacht hätte.«

Ihr fragender Blick wurde leider Lügen gestraft, da sie wieder errötete.

»Ich glaube, Sie wissen, was ich meine«, sagte er, stützte auch den Ellbogen auf den Tisch und lächelte in ihre Augen.

Die Antwort darauf wurde ihr durch die Ankunft des Essens erspart. Rone lehnte sich im Stuhl zurück, damit der Kellner servieren konnte, aber sie war sich seines Blickes sehr bewußt. Als der Kellner wieder gegangen war, war sie bereit. Sie nahm ihre Gabel, spießte einen Pilz auf und sagte: »Sie wollten mir von Ihrer Arbeit erzählen.«

»Wirklich? Ja, vielleicht wollte ich das. Um die Wahrheit zu sagen, ich handle mit Illusionen.«

»Sie sind Zauberer?«

»Ich hätte sagen sollen, gefilmte Illusionen.«

»Richtig. Ein Filmmogul also.«

»Nicht direkt«, sagte er und schnitt eine Grimasse. »Ich produziere Werbespots.«

Sie war sich nicht sicher, ob sie ihm glauben sollte. Seine Stimme hatte einen spöttischen Unterton, der entweder gegen ihn gerichtet war oder gegen sie. Auf jeden Fall hatte er offensichtlich seine helle Freude daran, sie zu necken. Sie sagte langsam: »Ach, wirklich?«

»Das ist eine ganz legitime Beschäftigung.«

»Da bin ich mir sicher, ich hatte nur erwartet, daß Sie irgendein mächtiger Manager sind.«

»Langweilig und beschränkt. Ich ziehe es vor, mein eigener Herr zu sein. Sagen Sie mir doch noch einmal die Orte, die auf Ihrem Reiseplan stehen, so wie Sie sie bei der Polizei angegeben haben. Ich bin gerade zu dem Entschluß gekommen, daß ich sie vielleicht auch besuchen muß, um ein paar Plätze für ein neues europäisches Layout zu finden.«

»Statt eines britischen Layouts, meinen Sie?«

Sein Lächeln war amüsiert, aber es steckte auch noch etwas mehr dahinter. »Nein, da liegen Sie ganz falsch. Die Geschäfte, die mich hierhergeführt haben, sind in kurzer Zeit zu regeln.

Aber da ich schon mal hier bin und Sie auch, habe ich den plötzlichen Drang, mich mit Ihnen zu verbünden, auf Ihren Reisen hinter Ihnen herzutraben. Hätten Sie was dagegen?«

Ihre Gabel hielt mit einem Stück Ei auf halbem Weg zum Mund inne. Sein leichtsinniges Gehabe paßte so gar nicht zu seiner kraftvollen Persönlichkeit.

»Schauen Sie nicht so überrascht«, sagte er. »Haben Sie noch nie impulsiv gehandelt?«

»Ich sitze augenblicklich hier mit Ihnen. Mehr Erfahrung mit Impulsivität habe ich bis jetzt noch nicht.« Es gelang ihr, locker zu klingen, wenn auch nur mit Mühe.

»Und selbst das nur gegen Ihr besseres Wissen, nicht wahr?«

»Können Sie mir daraus einen Vorwurf machen? Ich kenne Sie jetzt genausowenig wie in der Nacht, als wir uns das erste Mal begegneten.«

»Wenigstens weiß ich jetzt Ihren Namen, auch wenn ich ihn mir von den Kofferanhängern holen mußte.«

»Das zählt wohl kaum.«

»Nein, Ma'am, wohl nicht, Ma'am.«

»Hören Sie auf damit! Ich hab' nichts dagegen, wenn Sie mich Joletta nennen, wirklich nicht. Es ist nur –«

»Richtig«, sagte er kopfschüttelnd. »Sie sind eine konventionelle Frau und können nicht über Ihren Schatten springen. Vergessen Sie, daß ich irgend etwas gesagt habe.«

»Sie haben doch wohl nicht erwartet, daß ich zustimme?« Sie wußte, daß sie es dabei belassen sollte, aber etwas an seinem Verhalten gab ihr das Gefühl, sie wäre zu schroff gewesen.

»Man sollte nie die Hoffnung aufgeben. Aber zu meiner Verteidigung muß ich sagen, daß ich nicht vorgeschlagen habe, das Bett mit Ihnen zu teilen oder auch nur Ihr Zimmer.«

Die Muskeln in ihrem Unterleib verkrampften sich reflexartig. Sie entgegnete fest: »Das hab' ich auch nicht gedacht.«

»Gut. Ich bin froh, daß wir das geregelt haben.«

War seine Stimme einen Hauch zu gönnerhaft? Der Gedanke, daß er sie auslachte, paßte ihr gar nicht. Um die Situation zu retten, sagte sie: »Auf jeden Fall sehen Sie nicht aus wie ein Mann, der mit einer Gruppenreise zufrieden wäre.«

»Sie wären überrascht, mit was ich alles zufrieden sein kann«, erwiderte er und lächelte, als er sah, wie sie schnell zu ihm hinaufschaute. Seine funkelnden Augen waren eine Herausforderung.

Sie nahm sie an, wenn auch auf einer anderen Schiene. »Ach wirklich? Ich nehme an, es gibt für Sie nichts Schöneres als eine Nachmittagstour auf einem Londoner Doppeldeckerbus, der mit einem Besuch des Turms von London endet?«

»Um ehrlich zu sein«, entgegnete er, »es ist wirklich praktischer, den Turm mit einer Führung anzuschauen. Da wird man an den normalen Touristen vorbeigewunken und muß nicht Schlange stehen.«

»Ja«, stimmte sie fröhlich zu. »Ich wollte zuerst im Hydepark spazierengehen, damit ich ein bißchen Bewegung nach der langen Sitzerei im Flugzeug kriege.«

Er schob seinen Teller weg und sah sie etwas erstaunt an. »Alles an einem Tag?«

»Außerdem hatte ich vor, mit der Untergrundbahn in den Park zu fahren, nur um zu sehen, ob ich mit dem System klarkomme. Keine Taxis.«

»Richtig.« Seine Stimme klang hohl.

»Ich hab' nicht viel Zeit, um alles unterzubringen«, begründete sie und verkniff sich ein Grinsen. »Natürlich verstehe ich es, wenn Sie sich entschließen, mir doch nicht zu folgen.«

»Wäre mir nie in den Sinn gekommen«, widersprach er und zeigte auf ihren Teller. »Essen Sie auf. Wir müssen uns beeilen, wenn wir den Plan durchziehen wollen.«

Sie war sich so sicher gewesen, daß er einen Rückzieher machen würde. Jetzt war sie eine Gefangene ihres eigenen Leichtsinns und mußte mit ihm gemeinsame Sache machen. Aber was konnte es schon groß schaden? Sie würden immer unter Leuten sein und gar keine Zeit für Probleme haben.

Das größte Hindernis für die Durchführung ihres Programms war Rone.

Er versuchte sein Bestes, sie abzulenken, indem er anbot, ein Ruderboot zu mieten und sie auf dem See im Park spazierenzufahren oder ihr eine Tasse Tee und ein Gurkensandwich für ein

Picknick unter den blühenden Kastanien zu kaufen. Er machte sie auf die ungewöhnlichen Farbkombinationen der blassen, grauweißen englischen Büroangestellten aufmerksam, die auf dem smaragdgrünen Gras lagen und sich langsam in der unerwartet warmen Nachmittagssonne krebsrot färbten. Er trödelte bei den Anarchisten und Weltuntergangspredigern an der Speaker's Corner und bestand darauf, ein halbes Dutzend Fotos von Joletta neben einer reetgedeckten Parkwächterhütte vor einer Wiese voller Glockenblumen zu machen.

Im Turm flüsterte er ihr wilde Pläne zum Raub der Kronjuwelen ins Ohr, als sie in der endlosen Schlange an ihnen vorbeidefilierten. Sie verloren den Anschluß an die Gruppe, als sie stehenblieben, um die Raben im Hof anzuschauen, die durch die Legende gezwungen waren, im Turm zu bleiben, damit er nicht fiel und England mit ihm. Er hatte großes Mitleid mit den Vögeln und sagte, sie wären moderne Gefangene, die eine grausame und ungewöhnliche Strafe erdulden müßten; Raben paarten sich nämlich im Flug, und durch ihre gestutzten Flügel waren sie zu ewigem Zölibat verdammt.

Joletta lachte ihn aus und versuchte, ihn, so gut es ging, zu ignorieren, während sie mit Kamera, Schultertasche und Notizbuch jonglierte, um alles festzuhalten, was sie sah. Sie machte sich genaue Notizen von Entfernungen und Zeiten und allem anderen, das mit Zahlen auszudrücken war, angefangen von Straßen bis zu den Segmenten des Turmes. Es dauerte einige Zeit, bis sie merkte, daß Rone trotz all seiner Albernheit eine große Hilfe war. Er hatte schon früh am Tag die Kameratasche übernommen und hielt ihr oft das Notizbuch, wenn sie die Kamera benutzte. Gelegentlich nahm er auch ihre Schultertasche, wenn sie ihr im Weg war. Sie war dankbar, bis sie bemerkte, daß er heimlich ihre Notizen mitlas.

Als sie wieder einmal vor dem Turm ihre Schultertasche von ihm entgegennahm, sah sie ihm lange direkt in die Augen. Er hielt ihrem Blick einen Moment stand, dann zog er eine Augenbraue hoch.

»Ja, Ma'am?«

»Nichts«, antwortete sie und rang sich ein Lächeln ab.

Sie sagte sich, seine Hilfsbereitschaft wäre ganz natürlich, Ergebnis seiner angeborenen Höflichkeit. Und es war doch nur menschlich, daß er einen Blick auf das Geschriebene warf, wenn er ihr Notizbuch in der Hand hielt. Mehr steckte nicht dahinter.

Was könnte es auch sonst sein?

Sie beendeten den Abend mit einem Steak und Nierenpastete und einer Flasche Cabernet Sauvignon in einem kleinen Restaurant im West End. Sie stritten sich so heftig darüber, ob außer den Nieren noch Leber in der Pastete war oder ob die Nieren nach Leber schmeckten, daß sie zwei Kellner, einen Pikkolo und den Koch damit beschäftigten. Aber anscheinend gab es keine Antwort auf die Frage, und am Ende der Diskussion stellte Joletta fest, daß sie so müde war, daß ihr alles egal war.

Rone bestand darauf, mit ihr hineinzugehen, als sie beim Hotel angelangt waren. Joletta merkte, wie ihr Magen sich vor Anspannung verkrampfte, als sie sich ihrer Tür näherten. Es war ein so schöner Tag gewesen, und es wäre zu schade, wenn er jetzt mit einem Streit darüber, ob er bleiben konnte oder nicht, vor ihrer Tür endete.

Diese Sorge hätte sie sich sparen können. Er öffnete ihr die Tür und warf einen Blick in das Zimmer. Dann drehte er sich um und reichte ihr den Schlüssel. Sie griff danach, aber er nahm ihre Hand und hielt sie lange fest, und seine blauen Augen musterten sie nachdenklich. Sein Mund wurde schmal, er schüttelte kaum merkbar den Kopf und ließ den Schlüssel in ihrer Hand fallen. Dann verschwand er mit einem kurzen Gutenachtgruß und dem Versprechen, sie am nächsten Morgen anzurufen.

Joletta blieb stehen, als sich die Tür hinter ihm geschlossen hatte. Er hatte nicht einmal versucht, sie zu küssen. Einen Augenblick lang hatte sie gedacht – aber nein. Es war überraschend nach dem, wie alles begonnen hatte. Aber er war auch ein überraschender Mann.

Sie wog den Schlüssel in der Hand und überlegte, ob sie jetzt erleichtert oder beleidigt war. Sie wußte es nicht, wirklich nicht.

4. Kapitel

4. Mai 1854
Heute ging ich Küchenhandtücher aus englischem Leinen kaufen, wie sie mir meine Cousine Lilith beschrieben hatte, die sie auf ihrer Reise nach Übersee im Warenhaus von Fortnum und Mason fand. Ein triviales Unterfangen, aber diese Küchenhandtücher sind das einzige, was Gilbert mir bisher zu kaufen erlaubte. Sein Vorschlag war ein schlichter grauer Streifen, bevor er das Hotel zu einem Besuch beim Schreiner verließ. Ich habe zwölf Stück in hellblauem Karo bestellt und bete, daß er sie verabscheuen wird.

Hinterher wurde ich vom Regen überrascht.

Wie einfach es doch ist, diese nüchternen Worte zu schreiben, und wie verwirrend es war – ich würde gern sagen, wie erregend, aber dieser Zustand ist sehr unziemlich für eine gesetzte verheiratete Dame von sechsundzwanzig.

Violet wanderte durch die Lebensmittelabteilungen von Fortnum und Mason, hielt gelegentlich inne, um sich die Picknickkörbe, die Vanillestangen oder Teedosen anzusehen, schlug aber alle Angebote, ihr zu helfen, aus. Sie hätte gerne ein paar Sachen gekauft, etwas Käse und Wein vielleicht, oder eine kleine Torte oder ein Glas Kekse, um sie mit auf die Zimmer zu nehmen, die Gilbert und sie bewohnten. Doch sie wußte, daß das ihrem Mann nicht recht wäre. Gilbert war sehr darauf bedacht, immer korrekt aufzutreten und wäre entsetzt gewesen, wenn das Hotelpersonal auf den Gedanken käme, daß er zu sparen versuchte, indem er auf dem Zimmer aß, anstatt in ein Restaurant zu gehen. Sie waren in Brown's Hotel abgestiegen, einem Etablissement, das Lord Byrons Diener vor einigen Jahren eröffnet hatte, eine Tatsache, die dem Hotel ein zusätzliches Qualitätskennzeichen verlieh. Violet fand es einfach altmodisch.

Für Violet war es ein seltsames Gefühl, ohne Zofe auf den Straßen unterwegs zu sein. Hermine, ihr ständiger Schatten in New Orleans, sobald sie auch nur einen Fuß vor die Tür setzte, vertrug das englische Klima nicht und lag mit einer Erkältung im Bett. Doch trotz der vielen Frauen, die entweder paarweise oder in Begleitung eines Herrn unterwegs waren, gab es eine Reihe respektabel aussehender Frauen, die allein unterwegs waren. Sie waren so zahlreich, daß Violet nicht fürchten mußte, sich ungesittet zu verhalten. Wie sie entdeckte, brachte die fehlende Anstandsdame auch Vorteile. Sie kam allein wesentlich schneller vorwärts. Und es gab ihr ein wunderbares Gefühl von Freiheit, einkaufen zu können, ohne daß Hermine ihr über die Schulter schaute und verächtliche Kommentare abgab und ständig über das Gewicht des Einkaufkorbs jammerte.

Violet verließ das Geschäft und spazierte ohne besonderes Ziel die Straße entlang und genoß ihren Ausflug. Sie blieb vor einem Schaufenster stehen, in dem Souvenirs von Prinz Alberts großer Ausstellung ausgestellt waren, die vor drei Jahren stattgefunden hatte. Unter anderem gab es raffinierte kleine Glaskästchen in Form des herrlichen Glaspalastes. Sie ging in einen Buchladen, um ein bißchen herumzuschmökern und sah sich verlockt, sich ein altes handgebundenes und schönes illustriertes Büchlein mit William Blakes Gedichten zu kaufen, tat es dann aber doch nicht. Sie war schon ein ganzes Stück gegangen, als der Himmel sich plötzlich verdüsterte und dumpfer Donner grollte.

Sie hatte zwar einen Schirm dabei, aber dieser war zum Schutz gegen die heiße Sonne Louisianas gedacht und nicht gegen englischen Regen. Die befranste Seidenbespannung war nicht nur erbärmlich dünn, sondern auch viel zu klein, um ihre ausladende Krinoline zu schützen. Violet sah sich nach einer Mietkutsche um, aber sie waren alle besetzt. Die Londoner hatten den Wetterumschwung viel schneller bemerkt als sie.

Ein kühler Wind blies die Straße entlang. Er bauschte ihre grünen Seidenröcke auf und ließ ihre Schärpe aus Balmoral-Wollstoff und die passenden Bänder auf ihrem kleinen jadegrünen Samthütchen, das keß auf ihren Locken saß, flattern. Sie schaute sich nach einem Unterstand um. Ein kleines Stück weiter, auf der anderen Seite der Straße, sah sie den marmornen Bogeneingang zu einem kleinen Park. Im Park selbst blühten riesige Kastanien und Rhododendronbüsche, umrankt von Kletterpflanzen. In der Mitte stand ein gußeiserner Pavillon, umrahmt von den gewundenen Stämmen von Ginkgo-Bäumen.

Die ersten Regentropfen pladderten vom Himmel, Violet öffnete ihren Schirm, raffte ihre Röcke und stieg vom Gehsteig auf die Straße. Sie hielt den dürftigen Schirm vor sich, um ihr Gesicht vor dem Wind zu schützen, und rannte zur anderen Seite los.

Plötzlich war lautes Pferdegetrappel zu hören, schrilles Wiehern und das gequälte Quietschen einer Handbremse. Ein Mann fluchte laut, und eine Peitsche knallte. Violet riß ihren Schirm beiseite und sah eine Mietkutsche auf sich zurasen. Der Fahrer mit seinen dicken Koteletten riß an den Zügeln, und das mächtige graue Pferd bäumte sich direkt vor ihr auf.

Mit einemmal packte sie eine eiserne Hand um die Taille. Ihr drehte sich der Kopf, als sie, halb gezogen, halb gezerrt, zum Gehsteig geschleppt wurde. Die Eisenräder der Kutsche fuhren in wenigen Zentimetern Abstand vorbei, so daß sich ihr Kleid im Fahrtwind bauschte. Der Wind trug die Flüche des Fahrers und das verärgerte Geschrei des Fahrgastes, der aus dem Fenster hing, zu ihr zurück.

Der harte Griff des Mannes um ihre Taille und die beißende Enge ihres Korsetts schnürten Violet die Luft ab. Zitternd versuchte sie mit bebender Brust, Luft in ihre gequetschte Lunge zu bekommen und starrte auf die Krawatte des Mannes, der sie festhielt. Die Insignien der goldenen Krawattennadel und das zarte Farnmuster auf seiner Weste vollführten ein kleines Tänzchen vor ihren Augen, dennoch wußte sie, daß sie dieses Muster ihr Leben lang nicht vergessen würde. Als sie sicher war, daß sie nicht aus Atemnot in Ohnmacht fallen würde, hob sie langsam den Blick.

Seine Augen sah sie zuerst. Sie waren so klar, gütig und herzlich, trotz ihrer kristallinen blaugrauen Farbe. Sie waren leicht nach unten geschwungen, die Brauen gerade, und seine Wimpern waren so dicht, daß sie seinem Blick etwas Geheimnisvolles gaben. Seine Backenknochen waren hoch, geradezu slawisch, die

Nase gerade und das Kinn energisch. Sein Mund war kräftig geschwungen, hatte aber etwas Sanftes. Er hatte in der Aufregung den Hut verloren und sein kurzgeschnittenes rostbraunes Haar war von der Feuchtigkeit und dem Wind völlig zerzaust.

Violet wurde sich jetzt plötzlich seines schweren Herzschlags unter ihren Händen bewußt, die zwischen ihnen beiden gefangen waren. Der dunkle, lavendelblaue äußere Ring um ihre braunen Augen verdüsterte sich, und der Mond ihrer eigenen pechschwarzen Wimpern senkte sich auf ihre Wangen.

Sie wurde unvermittelt losgelassen.

»Verzeihung, Mylady«, sagte der Mann, machte einen Schritt zurück, die Hände streng an der Hosennaht, und verbeugte sich.

Sie hatte gewußt, daß er mit Akzent sprechen würde, noch ehe er etwas sagte. »Nein, bitte«, sagte sie leise. »Ich muß Ihnen danken.«

»Ich bitte Sie, tun Sie das nicht. Was ich getan habe, war nicht der Rede wert.« Er sah sich um, und sein Blick fiel auf seinen Hut, der von einer Kutsche zerquetscht auf der nassen Straße lag. Daneben lag ihr Schirm, der Griff in zwei Teilen, und die gebrochenen Rippen ragten durch die flatternden Seidenfetzen. Der Regen wurde zusehends stärker.

»Wie mir scheint, ist Ihr Schirm genauso nutzlos wie mein Hut, sonst würde ich ihn für Sie holen.«

»Bitte lassen Sie es«, murmelte sie.

»Nein, aber Sie müssen ins Trockene. Kommen Sie.«

Er nahm ihren Arm und zog sie auf den gußeisernen Pavillon zu. Sie folgte ihm bereitwillig und raffte ihre voluminösen Röcke, um schneller laufen zu können. Sie rannten über das nasse Gras, die kleine Treppe hinauf und duckten sich unter dem Wasserstrahl, der von dem niedrigen Schieferdach schoß. Violets Röcke wirbelten um sie herum und legten sich dann, als sie sich zur offenen Tür gedreht hatte.

Es war erstaunlich, wie dunkel es unter dem Schatten der Bäume mit dem nahenden Gewitter geworden war. Der Regen hämmerte wie ein Wasserfall auf das frische Frühlingsgrün der Blätter und das Gras, ließ die Schindeln klappern und plätscherte auf die Pavillonstufen.

Violet starrte wie hypnotisiert in den Regen hinaus, doch dann erschauderte sie kurz und rieb sich die Arme. Die Kühle kam von innen, denn ihre Arme waren von den Ärmeln ihrer grünen Samtjacke mit dem Schößchen bedeckt. Regentropfen hatten sich auf dem Samt gesammelt, und sie streifte ihre Handschuhe ab und versuchte angestrengt, sie wegzubürsten. Der Stoff war sicher ruiniert, und sie hatte die Jacke kaum zweimal getragen. Gilbert würde nicht erfreut sein.

Der Mann neben ihr sagte leise: »Ich weiß, es entspricht nicht ganz den Regeln, aber da niemand da ist, der mich vorstellen kann, erlauben Sie mir vielleicht, mich selbst vorzustellen?« Er neigte kurz den Kopf. »Ich bin Allain Massari, Mylady, zu Ihren Diensten.«

»Wie könnte ich so undankbar sein und mich weigern, Ihre Bekanntschaft zu machen?« sagte sie und reichte ihm ihre behandschuhte Hand. »Aber ich glaube, Sie sind kein Engländer. Franzose vielleicht? Oder Italiener?«

Seine Augen funkelten amüsiert. »Meine Mutter war halb Italienerin und halb Französin, und mein Vater nannte kein Vaterland sein eigen, genoß aber die Freuden vieler Länder, insbesondere die Englands. Ich bin vieles, aber ich betrachte mich einfach als Europäer.«

War das nur eine elegante Umschreibung der Tatsache, daß er kein Recht auf den Namen seines Vaters hatte und deshalb den seiner Mutter angenommen hatte? Aber sie konnte ihm unmöglich eine so peinliche Frage stellen. Außerdem spielte es ohnehin keine Rolle, weil ihre Bekanntschaft bestimmt nicht von langer Dauer sein würde. Diese Gedanken huschten durch Violets Kopf, als sie plötzlich merkte, daß sie gar nicht mehr englisch sprachen. »Ah, Sie sprechen aber ausgezeichnet französisch, Monsieur.«

»Ich hatte das Gefühl, so fühlen Sie sich wohler. Ich habe doch recht, nicht wahr?«

Sie stimmte zu und erzählte ihm, daß sie aus dem französischen Louisiana stammte. Dann sagte sie: »Sprechen Sie auch so gut italienisch?«

»Ich bin glücklicherweise begabt, was Sprachen betrifft«, sagte er kurz, dann fiel sein Blick auf ihre Wange. Er runzelte die Stirn und zog ein Taschentuch aus dem Ärmel. »Gestatten Sie mir noch dieses eine Privileg?«

Er faßte ihr Kinn mit einer Hand, drehte ihr Gesicht zu dem bißchen Licht, das verfügbar war, und tupfte mit seinem Taschentuch alle Regentropfen von Stirn und Wangen und sogar von ihren Wimpern.

Violet war sich bewußt, daß sie das nicht hätte dulden dürfen, sie hätte zumindest protestieren müssen, aber sie blieb reglos stehen. Seine Hände waren schön geformt und gut gepflegt, hatten jedoch kräftige Schwielen an den Fingern und den Handflächen. Ein untrügliches Zeichen, daß er oft mit dem Degen trainierte. Höchst interessant. Sie ließ ihren Blick über sein Gesicht schweifen, bemerkte den guten Knochenbau und stellte erstaunt fest, wie vertieft er in seine Aufgabe war.

Er duldete ihre stumme Prüfung, und dann sah er ihr plötzlich direkt in die Augen.

Was dann passierte, war unglaublich und gleichzeitig unvermeidlich.

Das Taschentuch entglitt seiner Hand, es flatterte hinunter auf ihre weiten Röcke und glitt dann in schneeweißen Falten zu Boden. Ein leise geflüsterter Satz, eine Bitte oder ein Fluch entwich seinen Lippen, in welcher Sprache, wußte sie nicht, so laut dröhnte ihr Puls in ihren Ohren. Mit unendlicher Behutsamkeit beugte er seinen Kopf und berührte ihre Lippen mit seinen.

Es war ein Kuß von so zärtlicher Süße, solcher Ehrfurcht, daß er ihr Herz berührte. Sie merkte, wie es ihr die Tränen in die Augen trieb, schmeckte ihr Salz, und ihr Mund erbebte unter seinem, ihr Blut schäumte wie prickelnder Champagner durch ihre Adern. Sie fühlte sich entrückt, in den Himmel gehoben, wo, wer und was sie war, keine Rolle mehr spielte. Es war, als hätte sie einen Teil ihrer selbst entdeckt, der ihr entgangen war, ein fehlendes Stück, das die Lücke genau füllte und somit nie wieder verlorengehen konnte. Nur noch der Augenblick zählte und die Gefühle, die ihn zu ihrem machten.

Er hob den Kopf, und sein Blick richtete sich auf die zitternde korallenrote Weichheit ihrer Lippen. Langsam, als koste es ihn übermenschliche Anstrengung, wich er von ihr zurück, bis sein Rücken und seine gespannten Schultern gegen den Mittelpfosten des Pavillons stießen. Jetzt wandte er sich von ihr ab und packte den Pfosten so heftig, daß seine Fingerspitzen blauweiß wurden und das Gebäude irgendwo in den Metallstreben über ihnen ächzte.

»Verzeihen Sie mir«, stammelte er, »meine Manieren – aber ich wollte nicht respektlos sein, ich schwöre es.«

»Bitte sagen Sie so etwas nicht.« Sie sprach so leise, daß er sie nicht gehört hätte, wenn er nicht so angestrengt gelauscht hätte. »Ich – ich, es war auch meine Schuld.«

Er schüttelte den Kopf. »Sie werden mich für einen Filou halten, der die Situation ausgenützt hat. Dem ist nicht so – oder schon, aber es war keine Absicht.«

»Das – ist mir klar.« Ihr Blick richtete sich auf seinen breiten Rücken und wanderte dann zu ihren verkrampften Händen.

»Wirklich?« Er drehte sich wieder zu ihr, hielt aber Abstand.

Ein zittriges Lächeln umspielte ihren Mund. »Ich glaube, wenn es Ihre Absicht gewesen wäre, hätten Sie – mehr Finesse gebraucht.«

In seiner Stimme schwangen Erleichterung und Heiterkeit, als er sagte: »Das möchte ich gerne glauben.«

Ihre Blicke trafen sich für einen langen Augenblick. Sie wandte sich etwas von ihm ab und starrte in den Park hinaus. »Ich bin verheiratet«, bekannte sie.

Er schwieg kurz, bevor er erwiderte: »Ich weiß. Ich habe den Ring gesehen.«

Violet schaute auf ihre Hand mit dem Rubin in dem Diamantenkranz an seinem schimmernden Goldreif, dem traditionellen Ehering von Gilberts Familie. Sie ballte die Hand zur Faust, damit der Ring nicht mehr zu sehen war. Gleichzeitig errötete sie, weil sie sich fragte, ob sie nicht zu weit gegangen war, als sie dem Mann sagte, daß sie verheiratet wäre, wobei sie sein Interesse dafür voraussetzte.

Er ergriff wieder das Wort. »Wo wohnen Sie denn während Ihres Aufenthalts in London?«

»In einem Hotel«, antwortete sie, ohne den Namen zu nennen. »Wir sind nur noch ein paar Tage hier, dann werden wir noch andere Teile von Britannien besichtigen. Anschließend überqueren wir den Kanal nach Frankreich.«

»Nach Paris natürlich.«

Sie nickte. Die Stille, begleitet vom Murmeln des Regens, der allmählich nachließ, dehnte sich zwischen ihnen. Sie warf ihm einen heimlichen Blick zu, aber anscheinend beschäftigte ihn ein Gedanke, kein sehr angenehmer, seiner gerunzelten Stirn nach zu schließen. Sie schluckte und sagte mit erstickter Stimme: »Mein Mann erwartet mich im Hotel. Ich sollte so bald wie möglich dorthin zurückkehren.«

»Ich werde Ihnen eine Mietkutsche besorgen, sobald der Regen aufgehört hat.«

»Das wäre sehr freundlich.«

»Nein«, sagte er, »nur notwendig, auch wenn ich es vorziehen würde, daß dem nicht so wäre.«

Seine Stimme hatte etwas Hohles, Endgültiges. Dennoch verging einige Zeit, ehe er sich bewegte. Auch sie regte sich nicht. Sie sahen einander mit großen Augen und angespannten blassen Gesichtern an.

Der Regen vor dem Pavillon ließ merklich nach. Als die Wolken weiterzogen und der Tag wieder heller wurde, breitete sich ein grünlicher Schimmer über den Park wie ein Dunst aus zerstäubten Smaragden. Irgendwo rief ein Vogel, ein flehender, schmerzlich langer Ton. Niemand antwortete.

Kurze Zeit darauf setzte er sie in eine Kutsche. Violet gab ihm ihre Adresse, da er sie dem Droschkenfahrer zurufen mußte. Er trat mit einer förmlichen Verbeugung zurück, vollkommen korrekt, mit allem nötigen Respekt, doch seine Augen waren düster grau. Violet nickte ihm kurz zu und hob eine behandschuhte Hand zum Gruß. Die Kutsche fuhr los, und als sie sich umdrehte, sah sie, wie er still dastand und ihr nachstarrte.

Gilbert war noch nicht im Hotel, als Violet zurückkehrte. So hatte sie Zeit, die feuchten Sachen auszuziehen und sie zum Trocknen und Bürsten zu schicken. Und es blieb ihr die Zeit, sich einen Tee zu bestellen, den sie brauchte, um die Kälte in ihrem Inneren zu vertreiben und sich wieder zu fangen.

Sie saß in einem blauen Wollmorgenmantel vor einem kleinen Kohlenfeuer in ihrem Schlafzimmerkamin, als ihr Gatte zurückkehrte. Sie stellte ihre Tasse ab, um ihm Tee einzugießen. Er ging zu ihr und küßte sie kurz auf die Stirn, dann drehte er den Rükken zum Feuer und nahm die Tasse, die sie ihm anbot. Er roch nach alter Wäsche und Rauch von den Zigarillos, die sie, wie er wußte, haßte. Unerklärlicherweise zitterte ihre Hand, als sie ihm die Tasse reichte, so daß sie auf dem Unterteller klapperte.

»Hattest du Erfolg bei dem Schreiner?« fragte sie hastig, um den peinlichen Moment zu überspielen.

»Sehr wenig. Die meisten Truhen und Anrichten, die in England heutzutage angefertigt werden, sind für winzige Zimmer wie dieses Hotelzimmer hier geschaffen. Ich kann ihnen anscheinend nicht begreiflich machen, daß man etwas Großzügigeres braucht für die höheren Decken und die größeren Räume bei unserem Klima in Louisiana. Sie denken nur daran, der Kälte mit kleinen, geschlossenen Räumen zu begegnen anstatt mit großen, offenen, die man gegen die Hitze braucht.«

»Ich hatte gedacht, bei dem augenblicklichen Interesse für Indien, das dasselbe warme Klima hat –«

»Ah, die Engländer! Sie erwarten, daß Indien sich ihren Bräuchen anpaßt – das heißt ihren Möbeln – anstatt andersherum.«

»Aber die wunderschönen Paravents und Stoffe der östlichen Königreiche, ganz zu schweigen vom Porzellan und den mit Messing eingelegten Tischen, sind doch jetzt in Mode.«

»Nur als Dekoration, nicht für Möbel«, sagte er knapp. »Ich denke daran, mich nach älteren Stücken umzusehen, die vielleicht aus alten Herrenhäusern auf dem Land stammen. Die sollten einen passenderen Maßstab haben.«

»Eine ausgezeichnete Idee«, stimmte sie zu, weil sie wußte, daß er das erwartete.

Er nippte an seinem Tee und fuhr dann fort. »Aber es wäre vielleicht besser, die Suche hier aufzugeben und sofort nach Frankreich überzusetzen. Wegen des augenblicklichen Krieges herrscht so große Verwirrung und Gedränge in den Häfen, weil das Kriegsmaterial für die Truppen in der Türkei und im Schwarzen Meer befördert werden muß, daß es ernsthafte Probleme mit dem Transport der Möbel auf dem Seeweg nach Louisiana geben könnte. Die meisten sind der Meinung, daß es nur noch schlimmer wird.«

Violet wußte, daß es ihrem Mann gar nicht so unrecht war, hier in Europa zu sein während der Auseinandersetzung in der Krim. Er war sehr an dem Eklat interessiert, der die Führer Großbritanniens, Frankreichs, Österreichs und Preußens gegen Zar Nicholas den Ersten von Rußland vereint hatte, der versuchte, das Schicksal der Türkei zu bestimmen, die als ›kranker Mann Europas‹ bezeichnet wurde. Gilbert ging sich die Zeitung holen, in der die neuesten telegraphischen Berichte über die Kriegsaktivitäten abgedruckt waren. Die letzte Mitteilung hatte vom Eintreffen der britischen und französischen Truppen im Schwarzmeerhafen Warna berichtet, die Konstantinopel vor einem russischen Angriff schützen sollten.

»Glaubst du, es wird wirklich gekämpft?« fragte sie.

»Das englische Volk scheint vom Kriegsgeist erfaßt zu sein. Es sieht aus, als müßten Aberdeen und sein Kabinett noch vor dem Sommer eine Invasion in die Krim anordnen, um die Volksseele zu beruhigen, und zwar nur aus diesem Grund.«

»Einen Angriff auf den russischen Marinestützpunkt in Sewastopol?«

»Genau.« Seine Antwort war sehr knapp.

Es ärgerte Gilbert, wenn sie zuviel Verständnis für Themen zeigte, die seiner Meinung nach Männern vorbehalten waren. Violet wußte das, ließ aber nicht locker. »Da England und Frankreich Verbündete sind, hätten wir wohl dieselben Probleme, Möbel aus Frankreich zu schicken wie aus England?«

»Napoléon der Dritte ist nicht so wild darauf, die russischen Ansprüche an die Türkei herabzusetzen, deswegen sind in Frankreich die Kriegsvorbereitungen noch nicht so weit fortgeschritten wie in England. Es sollte keine größeren Schwierigkeiten geben, wenn wir hier nicht zuviel Zeit vergeuden.«

Violet neigte den Kopf zur Seite. »Ich habe natürlich keine Einwände, trotzdem hatten wir doch geplant, noch so vieles zu besichtigen: Bath und Brighton, das Seegebiet – ganz zu schweigen von Schottland und Wales.«

»Es hindert uns nichts daran, wieder hierherzukommen, vielleicht später in diesem Jahr, wenn die Kriegsaktivitäten etwas nachlassen, weil die Armeen in die Winterquartiere gehen. Was Bath angeht, so können wir einen kleinen Umweg dorthin machen. Ich glaube, eine Gelegenheit für dich, das Wasser dort zu trinken, rechtfertigt in jedem Fall den Umweg.«

»Ja, natürlich«, sagte Violet, obwohl es sie einige Mühe kostete.

»Aber wie war dein Morgen, *chère?*« fuhr ihr Mann fort. »Hast du den Handtuchstoff gefunden?«

Sie erzählte ihm von ihrem Einkauf und beschrieb ihren Beinaheunfall und den kleinen Garten, in dem sie Unterschlupf gefunden hatte. Den Mann erwähnte sie nicht. Gilbert war ein sensibler Mann, der oft mehr verstand, als man ihm sagte. Außerdem war er sehr eifersüchtig. Sie zog es vor, die Ereignisse nicht allzu detailliert zu schildern.

Sie erwischte sich dabei, wie sie Gilbert musterte, während er so vor ihr stand. Nach fast sieben Jahren Ehe hatte sie immer noch das Gefühl, ihn kaum zu kennen. Er war ein sehr abweisender Mensch, der nur selten jemanden ins Vertrauen zog.

Ein Teil des Problems, vermutete sie, war der Altersunterschied zwischen ihnen. Gilbert war fast zwanzig Jahre älter als sie. Manchmal hatte sie das Gefühl, er betrachtete sie als Kind, das ständig geführt und dirigiert und vor allen äußeren Einflüssen geschützt werden mußte.

Gilbert Fossier war ein wohlhabender Mann. Er besaß Zukker- und Baumwollplantagen, Lagerhäuser und Dampfer und ein großes Stück Land im Vieux Carré von New Orleans. Er hatte als junger Mann geheiratet, aber seine Frau war am Gelbfieber in einer der ständig wiederkehrenden Epidemien gestorben. Er hatte all seine Energien darauf verwendet, sein Vermögen zu mehren, bis er Violet bei ihrem Debüt auf einem Ball im Opernhaus gesehen hatte. Noch am selben Abend hatte er ihren Vater um die Erlaubnis gebeten, ihr den Hof machen zu dürfen.

Violet hatte keine Einwände gegen die Heirat gehabt. Sie war zwar erst siebzehn, aber keine frivole Natur gewesen. Sie hatte Gilbert sehr distinguiert gefunden, mit seinem kräftigen Körper und den pechschwarzen Haaren mit dem Anflug von Silber an den Schläfen. Sie fühlte sich geschmeichelt, daß ein so mächtiger und wohlhabender Mann ausgerechnet sie auserwählt hatte; den Wert solcher Dinge hatte man ihr von Kindesbeinen an eingetrichtert. Er schien weise und gütig, selbstsicher und beherrscht im Vergleich zu den ungeschickten, hitzköpfigen jungen Männern in ihrem Alter. Sie hatte bereitwillig sein Verlobungsarmband entgegengenommen, ja sogar mit einer gewissen Befriedigung.

Aber dann war die Hochzeitsnacht gekommen, und sie hatte feststellen müssen, daß Gilbert überhaupt nicht beherrscht war, daß ihr bloßer Anblick im Nachthemd ihn von Kopf bis Fuß zittern ließ. Seine Sehnsucht nach ihr war so heftig gewesen und seine Angst zu versagen so groß, daß er sie aufs Bett geworfen und mit schmerzhafter, ungeschickter Hast genommen hatte.

Diese Angelegenheit würde im Lauf der Zeit angenehmer für sie werden, hatte ihr ihre Mutter gesagt. Dem war aber nicht so. Während der wenigen Male, bei denen sich bei ihr eine Reaktion auf die Leidenschaft ihres Mannes regte, hatten ihre vorsichtigen Bewegungen ihn derartig erregt, daß alles vorbei war, noch ehe es beginnen konnte. Ihr Mann wußte das und bedauerte es, glaubte sie, aber anscheinend war er außerstande, etwas daran zu ändern. Sie ertrug seine kurzen Begattungen und war glücklich, wenn er sie alleine schlafen ließ.

Dennoch zweifelte sie nicht daran, daß Gilbert sie liebte. Er war so besitzergreifend in seiner Anbetung, daß er stundenlang toben konnte, wenn sie einen Mann, der ihr vorgestellt wurde, nur anlächelte, oder er warf sich vor ihr auf die Knie, und sie mußte ihm ihre Treue versichern, wenn ein Mann zufällig zweimal nach ihr schaute, wenn sie an ihm vorbeiging.

Er war gütig und großzügig, aber gelegentlich ein echter Tyrann. Er war klug, duldete aber nicht, daß man seine Kenntnisse anzweifelte. Sein Selbstvertrauen war natürlich ein Teil von ihm, aber wenn jemand seine Autorität in Frage stellte, konnte er sehr hartnäckig werden. Er hatte seit ihrer Heirat zugenommen, war ziemlich dick um die Taille geworden, und seine Haare waren grauer und dünner. Seine Augen, hellbraun mit grünen Flecken um die Pupillen, waren noch weiter eingesunken, und ihr Blick war zynischer geworden.

Er beobachtete sie jetzt forschend mit halbgeschlossenen Lidern. Ihr stockte das Herz, und sie versuchte, dem Blick auszuweichen, indem sie sich auf den Inhalt ihrer Teetasse konzentrierte.

Sie hatte seinen Ausdruck mißverstanden.

Er nahm die Teetasse aus ihrer Hand und stellte sie auf den Kaminsims, ergriff ihre Hand und zog sie hoch. »Wirklich faszinierend, dich nachmittags im Morgenmantel zu sehen, *chère.* Ich dachte schon, du würdest dich nicht wohl fühlen. Ich bin entzückt, daß das nicht der Fall ist.«

Violet erschrak, als er die Rundung ihrer Brust unter der Wolle berührte. »Aber Gilbert«, sagte sie hastig. »Hermine könnte sich entschließen, aufzustehen und jeden Moment hier hereinkommen.«

»Sie würde nie ohne Erlaubnis eintreten.«

»Sie würde es sehr seltsam finden, wenn die Türen verschlossen sind.«

»Was spielt das für eine Rolle? Außerdem muß sie doch wissen, daß das einer der Gründe für unsere Reise ist, eine bessere Gelegenheit, dich zu schwängern.«

Das konnte sie nicht abstreiten. Hermine, eine Frau mit herzhaften Gelüsten, würde es ohne Zweifel gut finden. In ihren Augen war ihre Herrin zu kühl, und sie glaubte, aus diesem Grund hätte sie noch nicht empfangen.

Die Zofe war auch der Meinung, daß Violet dringend ein Kind haben müßte, um ihren Status zu heben. Als Zofe des Hausherrn wurde sie ohnehin sehr respektiert, aber ihre Stellung wäre wesentlich glanzvoller, wenn Violet auch noch die Mutter des Erben von Fossiers Vermögen würde. Nach so vielen unfruchtbaren Jahren waren Hermines Hoffnungen schon fast versiegt, bis die Pläne für einen Aufenthalt in Europa zur Sprache kamen. Sie war sich sicher, daß eine Bäderkur in Bath oder in Wiesbaden in Deutschland für das Ergebnis sorgen würde, um das sie jede Nacht betete. Wenn nicht, war da immer noch Lourdes als letzter Ausweg. Hermine setzte großes Vertrauen in Weihestätten und Kurbäder, besonders wenn Gilbert auch noch seinen Teil dazu beitrug. Das letztere, sagte sie ohne eine Spur von Lächeln zu Violet, wäre unerläßlich.

Violet selbst war genauso erpicht darauf, ein Kind zu bekommen. Dann hätte sie endlich jemanden, den sie lieben könnte, ein warmes, süßes, winziges Wesen, das ihre Liebe, ohne eine Gegenleistung zu erwarten, erwidern würde. Die Sorge für dieses Kind würde die Leere ihrer Tage füllen und ihr vielleicht einen Grund geben, Gilberts nächtliche Besuche abzuwehren.

Ihr Mann führte Violet vom Feuer weg und über den Brüsseler Teppich mit seinem Rosenmuster zu dem schweren Rosenholzbett mit seinen braungoldenen Seidenvorhängen. Er öffnete ihren Morgenmantel und streifte ihn langsam ab, so daß sie in der Unterwäsche dastand. Während sie die niedrigen Stufen hochstieg und sich auf die Matratze legte, zog er rasch seinen Rock, die Hosen und die Stiefeletten aus, lockerte sich die Krawatte und streifte Weste und Hemd ab. Dann sprang er in seiner Unterhose zu ihr aufs Bett.

Violet unterwarf sich seinem Willen und lag still da, während er die winzigen Knöpfe ihres Hemdes öffnete und es auseinanderschlug. Sie fühlte seine heißen Lippen auf ihren Brüsten, sie saugten und knabberten, schmerzhaft, unerbittlich. Als sie leise protestierte, riß er das Band ihrer Unterhose los und streifte sie über ihre Hüften hinunter.

Dann legte er sich rasch auf sie, ließ sein Glied durch den Schlitz in seiner Unterhose hervortreten und stieß zwischen ihre Beine. Sie bewegte sich ihm entgegen, um sich Schmerzen zu ersparen. Seine hastigen Stöße ließen das Bett ächzen und die Vorhänge schwanken. Dann, bevor es noch richtig begonnen hatte, beugte Gilbert den Kopf, preßte seinen Mund auf ihren und stieß mit einem heftigen Hüftschwung tief in sie.

Violet konnte nicht atmen und sich wegen seines Gewichtes auch nicht bewegen. In ihrer Verzweiflung angesichts dieser mißlichen Lage sah sie plötzlich vor ihrem inneren Auge das Gesicht Allain Massaris. Und jetzt kamen die Tränen aus dem Brunnen der Trostlosigkeit in ihrem Inneren, von dessen Existenz sie nichts geahnt hatte. Sie drängten sich unter ihre Lider und suchten Erlösung. Stumm rief sie seinen Namen, hörte ihn durch ihre Gedanken hallen, und die Feuchtigkeit brannte sich einen Weg nach draußen und sickerte langsam in ihr Haar.

Am folgenden Morgen lag ein Fliederzweig auf dem Frühstückstablett, das die Hotelzofe brachte und vor Violets Tür abstellte. Hermine brachte Violet das Tablett ans Bett, dann öffnete sie die Gardinen an den Fenstern.

Gilbert war ein Frühaufsteher und war bereits unterwegs, um sich die Zeitung zu holen und einen Morgenspaziergang zu machen. Er frühstückte woanders, da er sofort den englischen Brauch übernommen hatte, den Morgen mit einer herzhaften Mahlzeit zu beginnen, und ihr Hotel lediglich ein schlichtes Frühstück servierte.

Violet setzte sich auf und betrachtete die warmen Brötchen, die Butter und den Kaffee, ihre übliche Morgenmahlzeit. Café au lait wäre ihr lieber gewesen, aber anscheinend war das in London nicht zu bekommen, also gab sie sich mit etwas zusätzlicher Sahne in dem schwachen Gebräu zufrieden.

Sie rührte gerade die Sahne in ihren Kaffee, als die Fliederblüten ihre Aufmerksamkeit erregten. Sie legte den Löffel weg und nahm den Zweig. Er war zartviolett und noch feucht vom Tau, und der Duft, der den vielen winzig kleinen Blüten entströmte, war frisch und süß wie der erste Frühlingshauch. Sie hob den Zweig an ihre Nase, um ihre Lunge mit dem Duft zu füllen, und ein sanftes Lächeln umspielte ihre Lippen.

Erst in diesem Augenblick sah sie, daß unter dem Flieder ein Briefchen steckte.

Solche Sentimentalitäten sahen Gilbert gar nicht ähnlich. Sie hob fast verlegen das Papier auf und hielt es einen Augenblick fest, bevor sie das winzige, kaum zu entziffernde Siegel brach.

Der Brief war nicht von Gilbert.

Er trug keine Unterschrift und keine Botschaft, nur ein paar Zeilen eines Gedichts in energischer, schwarzer Schrift.

Die Sprache der Liebe könnte sie sprechen;
Und formen die schönsten Sentenzen.
Keine Blüte könnte passender sein,

Keine kann mehr versprechen.
Die Mädchen träumen vor sich hin
Ob Blumen süßer als die Worte sind.

Sie kannte den Dichter, die Poetin, die die *Sonette aus dem Portugiesischen* geschrieben hatte, Elizabeth Barrett Browning.

Sie kannte auch die Bedeutung, auf die das Gedicht anspielte.

Sie suchte das Tablett ab und fand das Wachssiegel, das sie gebrochen hatte. Ja. Die Insignien der Krawattennadel, die sie gestern an Allain Massari bemerkt hatte. Dasselbe Zeichen, ein Phönix mit einem Kranz von Lorbeerblättern, war als Siegel im Wachs eingedrückt.

Ja.

Sie holte tief erschauernd Luft, atmete langsam aus und nagte an ihrer Unterlippe. Er hatte sich an ihr Hotel erinnert, hatte das Zimmer herausgefunden, das sie mit Gilbert teilte. Er mußte noch vor wenigen Augenblicken draußen vor der Tür gewesen sein und hatte vielleicht die Hotelzofe dazu überredet, ihm zu gestatten, sein Angebinde auf das Frühstückstablett zu legen.

O ja, sie verstand.

Ein Fliederzweig.

In der Sprache der Blumen, die Shakespeare seinerzeit so liebte und die die Romantiker in letzter Zeit wieder populär machten, hatte Flieder eine besondere Bedeutung.

Er stand für die erste Regung der Liebe.

5. Kapitel

Vier Tage später folgte Violet den Trägern mit ihren Koffern und Kisten über die letzten Stufen in die Lobby des Hotels. Gilbert hatte sie angewiesen, hier zu warten, während er das Aufladen ihres Gepäcks auf den Wagen überwachte, der sie zum Bahnhof bringen würde, und die Kutsche holte, die er zu ihrer Beförderung bestellt hatte.

»Du bist dir sicher, daß wir nichts vergessen haben, Hermine?« fragte Violet ihre Zofe, die hinter ihr herzockelte.

»Ja, Mamsell. Und ich habe das Köfferchen mit Ihren Parfüms, Cremes und Pomaden und auch Ihr Schmuckkästchen. Seien Sie unbesorgt, wir haben alles.«

Die Stimme ihrer Zofe war beruhigend und auch etwas erschöpft. Violet bekam ein schlechtes Gewissen. Hermine fühlte sich besser, hatte aber immer noch einen hartnäckigen Husten von ihrer Erkältung, es war unfair, sie zu triezen. Violets Hysterie wegen der Packerei und des Aufbruchs aus dem Hotel am Morgen war ungewöhnlich. Normalerweise war sie auf Reisen immer sehr gelassen.

Aber schon seit einigen Tagen war sie nicht sie selbst gewesen. Zum einen hatte sie ihre Periode, worüber sie nicht gerade glücklich war, da sie wieder einmal nicht schwanger war. Außerdem hatte Gilbert sich geweigert, die Reise wegen ihres Unwohlseins zu verschieben. Er sagte, die Karten wären bereits gekauft, und außerdem könnte es nicht ermüdender sein, in einem Eisenbahnwaggon zu sitzen als in einem Hotelzimmer. Er schien nicht zu begreifen, wie schwierig es war, ihren Bedürfnissen in den engen Toiletten des Zuges nachzukommen.

Es stimmte auch, daß sie London eigentlich nicht verlassen wollte. Auf die eindringlichen Fragen ihres Mannes mußte sie notgedrungen zugeben, daß sie alle wichtigen Baudenkmäler und historischen Ausstellungsstücke gesehen, alle großen Museen und Kunstgalerien besucht und genügend Tee getrunken hatte. Sie konnte ihm keinen logischen Grund für ihren Wunsch zu bleiben geben.

Sie kannte natürlich den Grund. Einen Grund, den Gilbert wohl kaum akzeptieren würde. Um die Wahrheit zu sagen, sie fand ihn selbst nicht annehmbar. Es konnte gar nichts Gutes daraus entstehen, daß eine respektable, verheiratete Frau Ausschau nach einem Mann hielt, den sie nur ein einziges Mal in einem verregneten Garten gesehen hatte.

Aber er ging ihr einfach nicht mehr aus dem Sinn. Sie machte sich die bittersten Vorwürfe, weil sie ständig an diese kurzen, idyllischen Augenblicke dachte, und schwor sich ein dutzendmal, damit aufzuhören. Sie versuchte, sich einzureden, es wäre albern, der Vorfall wäre für Allain Massari nur ein kurzweiliger Flirt gewesen. Sie hatte versucht, ihrem Mann gegenüber pflichtbewußt und liebenswürdig zu sein und Befriedigung in den langen Jahren, die für sie beide als Mann und Frau noch vor ihnen lagen, zu finden.

Doch trotz allem kehrten ihre Gedanken immer wieder zu den Worten zurück, die sie mit Allain gewechselt hatte, dem Ausdruck seines Gesichts, als er sie in den Armen hielt, und die Trauer in seinen Augen, als sie sich trennten.

Sie hatte den Fliederzweig aufgehoben, obwohl er inzwischen schlaff und verblaßt war. Er war jetzt in dem Koffer, den Hermine trug, zwischen die Seiten ihres Tagebuchs gepreßt, dort wo sie alle Bedeutungen von Blumen niedergeschrieben hatte, die ihr in den Sinn kamen. Und sie hatte das Bukett Stiefmütterchen, das an diesem Morgen auf ihrem Tablett gelegen war, an das Revers ihres Reiseumhangs gesteckt.

Stiefmütterchen, die bedeuteten: Du bist in meinen Gedanken.

Am gegenüberliegenden Ende des Raumes hinter den runden Ottomanen und den Topfpalmen, die in einer Reihe die Mitte der Lobby durchzogen, stand ein Gentleman mit dem Rücken zu ihr und unterhielt sich mit einem livrierten Diener. In einer behandschuhten Hand hielt er einen edlen, walnußbraunen Zylinder.

Sein Kamelhaarmantel, streng nach der Mode geschnitten, die Viktorias Gemahl Albert populär gemacht hatte, schmiegte sich perfekt um seine breiten Schultern, der Kragen und die Revers aus dunkelbraunem Samt ergaben eine zusätzliche elegante Note. Er sagte etwas, drehte den Kopf ein wenig, lächelte und starrte einen Moment in Violets Richtung.

Allain.

Ein leichter Schauer lief über Violets Rücken, und ihr stockte der Atem. Dieser kurze, winzige Blick aus halbgeschlossenen Lidern war wie die intimste aller Berührungen gewesen. Er sagte ihr, daß er Ausschau nach ihr gehalten hatte, daß er sich von dem Moment, in dem sie die Lobby betreten hatte, ihrer bewußt gewesen war und daß allein ihr Anblick ihm schon Freude bereitete.

Sie errötete von den Fußspitzen bis zum Haaransatz. Und dem Lächeln, das jetzt ihr Gesicht strahlen ließ, hätte sie genausowenig Einhalt gebieten können wie ihrem Herzschlag. Süße Wonne durchdrang ihre Sinne, sang in ihren Adern, obwohl sie versuchte, es durch einen Blick auf den Boden zu verbergen.

Mein Gott. Das durfte nicht sein. Es war falsch und leichtsinnig.

Außerdem war es wundervoll, wie ein entzücktes Erwachen nach einem langen, traumlosen Schlaf.

Der Drang, mit Allain Massari zu sprechen, war überwältigend. Ein harmloses Lebewohl konnte doch wohl nichts schaden. Ihre Existenzen, die sich so kurz berührt hatten, würden sich hier trennen, und die Geschichte würde damit ein Ende haben: Eines Tages würden sie bei der Erinnerung an ihre unschuldige Londoner Eskapade nur noch lächeln.

»Warte einen Moment hier, Hermine«, sagte sie, »ich werde nachschauen, wieso Gilbert so lange braucht.«

Sie ging mit raschelnden Röcken durch den Raum und griff nach dem Stiefmütterchenstrauß, den sie mit ein paar Tropfen Wasser in einen winzigen Zinncorsagenhalter an ihr Revers gesteckt hatte. Als sie sich der Gruppe Männer näherte, in der Allain stand, legte sie ihren Daumen an den Verschluß des Halters und drückte fest. Das kleine Bukett löste sich und fiel zu Boden.

Sie stieß einen leisen, gespielt erschrockenen Schrei aus und machte Anstalten, die Blumen wieder aufzuheben.

Allain war schneller. Er hob die Blumen auf und präsentierte sie ihr mit einer vollendeten eleganten Verbeugung.

»Danke«, flüsterte sie kaum hörbar. »Ich hatte gehofft, Sie würden –«

»Ich weiß, und ich bewundere Ihren Einfallsreichtum.« Seine Augen strahlten vor Lachen, als er ihrem Blick begegnete. »Ich war am Ende meines Lateins und wußte nicht, wie ich mich Ihnen nähern sollte.«

Ihr Lächeln war flüchtig und besorgt, obwohl sein sofortiges Verständnis ihr das Herz erwärmte. »Ich wollte nur adieu sagen. Wir reisen heute für vierzehn Tagen nach Bath. Hinterher fahren wir direkt nach Paris.«

»Oh, so bald schon.«

Sie nickte. »Die Kriegsvorbereitungen –«

»Ja.« Er überlegte kurz, dann fuhr er zögernd fort: »Ich habe über Ihren Aufenthalt in Paris nachgedacht. Ich frage mich – hat Ihr Gatte schon daran gedacht, ein Abbild von Ihnen anfertigen zu lassen, während Sie in dieser Stadt sind?«

»Ein Abbild?« Sie musterte ihn mit wachen Augen.

»Ein Porträt. Welcher Ort wäre besser dafür geeignet? Ich kann Delacroix empfehlen. Er ist nicht nur ein begnadeter Porträtmaler, er ist außerdem ein sehr geschätzter Freund von mir.«

»Delacroix? Aber er ist doch berühmt für seine Kriegsszenen und – und Odalisken im Harem«, sagte sie, leicht indigniert.

»In der Tat, das ist er. Aber er malt Porträts, wenn es ihm Freude macht. Er lebt sehr gut von seinem Beruf – er ist der natürliche Sohn Talleyrands, müssen Sie wissen, deshalb ist er immer offiziell gefördert worden und kann sich frei entscheiden und wählen. Es ist wahr, daß er sich weigert, eitle Damen der Gesellschaft zu malen, also müssen Sie vielleicht in sein Studio gehen, um ihn zu überreden. Aber sobald er Sie gesehen hat, wird er hingerissen sein.«

»Sie machen mir angst«, sagte sie mit bebender Stimme.

»Das war nicht meine Absicht«, erwiderte er leise. »Nichts liegt mir ferner als das.«

Sie holte trotz der schmerzenden Bande ihres Korsetts tief Luft. »Aber falls – falls unsere Wege sich nicht wieder kreuzen sollten, glauben Sie mir bitte, daß ich Ihnen viel Glück wünsche.«

Er schwieg einen Augenblick, dann zuckte er kurz die Schulter. »Viel Glück? Adieu?« wiederholte er nachdenklich. »Solche Worte, *cara,* sind viel zu endgültig für uns.«

Er nahm ihre Hand, gab ihr einen leichten Handkuß, aber seine Augen versprachen mehr, so viel mehr. Er ließ sie los und wandte sich hastig ab, als Gilbert in die Lobby schritt. Bis ihr Mann bei ihr angelangt war, war Allain bereits an der Rezeption und in ein freundliches Gespräch mit dem Portier verwickelt.

»Wer war das, der da mit dir geredet hat?« fragte Gilbert mit einem kurzen Blick in Allains Richtung.

»Niemand«, erwiderte Violet, ohne ihn anzusehen, und befestigte ihr Stiefmütterchensträußchen. »Nur ein Gentleman, der so freundlich war, mir meine Blumen aufzuheben, als ich sie verlor.«

Ihr Mann musterte mit verächtlichem Blick Allains elegante Gestalt, sagte aber nichts mehr. Er hob die Hand und winkte Hermine zu sich, dann nahm er Violets Arm und führte sie aus dem Hotel.

Kurz bevor sie durch das Portal schritten, schaute Violet noch einmal zurück. Es war dumm, daß wußte sie, aber sie konnte nicht anders.

Allain beobachtete sie. Er legte mit einer eleganten Geste seine Hand übers Herz und neigte den Kopf zu einer angedeuteten Verbeugung. Sein trauriges Gesicht war voller Sehnsucht und Zweifel. Aber keine Spur von Resignation.

Er, Allain Massari, war ein Narr. Es war geradezu verbrecherisch, weiter zu versuchen, sich mit dieser schönen amerikanischen Lady einzulassen. Erschießen sollte man ihn für seine Gedankenlosigkeit, wenn nicht für seine Unverschämtheit. Aber sie war so süß, so schön und hatte so vollkommen in seine Umarmung gepaßt. Er war machtlos.

Er würde sie schützen, um jeden Preis, aber es war ihm zutiefst zuwider, so vorsichtig sein zu müssen. Am liebsten wäre er einfach mit ihr weggefahren und hätte sie nach Venedig gebracht. Dort, in einem Palazzo, gegen dessen altes Gemäuer mondbeschienenes Wasser plätscherte, unter einem Fenster, durch das die weiche Luft von der Lagune wehte, würde er –

Aber nein. Das war unmöglich.

Wenn nur der Ehemann im Weg gewesen wäre, hätte er es vielleicht gewagt. Aber da war noch diese andere Geschichte. Er wollte nichts damit zu tun haben, er hatte solche Komplikationen, so ein gefährliches Unternehmen doch gar nicht nötig. Diese Narren, die versuchten, ihn dazu zu überreden, wollten das nicht glauben. Sie hatten ihn mit hineingezogen, ob er nun wollte oder nicht. Oder vielleicht hatte sein Vater ihn bereits vor so langer Zeit hineingezogen.

Er würde sich von dieser Verpflichtung befreien. Wer konnte dann sagen, was passieren würde? Es kam darauf an, was sich in Paris ergeben würde. Und das war unabhängig vom Willen und vielleicht auch dem Mut Violets. Wie wunderbar doch dieser Name zu ihr paßte, seiner schüchternen und süßen Lady mit den Blumen. Bescheidenheit, ja, das bedeutete es, seine Violet, das Veilchen. Aber sie hatte sie, weiß Gott, nicht nötig.

Bath machte Violet trübsinnig. Vielleicht lag es auch an dem unaufhörlichen Regen, der ihre geplanten Spaziergänge in der Stadt unmöglich machte. Nichtsdestotrotz trank sie jeden Morgen im Pumpenraum die vorgeschriebenen drei Gläser des warmen, nach Mineralien schmeckenden Wassers, begleitet von Gilbert, der darauf achtete, daß die Gläser auch richtig voll waren. Sie tauchte ihre Hand in das Bad des Königs, sah den Kopf der Göttin Minerva und ließ sich zu einigen Gräbern von denen führen, die das Wasser nicht kuriert hatte. Sie bewunderte die Abtei mit ihrem herrlichen Fächergewölbe, besichtigte die Reste des alten römischen Aquädukts und wurde durch die königliche Häuserreihe und an den Häusern bemerkenswerter früherer Bewohner vorbeigefahren. Hier hatte auch Louis Napoléon seine Zeit im Exil verbracht, der jetzt als Napoléon der Dritte herrschte. Nichts davon konnte sie länger begeistern.

Alles irritierte sie, angefangen von der feuchten Kühle, die sie ständig zittern ließ, bis zu dem Essen ohne nennenswerte Würze und die monotone Stimme ihres Mannes, der ihr aus einem neuerworbenen Führer vorlas. Eigentlich störte sie alles an Gilbert: die Art, wie er sich die Haare mit viel zuviel Pomade flach auf den Kopf kämmte, die peinlichen Geräusche, die er beim Kaffeetrinken machte, und sie knirschte mit den Zähnen, wenn er allabendlich wieder seine methodische, endlose Runde trivialster Aufgaben beendete, bevor er ins Bett stieg.

Der Grund für ihren Zustand war offensichtlich oder wäre es zumindest gewesen, wenn sie es fertiggebracht hätte, sich das einzugestehen. Sie weigerte sich. Eine guterzogene junge Frau schaute, sobald sie verheiratet war, keinen anderen Mann mehr an, dachte an keinen anderen Mann und träumte nicht von einem anderen Mann. Es war vulgär, die Person, die sie geheiratet hatte, mit einem anderen Mann zu vergleichen und außerdem erniedrigend für sie und auch für ihren Mann. Frauen wie sie hatten sich ihrem Zuhause zu widmen, ihren Kindern und dem erweiterten Kreis ihrer Familie, und Trost für irgendeinen Mangel in ihrem Leben hatten sie gefälligst im Schoß der Kirche zu suchen. Sie kannte die Regeln, man hatte sie ihr ein Leben lang eingebleut, es war undenkbar, daß ausgerechnet sie sie brechen sollte.

Aber das endlose Einerlei ihrer Tage trieb sie zur Verzweiflung, und die Nächte brachten sie an den Rand der Rebellion.

Gilbert war, sobald ihre Monatsregel vorbei war, wild entschlossen, die angebliche Wirksamkeit der Wasser von Bath hinsichtlich der Fruchtbarkeit zu testen. Er kam nicht nur jede Nacht zu ihr, sondern schlief auch noch in ihrem Bett und weckte sie, sooft er fähig war. Ihr Körper war schon ganz wund, und sie wurde immer niedergeschlagener und bekam dunkle Schatten unter den Augen vom ständigen angstvollen Wachliegen und Warten auf den nächsten Angriff. Sie betete, daß ihr Mann von seinen Anstrengungen erschöpft sein würde, betete, daß er in der Güte seines Herzens Verständnis für ihre mangelnde Leidenschaft haben und sie verschonen würde, betete, daß sie schnell schwanger werden würde, damit sie die Ausrede hatte, seinen Zuwendungen zu entrinnen.

Beten half nichts.

Dann entdeckte sie eines Nachts etwas, das half.

Gilbert hatte nach ihr gegriffen, hatte seine Hand über ihre Brust gelegt. Und bei seiner heißen Berührung war plötzlich Allains Gesicht durch ihr Bewußtsein geflattert und der Gedanke, wie es wohl wäre, wenn die Hand auf ihrer Brust seine wäre und er jetzt neben ihr liegen würde. Sie fragte sich, wie er sie berühren würde, ob er ihr ins Ohr flüstern würde, was er sagen und tun würde, wenn sie zusammen im Bett lägen. Als Gilbert sich über ihr aufbäumte, stellte sie sich einfach vor, es wäre Allain, der ihre Schenkel öffnete, dessen Kraft und Wärme sie in sich aufnahm, dessen Arme sie in schaukelnder Umarmung hielten.

Sie keuchte, als sich plötzlich ein Anflug von Lust in ihr regte, bewegte sich instinktiv im Rhythmus ihrer Vereinigung. Sie bewegte sich lange Sekunden weiter, nachdem Gilbert aufgehört hatte, suchte irgendeine erahnte Befriedigung, die knapp außer ihrer Reichweite lag.

Er rollte unvermittelt von ihr herunter und blieb reglos neben ihr liegen. Dann drehte er sich um und glitt aus dem Bett. Schweren Schrittes verließ er den Raum. Die Verbindungstür zwischen ihren Schlafzimmern schloß sich hinter ihm.

Violet lag mit offenen Augen in der Dunkelheit und wartete, bis ihr Atem ruhiger ging und darauf, daß aus ihrem emotionalen Chaos Schuldgefühle auftauchten. Sie kamen nicht. Langsam formten ihre zitternden Lippen ein Lächeln. Und dann kamen die Tränen, sprudelten aus einem Abgrund von Einsamkeit tief in ihrem Inneren, den sie nicht mehr länger verdrängen konnte.

Bis zum Morgen hatte sie sich wieder gefaßt. Ihr Gesicht war zwar blaß, aber die Art, wie sie den Kopf hielt, hatte eine neue Bestimmtheit. Am Frühstückstisch mit Gilbert, bei einer traurigen Ansammlung von kalten Brötchen und lauwarmem Kaffee, überlegte sie, wie sie das, was ihr durch den Kopf ging, zur Sprache bringen könnte. Er gab ihr keine Möglichkeit dazu, war ungewohnt einsilbig, schien sogar etwas verunsichert in ihrer Gegenwart. Schließlich, als er fast sein Frühstück beendet hatte, sagte sie: »Ich habe heute morgen an Paris gedacht. Weißt du, plötzlich sehne ich mich danach, dort zu sein.«

»Vor ein paar Tagen noch wolltest du unbedingt länger in England bleiben«, hielt er dagegen.

Sie zwang sich zu lachen. »In der Tat. Launisch von mir, nicht wahr? Aber ich habe beschlossen, daß die französischen Möbel genau das Richtige für mich sind, wenn du sie finden kannst. Es wäre zu schön, wenn wir schon heute unterwegs wären.«

»Das ist nicht möglich.« Gilbert forschte in ihrem Gesicht, dann wandte er sich wieder ab. Er holte einen langen schwarzen Zigarillo aus seiner Tasche und drehte ihn zwischen den Fingern, zündete ihn aber nicht an.

»Dann vielleicht morgen? In New Orleans reden alle über Paris und wie wunderbar es ist. Jeder war anscheinend schon dort außer mir, und ich bin es überdrüssig, immer nur von den Geschäften, den Theatern zu hören, von dem fröhlichen Hofleben unter Napoléon und Eugénie, ich möchte das alles mit eigenen Augen sehen. Ich kann es gar nicht erwarten, über die Rue de Rivoli zu gehen oder durch die Gärten der Tuilerien. Und ich würde so gerne ein Porträt von mir malen lassen.«

»Diesen Wunsch hättest du früher äußern sollen, dann hätte ich in London eine dieser neuen Fotografien von dir anfertigen lassen.«

»Aber die sind doch nicht farbig«, protestierte sie, »und so steif und klein. Ich hätte viel lieber ein Porträt.«

»So etwas braucht viel Zeit«, wandte ihr Mann ein. »Das sollten wir besser in New Orleans machen lassen, es gibt eine Reihe von Malern in der Stadt, die sich glücklich schätzen würden, einen solchen Auftrag von mir zu bekommen.«

»Da sind doch nur Kleckser«, sagte sie, obwohl sie sich gar nicht sicher war. »Ich denke, du möchtest kein mittelmäßiges Bild in deinen schönen neuen Salon hängen.«

Gilbert spitzte den Mund. Er zog seinen grauen Brokatmorgenmantel etwas fester zu und sagte nur: »Ich glaube, es zieht vom Fenster. Ich werde mich erkälten.«

»Sicher wirst du das«, sagte sie arglos. »Das englische Wetter ist berüchtigt dafür, wie ungesund es ist, nicht wahr? Aber um noch einmal auf das Porträt zurückzukommen: man hat mich informiert, daß Delacroix der größte Künstler in der Stadt ist. Obwohl es wahrscheinlich keinen Sinn hat zu versuchen, ihn zu beauftragen. Soviel ich gehört habe, ist er sehr eigen in der Wahl seiner Klienten.«

»Ich bin überzeugt, daß er nicht so eigen ist, mein Geld abzulehnen«, sagte Gilbert irritiert, aber auch etwas ironisch.

Violet zögerte. Insgeheim war sie entsetzt von ihrer eigenen Verschlagenheit. Sie spürte aber auch, daß es nur noch eines kleinen Anstoßes bedürfte, falls es ihr gelänge, die richtigen Worte zu finden. Sie schlug die Augen nieder. »Ich glaube, der Mann ist entsetzlich teuer.«

»Das sind im allgemeinen die Besten.«

»Vielleicht ist er nur den Frühling über in Paris. Man erzählt sich, er wäre ein großer Reisender, immer auf der Suche nach neuen Motiven für seine Landschaften.«

Gilbert zog nachdenklich die Brauen zusammen, dann zuckte er mit den Schultern. »Du hast gar nicht so unrecht. Vielleicht sollten wir doch weiterreisen.«

Violet goß mit gesenktem Blick und einer graziösen Geste den Rest des dünnen Gebräus aus der Kaffeekanne in ihre eigene Tasse. Dann sagte sie leise: »Natürlich werde ich mich deinen Wünschen fügen.«

Gilbert rückte seinen Stuhl näher. Er nahm ihre Hand, nachdem sie die Kanne abgestellt hatte. »Ich freue mich auch darauf, wieder in Paris zu sein. Ich war als junger Mann dort und habe mich unglaublich gut amüsiert, ich weiß, daß es dir sehr gefallen wird. Was das Porträt betrifft, es wird mir eine Freude sein, eines zu haben, *chère*, genauso wie du jetzt hier sitzt.«

Komplimente fielen ihrem Mann sehr schwer. Sie war gegen ihren Willen gerührt, hin und her gerissen zwischen widerwilliger Zuneigung und schlechtem Gewissen, daß sie nichts mehr für ihn empfinden konnte. Gleichzeitig fühlte sie sich aber so weit entfernt von ihm wie nie zuvor. Irgendwie hatte sie sich grundlegend verändert. Sie war seiner Vorherrschaft entronnen, weil es ihr inzwischen gleichgültig war, was er von ihr dachte, und weil sie erfahren hatte, daß sie sein Handeln absichtlich beeinflussen konnte. Sie war, zumindest in einem geringen Maß, frei.

6. Kapitel

Rone verfolgte Joletta in gebührendem Abstand durch den unterirdischen Irrgarten des Museums in Bath und dachte, daß er möglicherweise seine Berufung entdeckt hatte. Er genoß es, Frauen zu verfolgen, zumindest diese Frau. Es war überhaupt nicht anstrengend, den natürlichen, athletischen Schwung ihres Ganges zu beobachten, die Art, wie ihr Haar im dämmrigen Licht der unterirdischen Bäder schimmerte oder die klare Linie ihres Profils, als sie den Kopf der Göttin Minerva betrachtete.

Sie war kein gewöhnlicher Tourist, der an den Ausstellungsgegenständen und Sehenswürdigkeiten vorbeieilte, um sich dann endlich in die Läden und Restaurants zu stürzen. Joletta blieb stehen und las Schilder, sie machte sich Notizen auf einem Block, den sie aus einer lächerlich großen Schultertasche holte, und ab und zu blieb sie stehen und schloß für einen Augenblick die Augen, als lausche sie dem Plätschern und Rauschen des Wassers, das schon seit Jahrhunderten unter Bath hindurchfloß. Der faszinierte und freudige Ausdruck auf ihrem Gesicht löste ein seltsames Gefühl in ihm aus. Er fragte sich, wie es wohl wäre, diesen Ausdruck in einer anderen, intimeren Umgebung auf ihr Gesicht zu bringen, sie mit seiner Berührung zum Leben zu erwecken.

Am Abend vorher war er nahe daran gewesen, sie in den Arm zu nehmen. Er mußte sich mit Gewalt zurückhalten und sich zwingen, aus ihrem Zimmer zu gehen. Er hatte kein Recht, mehr zu tun.

Selbst wenn er das Recht dazu gehabt hätte, wäre es dumm gewesen. Derartige Impulse, so verlockend sie auch sein mochten, würden seiner geistigen Wachsamkeit nicht guttun. Er mußte sich auf seine Aufgabe konzentrieren. So oder so.

Am unterirdischen Teich, der als Quelle der Minerva bekannt war, sah er, wie Joletta eine Münze hervorholte und sie wie zahllose andere vor ihr, angefangen bei den Römern, in den Teich warf.

Er ging langsam zu ihr, stellte sich neben sie und sagte: »Haben Sie sich etwas gewünscht?«

Sie drehte sich überrascht um und begann zu lächeln. »Natürlich«, erwiderte sie.

»Von Minerva?«

»Es schien mir passend. Der Ort hier hat so etwas Heidnisches, finden Sie nicht?« Ihr Blick war ein bißchen herausfordernd.

»Ich rechne jeden Moment damit, daß der Schatten eines alten Römers um die Ecke biegt«, flachste er.

»Davon bin ich überzeugt«, sagte sie. Sein amüsierter Blick war ihr nicht entgangen. »Was machen Sie denn hier?«

»Ich beobachte Sie.« Es war ihm einfach herausgerutscht, aber da es stimmte, ließ er es im Raum stehen.

Sie warf ihm einen kurzen, fragenden Blick zu, dann hatte sie sich offensichtlich entschlossen, seinen Kommentar als schlichtes Wortgeplänkel abzutun. »Haben Sie denn gar kein Verständnis für Geschichte und Kultur, ganz zu schweigen von Mythologie?«

»Sie sind wesentlich interessanter«, erwiderte er frech. »Außerdem versuche ich herauszufinden, was das für ein Parfüm ist, das Sie tragen. Teerose, nicht wahr?«

Sie drehte sich zu ihm. Jetzt hatte er ihre volle Aufmerksamkeit gewonnen. »Woher wissen Sie das?«

»Ich habe eine gute Nase«, erwiderte er, und im selben Moment wurde ihm klar, wie gefährlich diese Worte waren.

»Sie müssen aber außerdem schon sehr viele Parfüms gerochen haben. Ich bin erstaunt.«

Er vermied ihren Blick, als er sagte: »Um ehrlich zu sein, das war ein Zufallstreffer. Ich – ich hatte eine Großtante, die altmodische Parfüms geliebt hat. Meine Mutter hat ihr jede Weihnachten Teerose geschenkt.«

Sie zog eine Augenbraue hoch. »Wollen Sie damit etwa andeuten, ich hätte einen altmodischen Geschmack, Parfüms betreffend?«

»Du lieber Himmel, nein!«

»Nein?« Ihre Augen blickten spöttisch. »Männer haben in der Regel keinen so feinen Geruchssinn wie Frauen. Wenn man einen findet, der ihn hat, fällt einem das auf.«

»Ich bin froh, daß Sie wenigstens etwas gefunden haben, was Sie an mir interessiert«, erwiderte er und fuhr fort, ehe sie seine Worte dämpfen konnte. »Ich nehme an, Sie sind wieder mit Ihrer Reisegruppe unterwegs?«

»Sozusagen ja. Ich bin mit der Gruppe im Bus gekommen, aber bis nach dem Mittagessen haben sie uns von der Leine gelassen. Sie sind alleine hier?«

»Mit dem Mietauto. Hätten Sie was dagegen, wenn ich Ihnen beim Mittagessen Gesellschaft leiste? Ich übernehme die Rechnung als Anreiz.« Er grinste wie ein kleiner Junge.

»Wie in aller Welt könnte ich so eine Einladung abschlagen?«

Rone hatte eine geistreiche Antwort parat, entschied sich aber dafür, sein Glück nicht über die Maßen zu strapazieren.

Eine Stunde später lag Joletta ausgestreckt im Gras und genoß die Sonne auf ihrem Gesicht. Ihre Gedanken wanderten von der Gegenwart in die Vergangenheit, von dem Mann, der neben ihr lag, zu ihrer eigenen Vorfahrin, die auch einmal hier gewesen war.

Es war wirklich schade, daß das Wetter so trübsinnig gewesen war, als Violet Bath besucht hatte, vielleicht hätte es ihr bei schönem Wetter besser gefallen. Vielleicht aber auch nicht. Die Gesellschaft, in der eine Person Orte besichtigte, spielte eine große Rolle.

Rone war ein überraschend angenehmer Begleiter. Er war nicht nur bereit, sich alles anzusehen, was es gab, ohne sich zu beklagen, er konnte sie auch zum Lachen bringen. Er hatte gesagt, die Mentalität eines Volkes wäre unbegreiflich, die es gestattete, daß römische Neuerungen wie selbstreinigende Badezimmer und Dampfheizungen wieder in Vergessenheit gerieten. Außerdem war er höchst erstaunt über die Aristokratie, die so unfähig war, sich selbst zu unterhalten, daß sie duldete, daß ein Landspekulant und Exspieler der Führer der Gesellschaft des

Bath' der Regentschaftszeit wurde und den Leuten diktierte, wie sie sich zu amüsieren hatten, während sie in dieser Stadt weilten.

Rone hatte ihr Essen ausgesucht, von den Sally-Lunn-Brötchen mit Käse und den heißen Fleischpasteten bis zu den Aprikosen, die, wie er behauptete, die perfekte Ergänzung zu einer Flasche Veuve Cliquot wären. Er hatte geschworen, sie zu einem fünfgängigen Menü einzuladen, wenn ihr sein Menü nicht schmeckte, aber das war nicht nötig gewesen. Die süßen Brötchen waren aus zartem Hefeteig, die Fleischpasteten üppig, wie sie sein sollten, und der Geschmack der Aprikosen hatte wunderbar mit dem des Champagners harmoniert. Und auch der Platz war hervorragend gewählt, wie Joletta zugeben mußte: eine unglaublich grüne Wiese, die sie mit einer Herde grasender Schafe teilten, die so flauschig und weiß waren wie die Wolken, die langsam über den Himmel trieben.

Sie wußte nicht, wieso es sie überraschte, daß sie Rones Anwesenheit genoß. Er hatte sich fast als Playboy bezeichnet, und Männer seines Schlags machten Unterhaltung zu ihrer Lebensaufgabe. Das hatte sie zumindest immer angenommen, begegnet war ihr noch keiner.

Trotzdem war ihr die Vorstellung, daß Rone sich einfach treiben ließ und seine Verpflichtungen vergaß, unangenehm. Er war gar nicht der Typ dazu, nichts an ihm war frivol oder oberflächlich. Dem wenigen nach zu schließen, was er über seine Arbeit sagte, schien sie unwichtig, und auch das war schwer zu glauben. Nicht, daß sie ihn für einen dynamischen Industriemanager hielt. Wieso ihr dieser Gedanke kam, wußte sie auch nicht, sie war weiß Gott kein Experte für Männer und ihre Berufe.

Seltsamerweise hatte auch Violet nur sehr wenig über Allain gewußt. In jenen Tagen galt es als unschicklich, einen Mann nach seiner Arbeit zu fragen. Ein Gentleman arbeitete nicht, das war der springende Punkt. Außerdem sollte der Status eines Mannes offensichtlich sein, ohne daß man danach fragen mußte. Das Leben war damals sicher voller Tücken gewesen.

Rone lag so still neben ihr, daß sie glaubte, er wäre eingeschlafen. Sie drehte den Kopf, um ihn anzuschauen, und ihr Blick wanderte über die kraftvolle Linie seines Kinns, seinen charaktervollen Mund, seine dichten, drahtigen Augenbrauen. Er war ein gutaussehender Mann, wesentlich attraktiver, selbst aus dieser Nähe, in diesem hellen Licht, als ihm zustand.

Sein Gesicht war entspannt, als hätte er die Kontrolle für ein paar Augenblicke vergessen. Die Falten an seinen Mundwinkeln und seinen Augen waren fast verschwunden. Er hatte sich so heftig rasiert, daß er einen kleinen Schnitt an der Kerbe seines Kinns hatte. Seine wohlgeformten Hände, mit kurzgeschnittenen, peinlich sauberen Nägeln, waren über der Brust verschränkt.

Die Haare um seine Ohren und über dem Kragen seines weichen grauen Hemdes waren perfekt geschnitten. Am Handgelenk hatte er eine flache goldene Juvenia mit einem schlichten Zifferblatt.

Sein gepflegtes, klassisch korrektes Äußeres hatte etwas seltsam Anziehendes. Außerdem war es bestimmt nicht billig, diesen Effekt zu erzielen.

Als er die Augen aufschlug und direkt in ihre sah, erschrak Joletta kurz. Anscheinend war er doch nicht so entspannt gewesen, wie sie dachte.

Mißtrauen trübte kurz seinen Blick, dann strahlte er sie freundlich an und sagte: »Hab' ich geschnarcht?«

Sie schüttelte den Kopf. »Nein, überhaupt nicht. Ich war nur neidisch. Ich habe immer noch mit dem Klimaumschwung zu kämpfen.«

»Leisten Sie mir Gesellschaft«, bot er an. »Ich hätte da eine Schulter als Kissen anzubieten.«

»Das geht leider nicht. Zu viel zu sehen und zu tun.« Sie milderte ihre Ablehnung mit einem kleinen Lächeln und mußte feststellen, daß es ihr wirklich leid tat. Die Vorstellung war erstaunlich verlockend. Um sich abzulenken, suchte sie auf der Papierdecke, auf der sie saß, nach ihrem Reiseführer und fand ihn schließlich unter einem Notizbuch und mehreren Touristenbroschüren.

»Ich muß Sie doch fragen«, sagte er, »warum machen Sie sich so viele Notizen? Ich glaube, Sie sagten, Sie wären Forschungsbibliothekarin. Schreiben Sie eine Abhandlung über britische Baudenkmäler?«

»Ich mag einfach Details, und man kann nie wissen, wofür man sie mal brauchen kann.« Die Antwort fiel ihr leicht, mehrere Leute aus ihrer Gruppe hatten ihr schon dieselbe Frage gestellt.

»Wenn wir schon einmal dabei sind, ich verstehe auch nicht ganz, wieso Sie allein reisen. Es muß doch einen Mann in Ihrem Leben geben, der gerne mitgefahren wäre.«

Sie blätterte in ihrem Reiseführer und erwiderte: »Eigentlich nicht.«

»Nein?«

»Nein.«

Er schwieg einen Moment, als müsse er den Klang ihrer Stimme deuten. Schließlich fragte er: »Haben Sie etwas gegen Männer?«

»Wie kommen Sie denn darauf?« sagte sie überrascht und sah ihn an.

»Die meisten Frauen in Ihrem Alter, besonders solche, die so aussehen wie Sie, sind verheiratet.«

»Ich war verlobt«, sagte sie knapp. »Es hat nicht funktioniert.«

»Der Typ war ein Schwein, richtig? Und Sie haben so viel Zeit mit ihm vergeudet und sich so in ihm getäuscht, daß Sie kein Zutrauen mehr zu Ihrem Urteilsvermögen haben.«

Sie überlegte einen Augenblick. »Das weiß ich nicht.«

»Es ist das einzige, was einen Sinn ergibt.«

Sie sagte etwas irritiert: »Er hätte ja auch bei einem Unfall getötet werden können, oder es hätte sich herausgestellt, daß er schwul ist.«

»Aber dem war nicht so, nicht wahr? Was ist passiert?«

»Wir waren sechs Jahre zusammen und fast genauso lange verlobt. Er fand, wir sollten für unsere Zukunft sparen, und dann hat er beschlossen, daß ihm ein neues Cabrio lieber wäre.«

»Einfach so?« fragte Rone mit gerunzelter Stirn.

»Nicht ganz, aber fast.«

Die Bezeichnung, die Rone für den Mann hatte, der einmal ihr Verlobter war, war kurz und ruchlos.

»Genau«, stimmte sie zu.

»Aber nur weil er ein Schwein war, müssen doch nicht alle anderen Männer schlecht sein.«

»Das weiß ich, danke.« Es klang sehr sarkastisch.

»Aber es hilft wohl nicht? Haben Sie Lust, meine traurige Geschichte zu hören?«

Sie zuckte die Schultern und überlegte, warum sie ausgerechnet von Charles erzählt hatte. In der Regel erwähnte sie ihn gar nicht.

Rone setzte sich auf und griff nach der Weinflasche. Er verteilte den Rest der Flasche in ihre beiden Gläser, reichte Joletta das ihre und nahm einen Schluck aus seinem. »Meine Frau«, begann er ruhig, »ist nicht mal drei Jahre geblieben, geschweige denn sechs. Sie hat sich auf einer Reise nach Bora-Bora in ihren Tauchlehrer verliebt und sich dann heftig für Walgesänge, Greenpeace und das Schicksal der Meere engagiert. Sie hat mir gesagt, ich wäre langweilig, bevor sie loszog und mit ihrem Strandläufer in eine Grashütte auf Pfählen gezogen ist.«

»Das haben Sie doch erfunden«, bezichtigte ihn Joletta, wartete aber vergeblich auf ein Lächeln von ihm.

»Das hab' ich nicht. Ehrenwort.« Er hob die Hand zum Pfadfindergruß.

»Ich glaub' es einfach nicht.«

»Sie hat mir ein Foto der Hütte geschickt. Unter der Hintertreppe hat eine Monsterkrabbe gewohnt, groß wie ein Hund, und von der Vordertreppe konnte man direkt ins Meer springen und Aquariumfische zum Frühstück fangen.«

Joletta musterte den Wein in ihrem Glas. »Es hört sich an, als würde es Ihnen nichts ausmachen.«

»Eine Zeitlang war ich ziemlich niedergedrückt, aber es ging vorbei. Wir haben beide gewußt, daß es nicht funktioniert. Wenn zwei Leute nicht zusammenpassen, ist es besser, man entdeckt es nach drei Jahren anstatt nach dreißig.«

»Wahrscheinlich«, stimmte sie langsam zu.

»Jetzt mal ehrlich, vermissen Sie den Kerl, den Sie heiraten wollten?«

»Eigentlich nicht, nicht mehr.« Sie leerte ihr Glas.

»Ja, und mit dem Sex war es wohl auch nicht so toll. So wie sich das anhört, war er viel zu ichbezogen.«

Sie warf ihm einen Blick zu, gab aber keine Antwort.

»Sie sollten ihn einfach vergessen. Er bedeutet nur soviel, wie Sie ihm zugestehen.«

»Ich werde mein Bestes tun und versuchen, nicht in Sack und Asche zu gehen«, erwiderte sie trocken.

Sie schwiegen. Der Wind blies durch das Gras, und die Frühlingssonne wärmte ihre Gesichter. Joletta ließ ihre Gedanken wandern, dachte an alte Beziehungen, nicht unbedingt ihre eigenen. Und an Krawattennadeln, die moderne Männer nie trugen. Es dauerte einige Zeit, bevor sie wieder sprach.

»Rone?«

Seine Antwort ließ ein paar Sekunden auf sich warten, als müßte er erst aus seiner eigenen Gedankenwelt wieder auftauchen.

Sie runzelte ein wenig die Stirn und fuhr dann fort: »Wissen Sie etwas über die Fremdenlegion?«

»Die was?«

»Die französische Fremdenlegion. Sie wissen schon.«

»*Beau Geste*, das Wüstenfort bis zum letzten Mann verteidigen und dieser ganze Hollywoodkram?«

»Ich möchte gerne wissen, wann sie gegründet wurde.«

»Mindestens Mitte des vorigen Jahrhunderts, würde ich sagen, den Filmen nach zu schließen. Aber ich hab' keine Ahnung, in welchem Jahr.«

Ein langsames Nicken war ihre einzige Antwort, und sie kniff nachdenklich die Augen zusammen. Rone stellte sein leeres Weinglas beiseite. »Soll ich es für Sie herausfinden?« fragte er nach einiger Zeit.

»Nein, nein«, sagte sie mit einem hastigen Lächeln, »so wichtig ist es nicht. Ich hab' nur – über etwas nachgedacht, was ich gelesen habe – und über einen Ring, den ich mal in einem Antiquitätengeschäft gesehen habe, mit Insignien, die, wie man mir sagte, die der Fremdenlegion waren. Es war ein Phönix, der Vogel, der aus seiner eigenen Asche wieder aufersteht. Aber ich kann mich nicht genau erinnern, was da noch drauf war, vielleicht war es eine Lorbeerkrone.«

»Sie meinen Lorbeerblätter, wie sie im alten Rom die Sieger trugen?«

»Wahrscheinlich«, stimmte sie zu.

»Der Phönix steht wohl für das neue Leben sogenannter verlorener Männer. Zum Rest kann ich nichts sagen.«

»Es ist nicht so wichtig, vergessen Sie's.«

Er beobachtete sie mit nachdenklichem Blick. Sie konnte diesen Blick verfolgen, wie er ihr Haar, die Form ihres Mundes, die Kurven ihres Körpers berührte, während sie entspannt neben ihm lag. Jetzt kehrte der Blick wieder zurück zu ihrem Mund. Die Luft begann zu knistern, und Joletta hatte das Gefühl, wenn sie zu tief Luft holte, wenn sie nur mit einem Muskel zuckte oder ihren Körper auch nur einen Zentimeter in Rones Richtung beugte, würde sie in seinen Armen liegen.

Das Problem war nur, daß sie nicht sicher sein konnte, ob der Impuls von ihm oder von ihr ausging. Oder ob sie sich davor fürchtete oder es am Ende sogar wollte.

Eines der Schafe hob den Kopf und blökte.

Joletta erschauderte. Ihr Herz machte einen kleinen Satz, als sie sich abwandte. Nach einigen Augenblicken sah sie auf die Uhr.

Rone richtete sich auf, als er die Geste bemerkte. »Ja, ich weiß, es ist Zeit, wieder Tourist zu spielen.«

»Ich fürchte, ja«, sagte sie bedrückt.

Joletta war überzeugt gewesen, Rone würde ihr anbieten, sie mit zurück nach London zu nehmen und hatte sich das Gehirn nach einer Ausrede zermartert. Aber sie hätte sich die Mühe sparen können. Er brachte sie an den Platz zurück, an dem der Reisebus geparkt war, wenige Minuten bevor die Busse mit dem Laden begannen. Er schien etwas abwesend und sagte, er müßte einen Anruf machen, versprach, sie am nächsten Tag zu treffen und ging davon.

Joletta war erleichtert, aber auch etwas irritiert. Kopfschüttelnd angesichts ihres unlogischen Verhaltens, lehnte sie sich in ihrem Bussitz zurück. Eigentlich hatte sie ihre Notizen vervollständigen wollen auf dieser Fahrt, aber jetzt verbrachte sie die meiste Zeit damit, aus dem Fenster zu starren, auf die grellgelb blühenden Rapsfelder und die frisch gepflügten Äcker, die Hekken und Herrschaftshäuser Englands, die an ihr vorbeiglitten.

Später, als sie sich gerade für eine Pub-Tour im nächtlichen London umzog, klingelte das Telefon.

»Hier spricht Ihr Rund-um-die-Uhr-Informationsservice«, sagte Rones heitere tiefe Stimme. »Ich dachte, es interessiert Sie vielleicht, daß die französische Fremdenlegion 1831 von König Louis Philippe begründet wurde. Rekruten, alles ausländische Freiwillige, verpflichten sich für fünf Jahre; wenn ihre Dienstzeit zu Ende ist, werden sie französische Staatsbürger. Name und Vergangenheit sind vergessen, werden strikt geheimgehalten. Es war und ist auch heute noch eine Söldnertruppe, die nicht Frankreich, sondern der Legion den Treueeid schwört. Wollen Sie sonst noch etwas wissen?«

»Das Wappen auf dem Ring?«

»Nur ein Phönix, keine Krone. Sind Sie jetzt zufrieden?«

»Im siebten Himmel.«

»Ich lasse mich morgen früh sehen. Wegen der Belohnung.«

Er legte auf, bevor sie etwas erwidern konnte.

Am nächsten Morgen verschlief Joletta. Das lag nicht nur daran, daß sie erst sehr spät ins Hotel zurückgekommen war, nachdem sie die verschiedensten Biere in Pubs probiert hatte, es lag auch nicht an dem Spaziergang durch das Londoner Westend, im Kielwasser ihres fröhlichen, rotnasigen Stadtführers, der aussah, als wäre er einem Dickens-Roman entsprungen. Sie war nach ihrer Rückkehr sehr lange wach gelegen und hatte über Rone nachgedacht und den Zufall, daß er ausgerechnet mit demselben Flugzeug wie sie in London angekommen war, und an die Hartnäckigkeit, mit der er ihr auf den Fersen blieb.

Solche Geschichten passierten natürlich: Zufallsbegegnungen, sich ungeheuer angezogen fühlen. Aber es ließ ihr trotzdem keine Ruhe. Sie besaß ein gesundes Maß an Eitelkeit, es fiel ihr aber dennoch schwer zu glauben, jemand wie Rone könnte sich so in sie verlieben, daß er ihr auf ihren Touristenstreifzügen folgte, obwohl er selbst damit gar nichts zu tun hatte.

Diese Energieverschwendung hätte sie sich sparen können. Als sie, ohne gefrühstückt zu haben, in die Lobby eilte, war er noch nicht eingetroffen. Sie hielt Ausschau nach ihm, bis der Bus zur Westminster Abbey bereit zur Abfahrt war. Als immer noch

noch keine Spur von ihm zu sehen war, stieg sie mit einem reumütigen Lächeln in den Bus.

Er fehlte ihr, und es fehlte ihr jemand, mit dem sie Witze und respektlose Bemerkungen machen konnte, jemand, dem man begeistert zurufen konnte, jemand, der ihre Klagen beschwichtigte. Am Nachmittag, als sie die Terrakottapracht von Harrods auf eigene Faust erkundete, entdeckte sie, daß es nur halb so schön war, allein durch die prächtigen Lichthöfe mit den Stuckdecken und dem prachtvollen Marmordekor zu wandern. Der Tee im Terrassenraum im vierten Stock war zwar eine herrliche Methode, die Gelüste zu befriedigen, die die Auswahl von Pralinen, Kuchen und Käse im untersten Stockwerk geweckt hatten, aber es wäre noch schöner gewesen, wenn Rone ihr gezeigt hätte, wie man den Betjeman & Barton-Mangotee eingoß, ohne das silberne Sieb auf der kleinen Silberkanne herunterzustoßen. Und das Dechiffrieren des Londoner Bussystems für die Rückfahrt zum Hotel war harte Arbeit statt ein Abenteuer.

Auch am nächsten Tag glänzte er durch Abwesenheit.

Joletta war entschlossen, nicht an ihn zu denken, trotzdem hätte sie gerne jemand bei sich gehabt, der ihre Freude an den Parks teilte und sich ihr Gejammer darüber anhörte, daß sie nur so wenig Zeit hatte, verglichen mit den Wochen, die Violet mit Spaziergängen durch die Gärten verbracht hatte. Sie brauchte einen anderen Menschen, der ihr half, in den Massen von Rhododendren und Azaleen und Fliederbüschen zu schwelgen und der verstand, warum sie hingerissen vor Beeten bunter windzerzauster Stiefmütterchen stand.

Sie wollte Rone von dem Tagebuch erzählen.

Es hatte ihr schon auf der Zungenspitze gelegen an dem Nachmittag in Bath, ihm von Allain und dem Phönixring zu erzählen, aber irgendein Rest von Diskretion hatte sie zurückgehalten. Der Impuls war verrückt, das wußte sie, und trotzdem war sie der Meinung, er würde verstehen und ihr vielleicht sogar helfen, den Geheimnissen auf die Spur zu kommen. Es wäre, gelinde gesagt, nett gewesen, seine objektive Meinung zu hören.

Sie fragte sich, was er wohl von der Blumensprache halten würde, die Allain mit so romantischer Wirkung eingesetzt hatte.

Würde er das als charmante und elegante Geste sehen oder nur als sentimentalen Kitsch?

Es war sentimental, das mußte sie zugeben. Aber was war denn so schlimm daran? Irgendwie hatte sie das Gefühl, daß die Menschen der viktorianischen Ära, in der Violet gelebt hatte, die ungeniert die Höhen und Tiefen ihrer Emotionen auslebten, auf ihre Art weniger eingeschränkt waren als die Leute von heute. Keiner hatte heutzutage mehr Zeit für liebevolle und zarte Andeutungen wachsender Zuneigung oder für sanfte Verlockungen. Keiner riskierte mehr sein Leben für die Liebe oder siechte dahin, wenn sie nicht erwidert wurde. Sentimentalität war zu einer Peinlichkeit geworden. Sie war nicht schick, nicht weltmännisch. Sie wurde unterdrückt, genauso wie die viktorianische Ära die Sexualität unterdrückt hatte. Die Situation war heutzutage genau umgekehrt, Liebe wurde jetzt als sexuelle Anziehungskraft ausgedrückt, hechelnd, grapschend. Wirklich deprimierend.

Auf eine seltsame Art beneidete Joletta Violet. Ihre Vorfahrin war auf der Suche nach Kurzweil und Fruchtbarkeit nach Europa gereist und hatte ein romantisches Abenteuer erlebt. Für Violets Nachfahrin und ihren zufällig kennengelernten Fremden war es nicht so gewesen. Vielleicht hätte sie offener, zugänglicher sein müssen. Vielleicht hätte sie grapschen sollen.

Eigentlich spielte es ja keine Rolle. Sie würde nicht wegen mangelnder Liebe Trübsal blasen. Um ehrlich zu sein, war es sicher einfacher, morgen den Kanal ohne Rone im Schlepptau zu überqueren. Wesentlich einfacher. Sie brauchte keinen Rone.

Während sie durch den Regentenpark spazierte, stellte Joletta fest, daß sie sich ständig umdrehte oder die Gesichter der Menschen in ihrer Nähe musterte. Zuerst dachte sie, sie würde unbewußt nach Rone Ausschau halten. Nach einiger Zeit bekam sie ein unangenehmes Gefühl, es war ihr nicht ganz wohl in ihrer Haut. Sie verspürte so ein seltsames Kribbeln auf der Haut, als würde sie jemand beobachten.

Ihre Freude an den Parkanlagen verflüchtigte sich. Sie packte ihr Notizbuch weg, in das sie Beschreibungen der Glyzinien, der Clematis und Kletterrosen und anderer altmodischer Blumen gekritzelt hatte, die auch Violet erwähnte. Sie schoß ein paar Fotos der Blumenbeete, war aber nicht mit dem Herzen bei der Sache. Als eine große Gruppe Schulkinder auftauchte, alle in Uniform, folgte sie ihnen bis zum Tor. Dann ging sie zur Untergrundbahn, die sie zu ihrem Hotel zurückbringen würde.

Dort erwartete sie ein Brief an der Rezeption. Er war von Rone. Sie überflog ihn kurz im Aufzug und las ihn dann in ihrem Zimmer noch einmal genauer durch.

Er war weiß Gott weder sentimental noch romantisch, sondern kurz, ein bißchen humorvoll und sachlich. Er entschuldigte sich, daß er nicht, wie angedroht, erschienen war. Ein geschäftliches Problem hatte ihn daran gehindert und beanspruchte ihn auch jetzt noch. Er hatte mehrmals versucht, sie anzurufen, aber sie nicht erreicht. Er wollte ihr die Daumen halten, daß die Überfahrt nicht zu stürmisch wäre und würde sie in Paris wieder einholen.

Es war nicht direkt ein Handkuß und das Versprechen eines heimlichen Rendezvous. Joletta war hin und her gerissen zwischen Freude, Lachen und Verärgerung. Sie erwartete einfach zuviel. Die Frage war nur, erwartete sie es von Rone Adamson?

Sie hatte spät zu Mittag gegessen, und außerdem hatte sich ihr Körper immer noch nicht ganz an die englische Zeit gewöhnt, also beschloß sie, daß es viel zu mühsam wäre, noch einmal zum Abendessen auszugehen. Am Vortag hatte sie bei Harrod's ein paar wunderbare Früchte und köstlichen Käse gekauft. Sie würde ein heißes Bad nehmen, eine Kleinigkeit essen und dann zu Bett gehen.

Dann entdeckte sie beim Öffnen einer Schublade, in der sich ihr Nachthemd befand, daß ihr Zimmer durchsucht worden war. Ihre Unterwäsche war zwar aus Nylon und synthetischem Satin, trotzdem faltete sie immer alles ordentlich und warf es nicht einfach auf einen Haufen. Die Bücher und Broschüren, die sich in den letzten paar Tagen angesammelt hatten, waren falsch gestapelt, und die Kleider in ihrem Koffer waren anders eingeordnet, die Pullover für die Schweiz lagen jetzt plötzlich obenauf.

Vielleicht war es nur ein neugieriges Zimmermädchen gewesen, obwohl Joletta das Personal in Hotels für vertrauenswürdig hielt. Vielleicht war es ein Dieb gewesen, der Bargeld suchte, oder jemand von einem Paßdiebstahlring: vor ihrer Abreise in Amerika hatte man ihr erzählt, daß amerikanische Pässe auf dem Schwarzmarkt mehrere tausend Dollar wert waren. In jedem Fall war der Eindringling sicher sehr enttäuscht gewesen. Alles Wertvolle oder Interessante, das sie besaß, trug sie ständig bei sich, entweder in ihrer Schultertasche oder in einem Sicherheitsbeutel in ihrer Kleidung.

Auch das Tagebuch.

Der Gedanke, daß dieses Tagebuch möglicherweise der Anlaß für diese Suche sein könnte, war ihr zuwider. Sie haßte das Gefühl, daß sie ab jetzt auf der Hut sein mußte. Sie hatte gerade angefangen, sich sicher zu fühlen und Abstand von ihren Problemen zu gewinnen. Sie hatte gehofft, der Zwischenfall am Flughafen wäre ein Zufall gewesen und hätte nichts mit New Orleans zu tun gehabt. Jetzt sah alles anders aus. Es war schwer, wieder umzudenken.

Und noch schwerer war es, sich einzugestehen, daß es noch eine Verbindung zwischen London und New Orleans gab. Ein weiterer nicht zu akzeptierender Zwischenfall seit ihrer Ankunft.

Rone.

7. Kapitel

Die flandrischen Mohnblumen würde sie nie vergessen, dachte Joletta. Ein Grund war ihr brillantes Rot, das aus dem Grün des Frühlingsgrases vor dem graublauen französischen Himmel glühte, aber der Hauptgrund war ihr Reiseleiter, der sie nach der Kanalüberquerung mit einem belgischen Bus und Chauffeur erwartet hatte. Der Reiseleiter, ein Waliser mit einer wunderbaren Stimme, hatte auf der Fahrt durch das Land das Gedicht »Auf Flanderns Feldern« vorgelesen.

Violet hatte die Mohnblumen in ihrem Tagebuch beschrieben. Sie war von ihrer Widerstandsfähigkeit trotz ihrer zarten Erscheinung und von ihrer Farbe beeindruckt. Es war für Joletta eine große Befriedigung, soviel mit eigenen Augen sehen zu können wie ihre Vorfahrin. Das war natürlich der Hauptgrund für diese Reise, aber es war doch erstaunlich, wieviel noch da war und sich kaum verändert hatte, angefangen von den Sehenswürdigkeiten bis zu den Pflanzen.

Sie hatte seit Bath immer wieder von Violet und ihrem Allain geträumt, lebendige, beunruhigende Träume, an die sie sich beim Erwachen nur vage erinnern konnte. In diesen Träumen schien sie selbst Violet zu sein. Wahrscheinlich machte sich da ihr Unterbewußtsein selbständig. Sie wünschte, sie könnte sich an Einzelheiten erinnern, vielleicht wäre das eine Hilfe gewesen.

Sie war eine der wenigen Personen im Bus, die allein reisten. Die meisten anderen waren pensionierte Ehepaare, auf der Flucht vor Kindern und Enkelkindern, oder sich in den Flitterwochen befindende Paare oder Witwen, die zu zweit reisten. Zwei alleinstehende Männer um die Fünfzig waren noch im Bus, ein hochgewachsener, hagerer Professor, der ständig die Nase in seinem Reiseführer hatte, und ein kleiner, fast kahlköpfiger Reiseschriftsteller, der viel Freude an seinen eigenen, recht groben

Witzen hatte. Joletta war dem Schriftsteller bis jetzt immer entronnen, indem sie sich schlafend stellte, aber sie befürchtete, daß es mit ihm noch Ärger geben würde.

Ihr Reiseleiter sprach fließend Französisch, Spanisch, Italienisch und Deutsch. Er war nett und sehr gebildet, aber seine Anweisungen für Aufenthaltszeiten und die Bezahlung von Sonderausflügen hatten definitiv etwas von einem Polizisten. Aber er machte seine Arbeit gut und sorgte dafür, daß die Gruppe immer pünktlich die jeweiligen Ziele erreichte und jeder von ihnen die Reise genoß.

In Paris blühten die Kastanien, nicht nur die weißen, kerzenähnlichen Roßkastanien, sondern auch die rostroten spanischen. Sie ragten neben der Autobahn empor und säumten perfekt gestutzt die Boulevards. Auf dem Weg zum linken Ufer überquerten sie die Seine, die sich wie ein irisierendes braungrünblaues Band unter den vielen Brücken hindurchschlängelte, und Joletta bewunderte schäbig majestätische Sandsteingebäude, die sie nur von Fotos kannte.

Das Hotel war weder groß noch luxuriös, aber gemütlich und originell, mit einer winzigen Lobby und weißen Marmortreppen, die einen Aufzug von der Größe eines Besenschranks flankierten. Jolettas Zimmer lag Richtung Avenue und hatte zwei Betten mit Daunendecken und Kissen auf sehr harten Kopfpolstern. Die Flügelfenster hinter den weißen Spitzenvorhängen ließen sich tatsächlich öffnen, davor war ein winziger Balkon mit schmiedeeisernen Fenstern. Die Einrichtung des weißgekachelten Bads war gelb, und es gab ein Bidet. Einige aus ihrer Gruppe beschwerten sich über die Unterkunft, aber Joletta war begeistert.

In Paris gab es sicher noch Verwandte der Familie Fossier. Mimi hätte ihre Namen gewußt und Empfehlungsbriefe geschrieben und darauf bestanden, daß Joletta sie auch hinbrachte. Aber so einen Aufenthalt wollte Joletta nicht, dafür war ihre Zeit zu kurz. Sie hatte soviel über die berühmten Sehenswürdigkeiten von Paris gehört und gelesen, daß sie es kaum erwarten konnte, sie zu sehen, zu berühren, mittendrin zu stehen und zu genießen, daß sie tatsächlich hier war. Sie würde in der verfügbaren Zeit soviel wie möglich von Paris sehen und hoffen, daß sie eines Tages zurückkehren und den Rest ansehen könnte.

Am Morgen des dritten Tages verließ sie ihr Hotel, spazierte an Bierlokalen, Banken und schicken Möbelläden vorbei, drückte sich die Nase an Fenstern von Antiquitätenläden platt und sah sich das Angebot der Blumenläden an. Sie war auf dem Weg zur Seine. Das war zumindest ihr erstes Ziel.

Sie überquerte den Fluß und ging das rechte Ufer entlang. Über ihr ragte der Louvre. Die Sonne wärmte sie, und die Luft roch angenehm nach grünen, wachsenden Dingen, durchzogen vom modrigen Flußgeruch, der überall auf der Welt gleich war, und einem Hauch von Duft frischgebackenen Brots. Natürlich war da auch der beißende Geruch von Auspuffgasen, aber es gelang Joletta, ihn zu ignorieren.

Sie merkte, wie sich ihre Laune unwillkürlich hob. Heute konnte sie den ganzen Tag lang tun und lassen, was sie wollte. Alle touristischen Verpflichtungen waren erledigt, heute wollte sie sich auf die Tagebuchseiten konzentrieren. Sie würde über kurz oder lang den Jardin de Luxembourg erreichen, den Violet besonders hervorgehoben hatte, aber es bestand kein Grund zur Eile. Sie wollte einfach Paris genießen, die leckeren Häppchen probieren, die Straßenverkäufer anboten, die Künstler entlang des Flusses beobachten, auf einer Brücke stehen und nach Herzenslust schauen. Sie wollte die Stadt um sich herum spüren und das Gefühl genießen, ein Teil von ihr zu sein.

Es war schon später Nachmittag, als sie an der Metrostation ankam, die ihrem Hotel am nächsten lag, nur eine Querstraße davon entfernt. Sie ging den gekachelten Ausgangstunnel entlang, der so viel sauberer war als die Londoner Untergrundbahn, und stieg dann die Treppe hoch. Sie war müde, aber glücklich und sehnte sich nach einem Bad und einem ruhigen Abendessen, bevor sie zu Bett ging.

Sie trat mit den übrigen Metropassagieren hinaus in das Tageslicht und wartete, daß die Ampel auf Grün schaltete, damit sie die Straße zum Hotel überqueren konnte. Sie schaute in die Richtung, als plötzlich ein Mann und eine Frau ihre Aufmerksamkeit erregten, die gerade aus der schmalen, hohen Eingangstür kamen. Sie unterhielten sich, während sie die breite Treppe herunterstiegen.

Natalie.

Die Ampel schaltete um. Joletta ging los und bewegte sich mit der Menschenmenge zur anderen Straßenseite, dann weiter geradeaus, nicht auf das Hotel zu. Innerhalb von Sekunden war sie außer Sichtweite, blieb aber immer noch nicht stehen.

Ihr war mit einemmal übel. Ihre immer schneller werdenden Schritte dröhnten in ihren Ohren. Sie wollte ihre Cousine nicht in Paris haben. Nicht nur, weil Natalie sich in ihr Vorhaben einmischen könnte, sondern weil die Anwesenheit ihrer Cousine wie ein Einbruch in ihre Privatsphäre war und ihre Freiheit beschnitt. Sicher hatte Tante Estelle Natalie aufgefordert, ihr zu folgen. Vielleicht hatte sie ihre Beziehungen spielen lassen oder einen Privatdetektiv angeheuert, um sie aufzuspüren.

Eigentlich war es wirklich sonderbar. Ihre Tante und Natalie glaubten wahrscheinlich, sie wüßte genau, wohin sie fahren mußte und was zu tun war, um die Formel zu kriegen. Selbst wenn sie versuchen würde, die beiden vom Gegenteil zu überzeugen, war es sehr zweifelhaft, ob sie ihr glauben würden. Na schön. Sie würde sich auf keinen Fall schikanieren lassen. Natalie sollte ruhig versuchen, ihr auf den Fersen zu bleiben.

»He, nicht so schnell. Ist Ihnen klar, daß Sie an Ihrem Hotel vorbeigelaufen sind?«

Die fröhliche Stimme war direkt hinter ihr. Sie gehörte Rone.

Joletta verlangsamte ihre Schritte, aber bevor sie sich umdrehen konnte, packte sie jemand am Arm und wirbelte sie herum. Sie streckte instinktiv abwehrend die Hand aus, ihre Handfläche prallte gegen die warmen Muskeln unter seinem Polohemd, und sie spürte ihre feste Elastizität, ihre Kraft und Härte. Sie riß ihre Hand weg, als hätte sie einen Atomreaktor berührt.

Sie war hin und her gerissen zwischen Erleichterung, Mißtrauen und heimlicher Freude und somit etwas verwirrt. Sie warf rasch einen Blick hinter ihn, aber Natalie war nirgends zu sehen.

»Was machen Sie denn hier?« fragte sie grimmig.

»Ich hab' doch gesagt, wir werden uns treffen. Haben Sie meine Nachricht nicht bekommen?«

»Doch, aber ich hatte nicht wirklich damit gerechnet –« Sie verstummte. Ihr war plötzlich klargeworden, daß Tante Estelle vielleicht auch ihr Hotel in London ausfindig gemacht hatte, nicht nur das in Paris. Wenn ihre Tante schon jemanden losgeschickt hatte, um die Parfümerie zu durchsuchen, wieso sollte sie dann nicht auch Jolettas Londoner Hotelzimmer durchsuchen lassen?

»Sie haben einfach zu wenig Vertrauen, Joletta«, sagte Rone und ließ ihren Arm los. »Zu sich selbst und zu mir.«

Sie errötete bei diesen Worten und bei der Erinnerung an die Dinge, die sie ihm zugetraut hatte. Sie senkte den Blick, um seinen steten blauen Augen zu entgehen. Sie hätte wissen müssen, daß er nicht so gemein und hinterhältig sein konnte. Welchen Grund sollte er auch dafür haben? Er wußte gar nichts von ihr.

Er ergriff jetzt wieder das Wort. »Sind Sie sicher, daß alles in Ordnung ist? Keine Taschendiebe oder andere gefährliche Gestalten, die Sie verfolgen?«

Es hatte keinen Sinn, ihm von der Durchsuchung zu erzählen, sie mußte selbst mit ihren Problemen fertigwerden. Wenn sie davon anfing, würde er womöglich merken, daß ihre Reserviertheit auf Mißtrauen basierte.

»Natürlich nicht«, erwiderte sie und versuchte, unbeschwert zu klingen. »Ich hab' inzwischen gelernt, auf mich aufzupassen.«

»Ich wäre wirklich beeindruckt, wenn Sie nicht gerade Ihr Hotel verpaßt hätten.«

Sein amüsierter Blick machte sie verlegen, aber sie sagte schnell: »Bitte nehmen Sie zur Kenntnis, daß ich genau weiß, wo ich bin und wohin ich gehe.«

»Oh, wohin denn?«

»Ein paar Straßen weiter ist eine kleine Patisserie, und ich habe Lust auf Eclairs.«

»Jetzt, wo Sie's sagen, merke ich, wie mir das Wasser im Munde zusammenläuft – nach Eclairs natürlich. Was dagegen, wenn ich mich anschließe?«

Er bat nicht nur um ihre Erlaubnis, sie zu der Patisserie begleiten zu dürfen, sondern auch, ob er überhaupt willkommen war. Sie sagte schlicht: »Warum nicht?«

»Ich hab' schon geglaubt, ich wäre in Ungnade gefallen.« Er machte eine kleine Geste in die Richtung, in die sie hatte gehen wollen. Joletta zögerte und warf noch einmal einen Blick über seine Schulter. Aber sie sah niemand. Sie drehte sich um, und sie gingen zusammen weiter.

»Warum sollten Sie denn in Ungnade gefallen sein?« fragte sie nach einer Weile.

»Aus mehreren Gründen«, erwiderte er in etwas ernsterem Ton als vorher. »Ich hab' Sie in London versetzt und Sie in Paris fast volle drei Tage allein gelassen. Verbrecherisch. Außerdem habe ich vielleicht den Eindruck erweckt, daß ich es als selbstverständlich betrachte, daß Ihnen etwas daran liegt, ob ich auftauche oder nicht.«

»Ich habe keinerlei Anspruch auf Ihre Zeit, genausowenig wie Sie Anspruch auf meine haben.«

»Also schön, das hab' ich wahrscheinlich verdient.«

Sie sah ihm direkt in die Augen. »Ich wollte mich nicht rächen.«

»Wollen Sie damit sagen, das war nur ein Zufallstreffer?«

»Machen Sie sich nicht lächerlich«, sagte sie und versuchte vergeblich, streng zu klingen.

»Wie wär's dann später mit Abendessen, um den Waffenstillstand zu besiegeln?«

»Einverstanden«, erwiderte sie. Das konnte er jetzt auffassen, wie er wollte.

»Schön. Dann werde ich Ihnen jetzt erzählen, daß ich schon früher hier gewesen wäre, aber ich habe einige Dinge erledigt, damit ich ein paar Wochen ununterbrochen Zeit für Sie habe. Für Sie mag das vielleicht nicht wichtig sein, aber für mich ist es das schon.«

Sie ging ein paar Schritte weiter, bevor sie sagte: »Sie sind mir keine Erklärung schuldig – oder sonst irgend etwas. Wir hatten in England Spaß miteinander, aber ich habe meinen eigenen Zeitplan –«

»Wenn Sie mir jetzt sagen wollen, daß es Ihnen lieber wäre, wenn ich verschwinde, ist es zu spät«, sagte er zufrieden. »Ich habe bereits die restliche Tour gebucht.«

Jetzt hatte er sie wirklich überrascht. »Sie meinen – den Bus und alles?«

»Und alles«, wiederholte er selbstzufrieden.

»Geht das nicht ein bißchen weit, um etwas zu beweisen?«

Ein besonders herzliches Lächeln verwandelte sein Gesicht. »Ist das der Grund, warum ich es mache?«

»Warum denn sonst?« Es fiel ihr schwer zu glauben, daß sie der Grund sein könnte, egal welche Andeutungen er machte.

»Ich könnte dazu überredet werden, die Buchung zu stornieren«, sagte er nach kurzem Zögern. »Ein Wort genügt, und ich miete ein Auto und mach' einen Plan für eine NVK-Tour, wie Sie sie noch nie erlebt haben.«

»NVK-Tour?«

»Noch eine verdammte Kathedrale. Sagen Sie bloß, der Scherz ist in Ihrer Gruppe noch nicht gemacht worden?«

»Ich glaube nicht.«

»Kathedralen, Museen, Restaurants, verwunschene kleine Gasthöfe, nichts wird Ihnen vorenthalten. Vielleicht schaff' ich es sogar, Sie rechtzeitig für Ihren Rückflug in Rom abzuliefern.« Er legte den Kopf zur Seite. »Vielleicht aber auch nicht.«

»Woher wissen Sie denn, daß ich von Rom aus zurückfliege?« Es war einfacher, sich darauf zu konzentrieren, als daran zu denken, daß sie wegen ihm ihren Heimflug verpassen könnte.

»Das war einfach. Ich hab' die Nummer Ihrer Gruppenreise von Ihren Gepäckanhängern wie auch Ihren Namen. Als ich mit dem Reiseveranstalter gesprochen habe, hab' ich einfach gesagt, ich möchte dieselbe Tour, und schon war's passiert.«

»Wirklich geschickt.«

»Nicht wahr?« sagte er freundlich. »Aber Sie haben noch nicht geantwortet. Möchten Sie ein Auto mieten und Ihre eigene Route planen? Wobei wir nicht vergessen dürfen, daß wir die Grundregeln schon ausgehandelt haben.«

»Wie zum Beispiel getrennte Zimmer?« fragte sie.

»Genau«, stimmte er zu, aber seine Augen funkelten herausfordernd.

Ein wirklich verlockendes Angebot, besonders nachdem sie jetzt schon einige Erfahrung mit dem strengen Regime und den

Kompromissen, die bei einer Gruppe unvermeidlich sind, gemacht hatte. Aber es hieß auch, das Schicksal herauszufordern.

Sie schüttelte bedauernd den Kopf und sagte: »Ich glaube, das kann ich mir nicht leisten.«

»Ich schon.« Er sagte es sehr ruhig, ohne sie zu drängen.

»Danke«, erwiderte sie fest, »aber mir ist es lieber, ich bezahle selbst für mich.«

»Eine emanzipierte Lady?«

Sie runzelte die Stirn und dachte darüber nach. »Das ist es nicht direkt.«

»Sie lassen sich auch keine Diamantarmbänder schenken«, vermutete er.

Sie blinzelte ihn an. »Jetzt haben Sie's erfaßt.«

Ein seltsames Lächeln umspielte seine Lippen. Sein Blick war nachdenklich, aber bei weitem nicht resigniert.

Sie kauften die Eclairs, strotzend vor Sahne und Schokolade, dann wanderten sie ziellos weiter, bis sie ein Café im Freien entdeckten. Nachdem der Kellner den bestellten Kaffee gebracht hatte, aßen sie im letzten Licht der Abendsonne ihr klebriges Gebäck und tranken das unglaublich bittere Gebräu aus winzigen Tassen. Der Tisch war nicht viel größer als die Tassen und wakkelte erbärmlich auf dem unebenen Gehsteig. Eine leichte Brise raschelte durch die Blätter einer nahen Platane. Ein Spatz hopste auf der Suche nach Krumen umher. Der Verkehr auf der breiten Durchgangsstraße wurde allmählich stärker, die Pariser waren auf dem Heimweg, und die hysterischen Hupen übertönten das Dröhnen der Autos. Der Kellner, der sie in weißem Hemd, schwarzer Hose und einer fast knöchellangen Schürze bedient hatte, wischte geschäftig Tische ab und stapelte Stühle hinter der Tür des Cafés.

»Ich glaube«, sagte Joletta, »wir beide haben die Meinung des Kellners über amerikanische Manieren nicht gerade verbessert.«

»Weil wir unser eigenes Essen in dieses feine Etablissement mitgebracht haben? Keine Sorge, der hochnäsige Blick hat gar nichts zu bedeuten. Der Mann denkt wahrscheinlich an seine Plattfüße.«

»Meinen Sie wirklich?«

Er nickte. »In Europa schert sich eigentlich niemand drum, was man tut, solange man sie nicht mit hineinzieht oder viel Tamtam drum macht. Am besten kommt man durch – ob man nun in einem Pariser Café sitzt oder sich durch den römischen Verkehr über die Straße kämpft –, wenn man sehr höflich und unauffällig ist. Machen Sie, was Sie wollen, machen Sie es gefaßt und vermeiden Sie jeden Augenkontakt.«

»Sie scherzen.«

»Ich verspreche Ihnen, daß Sie wie eine Eingeborene aussehen.«

Rone beobachtete Joletta, die so wach und gespannt neben ihm saß. Einen Augenblick lang richtete sich ihre Aufmerksamkeit auf eine blonde Frau, offensichtlich Amerikanerin, die die Straße entlang auf sie zukam. Ihr Körper verkrampfte sich und entspannte sich wieder, als die Frau an ihnen vorbeiging, ohne sie eines Blickes zu würdigen.

Jetzt fragte er sich, ob Joletta wohl Natalie vorhin am Hotel gesehen hatte. Sicher hatte sie das. Sie war nicht nur wegen der Kuchen in diese Seitenstraße eingebogen. Es sah ihr ähnlich, daß sie ihm nichts davon erzählte, er war ja praktisch ein Fremder.

Hinter der Fassade, die sie der Welt präsentierte, ging so einiges vor, wie er entdeckte. Sie war ein sehr reservierter Mensch und geradezu erschreckend unabhängig. Ängstlich war sie auf keinen Fall. Ängstliche Frauen gingen nachts nicht allein durch dunkle Straßen oder reisten allein nach Europa. Sie war auf der Hut und verdrängte ihre natürlichen Impulse als Schild gegen persönlichen Schmerz. Er hätte eine Menge drum gegeben, dabeisein zu dürfen, wenn sie aus ihrem Schneckenhaus kam.

Das Abendlicht sickerte durch die oberste Schicht ihrer Haare und brach sich mit demselben Perlschimmer auf ihrer Haut, sie glühte förmlich. Einen winzigen Schokoladefleck auf dem zarten Schwung ihrer Unterlippe hätte er nur zu gerne weggeküßt. Der Drang war so heftig, daß er sich zwingen mußte, sich langsam im Stuhl zurückzulehnen, mit der Tasse in der Hand.

Er fragte sich, ob es die richtige Entscheidung gewesen war, sich ihrer Gruppe anzuschließen. Er machte es nur, um sich die

Arbeit zu erleichtern, das versuchte er sich zumindest einzureden, aber es würde ohne Zweifel nicht einfach werden. Die Frage war, ob er es durchhalten konnte. Prinzipien konnten wirklich lästig sein – wenn Prinzipien überhaupt das richtige Wort für so eine Situation war.

Plötzlich überkam ihn der heftige Wunsch, alles auf dieser Reise wäre wirklich so einfach, wie er es Joletta vorgaukelte. Er hätte eine Menge darum gegeben, einfach mit ihr durch Europa streifen zu können, ohne Sorgen und Probleme und ohne Zwang in seiner Beziehung zu ihr, außer dem, den normales, anständiges Verhalten vorschrieb. Na ja, halbwegs anständiges.

Die Stelle, an der ihre Hand ihn berührt hatte, glühte immer noch. Er stellte sich plötzlich vor, wie es wohl wäre, wenn sie ihn aus freien Stücken berühren würde, mit Zuneigung, vielleicht sogar mit Leidenschaft.

Ihr Duft wehte in seine Nase, eine sanfte Mischung von Teerose und ihrem ureigenen femininen Duft. Die meisten Frauen rochen ein bißchen nach Vanille. Aber nicht Joletta. Darin lag wohl ein Teil ihrer Faszination für ihn, das Bedürfnis, ihr näherzukommen, damit er diese Duftnote definieren könnte. Sie hatte einen Hauch der Dschungelorchidee, die die Vanillebohne schuf, mit einer Mischung sonnengereifter Birne. Oder vielleicht war es eine Kreuzung zwischen dunkelroter Pflaume und nachts blühendem Jasmin.

Ja, sie brachte ihn um den Verstand.

Er mußte aber jetzt schleunigst an etwas anderes denken, wenn er je die Serviette von seinem Schoß nehmen und sich aus dem Schutz des Tisches erheben wollte, ohne sich unsterblich zu blamieren.

Sein Engagement war bereits viel zu persönlich geworden.

Allmählich bekam er Angst vor dem, was passieren würde, wenn diese Reise zu Ende war.

In der einbrechenden Dämmerung machten sie sich auf den Rückweg zum Hotel. Um diese Zeit waren mehr Leute unterwegs, Verkäuferinnen und Sekretärinnen mit Ponchos oder Schals, Geschäftsleute in Trenchcoats, ausgebeult von umfangreichen Zeitungen, und ältere Frauen mit Einkaufsnetzen, aus denen Baguettes ragten. Es waren auch mehr Autos auf der Straße, und der Respekt für die eingezeichneten Fahrspuren ließ merklich nach. Eine Kakophonie von Hupen und Motorenlärm erfüllte die Straßen, und Radfahrer schlängelten sich unbekümmert durch den Verkehr, scheinbar ohne die Autos eines Blickes zu würdigen.

Joletta und Rone wanderten langsam dahin und überließen es den anderen Fußgängern, sich an ihnen vorbeizudrängen, während sie über den morgigen Ausflug nach Versailles redeten. Joletta hatte sich bereits dafür angemeldet, weil sie ihn um keinen Preis verpassen wollte. Sie glaubte, Rone könnte noch einen Platz kriegen, wenn er sich darum bemühte.

An einer Kreuzung hören sie das Heulen von Polizeisirenen, die irgendwo von rechts kamen. Der stete Verkehrsfluß geriet ins Stocken und kam schließlich ganz zum Stehen. Auch der Fußverkehr hörte auf, als die Leute sich um die beiden an der Straßenecke sammelten. Die Fußgänger schimpften und verrenkten sich die Hälse, um zu sehen, was passiert war.

Rone, der die meisten französischen Frauen und Männer um sie herum überragte, entdeckte als erster den Grund des Aufruhrs. »Polizeiwagen, drei davon.«

Die Fahrzeuge waren königsblau lackiert, was auf der anderen Seite des Atlantiks nur Luxuslimousinen vorbehalten war. Sie waren von Motorradeskorten flankiert. Sie kämpften sich durch liegengebliebene Autos, mit gelegentlichen Abstechern über den Gehsteig, wenn gar nichts mehr ging. Je näher die Wagen kamen, desto ohrenbetäubender wurde das Heulen der Sirenen.

Es handelte sich offensichtlich um einen Routine-Polizeieinsatz, möglicherweise auch einen Einsatz gegen Terroristen: in Paris war alles möglich. Joletta war bereits zweimal nachts von ähnlichen Einsätzen geweckt worden.

»Der Lärm erinnert mich immer an die Filmszene in dem Film ›Das Tagebuch der Anne Frank‹, als die Gestapo kam, um Anne und ihre Familie zu holen«, sagte sie.

»Falsche Stadt«, erwiderte Rone gelassen.

»Das weiß ich«, sagte sie trocken und sah ihn an. Er gab aber keine Antwort, sondern blickte sich links und rechts unter den Leuten um, die sich um sie drängten.

Der letzte Polizeiwagen raste an ihnen vorbei. Inmitten des Lärms und des Gedränges bekam Joletta plötzlich von hinten einen Stoß. Sie stolperte ein paar Schritte von Rone weg, versuchte aber nicht, wieder näher zu ihm zu kommen. Die Stimmung zwischen ihnen beiden hatte sich irgendwie verändert, und sie war etwas niedergedrückt wegen der Distanz, die sie bei ihm spürte. Außerdem blinkte die Ampel und zeigte an, daß es gleich Zeit war, die Straße zu überqueren.

Motoren heulten, und Reifen quietschten, als der Verkehr sich wieder in Bewegung setzte. Es war wie der Start eines Rennens, wo jeder Fahrer versuchte, dem Wechsel der Ampel zuvorzukommen. Der Verkehrsfluß schien endlos, unaufhaltsam wie ein Fluß mit Hochwasser.

Dann kreischten plötzlich Bremsen, Motoren wurden gedrosselt und blieben wieder stehen. Joletta bewegte sich mit den verkehrserfahrenen Parisern um sie herum und verließ den Gehsteig.

Das Brüllen eines beschleunigenden Autos kreischte durch das dumpfe Dröhnen des Verkehrs. Frauen schrien, Männer brüllten. Joletta riß den Kopf herum. Sie sah den roten Sportwagen um die Ecke biegen und auf sich zuschlittern, registrierte die elegante, teure Form und die Pferdestärken.

Sie war von allen Seiten eingekeilt. Eine Wand von Körpern war zwischen ihr und dem Gehsteig. Angst schnürte ihr die Kehle zu.

Mit einemmal stob die Menge auseinander. Sie sah seitlich eine Öffnung, drehte sich um und sprang darauf zu.

Ihre Bewegungen waren unbegreiflich langsam. Sie warf sich mit jedem Quentchen Kraft, das sie hatte, nach vorne, versuchte an Höhe zu gewinnen, in einer Atmosphäre, die scheinbar aus Klebstoff bestand. Ihr Körper war in der Luft, beschrieb einen bedächtigen Bogen, schwebte mit der Eleganz eines Drachenfliegers, bevor er auf die Oberfläche des Gehsteigs zustürzte. Sie riß die Arme nach vorn, um den Aufprall abzufangen.

Sie spürte ihn nicht. Etwas prallte gegen ihre Hüfte und löste eine Explosion von Schmerz aus. Sie drehte sich, purzelte wie Kleider im Trockner. Ihr Kopf streifte etwas Aufrechtes, Hartes.

Dann umfingen sie Schweigen und Finsternis.

8. Kapitel

28. Mai 1854
Alles in Paris ist entweder langweilig oder häßlich. Ich bin völlig erschöpft und gerädert vom Zuhören. Gilberts uralte Verwandte singen tagaus, tagein das Loblied der aristokratischen Pracht des abgedankten Bourbonenregimes und beklagen die Greueltaten, die Napoléon der Dritte beging, als er den Kaisertitel an sich riß, den zuletzt sein Onkel getragen hatte – und all das, obwohl sie in geschmacklosem und gräßlich kleinbürgerlichem Luxus wohnen.

Gilbert ist zum Tyrannen geworden. Er hat angeordnet, daß ich ohne Hermine nicht mehr ausgehen darf, da er in Paris bekannt ist und ich seinen guten Namen nicht in Verruf bringen soll. Bekannt? Er? Welche Anmaßung. Oder ist es vielleicht nur eine Entschuldigung, mich nicht aus den Augen zu lassen?

Paris war in lavendelfarbenes Zwielicht getaucht. Es überzog die grauen, rauchgeschwärzten Sandsteingebäude und Pflastersteine mit violetter Glasur und blitzte wie Amethyste in den Wasserpfützen, die sich zwischen den eingesunkenen Steinen im hinteren Stallhof unter Violets Fenster gefangen hatten.

Sie stand am offenen Fenster, den Kopf an die Scheibe gelehnt und beobachtete, wie ein Stalljunge, der Wasser aus dem Brunnen holte, mit einer Zofe flirtete, die gegenüber aus dem Fenster hing. Die Luft war feucht und kalt und roch nach Pferden und Fäulnis, mit einem Hauch Seine dazwischen. Irgendwo ratterten Kutschen die Straßen entlang, und Bootsführer und Straßenverkäufer schrien, aber die Geräusche waren durch die Entfernung und die Mauern gedämpft. Das metallene Läuten einer Kirchenglocke war zu hören und verstummte wieder.

Es hatte geregnet, aber rechtzeitig wieder aufgehört, so daß der Sonnenuntergang den dumpfgrauen Abend färben konnte. Gilbert war schon seit Stunden weg, ohne Zweifel auf der Suche nach dem perfekten Rokokospiegel oder Louis-XVI.-Stuhl. Derartige Stücke waren bei ihm inzwischen zu einer Besessenheit geworden, er redete ohne Unterlaß über die Geschichten, die hinter solchen Möbeln steckten. Er kaufe Geschichte, erklärte er. Da es ihn offenbar glücklich machte, hatte Violet keine Einwände.

Sie hatte fast den ganzen Tag gelesen, die traurige Geschichte der Kameliendame von Dumas *fils*, dem Sohn des berühmten Schriftstellers und Frauenhelden Alexandre Dumas. Das Buch war schon vor einiger Zeit erschienen, aber durch die Aufführung eines Theaterstücks desselben Namens vor knapp einem Jahr und durch die kürzliche Premiere der Oper La Traviata von Guiseppe Verdi in Venedig, deren Libretto auch auf dieser Geschichte basierte, wieder populär geworden. Die Erzählung, die tragische Geschichte einer Kurtisane, die der Liebe eines reichen und schönen jungen Mannes entsagt, um ihn vor Schande zu retten und darauf an Schwindsucht und gebrochenem Herzen stirbt, hatte Violet so deprimiert, daß sie nicht mehr weiterlesen konnte. Sicherlich gab sie eine wunderbare Oper ab, das sah sie ein, und sicher würde man demnächst im französischen Opernhaus in New Orleans deswegen viele Tränen vergießen, aber im Augenblick machte es sie nur ungeduldig und rastlos. Sie war nicht in der Stimmung für Tränen und Selbstaufgabe.

Gilbert hatte keine Verbindung mit Delacroix aufgenommen. Der Künstler wäre kaum zu erreichen, sagte er. Außerdem wäre er viel zu wichtig. Hatte er etwa nicht gerade im vorigen Jahr die Decke des Salon de la Paix im Hôtel de ville vollendet, dem Regierungssitz für ganz Paris? Violet, sagte Gilbert, wäre sehr hübsch, aber dieser große Maler würde sich auf dem Höhepunkt seiner Berühmtheit sicher nicht dazu herablassen, ihr Konterfei auf Leinwand zu bannen. Seine bezaubernde junge Gattin müßte diese Enttäuschung überwinden und sich einen anderen Künstler aussuchen.

Violet weigerte sich, das zu akzeptieren.

Was würde passieren, wenn diese einzige Kontaktmöglichkeit

zwischen ihr und Allain verschwände? Würden die wenigen Abschiedsworte in der Hotellobby die letzten zwischen ihnen beiden bleiben? Würden sie sich nie wieder in die Augen sehen?

Vielleicht war das die beste Lösung.

Vielleicht würde dieses süße Fieber in ihrem Blut vorübergehen, und sie würde im Laufe der Zeit nicht mehr Allains Gesicht im Geiste vor sich sehen, sich nicht mehr länger fragen, was er machte und ob er an sie dachte.

Nein.

Und nochmals nein.

Gilbert war praktisch jede Nacht unterwegs. Angeblich war er mit einigen seiner männlichen Cousins beim Essen, obwohl er jedesmal berauscht und nach billigem Wein und billigem Parfüm riechend ins Hotel zurückgekommen war. Violet war nicht so naiv, daß sie nicht wußte, wie er sich unterhalten hatte. Die Damen in New Orleans wußten sehr wohl Bescheid über das Théâtre des Variétés, in dem halbnackte Frauen auftraten und die Gesellschaft der Halbwelt, die die Kurtisanen, die Mätressen reicher Männer einschloß, verkehrte. Die Attraktionen waren angeblich unwiderstehlich, es war also nicht zu erwarten, daß ein Mann, der Paris besuchte, die Gelegenheit verpaßte, sie auszuprobieren.

Violet hatte ihre Tür versperrt und sich schlafend gestellt, als Gilbert zurückkehrte, und sich das Kissen über den Kopf gezogen, um sein Klopfen nicht zu hören. Am Morgen hatte sie behauptet, sie hätte sich nur eingesperrt, weil sie allein Angst hätte. Gilbert hatte frustriert geschmollt und geschwiegen.

Es hatte Zeiten gegeben, in denen ihr dieses Schweigen zu schaffen gemacht hatte. Sie empfand es als Strafe und hatte sich immer sehr bemüht, sich mit ihrem Mann wieder zu versöhnen. Jetzt begrüßte sie es.

An diesem Nachmittag hatte sie ein rosa-grün gestreiftes Seidenkleid angezogen, das mit kleinen Rosensträußchen bestickt war. Hermine hatte ihr Haar zu einem Knoten geschlungen, aus dem ein Wasserfall von Locken auf ihren Nacken fiel, mit kleinen Löckchen an den Schläfen. Eine Schale mit Süßigkeiten wurde hingestellt.

Keiner war zu Besuch gekommen. Sie hätte jeden Besucher willkommen geheißen, selbst Gilberts Verwandte, seine neuen Geschäftsfreunde, egal wen.

Vor zwei Stunden hatte es angefangen zu regnen, und dann war ein Gewitter mit Donner und riesigen, silberweißen Blitzen über den Kaminen der Häuser ausgebrochen. Als es aufhörte, hatten die Straßen gedampft.

Violet hatte jeden Regentropfen, der über die Scheibe lief, beobachtet, und jeder einzelne erregte sie. Der Regen war für sie zur Gedächtnisstütze geworden.

Und sie hatte eine Entscheidung getroffen.

Sie ging jetzt zu dem Sekretär, der an der Wand stand, setzte sich und zog sich ein dickes Blatt Papier auf die Schreibunterlage. Sie öffnete das Tintenfaß, nahm ihren Federhalter aus Malachit und Gold und prüfte die Spitze. Sie saß lange da, mit der Feder über dem Papier. Schließlich begann sie zu schreiben.

Ein paar Minuten später war sie fertig. Sie hielt den cremefarbenen Umschlag mit dem Brief mit spitzen Fingern an einer Ecke fest, als wäre er gefährlich. Der Impuls, ihn zu zerreißen und sich wieder in apathische Sicherheit zurückzuziehen, war ungeheuer stark. Das, was sie tat, war der pure Leichtsinn, das wußte sie. Und noch mehr, es war ein Vertrauensbruch.

Sie hätte nie gedacht, daß es soweit kommen würde, daß sie sich nach mehr sehnen würde als nach dem Luxus und der Sicherheit als Gilberts Frau. Sie hätte es nie für möglich gehalten, daß sie es brauchen würde, nie gedacht, daß sie die flüchtige Erregung, einen anderen Mann zu treffen, verlocken könnte. Es war nicht alles perfekt zwischen ihrem Mann und ihr, aber vieles sprach für die stille Vorhersehbarkeit ihrer gemeinsamen Tage, für seine Großzügigkeit, seine Sorge um ihr Wohlbefinden, den Respekt und die Verehrung, die er ihr in der Öffentlichkeit entgegenbrachte. Vielleicht war auch ihre Kühle schuld daran, daß die Momente ihres Zusammenseins nicht sonderlich stimulierend waren für sie und ihren Mann.

Oh, aber wie sollte sie die Wonneschauer ignorieren, die schon allein der Gedanke, Allain wiederzusehen, in ihr auslöste? Sie konnte es nicht. Die süße Freude würde vielleicht nie wiederkehren. Sie würde diskret sein, sie wollte Gilbert in keiner Weise verletzen oder etwas tun, was ihrer Ehe schaden könnte. Ein belangloser Flirt, mehr wollte sie nicht. Was konnte es schon schaden, mit Allain zu plaudern, etwas über ihn zu erfahren, ein paar unschuldige Erinnerungen festzuhalten, die die langen Jahre, die noch vor ihr lagen, verschönern konnten? Es war doch wirklich nur eine Kleinigkeit.

Zwei Tage lang kam keine Antwort auf Violets Brief. Am dritten Tag kam eine Einladung für einen nachmittäglichen Besuch im Hause Delacroix.

»Du hast geschrieben, ohne mich zu Rate zu ziehen?« fragte Gilbert, als er die Einladung las.

Genau diese Reaktion hatte Violet erwartet. »Wir haben doch schon einige Male darüber geredet, du und ich, aber du warst ja so beschäftigt. Neulich abends, als du aus warst und ich allein zu Hause war, ist es mir wieder eingefallen. Und da dachte ich mir, wir werden nie wissen, ob der große Delacroix unsere Bitte erfüllt, wenn wir nicht fragen. Und kaum gedacht, hab' ich schon gehandelt. Ich mag vielleicht impulsiv gehandelt haben, aber sieh dir doch das Ergebnis an.«

Er seufzte, und seine Augen musterten sie unter den dicken eisengrauen Brauen. Schließlich sagte er: »Du wünschst dir das sehr, nicht wahr?«

»Ja.« Sie ließ die Antwort ohne Ausschmückung im Raum stehen.

Er klopfte mit der Einladung gegen seinen Daumennagel und überlegte. Schließlich, als sie schon glaubte, ersticken zu müssen an all den Bitten und Gründen, mit denen sie ihn überzeugen wollte, sagte er: »Nun gut, von mir aus. Wir werden hingehen.«

Sherry und Oliven waren, wie Violet entdeckte, eine wunderbare Mischung, das eine überdeckte jeweils den bitteren Beigeschmack des anderen. Diese beiden Dinge waren nur eine kleine Kostprobe der herrlichen Köstlichkeiten und Getränke, die während des spätnachmittäglichen Salons in Delacroix' Haus gereicht wurden; es gab etwas für jeden Gaumen, jede Nationalität.

Allain hatte ihr diese seltsame Kombination empfohlen. Er

konnte das, weil sich in den Räumen, in denen die Gesellschaft stattfand, so viele Menschen drängten, die sich alle mehr oder minder lauthals über Politik, Kunst und Philosophie und tausend andere Dinge unterhielten und dabei wie die Verrückten gestikulierten.

Allain zeigte ihr auch die berühmten und berüchtigten, die kamen und gingen: den jovialen Mulatten Dumas den Älteren mit seinem wilden Haarschopf, den Poeten, Romancier und Literaturkritiker Théophile Gautier, eine Reihe von Regierungsbeamten, einige Schauspielerinnen. Ferner die Maler, die Rebellen Corot, Courbet, Daumier und Millet und auch ein paar konservative Mitglieder der Akademie.

Delacroix war ein gutaussehender Mann, fand Violet, einer, der seine Umgebung passend zu seiner strengen und doch exotischen Erscheinung gestaltet hatte. Er trug zu dieser Gelegenheit eine kurze dunkelbraune Brokatrobe über ganz normalem Hemd und normaler Hose und auf dem Kopf einen schiefen Turban. Er hätte, gemessen an der Mode, lächerlich wirken müssen, aber er sah prachtvoll aus, und es schien ihm völlig egal, was irgend jemand von ihm dachte. Er hatte sich Gilberts angenommen und stellte ihm viele der interessanteren Anwesenden vor. Gilbert schien etwas benommen von so viel Ehre.

Die Zeit verrann, und es war noch kein Wort über das Porträt gefallen. Violet begann sich allmählich ein bißchen zu sorgen. Und außerdem fragte sie sich inzwischen angesichts der Ehrerbietung, die ihrem Gastgeber entgegengebracht wurde, ob Gilbert nicht doch recht hatte und sie vielleicht ein bißchen voreilig gewesen war zu glauben, daß der Künstler in Betracht ziehen würde, sie zu malen.

Sie saß sehr aufrecht auf einem samtbezogenen Diwan mit Lehnen in Form einer Lyra und Rollen mit Quasten und beobachtete, wie Delacroix, Allain und all die anderen ununterbrochen plauderten. Sie tauschten Ideen, jeder mit seinen eigenen Stichwörtern und Phrasen, schleuderten sich Meinungen und Schlußfolgerungen an den Kopf wie Waffen in einem dämonischen Krieg der Intellekte. Sie war sich nicht sicher, ob sie die Dinge, die sie sagten, auch wirklich glaubten, oder ob sie nur einen bestimmten Standpunkt vertraten, der momentan populär war oder ihnen einen Grund zur Debatte gab.

Allain schlug sich tapfer, es schien sogar, als ob er zumeist das Zentrum der hitzigsten Diskussionen wäre. Seine Argumente waren überzeugend, seine spontanen Kommentare voller Geist, Intelligenz und Humor. Er kannte anscheinend jeden hier, besonders die Damen. Alle behandelten ihn mit Herzlichkeit und Freundlichkeit, aber mit einer gewissen instinktiven Unterwürfigkeit, die sehr ungewöhnlich war.

Violet versuchte, nicht allzuoft in seine Richtung zu schauen, was ihr sehr schwerfiel. Er war so voller Energie, so lebendig, verglichen mit den anderen Männern im Raum. Die Wärme seiner Stimme, das Lachen in seinen Augen waren unwiderstehlich. Er war ungeheuer attraktiv in seiner dunklen, korrekten Kleidung und dem Schimmer, den das Gaslicht über seine Locken breitete. Die leichte Bräunung seiner Haut, ein krasser Gegensatz zu den bleichen Gesichtern um ihn herum, betonte seine ungezähmte Vitalität noch mehr.

Mit rauschenden Seidenröcken und von einer Wolke von Maiglöckchenduft umgeben setzte sich eine Frau auf das Sofa neben sie. Violet wandte sich ihr zu und begrüßte sie mit einem Lächeln. Es war eine der Schauspielerinnen, Clothilde war wohl ihr Name gewesen. Vielleicht war aber der Titel Schauspielerin nur eine höfliche Umschreibung gewesen. Das Nachmittagskleid, das sie trug, war so tief ausgeschnitten, daß man, wenn sie sich vorbeugte, ihre ganzen Brüste sehen konnte, wie zwei dicke Rebhühner in ihrem Nest.

Die Frau musterte Violet mit fröhlicher Neugier, dann beugte sie sich zu ihr. »So«, sagte sie, »Sie sind also die geheimnisvolle Fremde des Abends.«

Violet schüttelte hastig den Kopf. »O nein, das glaube ich nicht.«

»O doch. Unser Allain läßt Sie schon seit Stunden nicht aus den Augen, obwohl er versucht, diskret zu sein, indem er Sie allein läßt. Wir haben alle gewußt, daß es jemanden geben muß, er ist schon seit ewigen Zeiten wieder in Paris und war noch kein einziges Mal im Theater.«

»Das – klingt, als würden Sie ihn sehr gut kennen.«

»Aber natürlich. Jeder kennt Allain. Es gibt keinen Ort der Welt, an dem er nicht zu Hause ist.«

Der Ton der Frau und die begleitenden Gesten wirkten sehr übertrieben. Violet hob eine Braue und sagte: »Kein Ort?«

»Dachten Sie, ich meine alle Betten in Paris? Nein, nein, das versprech' ich Ihnen, obwohl es möglich wäre, wenn er es haben wollte. Ich meine London, Genf, Brüssel, Rom, er ist in allen europäischen Hauptstädten willkommen, ganz zu schweigen von ihren Höfen. Ich habe nie so ganz begriffen, was es ist, aber sein Charme ist wirklich beachtlich. Finden Sie nicht auch?«

»Ja, in der Tat«, sagte Violet mit frostiger Stimme.

»Bitte, verzeihen Sie mir. Ich sollte nicht solche Dinge zu Ihnen sagen, aber Sie sind so steif und ernst, daß Sie mich gewissermaßen dazu zwingen. Sagen Sie, werden Sie sich von ihm malen lassen?«

»Von Monsieur Massari?«

»O je, er wollte Sie wohl damit überraschen, und jetzt habe ich alles verraten. Er wird ungehalten sein. Aber Sie werden es ihm doch nicht sagen, oder?«

»Ich weiß nicht, was es da zu sagen gibt«, sagte Violet betont höflich.

»Wie klug Sie doch sind und wesentlich geschickter, was die Diskretion betrifft, als er. Allain ist ein Meister mit Pinsel und Palette – er könnte einer der ganz Großen werden, wenn er mehr Zeit und weniger Geld hätte. Freunde und viel Geld sind die Feinde der Kunst, wissen Sie, sie ersticken das Feuer.«

Darauf gab es wohl keine Antwort. Glücklicherweise war auch keine nötig. Die Frau fuhr ohne Luft zu holen fort.

»Aber Sie werden ihm doch gestatten, Ihnen das selbst alles zu erzählen? Es wäre zu grausam, wenn man ihm nicht gestattet, Sie zu überraschen. Bedenken Sie doch nur, wieviel Spaß es macht, sich überreden zu lassen, ich bin mir sicher, seine Schmeicheleien werden hinreißend sein.«

»Tatsächlich?« fragte Violet und versuchte, so gelassen wie möglich zu klingen.

»Runzeln Sie nicht die Stirn, *petite*, sonst denkt er, ich sage schreckliche Dinge zu Ihnen. Vielleicht denkt er das ohnehin, er kommt nämlich schon. *Alors*, solche Ergebenheit! Ich bin neidisch, Madame.«

Die Schauspielerin erhob sich, machte eine kleine Bemerkung zu Allain, strich ihm kurz über die Schulter und ging davon. Er hatte sie kaum beachtet und setzte sich jetzt neben Violet und fragte: »Was hat Clothilde Ihnen erzählt?«

Er hatte sie tatsächlich beobachtet. Sie war der Schauspielerin sehr dankbar für diesen Hinweis, so daß sie beschloß, großmütig zu sein. Sie antwortete: »Nichts Wichtiges, bis auf eine kleine Sache. Sind Sie wirklich ein Künstler?«

Eine Flamme loderte in seinen Augen auf, als hätte jemand ein Schwefelholz entzündet, aber er sagte nur: »Ich male.«

»Es besteht doch wohl kein Grund, daß ich das nicht wissen darf. Ich kenne Sie doch ohnehin kaum.«

»Ein Zustand, den ich mit dem größten Vergnügen gern ändern würde«, sagte er mit einem kleinen Lächeln. Er zögerte. »Ich würde Sie sehr gern malen. Delacroix empfiehlt mich gerade als Ersatz für sich Ihrem Gatten.«

»Sie hatten das die ganze Zeit geplant?«

Er nickte kurz. »Sind Sie nun enttäuscht?«

»Ich hatte gedacht«, sagte sie mit einem koketten Seitenblick auf ihn, »daß ich durch den großen Mann unsterblich gemacht werden soll, der sich nur herabläßt, Konterfeis von sich selbst und seinen Freunden zu malen.«

»Das werden Sie auch, wenn das Ihr Wunsch ist«, versicherte er und sprang sofort auf. »Ich werde sofort Delacroix suchen und –«

»Nein, nein, bitte setzen Sie sich«, unterbrach sie ihn hastig und streckte die Hand nach ihm aus, als wolle sie nach seinem Rock greifen, zog sie aber rasch wieder zurück, bevor sie ihn tatsächlich berührte.

Er sank auf den Diwan zurück. Dann lächelte er plötzlich. Er bemächtigte sich ihrer Hand und sagte: »Sie kokettieren. Das ist vielversprechend.«

»Nein, es war albern. Ich wollte nur –«

»Sie vertrauen mir genug und verstehen mich genug, um mit

mir zu scherzen. Das heißt, Sie haben an mich gedacht. Ich bin erstaunt und fühle mich geehrt.«

Darauf blieb ihr nichts zu sagen. Sie errötete bis unter die Haarspitzen.

Sein Lächeln verblaßte. »Verzeihen Sie mir. Jetzt habe ich Sie geneckt, und dafür ist die Zeit noch nicht reif. Ich wollte sehr langsam vorgehen, sehr behutsam und den Anfang mit Ihrem Porträt machen. Werden Sie mir das erlauben?«

»Ja, natürlich«, flüsterte sie mit kaum hörbarer Stimme.

»Obwohl Sie nichts von meinen Künsten wissen?«

Sie senkte den Blick auf ihre behandschuhte Hand, die noch in seiner ruhte und erwiderte: »Ich nehme an, Sie sind sehr gut. Sonst würde Monsieur Delacroix Sie nicht empfehlen.«

Er saß da und beobachtete die fedrigen Schatten ihrer Wimpern auf ihren Wangen und den sanften Cremeton, den ihr ovales Gesicht von der Reflexion des Gaslichts auf ihrem blaßgelben Seidensamtkostüm annahm. Sein Blick verweilte lange auf dem kleinen Sträußchen gelber und violetter Stiefmütterchen, die sie am Hals trug. Violet fragte sich angesichts seines Blicks, ob es wohl zu kühn gewesen war, diese Erinnerung an seine letzte heimliche Botschaft an sie zu tragen. Sie hob den Kopf und begegnete mit einiger Mühe seinem Blick. Der Ausdruck in seinen Augen beschwichtigte all ihre Ängste.

»Ich werde versuchen«, sagte er nach kurzem Überlegen, »mich Ihres Vertrauens würdig zu erweisen – und Ihrer Rücksicht.«

Sie lächelte, als er ihre Hand losließ – sie konnte nicht anders. Es war ein verführerischer Genuß, so leicht verstanden zu werden.

»Allain, *mon ami*! Wie ich sehe, hast du bereits die Bekanntschaft von Madame Fossier gemacht?«

Delacroix kam auf sie zu, begleitet von Gilbert. Violets Mann machte ein etwas grimmiges Gesicht, als er den Mann neben ihr sah. Allain erhob sich, als die beiden Männer bei ihnen angelangt waren und sagte: »Ich war so frei, mich selbst vorzustellen, nachdem du so freundlich warst, mir anzudeuten, daß die Möglichkeit eines Auftrags besteht. Madame zu malen, ist eine echte

Herausforderung. Sie hat eine ausgezeichnete Knochenstruktur, leuchtende Haut und ein fast perfekt proportioniertes Gesicht, aber ihre Persönlichkeit ist vielschichtig, sehr sensibel. Das ist nicht leicht einzufangen.«

»Ich dachte mir, daß dich das reizt«, sagte Delacroix mit einem verstohlenen Grinsen unter seinem üppigen Schnurrbart.

Gilbert fixierte Allain mit grimmigem Blick und sagte: »Sind wir uns schon einmal begegnet, M'sieur?«

»Ich glaube nicht«, erwiderte Allain mit höflichem Lächeln. »Ich glaube, Sie sind aus Amerika, ja? Ich habe mich schon oft mit dem Gedanken getragen, Ihr junges Land zu besuchen, aber bis jetzt hat sich noch keine Gelegenheit ergeben.«

Eine kleine Pause folgte, die Delacroix dazu verwandte, sie einander vorzustellen. Allain stellte höfliche Fragen über Louisiana und die Länge ihres Aufenthalts in Paris. Der peinliche Moment war vorüber.

Später, als Violet und Gilbert zum Hotel zurückfuhren, brach Gilbert sein langes Schweigen und fragte: »Bist du mit diesem Massari zufrieden? Möchtest du nicht, daß ich mich nach einem anderen Maler umsehe?«

»Es ist wirklich nicht nötig, daß du dir die Mühe machst«, erwiderte Violet. »Nachdem M'sieur Delacroix ihn empfiehlt, bin ich mir sicher, daß er mehr als zufriedenstellend arbeiten wird.«

Gilbert tätschelte ihre Hand und lehnte sich dann wieder in die Polster der Kutsche zurück. Dann sagte er mit schwerer Stimme: »Wie du wünschst, *chère*, wie du wünschst.«

Einen Augenblick lang plagte Violet das schlechte Gewissen wegen dem, was sie ihrem Mann antat. Dann dachte sie daran, wie lange sie mit Allain zusammensein konnte, wenn er ihr Porträt malen würde, die langen Stunden, in denen sie reden, sich gegenseitig kennenlernen konnten. Nur noch zwei Tage, dann würden die Sitzungen beginnen, so hatten sich Allain und Gilbert geeinigt. Die Vorfreude ließ alle Schuldgefühle verblassen.

Der Morgen der ersten Sitzung dämmerte schön und warm. Violet hatte in der Nacht zuvor kaum ein Auge zugetan. Sie beobachtete, wie es hinter den Vorhängen langsam heller wurde. Ihr schmerzte der Magen vor Nervosität und ihr war übel.

Sie würde nicht hingehen, sie würde schreiben, daß sie indisponiert wäre.

Der Gedanke stillzusitzen, während Allain sie so genau beobachtete, wie es ein Künstler tun mußte, ließ ihr Herz bis zum Hals hämmern. Sie würde eine Ewigkeit mit ihm allein sein. Was sollte sie sagen? Worüber konnten sie sich so lange unterhalten? Was erwartete er von ihr? Hatte sie ihm etwa zu verstehen gegeben, daß er sich Freiheiten erlauben könnte? Wollte er das von ihr?

Wollte sie das von ihm? Sie drehte ihren Kopf auf dem Kissen und legte den Arm über ihre Augen.

Wie hatte sie nur denken können, das wäre ihr sehnlichster Wunsch? Wie war sie nur auf den Gedanken gekommen, daß das Spaß machen könnte? Jetzt sah sie nur noch eine Zukunft voller Schmerz und Gefahr. Zu bald schon würde das Porträt fertig sein und was dann?

Wenn sie doch nur wüßte, was sie wirklich wollte und nicht so flatterhaft wäre. Sie beneidete Frauen wie Clothilde, die sich mit ganzem Herzen, ohne Rücksicht zu nehmen, in eine Liaison stürzten, nie Zweifel an der Moral oder der Klugheit dessen, was sie machten, hatten. Wie wunderbar wäre es doch, nicht von diesen Zweifeln geplagt zu werden, nie gezwungen zu sein, wach zu liegen und sich zu fragen, ob die Möglichkeit bestünde, Schmerz und Freude in die Waagschale zu werfen und festzustellen, was schwerer wog.

Wie schön wäre es doch, wenn sie einfach sagen könnte, sie hätte sich nicht wehren können, weil ihre Gefühle stärker waren als der Wille, sich zu widersetzen. Sie war sich nicht sicher, ob dem so war, zumindest jetzt noch nicht.

Wenn sie nicht hinging, würde sie Allain womöglich nie wiedersehen.

Dieser letzte Gedanke bewog sie schließlich, doch aufzustehen. Irgendwie schaffte sie es, den Morgen hinter sich zu bringen, indem sie überlegte, welches Kleid sie anziehen würde und es mit seinen Unterröcken, dem Spitzenkragen und dem passenden Schmuck bereitlegte. Dann diskutierte sie mit ihrer Zofe darüber, wie diese sie frisieren sollte. Ihre eigentliche Toilette nahm dann den Rest der Zeit in Anspruch, bis sie mit Hermine das Hotel verließ. Da sie vor Hermine das Gesicht wahren mußte, erreichte sie auch Allains Wohnung, ohne daß sie den Kutscher anwies, wieder umzukehren.

Das Haus lag auf der Ile de la Cité, die Insel in der Seine, die die Form einer großen, schlammgefüllten Barke hatte, die für immer im Fluß verankert war. Das uralte Sandsteingebäude stand im Schatten von Notre Dame, schmal und dunkel, mit Wasserspeiern an den Regenrinnen, die vom Alter völlig zerfressen waren.

Eine mollige Frau mit scharfem Blick, im schlichten Gewand einer Haushälterin gekleidet, öffnete Violet und Hermine die Tür und führte sie eine Wendeltreppe hoch. Sie machte die Tür zu einem Vorraum auf, der als Salon eingerichtet war, meldete Violet und trat dann zur Seite, damit sie eintreten konnte.

Das Zimmer war lang und schmal, mit hohen Fenstern, durch die das klare weiße Licht der Nordseite strömte. Die Decke war aus schweren, geschnitzten und vergoldeten Balken, wie sie im siebzehnten Jahrhundert modern gewesen waren, rauchgeschwärzt von den zahllosen Feuern, die in dem riesigen Kamin, der fast die ganze rückwärtige Wand einnahm, gebrannt hatten. Die Einrichtung des Raums bestand aus schweren, fast mittelalterlich anmutenden Möbeln, ein paar Stühlen, hohen Kandelabern und einem breiten Diwan, groß wie ein Bett, der mit seidenen Fransentüchern bedeckt war, deren Muster an persische Gärten erinnerte. An der vorderen Wand stand ein langer Refektoriumstisch. In der Mitte des Raums gab es eine Plattform mit einem Sessel, der mit prächtigem weinrotem Brokat gepolstert war. Davor stand eine Staffelei mit einer frischen Leinwand.

Allain wandte sich vom Refektoriumstisch ab, wo er gerade eine Reihe von Skizzen studierte. Freudestrahlend ging er auf sie zu, um sie zu begrüßen. Er bot den beiden Tee oder Wein und Kuchen zur Erfrischung an. Die Haushälterin ging, um das Tablett zu holen, und er zog Violet zu dem Tisch, an dem er gearbeitet hatte.

»Bevor wir anfangen«, sagte er, »möchte ich Ihnen noch etwas zeigen.«

Es waren Skizzen von ihr. Sie zeigten sie ernst und lachend, mißtrauisch und vertrauensselig, mit Regentropfen an den Wimpern und hinterher, als sie abgetrocknet waren. Es gab ein Bildnis von ihr, auf dem sie einen Strauß Veilchen betrachtete, und ein anderes, auf dem sie eine Rose in der Hand hielt. Ferner Skizzen von ihrem Mund, ihrem Ohr, dem Schwung ihres Kinns, die Form und Haltung ihrer Hand, wenn sie sie ausstreckte. Jede war peinlich genau ausgeführt, beschriftet und datiert.

»Das«, sagte er leise, »sind die, die ich aufhebenswert fand.«

Violet holte tief Luft. »Ich kann nicht glauben, daß Sie – aber wie ich sehe, haben Sie mich angelogen. Sie sind in der Tat ein Künstler.«

»Diese Skizzen habe ich nur zu meinem Vergnügen gemacht, aus dem Gedächtnis. Ich zeige sie Ihnen nur, damit Sie jetzt vielleicht sicher sind, daß Ihr Vertrauen nicht fehl am Platz war.«

Seine Stimme klang so eindringlich, so ehrlich, daß sie das Gefühl hatte, sie bemächtigte sich ihrer Sinne, vibrierte tief in ihrem Inneren und schürte eine Glut, die ihr zu Kopf stieg. Mit einiger Mühe gelang es ihr zu sagen: »Ich hätte nie etwas anderes erwartet.«

»Sie sind sehr gütig, womit ich wohl hätte rechnen sollen. Ich schwöre Ihnen, daß Sie nie bereuen werden, gekommen zu sein.«

Er wurde von der Rückkehr der Haushälterin unterbrochen. Allain bedeutete ihr, das Tablett vor den Kamin zu stellen. Er wandte sich mit einem freundlichen Lächeln an Hermine und sagte wie beiläufig zu Violet: »Die Anwesenheit einer dritten Person während einer Sitzung lenkt mich ab. Vielleicht möchte Ihre Zofe währenddessen einen Besuch bei Madame Maillard machen und etwas Wein und Kuchen zu sich nehmen? Sie wird in Hörweite sein, wenn Sie sie rufen wollen.«

Violet sah ihm für einen langen Augenblick direkt in die Augen. Sie als naiv zu bezeichnen, wäre falsch gewesen, aber in diesen klaren, graublauen Tiefen spiegelte sich nichts, was ihr angst davor gemacht hätte, mit ihm allein zu sein. Sie stimmte zu und ging mit ihm zum Kamin, während Hermine und die Haushälterin sich entfernten. Die Tür schloß sich leise, aber endgültig hinter ihnen.

Der Wein, den Allain jetzt eingoß, floß rot wie Blut in die Gläser. Er reichte Violet eines der hauchdünnen Kristallgläser mit konzentrischen Goldringen und wartete, bis sie sich gesetzt hatte, ehe er sich auf den Stuhl daneben setzte.

Er nippte an seinem Glas und beobachtete sie über den Rand hinweg. Seine Finger umklammerten so heftig den Kristallstiel in seiner Hand, daß sie Angst hatte, er könnte zerbrechen. Schließlich sagte er: »Ich kann es einfach nicht fassen, daß Sie wirklich hier sind.«

»Mir geht es genauso.« Ihre Lippen formten ein zögerndes Lächeln. Sie hätte zu gerne etwas von dem Wein getrunken, um sich zu beruhigen, hatte aber Angst, sie würde ihn verschütten. Sie konnte ihm nicht in die Augen sehen, sondern schaute an ihm vorbei zu einer Silberschale, in der sich Einladungen in dicken Pergamentkuverts türmten.

Er folgte nachdenklich ihrem Blick, dann sah er sie wieder an. »Es gibt so vieles, was ich sagen will, aber ich weiß gar nicht, wo ich anfangen soll. Ich sehe Sie hier sitzen und möchte Sie immer nur anschauen und anschauen –«

»Bitte«, widersprach sie, aber ihre Stimme war nur ein Hauch.

»Ich wollte Sie nicht beunruhigen. Ich hatte nur nie gewagt zu glauben, daß Sie tatsächlich hierherkommen würden. Ich hatte lediglich gehofft, mehr nicht. Und ich dachte, ich kenne jede Pore Ihres Gesichts und jedes Haar auf Ihrem Haupt, aber ich habe mich geirrt. Sie sind weit schöner, als ich mir vorgestellt habe und doch noch weniger greifbar. Plötzlich habe ich Angst, mit dem Porträt zu beginnen, weil ich fürchte, daß da immer noch so viel mehr sein wird, was ich nicht gesehen habe.«

Ihr Gesicht glühte, und sie hatte Schwierigkeiten zu atmen. Der Wein in ihrem Glas zitterte. Es schnürte ihr die Kehle zu. Sie hatte nicht gewußt, was sie von diesem Treffen erwartet hatte, aber diese Erklärung bestimmt nicht.

»Verzeihen Sie mir«, entschuldigte er sich hastig, stellte sein Glas beiseite, erhob sich und legte eine Hand auf den Kaminsims, der etwas höher als seine Schulter war. »Diese Dinge sind mir einfach so herausgerutscht – ich wollte ruhig und höflich sein und nur ein kleines bißchen galant. Sie müssen mich für wahnsinnig halten.«

Seine Erregung schien sie etwas zu beruhigen. »Nein«, sagte sie mit leiser, vibrierender Stimme, »aber ich bin es nicht gewohnt, solche Dinge laut ausgesprochen zu hören. Ich weiß nicht, wie ich Ihnen antworten soll.«

Er schaute sie über die Schulter an, und sein warmes Lächeln war wie eine Umarmung. »Es bedarf keiner Antwort. Sie sind nicht verantwortlich für das, was ich fühle oder was ich so vor mich hin plappere. Aber jetzt trinken Sie doch Ihren Wein. Dann sollten wir besser mit der Sitzung beginnen, ehe ich etwas sage, was wir vielleicht beide bereuen könnten.«

Aus diesem kurzen Zwiegespräch entstand die Routine für die folgenden Sitzungen. Allain benahm sich Violet gegenüber immer ausgesucht höflich und respektvoll, mit gelegentlichen Ausflügen zärtlichen Humors. Die Komplimente, die er ihr ständig machte, ließen sie immer wieder erröten, aber sie waren trotzdem so unpersönlich, so auf die Arbeit bezogen, daß sie ihm daraus keinen Vorwurf machen konnte.

Er setzte sie jeden Nachmittag auf das Podest, arrangierte die Falten ihres Kleides, korrigierte die Haltung ihres Kopfes, ihrer Hand, der Schultern mit sanften Berührungen, deren Wärme sie noch Stunden später spürte. Sie hatte Schwierigkeiten beim Atmen, wenn er ihr bei diesen Gelegenheiten sehr nahe kam, und konnte ihm dann nicht in die Augen sehen. Sie fragte sich, ob er wohl je bemerkte, wie der Stoff ihrer Korsage unter ihrem Herzschlag erbebte, oder ob er wußte, daß sie sich nicht wie angewiesen entspannen konnte, weil sie sich unter seiner intensiven Betrachtung so exponiert fühlte.

Er redete über alles mögliche, vielleicht um ihr ihre Spannung etwas zu nehmen, er erzählte Klatschgeschichten von den Temperamentsausbrüchen in der Künstlergemeinde und Gerüchte von den Intrigen am Hof Napoléon des Dritten, Geschichten über die Veruntreuung der Gelder für den Wiederaufbau von Paris oder Geschichten über die heroischen Anstrengungen bei den Kriegsvorbereitungen für den Krimkrieg. Er sprach von den bereits aufgetretenen Krisen in der königlichen Ehe, die erst eineinhalb Jahre bestand, ausgelöst durch den Hang des Kaisers, jede attraktive Frau erobern zu wollen, die ihm begegnete.

Er war ein so ungezwungener und humorvoller Erzähler und zeigte so viel Toleranz für die Schwächen und Fehler anderer, daß Violet ihren Unterhaltungen mit größter Freude entgegensah. Seine Einstellung und seine Ansichten entsprachen den ihren so vollkommen, wie man es nur von einem anderen menschlichen Wesen erwarten konnte. Dieses Rendezvous der Geister zweier Menschen hatte etwas unglaublich Verführerisches.

Eines Tages, nach fast einem Monat Sitzungen, unterhielten sie sich wieder über die Kaiserin.

»Ich habe Eugénie gestern durch den Bois de Boulogne fahren sehen«, erzählte Violet. »Sie sieht so phantastisch aus mit ihren rostroten Haaren und den tiefblauen Augen, so wunderschön, daß ich mir gar nicht vorstellen kann, daß der Kaiser überhaupt eine andere Frau ansieht.«

Allain, der sich auf seine Leinwand konzentrierte, sagte, ohne den Kopf zu heben: »Es besteht kein Zweifel, daß er sie liebt. Als Herrscher Frankreichs hätte er eine wesentlich bessere Partie machen können als die Tochter eines spanischen Grafen und einer Amerikanerin. Es wird sogar behauptet, Louis Napoléon hätte versucht, Eugénie zu seiner Mätresse zu machen, wäre dann aber von ihrer Weigerung so hingerissen gewesen, daß er ihr statt dessen die Ehe anbot. Dennoch ist für manche Männer, die an die Macht kommen, die Jagd das allerwichtigste, sogar wichtiger als die Liebe. Louis Napoléon braucht weitere Eroberungen, um sein Machtgefühl richtig zu genießen.«

»Für mich ist das eine Schwäche«, sagte Violet langsam, »wenn man dieses Machtgefühl so dringend braucht.«

Ein Schatten zog über Allains Gesicht. »Zugegeben«, sagte er. »Es kann zu einer Sucht werden, die genauso zerstörerisch ist wie Absinth.« Einen Augenblick später funkelten seine Augen amüsiert. »Aber wie ich höre, ist Eugénie nicht geneigt, die Eskapaden ihres Gatten kampflos zu akzeptieren. Angeblich hat sie eine alte Vettel bestochen, die einst Zofe bei Kaiserin Joséphine war, damit sie ihr das Rezept für das Parfüm gibt, durch das angeblich die Gunst des ersten Napoléon gefesselt wurde.«

Violet erwiderte kopfschüttelnd sein Lächeln. »Wie werden denn solche Dinge zum Klatsch für die Allgemeinheit?«

»Personal klatscht immer, und die Kaiserin wäre natürlich nie selbst zu Joséphines alter Zofe gegangen.«

»Das will ich doch hoffen. Aber wie soll dieses Parfüm helfen, und was enthält es, daß es so wirksam ist?«

»Wer kann das schon sagen? Vielleicht etwas Exotisches. Nach dem, was die alte Zofe erzählt, hat Napoléon es selbst aus Ägypten nach Frankreich mitgebracht. Angeblich wurde es von Soldaten aus einem namenlosen Grab zutage gefördert, das der Legende nach Kleopatras war, zusammen mit einer Schrifttafel, die besagt, daß es große Macht hätte, weil es die Öle enthalte, die in den geheimen Riten der Priesterköniginnen der Isis zur Zeit der Pharaonen verwendet wurden.«

»Hat das Parfüm Eugénie geholfen?«

»Es ist noch zu früh, um das festzustellen, aber sie setzt große Hoffnungen in es.«

Violet schüttelte den Kopf. »Das verstehe ich nicht ganz. Der erste Napoléon war auch nicht gerade berühmt für eheliche Treue.«

Allain wiegte nachdenklich seinen Pinsel. »Trotzdem war Joséphine viele Jahre lang seine große Liebe, eine Frau, die älter war als er, schlechte Zähne und einen ziemlich schlechten Ruf hatte, was die Treue anging, eine, der er Tausende von Liebesbriefen schrieb. Vielleicht hätte er sich nie von ihr scheiden lassen, wenn sie ihm einen Sohn hätte schenken können. Das gibt einem zu denken, nicht wahr? Aber das Erstaunlichste ist, daß er es nicht selbst benutzte. Es wird behauptet, er hätte sich täglich geradezu mit Parfüm überschüttet, insbesondere mit einer Kombination von Bergamot, Zitronenöl und Rosmarin, das als Hungary Water, Kölnisch Wasser, bekannt ist.«

»Vielleicht war Kleopatras Parfüm zu süß und weiblich für ihn?«

Allain lächelte Violet an. »Das wäre denkbar, aber ich verbinde Rituale immer mit dem Geruch von Weihrauch in einer Kathedrale, holzige Ingredienzen wie Zedern- und Sandelholz. Wahrscheinlich eine Marotte von mir.«

»Sie wissen anscheinend sehr viel über Düfte«, sagte sie.

»Ich habe einen Freund, der Parfümeur in der Rue de la Paix

ist.« Er tupfte seinen Pinsel in zartrosa Farbe und strich sie behutsam auf die Leinwand.

»Ah, ich vermute, dort haben Sie von Kleopatras Parfüm gehört.«

»In letzter Zeit ja. Aber ich kenne es schon seit langem von meiner Mutter.«

»Wirklich?« fragte sie fasziniert. »Und wie ist sie dazu gekommen?«

»Ein Geschenk meines Vaters. Genau wie Joséphine hatte mein Vater es von Napoléon selbst.«

»Er kannte ihn so gut?«

Es war wirklich ein seltsames Gefühl, so selbstverständlich über diesen legendären Mann zu reden. Für Violet war Napoléon Bonaparte immer ein Held gewesen. Die meisten Leute in New Orleans sahen ihn so, trotz der Schande seiner letzten Niederlage. Ein paar kurze Jahre lang hatte es fast so ausgesehen, als würde er die Glorie Frankreichs wiederbeleben, genau wie Napoléon der Dritte jetzt.

Allain neigte zustimmend den Kopf auf ihre Frage, aber er starrte gedankenverloren auf seine Leinwand, ohne weiterzumalen. Dann sagte er: »Das Parfüm und die ziemlich komplizierte Anweisung, wie die verschiedenen Öle zu mischen sind, bekam mein Vater als Zeichen der Freundschaft geschenkt. Aber das war zu der Zeit, als Napoléon und er noch junge Männer waren, vor fast siebenundvierzig Jahren, also in einer längst vergangenen Zeit.«

»Hat Ihr Vater vielleicht mit Napoléon gekämpft?«

Ein Lächeln zog kurz über sein Gesicht. »Anfangs hat ihn mein Vater ungeheuer bewundert, aber am Ende hat er sich gegen ihn gestellt. Wie so viele.«

Er legte Pinsel und Palette beiseite und wischte sich bedächtig die Hände an einem terpentingetränkten Lumpen ab. Er legte ihn beiseite und ging sehr elegant zu ihr. Er setzte sich ihr zu Füßen auf die Plattform, stützte einen bestiefelten Fuß auf die Kante und legte den Arm über sein gebeugtes Knie.

»Madame«, begann er und verstummte wieder. Seine Augen, mehr grau als blau im kühlen Nordlicht, das durch das Fenster fiel, blickten eindringlich und verletzlich in ihr Gesicht. Der Ausdruck in ihnen berührte etwas tief in ihrem Inneren, und eine seltsame Mischung von Schmerz und Freude und Willenlosigkeit überkam sie.

»Mein Name«, sagte sie leise, »ist Violet.«

»Violet«, wiederholte er befriedigt. Er holte tief Luft, dann begann er etwas leiser erneut: »Madame Violet, Sie wissen doch sicher, daß Ihr Porträt praktisch fertig ist.«

Sie schluckte ein bißchen. »Ich wußte, daß es nicht mehr lange dauern kann.«

»Ich hätte, wenn ich wollte, schon vor einer Woche den letzten Pinselstrich machen können. Ich könnte es jetzt tun.«

Das Geständnis verschlug ihr den Atem. Damit hatte er sich ihr ausgeliefert.

Sie sagte leise: »Könnten – könnten Sie das?«

»Die Frage ist, soll ich es tun?«

Seine Stimme klang sehr ruhig. Es war ihre Entscheidung, er würde sie nicht bitten. Wenn sie ja sagte, würde er es akzeptieren. Er würde das Porträt vollenden, und die Sitzungen wären vorbei. Und wenn sie es nicht sagte?

»Ich denke«, sagte sie langsam, »es besteht kein Grund zur Eile.«

Die plötzliche Freude in seinem Gesicht war wie ein Schrei. Sie legte die Haut um seine Augen in tausend Lachfältchen und kräuselte seine Mundwinkel. Er machte keine Anstalten, ihr näher zu kommen, doch sie spürte, wie sie die Wärme seiner Begeisterung wie ein Sturm verschlang. Auch sie mußte lächeln.

»Madame Violet«, sagte er in flehendem Ton, »würden Sie dann mit mir spazierengehen, da ich heute nachmittags nichts zu arbeiten habe? Würden Sie an meinem Arm lustwandeln, während wir beide so tun, als wären wir nur ein Mann und eine Frau auf der Suche nach frischer Luft und vielleicht nach einem verschwiegenen Ort, wo wir ein Glas Wein genießen können?«

Hatte sie den Mut dazu? Was, wenn sie jemand sah und es Gilbert berichtete? Oh, aber wie sollte sie sich verweigern, wenn sie sich mit jeder Faser ihres Wesens danach sehnte, dieses Spiel, das er vorschlug, mitzuspielen und sie mit kaum verhohlener Freude auf die unterdrückte Leidenschaft reagierte, die sie in ihm spürte?

Sie konnte es nicht.

»Ja«, flüsterte sie. »Das möchte ich.«

9. Kapitel

Violet und Allain verließen sein Haus durch eine Seitentür, um zu vermeiden, daß Hermine sie sah, die wieder mit der Haushälterin zusammensaß; die zwei Frauen hatten sich angefreundet, da beide etwas kränklich waren und unter denselben Beschwerden litten. Violet war nicht sicher, ob die Zofe sie verraten würde, aber Hermine war schon Gilberts Kindermädchen gewesen, und es gab keinen Grund, ihre Loyalität auf die Probe zu stellen.

Es war ein zauberhafter Nachmittag. Violet und Allain spazierten von der Ile de la Cité hinweg und wanderten das rechte Seineufer entlang. Sie sprachen über viele Dinge, aber manchmal schwiegen sie auch und sahen sich nur an. Sie hatten kein festes Ziel und paßten nicht auf, wie weit sie gingen. Ihnen genügte es, daß sie miteinander entkommen waren.

Die Wärme seines Arms unter ihren Fingern, die gebändigte Kraft der festen Muskeln unter dem Stoff seines Hemds und Jacketts ließen Violets Herz bis zum Hals schlagen. Das Rascheln ihres Rockes gegen seine Beinkleider war unglaublich intim, so als sei ihre Kleidung die Verlängerung ihrer angespannten Sinne. Sie war sich seiner so bewußt, seiner aufrechten Haltung und seiner zärtlichen Blicke, und die eiserne Selbstbeherrschung, die er in seinem Verhalten gegen sie an den Tag legte, machten das Beisammensein fast unerträglich. Trotzdem wünschte sie, dieser Spaziergang würde niemals enden.

Als die Schatten länger wurden, entdeckten sie ein Café am Parkrand mit einem Tisch, der von einer Platane beschattet wurde. Der gußeiserne Tisch und die Stühle waren kalt. Die Kälte schien in Violet förmlich hineinzukriechen, trotz des Café au lait, den Allain ihr zusammen mit dem Wein bestellt hatte, um dagegen anzukämpfen. Als sie sich umsah, schien es ihr, als wären alle Tische um sie herum mit Liebespaaren besetzt; alle trugen dieselbe versunkene Aufmerksamkeit für den anderen zur Schau. Sie machte Allain darauf aufmerksam.

Er lächelte ironisch. »Schauen Sie sie sich genauer an«, sagte er.

Sie folgte seiner Aufforderung und stellte fest, daß die Mehrzahl der Frauen jünger als ihre Begleiter waren, obwohl bei einigen Paaren die Dame älter war und einen wesentlich wohlhabenderen Eindruck machte als der Herr.

»Oh.« Sie versuchte, woanders hinzuschauen, irgendwohin.

»Ja. Ich hoffe, Sie sind nicht zu bekümmert.« Er nahm ihre Hand, die in ihrem Schoß lag, und streichelte mit seinem vom Fechten schwieligen Daumen darüber. »Ganz Paris flirtet.«

»Ich verstehe«, sagte sie leise.

»Ich glaube nicht, daß Sie das tun, nicht, wenn Sie annehmen, ich habe Sie nur hierhergebracht, um Sie einer solchen Umgebung auszusetzen. Ich habe nur daran gedacht, daß Sie es nicht riskieren wollen, in einem eleganteren Café erkannt zu werden.«

»Sie müssen mir nichts erklären«, entgegnete sie und sah ihm in die Augen. »Ich vertraue Ihnen.«

Eine Zeitlang beobachtete er sie, bis er plötzlich sagte: »Bitte nicht. Das verdiene ich nicht. Nichts würde mir besser gefallen, als Sie völlig zu verderben.«

»Aber das werden Sie nicht«, sagte sie und lächelte.

»Werde ich es wirklich nicht?« Er wartete einen angespannten Moment, bis er seine eigene Frage mit einem Seufzer beantwortete. »Nein, nicht ohne Erlaubnis.«

Seine Worte waren ein Geständnis. Es hätte sie abstoßen müssen. Statt dessen wühlte es sie bis ins Innerste auf. Er begehrte sie, er begehrte sie wirklich. Aber er war ein Mann, der ihr nicht seinen Willen aufzwingen wollte, der keine Ansprüche stellte, der sein Recht als Mann nicht als selbstverständlich annahm. War er sich darüber im klaren, wie verführerisch das Versprechen war, das er gemacht hatte, wußte er um die unwiderstehliche Verlokkung, ihr die Wahl zu lassen, welchen Verlauf ihre Affäre nehmen sollte?

Ihre Affäre. Wie seltsam, solche Worte zu gebrauchen.

Was wollte sie denn eigentlich?

War es möglich, daß eine ungefährliche, platonische Affäre alles war, was sie riskieren wollte? Wollte sie, konnte sie etwas anderes wagen, trotz der Hitze in ihrem Blut? Würde sich zwischen ihr und Allain etwas ändern, wenn sie es tat? War es möglich, daß sie seine romantischen Illusionen über sie zerstören würde, wenn sie ihm zu erkennen gab, daß sie mehr wollte?

Wie kompliziert dies alles war, so kompliziert, daß sie wie gelähmt war von den Ängsten, die in ihr tobten.

Es gab noch weitere Spaziergänge an anderen Tagen, als die Sitzungen nur noch als Vorwand zu ihren Treffen dienten.

Sie wagten sich weiter in das Stadtzentrum von Paris vor. Allain kannte die besten Damenschneider, die besten Modistinnen und die geschicktesten Schuh- und Handschuhmacher, und es war ihm ein großes Vergnügen, sie bei diesen Besuchen zu begleiten. Er hatte einen exquisiten Geschmack, sein Auge für Farbe und Form war unfehlbar. Er versuchte nicht, ihr seine Ideen aufzuzwingen, sondern ermutigte sie, ihre eigenen zu entwickeln. Sie hatte, sagte er, einen angeborenen Sinn für Stil, eine zurückhaltende Eleganz, die für sie perfekt war. Alles, was sie lernen mußte, war, sich auf ihren Instinkt zu verlassen.

Er machte einen einzigen Versuch, für ein Kleidungsstück zu zahlen, das sich Violet ausgesucht hatte. Sie lehnte es so brüsk und ohne zu zögern ab, daß er sofort davon absah. Deswegen kaufte Violet nicht immer die Dinge, die ihr gefielen, wenn sie mit ihm zusammen war, sondern besorgte sie zu einem späteren Zeitpunkt. Sie war sich bewußt, daß es sehr schwer für ihn war, dabeizusein, während sie ihre Einkäufe bezahlte.

Allain war sehr erstaunt darüber, daß Gilbert bei der Einrichtung ihres Hauses nicht auf ihre Wünsche einging, und nannte ihn einen Tölpel, daß er sie von den Einkaufsstreifzügen ausschloß. Im nächsten Atemzug lobte er wieder die Gleichgültigkeit ihres Mannes, weil sie anderenfalls ihre Zeit mit dem Besuch von Läden, dem Durchforschen von Lagerhäusern und Speichern mit Gilbert verbracht hätte, statt bei ihm zu sein.

Eines Nachmittags gingen sie nach einem Gewitter aus. Wasser floß noch in den Rinnsteinen, und der Himmel war noch grau, aber der Zwang, allein zu sein und miteinander fortzugehen, ließ sie das nasse Wetter mißachten. Allain, der mit der Spitze seines Gehstocks in den zerfetzten, apfelgrünen Blättern der Platanen herumstocherte, die auf dem nassen Gehsteig lagen, brach das Schweigen. »Die Comtesse Fourier wird in ein paar Tagen einen Ball geben. Möchten Sie hingehen?«

»Sehr gerne«, antwortete sie, »wenn Gilbert noch keine anderen Verabredungen hat. Er war in letzter Zeit abends immer viel unterwegs.«

»Der Anlaß ist eine diplomatische Gala zu Ehren der verbesserten Beziehungen zwischen Frankreich und Belgien. Äußerst respektabel, fast schon ein bißchen langweilig. Ich würde Sie gerne begleiten, wenn Ihr Gatte keine Zeit hat.«

Sie legte ihren Kopf ein wenig zur Seite und sah ihn unter der aufgerollten Krempe ihres kessen Huts aus himmelblauem Stroh an. »Ich glaube, er würde das nicht für passend halten.«

»Viele verheirateten Damen werden von ihren männlichen Freunden begleitet. Es gibt kein Stirnrunzeln, solange es in der Öffentlichkeit stattfindet. Das könnten Sie ihm doch erklären.«

Der Gedanke an einen Abend mit Allain, sogar in einer Umgebung, wo jeder sie beobachten konnte, war zu verführerisch, um das Angebot abzulehnen. »Ich nehme an, Sie könnten veranlassen, daß wir die Einladung bekommen, und dann werden wir sehen, was Gilbert dazu sagt.«

Er drückte ihren Arm enger an seine Seite, und der Blick in seinen Augen bestärkte ihren Willen, zu jeder Erklärung, die verlangt würde, bereit zu sein.

Die Luft war voll Feuchtigkeit. Violets Röcke waren davon durchtränkt, und die Säume wurden schwer und schmutzig von den Lachen auf den Gehsteigen. Das Licht schien schwächer zu werden.

Allain sah zum Himmel hinauf und musterte die tiefhängenden Wolken. Besorgt meinte er: »Vielleicht sollten wir umkehren.«

Ein Donnergrollen warnte vor dem aufkommenden Unwetter. Kühle Dunstschwaden wirbelten um sie herum. Einen Moment später begann der bedächtige und zivilisierte französische Regen zu fallen.

Es war zu spät, ins Atelier zurückzukehren. Vor ihnen tauchten die blau-weiß gestreiften Markisen eines Cafés auf. Sie beschleunigten ihre Schritte und hielten darauf zu. Dann, als die Regentropfen anfingen geballter herunterzuprasseln, ließ Violet Allains Arm los, schürzte ihre Röcke und begann zu laufen. Sie erreichten die Markise, als gerade der Himmel durch einen gewaltigen Donnerschlag erschüttert wurde. Lachend und atemlos drehten sie sich einander zu.

Allain nahm sie in seine Arme und hielt sie eng an sich gedrückt, während der Regen auf den festen Stoff über ihren Köpfen trommelte und in Strömen auf den Gehsteig hinunterlief. Er sah sie mit strahlendem Gesicht und zärtlichen Augen an und fragte: »Erinnern Sie sich?«

Wie konnte sie das je vergessen? Ihr erstes Treffen. Der regennasse Park. Der Pavillon. Sie lächelte zu ihm empor, bis ihre Freude sich langsam in Schmerz verwandelte.

Diese kurzen Episoden, diese gestohlenen Augenblicke der Nähe wurden unerträglich. Violet war sich im klaren darüber, wie unfair es war, Allain zu zwingen, es durchzuhalten, sie wußte nicht einmal, wie lange sie selber dazu noch imstande war.

Es war ihr nicht möglich, den dunklen Schmerz, der seine Augen überschattete, zu ertragen, daher wandte sie ihren Kopf ab. Durch den Regenschleier sah sie zwei Männer, die sich unter den geringen Schutz, den eine Kastanie bot, geflüchtet hatten. Als der Regen stärker wurde, rannten sie los und auf ein Haus zu, wo sie sich unter das Vordach der Haustür kauerten.

Violet strengte ihre Augen an, um durch den Regen zu sehen. Sie hatte die zwei Männer schon früher bemerkt, wie sie hinter Allain und ihr hergeschlendert waren. Sie sahen nicht wie Herren aus, die spazierengingen, und noch weniger wie Kaufleute, die ihren Geschäften nachgingen. Sie machten in ihren dunklen, schäbigen Anzügen und ihrer offensichtlichen Untätigkeit einen unheimlichen Eindruck.

»Diese Männer da drüben«, sagte sie leise zu Allain. »Ich glaube, sie sind uns gefolgt. Glauben Sie, daß es Diebe sind?«

»Das bezweifle ich«, antwortete Allain. Seine Stimme klang grimmig.

Etwas in seinem Benehmen machte Violet unruhig. Sie sah zu ihm auf und sagte schnell: »Glauben Sie, sie wollen uns etwas antun?«

»Wer weiß?« antwortete er mit leichtem Achselzucken. »Alles ist möglich.«

»O nein. Es ist doch hellichter Tag.«

»Regen Sie sich nicht auf«, sagte er und lächelte ein wenig, während er mit seinen Händen ihre seidenbedeckten Arme streichelte. »Ich denke, diese zwei Unglücksraben sind nur von Ihrer Schönheit verzaubert. Glauben Sie mir, ich kann den Drang verstehen, sich zu Ihrem Schatten zu machen.«

Er versuchte, sie abzulenken, um ihr die Angst zu nehmen. »Vielleicht sind sie nur in der gleichen Richtung unterwegs.«

Wahrscheinlich hatte er recht. Als der Regen aufhörte und sie und Allain ins Atelier zurückkehrten, folgten sie ihnen nur ein paar Straßen und verschwanden dann.

Gilbert war, als die versprochene Einladung eintraf, hoch beglückt über die Aufmerksamkeit, die ihnen die Comtesse de Fourier schenkte. Er würde um nichts in der Welt ein so großartiges Fest versäumen, sagte er; seine Verwandten würden das als einen Coup betrachten, wenn er es ihnen erzählte. Er war aber ziemlich erstaunt darüber, daß Massari auf der Gästeliste der Comtesse war; er hätte nicht gedacht, daß eine so herausragende Gastgeberin einen einfachen Künstler zu ihren Bekannten zählte.

Es kam ihm anscheinend nicht in den Sinn, sich darüber zu wundern, wie die Dame ihren Namen erfahren hatte.

Gilbert war so in Hochstimmung über die Einladung zur Gala, daß er Violet vorschlug, ein neues Ballkleid zu bestellen, eins mit den weiten, spitzenverbrämten Rüschen entsprechend der neuesten Mode. Rosa, sagte er, würde ihm gefallen. Violet täuschte Freude und Begeisterung vor und versprach, sich an diesem Vormittag darum zu kümmern. Sie verschwieg ihm, daß sie ihr Ensemble mit Allain ausgesucht hatte und es bereits anprobieren konnte. Sie konnte sich schon fast zu gut verstellen.

Gilbert zog sich, während sie über die Einladung sprachen, an. Er schickte seinen Kammerdiener weg und rückte sein Jackett und seine Hemdenmanschetten zurecht. Er musterte sie einen

Augenblick, während sie, schon zum Ausgehen angezogen, in einem blau und cremefarben gestreiften Batistkleid an ihrem Schreibtisch saß und in ihrem Tagebuch die Vorkommnisse des gestrigen Tages festhielt.

»Dieser Künstler«, fragte er, »wird nicht aufdringlich, oder?«

Sie sah ihn überrascht mit leicht hochgezogener Augenbraue an, die Feder in der Hand. »Warum«, sagte sie, »was meinst du denn damit?«

»Sein Angebot, dich zum Ball zu begleiten, ist offen gestanden ziemlich unverschämt. Ich weiß nicht, was ich davon halten soll.«

»Er hat sich immer als perfekter Gentleman erwiesen«, antwortete sie. »Niemand könnte sich respektvoller benehmen als M'sieur Massari.«

»Da bin ich sehr beruhigt. Noch mehr würde es mich beruhigen, wenn dieses Porträt bald fertig wäre.«

»Es geht sehr langsam voran, da hast du recht, aber es ist wirklich unmöglich, einen Künstler zur Eile anzuspornen.« Sie versuchte, wehmütig zu lächeln.

»Es ist ja nur gut, daß er für das fertige Bild und nicht für die Arbeitstage bezahlt wird. Ich denke, diese Sitzungen müssen für dich auch langweilig sein.« Er sah sie dabei scharf an.

Violet spürte, wie ihr Herz heftig schlug. Die zwei Männer fielen ihr ein, die ihr und Allain gefolgt waren. Vielleicht war es doch nicht so harmlos gewesen; vielleicht hatte Gilbert sie ihnen nachgeschickt. Sie hob ihre schmale Schulter und ließ sie wieder fallen, ehe sie antwortete: »Das macht mir nichts aus. Ich habe ja Zeit dafür.«

»Dieser Mann ist ein Frauenheld, ein richtiger Casanova«, fuhr ihr Gatte gewichtig fort. »Er hatte schon mehrere Duelle mit Degen und Pistole wegen seiner Affären, hört man. Du mußt sehr vorsichtig sein, damit er dir nicht den Kopf verdreht.«

Violet hatte immer schon vermutet, daß Allain bei Frauen sehr beliebt war, sie war aber doch erschüttert, es bestätigt zu finden. Es zeigte auch ihren hoffnungslosen Zustand, daß sie sich mehr Sorgen über Allains Vergangenheit machte als über Gilberts Verdacht. Sie sagte: »Ich bin mir keiner Gefahr bewußt.«

»Wirklich? Mir scheint, man hat hier nicht den gebührenden Respekt vor der Ehe. Sie nehmen die ehelichen Schwüre nicht sehr ernst. Ich möchte nicht, daß du in eine solche Falle gelockt wirst.«

»Aber Gilbert –«

»Ich würde nicht davon sprechen, wenn du dich in letzter Zeit nicht verändert hättest. Du ziehst dich jetzt wie eine Pariserin an, aber mir scheint, du hast dich auch in deinem Wesen geändert. Du darfst nicht zu weit gehen.«

Violet sah ihn lange an. »Und du, Gilbert? Was ist denn mit deinen Abenden in den Restaurants und im Theater?«

»Das ist nicht dasselbe.«

»Vielleicht nicht, aber dadurch wirken deine Vorwürfe sehr seltsam.«

»Ich bin kein junger Mann mehr, Violet; das weiß ich sehr genau. In meinem Alter nach Paris zu kommen, nach den langen Jahren in der Provinz, ist schwierig; ich spüre, daß ich viel versäumt habe. Aber das hat nichts mit dir zu tun.«

»Deine Eskapaden sollen mir also gleichgültig sein, aber du kannst mich beschuldigen?«

Er starrte sie mit gerunzelter Stirn an. »So etwas hättest du früher nie zu mir gesagt. Das gefällt mir nicht. Es gefällt mir überhaupt nicht.«

»Jeder Mensch ändert sich«, sagte sie.

»Ja, leider. Aber ich beschuldige dich nicht, Violet, ich warne dich nur. Ich weiß, daß Jugend zu Jugend will und daß ich nicht so gut aussehe und so galant bin wie mancher andere, aber ich bin immer noch dein Mann und ein sehr eifersüchtiger dazu.«

Violet fiel dazu keine Antwort ein.

Der Ball fing für Violets Empfinden sehr spät an, obwohl niemand sonst so dachte. Sie und Gilbert waren unter den ersten Ankömmlingen, jedoch Gott sei Dank nicht die allerersten. Das Haus, in dem er stattfand, stand im alten, nicht mehr sehr begehrten Viertel La Marais. Das Gebäude, ein Überbleibsel aus dem sechzehnten Jahrhundert, hatte, obwohl es baufällig war, eine gewisse anziehende, romantische Vornehmheit.

Sie stiegen eine etwas verschmutzte Marmorfreitreppe hinauf, deren enorme Breite für Damen in Reifröcken gedacht war, was sich in der jetzigen Zeit mit den immer weiter werdenden Krinolinen auch sehr bewährte. Der Weg wurde von Lakaien gewiesen, deren Gesichtsausdruck so starr war und die so stocksteif dastanden, daß sie wie Wachsfiguren wirkten. Ihre Gastgeberin empfing sie unter dem ersten einer Reihe von vier Kristall- und Bronzelüstern, die alle sehr verstaubt waren, und dann traten sie auf einen Parkettboden, der von zahllosen Füßen glatt wie Seide poliert worden war.

Die nächste halbe Stunde standen Violet und Gilbert herum, umgeben von der Kammermusik des Orchesters. Paare jeder Größe und Form in den verschiedensten Ballkostümen promenierten langsam in dem riesigen Saal, um zu sehen und gesehen zu werden, oder sie wanderten aus dem Musikzimmer in den Saal und wieder hinaus und begutachteten den Speisesaal, der zum Abendessen gedeckt war. Die Unterhaltung wurde schneller geführt, die Themen weiter gespannt, und es wurden eine Anzahl adeliger Herrschaften angekündigt, aber der Ball unterschied sich eigentlich nicht wesentlich von denen in New Orleans. Gilbert äußerte sich mehr als einmal befriedigt darüber. Violet war enttäuscht.

Mit der Ankunft des Kaisers begann der Tanz. Violet hatte nicht gewußt, daß das Protokoll an der Warterei schuld war, sie hatte nicht geahnt, daß Louis Napoléon erscheinen würde. Sie sah interessiert zu, wie der große Mann ihre Gastgeberin auf die Tanzfläche führte. Er war, wie es schien, allein gekommen; die Kaiserin war nirgends zu sehen.

»Guten Abend, Madame Fossier.«

Sie erschrak ein wenig, als Allain sie anredete. Sie hatte sein Kommen wegen der Musik, den Schritten der Tänzer und dem Stimmengewirr überhört. Eine warme Welle der Freude lief durch ihre Adern, als sie seinen Blick erwiderte. Sie nahm noch zu, als sie sah, wie sein Blick auf die tiefroten Rosenknospen fiel, die in ihrem spitzenverzierten Halter an der Korsage ihres Ballkleides steckten, genau zwischen ihren Brüsten. Die Blumen, Rosen für die Liebe, waren am späten Nachmittag geliefert worden. Violet hatte Gilbert erzählt, daß sie sie selber bestellt hätte, passend zu ihrem dunkelrosa Chiffonkleid mit den spitzenbesetzten Rüschen, deren Rand silbern aufblitzte. Es stimmte nicht, genausowenig wie es bei den anderen Buketts stimmte, die sie während der letzten Wochen mit nach Hause gebracht hatte.

»Nun, und wie gefällt Ihnen unser kaiserlicher Führer?« fragte Allain leise, nachdem die Begrüßung vorbei war.

Bei seinem trockenen Ton verzog sich Violets Mund zu einem kleinen Lächeln. Im selben Moment sah sie, wie ihr Gatte die Stirn runzelte, als ob es ihm mißfiel, daß der Künstler diese Frage seiner Frau und nicht ihm gestellt hatte. Violet war nicht dazu aufgelegt, sich durch Gilberts Unwillen den Abend verderben zu lassen. Sie sah den Kaiser genau an, während sie sich ihre Antwort überlegte.

Er war Mitte Vierzig, mittelgroß, mit dünnem aschbraunem Haar und den großen Augen der Bonapartes, er hätte ganz anziehend wirken können, wäre sein Lächeln nicht gar so starr und ohne Wärme gewesen. Auch fehlte ihm eine gewisse Lebendigkeit, es schien, als wäre es ihm zur Gewohnheit geworden, jede Gemütsregung zu unterdrücken, so daß ihm dabei jegliche Spontaneität abhanden gekommen war.

Violet wandte sich zu Allain und flüsterte: »Der Mann ist aber sehr steif, oder?«

»Steif? Nein, nein«, widersprach er sofort. »Das ist nur das angeborene Benehmen der Bonapartes, eine Art kaiserlicher Würde.«

»Ach so«, stimmte sie mit einem weisen Kopfnicken zu. »Und wer schneidet ihm den Bart und stutzt ihm auf so lächerliche Weise den Schnurrbart?«

»Finden Sie nicht, daß er gut aussieht? Die meisten Damen sind von dieser teuflischen Art sehr beeindruckt. Schätzen Sie das nicht?«

»Nein, ich nicht.« Sie seufzte theatralisch.

»Sie werden feststellen, daß dieser Stil auch bei den konservativen Herren Anklang gefunden hat.« Allain zeigte mit dem Kopf auf mehrere Männer, die ebenfalls mit dem Gesichtsschmuck à la Napoléon herumliefen.

»Welch ein Zufall«, sagte sie, »da sich doch Männer nie modisch nach irgendeinem Vorbild richten.«

Neben ihr räusperte sich Gilbert. Er wiegte sich auf den Fersen vor und zurück und hatte die Hände auf dem Rücken gefaltet, bei ihm ein sicheres Zeichen, daß er beunruhigt war. »Ich denke, es wäre klüger«, sagte er, »wenn wir das Thema wechselten.«

Violet hatte Gilbert fast vergessen, während sie sich mit dem anderen Mann so angeregt unterhalten hatte. Als sie sich dessen bewußt wurde, stieg eine Welle der Bestürzung in ihr hoch.

Allain musterte Gilbert humorvoll. »Raten Sie Vorsicht, mein Herr, oder schlagen Sie vor, daß mehr Respekt vonnöten ist für einen Herrscher Frankreichs?«

»Beides«, entgegnete Gilbert steif. »Wir sind Gäste in seinem Land.«

»Das ist wahr, ich auch«, stimmte Allain zu. »Wenn ein Mann jedoch auf dem majestätischen Pomp besteht, muß er auch die Pfeile und Steine akzeptieren, die ein Teil davon sind. Wobei Lachen das ist, wogegen man sich am wenigsten wehren kann.«

Allain erblickte eine ältere Dame in einem Turban aus Silberspitze, der mit hin und her schwankenden Reiherfedern besteckt war, die ihn zu sich winkte. Er sah Violet an, ihre Blicke trafen sich, in seinem war etwas wie eine Entschuldigung zu lesen. Er neigte den Kopf und sagte dann: »Bitte entschuldigen Sie. Ich muß mit dieser Dame reden.«

Sein Rückzug sollte ihr entgegenkommen. Sie beobachtete, wie er von der alten Dame und ihren Freunden begrüßt wurde. Leise sagte sie zu ihrem Mann: »Du hättest ruhig ein wenig freundlicher sein können.«

»Warum denn? Du warst für uns beide freundlich genug.«

»Um den Mangel deiner Konversationsfreudigkeit zu überdecken«, antwortete sie, aufgestachelt von seinem Vorwurf.

Gilbert atmete mit aufgeblähten Nasenflügeln ein. »Ich glaube, daß es eher umgekehrt war, aber auf jeden Fall brauche ich zu einem Mann nicht höflich zu sein, der vor meinen Augen mit meiner Frau tändelt.«

»Tändelt?« Die Anklage kam so unerwartet, daß es sie atemlos machte, als hätte man ihr die Luft weggenommen.

»Genau. Und du hast ihn mit deiner Kicherei und deinem Geflüster, das eher in ein Schlafzimmer als in die Öffentlichkeit paßt, auch noch ermutigt.«

»Du – du mußt verstehen, daß wir in letzter Zeit viele Stunden miteinander verbracht haben. Es ist nur natürlich, wenn wir freundschaftlich miteinander verkehren. Warum auch nicht?«

Er warf ihr einen strengen Blick zu. »Ich glaube, ich muß dir darauf keine Antwort geben, Violet.«

Der Sarkasmus in seiner Stimme brachte sie in Rage. Mit hocherhobenem Kopf sagte sie: »Ich sollte es auch nicht nötig haben, dir klarzumachen, daß du wenig Grund zur Eifersucht hast.«

»Ich würde es vorziehen, keinen zu haben.«

Er drehte sich auf dem Absatz um und ließ sie stehen. Dieses Stehenlassen war ein so eklatanter gesellschaftlicher Fauxpas, der gegen sein sonstiges sorgsam formelles Verhalten so grell abstach, daß Violet sein Verhalten nur als Bestrafung verstehen konnte. Ohne Zweifel sollte sie damit gedemütigt werden und sich völlig isoliert unter lauter Fremden fühlen.

Damit hat er, dachte Violet rebellisch, einen Fehler gemacht. Sie musterte die Menschenmenge, die wie ein Kaleidoskop von edelsteinfarbenen Seiden- und Satinstoffen schimmerte, als die Musik aufhörte. Sie hielt nach Allain Ausschau, und ihre Blicke trafen sich. Genau in diesem Augenblick sah er wie durch einen stummen Befehl auf. Als er sie ohne Begleitung stehen sah, kam er sofort auf sie zu.

Die Musik fing gerade wieder an, die lieblichen Takte des Loreleiwalzers von Strauß erklangen, als er vor ihr stand. Sie gab ihm ihre Hand. Das war indiskret, aber das war ihr jetzt egal. Der Blick in seinen Augen wärmte sie, streichelte sie und zollte ihr Beifall. Sie lächelte ihn sanft an.

Ohne Worte bewegten sie sich auf die Tanzfläche. Seine Berührung zwang sie leicht fordernd in seine Arme. Sie drehten sich langsam, während ihre Röcke um ihre Füße schwangen und seine Hand ihre Taille umspannte. Das Auf und Ab der Melodie schien sie hochzuheben und sie mit dem Rhythmus aneinanderzubinden. Sie spürte die Bewegung seiner kraftvollen Schenkel durch ihre Krinoline hindurch, fühlte die spannungsgeladene Kraft in seiner Hand durch ihre Handschuhe. Er tanzte so, wie er malte, mit Präzision, Grazie und ungezähmtem Instinkt.

Die Nacht war ihr vorher kühl vorgekommen, aber jetzt wurde ihr heiß von der Anstrengung und noch etwas anderem, das sie versuchte, durch ihre niedergeschlagenen Wimpern zu verdecken. Sie war bestürzt, aber leichtsinnige, halberstickte Impulse ließen sie schweben. Der Schwung der Musik war in ihrem Blut und Großmütigkeit in ihrem Herzen.

Der Tanz war vorüber. Violet und Allain standen still und atmeten in schnellem, unregelmäßigem Rhythmus. Sie öffnete ihren Fächer, der an einer seidenen Schnur an ihrem Handgelenk hing, und fächelte sich Luft zu, während ihre Augen auf die kreisenden Tänzer gerichtet waren. Sie brachte es nicht über sich, Allain anzusehen, aus Furcht, was er in ihren Augen entdecken könnte.

In diesem Moment bemerkte sie einen uniformierten Adjutanten, der auf den Kaiser zuschritt, als wäre er gerufen worden. Der Mann empfing Anweisungen, dann drehte er sich um und bahnte sich einen Weg in ihre Richtung. Er war beinahe schon bei ihnen, ehe sie merkte, daß er mit Allain sprechen wollte.

»M'sieur le comte«, sagte der Adjutant mit einer tiefen Verbeugung. »Seine Kaiserliche Majestät richtet seinen Gruß aus. Er bittet Sie zu kommen. Mit der Dame, bitte.«

Obwohl es sehr höflich formuliert war, war es ein Befehl. Der Adjutant trat zur Seite, um ihnen den Vortritt zu gewähren. Allain reichte Violet seinen Arm, und sie legte ihre Hand darauf.

Als sie sich dem Kaiser näherten, beugte sie ihren Kopf zu Allain und flüsterte: »Comte?«

»Nur ein Höflichkeitstitel, der einmal meinem Vater vor langer Zeit von Venedig verliehen wurde«, sagte er steif. »Ich gebrauche ihn nie.«

Violet musterte sein ernstes Gesicht. »Stimmt etwas nicht?«

»Mir gefällt das nicht.«

»Aber warum?«

»Louis Napoléon hat nicht das geringste Interesse, mit mir zu sprechen. Hören Sie genau zu, *chère*. Was immer Sie auch tun, lassen Sie sich nicht mit dem Kaiser aus dem Ballsaal locken.«

»Warum? Warum denn?«

Es blieb keine Zeit mehr; nach zwei Schritten standen sie vor Napoléon dem Dritten. Allain verbeugte sich ehrerbietig. Violet knickste respektvoll. Als ihr der Kaiser die Hand mit der Handfläche nach oben hinstreckte, legte sie ihre hinein, obwohl sie sich dabei Gedanken machte, ob von ihr erwartet wurde, daß sie seinen Ring küßte oder eine andere Geste der Ehrerbietung machte.

Louis Napoléon zog ihre Hand an die Lippen. »Charmant, sehr charmant«, sagte er. »Wir sind entzückt.«

»Danke, Eure Majestät«, erwiderte Violet nach kurzem Zögern.

Allain stieß einen Fluch aus, aber so leise, daß ihn außer Violet niemand hören konnte.

Das königliche Wir, das Napoléon benutzte, wirkte in seiner Pomphaftigkeit ziemlich seltsam, besonders weil Violet wußte, daß der Mann vor ihr es erst seit kurzer Zeit gebrauchen konnte. Trotzdem hatte er eine Aura von leicht verstaubter Größe. Vielleicht war es die Uniform mit den ganzen Auszeichnungen, die er trug, die Macht, die er besaß, oder sein angeborener Sinn für noble Zielstrebigkeit, aber er war außergewöhnlich.

Violet, ganz gegen ihren Willen beeindruckt, hörte wie in Trance die Aufforderung des Kaisers zum Tanz und sich ihr Einverständnis murmeln. Im selben Moment waren sie bereits auf der Tanzfläche, und sie versuchte, ihre Schritte den grandiosen Bewegungen Louis Napoléons anzupassen.

Er drückte sie so eng an sich, daß seine Medaillen und die anderen Orden in Gefahr waren, sich in der Chiffonrüsche des Ausschnitts ihres Kleides zu verfangen. Sie sah zu ihm hoch und machte eine Bemerkung über den Ball, und das bot ihr die Gelegenheit, sich ein wenig von ihm zu entfernen.

Sie tauschten noch ein paar Bemerkungen aus, und Violet überlegte krampfhaft, was sie noch sagen könnte, als am Eingang ein Tumult entstand. Ein Herr von imponierendem Äußeren, der in seinem Abendanzug ausgesprochen gut aussah, war gerade angekommen. Die leidenschaftliche Begrüßung, die ihm die Gastgeberin zuteil werden ließ, und die Schnelligkeit, mit der sich mehrere andere Gäste auf ihn stürzten, ließen darauf schließen, daß dieser Mann eine außergewöhnliche Popularität genoß.

»Aha, da ist er ja; ich habe mich schon gefragt, wann er eintreffen würde«, sagte der Kaiser leise.

»Wer ist das?« fragte Violet.

»Natürlich Morny. Haben Sie ihn noch nicht kennengelernt? Wir werden Sie später vorstellen; dafür wird er in unserer Schuld stehen.«

Violet hatte vom Duc de Morny gehört; sein Name tauchte hin und wieder in den Zeitungen auf, und Gilbert hatte davon erzählt, daß er ihn kurz auf der Straße gesehen hatte. Der illegitime Sohn der Königin Hortense von Holland und ihrem Liebhaber, angeblich der Comte de Flahaut, war der Halbbruder des Kaisers. Ein Mann von großem Charme, nur drei Jahre jünger als Louis Napoléon, der als Lebemann und Frauenheld bekannt war, obwohl er mit der unehelichen Tochter des russischen Zaren Alexander des Ersten verheiratet war. Er hatte viel dazu beigetragen, seinen Halbbruder an die Macht zu bringen, und hatte einen wichtigen Posten in der jetzigen Regierung inne.

»Mein Gatte und ich«, sagte Violet, »wären hochgeehrt, wenn wir ihm vorgestellt würden.«

»Wir werden Ihren Gatten auch vorstellen, wenn Sie das so wollen. Ah, aber diese Diskretion, diese Zartheit erinnert Uns an etwas. Sie müssen die Dame mit den Blumen sein.«

Violet sah zu ihm auf. »Eure Majestät?«

»Massari hat auf seiner Suche nach besonderen Blumen die Treibhäuser von Paris unsicher und die Blumenhändler verrückt gemacht. Er verlangt makellose Perfektion und besteht auf bestimmten Sorten. Jeder weiß, daß es da eine verheiratete Frau von großer Schönheit und noch größerer Schicklichkeit gibt, aber er spricht nicht davon. Es wurde sehr viel darüber spekuliert.«

Sie richtete ihren Blick auf die Tressen seiner Jacke. »Es gibt keinen Grund, warum ich diese Dame sein sollte, Eure Majestät.«

»Es ist offensichtlich, wenn Sie bemerken, wie Massari uns ansieht. Wir sollten vorsichtig sein; er sieht aus, als wollte er Uns umbringen.«

»Sicherlich nicht.«

»Er kann sehr jähzornig sein.«

»Ihr kennt ihn wohl sehr gut?« Sie konnte nicht widerstehen, ihre Bemerkung in eine Frage zu verwandeln.

»Europa ist in manchen Dingen ein Dorf; von Rom bis London und von Wien nach Marseille kennt jeder jeden, wenigstens in gewissen Kreisen. Und jeder redet. Massari hat viele Freunde, aber es umgibt ihn ein Geheimnis, so daß auch die, die sich schnell langweilen, das Interesse an ihm nicht verlieren.«

»Geheimnis?«

»Sie kennen seine Geschichte nicht? Er und Morny haben vieles gemeinsam; da würden Sie staunen. Kommen Sie mit Uns in ein kleines Zimmer, wo es ruhiger ist, und Wir werden sie Ihnen erzählen.«

Seine Drehung, die sie zum Rand der Tanzfläche brachte, war sehr geschickt, seine Hand lag dabei unter ihrem Arm und wies in die Richtung, in die sie gehen sollte. Violet konzentrierte sich so auf den tieferen Sinn der Bemerkungen, die der Kaiser über Allain gemacht hatte, daß sie gar nicht darauf achtete, was mit ihr geschah. Sie war durch die Tür in einem kleinen Wohnzimmer, ehe sie sich an Allains Warnung erinnerte.

Ihre Röcke schwangen um ihre Knöchel, als sie plötzlich stehenblieb. »Wartet«, sagte sie hastig. »Vielleicht ist es besser, wenn ich – den Ballsaal nicht verlasse. Mein Mann wird nicht erfreut sein.«

»Aber Ihr Gatte hat Sie jetzt schon ziemlich lange sich selbst überlassen.«

»Ja, und darum wird er mich jetzt vielleicht suchen. Ich sollte wirklich gehen.«

»Und eine so passende Gelegenheit für einen kleinen Waffengang verpassen? Seien Sie nicht schüchtern. Kommen Sie!«

Er war stärker, als sie vermutet hatte, und auch frecher. Er packte sie um die Taille, hob sie von der Tür weg und stieß sie mit dem Fuß zu. Mit derselben Bewegung zog er sie an sich und suchte ihren Mund.

Sie drehte heftig ihren Kopf herum und versuchte, ihn mit beiden Händen wegzudrücken. »Nein, Eure Majestät! Bitte –«

Es gelang ihr beinahe, seinen Griff zu lockern. Er lachte überrascht, ehe er seine Anstrengungen verdoppelte. Er packte sie am Nacken, schob seine Hand unter die Löckchen auf ihrem Hinterkopf, um ihr Gesicht hochzudrücken. Sie drehte sich in seiner Umarmung, und seine Lippen streiften ihren Mundwinkel.

Die Tür ging auf, und eine Wolke warmer Luft und Musik kam ins Zimmer. Allain trat ein, dann schloß er die Tür hinter sich.

»Eure Majestät«, sagte er leise. »Ihr werdet die Unterbrechung hoffentlich entschuldigen.«

Violet befreite sich aus der Umarmung des Kaisers mit einem Seufzer der Erleichterung, als Louis Napoléon überrascht seinen Griff lockerte. Der Kaiser wandte sich blitzschnell dem anderen Mann zu. Seine Stimme schnarrte, als er befahl: »Verlassen Sie uns!«

Allain bewegte sich ohne Hast an die Seite Violets. »Nicht«, sagte er deutlich, »ohne die Dame.«

Napoléon richtete sich zu seiner vollen Größe auf. »Wir dulden keine Einmischung.«

»Ich fürchte, das müßt Ihr«, antwortete Allain, dessen ganze Aufmerksamkeit Violet galt, der er seinen Arm bot. »Wir wünschen Euch einen guten Abend, Eure Majestät.«

Der Kaiser öffnete den Mund, als wollte er entweder protestieren oder die Wachen rufen. Plötzlich blitzte in seinen Augen ein Funke Humor auf. Er zuckte mit gespielter Gleichgültigkeit die Achseln. »Gut, gut, pflücken Sie die Blume selber, Massari. Aber ich warne Sie, sie hat Dornen.«

»Das weiß ich«, antwortete Allain mit ernster Stimme und sah in Violets erhitztes Gesicht.

Er drehte sich um und führte sie aus dem Zimmer.

Sie hatten nur ein paar Schritte in den Ballsaal getan, als Violet anfing, in aufgeregten, unzusammenhängenden Sätzen zu sprechen. »Ich bin Ihnen so dankbar, daß Sie gekommen sind. Ich hätte mir nicht träumen – lassen –, ich weiß, was Sie gesagt haben –, aber ich konnte mir nicht vorstellen, daß er –«

»Er ist ein Lüstling.«

Allain klang so wütend, daß sie erschrak. Sie war sich nicht sicher, ob es möglich war, einen Kaiser zum Duell zu fordern, aber sie hatte diesen Ton schon einmal in der Stimme eines Mannes gehört, in New Orleans, und sie wußte, daß dies ein Treffen mit zwei Pistolen und Frühstück für einen bedeutet.

Sie stieß einen leisen Ton der Verzweiflung aus und hielt sich den Kopf. »Ich möchte wirklich gehen, wenn ich kann. Vielleicht können Sie mir helfen, Gilbert zu finden. Ich kann mir nicht vorstellen, wo er die ganze Zeit war, vielleicht in einem der Spielsalons.«

»Ja, aber wie fühlen Sie sich?« fragte er.

»Ich habe ein wenig Kopfschmerzen. Ich verspreche, ich werde nicht in Ohnmacht fallen.«

»Ich habe nichts dagegen, solange ich da bin, um Sie aufzufangen«, sagte er und lächelte. »Aber es ist unhöflich, wissen Sie, eine Veranstaltung vor dem Kaiser zu verlassen. Sie müßten sich durch eine Seitentür hinausschleichen, ohne sich von Ihrer Gastgeberin zu verabschieden.«

»Daran habe ich nicht gedacht. Vielleicht ist es besser, wenn ich noch bleibe.«

Ihre Stimme klang sehr widerstrebend. Es waren nicht nur die Kopfschmerzen, weswegen sie weg wollte. Die Spannungen der letzten Stunde, die Auseinandersetzung mit Gilbert und auch mit Louis Napoléon und jetzt der Gedanke, daß man sie beobachtete und über sie und Allain tratschte, waren einfach zuviel für sie. Sie kannte niemanden auf dem Ball, keiner von Gilberts Verwandten und Bekannten war da; jeder war ein Unbekannter und ihr trotz der französischen Sprache fremd. Ihr ganzes Leben lang hatte man ihr beigebracht, sich als Französin zu fühlen, aber sie fing an zu begreifen, daß sie etwas anderes war, eine Amerikanerin französischer Abstammung.

Allain musterte ihr blasses Gesicht, dann schüttelte er den Kopf. »Das macht nichts. Ich werde mich für Sie verabschieden. Wir wollen Ihren Mann suchen.«

Sie entdeckten Gilbert an einem Farotisch, mit einem Haufen Goldstücke vor sich. Er blickte kaum auf, als sie näher kam, und nahm sich keine Zeit, ihre Bitte anzuhören. Er gewann gerade, konnte sie das nicht sehen? Er würde nicht gehen, solange ihm die Karten so wohlgesinnt waren. Außerdem war er sicher, daß sie sich beim Tanzen vergnügt hatte.

Violet beobachtete den zusammengepreßten Mund ihres Gatten und dachte, daß es ihm Freude machte, ihre Bitte abzuschlagen. Sie konnte sich nicht demütigen und noch einmal bitten. Sie wandte sich ab.

Allain, der hinter ihr stand, rührte sich nicht. Er sagte zu Gilbert: »Pardon, M'sieur, habe ich die Erlaubnis, Ihre Gattin an Ihrer Statt nach Hause zu begleiten?«

Gilbert drehte sich langsam nach ihm um. Er runzelte die Stirn, als er Allain ansah. Er hielt ein Goldstück in der Hand, das er langsam herumdrehte.

Stille breitete sich aus, als sich die Spieler gegenseitig anblickten und dann auf die zwei Männer schauten. Allain, der Gilberts Blick ruhig standhielt, hob langsam den Kopf. Seine Züge gefroren zu einer unwiderruflichen Herausforderung, und in seinen graublauen Augen blitzte ein stählernes Licht auf. Seine schlanke, breitschultrige Figur nahm eine imponierende, ja beinahe königliche Haltung an. Er hatte seine Wut vollkommen unter Kontrolle, aber sie war beinahe körperlich spürbar.

Gilbert atmete mit einem zischenden Geräusch durch die Zähne ein. Sein Gesicht glättete sich. Er blinzelte.

Die Angst, die Violet vorher unterdrückt hatte, kam mit erneuter Kraft zurück. Sie legte ihre Hand auf Allains Arm, um ihn zu besänftigen. Mit gepreßter Stimme sagte sie: »Habe ich deine Erlaubnis, Gilbert?«

Er leckte sich die Lippen, ehe er antwortete. Seine Stimme war heiser, als er sagte: »Wie du willst.«

»Danke«, antwortete Allain statt Violet mit schneidender Höflichkeit. Er zog ihre Hand durch seine Armbeuge, drehte sich um und verließ den Raum.

Violet sah sich, als sie wegging, nach ihrem Mann um. Gilbert beobachtete sie mit zornigem Erstaunen im Gesicht. Offensichtlich hatte er etwas in Allains Augen gesehen, das ihn davor zurückhielt, sich mit ihm anzulegen.

Sie sah den Mann an, der an ihrer Seite ging. Er wirkte völlig ruhig und entspannt. Sie dachte daran, daß sie jetzt mit ihm das

Haus verlassen und in die Kutsche steigen würde, um mit ihm durch die dunklen, leeren Straßen von Paris zu fahren. Allein mit ihm.

Erwartung und eine merkwürdige Vorahnung zitterten in ihren Adern und ihrem Herzen.

Dieser Ball, mußte sich Allain eingestehen, war nicht gerade eine gute Idee gewesen. Er wollte Violet einen vergnügten Abend gönnen, wollte sie in der besten Pariser Gesellschaft glänzen sehen und, ja, wollte eine Entschuldigung haben, sie in seinen Armen zu halten. Es war nicht gerade so verlaufen, wie er es geplant hatte.

Er genierte sich. Es war schon lange her, daß er das Verlangen gespürt hatte, einen anderen Mann auszulöschen. Daß sich sein Wunsch auf einen älteren richtete, der weniger Erfahrung hatte und dem er außerdem in Gedanken, wenn auch nicht durch Taten, Unrecht getan hatte, war verabscheuungswürdig. Er hätte nie ein Zusammentreffen herbeiführen dürfen. Seine Wut und seine Sorge um Violet entschuldigten sein Verhalten nicht. Er hatte kein Recht, ihr das Leben noch schwerer zu machen, nur weil sein Blut kochte.

Den Kaiser wollte er vor allen anderen auf seinen Degen spießen, diesen herumstolzierenden Truthahn. Die unerträgliche Eitelkeit Louis Napoléons zu denken, daß er Violets zarte Keuschheit beschmutzen und sie wie eine Küchenmagd in irgendeiner Ecke besteigen könnte, machte ihn wütend. Diskretion hatte ihn bewogen, von einer Forderung abzusehen. Er hätte ihn jedoch zum Duell fordern sollen. Was interessierte ihn Diskretion oder auch Frankreich, wenn es dazu kam? Er war nur auf der Durchreise, ein Gast. Seine Interessen und auch die Gefahren, die ihn bedrohten, lagen ganz woanders.

Es war Gilberts Pech, daß er ihm so kurz nach dem Auftritt mit Louis Napoléon in die Quere gekommen war. Demütigung oder Tod, das war die Wahl, die Violets Mann treffen mußte. Er würde seiner Frau nicht so schnell verzeihen, daß sie Grund und Zeuge seiner Feigheit gewesen war.

Wenn Gilbert den Mut gehabt hätte, sich ihm zu stellen, was

hätte er dann getan? Ehrenhaft wäre es gewesen, in die Luft zu schießen und dem Ehemann zu erlauben, seinen gerechten Schuß abzufeuern. Aber hätte er das fertiggebracht? Nein, nein. Er hätte Violets Gatten kaltblütig umgebracht und für den niederträchtigsten aller Gründe, nämlich sie zur Witwe zu machen. Er hätte es zumindest versucht. Möge Gott ihm verzeihen.

Er sah Violet an, als sie hinter ihm aus dem Ballsaal und die enge Hintertreppe hinunterschritt. Sie ging wie eine Königin oder eine Kaiserin, mit hocherhobenem Kopf und aufrecht, taub gegen das Geflüster, das ihnen folgte. Sie war furchteinflößend in ihrem Stolz und ihrer Tugend. Der Mut, der ihrem Mann fehlte, war für sie so natürlich wie das Atmen. Eine solche Frau wie ein Kind zu behandeln, sie entweder zu verwöhnen oder zu bestrafen, konnte nur ein dummer Mann, einer der es verdiente, sie zu verlieren.

Erstaunlich zu wissen, daß sie alles riskierte, um mit ihm zu gehen. Er hatte es nicht erwartet. Er hatte sie beobachtet, wie sie in den letzten Wochen gegen die Fesseln gekämpft hatte, die für Frauen ihrer Klasse vorgeschrieben waren. Er hatte sie deswegen respektiert, auch wenn er immer wieder gegen ihren Willen anging. Er wäre nicht überrascht gewesen, wenn sie sich heute abend trotz dessen Niederlage entschieden hätte, bei ihrem Gatten zu bleiben. Oder vielleicht wegen seiner Niederlage.

Sie hatte nicht. Sie hatte ihn gewählt.

Nichts hatte ihn je so stolz gemacht.

Nichts hatte ihn je so demütig gemacht.

Gilbert Fossier war dieser Frau nicht würdig. Das Unglück war, daß er es wahrscheinlich auch nicht war.

10. Kapitel

Joletta schlug vorsichtig die Augen auf. Ihr Kopf dröhnte vor Schmerz, und jeder Knochen im Leib tat ihr weh. Sie lag auf dem Gehsteig. Eine Reihe von Menschen drängten sich um sie. Unter ihrem Kopf war etwas Weiches, vielleicht ein zusammengerollter Anorak. Rone kniete in Hemdsärmeln neben ihrer linken Schulter. Er hielt ihre kalte Hand in seinen warmen Händen, rieb sie ein bißchen und starrte sie mit grimmiger Miene an.

Auf ihrer anderen Seite war ein dunkler, gutaussehender Mann in brauner Lederjacke, einem cremefarbenen Seidenhemd, seine dunkle Pilotenbrille hatte er auf sein schwarzes, gewelltes Haar hochgeschoben. Sein Blick war besorgt, doch als er sah, daß sie bei Bewußtsein war, strahlte sein kantiges Gesicht.

»Ich muß Sie um Verzeihung bitten, Signorina«, sagte er mit tiefer, leiser Stimme. »Ich hätte Sie nicht so heftig stoßen dürfen, aber es blieb keine Zeit für Vorsicht.«

Italiener. Sie erkannte den Akzent, seine dunkle Haut, den unverkennbaren Stil seiner Kleidung, und es überraschte sie nicht sonderlich. Es dauerte einen Augenblick, bis ihr klar wurde warum, und dann mußte sie insgeheim über sich selbst lächeln. Ein gerade noch verhinderter Unfall. Violets Italiener. Lächerlich. Ihr Gehirn war wohl ein bißchen aus dem Lot geraten.

Sie hob ihre freie Hand und faßte sich an den Kopf. Ihr Haar war blutverklebt. »Das – Auto«, sagte sie etwas verunsichert.

»Längst über alle Berge«, sagte Rone. »Er hat Sie überhaupt nicht erwischt.«

»Der Fahrer hätte stehenbleiben müssen, er muß doch gesehen haben, was passiert ist«, sagte der andere Mann, und seine finsteren Brauen wurden zu einer grimmigen Linie.

»Sie haben ihn gesehen?« Joletta zuckte zusammen. Ihre Hand hatte eine empfindliche Stelle ertastet.

Der Italiener nahm ihre Hand. Er zog ein Taschentuch aus seiner Tasche, wischte ihr die Blutflecke von der Hand und sagte: »Unglücklicherweise nicht. Die Leute sind hin und her gerannt, verstehen Sie? Und ich hatte nur Augen für Sie, auf Sie ist er direkt zugefahren. Ah, Signorina, glauben Sie mir bitte, nichts lag mir ferner, als Ihnen weh zu tun.«

»Ich – bin froh, daß Sie da waren«, sagte sie. »Es wäre ja gutgegangen, wenn die Stange nicht im Weg gewesen wäre.«

»Genau. Aber ich sollte mich vorstellen. Ich bin Cesare Zilanti, zu Ihren Diensten, Signorina.«

Rone warf dem anderen Mann einen sarkastischen Blick zu. Dann sagte er zu Joletta: »Es wäre wohl das beste, sich die Förmlichkeiten für später aufzuheben. Sie sollten jetzt so schnell wie möglich ins Krankenhaus.«

»War ich so lange bewußtlos?«

»Nur ein paar Minuten, aber die Zeit spielt dabei keine Rolle.«

»Es ist doch nur eine Beule. Ich bin gleich wieder in Ordnung. Ich glaube nicht, daß ich –«

»Sie haben vielleicht eine Gehirnerschütterung«, sagte er streng. »Es wird nichts schaden, wenn Sie einen Arzt konsultieren, um sicherzugehen, daß Sie okay sind.«

»Er hat recht, Signorina«, sagte Cesare Zilanti beschwichtigend.

»Aber ich habe keine Lust, die ganze Nacht in einem Krankenhauswartezimmer herumzusitzen«, protestierte sie.

»Solange wird es nicht dauern.« Die dunklen Augen des Italieners waren sehr ernst. »Ich werde Sie gerne hinfahren. Mein Wagen steht gleich um die Ecke.«

»Das wird nicht nötig sein«, sagte Rone brüsk. »Wir können ein Taxi nehmen.«

Der andere Mann zog eine Augenbraue hoch. »Um diese Tageszeit? Sie machen wohl Scherze. Erlauben Sie mir bitte, wenigstens das zu tun, um mein Gewissen zu beruhigen.«

Die Spannung zwischen Rone und Cesare Zilanti gefiel Joletta gar nicht. Die beiden waren zu höflich, die Art, wie sie sich musterten, war zu mißtrauisch. Sie fragte sich, ob es wohl eine Konfrontation zwischen den beiden gegeben hatte, während sie bewußtlos war, weil der Italiener ihr einen so heftigen Stoß versetzt hatte.

Aber momentan hatte sie andere Sorgen. Ihre Stimmen ließen ihren Kopf erneut dröhnen. Außerdem kam sie sich reichlich albern vor, sie lag hier auf dem Gehsteig, und die beiden stritten sich über ihr.

»Schon gut, schon gut«, sagte sie und rappelte sich hoch, »aber bitte, bringen wir das Ganze möglichst schnell hinter uns.«

»*Benissimo*, in meinem Wagen?«

»Was immer am schnellsten geht«, sagte Joletta.

Rone schaute zwar grimmig drein, widersprach aber nicht.

Der Krankenhausbesuch war viel kürzer, als Joletta erwartet hatte. Alles war hervorragend organisiert, und die Ärztin, die Joletta untersuchte, schien erfreut über die Möglichkeit, Englisch sprechen zu können. Der Ärztin zufolge hatte Joletta eine ganz leichte Gehirnerschütterung, die auf einem Röntgenbild kaum sichtbar war. Sie brauchte keine stationäre Behandlung, solange sie sich schonte: keine langen Wanderungen, Tennisspiele oder ähnliche Aktivitäten. Die üblichen rezeptfreien Kopfschmerztabletten würden genügen, jetzt aber bekam sie etwas Stärkeres. Falls sich die Schmerzen verschlimmerten oder wenn sie Schwindelgefühle oder Sehstörungen bekäme, sollte sie sofort einen Arzt konsultieren. Ansonsten sollte sie ihren Aufenthalt in Frankreich genießen: das wäre das beste Rezept.

»Vielleicht gestatten Sie mir, Sie beide zum Abendessen einzuladen«, sagte Cesare Zilanti, als sie das Krankenhaus verließen. »Dann würde ich mich wirklich besser fühlen. Es ist noch früh, ja, aber wir könnten doch irgendwo in aller Ruhe etwas trinken, bis es soweit ist.«

»Ich weiß nicht«, sagte sie mit einem kurzen Blick auf Rone.

»Tut mir leid, aber ich kann nicht«, erwiderte Rone. »Ich muß ein paar Anrufe erledigen.«

Sie war der Meinung, er hätte ihr erzählt, daß er alle Geschäftssachen erledigt hatte, damit er nicht so gebunden wäre. Vielleicht war es aber auch nur eine Ausrede. Trotzdem war sie sich nicht sicher, ob sie jetzt ohne ihn mit einem Fremden Konversation machen wollte.

Joletta wandte sich mit einem bedauernden Lächeln zu Cesare Zilanti. »Ich glaube, es ist besser, wenn ich früh zu Bett gehe. Aber herzlichen Dank für die Einladung.«

»Vielleicht morgen abend?« Die dunklen Augen des Italieners flehten sie förmlich an.

»Ich fürchte, das ist leider nicht möglich. Wir fahren nachmittags nach Luzern ab.«

»Wie schade«, sagte er, »es wäre mir wirklich ein großes Vergnügen gewesen. Aber Sie werden mir doch gestatten, Sie zum Hotel zurückzufahren, ja? Gut.« Sein silberner Alfa Romeo war ganz in der Nähe geparkt. Auf dem Weg dorthin sagte er: »Viele Touristen fahren von der Schweiz weiter nach Italien. Werden Sie beide auch mein Land besuchen?«

»Wir werden etwa vier bis fünf Tage dort sein«, sagte Joletta.

Cesare warf ihr einen ungläubigen Blick zu und schüttelte den Kopf. Sie waren inzwischen am Wagen angelangt, und er hielt ihr die Tür auf. »Viel zu kurz, viel zu kurz. Es gibt so vieles, was ich Ihnen zeigen könnte, wenn ich da wäre.«

Es wäre wirklich schön gewesen, einen Führer zu haben, der kleine verschwiegene Plätze kannte und einem sagen konnte, was es wert war, angeschaut zu werden und was nicht. Joletta lächelte ihn mit Bedauern an und sagte: »Wir werden uns wohl allein durchschlagen müssen.«

Cesare stieg ins Auto. »Eine Schande«, sagte er mit traurigen dunklen Augen. Er startete den Wagen, vergewisserte sich mit einem kurzen Blick daß auch Rone eingestiegen war und fuhr los. »Wirklich eine Schande.«

Der Italiener fuhr sehr schwungvoll, ohne jede Rücksicht auf die Gefahren des Verkehrs von Paris, der an die Rennstrecke von Le Mans erinnerte. Er fuhr etwas langsamer, als er sah, daß sich Joletta in einer Kurve ans Armaturenbrett klammerte. Aber ein paar Minuten später raste er wieder und hupte ständig, um weniger aggressive Fahrer einzuschüchtern.

Er war wohl die Art Mann, die man als gefährlich attraktiv bezeichnen konnte, mit schwermütigen Augen, einem sinnlichen großen Mund und dichtem Haar, das ihm bis tief in den Nacken wuchs. Und er war sich dessen offensichtlich sehr bewußt, wie man an seiner Selbstsicherheit merkte und der Art, wie er sie amüsiert, aber herausfordernd ansah – wie auch sicher die meisten anderen Frauen. Sein Auftreten, der Wagen und seine etwas gewagt modische Kleidung hatten einen reizvollen europäischen Charme. Normalerweise fand Joletta so etwas nicht anziehend, trotzdem wäre es vielleicht interessant, ihn besser kennenzulernen.

Oder vielleicht auch nicht. Weitere Komplikationen brauchte sie momentan wie das sprichwörtliche Loch im Kopf.

Sie dankte dem Italiener noch einmal für alles, als sie im Hotel angekommen waren. Bei ihrem Abschied sah er so enttäuscht aus, daß sie sicher aus Schuldgefühl ihre Meinung geändert und seine Einladung angenommen hätte, wenn Rone sie nicht am Arm genommen und weggezogen hätte.

»Sie sind ja ein echter Softie«, sagte er amüsiert, als sie die Lobby betraten.

»Wahrscheinlich«, stimmte sie ihm zu. »Außerdem gelange ich allmählich zu der Überzeugung, daß ich einen Aufpasser brauche. Ich hab' in meinem ganzen Leben noch nicht so viel Pech gehabt. Es ist wirklich beschämend.«

»Sie hätten heute abend nicht verletzt werden dürfen. Wenn ich besser aufgepaßt hätte, wäre das nicht passiert.«

Seine schuldbewußte Miene beunruhigte sie. Sie sagte: »Sie sind doch nicht verantwortlich für mich. Das mit dem Aufpasser war doch nur ein Scherz.«

Er lächelte. »Und wenn ich den Job gerne hätte?«

»Das ist ein sehr undankbarer Posten, wie Sie inzwischen wissen sollten.« Sie ignorierte den Kloß in ihrem Hals.

»Grade so mag ich's.«

»In dem Fall sind Sie engagiert«, scherzte sie und fragte sich, ob sie wirklich nur einen Witz machen wollte. Sie weigerte sich, in Betracht zu ziehen, daß er es vielleicht ernst meinen könnte.

Sie weigerte sich auch, zu erwägen, daß das heute nachmittag möglicherweise kein Unfall war. Es gab nur so wenige Leute, die wissen konnten, wo genau sie im jeweiligen Augenblick sein würde, und Rone stand ganz oben auf der Liste. Einige Dinge ließ sie wohl am besten auf sich beruhen.

Versailles war ein Rausch von Pracht und Glitzer, genau wie Joletta erwartet hatte, aber irgendwie hatten die riesigen, kühlen Räume auch etwas Deprimierendes mit den Spiegeln, in denen sich endlose Leere reflektierte und die gehüteten Fragmente von Leben, die brutal beendet worden waren. Die stagnierenden Brunnen in den unnatürlich strengen Gärten sahen ganz verlassen aus, als warteten sie auf Gelächter und Fröhlichkeit und verbotene, genüßliche Dekadenz, die nie wieder zurückkehren würde. Sie war nicht traurig, als der Bus nach Luzern abfuhr.

Die Fahrt war lang, obwohl die Autobahn, die sie nach Südosten brachte, wirklich ausgezeichnet war. Joletta hatte wieder Kopfschmerzen, obwohl sie sich heute morgen schon besser gefühlt hatte. Sie nahm zwei Aspirin, lehnte sich in ihrem Sitz zurück und schloß die Augen.

Danach wurde die Reise ein verschwommenes Gewirr von Dörfern aus cremefarbenem Stein, die sich um graugedeckte Kirchtürme scharten, von geschnittenen Weißdornhecken und Weinbergen, deren Reben bis auf Kniehöhe gestutzt waren, und gelben Rapsfeldern, die zusammen mit den blaugrünen Roggenfeldern wie riesige Quilts aussahen. Die blauweißen Straßenschilder, die Raststätten, die als AIRE STOP ausgeschildert waren, und die automatisierten Zahlstellen, die an den Fenstern vorbeizogen, hatten etwas Surreales. Der Anblick war für sie ungewohnt und deswegen nicht ganz greifbar.

Einmal wachte sie auf und merkte, daß sie auf Rones Schulter lag. Aber da er auch schlief und die festen Muskeln sich gut anfühlten, blieb sie so liegen.

Sie lag mit geschlossenen Augen da und dachte, wie leicht er sich dazu entschlossen hatte, sich ihr anzuschließen, und wie leicht sie es akzeptiert hatte. Es war wirklich schmeichelhaft, daß er mit ihr zusammensein wollte, aber irgendwie auch beunruhigend. Er war ein sehr angenehmer Gesellschafter, natürlich, unkompliziert, unterhaltsam. Trotzdem beunruhigte sie seine Haltung ihr gegenüber etwas. Er fand sie offenbar anziehend, aber er berührte sie nur selten, außer per Zufall. Er flirtete zwar ein bißchen mit ihr, aber im großen und ganzen verhielt er sich mehr wie ein Bruder als wie ein Liebhaber.

Nicht, daß sie wilde, leidenschaftliche Liebeserklärungen von ihm wollte. Sie war froh, einen Mann kennengelernt zu haben, der nicht versuchte, sie sofort ins Bett zu zerren. Es war wirklich ein Erlebnis, mit jemandem unterwegs zu sein, der anständig genug war zu erkennen, daß eine Frau mit Gehirnerschütterung, gleichgültig wie leicht diese auch war, dankbar für einen Kuß auf die Stirn und einen ruhigen Gutenachtwunsch vor ihrer Tür wäre.

Aber trotzdem, wenn sie daran dachte, wie er sie auf der dunklen Straße in New Orleans geküßt hatte, war es doch irgendwie seltsam. Es war, als würde er sich absichtlich beherrschen, fast so, als hätte er Angst, sie zu beleidigen.

Sie begriff auch ihre eigenen Reaktionen ihm gegenüber nicht. Seine Anwesenheit, sein aufmerksames und beschützendes Verhalten erregten sie insgeheim, trotzdem war da diese warnende innere Stimme. Sie war von ihrem Umgang mit Männern gewöhnt, ihre Motive immer in Frage zu stellen, aber das Zusammensein mit ihm war doch irgendwie anders.

Sie dachte daran, wie sie ihn in London verdächtigt hatte. Das hatte sich schlagartig gelegt, als sie merkte, daß ihre Cousine und möglicherweise auch ihre Tante ebenfalls in Europa waren. Sie fragte sich aber, ob er ihr Mißtrauen spürte. Dieser Mann hatte einen so ausgeprägten Instinkt, daß es möglich wäre. Sie wollte nur ungern glauben, daß ihr Verhalten ihm gegenüber etwas damit zu tun hatte.

Sie würde dieser gemeinsamen Reise nicht allzuviel Bedeutung beimessen. Erstens hatte sie nicht die Zeit dazu, und zweitens wäre es unklug. Sie hatte ihn nicht darum gebeten, mitzukommen. Andererseits konnte sie ihn auch nicht daran hindern, sich der Gruppe anzuschließen, selbst wenn sie es gewollt hätte. Sie würde seine Gesellschaft und das merkwürdige Gefühl von Sicherheit, das sie ihr gab, genießen und die Dinge so nehmen, wie sie kamen. Und wenn nichts dabei herauskam, würde sie nicht enttäuscht sein.

Es war schon spät, als sie in Luzern ankamen. Die Stadt war schummrig erleuchtet, und die Berge waren nur dunkle Silhouetten, die hinter dem im Sternenlicht glänzenden See aufragten. Ihr

Hotel lag in einer Seitenstraße, nur wenige Straßen vom Seeufer entfernt. Jolettas Zimmer war klein und originell, mit einem Jugendstillüster mit tulpenförmigen Lampenschirmen und mit vielen alten Fotos von Alpenlandschaften getäfelt. Auf den beiden Betten gab es keine Decken, nur Kissen und flauschige Federbetten. Die großen Flügelfenster hatten elektrische Rolladen. Joletta öffnete sie, um die kühle, saubere Bergluft hereinzulassen, und schlief dann sofort wieder ein.

Sie erwachte mit einem Bärenhunger und dem festen Entschluß, nicht mehr die langweilige Kranke zu sein, und war bereit zu jeglicher Schandtat. Sofort nach dem Frühstück fuhren Rone und sie gemeinsam mit der Gruppe mit der Zahnradbahn zum Gipfel des Rigi. Die hinreißende Fahrt führte durch Weideland, auf dem die schokoladebraunen Schweizer Kühe vor Holzhäusern grasten, inmitten grüner, von gelben Alpenblumen übersäter Wiesen, vor der Kulisse blauer, schneebedeckter Gipfel und steiler Täler. Der Tag war kristallklar, so daß man von der Bergspitze aus das ganze Panorama der Alpen, den See mit den vielen Segelbooten und Luzern sehen konnte. Vielleicht waren deshalb und auch wegen des Wochenendes zahllose Schweizer Familien unterwegs, von der Großmutter bis hin zum kleinsten, molligen Baby.

Und die Paraglider waren auch unterwegs. Joletta mußte die Augen zukneifen, angesichts der sich mit so ungestümer Begeisterung, nur von ein bißchen Nylon und Alugestänge getragenen, in die Tiefe stürzenden Gleitsegler. Sie konnte einfach nicht begreifen, wieso sich jemand für einen solchen Sport begeistern konnte. Rone neckte sie mit ihrer Feigheit, aber sie bemerkte, daß er sich immer zwischen sie und den Abhang stellte, selbst wenn er ihr dadurch die Aussicht nahm.

Mittags aßen sie Bratwurst und Röstkartoffeln und hinterher Himbeereis, während sie einer Folkloreshow zuschauten. Anschließend durchstreiften Rone und Joletta die Stadt. Sie schauten sich die Schaufenster voller Rolexuhren und Schweizer Offiziersmesser an und fotografierten die verschnörkelten Wandmalereien an den Häusern. Sie wanderten weiter zum Löwen von Luzern, dem Denkmal für die gefallenen Schweizergardisten von

Ludwig dem Sechzehnten, das, wie Rone sie informierte, Mark Twain als das rührendste Denkmal Europas bezeichnet hatte.

Just an diesem Denkmal entdeckte Joletta, daß sie ihr Notizbuch im Hotel vergessen hatte. Es war ein gewisses Gefühl von Freiheit, es nicht dabeizuhaben, so konnte sie alles einfach ohne den Zwang genießen, es aufschreiben zu müssen: die städtischen Anlagen mit ihren Stiefmütterchen und Tulpen und Tausendschönchen und auch die weißen Flieder und die Massen alpiner Pflanzen in den kleinen ordentlichen Steingärten vor den kleinen ordentlichen Häusern.

Die Sonne ging bereits in rosa und lavendelfarbenem Dunst unter, als Rone und Joletta die überdachte Fußgängerbrücke erreichten. Sie schlängelte sich genau an der Mündung der Reuss in den Luzerner See über den Fluß. Durch ihre Länge wirkte sie schmal, war aber sehr massiv gebaut und hatte offene Seiten, und im Vergleich dazu wirkten die überdachten Brücken Neuenglands geradezu zierlich.

Joletta und Rone verrenkten sich den Hals, um die Szenen aus der Geschichte der Stadt zu studieren, die auf den Segmenten zwischen den Dachbalken in reichen Farben, teilweise mit Vergoldung gemalt waren. Sie waren chronologisch angeordnet, beginnend im Mittelalter, und sie folgten der Geschichte der Stadt mit hallenden Schritten, begleitet vom Gurgeln und Flüstern des klaren grünen Flusses.

»Schaun Sie, Schwäne«, sagte Joletta, als sie etwa in der Mitte der Brücke, wo der Wasserturm in den Himmel ragte, stehenblieben und sich an das Geländer lehnten.

»Ein Pärchen, das zusammengehört.« Rones Blick folgte den weißen Vögeln, die an ihnen mit langen, graziösen Hälsen und Federn, die die untergehende Sonne rosa färbte, vorbeiglitten.

Das Wasser roch ein bißchen nach Fisch, Kaltwetteralgen und geschmolzenem Schnee. Zu ihrer Linken lagen die pittoresken grünen Zwiebeltürme einer Kirche, und dahinter waren die Berge zu sehen. Die Klänge der Blaskapelle aus dem Restaurant in der Stadt wehten zu ihnen herüber. Lichter wurden in der anbrechenden Dämmerung entzündet, kleine, glühende Punkte von Helligkeit, die sich im Wasser am Flußufer spiegelten.

Die Abendbrise, die vom Fluß her wehte, war kühl. Joletta wickelte sich fester in ihre cremefarbene Baumwolljacke. Sie schaute auf die Lichter am Flußufer und das ordentliche Flickwerk von Dächern, aus denen die Stadt bestand, und fragte sich, ob wohl auch Violet hier gestanden und die Aussicht genossen hatte.

Seit gestern mußte sie immer wieder an Violet denken, sie hatte sogar von ihr geträumt, während sie im Bus vor sich hin döste. Joletta bewunderte inzwischen den Wagemut ihrer Vorfahrin, sich das zu holen, was sie wollte. Violet hatte sich mit der Angst, den Schuldgefühlen, den Gefahren auseinandergesetzt und gehandelt. Das war nicht die Art Haltung, die man von einer viktorianischen Frau erwartet hätte. Oder war Violet eine typische Frau aus der Zeit Königin Viktorias? War New Orleans genauso von den prüden Moralvorstellungen der damaligen Zeit geprägt wie der nordöstlichere Teil der USA, wo das Puritanertum vorherrschte?

Wenn sie an ihre lange Verlobung mit Charles zurückdachte, kam Joletta der Verdacht, daß sie doch nicht so heftig in dieser Beziehung gefangen gewesen war, wie sie vermutet hatte. Der Gedanke war ihr nie gekommen, ihm nachzugehen und Abweisung und Erniedrigung zu riskieren für das, was sie wollte. Sie hatte es sich selbst zwar nie eingestanden, aber sie hatte sich sofort erleichtert gefühlt, als sie wußte, daß Charles für immer aus ihrem Leben verschwunden war.

Wenn sie jetzt wieder in eine solche Situation käme, wie verhielte sie sich dann? Wenn sie das nur wüßte. Eigentlich hätte sie zu gerne gewußt, wieviel von Violets Blut in ihren eigenen Adern floß, wieviel von ihrem Geist mit Violets Genen vererbt worden war.

»Sagen Sie mir eins«, unterbrach Joletta das lange Schweigen zwischen ihnen. »Glauben Sie, daß Geschichte sich wiederholt?«

»Sie meinen, ob Leute wieder denselben Fehler machen wie andere vor ihnen?« fragte Rone.

»Ich dachte eigentlich mehr an – nicht direkt Reinkarnation, aber an Ereignisse, die in einer späteren Generation ganz ähnlich passieren wie in der früheren.«

Er sah fragend ihr vom Sonnenuntergang gerötetes Gesicht an. »Ich glaube, Sie müssen sich etwas genauer ausdrücken, wenn Sie eine Antwort von mir erwarten.«

»Vergessen Sie's«, sagte sie mit einem Lächeln, das aber nicht bis in ihre Augen drang. »Die Idee war sowieso verrückt.«

Er beobachtete sie mit gerunzelter Stirn, und als sie sich wieder geglättet hatte, versuchte er doch, ihr zu antworten. »Es passieren immer merkwürdige Dinge. Und was die Reinkarnation angeht, betrachtet sie ein Großteil der Weltbevölkerung als reale Möglichkeit.«

»Sie wohl nicht?«

»Ich werde an nichts glauben, solange es nicht bewiesen ist.«

»Dann ist es vielleicht zu spät«, meinte sie.

Er grinste. »Das ist eben die Schwierigkeit mit den meisten Glaubensrichtungen.«

Das Schwanenpaar glitt auf sie zu, behutsam balzend, mit rhythmischen Verschlingungen ihrer langen Hälse. Sie trieben unter der Brücke durch und gerieten bald außer Sicht. Joletta wandte sich zu Rone. Er beobachtete sie, seine dunkelblauen Augen waren unergründlich im Dämmerlicht. Er richtete sich langsam auf und wandte sich ihr zu. Sie tat es ihm gleich. Ihre Sinne waren plötzlich in Alarmbereitschaft, als sie merkte, wie er sich irgendwie veränderte.

Er griff langsam, bedächtig nach ihr; seine Hände schlossen sich um ihre Oberarme, als wäre die Berührung ein Genuß, den man auskosten müßte. Er sah ihr direkt in die Augen, offen, aber doch herausfordernd. Sie erwiderte seinen Blick unentschlossen, willenlos. Er kam näher, und sie senkte die Augen zum fein modellierten Schwung und der weichen Oberfläche seines Mundes.

Ihr stockte der Atem. Das Rauschen ihres beschleunigenden Pulses flüsterte in ihren Ohren. Sein Duft, eine Mischung von frischer Luft, sauberer Kleidung, warmer Haut und Sandelholz, umfing sie. Die Wärme, die sein Körper ausstrahlte, hüllte sie ein, vernichtete Gedanken, löschte ihren Willen aus. Ihre Augenlider schlossen sich flatternd, als sie erwartungsvoll den Kopf ein wenig ihm entgegenhob.

Sein Mund war hart und doch sanft, der Druck einladend. Ihre

Hände glitten unter seinen leichten Anorak auf seine Brust, rutschten nach oben, und dann grub sie ihre Finger in die seidige Dichte seines Nackenhaares. Ihre Lippen glühten unter seiner Berührung, und sie öffnete sie, langsam und einladend.

Es war eine behutsame Erforschung des Willens des anderen, ein blindes Ertasten der Sinne, ein sanftes Präludium. Ohne jede Hast prüften sie die körperlichen Bande dieses Kusses, seine schwellende Macht und das, was er versprach.

Unter Jolettas Haut staute sich Hitze, sie spürte die abendliche Kühle nicht mehr. Seine Zunge berührte ihre. Sie begegnete ihr mit ihrer, gelockt von seinem sanften Tasten. Leise stöhnend stimmte sie ein in die sinnliche Erforschung der zarten, inneren Haut und der glatten Oberfläche von Zähnen. Seine Hand in ihrem Rücken, die ihre verspannten Muskeln glättete, war eine Einladung zur Hingabe.

Eine ihrer Hände wanderte hinunter über seinen Brustkorb, unter seinen Anorak, zu seiner schlanken Taille. Das Leder seines Gürtels war glatt und kühl, im Gegensatz zu den Hitzewellen, die sein Körper ausströmte. Sie folgte dem kreisförmigen Pfad zur Mitte seines Rückens, wo die sehnigen Muskeln eine leichte Kuhle bildeten, eine perfekte Höhle für ihre Hände. Sie legte sie hinein und drückte ihn mit den Handflächen fester an sich.

Er stöhnte leise, kaum merklich, bewegte sich und nahm ihr Gesicht in eine Hand. Mit der Kante seines Daumens strich er über den Schwung ihres Kinns und weiter bis zur zarten Weichheit ihres Ohrläppchens. Seine Finger wanderten tiefer, er strich über ihren schlanken Hals, zeichnete die zerbrechliche Linie ihres Schlüsselbeins nach, dann umfaßte seine Hand die Rundung ihrer Brust.

Erregung erfaßte sie, ein stetes, heißes Verlangen, das sich in Wellen ausbreitete, bis ihre Haut kribbelte und das Blut warm durch ihre Adern rauschte. Sie erschauderte, als sein Daumen über die empfindliche Spitze ihrer Brustwarze strich. Jede Faser ihres Körpers spannte sich, als sie sich noch enger an ihn schmiegte. Sie spürte die Härte seines Unterleibs gegen ihren weichen, nachgiebigen.

Schritte und Stimmengemurmel näherten sich. Sie waren nicht mehr allein auf der Brücke.

Joletta erstarrte, dann zog sie sich langsam Stück für Stück zurück. Rone seufzte und ließ sie widerwillig los. Er ließ seinen Arm um ihre Taille, als die drei Schweizer Studenten, zwei Jungen und ein Mädchen mit taillenlangem blondem Haar, an ihnen vorbeigingen.

Das junge Trio würdigte sie keines Blickes.

Joletta grinste schuldbewußt. Wie amerikanisch von ihr, sich Sorgen zu machen, weil jemand sah, wie sie einen Mann küßte. Überall, wo sie bis jetzt gewesen war, ob im Hydepark oder auf dem Gipfel des Rigi, hatten sich Paare geküßt.

Sie sah zu Rone hinauf, aber das Licht war inzwischen so schwach unter dem Dach der Brücke geworden, daß sie nicht einmal seinen Gesichtsausdruck erkennen konnte. Anscheinend schaute er ziemlich grimmig drein, aber vielleicht lag das am violett-grauen Zwielicht, denn einen Augenblick später lachte er kurz, schwang sie herum und ging mit ihr zum Ende der Brücke und weiter in Richtung Hotel.

Die meisten Zimmer der Reisegruppe waren im selben Stockwerk. Rones lag neben der Treppe, ein paar Türen von Jolettas entfernt. Er blieb dort nicht stehen, sondern ging gleich weiter mit ihr, den schmalen Korridor entlang. Joletta warf einen kurzen Blick auf den Zimmerschlüssel, den sie an der Rezeption geholt hatte, und versuchte, die Zahl darauf im schwachen Licht der Wandlampen zu erkennen, die noch aus den zwanziger Jahren stammten.

Mit einemmal packte Rone sie am Handgelenk und brachte sie zum Stehen. Als sie ihn ansah, bedeutete er ihr zu schweigen und nickte mit dem Kopf in Richtung Tür.

»Hast du das Licht in deinem Zimmer angelassen?« flüsterte er ihr zu.

»Ich glaube nicht«, sagte sie und schüttelte den Kopf.

Er nahm ihr den Schlüssel ab, schlich zur Tür und steckte ihn ins Schloß. Joletta wollte zu ihm gehen, aber er hielt sie mit einer kurzen Geste zurück.

Das Licht im Zimmer ging aus.

Rone stieß sofort die Tür auf. Er zögerte einen Augenblick, dann warf er sich in das Zimmer. Ein lautes Grunzen war zu hören, gefolgt vom Aufprall zweier Körper gegen die Wand. Ein Stuhl knallte auf den Boden. Füße stampften und schlitterten. Stimmen keuchten atemlos.

Joletta rannte los und blieb unmittelbar hinter der Tür stehen. Der Geruch eines nach Zitronen riechenden Aftershaves überlagerte die frische Bergluft, die durch das offene Fenster strömte. Im Licht, das von der Straße hereinschien, sah sie zwei Schatten, die miteinander rangen.

Sie reagierte instinktiv und griff nach dem Lichtschalter.

Helligkeit explodierte im Zimmer. Ein Mann in Schwarz mit einer Skimaske über dem Kopf drehte sich zu Joletta. Er riß sich mit einem Knurren gewaltsam von Rone los und machte einen Satz in Richtung Fenster. Er sprang auf den Sims, zögerte den Bruchteil einer Sekunde und sprang.

Rone sprintete zum Fenster, beugte sich vor und schaute hinunter. Joletta lief zu ihm. Sie sah nur eine schwingende Schnur vor dem braunen Putz der Fassade baumeln. Sie kam vom Dach zwei Stockwerke höher und endete zwei Etagen tiefer auf der Straße.

»Weg«, sagte Rone.

Seine Stimme klang angewidert und wütend. Joletta warf ihm einen kurzen Blick zu, der dann wieder zum Seil zurückkehrte. »Ein Fassadenkletterer«, sagte sie fassungslos. »Ich glaub' es einfach nicht.«

Er wirbelte herum und sah sich im Zimmer um. Dann verschränkte er die Arme und sagte: »Du wirst es wohl glauben müssen.«

Sie drehte sich langsam um. Das Zimmer war ein totales Chaos. Schubladen waren herausgezerrt, der Inhalt ihres Koffers auf dem Boden verstreut und das Futter herausgerissen, die Matratzen von den Betten geschleudert, Federn baumelten vom Rahmen, die Daunendecken waren aufgeschlitzt. Der ganze Raum war in eine dichte Wolke von Daunen gehüllt, die alles bedeckten und im sanften Wind vom Fenster her durch die Luft schwebten.

»Du lieber Himmel«, flüsterte sie und packte instinktiv ihre schwere Schultertasche fester, in der das Tagebuch war.

»Richtig«, stimmte Rone ihr zu und beobachtete sie mit zusammengekniffenen Augen. »So und jetzt erzähl mir doch noch mal von deiner schrecklichen Pechsträhne.«

11. Kapitel

Der Hotelmanager war angesichts der Verwüstung von Jolettas Zimmer entsetzt, beleidigt und bedauerte den Vorfall sehr. So etwas war noch in keinem Hotel unter seiner Leitung passiert. Diebstahl ja, aber nicht diese willkürliche Zerstörung. Er konnte sich überhaupt nicht vorstellen, wie so etwas jetzt passieren konnte, solche Dinge waren dem Charakter seiner Landsleute fremd. War es denn möglich, daß sie ein Mitglied ihrer eigenen Gruppe in Rage versetzt hatte?

Die Haltung des Managers erleichterte Joletta ihre Lage auch nicht. Aufgrund ihrer Erfahrungen auf der bisherigen Reise hatte sie sich nur sehr zögernd bereit erklärt, den Vorfall zu melden, da sie auch nicht die Absicht hatte, die Geschichte mit dem Tagebuch und ihrer Familie näher zu erläutern. Aber Rone hatte darauf bestanden, schließlich mußte auch die Beschädigung des Hoteleigentums geregelt werden.

Die Polizei war nach ihrem Eintreffen sehr wirksam und auch mitfühlend gewesen. Sie schrieben einen detaillierten Bericht über den angerichteten Schaden, notierten die Beschreibung des Eindringlings und versprachen eine gründliche Fahndung nach ihm. Sie hatten allerdings keine große Hoffnung, ihn zu fangen, bei Hoteldiebstählen war das aufgrund ihrer Zufälligkeit immer schwierig.

Der Manager hielt sich nicht lange auf, nachdem die Polizei weg war. Er wollte ein Zimmermädchen schicken, welches das kaputte Bettzeug ersetzen und alles aufräumen sollte. Er hätte Miss Caresse gerne ein anderes Zimmer angeboten, aber das war leider nicht möglich. Die Hochsaison hatte bereits begonnen, und es war nicht einmal mehr eine Badewanne zu haben. Er würde es gut verstehen, wenn sie woanders hinginge, aber um diese Uhrzeit wäre es sicher schwierig, anderswo unterzukommen.

Joletta sagte dem Manager, daß sie bleiben würde und schloß dann erleichtert die Tür hinter dem Mann und seinen Entschuldigungen zu. Durch die endlosen Fragen und das Aufrechterhalten der Lüge, daß sie keine Ahnung hätte, was der Eindringling gesucht hatte, waren ihre Kopfschmerzen wieder aufgetaucht. Sie brauchte dringend ein paar Aspirin.

»Hier kannst du nicht bleiben«, sagte Rone mit gerunzelter Stirn.

»Ich muß aber«, entgegnete sie, ein kläglicher Versuch, einen Scherz zu machen. »Du hast doch gehört, was der Mann gesagt hat.«

»In meinem Zimmer stehen auch zwei Betten.«

Joletta warf ihm einen kurzen Blick zu und nahm ihre Schultertasche vom Ende des Bettes. Sein Gesichtsausdruck verriet nichts außer Besorgnis und praktischem Denken. »Das ist wirklich rücksichtsvoll«, sagte sie, »aber ich glaube, das ist nicht nötig.«

»Da wäre ich mir nicht so sicher. Mir gefällt das nicht, wie das Zimmer verwüstet ist, bei den meisten Sachen hat er ein Messer benutzt. Was hättest du getan, wenn du heute abend allein gewesen wärst? Was würdest du tun, wenn der Kerl noch mal zurückkommt?«

Sie drückte mit der Hand gegen ihre pochende Schläfe, schloß die Augen und sagte: »Er wird nicht zurückkommen.«

»Woher willst du das wissen?«

Sie konnte keinen klaren Gedanken mehr fassen. Ihr war übel vor Kopfschmerzen. Sie suchte in ihrer Tasche nach einem Schmerzmittel und vermied es, ihm in die Augen zu sehen.

Er ging zu ihr, nahm ihr die Tasche ab, fand die Aspirin und schüttelte ihr zwei in die Hand. »Hast du die gesucht?«

Sie nickte in stummer Dankbarkeit. Er ging ins Bad und kam mit einem Glas Wasser zurück, gerade als sie die Pillen in den Mund steckte. Er ließ sie erst trinken, bevor er fortfuhr: »Du wolltest etwas über diesen Kerl mit dem Messer sagen.«

Sie schaute ihn an, wandte sich ab und sagte dann mit einem Seufzer: »Na schön, vielleicht kommt er wirklich wieder.«

Das war ihr einfach so rausgerutscht. Als Rone nichts sagte, sah sie ihn an. Sie hatte mit Fragen gerechnet, zum Beispiel, warum sie diese Möglichkeit der Polizei gegenüber nicht erwähnt hatte. Er schwieg nachdenklich.

Sie befeuchtete ihren Mund, bevor sie hinzufügte: »Wenigstens hat der Mann nicht gefunden, was er wollte, also wird er sich wohl denken, daß ich es bei mir habe.«

»Richtig«, sagte er sarkastisch. »Das reicht. Komm jetzt, nimm dir, was du brauchst, dann gehn wir.«

»Nein. Ich werde einfach das Fenster und die Tür absperren. Mir wird nichts passieren.« Kopfschütteln bekam ihr nicht, sie ließ es sofort wieder.

Er sah ihr direkt in die Augen. »Ich werde mich nicht auf dich stürzen, weißt du. Du bist absolut sicher.«

»Davon bin ich überzeugt, aber mir wäre lieber –«

»Ich werde es wirklich nicht tun, glaube mir. Trotz allem, was auf der Brücke passiert ist.«

Sie schluckte und schaute angestrengt die Wand hinter seinem Kopf an, den Boden, alles, nur nicht ihn. Seine Stimme verursachte die merkwürdigsten Dinge in ihrem Bauch. »Das hätte ich auch nie von dir gedacht«, sagte sie schließlich.

»Das wäre somit geregelt.« Er ging ins Badezimmer und kramte in ihren Sachen. »Was brauchst du? Zahnbürste? Haarbürste? Was sonst noch?«

Irgendwie war es eine Erleichterung, daß er ihr die Entscheidung abgenommen hatte. Joletta wäre zwar in ihrem Zimmer geblieben, hätte aber sicher keine Ruhe gefunden. Andererseits hatte sie auch ihre Zweifel daran, daß die Nacht mit Rone sehr friedlich sein würde. Sie glaubte ihm, daß er ihr sein zweites Bett ohne Hintergedanken anbot, aber den intimen Augenblick auf der Brücke konnte sie auch nicht vergessen. Sie war überzeugt, daß er auch das nicht beabsichtigt hatte.

Rones Zimmer war etwas spartanischer eingerichtet als Jolettas, ansonsten war es dasselbe. Die beiden Betten standen im rechten Winkel zueinander an zwei Wänden. Er zeigte auf das, das er in der Nacht zuvor benutzt hatte und legte ihre Sachen auf das andere.

Es trat ein kurzer Moment der Peinlichkeit ein, als er sich zu ihr drehte. Joletta fragte sich, ob es ihm wohl genauso ging. Sie wünschte, sie hätte mehr Erfahrung mit Situationen wie dieser und überlegte, was sie sagen könnte, um die Lage etwas zu entkrampfen, aber es fiel ihr nichts ein.

»Es war ein langer Tag«, sagte er. »Du kannst zuerst ins Bad, wenn du möchtest.«

Sie warf ihm einen verstohlenen Blick zu, machte aber keine Anstalten, seinem Vorschlag zu folgen. Statt dessen setzte sie sich auf ihr Bett. Sie holte ein paarmal tief Luft, dann sagte sie: »Es gibt da etwas, was ich dir erzählen muß.«

Während sie nach Worten suchte, setzte er sich auf einen der hartgepolsterten Stühle neben dem winzigen Tisch am Fenster. Dann sagte er: »Wegen deines Besuchers heute abend, richtig?«

Sie nickte: »Ich finde, du solltest es wissen – insbesondere, da du dauernd wegen mir in Schwierigkeiten gerätst. Das einzige, was fehlt, sind meine Notizen, die ich seit England gemacht habe.«

Sie schilderte ihm kurz, was sie tat und warum. Sie erzählte ihm alles, bis auf einige Einzelheiten, zum Beispiel die Schwierigkeiten mit ihrer Tante.

Rone hörte ihr stumm, aber sehr aufmerksam zu. Er schwieg längere Zeit, nachdem sie fertig war. Schließlich sagte er: »Und das ist alles?«

»Was willst du damit sagen, alles?« Der Zweifel in seiner Stimme verwirrte sie etwas.

»Ich meine, du bist dir sicher, daß der Typ nichts als die Notizen und die Kopie des Tagebuchs wollte?«

»Was sollte er denn sonst noch wollen?«

Seine dunklen Augen musterten sie aufmerksam und nachdenklich, als er sagte: »Sag du mir's – aber denk dran, daß er das Licht ausgedreht und mit dem Messer in der Hand gewartet hat, als er dich kommen hörte.«

»Du meinst, du glaubst, er –« Sie verstummte, war unfähig, es in Worte zu fassen.

»Er hat offensichtlich nicht gewußt, daß du nicht allein sein würdest.«

»Nein«, sagte sie nach kurzem Überlegen entschlossen. »Er

wollte mir sicher nichts tun. Ihm war nur klargeworden, daß ich das Tagebuch bei mir haben muß.«

»Willst du damit sagen – ich dachte, du hättest gesagt, du hast es in New Orleans gelassen?« Seine Stimme klang ungläubig, irritiert, aber auch etwas amüsiert.

»Ich hab' eine Fotokopie dabei«, sagte sie befriedigt.

Sein Blick war unergründlich, aber er verweilte kurz auf ihrem Mund. Schließlich sagte er: »Also ich nehme an, du wirst einfach weitermachen wie bisher?«

»Ich wüßte nicht, was ich sonst tun soll. Die Notizen kann ich aus dem Gedächtnis rekonstruieren, obwohl mir, je mehr ich schreibe, die Fakten und Zahlen, die ich gesammelt habe, weniger zu bedeuten scheinen.«

»Bist du dir sicher, daß in dem Tagebuch nichts Konkreteres über die Formel steht?«

»Ziemlich sicher.«

Er hob die Hände und ließ sie wieder fallen. »Ich will dir keine Illusionen nehmen, aber der Teil dieser Reise scheint mir ziemlich hoffnungslos.«

»Wahrscheinlich hast du recht«, stimmte sie zu. Sie versuchte, nicht an Mimis Vermächtnis zu denken und an das, was passieren könnte, wenn sie die Formel nicht finden würde.

»Andererseits scheint es jemand doch sehr ernst zu nehmen. Ich denke dabei daran, wie sie dir in London die Tasche gestohlen haben und dich in Paris fast über den Haufen gefahren hätten.«

Sie wandte sich von ihm ab und starrte auf das Blattmuster des Teppichs. »Ich versuche, nicht dran zu denken.«

»Davon wird es auch nicht ungeschehen«, sagte er verwirrt.

»Nein, aber vielleicht geben sie auf, wenn es zu schwierig wird.«

»Wer sind sie?«

Sie zuckte mit den Schultern, vermied es aber, ihn anzusehen. »Wer auch immer.«

Rone sagte lange nichts, dann fragte er plötzlich: »Hast du schon daran gedacht, aufzugeben und nach Hause zu fahren?«

»Das kann ich nicht tun.«

»Warum nicht?«

Sie sah ihn trotzig an. »Ich weiß es nicht. Stolz, Sturheit, Neugier vielleicht. Oder vielleicht ist es einfach etwas, was ich tun muß.«

Seine dunklen blauen Augen ließen ihre nicht los. Ein paar Sekunden lang sah es aus, als wolle er noch weiter argumentieren, dann nickte er langsam. »Also gut. Ich möchte dir gerne helfen.«

»Das hast du doch bereits. Es ist erstaunlich, wie du immer wieder zur Stelle warst, wenn ich jemanden gebraucht habe.«

»Das hab' ich nicht gemeint. Ich wollte damit sagen, ich möchte dir bei dieser verrückten Suche helfen.«

Sie warf ihm einen skeptischen Blick zu. »Eine so vage Hoffnung kann für dich doch nicht interessant sein.«

Ein kurzes Lächeln zog über sein Gesicht und verschwand wieder. »Du interessierst mich, und ich habe eine Schwäche für aussichtslose Fälle – und momentan nichts Besseres zu tun.«

»Es ist kein Spiel«, sagte sie langsam.

»Das habe ich auch nicht angenommen.«

Sein Blick war offen und ehrlich. Er war irgendwie ein Fels in der Brandung, so verläßlich und doch so lässig, wie er ihr jetzt gegenübersaß, ein langes Bein ausgestreckt, daß sie sich ganz albern vorkam mit ihrer Vorsicht.

Joletta lächelte ihn an. »Ja, also wenn du dir sicher bist – und da wir sowieso schon zusammen unterwegs sind –, wüßte ich nicht, was dagegen spricht.«

Ein Schatten huschte über sein Gesicht, und einen Augenblick lang sah er aus, als wollte er dazu etwas bemerken. Dann aber sagte er nur: »Gut, dann fangen wir morgen früh an. Und jetzt ins Bad. Damen zuerst.«

Rone hörte das Wasser im Badezimmer rauschen, erhob sich langsam, ging zum Fenster und lehnte sich gegen den Rahmen. Er drückte den Schalter, durch den sich die Rolladen hoben, damit er hinausschauen konnte. Mit unzufriedener Miene starrte er die verschnörkelten Verzierungen auf den Gebäuden der Seitenstraßen an. Jetzt hatte er, was er von Anfang an gewollt hatte. Warum fühlte er sich dann so mies?

Sie war so vertrauensselig. War sie das wirklich? Ein leichtes Flackern in ihrem offenen Blick bereitete ihm Unbehagen. Er fragte sich, was sie wohl sah, wenn sie ihn mit diesen riesigen sherryfarbenen Augen anschaute, fragte sich, was in ihrem Kopf vorging.

Es gab nicht viel, was er von ihr nicht wissen wollte.

Er wollte ihr nicht weh tun. Vorhin war ein Augenblick gewesen, in dem er den geradezu überwältigenden Drang verspürt hatte, sich zu erklären, ihr alles zu erzählen. Aber nicht lange. Das Risiko war zu groß.

Was sollte er nur machen?

Zuallererst mußte er seine Finger von ihr lassen. Er würde in seinem eigenen Bett bleiben, auf seiner Seite des Zimmers. Er würde sie nicht zu genau beobachten und nur in ihre Nähe kommen, wenn es wirklich notwendig war. Balzende Schwäne würde er einfach ignorieren.

Das heute abend auf der Brücke war ein Fehler gewesen. Das war ihm sehr wohl bewußt gewesen, aber er konnte einfach nicht widerstehen. Es war gefährlich, ihr zu nahe zu kommen. Er würde es nicht vergessen, und wenn es auch noch so schwer war.

Der Mann in ihrem Zimmer vorhin hatte ihn völlig überrascht, weil er die Möglichkeit nicht bedacht hatte und sich nicht darauf vorbereitet hatte. Er hätte Joletta an dem Zimmer vorbeiführen und dann allein zurückkommen sollen.

Wer auch immer in diesem Zimmer gewesen war, war verrückt und stellte eine echte Bedrohung dar. Das würde er nach der Reise jemandem unmißverständlich klarmachen.

Inzwischen durfte er nicht vergessen, den Schaden im anderen Zimmer zu regeln. Das hatte er zu verantworten.

Sie bewahrte also das Tagebuch in ihrer Umhängetasche auf. Das hatte er bereits vermutet. Er drehte den Kopf und warf einen Blick auf die große, weiche Ledertasche am Fuß des Bettes, das sie benutzen würde. Er ging zum Bett und versicherte sich dann, daß die Badezimmertür geschlossen war. Er kramte in der Tasche und holte ein dickes Bündel Papier heraus, das mit großen Gummibändern zusammengehalten wurde.

Er hob vorsichtig das oberste Blatt. Die Schrift war altmodisch, kaum zu entziffern. Seltsam, daß so ein kleines Ding so viele Probleme machen konnte. Vielleicht würde sie es ihn später lesen lassen. Anderweitig würde er schon eine Gelegenheit dazu finden.

Das Geräusch rauschenden Wassers aus dem Badezimmer verstummte. Er steckte das Tagebuch in die Tasche zurück, ging zum Bett, legte sich hin und verschränkte die Hände hinter seinem Kopf. So lag er da und starrte die Decke an, als Joletta in einer Dampfwolke aus dem Badezimmer kam.

Sie hatte ihr Haar gebürstet, es kringelte sich in feuchten Lokken um ihr Gesicht und ihre Schultern. Ihr Gesicht war gerötet und glänzend und ohne Make-up. Sie war barfuß, und soweit er das beurteilen konnte, trug sie nichts unter ihrem türkisfarbenen Seidennachthemd. Das weiche, schimmernde Material schmiegte sich an ihre zarten Kurven, als sie ihre Sachen zusammenlegte und ordentlich auf der Kommode stapelte.

»Jetzt gehört alles dir«, sagte sie fröhlich.

Er mußte sich ermahnen, daß sie damit das Badezimmer meinte und hätte sich am liebsten auf den Bauch gedreht, hatte aber Angst, dadurch zu offensichtlich ihre Wirkung auf ihn zu kaschieren.

Das Ganze war Wahnsinn. Es würde nie funktionieren. Aber da er schon eimal damit begonnen hatte, mußte er es jetzt auch zu Ende bringen.

Er überlegte sich, ob er nun duschen sollte oder nicht. Vielleicht wäre es besser, wenn er einfach liegenbliebe und in seinem alten Schweiß schmorte. Sie war so sauber, so süß und gesund und unendlich begehrenswert in ihrer Frische, daß er es nicht wagen würde, sich ihr so zu nähern. Jedes Gegenmittel war recht.

Nein, er konnte es nicht ertragen. Eine kalte Dusche würde helfen.

Joletta schlief bereits, als er aus dem Badezimmer kam. Oder gab zumindest eine gute Vorstellung. Sie hatte einen Arm über dem Kopf ausgestreckt, die Wimpern zeichneten dunkle Halbmondschatten auf ihre Wangen, und sie atmete tief und regelmäßig.

Er hatte vergessen, seinen Schlafanzug mit ins Badezimmer zu nehmen. Er zog sich das Handtuch, das er umgebunden hatte, etwas fester um den Körper und tappte zu seinem Koffer, der am Boden vor seinem Bett stand. Er behielt Joletta im Auge und zog den Schlafanzug heraus, der immer noch frisch gebügelt war, weil er ihn nur für Notfälle eingepackt hatte.

Mit der Pyjamahose in der Hand richtete er sich wieder auf. Dann näherte er sich, wie von unsichtbaren Fäden gezogen, dem Bett, in dem Joletta lag. Er ging langsam neben ihr auf ein Knie hinunter.

Das Licht vom Badezimmer warf einen gelben Schimmer auf ihr Gesicht. Sie sah so verletzlich aus, wie sie da so lag. Ein blauer Fleck und der kleine verpflasterte Schnitt an ihrem Haaransatz rührten ihn bis in die Seele. Er streckte die Hand nach ihr aus, berührte sie aber nicht. Ihre weiche Haut, der süße Schwung ihres Mundes waren so einladend, daß Hitzewellen in seinem Kopf aufstiegen. Er fragte sich, wie sie wohl reagieren würde, wenn er sich neben sie legen und sie küssen würde.

Er fluchte leise. Das nannte er also gute Vorsätze.

Er richtete sich so hastig auf, daß etwas in seinem Knie wie ein Peitschenknall krachte. Er verharrte reglos, voller Angst, sie könnte aufwachen und ihn vor sich stehen sehen.

Die Minuten verstrichen. Er taumelte ein bißchen. Er war so müde. Ihm kam es vor, als wären schon mehrere Lichtjahre verstrichen, seit er zum letzten Mal gut geschlafen hatte. Und es würden vielleicht noch einige Lichtjahre verstreichen, ehe er Gelegenheit dazu hatte.

Er zog sich ins Badezimmer zurück. Dort streifte er sich seine Pyjamahose über. Er löschte das Licht und kam wieder heraus, ging leise zu seinem Bett und kroch unter die Daunendecke.

Er lag still da und lauschte, konnte aber ihren Atem nicht hören. War sie so leise? Oder war sie weg? Er hob den Kopf und horchte angestrengt.

Sie war noch da. Schlief immer noch. War immer noch schön. Immer noch unberührt.

Es war wohl unvermeidlich, daß die beiden klatschfreudigsten Witwen aus dem Bus sahen, wie Joletta und Rone am folgenden Morgen zusammen aus ihrem Zimmer kamen.

Dabei hätte es sich ohne weiteres vermeiden lassen. Joletta und Rone hatten nämlich schon gefrühstückt und einen Morgenspaziergang um den Block gemacht. Sie waren auch bereits in Jolettas Zimmer gewesen, um ihren Koffer und ihre restlichen Sachen zu holen, da sie das Hotel an diesem Morgen verlassen würden. Joletta hätte natürlich sehr wohl vorausgehen und ihre eigenen Sachen holen können. Aber nein, Rone hatte darauf bestanden, ihre braune karierte Tasche und seinen eigenen schweren, schwarzen Lederkoffer zu tragen.

Als sie in den Bus stiegen, wurde geflüstert und wissend gegrinst. Rone schien gar nicht zu merken, welches Interesse sie erregten, Joletta hingegen fiel das nicht so leicht. Es war ihr peinlich, zu wissen, daß diese Leute Überlegungen über ihr Liebesleben anstellten, sich vielleicht sogar sie und Rone zusammen im Bett vorstellten. Sie war nicht sonderlich prüde, was Sex anging, fand aber, daß manche Dinge einfach jedermanns Privatangelegenheit waren.

Als sie ihre Plätze eingenommen hatten, glaubte Joletta zu sehen, wie ein paar der älteren Damen Rone sehr beifällig mit ihren verblaßten Augen musterten. Er sah heute morgen aber auch wirklich gut aus, frisch rasiert, die Augen noch etwas verschlafen und hatte sein charmantes, herzliches Lächeln aufgesetzt, als er sie der Reihe nach begrüßte.

Er brauchte wegen seiner breiten Schultern und langen Beine viel Platz auf der Bank, aber er entschuldigte sich so charmant, daß es keine Rolle spielte. Joletta spürte den Druck seiner Schulter einen Augenblick, bevor er von ihr wegrutschte, und ganz gegen ihren Willen, angesteckt von dem Getuschel über sie beide, überlegte sie, was er wohl für ein Liebhaber wäre. Ein sehr feinfühliger, dachte sie, höflich, humorvoll und vielleicht einfallsreich. Einer ihrer Mundwinkel zuckte leicht bei diesem Gedanken.

»Was ist denn?« fragte er.

»Nichts«, sagte sie hastig. »Ist es dir zu warm? Nein? Ich hab' mir entweder zuviel angezogen, oder es ist die Sonne, die heute ausgerechnet auf diese Seite des Busses scheint.«

Sie waren auf dem Weg nach Italien. In Lugano, nahe der Schweizer Grenze, sollten sie zu Mittag essen. Sie trafen rechtzeitig dort ein. Der Busfahrer ließ sie in der Nähe des Sees aussteigen, und ihr Reiseleiter zeigte ihnen ein paar kleine Restaurants und Snackbars, die auf ihrem Weg lagen. Rone und Joletta aßen Auberginen mit Parmesan überbacken, dazu tranken sie einen toskanischen Rotwein zu Ehren ihrer baldigen Einreise in Italien. Anschließend wanderten sie die Straße entlang und gingen dann in einen nahen Park.

Der Park war von einer Staumauer und einer Immergrünhecke umgeben und war anscheinend früher der Garten eines Herrenhauses gewesen. Er zog sich am Ufer des Sees entlang, ein stilles Refugium, in dem das Vogelgezwitscher lauter war als der Verkehrslärm hinter den Mauern. Die kühlen Bergwasser umspülten das Ufer mit seiner unglaublichen Vielfalt von Bäumen, und dahinter ragten die wolkenverhangenen Berge aus dem sanften graublauen Dunst.

Die Sonne war warm im Vergleich zu der Kühle im Schatten der Bäume. Der Duft der vielen Blumen in den strotzenden Beeten schwebte in der Luft. Draußen auf der durchsichtigen Bläue des Sees raste ein Motorboot mit einem Schweif aus weißer Gischt.

Joletta wanderte zwischen den riesigen Rhododendren und Azaleen herum, fotografierte die geschwungenen Beete von Tausendschönchen und Goldlack und fragte sich, ob Violet wohl auch diesen Garten gesehen hatte und ob er vor hundert Jahren auch schon existiert hatte. Sie hätte es wissen müssen, aber leider war dem nicht so. Sie hatte einige Teile des Tagebuches beim ersten Lesen mit der Absicht überflogen, sie später eingehender zu studieren. Irgendwie hatte sie nicht die Zeit dazu gefunden, auch wegen ihrer Kopfschmerzen und Rones Gesellschaft.

Ihnen blieb noch etwas über eine halbe Stunde, bis sie sich der Gruppe wieder pünktlich anschließen mußten, wenn sie nicht zurückgelassen werden wollten. Aber für den Augenblick bestand noch kein Grund zur Eile. Sie setzten sich auf eine der

Bänke, um die Aussicht auf den See und die Sonne und die leichte Brise zu genießen. Joletta öffnete ihre Tasche, holte ein paar Seiten des Tagebuchs heraus und versuchte, die richtige Stelle zu finden.

Eine Szene, die sich zwischen Violet und Allain entspann, fesselte ihre Aufmerksamkeit. Es war eine Szene voller Hast und Sehnsucht, die sich in Leidenschaft wandelte. Violets Feder war über der Beschreibung von leidenschaftlichen Zärtlichkeiten, hektischem Geflüster und zerdrückten Rosen ins Stocken geraten, alles war voller Tintenkleckse, Gedankenstriche ersetzten Worte, man brauchte viel Phantasie, um alles zu begreifen. Ein spannender, wenn auch etwas frustrierender Lesestoff.

Es dauerte einige Minuten, bis Joletta merkte, daß Rone über ihre Schulter mitlas. Sie riß die Seiten aus seinem Blickfeld und hielt sie sich schützend an die Brust.

»Warum hast du das gemacht?« fragte er und richtete sich auf. »Ich war gerade da angelangt, wo's interessant wird.«

Es war ein reiner Reflex gewesen, instinktiv wollte sie etwas schützen, was ihr ein wenig peinlich war. Sie stand auf, steckte das Tagebuch weg und erwiderte: »Ich weiß es nicht – Gewohnheit, nehme ich an.«

»Wenn ich helfen soll, muß ich wissen, was da drinsteht.«

»Ja, ich weiß. Aber das machen wir besser, wenn wir mehr Zeit haben.«

Er drängte sie nicht, wofür sie sehr dankbar war. Sie gingen weiter, bis sie zu einem langen Beet voller violetter Stiefmütterchen kamen, die so dunkel waren, daß sie fast schwarz aussahen. Joletta blieb einen Augenblick daneben stehen und genoß den Anblick der samtigen Blütenblätter, die im Wind wehten.

Sie hatte wohl die vage Vorstellung, Rone irgendwie auf das Tagebuch vorzubereiten, als sie sagte: »Hast du schon einmal etwas über die Sprache der Blumen gehört?«

»Du meinst wie in: ›Das ist Rosmarin, das ist zum Andenken, ich bitte Euch, liebes Herz, gedenkt meiner‹?«

»Genau«, sagte sie und lächelte überrascht, weil er so schnell verstanden hatte und auch noch das Shakespeare-Zitat kannte. »Die Viktorianer waren ganz wild auf solche Sachen. Die Blumensprache wurde in diesem Tagebuch für geheime Botschaften verwandt, eine Art Chiffre von dem Mann, mit dem sich meine Urgroßmutter eingelassen hatte. Stiefmütterchen standen für Gedanken oder Gedanken der Liebe.«

»Du glaubst, der Blumencode könnte etwas mit dem Parfüm zu tun haben, hinter dem du her bist?«

»Ich hab' mit dem Gedanken gespielt, obwohl ich mir nicht ganz vorstellen kann, wie das funktionieren soll.«

»Nein, aber da kommt einem doch die Bedeutung von Rosen in den Sinn.« Sein fragender Blick verriet, daß er schon einige Zeit in dem Tagebuch gelesen hatte, ehe sie es bemerkte.

»Liebe natürlich. Was sonst?«

»Ach richtig«, sagte er amüsiert, weil sie ihm ausweichend antwortete. Offensichtlich war er mit dem zufrieden, was sie ihm über das Tagebuch sagte, gleichgültig wie wenig oder wieviel das war.

Sie hatten jetzt wieder den Weg am Seeufer erreicht und wanderten ihn entlang. Ein paar hundert Meter vor ihnen stand ein hoher Busch mit glänzend grünen Blättern und dichten Blütenständen von strahlendem Korallenrot.

»Ist das eine Azalee?« fragte Rone und ging auf den Busch zu.

»Vielleicht.«

»Komm, wir schaun ihn uns an.«

Joletta warf einen Blick auf ihre Uhr. Sie hatten noch Zeit. Sie folgte ihm.

Es war ein Rhododendron und dahinter waren Unmengen von Maiglöckchen und dahinter ein Steingarten, wo zahllose gelbe und blaurote Blüten sich auf bemoosten Steinen drängten. In der Nähe des Steingartens spielte ein kleiner Junge, der kaum den Windeln entwachsen war. Er spielte mit einem großen blauen Ball und führte Selbstgespräche. Die Haare des Kindes waren ein wildes platinblondes Gewirr, und aus seinen klaren blauen Augen blitzte der Schalk. Er war ziemlich schnell auf den Beinen, und sein Lachen hatte die durchdringende Klarheit von überschwenglicher Freude. Seine Eltern saßen ganz in der Nähe und hatten ein weiteres Baby zwischen sich auf der Bank in einer Tragetasche. Jeder der beiden leckte an einem riesigen Eis.

Der kleine Junge versetzte dem Ball einen Tritt. Er flog auf das Wasser zu. Rone rannte los, um ihn abzufangen, fing ihn auf und warf ihn zurück. Der kleine Junge lachte und kickte den Ball wieder weg.

Ein irrsinnig komisches Spiel war die Folge. Rone kniete im feuchten smaragdgrünen Gras und warf sich nach allen Seiten, um den Ball zu fangen. Joletta amüsierte sich so wunderbar, daß sie vergaß, auf die Uhr zu schauen.

Sie verpaßten den Bus. Der Platz, an dem er gestanden hatte, war leer. Vorhin hatten sie im Park noch ein oder zwei Mitglieder ihrer Gruppe gesehen, aber jetzt war keiner mehr in Sicht.

Man hatte sie gewarnt. Unpünktlichkeit war eine Unhöflichkeit gegenüber der ganzen Gruppe, durch die der gesamte Zeitplan durcheinandergeraten konnte. Jeder, der nicht rechtzeitig am vereinbarten Ort erschien, wurde zurückgelassen und mußte dann versuchen, die Gruppe später wieder einzuholen. Eine kleine Gnadenfrist wurde zwar eingeräumt, aber mehr als zehn Minuten waren nicht drin.

Sie kamen fast eine halbe Stunde zu spät.

»Nimm's nicht so schwer«, sagte Rone. »Wir mieten ein Auto und holen sie in Venedig wieder ein. Wenn wir das nicht schaffen, eben erst in Florenz.«

»Unsere Koffer sind in dem Bus«, erinnerte ihn Joletta.

»Wir werden kaufen, was wir brauchen.«

»Das hab' ich schon einmal gemacht.« Das alles floß ihm so leicht über die Lippen, daß ihr ein Verdacht kam.

»Dir macht das offensichtlich wenig aus? Das wolltest du doch schon die ganze Zeit machen, die anderen verlassen, ein Auto mieten und allein weiterfahren?«

»Die Vorstellung hatte, zugegeben, einen gewissen Reiz«, sagte er vorsichtig.

»Ich glaube, du hast das absichtlich gemacht.«

Er sah sie eine Weile an und sagte: »Und wenn dem so war?«

»Warum? Warum solltest du so etwas tun?«

»Verbessere mich, wenn ich mich irre«, sagte er, »aber ich hatte das Gefühl, daß du dich nicht gerade wohl im Bus gefühlt hast, seit ich dazugestoßen bin.«

»Oh, ich verstehe. Du hast das alles nur meinetwegen gemacht.«

»Nicht ganz.«

Seine ruhige Stimme war nicht gerade Balsam für ihre gereizten Nerven. »Egal, was ich gefühlt habe, auf jeden Fall hat das nicht bedeutet, daß ich die Gruppe verlassen will.«

»Jetzt ist es zu spät«, sagte er.

Er klang ganz ruhig, überhaupt nicht verärgert von ihrer Bemerkung. Warum auch nicht, dachte sie wütend. Er hatte ja schließlich, was er wollte, oder etwa nicht?

12. Kapitel

16. Juni 1854
Ich hielt mich einst für tugendhaft. Ich habe aber seither entdeckt, daß im Herzen jeder tugendhaften Frau eine Kurtisane verborgen ist. Ich bin eine leidenschaftliche Frau. Auch eine verlogene. Wie konnte ich jemals etwas anderes glauben?

Was für ein Irrtum zu denken, daß wir so handeln, wie wir wollen, daß wir unabhängige Entscheidungen treffen und dabei unsere eigenen Wünsche berücksichtigen. Ich dachte immer, wenn ich je einmal zu Allain gehen würde, wäre es aus liebender Notwendigkeit. Ich habe nicht gedacht, daß es auch zu einem kleinen Teil aus Wut sein könnte.

Violet sah die beiden Männer, als Allain sie in den Wagen setzte, der sie ins Hotel zurückbringen würde. Sie standen unter einem Arkadenbogen ein Stück die Straße hinunter vom Haus der Comtesse entfernt. Einer drehte sich um und sah in ihre Richtung. Er stieß seinen Begleiter an und wies in eine Richtung. Augenblicklich liefen beide auf einen niedrigen Wagen zu, der weiter vorn wartete. Als Violet und Allains Kutsche abfuhr, griff der Kutscher des dunklen Vehikels zur Peitsche. Er mußte sich sekundenlang seine Position zwischen den Equipagen der anderen Gäste, die die Straße säumten, erkämpfen. Als die Kutsche, in der Violet und Allain saßen, um die Ecke bog, fuhr der andere Wagen heraus und folgte ihnen. »Haben Sie gesehen?« fragte Violet und wandte sich zu Allain. »Diese beiden Männer folgen uns wieder.«

Allain machte eine finstere Miene. Er drehte sich um und blickte durch das kleine ovale Fenster hinter seinem Sitz.

»Glauben Sie – kann es sein, daß Gilbert sie geschickt hat?« fuhr Violet fort und beantwortete dann selbst ihre Frage.

»Wahrscheinlich nicht, es war ja nicht viel Zeit. Aber wer könnte sonst einen Grund haben?«

Er gab keine Antwort, obwohl er in der Dunkelheit der Kutsche ihren Blick suchte. Er sah wieder geradeaus, griff nach ihrer Hand und hielt sie in seinen warmen Händen fest, als wollte er sie nie wieder loslassen. Violet schien es, als würde sein Schweigen das Gefühl der Gefahr noch verstärken.

Sie spürte, wie ihr Herz schneller schlug, fühlte das feine Gewebe seines Mantels rauh an ihrem Arm. Die Hitze seines Körpers schien die Lagen der Stoffe, die Seide ihres Kleides und der Unterröcke zu durchdringen. Sehnsucht stieg tief aus ihrem Inneren mit dem Pulsieren des Kopfschmerzes hinter ihren Augen auf. Sie fühlte sich ein wenig schwindlig und ein wenig leichtsinnig. Gedanken schwirrten durch ihren Kopf, bis sie nur noch an eines denken konnte. Langsam öffnete sie die Hand, die er hielt, bis ihre Handfläche auf die seine drückte.

»Sie zittern ja«, sagte er, Besorgnis mischte sich mit Erstaunen in seiner Stimme.

»Nur ein wenig.«

»Ist Ihnen kalt?«

»Nein«, erwiderte sie, »mir ist überhaupt nicht kalt. Ist – ist die andere Kutsche noch hinter uns?«

Er drehte den Kopf, um nachzusehen, dann nickte er kurz.

»Was ist«, fing sie an, hielt dann inne, um sich zu räuspern, weil sie plötzlich heiser war. »Was ist, wenn Gilbert uns schon vor heute abend beobachten ließ?«

»Das ist durchaus möglich«, sagte er leise, »obwohl ich es nicht glauben kann.«

»Ich auch nicht, aber man muß den Tatsachen ins Gesicht sehen«, erwiderte sie. »Die Frage ist nur, was können wir tun?«

»Wir können vieles tun«, entgegnete er, und Verzweiflung schwang in seiner Stimme. »Ich könnte das Porträt beenden, und wir könnten uns adieu sagen. Sie würden sich wieder in die pflichtbewußte Ehefrau verwandeln und Ihren zugewiesenen Platz einnehmen, außer Ihr Ehemann begleitet Sie. Ich könnte Paris verlassen. Oder Sie könnten abreisen.«

»Nein«, sagte sie schnell.

»Wenn diese Männer wirklich von Ihrem Mann beauftragt worden sind, können wir sie berichten lassen, was sie wollen. Es gibt sowieso nicht viel, das sie sagen können.«

»Oder«, sagte sie ganz leise, »wir können sie abhängen.«

»Zu welchem Zweck? Sie werden bald herausfinden, daß Sie nur in Ihr Hotel zurückfahren.«

»Außer ich fahre nicht zurück.«

Er wurde auf einmal ganz still. Seine Finger umschlossen ihre Hand mit schmerzhaftem Griff, den er lockerte, als er merkte, wie fest er sie hielt. Sein Blick war durchdringend, als er sie beim schwachen Licht der äußeren Kutschenlampen ansah. Ruhig fragte er: »Wohin würden Sie sonst fahren?«

»Das ist die Frage«, antwortete sie. Ihre Stimme war nur noch ein Flüstern, und ihre Wimpern verbargen ihre Augen. »Kennen Sie keinen Ort, wo ich mich verstecken könnte und sicher wäre?«

»Violet –«

Dies einzige Wort war voll Leidenschaft und Verzicht.

Sie fuhr sich mit der Zunge über die Lippen. »Bitte. Ich – ich kann nicht ertragen, daß Gilbert alles kontrolliert, was ich mache, mit wem ich mich treffe oder wohin ich gehe, ich kann es nicht einen Augenblick länger ertragen.«

Lange Sekunden vergingen, ehe er antwortete, und dann war seine Stimme barsch, beinahe grob. »Ohne Zweifel werde ich dafür verdammt werden«, sagte er, »aber ich kann es auch nicht.«

Allain lehnte sich nach vorn und gab dem Kutscher einen Befehl. Der Wagen fing an schneller zu fahren. Als er sich wieder zurücklehnte, griff Violet erneut nach seinem Arm und hielt ihn fest. Sie holte tief Luft und spürte die Stangen ihres engen Korsetts an ihren Rippen. Als er sie in die Arme nahm, preßte sie ihr Gesicht an seine Schulter und schloß die Augen.

Violet konnte sich nicht vorstellen, wie Allain ihren Verfolgern entkommen wollte; die verschlungenen Straßen des alten Stadtteils erlaubten wenige Manöver zum Verschwinden. Trotzdem dirigierte er ihren schwierigen Weg mit klaren Befehlen. Zu guter Letzt kamen sie zu einer baumbestandenen Durchfahrt in den Vororten. Sie war breiter, aber fast genauso mit Kutschen verstopft wie die Avenue vor dem Haus der Comtesse de Fourier. Es schien, als fände da eine Soirée in einem der imposanten Häuser unter den Platanen statt. Als sich die Fahrt des Wagens verlangsamte, während er sich einen Weg durch die Vehikel bahnte, befahl Allain zu halten.

»Was ist das für ein Haus?« fragte Violet.

»Das Heim der Pontalbas. Die Schwiegertochter des Barons hat heute abend auch ein Fest und war freundlich genug, mir eine Einladung zu schicken.«

Ehe Violet noch etwas sagen konnte, öffnete er die Wagentür und stieg aus. Er hob sie aus dem Wagen. Er gab dem Kutscher Anweisungen weiterzufahren und einen Platz für seine Kutsche zu finden, als ob sein Herr und dessen Gast beschlossen hätten, auszusteigen und ins Haus zu gehen. Allain führte Violet schnell zwischen den anderen stehenden Equipagen hindurch.

Sie hörte die schwarze Kutsche hinter ihnen. Es war eine Erleichterung, als Allain bei einem roten Landauer stehenblieb und sie hineinhob, während er einem Mann in Livree, der sich aus der Gruppe der Kutscher löste, zurief: »Sag deinem Herrn, ich brauche seinen Landauer, es ist ein Notfall. Er kann meinen Wagen benutzen, wenn er ihn morgen wieder zurückbringt.«

»Ah, M'sieur Massari, ich hätte Sie erkennen sollen!« entgegnete der Mann leise. »Mein Herr wird sich geehrt fühlen, wenn er Ihnen zu Diensten sein kann.«

Allain salutierte kurz, stieg ein und zog die Tür hinter sich zu. »Dieser Wagen gehört einem Freund«, sagte er schnell mit gedämpfter Stimme, »einem verständnisvollen Mann.«

»Das muß er wohl sein, wenn er nichts dagegen hat, daß Sie seinen Wagen ausleihen«, antwortete Violet.

»Er hat sich meinen auch schon aus weniger triftigen Gründen ausgeborgt.«

Sie hörten beide auf zu reden und schmiegten sich in die dunkelste Ecke des Sitzes, als der schwarze Wagen näher kam. Er fuhr vorbei, mit den beiden Männern darin, die gespannt nach vorne auf die andere Kutsche blickten, welche Allains Kutscher weiter nach vorn an die Straßenseite lenkte. Ein Stück weiter hielt der Wagen mit den beiden Männern an. Niemand stieg aus. Die Männer nahmen wahrscheinlich an, wie Allain es geplant hatte, daß sie vor dem Hauseingang ausgestiegen waren, um einem zweiten gesellschaftlichen Ereignis beizuwohnen.

Einige Minuten vergingen. Nach einer Zeit, die wie eine kleine Ewigkeit schien, tauchte Allains Kutscher, der abgestiegen und im Hintereingang des erleuchteten Hauses verschwunden war, aus der entgegengesetzten Richtung auf. Er stieg schwerfällig auf den Bock des roten Landauers. Ein paar Sekunden später setzte sich das Fahrzeug in Bewegung. Langsam entfernten sie sich von Pontalbas Haus und rollten die Straße hinunter.

Als der Landauer an dem im Dunkeln stehenden schwarzen Wagen vorbeiklapperte, drehte ihm Allain seinen breiten Rükken zu und nahm Violet in seine Arme. Die Umarmung diente dazu, flüsterte er, ihnen die Sicht zu versperren und sie wie Liebende erscheinen zu lassen, die zu einem heimlichen Stelldichein unterwegs waren.

Und war es denn nicht so, dachte Violet, als sie in seinen Armen lag, ihre Stirn gegen seinen starken Hals gepreßt. War es denn nicht so?

Die Straße, in der Allain wohnte, war leer, als sie dort eintrafen. Sie ließen den Wagen ein paar Häuser weiter stehen, um keine Aufmerksamkeit zu erregen. Es war seltsam, langsam Arm in Arm auf seine Tür zuzugehen nach der ganzen Hast und Aufregung; es schien aber auch ganz natürlich, wie eine Heimkehr.

Die Haushälterin öffnete ihnen die Tür. Sie machte große Augen, als sie Violet sah, sagte aber nur, daß im Atelier kleine Erfrischungen, Käse, Nüsse und Wein serviert wären. Als Allain sie wegschickte, ging sie auf die grüne Filztür zu, die zu dem unteren Geschoß des Hauses führte, blickte sich aber besorgt noch einmal um.

Violet und Allain stiegen zusammen die Treppe hinauf. Ihre Schritte auf den Stufen waren weder schnell noch zögernd, sondern sehr überlegt, als wären sie hier zu einem Zweck, den sie beide kannten und akzeptierten. Seine Hand unter ihrem Ellbogen hielt und stützte sie, drängte sie aber nicht.

Violet stellte sich keine Fragen. Daß sie beide zu dieser späten Stunde hier waren, schien vorbestimmt. Alles, was vorher geschehen war, war nur ein Vorspiel.

Eine einzelne Kerze brannte auf einem Tisch, der an der Wand neben dem Kamin stand. Als sich die Tür hinter ihnen geschlossen hatte, drehten sie sich zueinander und blickten sich in dem flackernden Licht an. Violet spürte, wie ihr der Atem stockte, eingepfercht in die Walfischstäbe ihres Korsetts. Ihre Augen waren groß und nachdenklich, mit purpurnen Schatten vor Erregung, sie stand jedoch entschlossen da wie eine Novizin vor dem Altar. Sie wartete.

Allain drehte sich schnell von ihr weg. Er ging zur Kerze und holte aus einer Kiste, die daneben stand, eine Handvoll Kerzen. Er zündete eine davon an der Flamme an und steckte dann sie und die anderen in einen großen Kandelaber in der Ecke. Die aufglühenden Flammen, die er entzündete, überzogen sein Gesicht mit goldenen, blauen und orangenen Tönen und ließen ihn wie eine leblose Statue aus Bronze erscheinen.

Violet spürte die ersten Zweifel. Sie ging einen Schritt auf ihn zu.

»Tu's nicht«, sagte er sanft, das Wort verletzte sie aber trotzdem. »Bitte, tu's nicht.«

»Was ist?« flüsterte sie.

Er ging zurück zu dem Tablett, auf dem Gläser und eine staubige Flasche Wein standen. Er lächelte sie an, bevor er die Flasche nahm und eingoß. Den Blick auf die Gläser gerichtet sagte er: »Ich hab' es mir überlegt. Ein Anfall von Gewissen, ich schäme mich. Man sollte mich dafür auspeitschen, daß ich dich in diese Lage gebracht habe.«

Sie beobachtete ihn endlos lange, während ihr Puls in den Ohren hämmerte. Endlich sagte sie: »Ich bin genauso daran schuld.«

»Nein. Ich wollte Sie verführen, aus lauteren und unlauteren Motiven, aber vor allem aus niedriger, übermächtiger Begierde. Ich hätte mich beherrschen sollen; für mein Versagen gibt es keine Entschuldigung.«

»Muß man eine haben?« Sie zerbrach sich den Kopf, um zu verstehen, was er ihr sagen wollte, aber sie fand keinen Anhaltspunkt.

»Es ist notwendig, wenn man soviel riskiert.«

»Ist es Ihr Risiko oder meines?«

»Ihres«, sagte er heiser. »Ganz allein Ihres, meines habe ich schon längst akzeptiert.«

Sie lächelte ihn an. »Kann ich dann weniger tun?«

»Sie müssen. Ihre Sicherheit hängt davon ab.«

Dachte er, Gilbert würde ihr etwas antun, wenn sie entdeckt würden? Das war natürlich ein plausibler Grund für seine Zurückhaltung. Was es sonst sein könnte, wußte sie nicht. Trotzdem machte es keinen Unterschied.

»Wie kann ich an meine Sicherheit denken, wenn ich hier bin?« fragte sie leise. »Wie kann ich noch Ihrer – Rosen würdig sein?« Sie legte ihre Hand auf die Blüten an der Korsage ihres Kleides, als sie das sagte. Sie spürte die kühlen Blütenblätter unter ihren Fingern. Er verstand, was sie sagen wollte und machte einen schnellen, unbeherrschten Schritt in ihre Richtung.

»Ich bin es, der Ihrer Liebe nicht wert ist«, sagte er mit unsicherer Stimme, »meine wird Ihnen immer gehören.«

Sie streckte die Arme nach ihm aus. Als sie ihre Hand von den Rosen nahm, lösten sich die Blütenblätter und fielen über ihre weiten Röcke wie ein rosenroter Regen. Sie blieben auf dem Teppich zu ihren Füßen liegen, wo sie im gedämpften Licht wie Blutstropfen schimmerten.

Sie schrie auf, vor Schmerz, Verlust und unerklärlicher Angst.

Sein Gesicht verzerrte sich, als er an seinem Entschluß festhalten wollte, ihn verteidigte und dann aufgab.

Einen Augenblick später lag sie in seinen Armen, er flüsterte zärtlich, als er sie hochhob. »Vergiß es, mein Herz. Ich bestreue deinen Weg mit Rosen, ein Bett aus Rosen, eine Laube. Bis zum Ende deiner Tage wirst du Rosen haben.«

»Und meine Nächte?« murmelte sie.

Er trug sie zum Diwan und antwortete: »Besonders in den Nächten.«

Er legte sie zwischen die Seidentücher, die farbig wie ein persischer Garten auf der Couch eine weiche Unterlage bildeten. Ihr Haar, als sie es von den Haarnadeln befreite, fiel über ihre Schultern und vermischte sich mit den Fransen der Seidentücher. Er breitete die langen Locken auf ihr aus, sein Blick war zärtlich und voll Staunen und Ergriffenheit, wie das Kerzenlicht ihr Haar in

Prismen schimmern ließ. Er nahm ihr Gesicht zwischen seine warmen, starken Hände, dann beugte er sich vor und berührte ihre Lippen mit den seinen.

Es war ein Segen der Süßigkeit, ein Ehrensalut. Er hielt ihren Blick mit einem Versprechen in seinen Augen fest, während er sich neben sie legte. Sie zog mit ihren Fingern den Schwung seiner Lippen nach und fühlte ihre Weichheit, ihre Elastizität.

»Ich wünschte«, sagte sie mit einem leisen Seufzer, »ich wäre rein und unberührt für dich.«

»Und möchtest du, daß ich unerfahren wäre? Es ist besser so, wie wir sind; wir brauchen keinen Schmerz und keine Strafe zu fürchten, wir können mit Freude zueinander finden.«

Sie liebte ihn, wie sie noch nie geliebt hatte, als sie ihm gestattete, in einen Teil von ihr einzudringen, wo keiner je gewesen war. Er erkannte es und hielt sie eng umschlungen, sein Gesicht an die seidigen Härchen ihrer Schläfe gepreßt. Sie umarmten sich, Brust an Brust, Schenkel an Schenkel, während das Klopfen ihrer Herzen sie mit den harten, unregelmäßigen Schlägen verzweifelter Begeisterung erschütterte.

Er löste sich ganz langsam von ihr los, flüsterte voller Staunen, als er ihre Stirn mit seinen warmen Lippen streichelte, berührte mit ihnen die zarte Haut ihrer Augenlider und erforschte die feinen Konturen ihrer Backenknochen. Er suchte nach ihren feuchten Mundwinkeln und naschte an den empfindlichen Fältchen, ehe er die Süße ihres Mundes auskostete.

Sie gab sich seinem zarten Geplänkel hin, berührte seine Zunge mit ihrer. Sie wollte ihn schmecken, ihn kennenlernen, ihn sich ganz mit Körper und Geist einverleiben und sich in ihm verlieren. Das Verlangen war so stark, so lebendig in ihr, daß sie Angst hatte, ihm die Stärke ihres Gefühls zu zeigen, um ihn nicht zu erschrecken. Es durchbrauste sie mit der feurigen Kraft guten Weines, bis sie zitterte und mit ihren Händen seine Schultern umkrampfte.

Seine Brust hob sich, als er tief Luft holte. Er legte seine Hand auf ihren Rücken und fing an, die kleinen Knöpfe ihres Leibchens zu öffnen. Seine Berührung ihrer kühlen Haut, als er sie langsam entkleidete, war unerhört intim, unglaublich verführerisch. Auch sie hatte das Bedürfnis, in ihm dieselben Gefühle hervorzurufen und fuhr mit ihren Fingern unter seinen Kragen, um die Knöpfe seiner Weste zu erreichen. Sie öffnete einen nach dem anderen.

Er zog langsam ihren Arm aus dem Kleiderärmel und befreite damit ihren schlanken Hals mit dem zarten Grübchen am Ansatz. Er drückte seine Lippen auf die Vertiefung und spürte die Zartheit, suchte mit seiner Zunge den Puls, der darin schlug, dann legte er seine Hand auf die zarte Schwellung ihrer Brust. Sie öffnete ihren Mund und keuchte. Angespornt durch diesen Laut, hauchte er eine Reihe Küsse den spitzenbesetzten Saum ihres Hemdes entlang, das die lieblichen Kurven bedeckte, die aus ihrem Korsett lugten. Er befeuchtete den dünnen Batist über einem sanften Hügel mit seiner Zunge, ehe er eine Brustwarze in den Mund nahm.

Violet ertrank in der Heftigkeit ihrer Lust und dem Anschwellen ihrer eigenen unbezähmbaren Gier. Sie vergrub ihre Finger in seinen Haaren und nahm ihre Willenskraft zusammen, um ihn nicht an sich zu drücken. Sie bemerkte es kaum, als er den anderen Kleiderärmel herunterzog, ihre Unterröcke aufmachte und sie aus der hinderlichen, seidenen, raschelnden Masse ihrer Kleidung befreite. Als er anfing, sich selbst auszuziehen und sich ein wenig von ihr zurückzog, protestierte sie mit leisen, unartikulierten Tönen. Sie beobachtete ihn jedoch durch ihre gesenkten Wimpern und trank die Stärke und Schönheit seines virilen Körpers, den sie kennenlernen wollte.

Sie mußte ihm helfen, ihr Korsett aufzumachen, indem sie es in der Taille zusammenschob, während er die Häkchen öffnete. Er fluchte leise, als er die roten Streifen sah, die sich in ihre Haut eingegraben hatten, und liebkoste sie dann, als sie nackt neben ihm lag. Seine streichelnden Hände wagten sich weiter nach unten über ihren flachen Bauch und kamen dann zur Ruhe auf dem weichen Dreieck zwischen ihren Schenkeln. Seine Küsse folgten.

Sie preßte ihre Augen fest zusammen und versuchte, sich wegzudrehen, ihre Schenkel zu schließen. Aber er ließ es nicht zu. Unerbittlich in seinem Begehren, zart auf seiner leidenschaftlichen Entdeckungsreise, nahm er sie mit sich in das unbekannte, unvorstellbare Reich der Sinne. Station um Station gewährte sie ihm ungehindert Eingang, und er machte Gebrauch davon und schenkte ihr dafür grenzenlose Verzauberung. In ihrer Hingabe verlor sie ihre Schüchternheit und begehrte ihn mit inbrünstigen Händen.

Er kam zu ihr in leidenschaftlichem Stolz, sein Angriff, mit dem er in sie eindrang, war beherrscht und voll schmerzhafter Lust. Lange Momente verhielten sie sich völlig still.

Sie war erfüllt, aber nicht ganz, sie hungerte nicht mehr, aber sie war nicht satt. Leidenschaft keimte in ihr auf, stieg aus einer tiefen inneren Quelle empor. Es schüttelte sie, und sie legte ihre zitternden Hände auf seinen muskulösen Rücken. Unter ihren sensiblen Handflächen fühlte sie die Wellen der Anspannung, die ihn seine Beherrschung kostete.

Er richtete sich jetzt über ihr auf und brachte damit ihre Ekstase auf den höchsten Gipfel, als er sich immer noch zurückhielt, zitternd, am Ende seiner Beherrschung. Sie griff mit beiden Händen nach ihm und zog ihn hinunter, so daß er tief in sie eindrang, tiefer und tiefer, Vernunft und Träume auskostend, und brachte damit die explodierende, atemberaubende Herrlichkeit der Befriedigung.

Später standen sie in seidene Schals gewickelt am offenen Fenster und atmeten tief die frische Luft ein und betrachteten den nächtlichen Himmel über Paris. Lichter blitzten wie Nadelspitzen in der Dunkelheit auf. Manche, aneinandergereiht zu Ketten und Schlingen, sahen aus wie exotische Gold- und Silberperlen. Das waren die Gaslaternen, die die Straßen und die Seine einsäumten. Andere, einzelne, wirkten entweder wachsam oder geheimnisvoll. Ihr Licht lieh dem Himmel eine verfließende Helligkeit, schattierten seine Farbe in ein graues Blau, in dem die verschwommensten Gebäudeumrisse zu sehen waren. Es war wie kurz vor dem Sonnenaufgang, der auch nicht mehr lange auf sich würde warten lassen.

»Ich möchte mich an unsere Dame Paris erinnern«, sagte Allain; seine Stimme war tief, ernst und schmerzerfüllt, »und ich will dich, so wie du jetzt bist, in meiner Erinnerung behalten – warm und schön, mit offenem Haar –«

»Hör auf«, sagte sie und drehte ihren Kopf, der auf seiner Schulter lag, damit sie ihm ins Gesicht sehen konnte, und legte ihm gleichzeitig ihre Fingerspitzen auf den Mund. Seine Worte mahnten an die Trennung, die kommen mußte, und sie konnte noch nicht daran denken.

Er nahm ihre Hand und drückte sie an seine Lippen und dann an sein Herz. Seine Brust wölbte sich, als er einen tiefen Atemzug tat und ihn anhielt, als wolle er nie wieder ausatmen. Als er es endlich tat, ließ er ihre Hand los und legte seine Handfläche auf ihre Taille. Dann spreizte er seine Finger und umspannte ihr Fleisch ganz zart, als wolle er ihre Essenz erfassen und festhalten.

»Du bist so lieblich, so liebevoll und lieblich«, gestand er heiser, sein warmer Atem strich über ihre Stirn. »Ich liebe dich, ich liebe dich, ich habe dich diese ganzen langen Wochen immer geliebt. Bitte glaube mir, bitte glaube mir. Manchmal, wenn ich so dastand und die Farbe auf die Leinwand brachte und dich auf deinem Podium ansah, mußte ich dir den Rücken zudrehen und mich an viele Wahrheiten erinnern – oder ich wäre zu dir geeilt und hätte dich auf dem Boden geliebt.«

Sie rieb zärtlich ihre Stirn an seinem Kinn. Ihre Stimme war nicht ganz fest, als sie sagte: »Manchmal, als ich auf dem Podium saß, habe ich mir das gewünscht.«

»Soll ich?« fragte er, und seine Hände glitten bittend über ihren Körper.

»Würdest du?« Die Hitze, die sich über ihren Körper ausbreitete, war das Feuer der Erwartung.

»Wenn es dein Verlangen ist. Dein Verlangen ist auch meines.« Die Worte waren ein Schwur.

»Jetzt«, flüsterte sie voll schmerzhafter Sehnsucht. »Mein Verlangen ist das deine, jetzt in diesem Moment und für immer.«

Er wiederholte ihren Namen wie eine Beschwörung, dann trug er sie zum Podium, legte sie darauf und sich dann neben sie.

Dekadent, unmoralisch, unsterblich; all das waren sie und noch mehr. Mit Lust und Liebe nutzten sie die flüchtigen Minuten und konnten nichts mehr auseinanderhalten, so fein war die Linie, die sie trennte.

Und trotzdem ging die Nacht zu Ende.

Allain half Violet beim Ankleiden, schnürte ihr Korsett, knöpfte das Kleid zu, strich ihre Röcke über dem Reif glatt. Er nahm seine eigene silberne Haarbürste, um ihr die Haare auszukämmen, während sie mit dem Rücken zu ihm stillhielt und ihren Kopf hob, damit sie Luft holen konnte, weil ihr das Herz so eng war.

Er hielt eine ihrer glänzenden Locken in der Hand, als er plötzlich sagte: »Geh mit mir fort.«

»O Allain«, flüsterte sie. Tränen glänzten in ihren Augen und schnürten ihr die Kehle zu.

»Willst du? Wenn ich es mir wünsche?«

Sie drehte sich langsam nach ihm um. »Ich liebe dich«, sagte sie, und es fiel ihr schwer.

Er beobachtete sie, seine blaugrauen Augen voller Schmerz. Er sah auf ihre Haarspitzen, die er immer noch in der Hand hielt und dann langsam losließ, so daß sie wie ein feiner Schleier auf ihrem Rock zu liegen kamen. Seine Stimme brach fast, als er sagte: »Du liebst mich, aber du bist mit ihm verheiratet. Und das ist unter meinen vielen Wünschen nicht möglich.«

»Gilbert liebt mich auch.« Sie konnte ihm nicht ins Gesicht sehen.

»Wie könnte er nicht? Aber auch so sehr?«

Sie schüttelte verneinend den Kopf. »Aber da ist das Versprechen.«

»Bis daß der Tod euch scheide«, sagte er und fügte hinzu: »Ich könnte ihn beseitigen – auf dem Feld der Ehre.«

Sie hob den Kopf und blickte ihm tief in die Augen. Sie nahm seine Hände in die ihren und streichelte die Schwielen, die Schwielen eines Fechters. Sie sagte: »Wenn du das könntest, wärst du nicht der Mann, den ich liebe – genausowenig wie du mich lieben könntest, wenn ich einen heiligen Schwur breche.«

»Du unterschätzt uns beide, glaube ich.«

»Das kann schon sein, aber es ändert nichts daran.«

Er seufzte, die Spannung in seinem Körper ließ nach. »Nein, aber vielleicht habe ich Glück und er ist vor dir nach Hause gekommen. Er wird nicht sehr liebevoll zu dir sein.«

Darauf gab es keine Antwort.

Schweigend, seine Züge beherrscht und versteinert, ging Allain mit ihr die Treppe hinunter und setzte sie in die Kutsche. Den ganzen Weg zurück ins Hotel hielt er nur ihre Hand. Er schien den dunklen Wagen nicht zu bemerken, der ihnen in kurzer Entfernung folgte, bis sie das Hotel erreichten. Violet erwähnte ihn auch nicht. Es machte jetzt keinen Unterschied mehr.

Allain wollte mit ihr hineingehen, um sie sicher zu ihrem Zimmer zu geleiten. Sie gestattete es ihm nicht. Sie hatte die Gefahr eines Duells noch nicht vergessen. Allein konnte sie es vielleicht verhindern; aber wenn sich Allain und Gilbert Auge in Auge gegenüberstanden, würde es schwierig sein.

Er ging, weil sie ihn darum bat. Sie sah ihm zu, wie er in die Kutsche stieg, sah, wie sie wegfuhr, dann drehte sie sich um und ging durch die Tür, die ihr der Nachtportier aufhielt.

Die Tür zum Wohnzimmer war nicht verschlossen, das Zimmer lag dunkel und still da. Violet lauschte einige Herzschläge lang. Dann erzitterte ihr Herz, als sie den Tabakrauch bemerkte.

Das rote Ende einer Zigarre glühte aus einem Stuhl in der Nähe des offenen Fensters, das zum Hof hinaussah. Gilberts massige Form war im Licht des beginnenden Sonnenaufgangs zu erkennen. Als er anfing zu sprechen, bemerkte sie die Verachtung in seiner Stimme.

»Du bist früh dran, meine liebe Frau«, sagte er.

Sie zögerte. »Ja, ich –«

»Erspare mir die Erklärungen, bitte; dazu ist keine Zeit. Es ist gut, daß du wach bist. Ich habe in den vergangenen Stunden nachgedacht, es ist Zeit, daß wir in die Schweiz fahren. Wir fahren heute noch, so schnell es arrangiert werden kann.«

13. Kapitel

Gilbert erwähnte mit keinem Wort die Nacht des Balls auf der Reise in die Schweiz, noch gestattete er Violet, darüber zu sprechen. Jedesmal wenn sie anfing, wechselte er entweder das Thema oder stand auf und ging. Es schien, als versuche er so zu tun, als wäre das alles nicht passiert. In der Öffentlichkeit war er so aufmerksam, zuvorkommend und großzügig zu ihr wie vorher. Allein mit ihr, bestrafte er sie mit eiskalter Höflichkeit, launischem Schweigen und seiner ständig wachsamen Anwesenheit.

In Genf kaufte er Teppiche und eine goldene Taschenuhr für sich, in die eine Alpenszene eingraviert war. Er kaufte eine riesige, sargähnliche Truhe, eine Hochzeitstruhe, die, wie er sagte, perfekt in Violets Schlafzimmer paßte. Er kaufte eine Kuckucksuhr, angeblich um ihr eine Freude zu machen, obwohl sie sie scheußlich fand.

Sie mieteten ein kleines Chalet außerhalb von Luzern und gingen jeden Tag auf den blühenden Bergwiesen spazieren. Es hätte sehr friedlich sein können in der klaren Luft, wo das durchsichtige Blau des Himmels das Läuten der Kuhglocken als Echo zurückwarf. Gilbert erlaubte es nicht. Er machte aus ihren Bergspaziergängen Ausdauerprüfungen, rannte mit langen, zornigen Schritten voran und schlug mit seinem Stock wütend auf das Gras und die Blumen ein und forderte sie ständig auf, nicht zurückzubleiben. Wenn die Wolken über den Bergen aufstiegen und es zu regnen anfing, weigerte er sich, sich unterzustellen und marschierte weiter hinauf durch den Schlamm und die Nässe, ohne sich umzusehen, ob sie auch folgen konnte.

Am Abend aßen sie in Restaurants, ausreichende, aber fade Mahlzeiten, ohne die Würze jeglicher Unterhaltung. Anschließend gingen sie zurück in ihr Zimmer, wo Violet las oder stickte, während Gilbert vorgab, eine Zeitung zu lesen und sie anstarrte, sie unentwegt über die Zeitungsseiten anstarrte. Manchmal ertrug sie diesen stechenden Blick stundenlang, entschlossen, sich nicht von ihm einschüchtern zu lassen. An anderen Abenden zog sie sich ins Bett zurück, wo sie mit offenen Augen in die Dunkelheit starrte und versuchte, nicht zu denken, nichts zu fühlen, sich an nichts zu erinnern.

Hin und wieder ging Gilbert am Abend aus und blieb lange in den Wirtshäusern, um dort literweise Bier zu trinken und fette Würste zu essen. An diesen Abenden mußte Hermine sie bewachen und durfte erst ins Bett gehen, wenn er nach Hause kam und sie ablöste. An solchen Abenden war er oft betrunken und mürrisch, mit fettigem Gesicht und knoblauchdunstigem Atem. Violet wich ihm dann aus, wo sie konnte, weil er sehr laut und grob war und ihr die Vorzüge der Barmädchen schilderte.

Er kam nicht zu ihr ins Bett, berührte sie nur, wenn es unvermeidlich war. Er ließ sie seine Verachtung spüren, wenn er sie halb angezogen sah. Sie machte sich Gedanken darüber, warum er sie überhaupt mitgeschleppt hatte, wenn er so über sie dachte. Es schien die reine Besitzgier zu sein, er wollte seine Eigentumsrechte klarstellen.

Es gab Zeiten, wo sie bezweifelte, daß sie noch lange so weiterleben und die stumme Wut ihres Gatten ertragen konnte. Am Anfang war sie so reuig gewesen, wie er es sich nur wünschen konnte. Ihre Schuld hatte sie verzehrt, und sie hätte sie auch zugegeben. Aber als die Wochen vergingen, vertrieb Entrüstung ihre Reue. Sie wurde jetzt wütend über seine Versuche, sie dazu zu bringen, ihren Fehltritt zu bereuen, sie in ihrer Schande zu isolieren, bis sie sich von der Gesellschaft ausgestoßen fühlte. Sie war kein Kind, daß man verwöhnte und verzog, wenn es brav war, aber bestrafte, wenn es sich schlecht benahm. Sie war ein menschliches Wesen mit Gefühlen und Bedürfnissen, Gedanken und Ansichten. Wenn Gilbert das nicht verstehen konnte oder wollte, wenn er weiter darauf bestand, sie so zu behandeln, dann konnte sie ihn nicht länger respektieren und fühlte sich nicht mehr an ihn gebunden.

So besuchten sie gemächlich einen See nach dem anderen, fuhren von Luzern nach Como und dann weiter nach Lugano. Dort erfuhren sie, daß das britische Kabinett die Invasion der Krim befohlen hatte und daß ein Treffen der Kommandanten der Alliierten kurz bevorstand. Es war in Lugano, wo das Porträt, das Allain von ihr gemalt hatte, sie einholte.

Gilbert hatte an dem Morgen nach dem Porträt geschickt, an dem sie Paris verließen. Als es nicht rechtzeitig eintraf und sie zum Bahnhof mußten, hatte er Anweisungen hinterlassen, es ihnen nachzuschicken. Sie waren seitdem so viel herumgefahren, daß es so lange gebraucht hatte, bis es sie erreichte.

Gilbert ließ es in der Holzkiste, an die Wand ihrer Pension in Lugano gelehnt. Er sah es manchmal mit einem bösen Blick an, aber kam ihm nicht zu nahe. Es schien ihn teils zu faszinieren, teils abzustoßen. Violet überlegte, daß er es, wie auch sie selbst, besitzen wollte, weil er es in Auftrag gegeben und bezahlt hatte, aber daß er entschlossen war, es zu verachten.

Violet wartete, bis er eines Tages wegging, dann schickte sie nach Hammer und Meißel, um die Kiste selber aufzumachen.

Es war, als würde sie sich so sehen, wie Allain sie gesehen hatte, als sie es anblickte. Es erweckte sie zu neuem Leben.

Die Farben waren großartig in ihrer prächtigen Klarheit, die Fleischtöne durchsichtig und voll pulsierenden Lebens. Die Form und die Komposition waren perfekt in ihrer symmetrischen Anmut. Die Faltenwürfe und die delikate Zeichnung des Spitzenkragens ihres Kleides waren mit unglaublicher Genauigkeit wiedergegeben.

Die Augen des Bildes folgten ihr überallhin, sensible Augen, beschattet von schmerzlicher Selbsterkenntnis, furchtsam und doch entschlossen, nur halb zarte Freude und aufblühende Sehnsucht verbergend.

Es war eine Erinnerung an alles, was sie war und an alles, was geschehen war.

Das Leid um ihren Verlust ging von ihrem Herzen aus und durchzog sie mit dem unerträglichen Schmerz von Gift. Es gab keinen Teil von ihr, mit dem sie es nicht spürte, keine Faser, die nicht vor Sehnsucht schrie. Sie hatte versucht, es zu unterdrükken und es in sich eingeschlossen. Sie konnte es nicht mehr.

Gilbert hatte recht, sich das Bild nicht anzuschauen.

Aber sie würde es auch nicht mehr in die Kiste stecken.

Sie stand immer noch vor ihrem Ebenbild, mit Hammer und Meißel in der Hand und Bretterstücke und Sackleinen zu ihren Füßen, als sie hörte, daß ihr Gatte zurückkam. Sie rührte sich nicht.

Gilbert blieb in der Tür stehen, dann schloß er sie und kam näher. Seine Stimme war voll Sarkasmus, als er sagte: »Du mußtest also die Arbeit deines Liebhabers anschauen.«

Sie sah ihn über die Schulter an, ehe sie sich umdrehte und die Dinge, die sie in der Hand hielt, auf einem Seitentisch abstellte. »Ja, warum nicht?«

»Du bestreitest nicht, daß er das war«, bezichtigte er sie. Er sah das Bild an, und sein Gesicht nahm einen starren Ausdruck wie eine hölzerne Maske an.

Sie hörte den plötzlichen Schmerz in seiner Stimme und fühlte auf einmal Mitleid mit ihm. Sie benetzte ihre Lippen, ehe sie antwortete: »Ich wußte nicht, daß du daran gezweifelt hast.«

»Dumm von mir, nicht wahr? Ich zog es vor zu glauben, du wärst nur indiskret gewesen und nicht verdorben.«

»Wirklich?« sagte sie kalt. »Dann hättest du dir das Geld für die Spione sparen können.«

»Spione? Ja glaubst du denn, ich würde jemand dafür bezahlen, daß sie meine Demütigung beobachten?«

»Nein, nur um die Ereignisse festzuhalten, damit kein Fehler gemacht wird.«

Wut flammte in seinen Augen auf, und er atmete heftig durch die Nase. »Ich hätte eher einen angeheuert, der deinen Liebhaber verprügelt hätte.«

»Um ihn zu entmutigen?« fragte sie. »Ich bezweifle sehr, daß das etwas genutzt hätte.«

Er ging einen Schritt auf sie zu, dann blieb er stehen. Er sagte mit zischender Stimme: »Dann wäre ich gezwungen gewesen, ihn umbringen zu lassen und dich dazu.«

»Einen gedungenen Mörder«, sagte sie leise, »das wäre um so vieles leichter gewesen, als sich mit ihm zu duellieren, nicht wahr? Ich habe schon gemerkt, daß du nichts davon wissen wolltest.«

»Er hat meine Frau verführt, sie dazu gebracht, meinen Namen zu entehren; warum sollte ich ihm das nachsehen? Ich hätte ihn umbringen können wie einen Hund, und kein Gericht in Europa hätte mich je verurteilt, am wenigsten ein französisches. Hier verstehen sie solche Sachen.«

»O ja. Wie weise und gerecht sie sind«, sagte sie verächtlich, »sie verweigern es den Frauen, auf die Beleidigungen ihrer Ehemänner zu reagieren.«

Er ging mit geballten Fäusten auf sie zu. »Ich habe dir alles gegeben.«

»Alles, was du mir gönnen wolltest, ohne einen Gedanken daran zu verschwenden, was mir gefällt.«

Das ließ ihn einen Moment verstummen, ehe seine Verachtung wieder die Oberhand gewann. »Du bist noch zu jung, um zu wissen, was zu dir paßt. Dein Geschmack ist noch nicht entwickelt.«

»Du hast nur Angst davor, daß mein Geschmack anders als deiner sein könnte. Du hast recht. Die Dinge, die ich möchte und brauche, die Dinge, die mir Freude machen, sind wirklich nicht mit deinen zu vereinbaren.«

Sein Gesicht färbte sich dunkelrot vor Wut. »Du denkst an deinen Künstler? Du wirst ihn nicht bekommen; dafür sorge ich. Du kannst ihn vergessen, du kannst ihn ganz vergessen.«

Er nahm den Meißel, den sie auf den Tisch gelegt hatte, und stürzte auf das Porträt zu. Er zerfetzte mit der Schneide ihr gemaltes Gesicht und ihre Kehle, und ein Regen von getrockneten Farbbröseln fiel nieder. Er hackte immer wieder auf die Leinwand ein und riß das Porträt halb aus seinem Rahmen.

Violet stand sekundenlang erstarrt vor Schrecken da. Dann schrie sie auf, sprang zu ihm, um seinen Arm festzuhalten. »Nein! Nicht, o bitte, tu es nicht! Das kannst du nicht tun.«

Er holte aus und schlug sie mit dem Handrücken gegen das Kinn, daß es ihr den Kopf zurückriß. Sie taumelte von ihm weg. Er drehte sich um und ließ den Meißel fallen. Der landete auf dem Boden und rollte unter ihre Füße, als er ihren Oberarm mit einer Hand umspannte und sie mit der anderen an ihren dichten hochgesteckten Haaren packte. Er zog sie an sich heran und drückte sie fest an sich.

»Ja«, sagte er mit gepreßter Stimme. »O ja. Ja, ich kann und ich werde.«

Er zog sie mit sich ins Schlafzimmer. Sie versuchte, ihn mit den Händen wegzustoßen, als sie dahinstolperte. Es half nichts; seine Wut machte ihn zu stark. Sie versuchte, ihn zu kratzen, aber er packte ihr Handgelenk mit einem so schmerzhaften Griff, daß sie in die Knie ging. Als sie taumelte, packte er sie, und halb tragend, halb ziehend, zerrte er sie die letzten Schritte zum Bett.

»Du bist meine Frau«, sagte er triumphierend, als er sich auf sie warf. Er hielt sie auf dem Bett fest, während er ihre Röcke hochzog.

Was dann geschah war schmerzhaft und demütigend und unverzeihlich.

Violet ertrug es. Die Tränen stürzten ihr aus den Augen, bahnten sich einen heißen Weg durch ihr Haar und befeuchteten die Matratze, auf der ihr Kopf lag. Sie gab keinen Laut von sich, außer ihren mühsamen Atemzügen. Nach einigen Sekunden versuchte sie nicht mehr, sich zu bewegen, sie kämpfte auch nicht mehr. Sie überließ ihm nur ihren reglosen Körper, während sie sich in sich selbst zurückzog, dahin, wohin er ihr nicht folgen konnte, wo er sie nie berühren würde. Sie gab nicht nach. Dort würde sie nicht vergessen. Dort war sie frei.

Später, als er von ihr heruntergerollt war und schwer und schweigend auf seiner Seite des Bettes lag, flossen ihre Tränen immer noch. Sie benutzte einen Zipfel des Bettuchs, um sie wegzuwischen. Die Sekunden vergingen, die Kuckucksuhr, die er gekauft hatte, rechnete sie auf, ein lauter Vorgang in der Nachmittagsstille dieses Zimmers.

»Weine nicht«, sagte er leise mit abgekämpfter Stimme. »Ich wollte dir nicht weh tun.«

Sie sagte nichts und rührte sich nicht.

»Ich würde dich um Verzeihung bitten, aber du hast es dir mit deinem Trotz und mangelnder Reue selbst zuzuschreiben.«

Sie gab ihm keine Antwort.

»Vielleicht habe ich dich zuviel allein gelassen, ich hätte dich zum Kaufen mitnehmen und dich zu Rate ziehen sollen beim Möbelkauf, aber das war kein Grund, das Ehebett zu entehren.«

»Es – war nicht nur das«, flüsterte sie.

Er ignorierte die schüchterne Bitte. Seine Stimme war müde, aber eisenhart, als er sagte: »So eine Affäre wird sich nie wiederholen. Wenn du ein Kind hättest, hättest du keine Zeit für solche Sachen. Ich werde dir eins schenken, und wenn es uns beide umbringt.«

Sie schloß ihre Augen ganz fest und hielt sich mit der Hand den Mund zu, um den Schrei zu ersticken, der in ihr aufstieg.

Am nächsten Tag kam Allain.

Violet spazierte am See entlang und versuchte, in der Schönheit des kleinen Gartens, den sie am Ufer entdeckt hatte, Frieden zu finden; wenig später war Allain neben ihr und ging mit den Händen auf dem Rücken und mit dem Gesicht in der Sonne neben ihr her, als würde er ihr nur bei einem morgendlichen Ritual Gesellschaft leisten.

Der Duft der Stiefmütterchen, den der Wind herwehte, war auf einmal süßer, der Himmel blauer und die Wolken, die über die fernen Berge zogen, weißer und vollkommener. Tränen stiegen Violet in die Augen, als sie versuchte zu lächeln.

Er sah sie an. Das Lächeln verschwand plötzlich, als er unvermittelt mitten auf dem Weg stehenblieb. Seine Stimme war grimmig, als er fragte: »War es so schlimm für dich?«

»Ja – nein«, antwortete sie und wischte die Tränen mit zitternden Fingern ab. »Ich bin nur glücklich, weil du da bist.«

Sein Blick glitt schnell über ihr Kostüm aus altgoldenem Leinenköper mit tannengrünem Besatz und den kleinen Strohhut mit Efeuranken. Er blieb an ihrem blassen Gesicht mit der blutunterlaufenen Stelle am Kinn hängen. Seine leise Stimme paßte nicht zu dem tödlichen Blick in seinen Augen, als er sagte: »Ich wäre schon früher gekommen, aber ich hatte keine Ahnung, wo du warst. Ich folgte der Spur des Porträts und habe die Spediteure schamlos bestochen.«

»Ich hätte schon geschrieben, mich verabschiedet – aber mir blieb keine Zeit.« Violet hielt ihr kleines Parasol aus cremefarbener Seide so, daß die Verletzung in ihrem Gesicht im Schatten war.

»Ich kann mir vorstellen, wie es gewesen ist. Meine größte Angst war – weil ich dir so schnell nachgefahren bin –, daß mich eine Botschaft, die später an mein Haus in Paris geschickt wurde, nicht mehr erreicht hat.«

In ihre Augen stieg tiefes Bedauern. »Ich habe nur Gelegenheit gehabt, in mein Tagebuch zu schreiben, und zum Postamt hatte ich keinen Zutritt.«

»Das macht jetzt alles nichts mehr.« Seine Hand nahm ihre behandschuhte Rechte mit einem festen, warmen Griff.

»Heute ist der erste Tag, an dem ich allein hinausdurfte«, sagte sie und versuchte zu lächeln, »und das nur, weil Gilbert eine Verabredung hatte, um eine vierhundert Jahre alte Truhe zu besichtigen, und Hermine behauptet, daß die kalte Bergluft wieder ihren Rheumatismus geweckt hat.« Ein weiterer Grund war, daß Gilbert ihr gegenüber ein schlechtes Gewissen hatte wegen dem, was er ihr angetan hatte, aber davon konnte sie nicht sprechen.

»Ich weiß; ich habe aufgepaßt, um dich allein zu sehen. Es sieht so aus, als hätte ich lieber deine Tür einschlagen sollen.«

Sie schüttelte den Kopf, ihre Finger verkrampften sich in seiner Hand vor Angst. »So ist es besser, aber – du hättest nicht kommen dürfen.«

»Wie hätte ich das machen sollen?« sagte er einfach. Und brachte hinter seinem Rücken einen Goldlack hervor, zartgelb und cremefarben, duftend und perfekt, noch mit Tautropfen an den Blütenblättern. Er drehte ihre Hand um und legte ihr die Blume auf die Handfläche. Goldlack, das bedeutete Treue in schweren Zeiten.

Da warf sie sich ihm in die Arme, sie konnte nicht mehr widerstehen, genau wie er sie umarmen mußte. Sie hielten sich eng umfangen, ihre Lippen trafen sich, und Allain nahm den Sonnenschirm und hielt ihn so, daß sie vor den Blicken der Vorbeigehenden geschützt waren.

Später, immer noch engumschlungen, fanden sie eine Bank, die am Seeufer stand, und sahen auf das Wasser hinaus. Violet dachte mit Bedauern, wie streng sie in Paris immer die Liebespaare verurteilt hatte, die sich so benommen hatten. Damals hatte sie nicht gewußt, wie schwierig es war, einen sicheren, geheimen Platz zu finden, noch hatte sie die Tiefe des Gefühls verstanden, das sie trieb.

Es dauerte eine Zeit, bis sie und Allain die erste Freude des gegenseitigen Berührens ausgekostet hatten. Endlich sagte Allain undeutlich, weil er seine Lippen an ihre Schläfe gedrückt hatte: »Ich bin gekommen, um dich hier wegzuholen.«

Sie hatte in den vergangenen, trübseligen Wochen kaum zu hoffen gewagt, daß er ihr folgen würde. Sie hatte jedoch gewußt, daß sie eine Entscheidung treffen mußte, wenn er es täte. Jetzt lag es an ihr, hier in diesem schönen Garten, wo die Sonne warm aufs Gras schien und die Blumen dufteten.

Sie war nicht sicher, ob sie bereit war. Sie löste sich langsam von ihm. Sie sah über den See auf die fernen Berge, die wie kühle Träume gegen den Himmel standen.

»Wohin?« fragte sie ruhig. »Zurück nach Paris?«

»Ich glaube nicht«, erwiderte er. »Das ist wahrscheinlich der erste Ort, wo dein Mann suchen wird.«

»Ja. Er – hat mir gedroht, weißt du.«

»Davor habe ich keine Angst, aber ich ziehe es vor, von ihm nicht belästigt zu werden. Ich möchte sehr gerne mit dir zufrieden und in Ruhe leben. Wenn du möchtest in Venedig.«

Venedig. Mit Allain.

Mit ihm zu gehen bedeutete nicht nur, ihren Gatten zu verlassen, sondern auch ihre Familie, ihre Freunde, den Ort, an dem sie geboren war. Sie würde einer unsicheren Zukunft mit einem Mann entgegengehen, den sie kaum kannte.

Sie schüttelte den Kopf. »Gilbert wird nicht so leicht aufgeben, glaube ich. Er ist entschlossen – mich zu schwängern.«

»Ich bete«, sagte Allain, »daß jedes Kind, daß du bekommen wirst, von mir ist.«

Sie sah ihn an. Ihr Gesicht war ernst, ihre Augen undurchsichtig und doch abschätzend, als sie seinem festen Blick begegnete. Die unergründliche Tiefe von Liebe, die sie darin sah, das Versprechen drehte ihr schmerzhaft das Herz in der Brust herum. Der Sommerwind kräuselte sein Haar und spielte mit den Enden seiner Seidenkrawatte. Er zog die Augen ein wenig zusammen, bewegte sich aber nicht, während er ihre Antwort abwartete.

Ein langsames, liebliches Lächeln umspielte ihre Lippen. Ihre Stimme war voller Glückseligkeit, als sie sagte: »Wann wollen wir abreisen?«

Er stand auf, stand hochaufgerichtet und gerade vor ihr. Er nahm ihre Hand und zog sie zu sich hoch. Seine blaugrauen Augen, die dieselbe Farbe hatten wie der Bergsee, sahen tief in ihre, als er sprach:

»Jetzt«, sagte er. »Sofort.«

Allain mietete eine Kutsche, die sie über die Berge nach Mailand bringen sollte. Er bestand auf der besten und auf den schnellsten Pferden. Der Mietpreis war enorm, aber er beschwerte sich nicht. Er gab sogar noch ein großzügiges Trinkgeld, damit der Gastwirt, bei dem sie alles gemietet hatten, vergessen sollte, daß er sie gesehen hatte.

Ab Mailand fuhren sie mit dem Zug. Die Reise erschien Violet unerträglich langsam. Sie hatte kein Auge für die Wasserfälle, die die Berghänge herunterflossen, die Aussichten auf weiche Hügellandschaften oder den Anblick der mauerumgürteten Städte hoch über den Tälern. Sie war sehr unruhig und sah immer wieder in die Richtung, aus der sie gekommen waren. Was Gilbert tun würde, nachdem er entdeckt hatte, daß sie weg war, wollte sie sich nicht ausmalen. Sie glaubte keinen Augenblick daran, daß er nichts unternehmen würde. Sein Stolz, wenn nichts anderes, würde das verhindern.

Allain nahm ihre Hand, als sie die kurvenreichen Straßen dahinschaukelten, und sagte: »Beruhige dich, *cara*. Dein Gatte kann vermuten, daß du bei mir bist, aber er kann es nicht wissen. Wenn er sich dessen sicher ist, sind wir schon weit weg.«

»Ich weiß«, entgegnete sie, »jedoch –«

»Denke nicht daran. Vergiß ihn. Denke lieber daran, was wir in Venedig tun werden. Du hast soviel zurückgelassen – deine Kleidung, deinen Schmuck, deine Andenken. Mein Wort darauf, wir werden alles ersetzen, was zu ersetzen ist.«

»Ich mach' mir nichts aus diesen Dingen«, sagte sie.

»Aber ich«, beharrte er ernst. »Ich möchte nicht, daß dir irgend etwas fehlt wegen mir.«

»Du hast mir soviel mehr gegeben«, antwortete sie ihm und glaubte es. Der Tausch war in ihren Augen fair: alles, was sie besaß, für eine Chance, glücklich zu sein. In Paris hatte sie es schon einmal verloren, sie hatte es abgelehnt, aus Pflichtgefühl und fehlgeleitetem Festhalten an einem Codex, den sie nicht gemacht hatte. Jetzt lag es in ihren Händen.

Allain hatte Heirat nicht erwähnt. Kinder, ja, aber nicht den Stand, der sie legitimierte. Es war nicht möglich, natürlich nicht, solange sie an Gilbert gefesselt war. Wenn es keine kirchlichen Einwände gäbe, waren da immer noch die Schwierigkeiten, ihren Mann dazu zu bringen, das Scheitern seiner Ehe vor seinen Freunden, der ganzen Stadt und sogar der Regierung von Louisiana, die solche Scheidungen befürworten mußte, zuzugeben.

Sie und Allain würden gezwungen sein, in Sünde zu leben. Eigenartig, von wie geringer Wichtigkeit diese Worte jetzt für sie waren, wo sie doch einmal Skandal und Ruin bedeutet hatten. Dagegen war nichts zu machen. Worte konnten sie nicht verletzen, nur Menschen konnten das.

Sie übernachteten in einem kleinen Gasthof außerhalb von Mailand. Zu aufgeregt, um zu schlafen, liebten sie sich im Schein des Mondlichts, das durch die Fenster einfiel, und lagen dann eng umschlungen da, während die Stunden langsam vergingen.

Am Vormittag saßen sie im Zug, der seinen Weg an den Villen mit den roten Ziegeldächern vorbei nahm, den Weinbergen, deren Blätter in der Sonne leuchteten, vorbei an Dörfern voller Hühner, Kinder und Ziegen und Friedhöfen, umgeben von den dunkelgrünen Spitzen der Zypressen. Sie ließen die Berge hinter sich und kamen in die fruchtbare Ebene. Die Luft, die in ihr Abteil hereinblies, roch nach Kohlenrauch, aber auch nach blühendem Gras und Bauernhöfen. Das Sonnenlicht, das hereinströmte, war beinahe heiß. Staubflocken aus den samtenen Seitenvorhängen drehten sich langsam in den goldenen Strahlen.

Violet war beeindruckt von der Leichtigkeit, mit welcher Allain vom Französischen ins Deutsche wechselte, dann in den venezianischen Dialekt, als er mit verschiedenen Agenten und Beamten auf dem Bahnhof verhandelte. Als sie ihm das sagte, lächelte er nur. »Es wird zu einer Notwendigkeit, wenn es kein

Land gibt, das man Heimat nennen könnte. Venedig kommt dem noch am nächsten. Ich habe dort Verwandte seitens meiner Mutter.«

»Werden wir – das heißt, wolltest du sie besuchen?« Sie war sich nicht sicher, ob sie diese Verwandten kennenlernen wollte, wer immer sie auch sein mochten.

Das Verständnis in seinem Gesicht erschütterte sie, als er ihr antwortete: »Nur wenn du es wünschst.«

»Ist dein Vater schuld, daß du keine wirkliche Heimat hast?«

Allain stimmte geistesabwesend zu.

Mit gesenkten Wimpern fragte sie: »War er eine Art Diplomat?«

»Wie kommst du denn darauf?« Er musterte sie mit einem nachsichtigen, aber durchdringenden Blick.

»Es scheint mir, du hast viele Verbindungen und – du hast schon in so vielen Orten gelebt.«

Er schüttelte lächelnd den Kopf. »Mein Vater bekleidete jahrelang eine wichtige Position, aber nicht im diplomatischen Korps; eigentlich war das schon vorbei, als ich auf die Welt kam. Alle Anerkennung, die mir zuteil wird, habe ich nur meinen Vorfahren zu verdanken, die sich gut verheiratet haben.«

»Aha, dann ist es, weil du reich bist«, entgegnete sie. Er redete und handelte, als würde Geld keine Rolle spielen.

Er zögerte nur den Bruchteil einer Sekunde, ehe er sagte: »Das kann man vielleicht so sagen.«

»Weil du jetzt in dem Genuß des Vermögens bist, nehme ich an, daß dein Vater nicht mehr lebt.«

»Meine beiden Eltern sind tot, das glaube ich wenigstens. Meine Mutter, eine ehemalige Operndiva, starb erst vor einigen Jahren in England. Mein Vater ging, nicht lange nachdem ich auf der Welt war, auf eine Art Pilgerfahrt. Er wollte zurückkommen, wurde aber nie mehr gesehen. Wir hörten noch ein paar Jahre lang Gerüchte und dann – nichts.«

So etwas passierte, Menschen verschollen auf See oder wurden auf einer einsamen Straße ausgeraubt und getötet. Die ausgeraubten Leichen konnten dann nicht mehr identifiziert werden. Manche Männer gingen mit Absicht verloren, entweder um aus familiären Verpflichtungen oder aus Situationen herauszukommen, die sie nicht länger ertragen konnten.

»Das tut mir leid«, sagte sie.

Er lächelte ein wenig. »Das muß es nicht. Es ist schon so lange her.«

»Aber deine Mutter? Warum war sie in England?«

»Das war ihr Zuhause. Dort hat mein Vater sie etabliert, und dort hatte sie ihre Freunde in der Gesellschaft und beim Theater. Sie wollte nie dort weg, nur zu kurzen Besuchen nach Italien. Sie glaubte immer, daß er eines Tages zurückkommen würde.«

Violet fröstelte, als sie darüber nachdachte, was er ihr gesagt hatte. Sein Vater hatte offenbar seine Mutter aus ihrer Umgebung und ihrer Familie geholt und sie in ein fremdes Land versetzt. Dann hatte er sie verlassen. Auch sie ging mit Allain weg und ließ alles zurück. Würde er, konnte er sie auch jemals auf diese herzlose Art verlassen?

»Schau nicht so, *cara*«, sagte er und nahm ihre Hand. »Ich werde dich nie verlassen. Aber ich fühle mich geschmeichelt, daß du dir Sorgen darüber machst, genau wie ich mir etwas darauf einbilde, daß du etwas über mich wissen willst.«

Sie errötete, sah ihm aber offen ins Gesicht. Mit sanfter Stimme sagte sie: »Du kannst dir gar nicht vorstellen, wie gerne ich das will.«

»Du sollst alles erfahren«, versprach er ihr, »alles.«

Bald darauf wechselte er das Thema und sprach über die Landschaft, durch die sie fuhren, und über die unruhige politische Situation der italienischen Halbinsel. Violet genoß es, seiner klangvollen Stimme zuzuhören, sie war an seiner Analyse der politischen Situation interessiert, aber sie konnte sich des Gedankens nicht erwehren, daß seine plötzliche Gesprächigkeit ein Ausweichmanöver war. Er würde ihr alles über sich erzählen, aber es schien, daß die Zeit dafür noch nicht reif war.

Der nördliche Teil der italienischen Halbinsel, erklärte ihr Allain, war jahrhundertelang das Schlachtfeld, auf dem die Könige von Valois, die Bourbonen von Frankreich und die österreichischen Habsburger ihre Dispute ausgetragen hatten. Die Herrschaft über verschiedene Teile hatte Dutzende von Malen die

Hand gewechselt. Seit dem Wiener Kongreß, nach dem Sieg über Napoléon, war Frankreich jedoch aus dieser Gegend verbannt. Venedig und die Lombardei waren noch unter österreichischer Herrschaft, aber die restliche Halbinsel bestand aus lauter kleinen Staaten einschließlich des Königreichs von Sardinien, dem Königreich der zwei Sizilien, der Herzogtümer von Parma und Modena, dem Großherzogtum Toskana und den Papststaaten.

Es gab viele große Adelstitel, alte und neue, die mit den vielen verschiedenen Regionen zusammenhingen und Machtkämpfe um die Vorherrschaft unter den Trägern dieser Titel. Zusätzlich, wie seit 1848 im restlichen Europa, gab es ständig Gerüchte über eine Revolution. Allain war der Ansicht, daß etwas oder jemand eventuell die Halbinsel zusammenschweißen würde zu einer einzigen starken Republik. In der Zwischenzeit aber war die Paramount-Fraktion, angeführt von dem König beider Sizilien, fest entschlossen, sich den Alliierten im Kampf auf der Krim anzuschließen. Es gab kein Entkommen von diesem weit entfernten Konflikt.

Sie erreichten die Endstation Venedig am späten Nachmittag. Alle Leute rannten aus dem Zug, schreiend und mit den Abteiltüren schlagend. Das Gepäck mußte abgeholt und der Transfer auf die Fähre, die sie über die Lagune in die Stadt bringen sollte, schnell erledigt werden, weil es die letzte an diesem Tag war. Violet und Allain hatten nur wenig Gepäck; Allain trug seine kleine Reisetasche, die er aus Paris mitgebracht hatte, selbst, und Violet hatte nur ihren Schirm in der Hand. Sie hatten aber keine Wahl, sondern mußten sich in die Menschenmenge stürzen. Nur so konnten sie auf die Fähre kommen.

Sie kamen gerade durch das Tor der Bahnstation mitten in einen Menschenknäuel, als Violet auf einmal zur Seite gestoßen wurde. Sie taumelte und stolperte fast über ihre Röcke. Hinter ihr entstand ein Handgemenge. Sie drehte sich um und sah, wie die Menge auseinanderstob, Frauen schrien und Babys weinten. Eine Lücke entstand. In ihrer Mitte kämpfte Allain mit zwei Männern.

Panik erfaßte sie. Aber gleich darauf packte sie eine blinde, weißglühende Wut, wie sie sie noch nie verspürt hatte. Der

Schirm in ihrer Hand war sehr solide gemacht, man konnte ihn als Spazierstock oder als Sonnenschirm gebrauchen. Sein gerader Silbergriff ging in ein Stahlgestell über, und der Eisenteil am Ende lief spitz zu wie ein Speer. Sie sprang vorwärts und schwang ihn wie ein Schwert.

Ihr erster Schlag erwischte den einen Angreifer an der Wange und am Hals, und die Wunde fing sofort zu bluten an. Er drehte sich um und rannte brüllend auf sie zu.

Allain, der einen Blick in ihre Richtung geworfen hatte, rammte seine Faust bis zum Handgelenk in die Magengrube seines Gegners, riß sich los und sprang von ihm weg. Er packte Violet um die Mitte, plazierte sie hinter sich und nahm ihr den Schirm aus der Hand.

Die zwei Angreifer waren drahtig, mit schmutzverkrusteter Haut und vernarbten Gesichtern, wie man sie überall auf der Welt in den Häfen findet. Einer war klein, der andere größer und breiter. Fluchend kreisten sie ihn ein.

Allain ließ nie seine Tasche aus der Hand. Seine Mundwinkel waren zu einem angedeuteten Lächeln hochgezogen, und seine Augen glänzten silbern wie die einer wachsam lauernden Katze. Er griff an.

Der erste Mann stieß einen halberstickten Schrei aus und schwankte zurück. Ein Stilett fiel ihm aus der Hand und rutschte über die Pflastersteine. Der zweite Angreifer wollte sich danach bücken. Der Schirm durchschnitt mit einem Pfeifton die Luft, als Allain zuschlug. Der Mann hielt sein herabhängendes Handgelenk und stolperte zurück.

Allain folgte ihnen, den Schirm gerade ausgestreckt.

Die zwei drehten sich um und stolperten übereinander, in ihrer Eile wegzukommen.

Ein paar Beifallsrufe kamen aus der Menge, dann zerstreuten sich die Leute, ohne noch einen Blick zurückzuwerfen. Violet streckte ihre Hand nach Allain aus, sie packte ihn so heftig am Arm, daß er zusammenzuckte.

»Du bist verletzt!« flüsterte sie erschrocken.

»Ich bin selber dran schuld; ich habe nicht aufgepaßt.« Sein Lächeln wirkte etwas verkrampft.

»Laß mich nachsehen –«

Er schüttelte den Kopf und deutete an, daß sie weiter zum Landungssteg gehen sollten. »Wir wollen warten, bis wir eine Unterkunft haben. Ich glaube, es ist nur ein Kratzer.«

»Waren sie hinter Geld her?« fragte sie ihn besorgt. »Oder war es – etwas anderes?«

»Das ist die Frage, nicht wahr? Aber wenn Gilbert sie geschickt hat, muß er mit dem Teufel im Bunde sein.«

Sie kamen in einem alten Palazzo in der Nähe des Canal Grande unter. Er gehörte einer ältlichen Witwe, der Signora da Allori, ein vierstöckiges Gebäude aus mattgoldenem Stein, der an der Wasserlinie graugrün verfärbt war. Die Fassade zum Seitenkanal hatte doppelte Loggien im zweiten und dritten Stockwerk, die aus gotischen, mit steinernem Spitzenwerk verzierten Bögen bestanden und dadurch orientalisch wirkten.

Allain hatte Violet in der sanft schaukelnden schwarzen Gondel, die sie hierhergebracht hatte, zurückgelassen, um mit dem Majordomus der Witwe zu verhandeln. Zu diesem Zeitpunkt hatte Violet schon aufgehört, sich darüber zu wundern, woher er wußte, wohin und an wen man sich wenden mußte und wie man dahin kam. Es kam ihr auch nie in den Sinn, daß man ihm etwas abschlagen könnte.

Das geschah auch nicht. Als die Nacht hereinbrach, waren sie in einem großen, viereckigen Raum mit hohen Fenstern untergebracht, die auf eine der Loggien führten. Zwei grinsende Diener hatten eine Zinnbadewanne die Treppe heraufgeschleppt, vom Majordomus überwacht, einem gestreßten Mann mittleren Alters mit einem freundlichen Lächeln und einer langen Nase und einem noch längeren Kinn. Der wiederum wurde von der Haushälterin herumkommandiert, einer älteren Frau mit einer scharfen Zunge, einem schönen schwarzen Schnurrbart und wohlgenährt, die, wie sich herausstellte, seine Frau war. Das Wasser für das Bad kam gleich darauf; es war reichlich, wenn auch nicht sehr warm.

Ein Nachthemd, ein Hauch von Batist mit exquisitem, handgearbeitetem Spitzenbesatz, lag auf dem Bett mit seinen staubigen Seidenbrokatvorhängen. Das Material des dazu passenden

Morgenmantels war auch nicht viel kräftiger. Die Haushälterin hatte sie gebracht, aber als Violet sie danach fragte, deutete sie nur auf Allain, blinzelte ihr zu und verschwand.

Der Majordomus Savio brachte einen Arzt, einen Mann mit ernstem Gesicht und weisen Ansichten. Der Doktor untersuchte den Schnitt in Allains Seite mit geschürzten Lippen, wusch ihn dann aber nur mit Seife, streute etwas weißen Puder darauf und verband ihn mit einer sauberen Leinenbandage. Er verbeugte sich, empfing sein Honorar mit ausgesuchter Grazie, lächelte, während er überflüssigerweise zu Violet trat und ihr die Hand küßte und dann davonging. Allain runzelte die Stirn, als er das Zimmer verließ.

Savio besorgte auch ein Abendessen, das man ihnen auf Allains Befehl sofort nach dem Bad servierte. Das Mahl, bestehend aus Pasta und grünem Salat, gefolgt von Schweinebraten mit jungen Kartoffeln und Weißkraut, hatte Savios Frau gekocht und wurde ganz passabel von zwei Dienern, die ihre Söhne waren, serviert.

Später trugen Violet und Allain ihren restlichen Wein auf die Loggia. Sie genossen die Abendluft und beobachteten den Verkehr auf dem Wasser. Sie zählten die verschiedenen Arten von Booten und die individuellen Rufe der Bootsleute, mit denen sie vor Zusammenstößen warnten.

Der Mond ging auf. Seine silbernen Strahlen fielen schräg auf das Wasser und vergoldeten die Dächer mit ihren barocken Kaminen, verwandelten die viereckigen Gebäude mit ihren Säulenreihen in eigenartig verkürzte Würfel und gaben ihnen das Aussehen einer Schwarzweißzeichnung, die ein Wahnsinniger angefertigt hatte. Irgendwo in einem uralten Hof trillerte eine Nachtigall. Ein Ensemble zwei Häuser weiter übte Mozarts Konzert für Klarinette in A-Dur. Sie spielten das langsame, melancholische Stück immer und immer wieder, so daß es über die Dächer schwebte und die Nacht mit seinem bittersüßen Refrain erfüllte. Ein Gondoliere auf dem Canal Grande sang ein paar Takte eines Liedes mit der zärtlichen Melodie und dem Rhythmus einer Liebesballade. Das Wasser klatschte an die Stangen am Landesteg unter der Loggia und gegen die alten Steinmauern des Palazzos.

Eine vorbeigleitende Gondel hinterließ den gelben Glanz ihrer

Buglaterne, bevor sie ganz verschwand. Violet drehte ihren Kopf zu Allain in dem kleinen gelben Schein und sah in sein Gesicht. Seine Augen waren schwarze, tiefe Brunnen der Lust, als er sie betrachtete.

Sie streckte ihm ihre Hand entgegen.

14. Kapitel

Joletta stellte erfreut fest, daß die Route, die Rone und sie mit dem Auto nach Venedig wählten, sich nicht wesentlich von der unterschied, die Violet und Allain mit Kutsche und Zug zurückgelegt hatten. Der Straßenverlauf hatte sich in diesem Teil der Welt nur wenig verändert, und der Bahndamm begleitete die Autostrada viele Meilen lang.

Das Auto, das Rone gemietet hatte, war ein uraltes, schepperndes Vehikel, ein Kleinwagen ohne Automatik und Aircondition, der einen Nebel blauen Dunstes ausstieß. Joletta hatte gehört, daß in Europa nur wenige Autos Klimaanlagen hatten, aber sie konnte es sich nicht verkneifen, Rone darauf hinzuweisen, daß der Reisebus eine hatte.

Rone hörte sich ihre bissigen Kommentare an und beobachtete, wie sie den halben Morgen gegen den Wind kämpfte, der ihr die Haare fast vom Kopf riß. Als sie an einer Drogerie anhielten, um ein paar Toilettenartikel zu besorgen, kaufte er ihr ein weißes Seidenkopftuch und eine riesige weiße italienische Sonnenbrille. Als er ihr die Sachen überreichte, war Joletta so überrascht und verärgert, weil sie nicht selbst auf die Idee gekommen war, daß ihr Dankeschön nur ein unverständliches Murmeln war.

Doch als sie das Kopftuch umgebunden und die Brille aufgesetzt und den Arm auf das offene Fenster gelegt hatte, und sie mit dem Wind im Gesicht über die Straßen rauschten, fühlte sie sich sehr europäisch. Sie hütete sich natürlich, das Rone zu sagen.

Joletta hatte nie gelernt, mit einer normalen Kupplung umzugehen. Deshalb mußte Rone die ganze Fahrerei allein bewältigen. Kaum zehn Minuten hinter der italienischen Grenze war sie heilfroh, eine Entschuldigung zu haben und nicht fahren zu müssen.

Die italienischen Fahrer waren die reinsten Teufel. Aber Rone schien es nichts auszumachen. Er raste mit den anderen mit hundertvierzig Stundenkilometern dahin und wechselte mit viel Geschick und Elan ständig die Spur, genau wie alle anderen.

Da sie nicht fahren konnte, fiel Joletta die Rolle des Navigators zu. Es war gar nicht so schwierig, den fremden Schildern zu folgen, wie sie befürchtet hatte, als Rone ihr die Karte in den Schoß warf. Das Autobahnsystem war ähnlich wie das in Amerika und die Beschilderung möglicherweise sogar noch besser. Ihre Anweisungen waren knapp und genau, wenn Rone sie etwas fragte.

Er pfiff während des Fahrens irgendein italienisches Volkslied, wie Joletta annahm, aber den Namen kannte sie nicht. Offensichtlich war er glücklich, weil er sich von der Gruppe abgesetzt hatte. Sie genoß die Veränderung ebenfalls. Es war um vieles schöner, ihr eigenes Tempo zu bestimmen, langsamer zu werden, wenn ein sehenswertes Dorf kam, oder sogar anzuhalten, um eine besondere Aussicht oder eine schöne Wiese zu fotografieren. Es war ein herrliches Gefühl, den Wind, der durch das offene Fenster peitschte, im Gesicht zu spüren, frei zu sein von dem hermetisch abgeschlossenen Bus mit seiner Klimaanlage. Sie erkannte die Gerüche der Landschaft: den Ligusterduft der Weinberge, die Kräuter auf frischgemähten Wiesen und sogar den schwachen Gestank einer Ziegenherde.

Allmählich wünschte sie sich, die Fahrt würde ewig so weitergehen. Aber nicht einmal unter der Folter hätte sie Rone das eingestanden. Sie war wütend auf ihn, und das sollte er auch spüren.

Sie streckte die Hand nach dem Radio aus.

Rone warf ihr einen Blick zu und hörte sofort auf zu pfeifen. Sie drehte an dem Knopf herum und versuchte, einen Sender zu finden, aber schon nach wenigen Minuten runzelte sie verärgert die Stirn. Sie bereute, daß sie seinem Pfeifen ein Ende gemacht hatte. Das war immer noch besser gewesen als die Rockmusik und die Fußballspiele, die das klägliche Ergebnis ihrer Suche waren, und auf jeden Fall besser als sein gespanntes Schweigen. Es war ihr peinlich, das Radio gleich wieder auszuschalten, also ließ sie einen Rocksender an und lehnte sich im Sitz zurück.

Es war wirklich schade, daß sie nicht mit ihm redete, fand sie, nachdem eine und noch eine Stunde verstrichen waren. Allein die

Namen der Orte, durch die sie fuhren, waren voller Geschichte und Romantik und ungeheuer faszinierend, und Rone war einer der wenigen Leute, die sie kannte, die so etwas vielleicht auch zu schätzen wußten. Die Bäume waren voller junger Blätter, und der Ginster und der Mohn entlang der Straße schienen größer und bunter als der in England und Frankreich. Sie drehte sich ein- oder zweimal zu ihm, um ihn darauf hinzuweisen, aber hielt jedesmal wieder inne, ohne etwas gesagt zu haben.

Sie starrte gerade wieder aus dem Fenster, als er sagte: »Wie lange willst du das noch durchhalten?«

»Was meinst du damit?«

Seine Mundwinkel zuckten, als er antwortete: »Die Schweigefolter.«

So hatte sie es noch nicht gesehen. Es war eine unangenehme Erinnerung an Gilberts Schweigen gegenüber Violet im Tagebuch. Dieses Bild von sich gefiel ihr überhaupt nicht und auch nicht die Vorstellung, daß diese Art, mit Wut fertigzuwerden, vielleicht ein vererbter Charakterzug war.

Sie sagte: »Ich bin hier, weil du es arrangiert hast. Ich muß es nicht mögen und deswegen nett sein.«

»Schmollen brauchst du deswegen aber auch nicht. Wenn es dir nicht paßt, dann sag's mir. Ich bin kein Gedankenleser.«

»Das«, sagte sie zuckersüß, »ist sehr gut.«

Seine Lachfalten wurden sichtbar, als er sie ansah, wie sie da so im Sitz lag, obwohl die Sonnenbrille seine Augen verdeckte. Er sagte nachdenklich: »Ich weiß nicht so recht.«

»Na schön«, sagte sie und richtete sich hastig auf, »zivilisierte Menschen verlangen von anderen Leuten keine Dinge, die diejenigen gar nicht wollen.«

»Selbst wenn es nur zu ihrem Besten ist?« Er warf einen Blick in den Rückspiegel, schaute kurz zu ihr und konzentrierte sich dann wieder auf die Straße.

»Was das betrifft, waren wir unterschiedlicher Meinung, soweit ich mich erinnern kann«, entgegnete sie.

»Ich möchte dich darauf hinweisen, daß es nur für einen Nachmittag ist, nicht für ein ganzes Leben. Es sei denn, wir ändern den Plan.«

Sie schob ihre Brille herunter und starrte ihn über den Rand hinweg an. Ihn schien das nicht zu stören, er saß entspannt hinter dem Steuer, und der Wind, der durch das Fenster rauschte, ließ den offenen Kragen seines Polohemdes gegen seinen gebräunten Hals flattern und zauste sein glattes dunkles Haar in windgepeitschte Locken. Er sah sehr weltmännisch mit seiner Lässigkeit und der Sonnenbrille aus, wenn nicht sogar europäisch – und auf jeden Fall viel zu attraktiv für ihren Seelenfrieden.

»Und das heißt?«

Ein Lächeln zog über sein Gesicht. »Das heißt, vielleicht könnte es dir gefallen, auf eigene Faust loszufahren. Was sonst?«

»Kidnapping ist mir da kurz in den Sinn gekommen.« Sie wollte ihm keinesfalls verraten, woran sie zuallererst gedacht hatte.

»Du hast zu viele Abenteuerromane gelesen. Aber wenigstens haben wir das geklärt. Wirst du jetzt wieder mit mir reden?«

Sie schaltete das Radio aus, in dem gerade zum zehnten Mal in der letzten halben Stunde die Fußballergebnisse durchgegeben wurden. So stur war sie nun auch wieder nicht, sie tat sich ja nur selbst weh, wenn sie weiterhin schwieg. »Mit Vergnügen«, willigte sie ein. »Worüber sollen wir zuerst reden?«

Sie passierten Mailand auf der vierspurigen Autostrada, der E 30, rauschten an uralten Villen aus sonnenwarmen Steinen und langgezogenen Gärten voller blühender Obstbäume und mit Plastikfolien abgedeckten Gemüsebeeten vorbei. Sie kamen gut voran, und wenn es so weiterging, konnten sie spätestens zum Abendessen in Venedig wieder bei der Reisegruppe sein.

Und dann passierte es. Im einen Moment rauschten sie lässig dahin und überlegten, ob wohl bald eine Raststätte für einen Nachmittagsimbiß käme, im nächsten waren sie in Gefahr.

Es war nur ein Lieferwagen, ein etwas kleinerer als die amerikanischen Modelle, aber nicht ungewöhnlich, sie hatten heute schon Dutzende solcher Autos gesehen. Er überholte sie völlig normal auf der linken Spur. Er fuhr zwar ein bißchen nahe an sie ran, kein angenehmes Gefühl in dem leichten Kleinwagen, aber die Lastwagenfahrer in Amerika taten auch meist so, als gehörte ihnen die ganze Straße.

Zuerst ertönte Rones leiser Fluch. Joletta hörte ihn deutlich. Sie schwang den Kopf herum. Er starrte mit gerunzelter Stirn in den Seitenspiegel und trat dann das Gaspedal durch.

Der Aufprall kam wie der riesige Schlag einer Faust. Der Wagen fing mit quietschenden Reifen an zu trudeln. Rone hielt das Auto unter Aufbietung all seiner Kräfte auf der Straße und steuerte dagegen. Der Wagen geriet wieder in die richtige Position. Joletta hatte ihr Gleichgewicht wiedergefunden, packte mit einer Hand das Armaturenbrett, mit der anderen klammerte sie sich an den Sicherheitsgurt.

Der Laster krachte gegen den Kofferraum des Kleinwagens. Er schleuderte von der Autobahn und raste über die Böschung hinunter. Die Vorderreifen prallten mit ungeheurer Wucht auf. Sie holperten und bäumten sich auf, rollten, schlitterten. Staub und Kies wirbelte hoch. Eine Reihe Platanen tauchte vor ihnen auf. Rone riß das Steuerrad herum, seine Muskeln waren so angespannt, daß sie wie aus Stein gemeißelt hervorstanden. Sie schleuderten herum, schlitterten weiter. Die rechte Seite des Wagens prallte mit voller Wucht auf.

Blätter rieselten herab. Metall ächzte. Dampf zischte. Der Wagen kam zitternd zum Stillstand. Der Motor heulte auf und erstarb, als Rone den Zündschlüssel drehte.

»Raus«, sagte Rone in unmißverständlichem Befehlston. »Sofort!«

Sein Gurt klickte. Er drückte gegen die Tür, warf sich mit der Schulter dagegen, als sie klemmte. Joletta sah benommen, daß ihm Blut übers Gesicht lief. Sie versuchte mit plötzlich steifen, ungeschickten Fingern ihren Sicherheitsgurt zu öffnen. Es schien eine Ewigkeit zu dauern, bis endlich der Riegel klickte. Sie versuchte die Tür auf ihrer Seite zu öffnen, aber sie war von dem zertrümmerten Metall wie zugeschweißt.

Rone packte ihren Arm und zerrte sie zu sich hin. Mehr brauchte es nicht. Sie warf sich auf seinen Sitz, packte den Türrahmen und hievte sich hinaus.

Heißes Metall, brennende Drähte, sie konnte sie riechen.

Rone riß sie so heftig hoch, daß sie gegen ihn stolperte. Dann packte er ihre Hand und zerrte sie vom Auto weg.

Sie liefen los, stolperten durch trockene Bewässerungsfurchen voller Unkraut, fielen über den Efeu, der sich von der Böschung rankte, und versuchten, soviel Abstand wie möglich zwischen sich und das Auto zu bringen.

Hinter sich hörten sie ein leises, flatterndes Grollen, fast wie ein Gasofen, der anspringt. Dann kam der Knall.

Die Druckwelle mit ihrer knisternden, sengenden, erstickenden Hitze prallte gegen ihre Rücken. Sie duckten sich, warfen sich nach vorne und schlugen der Länge nach hin. Sie legten schützend die Arme über den Kopf und preßten sich gegen den Boden.

Das Schlimmste war in wenigen Augenblicken vorbei. Sie setzten sich auf und hielten sich schützend die Arme vors Gesicht gegen die unglaubliche Hitze. Dann drehten sie sich um. Sie konnten nicht anders, sie mußten einfach sehen, was passiert war.

Die orangegelben Flammen züngelten nach oben, leckten am frischen Grün der Platanen, peitschten den Himmel mit schwarzen Rauchschwänzen. Der Innenraum des Wagens war ein brennender Hexenkessel.

Um ein Haar wären sie in diesem Auto festgenagelt gewesen. Beide keuchten vor Schreck und starrten schockiert das Inferno an.

Auf der Autobahn hinter ihnen fuhren die Wagen langsamer, einige hielten an. Ein lautstarker Streit brach aus, wild gestikulierende Leute waren zu sehen. Ein Mann stieg aus einem roten Wagen und ging die Böschung hinunter zu Joletta und Rone.

»Meine lieben Freunde«, sagte Cesare Zilanti, als er in Hörweite kam, »da habt ihr aber noch mal Glück gehabt, was?«

Er reichte Joletta seine Hand, um ihr aufzuhelfen. Sie nahm sie ganz automatisch und starrte ihn ratlos an. Dann warf sie einen Blick auf seinen Wagen und sagte: »Woher sind Sie –«

»Er ist uns gefolgt«, unterbrach sie Rone und erhob sich ohne Hilfe. »Ich beobachte ihn schon seit vielen Meilen.«

»Kilometern vielleicht, aber ansonsten stimmt es«, gab der Italiener ungerührt zu. Seine dunklen Augen richteten sich auf Joletta. »Die Signorina ist so schön, daß ich sie nicht so schnell aus den Augen verlieren wollte.«

Rone stemmte die Fäuste in die Hüften und stellte sich vor den anderen Mann. Sein Blick war grimmig und sehr skeptisch. »Es wäre wirklich interessant zu erfahren, wie es Ihnen gelungen ist, uns heute einzuholen.«

»Diese Touristenbusse«, erklärte der Italiener etwas verächtlich, »sind leicht zu verfolgen. In Paris habe ich mit Ihrem Fahrer geredet, der mir erzählt hat, daß der Reiseleiter immer versucht, zum Mittagessen in der Möwenpick-Cafeteria in Lugano zu sein. Ich habe meine Geschäfte in Paris erledigt, bin dahin gefahren, aber die Signorina war nicht allein. Ich hab' gesehen, wie sie mit Ihnen in den Park ging. Der Bus ist abgefahren, und Sie beide waren nicht drin. Ich bin in den Park gegangen. Der Rest war einfach.«

»Wenn Sie den Bus haben abfahren sehen, wieso haben Sie uns dann nicht angeboten, uns mitzunehmen?« Rones Stimme klang gleichmütig, sein eisiger Blick war es durchaus nicht.

Cesare lächelte, aber seine Augen waren undurchschaubar unter den schweren, schwarzen Brauen. »Woher sollte ich wissen, was für ein Spiel Sie beide spielen? Die Möglichkeit bestand, daß Sie mit der Signorina allein sein wollten, und wer könnte Ihnen das verdenken?«

Es klang plausibel, dachte Joletta, aber ob es stimmte, stand auf einem anderen Blatt. Rone war anscheinend der Meinung, Cesare hätte sie intensiver verfolgt, als er zugeben wollte. Wußte der Italiener womöglich etwas über den Einbruch in Luzern? Aber wie sollte er? Was in aller Welt sollte er damit oder mit dem Unfall zu tun haben?

Mit einemmal wurden ihr die Knie weich, und ihre Hände fingen an zu zittern. Sie fühlte sich nicht nur furchtbar elend, sie sah auch mitgenommen aus, und sie konnte nur noch an eines denken: daß sie schon wieder mit einer Polizei aus einem anderen Land reden mußte, bevor sie sich hinlegen und ausruhen konnte.

»Wie auch immer Sie hierhergekommen sind«, wandte sie sich mit erschöpfter Stimme zu Cesare. »Ich freue mich, Sie zu sehen, da Sie hier zu Hause sind. Vielleicht können Sie uns sagen, was wir jetzt tun sollen?«

»Es gibt zwei Möglichkeiten«, überlegte er laut und rieb sich nachdenklich das Kinn. »Die erste davon ist, mit mir wegzufahren und zwar sofort.«

Joletta war baß erstaunt. Sie schielte kurz zu Rone, aber sein Gesicht war unergründlich. Sie fragte Cesare: »Aber – sind wir denn nicht verpflichtet, den Unfall bei der Polizei zu melden, die Autovermieter von dem Schaden zu informieren und so weiter?«

»Warum wollen Sie sich die Mühe machen? Wir sind in Italien. Machen Sie, was Sie wollen, und hoffen Sie einfach, daß die Carabinieri und die Autovermieter Sie nicht finden und Fragen stellen.«

»Ich glaube, wir werden uns trotzdem die Mühe machen«, entgegnete Rone bedächtig.

»Wie Sie wollen«, meinte der Italiener lächelnd mit einem Schulterzucken. »Überlassen Sie das mir.«

Rone sagte nichts, aber sein Blick war sehr sarkastisch.

Die Carabinieri waren höflich und galant und in ihren perfekt geschneiderten blauen Uniformen beeindruckend schön, und sie hatten es auch überhaupt nicht eilig, die Untersuchung zu beenden. Sie bedauerten, daß sie den Lastwagenfahrer nicht gleich festnehmen konnten, aber mit so wenigen Hinweisen – jeder mußte einsehen, wie schwierig das war. Es tat ihnen schrecklich leid, daß ein so furchtbarer Unfall ausgerechnet in Italien passieren mußte, und sie hofften inständig, daß der Rest ihres Aufenthalts unter einem glücklicheren Stern stehen würde. Es war doch wirklich ein Glück, daß niemand ernsthaft verletzt wurde; und Signor Adamson war sicher, daß seine Schnittwunde nicht mehr blutete? *Va bene.* Dann müßten nur noch die Abschleppkosten und der Schadenersatz für die Beschädigungen am Mietauto beglichen werden. Sie waren doch wohl versichert? *Bene, bene.* Ah, dann mußten nur noch ein paar Formulare ausgefüllt werden.

Es war schon spät, als sie am Kai in Venedig ankamen, wo Cesare sein Auto parken mußte. Sie waren nicht viel später dran als der Reisebus, wie sich herausstellte. Sie sahen ihn am Kai stehen, und das Gepäck wurde gerade per Fließband auf einen Wasserbus für die Fahrt zum Hotel umgeladen. Vielleicht konnten sie an der Gondelfahrt und dem Abendessen noch teilnehmen, das zum Reiseprogramm gehörte.

»Verzeihen Sie bitte, aber da muß ich nein sagen«, rief Cesare mit schmerzerfüllter Stimme. »Ich bitte Sie inständig, mit mir zu dinieren, Sie beide. Ich habe einen Cousin, der ein Restaurant besitzt, das berühmt für sein Essen ist. Hinterher bleibt noch Zeit für die Gondel, wenn Sie wollen. Nicht diese Touristengeschichte, eine Flotte von Booten, die um ein paar Kurven rast und dann wieder zum Ufer zurückkehrt, so daß der Gondoliere kaum Zeit hat, ins Schwitzen zu kommen. Nein, eine echte romantische Gondelfahrt im Dunkeln, das verspreche ich.«

Inzwischen hatte Cesare sich als wertvoller Verbündeter erwiesen. Er hatte sich bei den Carabinieri mit aller in so einer Situation erforderlichen Leidenschaft für sie eingesetzt, hatte Joletta und Rone fürsorglich in sein Auto gepackt und sich erboten, sie den kurzen Weg zu ihrem Hotel zu begleiten und die anderen Stadtführer und Angebote von Wassertaxis abgewehrt, die sie nicht brauchten. Joletta warf Rone einen Blick zu und bemerkte, wie er sie anstarrte.

Sie zeigte auf sein Hemd, das voller rostfarbener Blutflecken war. Sie sagte vorsichtig: »Ich glaube, daß wir beide ein bißchen mehr Zeit zum Umziehen brauchen als die übrige Reisegruppe.«

»Ich kann nicht behaupten, daß ich unbedingt so früh essen will wie die älteren Leute«, stimmte er zu.

»Wie früh denn?« fragte Cesare ungläubig und zog die Augenbrauen hoch, als er es erfuhr. »Nein, niemals! Wir sind doch in Italien. Vor zehn, elf Uhr wird nichts Anständiges serviert.«

Rone nickte: »Also gut, das Restaurant Ihres Cousins, aber es geht auf meine Rechnung.«

Cesare kämpfte wie ein Löwe, versuchte, ihn mit allen Mitteln zu überzeugen, daß es seine Pflicht wäre, sie einzuladen, aber Rone bestand darauf zu bezahlen. Cesare versprach, sie in ein paar Stunden mit dem Wassertaxi am Hotel abzuholen.

Joletta beobachtete, wie sie sich per Handschlag verabschiedeten und fand, daß die beiden Männer jetzt doch wenigstens etwas Respekt voreinander hatten, auch wenn sie sich nicht wirklich mochten. Das erklärte aber nicht, wieso sie mit Cesare zu Abend essen wollten. Sie fragte sich, ob Rone Cesare vielleicht ausfragen wollte, um herauszufinden, wer er wirklich war.

Die Schlüssel zu ihren Hotelzimmern hatten große Messingglocken als Anhänger, die daran erinnern halfen, sie beim Verlassen des Hotels an der Rezeption abzugeben. Joletta rechnete damit, daß Rone darauf bestehen würde, sein Zimmer mit ihr zu teilen. Um dem vorzubeugen, begann sie bereits auf der schmalen Treppe zu ihren Zimmern im ersten Stock ihre Einwände vorzubringen.

»Du kannst dir den Rest sparen«, unterbrach er sie, noch ehe sie richtig losgelegt hatte. »Ich weiß, daß es dir peinlich war, daß du heute morgen beim Verlassen meines Zimmers gesehen wurdest, und ich möchte nicht, daß das noch mal passiert.«

»Wirklich?«

»Wirklich«, erwiderte er.

Sie schenkte ihm ein dankbares Lächeln, als sie sich ihrer Tür näherten. »Ich habe nicht erwartet, daß du so vernünftig bist, aber ich bin froh, daß du es verstehst.«

»Ich bin ein vernünftiger Mann«, entgegnete er, nahm ihr den Schlüssel ab, öffnete die Tür und betrat das Zimmer. »Ich bleibe bei dir.«

Sie blieb einen Augenblick stehen. Dann folgte sie ihm und schloß die Tür ziemlich heftig hinter sich. »Das hab' ich damit nicht gemeint!«

»Ich weiß«, sagte er über die Schulter. Er ging zum Fenster, öffnete weit die beiden Flügel und dann die hölzernen Fensterläden. Die Öffnung gab den Blick frei auf ein Gewirr von cremefarbenen Steinmauern, rotgedeckten Dächern, aus denen Fernsehantennen sprossen, eine grün patinierte Kirchenkugel und einen kleinen Glockenturm. Unter ihnen plätscherte ein Kanal. Er ließ die Läden offen und wandte sich ihr zu. »Ich weiß«, wiederholte er, »aber ich würde dich heute nicht mal allein lassen, wenn ein Ledernackenteam unter deinem Fenster hängen würde und du deinen eigenen Leibwächter vor der Tür sitzen hättest.«

Sie starrte ihn lange und eindringlich an, ehe sie sich abwandte und auf das Bett fallen ließ, das fast das ganze Zimmer einnahm. Sie seufzte und sagte: »Ich hatte befürchtet, daß du diesen Unfall zu ernst nimmst.«

»Ich dachte, wir hätten die Unfalltheorie bereits in Luzern abgehakt. Du hättest heute nachmittag leicht getötet werden können.«

»Und du auch.«

»Ja.«

Etwas an seiner Stimme ließ sie aufhorchen. Er beobachtete sie erstaunt, aber mit einem gewissen unterschwelligen Respekt. Sie senkte wieder den Kopf und sagte mehr zu sich selbst, während sie über die blaugoldene Gobelinbettdecke strich: »Es ist schwer zu glauben.«

»Das zeigt nur, was für ein unbescholtenes Leben du bis jetzt geführt hast. Ehrliche Leute haben immer Schwierigkeiten, sich die Brutalität anderer Menschen vorzustellen.«

Sie holte tief Luft und atmete langsam aus. Es gab Dinge, die ihr durch den Kopf gegangen waren, die sie aber nicht erwähnt hatte, Dinge, die er ein Recht hatte zu erfahren, wenn er entschlossen war, in ihrer Nähe zu bleiben. Aber wie wollte sie ihm klarmachen, daß die Leute, die ihr etwas antun wollten, wahrscheinlich ihre Verwandten waren? Sie konnte es selbst kaum glauben.

Mit einemmal hob sie den Kopf. Sie drehte sich um und schaute die breite Matratze an, das lange Kopfteil, die beiden Kissen, die Seite an Seite darauf lagen. Ihre Stimme klang eine Tonlage höher, als sie sagte: »Das ist ein Doppelbett.«

»Ein französisches Bett«, erwiderte er, ohne mit der Wimper zu zucken.

Die Luft zwischen ihnen vibrierte vor Spannung. Die Minuten verstrichen. Joletta schloß entschlossen die Augen. Sie stützte die Ellbogen auf die Knie und ließ ihren schmerzenden Kopf auf ihren Händen ruhen. »Mein Gott«, sagte sie. »Wie lange wird diese Reise denn noch dauern?«

Cesares Liebe zu seiner Stadt und seinem Land war nicht gespielt. Sie schwang in seiner Stimme, als er ihnen auf dem Weg zum Abendessen die verschiedenen Gebäude und Baudenkmäler erklärte, und sie leuchtete aus seinen Augen, wenn er sich umsah und nach einem weiteren Relief oder einem architektonischen Detail suchte, auf das er sie aufmerksam machen wollte.

Ihr Wassertaxi brachte sie zur Piazza San Marco, von wo aus sie zu Fuß zu dem Restaurant weitergingen, das irgendwo in dem Gewirr von Straßen hinter dem Platz lag. Es war schon spät am Abend, die Touristen waren bereits verschwunden, und sie hatten den Platz für sich allein, als sie über die grauen Pflastersteine schritten, an den uralten Gebäuden mit ihren schwungvollen byzantinischen Bögen vorbei, den durchbrochenen Steinreliefs und den Hunderten von Säulen, die blaß und geisterhaft im Licht des aufgehenden Mondes aufragten.

Cesare warf einen Blick auf Jolettas hingerissenes Gesicht und sagte leise: »*Bella, no?*«

»*Sì*«, sagte sie, weil italienisch in diesem Augenblick viel passender war. »*Bella, bella.*«

Rone, der auf der anderen Seite neben ihr herging, wählte diesen Moment, um ihr einen Schwarm Tauben zu zeigen, die in einer vollendeten Spirale den Kampanile umschwirrten und das Glimmen des Mondlichts mit ihren Flügeln einfingen. Sie nickte lächelnd und stellte amüsiert fest, daß sie ihre Begeisterung für die Reise wiedergefunden hatte.

Es war auch wirklich berauschend, wenn einen zwei so große, dynamische Männer umwarben. Joletta genoß es, obwohl sie nicht wußte, womit sie das verdiente. Sie hatte nicht die geringste Lust, die beiden gegeneinander auszuspielen und fürchtete, sie könnten wieder anfangen zu streiten. Trotzdem war es Balsam für ihre Seele, zwischen den beiden einherzugehen.

Die Kellner im Restaurant waren anscheinend wild entschlossen, am Wettkampf teilzunehmen. Sie verbeugten sich, lächelten, murmelten Komplimente und verfolgten sie mit Blicken, bis sie sich schließlich fragte, ob sie nur noch ununterbrochen selbstzufrieden grinsen sollte. Es war einfach zuviel. Aber es war noch nicht alles.

Als der Kellner, ein schlanker, blonder Mann Ende Dreißig, der sich mit vollendeter Grazie bewegte, die Vorspeisenteller einsammelte, nahm er Jolettas Platzteller mit dem anderen mit. Sie dachte zuerst, es wäre ein Fehler, da Cesares und Rones Platzteller aus grauem Marmor noch dastanden. Dann wurde die Pasta aufgetragen, Bandnudeln in einer Sauce von Meeresfrüchten und Sahne. Joletta wußte, daß sie als einzige Frau zuerst hätte bedient werden müssen, aber während die beiden Männer ihre Portionen bekamen, erhielt sie keine.

Schließlich griff der Kellner über ihre Schulter und stellte einen viereckigen goldenen Teller vor ihr auf den Tisch. Als nächstes folgte ihre Portion Bandnudeln, die fast doppelt so groß war wie die der Männer, und zum Schluß bot man ihr frisch gemahlenen Parmesan an, hingegen den Männern nicht.

»Das ist ein ernst gemeintes Kompliment für eine schöne Frau«, sagte Cesare und lehnte sich amüsiert zurück, als er sah, wie Joletta errötete. »Sie müssen nichts tun, außer sich bedanken.«

Das machte sie, trotzdem ging ihr das Erlebnis ziemlich nahe. Es gab ihr das Gefühl, zusammen mit der Anwesenheit von Rone und Cesare, etwas Besonderes zu sein, anders, wenn vielleicht auch nur für diese eine Nacht. Sie spürte den Unterschied in ihrem Lächeln, ihrer Art zu gehen, als sie das Restaurant verließen, und daran, wie sie sich innerlich fühlte. Sie war sich nicht sicher, wie lange es anhalten würde, aber sie würde es bis zum Ende genießen.

Laut Cesare waren alle echten Gondeln der Tradition entsprechend schwarz. Die, die er für ihre Fahrt durch die Kanäle reserviert hatte, war vom Heck bis zum Bug spiegelblank poliert. Sie hatte fünf Plätze, die mit burgunderrotem Samt bezogen waren, und die Seepferdornamente an den Seiten waren aus sanft schimmerndem Messing. Auch wenn all diese Pracht nur für das Touristengeschäft gemacht war, stellte Joletta sich lieber vor, daß es typisch für Venedig und für die Venezianer war.

Der Gondoliere war ein gutaussehender Faun in einem schwarz-weiß gestreiften Hemd. Er war sehr zuvorkommend und sehr selbstsicher wie die meisten Italiener, wie Joletta inzwischen festgestellt hatte. Er half ihr in die Gondel, während Rone und Cesare höflich klärten, wer wo sitzen sollte. Als Rone sah, daß sie bereits im Boot war, warf er Cesare einen Blick zu, und beide zuckten mit den Schultern. Rone stieg sofort ins Boot und setzte sich neben Joletta. Der andere Mann warf resigniert die Arme hoch, dann nahm er den Sitz vor ihr und lehnte sich nach hinten, um sich mit ihr zu unterhalten.

Der Canale Grande war ziemlich gut beleuchtet, aber nicht so hell wie die meisten Straßen, auf jeden Fall war es schummrig genug, um den Hauch uralter Romantik zu wahren. Der Nachtwind wehte von der Adria her und war frisch und kühl, aber nicht zu stark, so daß die Wellen nicht unangenehm wurden. Das rhythmische Auf und Ab des Ruders des Gondoliere hatte etwas Hypnotisches, und der Mond zauberte aus den uralten Häusern eine vollkommene Hintergrundkulisse.

Cesare zeigte ihnen einige der bekannteren Palazzi, Casanovas Haus und das Haus, in dem Robert Browning und Elizabeth Barrett Browning während ihres Aufenthalts in Venedig gewohnt hatten. Als er ihnen das Haus von Marco Polo zeigte und auf das Wasser deutete, das über den Landesteg schwappte, um ihnen zu veranschaulichen, wie die Stadt allmählich im Wasser versank, legte er wie beiläufig seine Hand auf Jolettas Knie. Sie war so in den Anblick des uralten Gebäudes versunken, daß sie es kaum bemerkte.

Rone packte Cesares Handgelenk und legte seine Hand zurück auf den vorderen Sitz. Sein Gesicht sah im Dämmerlicht zwar freundlich aus, gleichzeitig aber auch herausfordernd, als er dem Italiener direkt in die Augen sah. Cesare murmelte etwas, das nicht gerade freundlich klang, aber dann hatte er sich sofort wieder beruhigt und bemerkte etwas zur Rialto-Brücke, unter der sie kurz darauf durchfuhren.

Wenig später bogen sie in einen kleineren Kanal ein, wo sich ihnen eine andere Gondel mit einem Sänger und einem Ziehharmonikaspieler anschloß. Während sie langsam die Wasserstraße entlangfuhren, sang der Sänger, ein schlanker, dunkler Mann mit opernreifer Stimme, »Santa Lucia«, »O sole mio« und »Torna a Surriento« und schließlich noch »Non ti scordar di me« auf Cesares Bitte hin. Spaziergänger blieben auf den Kanalbrücken stehen, um zu lauschen, während die Gondeln unter ihnen hindurchglitten. Die Leute hingen aus den Fenstern, um dem kostenlosen Konzert zuzuhören, und ein Mann, der auf einem kurzen Gehsteig entlang des Wassers ging, stimmte in den Refrain ein. Seine wohlklingende Stimme verfolgte sie noch einige Zeit beim Weiterfahren.

Die romantischen Lieder, das ungehemmte Mitsingen des Fremden, die Musik, die das Herz ergriff, schienen die Klischees zu persiflieren. Hin und her gerissen zwischen Verachtung und Belustigung über ihre eigene Sentimentalität, gab sich Joletta schließlich dem Genuß hin. Sie lehnte sich auf der Samtbank zurück und entspannte sich. Als sie dabei auf Rones Arm traf, den er über ihren Sitz gestreckt hatte, benutzte sie ihn als Kissen.

Nach einiger Zeit kam ihr der Gedanke, ob das vielleicht derselbe Kanal war, an dem Violet und Allain gewohnt hatten, es gab keinen Grund zu bezweifeln, daß das stuckbemalte Gebäude mit der Säulenloggia noch existierte. Das Gebäude war schon dreihundert Jahre alt gewesen, als die beiden dort einzogen, hundertvierzig weitere machten da sicher keinen großen Unterschied. Venedig hatte sich in vieler Hinsicht verändert, aber vieles war auch gleichgeblieben.

Die Gondel näherte sich einer Kanalkreuzung. Der Gondoliere rief seine Warnung, dann schwang er das lange Boot herum und bog in den Querkanal ein. Dieser war unbeleuchtet und von glatten Steinmauern eingeschlossen. Sie glitten in schwarze Finsternis, in der Cesare nur noch ein undeutlicher Umriß war und der Bug der Gondel gar nicht mehr zu sehen war.

»Perfekt«, sagte Rone.

Er drehte sich zu ihr, nahm Jolettas Kinn in seine warme Hand und hob ihren Kopf. Seine Lippen, sanft, glatt, besitzergreifend, berührten die ihren.

Die Süße, die Richtigkeit von Ort und Zeit in diesem Augenblick lösten all ihre Hemmungen. Wahrscheinlich war sie vom europäischen Mangel an Zurückhaltung angesteckt, dachte sie, denn es war ihr egal, daß der Gondoliere direkt hinter und Cesare direkt vor ihnen in der Dunkelheit waren. Sie wandte sich zu Rone und legte ihre Hand auf seine Brust, um den steten, festen Schlag seines Herzens zu fühlen. Sie schmiegte sich an ihn und gab sich den Impulsen hin, die sie beide mit derselben Unvermeidlichkeit weitertrieben, wie sie sich der Musik hingegeben hatte.

Seine Umarmung wurde fester. Seine Zunge zeichnete die empfindlichen Kurven ihres Mundes nach, bohrte, empfing die

Gnade des Einlasses. In zartem Spiel berührten sich ihre Zungen, die rauhen, elastischen Oberflächen begegneten sich in lustvoller Reibung. Ihre Lippen erwärmten sich, wurden weicher, noch verbundener.

Joletta schmiegte sich jetzt eng an die muskulöse Länge seines Körpers, und ihre Sinne kribbelten vor Wollust. Sie steigerte sich, überströmte sie wie die adriatischen Fluten. Wilde Leidenschaft erfaßte sie so heftig, daß ihr Körper erschauderte.

Das Licht nahm zu.

Rone ließ sie langsam und zögernd los.

Die Nacht kam Joletta ohne den Schutz seiner Arme kühl vor. Sie war nicht darauf vorbereitet gewesen. Sie konnte sich nicht erinnern, wann sie sich so lebendig, so begehrenswert, so ungeheuer glücklich gefühlt hatte.

Es war verrückt, und das wußte sie auch. Sie wurde auf Schritt und Tritt von irgendwelchen Leuten verfolgt, die ihr übelwollten.

Möglicherweise hatte auch die Gefahr etwas mit ihrem Gefühl zu tun, eine einfache Reaktion auf Bedrohung.

Vielleicht war es auch nur das Gefühl von Freiheit, weit weg von zu Hause und den Leuten zu sein, die sie kannte, die Tatsache, daß sie endlich auf sich selbst gestellt war.

Oder es war nur der Wein und die männliche Bewunderung, die ihr zu Kopf gestiegen waren.

Sie wußte es nicht, war sich nicht einmal sicher, ob sie es überhaupt wissen wollte. Im Augenblick war es wunderbar, es einfach zu empfinden.

Die Empfindungen dauerten fort, auch als die Gondelfahrt zu Ende war und Cesare ihr mit einem Handkuß gute Nacht wünschte und sich am Steg von ihnen verabschiedete. Sie blieben bei ihr, als sie und Rone langsam zum Hotel gingen und die uralte Wendeltreppe zu ihrem Zimmer hinaufstiegen und als Rone die Tür aufschloß.

Joletta betrat als erste das Zimmer und griff nach dem Lichtschalter. Rone packte ihre Hand. Einen Augenblick lang fürchtete sie, er hätte etwas in dem finsteren Zimmer gehört oder gesehen.

Nein.

Er schloß die Tür hinter sich und drehte sich zu ihr, legte eine Hand auf ihre Schulter und zog sie in seine Umarmung.

Seine Lippen waren heiß und berauschend in der Dunkelheit. Joletta fühlte, wie sie hochgehoben und zum Bett getragen wurde. Mondlicht ergoß sich über sie, als er sie auf die Matratze neben dem offenen Fenster legte. Er stand über ihr mit seinen breiten Schultern, seinem schöngeformten Kopf, und der Mond ließ seine Haarsträhnen silbern erscheinen, während sein Gesicht im Schatten blieb. Für den Bruchteil einer Sekunde sah er aus wie ein Fremder und wirkte wie eine Bedrohung.

Dann legte er sich langsam zu ihr in den Mondscheinkegel, und seine kaum gekostete, aber doch so vertraute Gegenwart hüllte sie ein.

Silbern im steten Mondlicht verschmolzen sie miteinander, Mund an Mund, mit verschlungenen Schenkeln.

Für Joletta hatte der Augenblick etwas Unausweichliches, als hätte sie bereits von dem Moment an, als er sich in der Gondel zu ihr wandte, gewußt, daß er kommen mußte. Vielleicht aber war er schon unvermeidbar gewesen, als er sie aus dem Autowrack gezogen hatte oder noch früher, als er sie auf der Brücke in Luzern geküßt hatte oder als sie in Paris hochschaute und ihn vor sich erblickte. Es schien, als hätte sie ein Leben lang nur darauf gewartet. Jetzt hatte das Warten ein Ende.

Wein und süße Lust rauschten durch ihre Adern. Sie berührte sein Gesicht, den Hauch von Bartstoppeln auf seiner Haut, die harten Flächen seiner Wangen und den energischen Schwung seines Kinns. Er nahm ihr Gesicht in seine starke Hand, betastete ihre weiche Haut und die sanfte Vollkommenheit der Knochen darunter. Eine scheinbar endlose Weile begegneten sich ihre Blicke im Dämmerlicht, suchend, dunkel und glänzend, voller Versprechungen.

Mit einem leisen Seufzer zog Joletta ihn enger an sich. Ihre festen Brüste drängten sich an seine Brust, und ihr Unterleib spürte die unglaubliche Hitze und Härte seiner Männlichkeit. Durch die dünne Baumwolle ihres Rocks fühlte sie, wie sehr er sie brauchte, und ihr Herz schwoll, hämmerte gegen ihre Rippen.

Die Muskeln seiner Schultern unter der Baumwolle seines Hemds waren gespannt, aber geschmeidig, als er ihren Rücken streichelte. Sein Geruch nach Baumwolle und Sandelholz, warmem Mann und der feuchten Frische der venezianischen Nacht war eine unwiderstehliche Einladung. Er vermischte sich mit ihrem Teerosenparfüm zu einer erotischen Rhapsodie von Düften.

Er war kein ungeübter Liebhaber, seine feste Hand auf ihrer Brust, sein Geschick mit den Knöpfen ihrer Bluse bewiesen es. Aber sie war es auch nicht. Die Verbindungen mit ihrem Verlobten waren hastig und meistens nicht sonderlich befriedigend gewesen. Vielleicht war das der Grund dafür, daß Joletta sich nicht erinnern konnte, schon einmal dieses hemmungslose Bedürfnis gefühlt zu haben. Nie zuvor hatte sie diesen hektischen Impuls gehabt, sich zu beeilen, sich auf ihn zu werfen und sofortige Befriedigung zu suchen, während ihr gleichzeitig bewußt war, daß sie eine tiefere innere Sehnsucht nach langer und endloser Erfüllung hatte. Sie wollte ein Teil von Rone werden, ihn zu einem Teil von ihr machen, ihn ohne jede Einschränkung kennenlernen.

War das überhaupt möglich?

Die Gedanken, die durch ihren Kopf flatterten, verflogen, als sie die kühle Luft auf ihrer Haut spürte. Rone streifte ihre dünne Bluse zur Seite. Der warme Hauch seines Atems, die feuchte Hitze seines Mundes strichen über ihrem Hals. Ein Schauder erfaßte sie, als er die Kuhle am Ansatz kurz mit der Zunge berührte. Er steigerte sich, als seine Lippen sich tiefer bewegten und einen feuchten Pfad warmer Küsse durch das Tal zwischen ihren Brüsten zeichneten, während er ihren Büstenhalter öffnete.

Hitze breitete sich wie ein Buschfeuer auf Jolettas Haut aus. Ihr Herzschlag dröhnte dumpf in ihren Ohren. Sie half ihm, den Rock über ihre Hüften zu zerren und keuchte, als er den Kopf beugte und mit den Lippen über die gespannten Muskeln ihres Bauchs strich. Sie packte seine Haare, wand ihre Finger in die seidigen Strähnen, als wollte sie ihm Einhalt gebieten und ließ ihn dann leise stöhnend gewähren.

Langsam, mit sicheren Bewegungen, begrub er sein Gesicht in der Kuhle ihres Bauchs, atmete ihren köstlichen Duft ein, kostete ihren süßen Nabel, bevor er sich wieder nach oben bewegte. Er zog mit seiner Zunge Kreise um eine ihrer Brüste, genoß vorsichtig ihre elastische Beschaffenheit und wandte sich behutsam der Spitze zu. Joletta hörte auf zu atmen, und ihre Sinne erblühten immer mehr. Ihre Haut strahlte vor Wärme. Als sie spürte, wie sein Mund sich um die Knospe ihrer Brust schloß, gab sie sich der glühenden Liebkosung hin.

Sie hatte nicht geahnt, daß es so sein könnte, hatte nie diese heiße Flut von ungezügelter, hemmungsloser Lust gespürt. Sie streckte eine zitternde Hand nach seinem Gesicht aus, fühlte die leichte Bewegung seines Kinns, während seine Zunge zärtlich mit ihrer Brustwarze spielte. Sie verspürte den Drang zu geben so heftig, daß es ihr die Kehle zuschnürte.

Er wandte sich von der einen Brust ab, die jetzt hart und naß war, und liebkoste die andere mit ebenso zärtlicher Leidenschaft. Dann drückte er seine Lippen auf die geschmeidige Kurve, unter der ihr Herz schlug. Dann bewegte er sich wieder nach oben, suchte ihren Mund, während seine Hand über ihren Körper streichelte und sich unerbittlich dem seidigen Dreieck am Ansatz ihrer Schenkel näherte.

Wie intim eine Berührung doch sein konnte, in die Privatsphäre eindringen konnte, Schranken niederreißend, sich tief an geheime, gut bewachte Orte vortastend mit einer Lust, die forderte und um Anerkennung flehte. Rone war hinterlistig, unerbittlich, sicher und unbeirrbar. Ein sanftes Stöhnen zitterte in ihrer Kehle. Sie bewegte sich ihm entgegen, mit ihm, ertrank in Empfindungen, fürchtete, er könnte aufhören. Ungebeten, in einer Ekstase der Hingabe, öffnete sie ihre Schenkel weiter, um ihm den Zugang zu erleichtern.

Er folgte seiner Berührung mit dem Mund. Joletta keuchte, unterwarf sich ihm, folgte stumm, geschmeidig seiner Führung. Mit wachsender Lust hörte sie auf zu denken, bewegte sich kaum, griff in lüsterner, leidenschaftlicher Dankbarkeit nach ihm, genoß die harten, sehnigen Muskeln seines Körpers, der eine so perfekte Ergänzung zu ihrem weichen war.

Die Erforschung zarter Kuhlen und empfindlicher Kurven und Spitzen schuf ihren eigenen Zauber, der in ihnen erblühte, während ihr Atem heftiger wurde und ihre Herzen aneinander hämmerten. Er vertrieb Vergangenheit und Gegenwart, bis nichts mehr existierte außer ihrem blinden Bedürfnis und seiner zarten Befriedigung, die absichtliche, Sehnsucht erweckende Steigerung.

Dann drehten sie sich in plötzlicher Hingabebereitschaft zueinander und verschmolzen miteinander.

Er drang in sie ein, und sie empfing ihn mit rhythmischer innerer Bereitwilligkeit.

Zauber, körperlicher Zauber, der auch den Verstand erfaßte und ihn schließlich ausschaltete.

Sie ließen sich Zeit, drängten sich gegeneinander, bäumten sich auf, fielen in langsamem Rhythmus wieder zurück, rollten sich mit zitternden Muskeln und feuchten Hautoberflächen, die sich wie geölte Seide aneinander rieben, über die Laken. Joletta klammerte sich an seine Arme, hart durch seine Beherrschung, während er sich über ihr bewegte. Sie bäumte sich ihm entgegen, nahm ihn tief in sich auf und mit jedem Stoß noch tiefer. Das Blut rauschte heiß und pulsierend durch ihre Adern, hämmerte in ihren Ohren. Die Wucht seiner Stöße ließ sie erbeben, und sie nahm sie an und erwiderte sie. Ihre Sinne schwirrten in höhere Sphären. Sie kämpften sich immer höher und näherten sich so in ständig wachsender Erregung dem Ziel, das keiner von ihnen schon erreichen wollte.

Dann war es mit einemmal in ihrer Reichweite.

Joletta spürte, wie ihr Herz aussetzte und dann mit dem harten Schlag einer läutenden Glocke wieder einsetzte. Sie stieß einen leisen Schrei aus. Der Zauber hatte sie in seinem Strudel erfaßt, sie außer Kontrolle gewirbelt in einem Wonnenebel von schier unerträglicher Lust, so endlos, daß er sich immer weiter und weiter ausbreitete, bis er an die Grenzen der Ewigkeit anschlug. Sie klammerte sich an den Mann, der sie festhielt, spürte sein Erschaudern, als er ein letztes Mal tief in sie stieß. Sie hörte, wie er ihren Namen wie einen Segensspruch murmelte. Dann lagen sie still nebeneinander.

Der Wind, der von der Adria wehte, trocknete den Schweiß von ihren Körpern. Bevor ihre Haut abkühlte, waren sie eingeschlafen. Als sie im Morgengrauen eng umschlungen, ihr Rücken in der Biegung seines Körpers, unter den Laken erwachten, hörten sie das Summen eines Moskitos.

Sie wandten sich einander zu. Es war wie eine Heimkehr.

15. Kapitel

Er hatte es nicht gewollt.

Rone stand unter dem steten heißen Strahl der Dusche, die den Sandelholzschaum von seinem Körper hinunter in den Abfluß jagte, während der Dampf in duftenden Wolken aufstieg. Er sollte die Stunden, die er mit Joletta im Bett verbracht hatte, eigentlich bereuen, das wußte er. Aber er tat es nicht. Er würde zumindest das haben, wenn nicht mehr. Das Bedauern würde er sich für später aufheben.

Sie war völlig anders als alle Frauen, die er bis jetzt gekannt hatte. Keine Überraschung: das hatte er von Anfang an gewußt.

Gestern nacht war sie ganz selbstverständlich zu ihm gekommen, wie eine römische Nymphe, ohne Zögern oder Täuschung oder den Versuch, ihm klarzumachen, welche Ehre ihm durch ihre Hingabebereitschaft zuteil wurde.

Und genau deshalb fühlte er sich geehrt.

Er fühlte auch noch eine Menge anderer Dinge, aber über keines davon durfte er jetzt nachdenken, wenn er sie an diesem Morgen noch ein bißchen schlafen lassen wollte.

Mein Gott, hatte diese Frau Mut. Und Selbstbeherrschung. Er hatte gestern nach dem Unfall fest mit einem hysterischen Anfall gerechnet. Aber weit gefehlt. Ihr Gesicht war einfach fünf Minuten lang blaß gewesen, sie hatte sich schlicht geweigert, ihre Umgebung mit den emotionellen Nachwehen ihres Grauens zu belasten.

Bevor sie von der Straße gedrängt worden waren, war sie ziemlich wütend auf ihn gewesen – nicht ohne Grund. Es wäre ihm wirklich lieber gewesen, wenn sie ihn angebrüllt und beschimpft hätte; er fragte sich, ob sie das wußte. Aber nein, sie hatte ihn ins Fegefeuer befördert und schmoren lassen, bis er glaubte, es nicht mehr ertragen zu können.

Er glaubte aber nicht, daß sie das erkannt hatte. Hoffentlich nicht. Wenn sie je dahinterkam, wie sehr sie ihn verletzen konnte, würde er das sicher schmerzlich zu spüren bekommen.

Er kannte Venedig, aber er hatte es noch nie mit einer Frau erlebt, die sich weigerte vorzugeben, daß sie das alles nicht beeindruckte. Joletta hatte auf ihre stille Art alles in sich aufgenommen und vor Freude wie die Sonne gestrahlt, die über der Lagune glitzerte. Ihre ganze Umgebung war hingerissen gewesen, vor allem jeder Mann. Auch Cesare Zilanti. Und er selbst.

Seine Hände und seine Lust zu zügeln, war einfach unmöglich gewesen. Der Augenblick gestern war unwiderstehlich, Joletta so unglaublich schön im venezianischen Mondschein.

Er war zu eifersüchtig gewesen. Cesare hatte Glück, daß er nicht auf dem Grund des Canale Grande trieb. Dieser ölige –

Selbstbeherrschung. Er war derjenige, der das brauchte. Er hatte geglaubt, er könnte in Jolettas Nähe bleiben, sie ständig beobachten und dabei ganz gelassen bleiben. Er hatte sich sein eigenes Grab geschaufelt.

Und was jetzt?

Jetzt mußte er den Judas spielen, Joletta zum Markusplatz bringen und abwarten. Er würde den Unschuldigen spielen und sich wie ein verräterisches Schwein fühlen.

Er drehte die Dusche ab, griff nach dem Handtuch und drückte es sich lange ans Gesicht. Er atmete zweimal tief ein und dann langsam und seufzend aus.

Großer Gott, wie er das haßte. Wirklich.

Das hatte er gewußt, er hatte nur nicht gewußt, wie sehr er es hassen würde.

Es blieb aber nur noch wenig Zeit, nur eine Woche in Italien, bevor die Reise vorbei war. Dumm und egoistisch war es ja vielleicht, aber er würde sie trotzdem in vollen Zügen genießen.

Joletta beobachtete durch ihre Wimpern, wie Rone aus dem Badezimmer kam, und mußte insgeheim über seine Anstrengungen, leise zu sein, lächeln. Sie hatte einen sehr leichten Schlaf – der leichte Ruck der Matratze hatte sie geweckt, als er aufstand –, aber er sollte kein schlechtes Gewissen deshalb haben, sie würde es ihm nicht zeigen.

Sie hatte noch nie mit einem Mann zusammengelebt, war nie morgens neben einem aufgewacht, hatte nie gesehen, wie einer im grauen Morgenlicht, nur von einem Handtuch bedeckt, herumlief. Wirklich interessant.

Zwischen seinen Schulterblättern perlten Wassertropfen, dort wo das Handtuch nicht hingekommen war, und ein paar hatten sich in den dunklen gelockten Haaren auf seinen Schenkeln gefangen. Sie beobachtete genüßlich, wie sie in der Bewegung seiner Muskeln funkelten. Und sie dachte mit leichtem Erröten daran, sie für ihn abzutrocknen.

In der Schweiz war er reservierter gewesen, dachte sie; er hatte sich im Badezimmer angezogen und den Raum verlassen, während sie sich duschte und umzog. Daß er an diesem Morgen davon absah, bewies die Intimität, die sich zwischen ihnen ergeben hatte. Dieses Gefühl von Nähe war beunruhigend, aber sie glaubte, sie könnte sich daran gewöhnen.

Er pfiff leise vor sich hin, eine Blues-Version von »St. Louis Woman«, als er sich frische Kleidung und etwas, das wie ein kleiner Kaffeetopf aussah, aus seinem Koffer holte. Er streifte eine Unterhose und Jeans über, dann ging er ins Bad, um den Kaffeetopf zu füllen. Kurz darauf stieg Joletta das Aroma frischgemahlenen Kaffees in die Nase.

Rone kam zurück ins Zimmer, ging lautlos zum Fenster, wo er eine Schulter gegen den Rahmen lehnte. Er verschränkte die Arme über seiner nackten Brust und schaute hinaus über die Dächer. Das fahle Licht legte einen grauen Schimmer über sein Gesicht, wodurch er nachdenklich und ein bißchen traurig aussah. Was hatte er für Sorgen? Vielleicht irgendein geschäftliches Problem? Etwas, das mit dem Zusammensein mit ihr zu tun hatte?

Joletta überlegte, ob sie ihn fragen sollte, aber sie kannte ihn nicht gut genug, um sich in seine Angelegenheiten einzumischen. Und wenn es wirklich sie betraf, wollte sie es ganz bestimmt nicht wissen.

Sie streckte sich und stützte sich auf einen Ellbogen. »Rieche ich da etwa Kaffee?« fragte sie leise.

Rone drehte den Kopf. Er lächelte und nickte. »Ich hoffe, er ist nicht zu stark für dich.«

»Ich bin aus New Orleans, erinnerst du dich? Kaffee kann gar nicht zu stark sein für mich.«

Er nickte anerkennend, dann sagte er: »Tut mir leid wegen gestern nacht.«

»Wirklich? Das ist nicht sehr schmeichelhaft.« Der versucht unbeschwerte Tonfall kam ihr überzeugend vor.

Sein Gesicht wurde ernst. »Also gut, das einzige, was mir leid tut ist, daß ich es nicht geschafft habe, dich zu schützen. Ich hätte es getan, wenn ich gewußt hätte – aber zumindest habe ich einen Beweis, daß ich es nicht geplant habe.«

»Oh«, sagte sie und senkte den Blick auf das Laken, das sie bedeckte, als ihr klar wurde, wovon er redete. Schwangerschaft und die Möglichkeiten, sie zu verhüten, waren ihr nicht in den Sinn gekommen. »Ich auch nicht – das heißt, ich nehme keine –«

»Das habe ich auch nicht erwartet«, rettete er sie mit amüsiertem Ton. »Das läßt sich ändern, falls wir uns auf die Suche nach einer anderen Apotheke begeben?«

Wirklich raffiniert, dieser fragende Unterton, die Andeutung, daß er nichts als selbstverständlich betrachtete. Als Joletta es hörte, erkannte sie, daß er ihr damit eine Ausrede ermöglichte, mittels derer sie sich aus der neuen körperlichen Beziehung, die er begründet hatte, zurückziehen konnte, falls sie das wollte. Was blieb ihr da übrig, als diese Gefälligkeit zu erwidern?

»Das können wir natürlich machen«, willigte sie ein, »wenn du glaubst, daß wir die Zeit dazu finden.«

»Oh«, sagte er grinsend, »ich glaube, das schaffen wir.«

Sie lachte, konnte nicht anders. Einen Augenblick später wurde sie über die Matratze gerollt, deren Federn krachten, als er sich darauf warf. Er drehte sie auf den Rücken, legte sich auf die Ellbogen gestützt über sie und betrachtete sie mit strahlenden dunklen Augen. Sie erwiderte seinen Blick für lange Augenblicke, dann streckte sie die Arme aus, ihre Finger schlängelten sich seinen kräftigen Hals entlang, und dann zog sie seine Lippen zu ihren.

Die Tauben hatten sich auf dem Markusplatz gesammelt und umringten in zeternden Schwärmen die Weizenverkäufer. Sie flatterten und kreisten, und die Morgensonne schimmerte irisierend grün und violett auf ihren Köpfen und Hälsen. Sie stoben in Wolken davon, wenn Gruppen von Touristen und italienischen Schulkindern die Pflastersteine vom Dogenpalast zur Kathedrale überquerten, und stiegen wie eine Schar erdverbundener Engel auf, als die beiden Mohren im alten Glockenturm die Stunde schlugen.

Joletta beobachtete das bunte Treiben, während sie und Rone einen Cappuccino in einem der Freiluftcafés auf dem Platz schlürften, und fand, daß die Vögel dieselben roten Beine und amourösen Neigungen hatten wie die Tauben auf dem Jackson Square in New Orleans. Irgendwie schien ihr das tröstlich.

Die Tauben waren nicht der einzige vertraute Anblick. Jolettas Mund wurde schmal, als sie eine große blonde Frau auf sich zuschreiten sah, die sich durch die wandernden Gruppen und Postkartenverkäufer drängte. Natalie.

Jolettas erste Reaktion war Wut. Es konnte sie nicht überraschen, daß Natalie sie gefunden hatte, nicht nach allem, was passiert war, aber es war ihr unverständlich, wie die andere Frau es wagen konnte, ihr unter die Augen zu treten.

Sie überlegte, ob sie aufstehen und weggehen sollte, sich weigern, mit ihrer Cousine zu reden. Aber das nutzte wohl auch nichts. Irgend etwas mußte passieren, soviel war klar. Also warum nicht gleich damit anfangen.

Natalie winkte, als sie noch einige Meter entfernt war. Sie war gewagt modisch gekleidet, in einem Versace-Kleid in Blaugrün, Violett und strahlendem italienischem Gelb, sah aber irgendwie deplaziert aus auf diesem Platz mit seinen gedämpften Farben und seiner Eleganz, an dem die Zeit schon heftig genagt hatte. Beim Winken klapperten die zahllosen Gold- und Emailreifen an ihrem Arm so laut, daß die Tauben in sieben Meter Umkreis von ihr erschrocken auseinanderstoben.

»Guten Morgen, Cousine«, rief sie fröhlich, als sie sich näherte. »Ich hab' gewußt, daß du irgendwann hier auf diesem Platz auftauchst, jeder tut das.«

Joletta begrüßte sie ohne sonderliche Begeisterung, aber das tangierte Natalie überhaupt nicht. Sie blieb neben dem Tisch stehen und musterte Joletta von Kopf bis Fuß. »Du siehst gut aus, Venedig bekommt dir.« Sie wandte sich Rone zu, der aufgestanden war, als sie näher kam. »Oder vielleicht liegt es an der Gesellschaft, in der du reist? Willst du uns nicht vorstellen?«

Joletta kam dieser Bitte nach, und Rone nickte ihrer Cousine kurz zu. Seinem Gesicht nach zu schließen war er nicht sonderlich begeistert von dieser Begegnung. Das änderte sich auch nicht, als Natalie mit einem boshaften Seitenblick auf Joletta fortfuhr: »Ja, ich finde, eine ausgesprochene Verbesserung gegenüber den Kerlen, die du sonst im Schlepptau hast, Cousine, diese bärtigen Künstler, die nichts zu sagen haben, und die spießigen Professoren, die nur über sich selbst reden.«

Joletta glaubte, einen Unterton von Neid in der Stimme der anderen Frau zu hören. Das helle, klare Licht war nicht sehr vorteilhaft für ihre Cousine. Es enthüllte die fahle Haut unter dem Make-up, Zeuge vieler langer Nächte und von zuviel Alkohol, und betonte die mißmutigen Falten zwischen ihren sorgsam geschwungenen Brauen.

Natalie nahm sich einen Stuhl, ohne auf eine Einladung zu warten. Als Rone ihn ihr zurechtrückte, warf sie ihm ein strahlendes Lächeln über die Schulter zu. »Rone«, sagte sie nachdenklich. »Das klingt wie ein Name für einen Cowboy. Sind Sie einer?«

»Nicht direkt«, erwiderte er.

»Was bedeutet er? Ich platze vor Neugier.« Natalie entdeckte den Kellner und schnippte mit den Fingern.

»Ich habe alle Instinkte eines Cowboys, mir fehlt nur das Pferd.«

Jolettas Cousine warf ihm einen koketten Blick zu. »Und was für Instinkte sind das?«

Er streifte sie mit einem kurzen, desinteressierten Blick, als er sich setzte. »Ein Impuls, zur Rettung angaloppiert zu kommen, der Drang, Probleme mit einer gut plazierten Faust zu regeln.«

»Ein Mann der Tat. Du meine Güte.« Die andere Frau stützte ihr Kinn auf ihre Hand und sah ihm direkt in die Augen.

Joletta warf ihrer Cousine einen prüfenden Blick zu. Irgend etwas an der Unterhaltung zwischen Rone und Natalie war seltsam. Natalies Tonfall war unverhohlen spöttisch, und ihr Lächeln hatte etwas Raubtierhaftes.

Natalie war eine Frau, die die Gesellschaft von Männern vorzog und auch kein Hehl daraus machte. Es war nichts Ungewöhnliches, daß sie sich auf jeden Mann konzentrierte, der gerade in ihrer Nähe war, oder sogar versuchte, jeden zufällig anwesenden zu gängeln.

Aber Rones Reaktion war unerwartet. Er lehnte sich mit unbeweglichem Gesicht im Stuhl zurück, als wollte er möglichst viel Abstand zu ihr gewinnen.

Nachdem Rone auf ihren letzten höhnischen Kommentar nicht reagierte, warf Natalie Joletta einen Blick zu, dann wandte sie sich wieder zu ihm und fragte betont heiter: »Seid ihr beide euch gerade begegnet, oder besteht das Arrangement schon länger?«

»Was macht das für einen Unterschied?« erwiderte Joletta patzig. »Außer du hast Angst, er könnte im Weg sein?«

Natalie wandte sich ihr mit großen, erstaunten Augen zu. »Du mußt mir ja nicht gleich den Kopf abreißen. Außerdem hab' ich keine Ahnung, wovon du redest.«

»Oh, ich denke schon. Ich bin überrascht, daß du den Nerv hast, mir unter die Augen zu treten, nachdem du uns gestern fast umgebracht hättest.«

»Umgebracht? Ich? Sind wir da nicht ein bißchen arg melodramatisch?«

Joletta sah ihrer Cousine direkt in die Augen. »Vielleicht war es nicht absichtlich, aber das Auto, in dem wir waren, hat Feuer gefangen, nachdem der Laster uns von der Straße gedrängt hat.«

»Moment mal –« begann Natalie und runzelte die Stirn.

»Das war ein gemeiner, hinterlistiger Trick, praktisch versuchter Mord.«

»Willst du damit sagen, ich hätte etwas mit diesem Unfall zu tun?«

Die ungläubige Miene ihrer Cousine wirkte echt, aber Natalie war schon immer eine gute Schauspielerin gewesen. »Ich hab' dich in Paris gesehen, ich weiß, daß du mir gefolgt bist.«

Natalie wandte sich Rone mit unschuldigen großen Augen zu.

Er erwiderte den Blick teilnahmslos. Sie drehte sich wieder zu Joletta. »Du glaubst also, daß wir – aber das ist doch lächerlich, wir sind doch eine Familie! Und was die Verfolgung angeht, muß ich dir sagen, daß ich deine Reise ziemlich gewagt finde. Du hast wahrscheinlich das Tagebuch gefunden – nicht weiter überraschend, nachdem du Mimi und das Haus so gut kanntest –, aber wenn da eine Formel drin gestanden hätte, wüßten wir das inzwischen alle. Ich nehme an, du bist über etwas gestolpert, was dich hierhergeführt hat, aber es würde mich wirklich sehr erstaunen, wenn nach so langer Zeit die Chancen eins zu einer Million stehen, etwas zu finden.«

»Was machst du dann in Europa?«

Natalie lachte. »Ich habe ein eigenes Leben, weißt du. Ich war auf der Durchreise und wollte mal schauen, wie's dir geht.«

Joletta glaubte ihr kein Wort, aber es hatte keinen Sinn, das zu sagen. »Und Tante Estelle und Timothy?«

»Ich habe keine Ahnung, wo mein liebes Brüderchen ist, er ist allein losgefahren, er hat zwar etwas über Cascais gesagt – oder Korfu. Er findet, die ganze Angelegenheit ist, ich zitiere, ‹eine Verschwendung bester Strandzeit›.« Das sagte sie mit ungewohnter Herzlichkeit und fuhr dann fort: »Was Mutter angeht, das letzte, was ich von ihr gehört habe, war, daß sie auf dem Weg nach New York zu Lara Camors ist. Camors Cosmetics hat ein wunderbares Labor, wo sie nicht nur eigene Parfüms herstellen, sondern auch chemische Analysen anderer machen können. Sie bringt ihnen eine Probe von Le Jardin de cour, das dann analysiert und kopiert wird.«

»Es wird nicht funktionieren«, sagte Joletta, klang aber besorgt.

Natalie machte eine verächtliche Handbewegung. »Mutter ist da anderer Meinung, und sie kriegt meist, was sie will, gleichgültig wie.«

Das war nur allzu wahr. Joletta sagte: »Du hast nicht gesagt, wohin du fährst – nur daß du auf der Durchreise bist.«

Es dauerte einen Moment, ehe Natalie antwortete, da der Kellner jetzt ihre Bestellung aufnahm. Als der Mann gegangen war, sagte sie: »Eigentlich sollte ich eine Freundin für ein paar Tage in

Saturnia treffen, um mich bei einer Kur von der Wintersaison zu erholen. Es ist etwas dazwischengekommen, sie wird sich ein paar Tage verspäten.«

»Wie schade«, bemerkte Joletta etwas ironisch.

»Ich nehme an«, sagte Natalie mit ihrem strahlendsten Lächeln, »ihr habt wohl nichts dagegen, wenn ich mich dir und Rone anschließe, bis sie kommt.«

»Ich bezweifle, daß es dir gefallen wird«, entgegnete Joletta. »Wir sind mit einer Reisegruppe unterwegs.«

Natalie lachte schallend und wandte sich zu Rone. »Du meinst mit Reiseleitern und Hühnchen zum Abendessen und älteren Frauen mit blaugetönten Haaren und Polyesterkostümen?«

Joletta sagte: »Die meisten Damen tragen Seide und Fallschirmnylon, aber so ungefähr liegst du richtig.«

Natalie zuckte die Schultern. »Wenn ihr es ertragen könnt, werde ich es wohl auch schaffen.«

»Nein.«

Der kompromißlose Klang von Rones Stimme ließ Jolettas Kopf herumschnellen. Er begegnete mit grimmigem Blick den fassungslosen graublauen Augen ihrer Cousine. Der Gedanke, daß er so offen zeigte, daß er mit ihr allein sein wollte, ließ Joletta bis unter die Haarspitzen erröten.

»Ich habe mit meiner Cousine geredet«, sagte Natalie irritiert.

Rone lächelte sie grimmig an. »Ich möchte ja einer Verwandten von Joletta gegenüber nicht unbedingt unhöflich sein, aber im Augenblick möchten wir lieber allein sein. Das verstehen Sie doch sicher.«

»Oh, weht der Wind daher?« Natalie musterte Joletta prüfend. »Was für eine faszinierende Entdeckung.«

»Das ist doch nichts Ungewöhnliches«, sagte Joletta trotzig. Natalie konnte doch nicht wissen, daß sie und Rone sich gerade erst kennengelernt hatten, oder vielleicht doch?

»Für manche Leute wahrscheinlich nicht. Aber ich hätte nie gedacht, daß du solche Eskapaden magst, Joletta.«

»Und was für eine Eskapade soll das sein?« fragte Rone mit wütender Stimme.

Natalie warf ihm einen sarkastischen Blick zu. »Der große Beschützer, das liebe ich. Aber wirklich, Joletta und ich haben so selten Gelegenheit, ungestört miteinander zu reden. Sie werden mir doch wenigstens ein paar Stunden heute nachmittag zugestehen?«

»Nicht allein.«

»Oh, wir wollen Sie natürlich dabeihaben«, sagte Natalie kühl.

Rone entgegnete nichts, sah Joletta nur fragend an.

Joletta wandte sich an ihre Cousine. »Wir wollten bis zum Mittagessen einfach durch die Stadt streifen, nachmittags fahren wir auf die Inseln Tercello und Burano, um uns die alte Kirche und die Spitzen anzusehen. Du hast das alles sicher schon ein dutzendmal gesehen.«

»Noch nie in solcher Gesellschaft«, sagte Natalie, und ihr Ton duldete keine Widerrede. Sie nahm die Kaffeetasse, die der Kellner ihr gerade gebracht hatte.

Es war offensichtlich, daß Natalie aus irgendeinem Grund bei ihnen bleiben wollte. Joletta konnte sich den Grund allerdings nicht vorstellen. Wenn ihre Tante das Parfüm analysieren ließ, konnte es Tante Estelle und Natalie doch egal sein, wenn die Formel auf andere Weise entdeckt wurde. Außer natürlich, sie wollten die alleinigen Eigentümer sein.

Das Interesse ihrer Cousine schien sich auf Rone zu konzentrieren. Möglicherweise wollte sie mehr über ihn herausfinden, um festzustellen, inwieweit seine Anwesenheit ihre Suche beeinträchtigen würde. Nachdem Joletta der Meinung war, daß es nichts schaden könnte, wenn Natalie und alle anderen erfuhren, daß sie jetzt keine einsame Zielscheibe mehr war, hatte sie keine weiteren Einwände.

Natalie war entschlossen, charmant zu sein. Sie redete ununterbrochen, während sie durch die Straßen gingen; sie machte spröde, bissig-amüsante Kommentare über diesen Passanten oder jenen früheren Einwohner, erzählte Geschichten von früheren Reisen nach Venedig und anderen Orten in Europa, Geschichten, die mit Titeln und Kosenamen gespickt waren, die sie nicht weiter erklärte. Die meisten ihrer Kommentare richtete sie an Rone. Er reagierte kaum, aber das Zucken seiner Mundwinkel zeigte, daß er viele der Erwähnten sehr wohl kannte.

Natalie zeigte nur wenig Interesse an den Waren in den Schaufenstern, die Jolettas Aufmerksamkeit erregten, das mundgeblasene Glas oder die fein geschnittenen Kameen aus seltenen, grauen und hellblauen Steinen langweilten sie. Sie fand keinen, Gefallen an den feinen gotischen Reliefs der Gebäude und hatte keine Lust, auf kleinen geschwungenen Brücken zu stehen und die Aussicht auf geheimnisvoll verschlungene Kanäle zu genießen. Da es schwierig war, Natalies lautstarke Erinnerungen zu durchbrechen, um mit Rone zu sprechen, kam sich Joletta allmählich vor wie das dritte Rad am Wagen. Das war in Gegenwart von Natalie nichts Neues. Sie hatte es immer schon geschafft, ihr dieses Gefühl zu geben, mit ihrer Erfahrenheit, den teuren Privatschulen und reichen Freunden. Es hatte Zeiten gegeben, in denen sie geglaubt hatte, Natalie würde das absichtlich machen. Inzwischen war sie sich da nicht mehr sicher. Vielleicht war es auch einfach nur ein Mangel an Verständnis für die Gefühle anderer Menschen.

Einmal ging Joletta in einen kleineren Laden, um sich eine Sammlung Porzellanfiguren von Armani genauer anzusehen. Sie waren so exquisit gemacht, so prachtvoll in ihrer romantischen Üppigkeit, daß sie länger als geplant blieb. Sie hätte zu gerne eine der Gruppen, ein Liebespaar in einer Gondel, gehabt. Aber es war nicht nur zu zerbrechlich zum Verschicken, sondern auch viel zu teuer für sie. Schließlich trennte sie sich davon und von dem liebenswürdigen Ladenbesitzer und ging zurück auf die Straße.

Rone und Natalie standen in einiger Entfernung auf dem Gehsteig. Natalie redete hastig auf Rone ein, fuchtelte drohend mit dem Finger vor seinem Gesicht herum, während er mit gesenktem Kopf und resignierter Miene alles über sich ergehen ließ.

Joletta runzelte die Stirn und ging auf die beiden zu.

Natalie warf einen Blick in Jolettas Richtung. Die Wut in ihrem Gesicht war wie weggewischt. Sie murmelte noch ein paar Worte und strahlte dann übers ganze Gesicht.

»Ist etwas nicht in Ordnung?« fragte Joletta, als sie die beiden erreicht hatte.

»Was sollte denn nicht in Ordnung sein?« sagte Natalie.

»Rone hat gerade beschlossen, daß wir drei unsere eigene Reisegruppe bilden sollten. Wir vergessen die Reise zur Insel, gehen vielleicht am Rialto spazieren, oder, noch besser, wir fahren, weil es so warm ist, zum Baden an den Lido.«

»Ach, hat er das?« fragte Joletta.

Sie konnte es einfach nicht glauben, nicht nach dem Streit, den sie gestern wegen einer ähnlichen rücksichtslosen Entscheidung gehabt hatten. Sie warf ihm einen fragenden Blick zu. Sein Gesicht war grimmig und seine Augen düster, aber er machte keinerlei Anstalten, sich zu verteidigen.

Joletta hatte in der vergangenen Stunde einige Dinge entdeckt. Das erste war, daß sie keine Lust hatte, über längere Zeit mit Natalie zusammenzusein. Sie hatte die Nase voll davon, ständig hinter ihrer Cousine herzulaufen und zu beobachten, wie sie Rone ausschließlich für sich beanspruchte. Außerdem hatte sie festgestellt, daß sie eine besitzergreifende Frau war. Die Erkenntnis war beunruhigend, aber sie hatte nicht vor, dagegen anzukämpfen. Aber sie würde etwas dagegen unternehmen.

»Bist du sicher«, sagte sie und schaute ihrer Cousine direkt in die Augen, »daß das Rones Idee war?«

»Wessen sonst? Ist sie nicht wunderbar? Wir werden so viel Spaß haben!«

Joletta schüttelte den Kopf. »Da bin ich mir nicht so sicher. Rone, wie du vielleicht bemerkt hast, ist ein echter Gentleman aus dem Süden, er schlägt einer Lady nur ungern etwas ab, und er ist fast immer höflich. Aber ich glaube, er hatte mit dem, was er anfangs sagte, recht. Wir werden besser allein zurechtkommen.«

»O nein, Joletta, wie gemein!«

»Tut mir leid, wenn du das so siehst. Aber du solltest keine Schwierigkeiten haben, dich zu unterhalten, bis deine Freundin ankommt. Du kennst so viele interessante Leute, daß ich mir sicher bin, daß es irgendwo einen Herzog oder Prinzen gibt, der dir helfen wird, die Zeit zu vertreiben.«

Die letzte Bemerkung war die reine Bosheit, egal wie man sie betrachtete. Joletta konnte nichts dafür. So empfand sie eben.

Natalie starrte Joletta einen Augenblick lang schockiert an, dann drehte sie sich zu Rone. »Sagen Sie's ihr«, sagte sie mit ihrer kreischenden Stimme. »Zeigen Sie ihr, daß Sie nichts dagegen haben. Überreden Sie sie, Sie werden sicher wissen wie.«

Rone errötete vor Wut über Natalies Anspielung. Die andere Frau schob ihr Kinn vor und begegnete herausfordernd seinem Blick. Er war es, der sich als erster abwandte und mit benommenem Blick Joletta ansah.

Die Worte waren leise, fast ohne Betonung, als er sagte: »Du weißt, daß ich lieber nicht mit der Gruppe gehe.«

Es war wirklich seltsam, daß Natalie solchen Einfluß auf Rone hatte, nachdem er noch kurz zuvor so bestimmt gewesen war. Irgend etwas war da faul. Joletta wußte nicht, was es war, aber sie spürte es.

Natalie ließ ihr keine Zeit für ihre Antwort. Mit schmeichelnder Stimme sagte sie: »Du magst doch diesen Touristenkram auch nicht, oder Joletta? Wenn du es natürlich unbedingt willst, können Rone und ich ohne dich weitermachen.«

»Nein«, sagte Joletta langsam, »ist schon in Ordnung.«

»Dann ist ja alles geregelt«, rief Natalie. »Das wird so viel mehr Spaß machen!«

Sie kehrten ins Hotel zurück, um ihre Badesachen zu holen und ihren Reiseleiter zu informieren, daß sie heute nachmittag nicht dabeisein würden.

Als sie sich dem Eingang näherten, kam Cesare Zilanti mit ausgebreiteten Armen auf sie zu.

»Da sind Sie ja endlich. Ich hab' gewußt, daß Sie bald zurückkommen würden, damit Sie den Ausflug, den Sie gestern abend erwähnt haben, nicht verpassen.« Er nahm Jolettas Hand und führte sie an seine Lippen. »Ah, Schönste aller Schönen, wie geht es Ihrem Kopf? Alles in Ordnung, ja? Ich wollte Sie unbedingt erwischen, bevor Sie abfahren, um Ihnen eine Einladung zu überbringen, von der ich glaube, daß Sie sie ganz besonders genießen werden.«

»Einladung?« fragte Joletta. Sie bemerkte, mit welch grimmiger Miene Rone den anderen Mann studierte, und Natalies überraschtes Gesicht war ihr auch nicht entgangen, aber sie ignorierte beide.

»Ich habe eine Cousine, die einen Palazzo von einigem historischen Interesse besitzt. Sie würde sich sehr freuen, ihn Ihnen zu zeigen, wenn Sie sie besuchen.«

Jolettas aufgewühlte Gefühle fällten die Entscheidung in diesem Augenblick. Sie war sich dessen bewußt, aber das machte auch keinen Unterschied.

»Das würde mir sehr gefallen«, sagte sie mit rebellisch stolzem Lächeln. »Ich kann natürlich nicht für Rone und meine Cousine entscheiden, sie haben vielleicht andere Pläne.«

Das bedurfte natürlich einer Erklärung, und Natalie mußte vorgestellt werden. Jolettas Cousine strahlte den Italiener an und ließ ihre Hand sehr lang in seiner. Cesare würdigte die Geste mit angemessenem Charme, wandte sich aber dann sofort mit gerunzelter Stirn an Joletta. »Sie fahren also nicht auf die Inseln? Aber Sie werden ab morgen keine Zeit mehr dafür haben, und es ist wirklich ein Fehler, sie nicht zu sehen.«

»Also wirklich, soviel gibt's da draußen nun auch nicht zu sehen«, sagte Natalie.

»Venedig ist mehr als nur der Canale Grande und die Markuskirche«, entgegnete Cesare mit vorwurfsvoller Miene. »Ihr Charakter zeigt sich in ihren Inseln, in den Glasfabriken und anderen Orten, die von der Stadt entfernt gebaut wurden, um Feuer zu verhindern – und wo die Fischer ihre Einsamkeit genießen und ihre Häuser so bunt streichen, daß man sie vom Meer aus sehen kann.«

Mehr Überredung brauchte Joletta nicht. Sie wollte soviel wie möglich von Italien sehen. Sie wandte sich zu Rone und Natalie. »Ihr beide könnt machen, was ihr wollt, aber ich werde mir die Inseln ansehen.«

Natalies mißmutiger Blick wanderte von Cesare zu ihr. »Bist du sicher?«

»Das bin ich«, antwortete Joletta entschlossen.

»Wir können dich natürlich nicht daran hindern.« Ihre Cousine hob achtlos die Schultern.

Rone sagte: »Dann muß ich Joletta aber begleiten. Wir könnten allerdings versuchen, einen zusätzlichen Platz für einen weiteren Teilnehmer zu finden.«

»Oder vielleicht zwei, wenn Sie schon Ihre Gruppe erweitern«, schlug Cesare mit einem zuversichtlichen Lächeln vor. »Es wäre mir ein großes Vergnügen, noch einmal Ihr Reiseleiter zu sein.«

»Moment mal«, sagte Natalie mit schneidender Stimme. »Ich weigere mich, an einem organisierten Ausflug mitzumachen, und daran gibt's nichts zu rütteln. Rone, Sie haben mir den Lido versprochen.«

Peinliches Schweigen legte sich über die Gruppe, das Cesare schließlich durchbrach. »Ich sehe da keine Probleme. Ich werde Rones Platz bei Joletta einnehmen. Dann kann er sein Wort halten.«

Joletta sah, wie Rone eine rasche Bewegung machte, aber sofort wieder innehielt. Sie sah ihn fragend an. Nach kaum einer Sekunde wandte er sich ab und sah einem vorbeifahrenden Boot nach.

Ein hohles Gefühl breitete sich in Jolettas Magen aus, dehnte sich immer weiter, bis es ihr Herz bedrängte. Ihr Gesicht war ernst und ihr Blick zweifelnd, als sie Cesare ansah. »Ich bin mir sicher, Sie haben etwas Besseres zu tun, als ständig mit mir herumzuziehen.«

»Und wenn es tausend Dinge wären, ich würde sie absagen, *carina* Joletta«, sagte Cesare sofort. »Es wird mir ein großes Vergnügen sein.«

Seine Bereitwilligkeit und sein galantes Benehmen waren Balsam für Jolettas angeschlagene Seele. Sie zwang sich zu lächeln. »Gut, dann wäre das geregelt.«

»Sieht so aus«, sagte Natalie, sah aber nicht sonderlich glücklich aus.

Rone schwieg.

Joletta hatte erwartet, daß der Nachmittag sich endlos hinziehen würde, statt dessen verging er wie im Flug. Die Fahrt über die Lagune machten sie in einem Wasserbus aus glänzendem Holz und Messing, der wunderbar sauber und gepflegt war. Boote, erklärte ihr Cesare, als sie es erwähnte, waren der Stolz der Männer von Venedig, sie pflegten sie wie andere Männer ihre Autos oder ihre Waffen.

Von den beiden Inseln gefiel ihr Tercello am besten, vor allem weil sie so klein und nett war, mit soviel ungepflastertem Land und den für sie typischen italienischen Gärten, mit den kräftigen Artischocken mit ihren haarigen Blättern, wild wuchernden Erbsen und Pfaden, auf denen sich Katzen inmitten des ganzen Grüns sonnten.

Sie ging mit Cesare über den Kachelboden der uralten Kirchen, über den schon seit tausend Jahren die Schritte der Frommen hallten. Hinterher aßen sie unter einer Laube zu Mittag, unter der vermutlich schon Hemingway während seines Aufenthalts im Cipriani gesessen und wo er in einem nebelverhangenen traurigen Winter *Across the River and into the Trees* geschrieben hatte.

Auf Burano ließ es sich Cesare nicht nehmen, Joletta ein Stück Spitze zu kaufen, ein kleines Bild von einem Herrn und einer Dame in Kostümen des siebzehnten Jahrhunderts, die ein von einem Pfeil durchbohrtes Herz hielten. Sie vermieden den Platz mit seinen Kiosken voller Souvenirs für Touristen und spazierten zwischen den rosa und safrangelb, orange und strahlend blau und ochsenblutrot gestrichenen Häusern.

Cesare nahm ihre Hand und lächelte sie bewundernd mit seinen dunklen Augen an. Die Sonne glänzte auf den blauschwarzen Wellen seines Haars und verwandelte seine Haut zu Gold. Es hatte nichts zu bedeuten, das wußte sie oder glaubte es zumindest. Trotzdem konnte sie sich seiner Aura selbstsicherer Männlichkeit und seiner Bewunderung für sie als Frau nicht entziehen. Diese Bewunderung war eine beachtliche Waffe, typisch für Italiener oder andere romanische Völker. Sie fragte sich, ob er sich dessen bewußt war und auch, warum nicht mehr Männer, besonders die Amerikaner, sie einsetzten.

Auf eine merkwürdige Art war sie Cesare dankbar. Seine leichtfertigen Komplimente und die ständige Bereitschaft zu flirten hatten geholfen, ihr durch Rones Verrat verletztes Ego wiederaufzubauen. Cesare hatte ihr auch die Möglichkeit gegeben, Abstand zu den Emotionen zu gewinnen, die sich so schnell entwickelt hatten und erschreckend intensiv geworden waren. Sie hatte die Zeit gebraucht, in Ruhe darüber nachzudenken, was sie tat und warum sie es tat.

Wenn sie Cesare ansah, mußte Joletta auch an Violet und Allain denken, der italienische Vorfahren hatte. Wenn die Geschichte sich auf irgendeine Art und Weise wiederholte, war wahrscheinlich Cesare Allain am ähnlichsten. Sie glaubte zwar nicht an Reinkarnation, aber trotzdem fühlte sie sich Violet hier in Venedig zeitlich näher als zu Hause in New Orleans.

Allmählich fing sie an, die Impulse sehr gut zu begreifen, die ihre Urgroßmutter getrieben hatten.

Sie hatten das Ende der Straße erreicht, die zum Meer und einer grasbewachsenen Böschung mit einer willkommenen Bank führte. Cesare ging auf den Platz zu und überholte rücksichtslos ein anderes Paar, das dieselbe Idee gehabt hatte. Er drückte Joletta auf die Bank und ließ sich dann neben ihr nieder und ignorierte mit seiner üblichen Nonchalance die Wut des anderen Paares.

Sie saßen lange so da, genossen den Wind und die Sonne auf ihren Gesichtern und beobachteten, wie das dunstige blaue Meer wogte und glitzerte.

Nach einer Weile sagte Cesare: »Ihre Cousine Natalie ist Ihnen nicht sehr ähnlich.«

»Ihr Aussehen, meinen Sie?« fragte Joletta.

»Na ja, sie ist blond, was immer sehr attraktiv ist, aber ich meine ihr Benehmen. Sie ist sehr – entschlossen.«

»Das haben Sie erkannt, obwohl Sie sie nur so kurz gesehen haben?« sagte Joletta etwas spöttisch.

Ein Lächeln umspielte seinen Mund. »Ein Mann bemerkt solche Dinge.«

»Gefällt Ihnen Entschlossenheit bei einer Frau?«

»Manchmal ja, manchmal nein. Ich mag es nicht, wenn man mich herumkommandiert.«

Joletta hatte geglaubt, Rone würde sich auch wehren. Aber er hatte es nicht getan. Warum? Die Frage quälte sie schon den ganzen Nachmittag wie ein schmerzender Zahn. Die einzige Antwort, die ihr in den Sinn kam, war, daß er Natalie attraktiv fand und einige Zeit in ihrer Gesellschaft verbringen wollte.

Mit leiser, nachdenklicher Stimme sagte sie: »Finden Sie, daß meine Cousine attraktiver ist als ich?«

»Was für eine Frage, *carina*«, erwiderte er, wandte sich ihr zu und stützte einen Ellenbogen auf die Lehne der Bank. »Warum wollen Sie das wissen?«

Sie zuckte mit der Schulter. Es war ein Impuls gewesen, einer, gegen den sie nicht einmal versucht hatte, sich zu wehren.

»Vergleichen Sie sich um meinetwillen oder wegen Rone mit ihr?«

Cesare sah wesentlich mehr, als sie ihm zugetraut hatte. »Vergessen Sie es«, sagte sie. »Es ist nicht weiter wichtig.«

»Ich denke schon.« Er verstummte und fuhr dann leiser fort: »Sie sind nur anders, mehr nicht. Ihre Schönheit ist offensichtlich, ein helles Feuer, das einen Mann lockt. Ihre ist ein weicheres Licht, wie das einer Kerze, man muß ihr sehr nahe kommen, um ihr sanftes Licht und ihre Geheimnisse schätzen zu lernen. Sie sind die Art Frau, die ein Mann heiratet, damit er die Flamme jahrelang pflegen kann, sich an ihrem steten Feuer wärmen kann. Sie ist die Art Frau für ein schnelles Feuer, das in Kürze ausgebrannt ist.«

Joletta sah ihn lange an, bis schließlich ein Hauch von Lächeln in ihre braune Augen kam. Sie fragte: »Sind das die beiden einzigen Frauentypen, die Sie erkennen?«

»Nein«, erwiderte er, und seine dunklen Augen blickten verständnisvoll und amüsiert. »Ich kenne auch noch die Mütter.«

Cesare und Joletta kamen vor ihrem Besuch bei seiner Tante nicht mehr ins Hotel zurück, sondern stiegen direkt vom Ausflugsboot in eine Gondel um, die sie die kurze Strecke durch die Kanäle zu dem alten Haus brachte.

Von außen war das Gebäude nicht sonderlich beeindruckend, es war sehr schlicht, bis auf eine Loggia mit gotischen Bögen. Es hatte Ähnlichkeit mit dem Haus, in dem Violet und Allain gewohnt hatten, aber Joletta hatte inzwischen entdeckt, daß es viele solcher Häuser gab.

Das Innere war ein Gemisch von riesigen vergoldeten Spiegeln und eleganten Stehlampen in Schwarz und Chrom, von riesigen Majolikavasen voller Frühlingsblumen und abstrakten Lithographien groß wie Scheunentore.

Cesares Tante war nicht die gebeugte alte Dame in Lavendel

und Spitze, die Joletta erwartet hatte. Die Frau hatte ein ungeheures Charisma. Ihr Haar war zu einem strengen Knoten gekämmt, sie trug gelbe Diamantohrringe, die wie kleine Sonnen funkelten, und ein Kleid aus blaßgoldener Seide, das die unverkennbare Handschrift Armanis trug.

Die Italienerin war sehr erfreut über diesen Besuch einer Bekannten ihres Neffen. Sie hatte nicht geahnt, daß er einen so ausgezeichneten Frauengeschmack hatte. Es war ihr eine Freude, ihr das Haus zu zeigen, das nach jahrelanger Vernachlässigung renoviert worden war. Sie hatte das Haus gewissermaßen geheiratet. Es war schon seit vielen Jahren im Besitz der Familie ihres Mannes, aber sie waren erst vor einem Jahr nach dem Tod seiner Mutter eingezogen. Sie hatte inzwischen vieles verändert.

Sie wurden zum Abendessen eingeladen. Das Essen war wunderbar und wurde in der Loggia serviert, während das lange Zwielicht zur Nacht verblaßte. Es gab zahllose Gänge, ein endloser Strom von Gerichten und Wein und Gesprächen.

Es war schon spät, als Cesare und Joletta am Bootssteg in der Nähe des Hotels ankamen. Er bestand darauf, mit ihr durch die Seitenstraße zum Hotel zu gehen und brachte sie sogar bis zu ihrem Zimmer.

Sie blieb im Korridor vor ihrer Tür stehen, dankte ihm noch einmal für das Spitzenbild und auch für den Nachmittag und den Abend. Als sie ihre Tür aufsperren wollte, hinderte er sie daran, indem er einfach ihre Hand ergriff.

Mit einem bedauernden Lächeln sagte er: »Wie ich sehe, werden Sie mich nicht hereinbitten?«

»Sie haben recht verstanden.« Ihre Stimme war leise, aber bestimmt.

»Ich habe es gewußt«, sagte er seufzend. »Ich nehme an, ich muß wohl dankbar sein, daß Sie nicht wie so viele so hungrig nach Liebe sind, daß sie den ersten Mann nehmen, der kühn genug ist, ihnen Liebe anzubieten.«

Sie runzelte die Stirn. »So viele Frauen, meinen Sie, oder nur so viele amerikanische Frauen?«

»Ich spreche von Ihren Landsmänninnen, *carina*, ja. Überrascht Sie das?«

»Zum Teil schon. Ich nehme an, es sind diejenigen, die mit dieser Absicht allein nach Europa kommen.«

»Ah, meine Joletta«, sagte er leise, »und was suchst du?«

Sie schaute überrascht hoch zu ihm, da die Frage nicht einfach so dahingesagt, sondern ernst gemeint war. Er begegnete ihrem Blick mit seinen dunklen Augen. Dann ließ er mit einem Mal ihre Hand los, kam näher und legte seinen Arm um ihre Taille. Er beugte den Kopf und drückte seinen Mund auf ihren.

Sein Mund war hart und muskulös und schmeckte nach Wein, seine Bewegungen zeigten, wie erfahren er war. Er hielt sie fest, ohne sie zu umklammern. Seine Berührung war nicht unangenehm und ließ ahnen, daß mit ein wenig Mühe mehr daraus zu machen wäre. Trotzdem brachte sie keine verzehrende Leidenschaft, keine wilde Begierde auf, um herauszufinden, wieviel größer die Lust noch werden konnte.

Warum hatte sie diesen Kuß gestattet? Dankbarkeit? Widerwillen, ihm weh zu tun nach all seiner Höflichkeit? Das Bedürfnis, ihre Gefühle zu testen, was Rone betraf? All diese Dinge hatten dazu beigetragen. War das Cesare gegenüber fair? Die Frage war nicht zu beantworten, war abhängig von den Lösungen, die sie finden würde. Ohne Zweifel hatte auch er seine eigenen Antworten gesucht.

Sie wollte sich gerade behutsam zurückziehen, ohne jede Hast, um nicht völlig abweisend zu sein.

In diesem Augenblick öffnete sich die Zimmertür und Rone, nur mit einer Jeans bekleidet und mit einer gerollten Zeitung in der Hand, stand grimmig vor ihnen.

»Verzeihung«, sagte er mit einem Blick auf Jolettas blasses Gesicht. »Ich wollte nicht stören, ich dachte nur, du hättest vielleicht Schwierigkeiten mit deinem Schlüssel.«

»Nein«, entgegnete sie knapp.

»Das sehe ich. Du könntest dich ein bißchen beeilen. Dein Badewasser läuft schon ein.« Er ging wieder ins Zimmer und schloß die Tür hinter sich.

Joletta mußte seine Worte, die freche Zurschaustellung ihres intimen Arrangements, erst verdauen. Es stand wohl außer Frage, daß sie als Warnung für Cesare gedacht waren; obwohl sie nicht begriff, wie er das nach dem, wie er sich mit Natalie verhalten hatte, wagen konnte.

Sie hatte auch noch zwei andere Dinge bemerkt. Das Badewasser lief tatsächlich ein. Und das, was sie für eine Zeitung in Rones Hand gehalten hatte, waren die letzten Seiten von Violets Tagebuch gewesen.

16. Kapitel

10. August 1854
Ich hatte Angst davor, Allain zu erzählen, daß das Porträt, das er gemalt hatte, zerstört war. Wie schmerzlich würde es für ihn sein, zu erfahren, daß Gilbert seine Wut an der Leinwand ausgelassen hatte, an der er so fleißig gearbeitet hatte. Was würde er sagen? Würde er mich zwingen, ihm zu sagen, was dann geschehen war? Dies war demütigend genug gewesen; noch schlimmer würde es sein, es ihm zu schildern.

Fast eineinhalb Monate nachdem wir nach Venedig gekommen waren, nahm ich meinen Mut zusammen, um darüber zu sprechen, und sogar dann war es eigentlich ein Zufall.

Allain war den ganzen Morgen weg gewesen. Er hatte es sich angewöhnt, für die einfachen Mahlzeiten, die Violet manchmal mit dem Koch von Signora da Allori zubereitete, einzukaufen. Es gab Gerichte, zubereitet mit Täubchen und Lerchen, Tintenfisch, Auberginen mit Tomaten und Käse. Violet ging manchmal mit; sie liebte es, über den Markt zu wandern, um die frischen Früchte und Gemüse zu feilschen und jedesmal frische Blumen zu kaufen, die mit ihrem Duft ihre Räume erfüllten. Diese Ausflüge, die sie auch manchmal in einen Antiquitätenladen, ein Stofflager, eine Weinhandlung oder einen Schuhladen führten, um dann anschließend in einem kleinen Straßencafé Kaffee und Gebäck zu sich zu nehmen, ließen die Vormittage wie im Flug vergehen und sorgten dann den Rest des Tages für Unterhaltung.

An diesem Morgen ging es ihr nicht gut. Es war nur eine kleine Übelkeit, aber sie glaubte, die vielen Gerüche auf dem Markt würden ihr nicht guttun. Nichts war peinlicher, als auf einem öffentlichen Platz gegen Übelkeit ankämpfen zu müssen.

Allain kam zurück und trug eine bemalte Leinwand aufgerollt

unterm Arm. Er hatte sie an einem Trödlerstand gekauft. Der Künstler hieß Antonio Canale, Canaletto genannt. Seine Arbeiten waren nicht gefragt, weil man ihm nachsagte, er sei zu seinen Lebzeiten mit seinen Hunderten von Ansichten Venedigs, die als Andenken von Besuchern der Stadt gekauft worden waren, besonders von den Engländern während des achtzehnten Jahrhunderts, zu kommerziell gewesen. Allain war begeistert von der meisterhaften Pinselführung seiner Entdeckung, aus der er zu erkennen glaubte, daß Canaletto Architektur studiert hatte. Er bewunderte die Durchsichtigkeit der Farben, die gekonnte Verwendung der Camera Obscura, die er augenscheinlich bei der Grundzeichnung verwendet hatte. Diese Vorzüge erfreuten ihn, aber das war nicht der Grund, warum er das Bild gekauft hatte.

Er wirkte auf Violet wie ein kleiner Junge mit einem Geheimnis. Sie lächelte und stellte die Frage, auf die er wartete! »Warum hast du das Bild gekauft?«

Allain deutete auf die Mitte der Leinwand, wo ein Stück Canale Grande hinter der Rialto-Brücke in weichen brillanten Blau-, Pfirsich- und Goldtönen zu sehen war. »Darum«, antwortete er.

Es dauerte einen Moment, bis auch sie es sah. »Ah«, sagte sie und lächelte ihm in die Augen.

Der Ausschnitt gab das Haus wieder, in dem sie wohnten. Es war nur eine Teilansicht; das Haus war teilweise hinter einem Palast verborgen. Aber es war genau zu erkennen, mit seiner Loggia und den oberen Fenstern, die zu dem Schlafzimmer gehörten, in dem sie schliefen, und die gleichen ockerfarbenen Mauern und dasselbe blaubraune Wasser, daß seine Fundamente umspielte.

Für Violet war es ein seltsames Gefühl zu wissen, daß das Bild mindestens hundert Jahre alt war. Es war irgendwie nicht richtig, daß es seinen Schöpfer so viele Jahre überlebt hatte.

»Eines Tages«, sagte Allain, als sie dastanden und auf das Bild sahen, »möchte ich ein Haus haben, wo ich dieses Bild in den Salon hängen kann, um eine dunkle Ecke zu erhellen – und mit deinem Porträt über dem Kamin, um das Haus zu schützen.«

Violet sah ihn an. Sie schluckte und sah wieder weg. Mit leiser Stimme sagte sie: »Das wäre wunderbar – aber das ist nicht möglich.«

»Was meinst du damit?« fragte er.

»Das Porträt – Gilbert hat es zerstört, zerschnitten. Hinterher hat es ihm leid getan, aber der Schaden war nicht wiedergutzumachen.«

»Und dir?« fragte er. »Geschah das, als er dir weh getan hat?«

Sie konnte ihm nicht antworten; es war unmöglich. Als er ihr Kinn hochheben wollte, verbarg sie ihre Augen hinter ihren Wimpern.

Er bestand nicht darauf. Er nahm sie in seine Arme und drückte sie an sein Herz, und die aufgestaute Wut in ihm ließ ihn so schwer atmen, daß ihr Haar davon zitterte. Endlich sagte er: »Ich hätte ihn umbringen sollen.«

Sein Verständnis, seine Zartheit und sogar seine Wut waren wie Balsam. Es schnürte ihr die Kehle zu, als sie sagte: »Das hat ihm auch leid getan.«

Es dauerte eine Zeit, ehe er wieder etwas sagte. Er seufzte, und die Spannung wich aus seiner Umarmung. »Vielleicht sollte ich ihn bemitleiden. Auch ich wäre sehr jähzornig, wenn ich wüßte, daß ich dich verliere.«

Sie konnte nur nicken. »Es tut mir so leid.«

»Wegen dem Porträt? Ich werde ein anderes, schöneres malen. Aber ich weiß, daß man dir wegen mir weh getan hat. Ich bin auch nicht frei von Schuld.«

»Warum«, sagte sie leise, »wenn alles, was du getan hast, mir Freude gebracht hat?«

»Ich habe mehr bekommen.«

»Nichts, was ich dir nicht freiwillig gegeben habe.«

»Ja, natürlich, mein lüsternes Mädchen«, sagte er, und Verlangen schwang in seinen lachenden Worten mit.

»Ja«, stimmte sie ihm ernst zu. »Willst du jetzt mit mir ins Bett gehen?«

»Madame, Sie schockieren mich.«

»Unmöglich. Willst du?«

»Die Bronzepferde von St. Markus könnten mich, wenn sie lebendig wären, nicht zurückhalten«, antwortete er.

Nachher, als der Wind vom Meer durch die Fensterläden wehte und sie nackt auf dem Bett lagen, stand Allain auf und ließ sie zwischen den zerwühlten Laken schlummernd liegen. Er kam einen Moment später zurück. Durch sein Gewicht gab die Matratze nach, und dann legte er etwas Kühles, Schweres zwischen die blassen, zart gerundeten Hügel ihrer Brüste mit ihren rosa Warzen und dem Netzwerk von blauen Äderchen.

Sie dachte zuerst, es wäre ein Halsband mit Anhänger. Die Kette bestand aus schweren goldenen Gliedern. Daran befestigt war ein kleiner Gegenstand, der so ähnlich aussah wie ein Weihrauchgefäß. Es sah aus, als wäre es aus einem einzigen großen Amethyst geschnitten, mit einer Fassung aus Perlen und Diamanten.

Sie setzte sich auf und nahm das Schmuckstück in die Hand. Die Arbeit war prachtvoll und außerordentlich fein, mit Schnörkeln, Reben und Blättern, die die Fassung bildeten, und einem Vogel mit ausgebreiteten Flügeln, der auf der einen Seite des Amethysts eingeschnitten war. Ihre Hände zitterten, als sie es hin- und herdrehte, um es besser zu sehen. Sie wußte, daß es kein gewöhnliches Schmuckstück war.

Sie sah Allain an und fragte: »Was ist das?«

Statt einer Antwort nahm er die Halskette und drehte den Amethyst. Der obere Teil ließ sich wie ein Verschluß entfernen.

Aus dem kleinen Juwel stieg der Duft eines Parfüms auf, so lieblich, so vielfältig und doch so einfach, üppig, aber fein, so voller träumerischer Vorstellungen, daß es die Sinne mit reiner Freude erfüllte. Es war die Essenz einer Sommernacht an einem exotischen Ort, es erinnerte an sanfte Brisen von Hügeln, wo Orangen und Mandeln wuchsen. Es war der reiche Duft der Blüten in einem ummauerten Garten, vom Mondlicht getränkt, von wo aus man die weit entfernten Seufzer des Meeres hören konnte, der Duft kandierter Veilchen und duftender Wurzeln der Iris und verwilderter Felder von wildem Rosmarin und Narzissen, wehender Fächer von Vetiver und Vanillebohnen und schneegekühltem Wein. Und noch mehr Düfte, die in den Kopf stiegen wie ein uralter, halbvergessener Refrain.

»Kleopatras Parfüm«, sagte Violet, ihre Stimme war voller Staunen.

»Und Joséphines. Und Eugénies.«

»Aber wie – warum?«

»Der Parfümeur in der Rue de la Paix, von dem ich dir erzählt habe, ist der Kommissionär der Kaiserin und hat den Auftrag, es für sie zu mischen. Er hat viel riskiert, als er es mir gegeben hat, aber er schuldete mir noch etwas. Außerdem ist er ein Romantiker und konnte mir nicht widerstehen, als ich ihm sagte, daß ich es für eine besondere Dame brauche, der mein Herz gehört.«

Sie sah ihm in die Augen und glaubte, in den unermeßlichen Tiefen von Liebe zu ertrinken, die sich dort spiegelten. Es machte sie demütig und würdig und doch erhitzt von seiner Kraft.

»Ich werde dankbar sein für die Kraft, die es haben soll«, sagte sie, »wenn es mir hilft, dich an mich und mich an dich zu binden.«

»Ich bete darum«, antwortete er.

Es war ein Schwur, der durch einen Kuß und mehr besiegelt werden mußte. Später, als sie wieder aneinandergekuschelt im Bett lagen, sagte Violet: »Ich möchte dir für das Parfüm danken –«

»Das hast du ja gerade«, sagte er lachend.

»Schuft«, sagte sie und zog an den schwarzen, lockigen Haaren auf seiner Brust, die sie in der Nase kitzelten. Aber dann streichelte sie hastig die Stelle. Sie legte ihre Hand auf seinen Arm und fuhr zärtlich über die Narbe, die der Messerstich hinterlassen hatte. »Ich wollte sagen, daß ich Angst davor habe, die Wirkung dieses Parfüms zu sehr auszukosten, weil ich nicht weiß, was ich tun soll, wenn es ganz verbraucht ist.«

»Wir können wieder eins machen lassen.«

»Ist das nicht ein wenig extravagant, es von so weit her kommen zu lassen?«

»Danke«, sagte er mit gespielter Beleidigung. »Da sieht man wieder, wie du über mich denkst. Aber, meine Liebe, wenn Napoléon für seine Joséphine das Rezept für dieses Parfüm kaufen konnte, sollte ich da weniger tun?«

»Du hast es?«

»Aber ja. Und du kannst dir so viel davon machen lassen, wie du willst, von mir aus so viel, daß du ein Bad darin nehmen kannst, wenn du dich danach sehnst.«

»Meine Sehnsucht gilt nur dir«, sagte sie kopfschüttelnd, »nur dir. Du bist erstaunlich.«

Er stützte sich auf einen Ellbogen und lehnte sich über sie, so daß sein Mund nur Zentimeter von ihrem entfernt war. »Sieh zu, daß du das nie vergißt.«

So vergingen die Tage, einer ging in den anderen über in sonniger, sorgloser Pracht. Sie aßen und tranken und liebten sich; sie saßen bis spät am Abend in ihrer Loggia und beobachteten, wie der Sonnenuntergang die Stadt färbte, bis sie in das Grau der Nacht überging. Sie besuchten Schneider und Schneiderinnen, um ihre spärliche Garderobe aufzustocken. Eines Tages kaufte sich Allain einen Degenstock für den Fall, sagte er, wenn sie mit ihrem getreuen Schirm nicht in der Nähe war.

Manchmal mieteten sie ein Boot und nahmen einen Korb mit Essen und Wein mit zum Lido oder einer der Inseln, wo sie fischten, durchs Wasser wateten und sonnenverbrannt und hungrig wieder zurückkamen, heißhungrig nach einem Abendessen und einander.

Allain kaufte Farben und Pinsel und begann wieder zu malen, wobei er versuchte, das einzigartige Licht und die zarten Farben Venedigs auf kleine, leicht transportierbare Leinwände zu bannen.

Während er arbeitete, saß Violet manchmal mit ihrer Stickerei bei ihm. Gelegentlich besuchte sie auch Signora da Allori, eine Dame mit spitzer Zunge und einem sanften Herzen, die sich einen Spaß daraus machte, ihrem Majordomus aus dem Fenster nachzubrüllen, wenn er seine Besorgungen machte. Hin und wieder ging Violet allein zum Einkaufen und genoß die Freiheit, zu kommen und gehen, wie sie wollte, ohne daß ihr jemand Vorschriften machte. Sie lernte die Sprache, die um sie herum gesprochen wurde, wurde mit den Ladenbesitzern bekannt und lernte einen Gondoliere kennen, einen gutaussehenden Jungen, der auf ihr Erscheinen auf dem Landungssteg wartete und dann mit seinem schwarzen Boot, seinen Hals riskierend, hervorschoß, um ihr seine Dienste anzubieten, während seine Kollegen hinter ihm herfluchten.

Langsam begannen die Dinge, die sie und Allain von ihren

Ausflügen zurückbrachten – die fragilen venezianischen Glassachen, die kleinen antiken Möbelstücke, die Bilder und Figürchen – ihre Räume zu füllen. Sie mieteten den gesamten oberen Stock des Hauses der Witwe Allori. Sie breiteten sich mit ihren Besitztümern in den weiten Räumen aus und stellten ein Mädchen ein – die Nichte des Majordomus Savio. Im langsamen Lauf der Tage begann es bald, wie ein richtiges Zuhause auszusehen.

Durch Zufall und kleine gesellschaftliche Ereignisse lernten Violet und Allain andere Fremde in der Stadt kennen, die meisten von ihnen waren Engländer. Sie gingen gelegentlich zu Dinnerparties oder empfingen manchmal jemanden aus diesen Kreisen. Sie machten keine Versuche, ihre Bekanntschaft auszuweiten. Ihre eigene Gesellschaft zogen sie jeder anderen vor.

Violet war glücklich. Es gab Zeiten, da sang ihr Geist mit einer so intensiven Ekstase, daß sie sich kaum beherrschen konnte. Es gab Tage, die waren so schön, so voller Farbe und Lachen, so segensreich, daß es sie zum Weinen brachte.

Aber es gab auch Zeiten, in denen sich die Angst in ihr verkrallte und sie nicht losließ, Zeiten, wo sie dastand und aus dem Fenster sah und nichts wahrnahm, oder Nächte, in denen sie wach lag und auf den Sonnenaufgang wartete.

Eines Morgens saß sie da und sah Allain beim Malen zu. Er hatte sich seinen Arbeitsbereich in einem leeren Schlafzimmer eingerichtet, das hohe, nach Norden gehende Fenster hatte. Das Licht, das über seine Schulter fiel, war klar und bläulich. Sein Gesicht wirkte dadurch nüchtern, sehr konzentriert, wovon auch der blaue Farbklecks am Kinn, wo er seine Hand abgewischt hatte, nicht ablenkte. Er war so in seine Arbeit vertieft, daß sie dachte, er hätte ihre Gegenwart vergessen.

Sie rutschte auf dem roten Samtstuhl, in dem sie saß, ein wenig hin und her. Er blickte sofort auf.

»Langweilt dich deine Stickerei?« fragte er und sah das halbfertige Kissen in ihrem Schoß an.

Sie schüttelte den Kopf. »Ich schau' dir nur gerne zu. Du bist so in deine Arbeit vertieft.«

Eine leichte Röte stieg ihm ins Gesicht. »Ich wollte dich nicht vernachlässigen.«

»Ich fühle mich nicht vernachlässigt«, sagte sie, legte den Kopf zur Seite und schickte ihm einen schnellen, lachenden Blick aus den Augenwinkeln. Sie fuhr fort: »Aber manchmal wünsche ich mir, ich hätte auch etwas zu tun, irgend etwas, daß mich auch so beschäftigt.«

»Es gibt viele Farben und Leinwand, wenn du es versuchen willst.«

»Ich bezweifle, daß ich Talent habe.«

»Du zeichnest sehr hübsch. Ich habe die Zeichnungen in deinem Tagebuch gesehen.«

Sie schüttelte lächelnd den Kopf. Sie hatte versucht, ihn zu zeichnen, während er sie malte. Sie hatte ihn ziemlich gut getroffen, aber sie hatte die Wärme seiner Persönlichkeit nicht eingefangen, wenigstens nicht in ihren Augen.

Er warf ihr einen Blick zu. »Woran hast du denn gedacht?«

»Ich weiß es nicht.«

»Musik? Wir könnten dir ein Klavier kaufen. Oder du könntest es mit Schreiben versuchen, wo es dir doch so viel Spaß macht, dein Tagebuch zu führen.«

»Ich liebe Musik, aber ich höre lieber zu. Mein Tagebuch, wo ich meine Gedanken zu Papier bringen kann, ist mir zur zweiten Natur geworden, aber ich bin mir nicht sicher, ob ich das Zeug zu Geschichten und Gedichten habe.«

»Du hast keine hohe Meinung von dir«, sagte er ernst. »Aber was gibt es sonst noch, wenn das alles nicht in Frage kommt?«

»Vielleicht kann ich für andere Leute sticken«, scherzte sie und lachte laut, als sie den mißbilligenden Blick gewahrte, den er ihr zuwarf. »Ich habe Spaß gemacht, aber es muß doch etwas geben, das ich machen möchte, das nicht mit Handel zusammenhängt.«

Er legte den Pinsel weg und wischte sich die Hände ab, bevor er zu ihr ging und sich neben ihren Stuhl kniete. »Mach, was du willst, aber bleibe bei mir.«

Sie wischte ihm mit ihrem Daumen den Farbtupfer vom Kinn. »Solange du mich haben willst.«

»Das wird nicht so lange sein«, sagte er und nahm ihre Hand und küßte sie, »nur ein bis zwei kurze Ewigkeiten.«

Solche Phrasen, so süß sie auch sein mochten, kamen einem Gespräch über die Zukunft am nächsten.

Violet dachte manchmal daran, wie lange sie noch so leben konnten, aber wenn sie mit Allain darüber sprechen wollte, machte er einen Scherz oder plante eine Überraschung, oder er ging weg und kam mit einem Hut oder einem Schmuckstück für sie wieder. Schließlich begriff sie, daß das kein Thema war, über das er reden wollte. Sie war sich nicht sicher, ob er einen Plan hatte, den er mit ihr besprechen wollte.

Es hatten sich keine Zwischenfälle wie an dem Tag ihrer Ankunft mehr ereignet. Wenn sie beobachtet oder verfolgt wurden, wußten sie es nicht. Natürlich waren die Kanäle nicht dafür geeignet.

Trotzdem hatte das Verstreichen der Tage etwas Unwirkliches für Violet. Sie dachte daran, an ihre Familie zu schreiben, ihren zwei Schwestern und der Frau von Gilberts jüngerem Bruder, mit der sie seit ihrer Schulzeit befreundet war, aber sie konnte keine Worte finden, um zu erklären, was eigentlich geschehen war. Sie würden wissen wollen, wann sie nach Louisiana zurückkehren wollte oder ob sie überhaupt jemals zurückkäme. Sie würden wissen wollen, was mit Gilbert war, ob er sich von ihr scheiden lassen würde und ob er sich noch länger in Europa aufhalten wolle. Die Beantwortung vieler dieser Fragen hing nicht von ihr ab, also konnte sie auch nichts sagen. Der Zeitpunkt, ihnen zu schreiben, war verfrüht.

Weil sie sich mit ihnen nicht in Verbindung gesetzt und ihnen nichts von den Ereignissen geschrieben hatte, erhielt sie auch keine Briefe, keine Nachrichten von Zuhause. Es war, als hätte sie sich von der Welt und allem, was ihr vertraut war, abgesetzt.

Allain war liebevoll, beständig und immer beruhigend, aber sie konnte den Gedanken nicht loswerden, was mit ihr geschehen würde, wenn er sie je verließ. Sie hatte keine eigenen Mittel. Sie konnte nach Louisiana schreiben und bitten, ihr das Fahrgeld zu schicken, aber das würde Wochen und Monate dauern, ehe ihre Verwandten die Reise für sie arrangieren könnten, und wie sollte sie in der Zwischenzeit leben?

Das war natürlich nur für den Fall, daß sie überhaupt nach

New Orleans zurückkehren konnte. Wenn sie je wieder in diese Stadt zog, mußte sie damit rechnen, eine Ausgestoßene zu sein, eine Gestrauchelte, eine, die ihren Mann wegen einer schmutzigen Liebesaffäre mit einem Künstler verlassen hatte. Es war natürlich ganz anders gewesen, aber sie kannte die Klatschtanten von New Orleans gut genug, um zu wissen, daß es unmöglich sein würde, sie von etwas anderem zu überzeugen.

Tief in ihrem Innern hatte sie Angst. Sie wußte nicht, warum sie diese Ängste mit sich herumtrug; sie wußte nur, daß sie da waren.

Wahrscheinlich war sie deshalb nicht überrascht, als eines späten Abends jemand laut an die Tür hämmerte.

Savio kam die Treppe hoch, um zu fragen, ob Signor Massari zwei Herren empfangen würde, die ihn sprechen wollten. Savios schmales Gesicht wirkte sehr beleidigt, als er die Visitenkarten überreichte, die ihm die zwei Herren gegeben hatten.

Allain sah die Karten lange mit gerunzelter Stirn an. Dann holte er tief Atem und sagte: »Sag ihnen, ich komme gleich.«

»Was ist los?« fragte Violet, als Savio gegangen war. Sie legte unbewußt bittend ihre Hand auf Allains Arm.

»Mach dir keine Sorgen; das hat nichts mit Gilbert zu tun«, antwortete er und legte seine Hand auf die ihre. »Es ist etwas, was ich schon lange hätte tun sollen.«

Sie konnte ihn nicht weiter drängen; sie hatte kein Recht, sich in das Leben einzumischen, das er geführt hatte, bevor sie sich kennenlernten. Sie wollte jedoch nicht, daß er ging; ihr Instinkt war dagegen.

»Ist es wirklich notwendig? Wenn es aber eine Falle ist?«

Er zog sie an sich und nahm ihr Gesicht zwischen seine Hände, preßte seinen Mund auf ihren, ehe er sagte: »Ich mag es, wenn du dir Sorgen um mich machst, aber es ist keine Falle. Vertrau mir. Es wird nur einen Moment dauern.«

Er blieb sehr lange weg.

Sie wollte nicht lauschen. Aber der Klang lauter Stimmen zog sie in die Loggia. Die Besucher hatten das Haus verlassen und standen direkt unten auf dem steinernen Landungssteg, wo ihre Gondel auf sie wartete. Allain war mit ihnen hinausgegangen.

Einer der Besucher, seiner Stimme nach zu schließen ein älterer Herr, hatte seine Faust erhoben, und sein Gesicht war wutverzerrt. Er sprach französisch, jedoch mit einem so starken, gutturalen Akzent, daß er fast nicht zu verstehen war.

»Ihr könntet soviel Macht haben, wie Ihr Euch nie zu träumen gewagt habt. Ich sage Euch, der Tag wird kommen, an dem Ihr bedauern werdet, was Ihr weggeworfen habt.«

»Ich will nichts davon wissen, jetzt nicht und auch später nicht«, sagte Allain mit grimmiger, unversöhnlicher Stimme. »Euer Land ist nicht mein Land und ist es auch nie gewesen.«

»Dickköpfiger Narr. Wir hätten alles für Euch riskiert; es wäre eine Ehre gewesen. Die Schande für dieses Vergehen trifft Euch.«

»Ich kann es ertragen.«

»Das muß auch Euer Land. Es wäre die richtige Zeit – Ihr hättet Leben retten können, alles ändern können. Alles!«

»Oder nichts«, sagte Allain, die Worte schwer von Müdigkeit, als wäre das ein alter Streit. »Manche Dinge kann man nicht in Jahrzehnten oder Jahrhunderten ändern. Mein Vater hat es versucht.«

»Aha, Euer Vater. Er hat Freiheit und Gerechtigkeit versprochen, aber sie kamen nie. Unsere Herzen schreien immer noch nach ihnen, aber vergeblich. Erinnert Euch daran. Erinnert Euch gut daran.«

»Soviel kann ich für Euch tun«, sagte Allain.

Der ältere Mann stieß einen verächtlichen Laut aus. Er drehte sich um und ging auf die Gondel zu. Der andere Mann folgte ihm. Als sie aus dem Schatten der Loggia kamen, sah Violet, daß es nicht die Männer von der Bahnstation waren, wie sie befürchtet hatte. Und soweit sie es beurteilen konnte, war es auch nicht das Paar, das Allain und ihr in Paris gefolgt war.

Es waren wohlhabende Männer mit würdevoller, fast militärischer Haltung. Sie waren gut angezogen, ihre Kleidung korrekt, von den Seidenkrawatten um den Hals bis zu dem glänzenden Leder ihrer Stiefeletten. Trotzdem hatte man das Gefühl, daß sie sich in ihrer Kleidung nicht wohl fühlten, als würde etwas fehlen, vielleicht eine Waffe.

Der alte Mann stand in der Gondel und sah Allain noch einmal an. »Zweimal haben wir gefragt, und zweimal wurden wir abgewiesen. Es ist Euer Recht. Aber es ist nicht so einfach. Andere werden auch kommen.«

»Ja«, entgegnete Allain, und der Klang seiner Stimme war so hart wie die Steinsäule, auf die sie ihre Hand stützte. »Ich weiß es.«

»Wir werden Euch nicht mehr belästigen, Erhabener; wir schauen Euer Antlitz das letzte Mal. Lebt wohl.«

Allains einzige Erwiderung war eine Verbeugung, eine kurze Geste der Höflichkeit, die eine geradezu zeremonielle Würde hatte. Als die Gondel vorwärts schoß, drehte er sich um und betrat das Haus.

Allain war sehr schweigsam den Rest des Abends. Er starrte blicklos ins Leere, erschrak, wenn sie ihn ansprach, wandte sich immer wieder zu ihr und sah sie mit Augen an, die müde, unentschlossen und manchmal sogar verzweifelt waren.

Violet wartete darauf, daß er sich ihr anvertraute; sie wollte ihm helfen, sie wollte Anteil an dem nehmen, was immer ihn bedrückte. Er sagte nichts, nicht gleich, nachdem die Männer weg waren, nicht, als der Docht der Öllampe herunterbrannte, bei deren Schein sie lasen, noch später, als sie sich für das Bett vorbereiteten. Sie war überzeugt, er wollte sie schonen, aber sie schätzte das nicht. Sie fühlte sich von seinen Gedanken ausgeschlossen, von seinen Problemen ausgeklammert.

Sie erwachte in der Nacht. Es gab keinen Mond, das Zimmer war dunkel bis auf ein blaues Rechteck, wo das Fenster offenstand, um den Wind vom Meer hereinzulassen. Allain stand nackt vor der Fensteröffnung und stützte sich mit einem Arm an den Fensterrahmen.

»Was ist los?« flüsterte sie.

Er blickte über seine Schulter auf ihre bleiche Gestalt, die auf dem großen Himmelbett kaum zu erkennen war. »Verzeih mir«, sagte er mit sanfter Stimme. »Ich hätte dich ungeliebt verlassen sollen. Es war selbstsüchtig von mir, dich zu nehmen und dich wegzubringen.«

»Was sagst du da?« Sie setzte sich auf und zog die Laken mit steifen, kaltgewordenen Händen hoch.

»Ich habe dir Unrecht getan. Ich habe dein ruhiges, sicheres Leben zerstört, und ich kann dir so etwas nicht bieten.«

Seine Worte hatten den Klang von Verzicht. Ein schmerzlicher Schrecken preßte ihr die Kehle zusammen, und sie hatte größte Mühe, Worte auszusprechen. »Ich brauche nicht mehr als das, was wir haben.«

»Ich brauche es für dich. Und für unser Kind, daß du unterm Herzen trägst.«

Die Worte, die so sanft in die Dunkelheit tropften, schienen eine Zeitlang ohne Bedeutung. Sie atmete tief, als ihr Verstand sie aufnahm. »Du weißt es?«

»Manche Dinge kündigen sich selbst an. Die liebliche Reife deines Körpers bereitet mir mehr Freude als alles, von dem ich je geträumt habe; trotzdem, ich überlege –«

»Ja?« Sie wartete mit angehaltenem Atem, daß er den Satz beendete.

»Ich überlege, ob man Gilbert dazu bringen könnte zu glauben, daß es sein Kind ist.«

Die Verzweiflung, die sie überfiel, ließ sie sekundenlang schweigen. Endlich sagte sie: »Vielleicht ist es seines.«

»Hast du Grund anzunehmen, daß es seines sein könnte?« Die Worte kamen zögernd, aber voller Zweifel.

»Wer kann es wissen. Ich – hatte meine monatliche Regel nach Paris, während wir in der Schweiz waren, aber nicht mehr seit Lugano. Es gibt Gründe, zu denken – daß es seines sein könnte.«

»Ich verstehe.« Er drehte sich langsam zu ihr um, kam aber nicht näher und lehnte sich mit dem Rücken an die schwere Tür. »Es könnte das Beste sein«, sagte er mit einer Stimme, die wie das Schleifen eines Messers auf einem Wetzstein klang.

»Nein!«

Der Schrei brach aus ihr heraus, zerriß ihre Kehle mit der ganzen Verzweiflung, die sie nicht verbergen konnte. Als er es hörte, rannte er mit Riesenschritten auf sie zu. Er sprang auf die Matratze und nahm sie in seine Arme. Er murmelte beruhigende Worte der Liebe. Sie wehrte sich in seiner Umarmung, sie kämpfte mit ihm, wollte nicht beruhigt werden, während ihr Verstand vor Entsetzen gelähmt war.

»Violet, bitte, bitte«, sagte er und nahm ihre Hände fest in seine. »Es geht ja nicht darum, was ich will, sondern darum, was das Beste für dich und für das Baby ist. Ich weiß, daß es meines ist, ich weiß es so sicher, wie es mein Herz ist, das in meiner Brust schlägt – es kann nicht anders sein. Aber ich muß an die Gefahr denken. Niemand darf wissen, daß du mein Kind bekommen wirst. Ich könnte nicht mehr weiterleben, wenn dir etwas geschehen würde wegen mir.«

Sie wurde ruhig, als sie den Schmerz in seiner Stimme hörte. »Welche Gefahr?« wollte sie wissen. »Was waren das für Männer, die heute da waren? Was wollten sie von dir?«

Ein Schatten zog über sein Gesicht. »Ich würde es dir sagen, wenn es für dich dadurch leichter würde. Das wird es aber nicht. Bitte glaube mir.«

»Du wirst mir nichts sagen?«

»Das wird das Beste sein.« Seine Stimme klang ausdruckslos.

Sie ballte die Hände zu Fäusten und schluckte, ehe sie sagte: »Aber wenn Gilbert glauben soll, daß das Baby seines ist, muß ich von hier fort – zu ihm.«

»Ja.« Das Wort war fast nicht zu verstehen.

»Wie kann ich das?« schrie sie. »Wie kann ich das?«

Er riß sie an sich und drückte sie an seine Brust; er grub sein Gesicht in die weiche Wolke ihrer Haare, die lose auf ihre Schultern fielen.

»O Gott«, flüsterte er, »glaubst du, ich könnte es erlauben, wenn es einen anderen Weg gäbe? Der Gedanke ist wie ein stumpfes Messer, das mir das Herz zerreißt. Du gehörst zu mir, jetzt und für alle Zeiten; du wirst immer ein Teil von mir sein, der Partner meiner Seele. Und doch, ich hätte dich lieber lebendig in seinen Armen als tot in meinen.«

»Sogar, wenn dort das Leben wie der Tod ist?« Sie schloß ihre Augen, um seine Stärke besser in sich aufnehmen zu können, seinen Duft, seine Nähe, die bald enden sollte. »Habe ich bei dieser Entscheidung nichts zu sagen?«

»Nicht, wenn du mich liebst.«

»Das ist nicht fair«, sagte sie.

»Was ist schon fair?« flüsterte er. »O meine Violet, ich habe geglaubt, dieser Krieg auf der Krim habe alles geändert, habe die Aufmerksamkeit abgelenkt, darum war es möglich für mich, meinen Neigungen nachzugehen, für meine Freuden zu leben. Ich habe mich geirrt. Es gibt Leute, die jetzt entschlossener sind denn je, mich nicht anonym bleiben oder glücklich werden zu lassen. Dein Unglück ist, daß du ein Teil meines Fehlers geworden bist.«

»Ich halte es nicht für ein Unglück.«

Sie sprach die Worte fest aus. Sie wurde ruhiger, als sie den Schmerz in seiner Stimme hörte, das Zittern seiner Umarmung spürte.

»Auch ich nicht«, stimmte er ihr heiser zu, »obwohl die Reue bleibt.«

Ein paar Atemzüge lang schwieg sie. Endlich sagte sie: »Gibt es nichts, was wir tun können, können wir nirgends hingehen – können wir nicht flüchten?«

»Weglaufen, sich verstecken, immer über die Schulter blicken, willst du das wirklich?«

»Es ist besser, als getrennt zu sein.« Ihre Stimme war leise, aber fest.

Der Luftzug von der offenen Tür spielte mit dem Haar auf Violets Rücken. Allain nahm die warmen Locken in seine Hand und zog sie an die Lippen. Endlich sagte er seufzend: »Vielleicht. Vielleicht ist es möglich, einen Platz zu finden.«

17. Kapitel

»Gilbert ist in Venedig.«

Allain teilte diese Nachricht mit, als er vom Markt zurückkam. Violet lag auf einer Chaiselongue im Salon und knabberte an einem Stück trockenem Brot herum, daß ihr Signora da Allori gegen die Übelkeit am Morgen empfohlen hatte. Sie setzte sich schnell auf und schloß dann die Augen, als sie die Übelkeit übermannte. Sie würgte ein wenig, als sie sagte: »Hast du ihn gesehen?«

»Ich nicht. Aber Freunde von mir, die nach ihm Ausschau halten, haben es mir berichtet. Man hat ihn beobachtet, als er in das Hotel Principessa ging.«

»Du – hast ihn beobachten lassen?« Ihre Stimme klang sogar für ihre eigenen Ohren fremd.

Er hielt beim Ablegen seiner Handschuhe inne, um in ihrem blassen Gesicht zu forschen. Nach einer Pause streifte er den Handschuh ab und warf ihn in seinen Hut, den er auf einem Seitentischchen abgelegt hatte. Er sagte: »Diese Vorsichtsmaßnahme schien mir gerechtfertigt.«

»Und auch nur gerecht, natürlich, nachdem er uns auch hatte beobachten lassen.« Sie hielt inne, um ihm die Gelegenheit zu einer Erwiderung zu geben. Als er davon nicht Gebrauch machte, fuhr sie fort: »Oder hat er das nicht, Allain?«

»Weißt du, was du da sagst?«

In seiner Stimme schwang ein gebieterischer Ton mit. Zwischen ihnen hatte sich etwas verändert seit dem Tag, als die beiden Männer da waren. Sie hatten beide versucht vorzutäuschen, daß Gesagtes oder Ungesagtes keine Rolle spielte. Beide wußten, daß es eine Lüge war.

»Ich habe darüber nachgedacht«, sagte sie langsam. »Hatte Gilbert wirklich in Paris diese zwei Männer geschickt, oder waren sie ein Teil dieser – dieser Gefahr, von der du gesprochen hast?«

»Macht das einen Unterschied?« Er drehte sich um und zog seine Jacke aus und nahm die Manschettenknöpfe aus dem Hemd, ehe er sich die Ärmel hochkrempelte.

Ihre Stimme klang angestrengt, als sie antwortete: »Du weißt, daß es einen macht.«

Er sah sekundenlang in die andere Richtung, ehe er sich zu ihr umdrehte. »Ich nehme es an. Wenn Gilbert die Männer, die uns dorthin gefolgt sind, nicht geschickt hat, dann bist du aufgrund eines Mißverständnisses zu mir gekommen.«

Eine Zeitlang sagte sie nichts, dann erwiderte sie: »Ich wollte damit sagen, daß Gilbert nicht ganz der Verbrecher war, für den ich ihn hielt, daß er einen Grund hatte, nicht zu verstehen, was stattgefunden hat.«

»Aha«, sagte Allain mit leiser Stimme. Er ging zum Fenster, in das die Sonne von Minute zu Minute heißer hereinschien. Sein Gesicht war völlig ausdruckslos, als er die Jalousien zumachte und damit den Raum plötzlich in ein dämmriges Licht hüllte.

»Das war's nicht, was du gemeint hast, oder?« fuhr Violet fort. »Du mußt gewußt haben, daß er die Männer nicht geschickt hatte, hast mich aber in dem Glauben gelassen. Warum?«

»Wie konnte ich es dir sagen, ohne dir alles zu erklären?«

»Es war leichter, mich im Dunklen zu lassen und die Vorteile zu nützen, die sich daraus ergaben.«

»Wenn du damit deine Kapitulation meinst, ja.« Er ließ die Jalousiengriffe los und sah sie ohne Ausflüchte an.

»Aber siehst du nicht ein, daß das alles ändert?« sagte sie ernst.

»Ich sehe es so«, antwortete er langsam. »Wenn ich es dir damals gesagt hätte, hätte ich dich verloren. Gilbert wollte dich wegbringen; das habe ich am Abend des Balls in seinen Augen gesehen. Ich dachte, wenn ich dich nur für eine Nacht haben könnte, würde ich imstande sein, alle Nächte zu überleben, die ich dann ohne dich verbringen müßte. Das war ein Fehler, nicht mein einziger, aber wahrscheinlich mein schwerster.«

Mit leiser Stimme sagte sie: »Ich habe von dir etwas Besseres erwartet.«

»Hast du das wirklich?« Er zog spöttisch die Mundwinkel hoch. »Ich fühle mich glücklich und geschmeichelt. Aber zu meiner Verteidigung möchte ich feststellen, obwohl ich mir denken konnte, daß die Männer in dieser Nacht und auch die an der Bahnstation nicht von deinem Mann geschickt waren, konnte ich mir nicht sicher sein – nicht einmal jetzt. Man hat mich noch nie angegriffen. Der Grund dafür damals könnte der Krieg und seine Folgen gewesen sein. Oder auch nicht.«

Sie rieb sich die Augen und preßte ihre Hände an die Schläfen, da ihr Kopf plötzlich schmerzte. »Oder könnte es sein, daß du immer noch Ausreden suchst?«

»O ja«, antwortete er mit ausdrucksloser Stimme, »und könnte es nicht auch sein, daß du nach einem Grund suchst, zu Gilbert zurückzukehren?«

»Nein.« Sie zuckte zusammen, als hätte er sie geschlagen.

»Siehst du«, sagte er, als er auf sie zuging, »dieser Zweifel steht zwischen uns wie ein Schwert mit zwei Schneiden. Es verletzt dich, aber auch ich bin gegen diesen Schmerz nicht gefeit.«

Sie nickte müde ihre Zustimmung und legte sich seufzend zurück. »Ich weiß. Und es tut mir leid.«

Er kniete sich auf den Boden neben die Chaiselongue, auf der sie lag. Er hob ihre Hand und führte sie an seine Lippen, dann nahm er sie zwischen seine. »Ich kann es nicht ertragen, daß wir uns gegenseitig verletzen. Es kann sein, daß ich in meinem Eifer, dich zu beschützen, die Liebe und das Vertrauen zwischen uns zerstöre. Wenn das so ist, dann war das Opfer, das du für mich gebracht hast, vergeblich und die Liebe, die wir teilten, wertlos.«

Er hielt inne und sah prüfend in ihr Gesicht. Auf seiner Stirn standen Schweißperlen, die nichts mit der Hitze des Tages zu tun hatten, und seine Hände zitterten leicht. Er befeuchtete seine Lippen, ehe er fortfuhr.

»Deswegen überlasse ich dir diese Entscheidung, weil ich weiß, daß deine Sorge um das Kind, das du trägst, noch größer ist als meine eigene. Willst du wissen, wer und was ich bin, oder soll ich dich weiterhin im Dunkeln lassen?«

Sie legte ihre freie Hand über seine, die ihre umklammert hielt.

Liebe und Entschlossenheit waren in ihren Augen zu lesen, als sie sagte: »Erzähle mir schnell alles, solange mich mein Mut nicht verläßt. Ich will alles über dich wissen, und wenn es das Ende meines Lebens bedeutet. Wie kann ich je mein Kind kennen, wenn ich nicht weiß, wer sein Vater ist?«

Er holte tief Atem und nickte schicksalsergeben: »Es begann fast zwei Jahre vor meiner Geburt im Jahre 1825 – oder es hatte vielleicht schon früher angefangen, aber in diesem Jahr fiel die Entscheidung. Mein Vater war in seiner Ehe und mit seiner Position sehr unglücklich. Seine Frau war kränklich, und er hatte aus dieser Ehe keine lebenden Nachkommen...«

Er fuhr fort, die Worte fielen ihm leichter und wurden klarer, als seine Schilderung Gestalt annahm. Er präsentierte die Fakten ohne Scham oder Stolz und ohne Ausreden. Es war im wesentlichen keine lange Geschichte. Aber sie veränderte alles.

Als er schwieg, saß Violet still da und starrte ins Leere. Sie war wie vom Donner gerührt. Sie zweifelte nicht an seinen Worten, aber sie konnte sich selbst nicht dazu bringen, ihnen Glauben zu schenken.

Diese Geschichte konnte sie nicht in ihr Tagebuch schreiben. Sie würde vielleicht nie imstande sein, sie einem Papier anzuvertrauen, nie mit jemandem darüber sprechen können, niemals ihrem Kind, das sie unterm Herzen trug, davon erzählen, wenn es erwachsen war.

Ihr Herz war schwer wie Blei. Sie spürte, wie all ihre Pläne und Träume, deren sie sich selber kaum bewußt gewesen war, langsam zu Staub zerfielen.

»Mach kein solches Gesicht«, sagte Allain mit rauher Stimme.

Sie sah ihn wieder an. Auf ihren Lippen zitterte ein Lächeln, als sie die Hand hob und die Sorgenfalten auf seiner Stirn mit ihren Fingern wegwischte.

»Nein«, entgegnete sie leise, »es ist schon in Ordnung. Mit mir ist alles in Ordnung.«

Seine Züge entspannten sich ein wenig. »Sage mir, was du denkst. Ich muß es wissen.«

»Ich denke, daß ich dich liebe, daß ich dich immer lieben werde.«

Er beugte den Kopf, und seine Lippen wärmten ihre kalten Finger, die er immer noch umklammert hielt. Er sah hoch und sagte: »Nicht mehr, als ich dich immer lieben werde.«

Ihr kam es vor, als würden diese Worte wie ein Schwur klingen, den einzigen, den sie wahrscheinlich je hören würde. Irgendwie war es für sie genug.

»Ich denke auch«, fuhr sie nach einem Augenblick fort, »daß wir Venedig sofort verlassen müssen.«

»Aber dein Zustand – was ist damit?«

»Hast du es deswegen aufgeschoben? Ich bin doch eigentlich ganz gesund. Die Übelkeit am Morgen ist normal, deswegen mußt du dir keine Sorgen machen.«

»Ich habe mir gedacht, wir sollten aufs Land gehen, nicht in irgendeine Stadt, wo man mich erwarten könnte. Signora da Allori hat eine Schwester, die in der Nähe von Florenz eine Villa hat. Savio wird uns dort mit einem Empfehlungsschreiben hinbringen. Wir werden uns verkleiden und alle Vorsichtsmaßnahmen ergreifen, wenn dir das recht ist. Es braucht nur noch deine Zustimmung.«

Es würde eine leichte Reise sein, vielleicht zu leicht. »Wenn du damit zufrieden bist, gebe ich natürlich meine Zustimmung. Aber – du wirst doch wegen meiner Bequemlichkeit deine Sicherheit nicht gefährden?«

»Gerne«, sagte er und sah sie mit seinen grauen Augen fest an. »Aber du vergißt, daß deine Sicherheit mit meiner zusammenhängt, und zwar so lange, bis unser Kind auf der Welt ist.«

»Dann«, entgegnete sie einfach, »werde ich mich darauf verlassen, daß du uns alle beschützt.«

In der Villa vollendete Allain die Miniatur von Violet, die er in Venedig angefangen hatte. Das kleine Porträt war das beste, was er je gemacht hatte, das behauptete er wenigstens.

Seine Inspiration war ihr Lächeln, sagte er, das leicht überlegene, geheimnisvolle Lächeln inneren Wissens.

Violet hatte nicht gewußt, daß sie so aussehen konnte, so verführerisch, so ernst. Sie bezichtigte ihn der Schmeichelei zu seinem eigenen Vorteil. Er bestritt den Vorwurf heftig. Das Bild war perfekt, sagte er, eine perfekte Ähnlichkeit. Die Villa und das Landleben bekamen ihr augenscheinlich.

Mit letzterem hatte er recht.

Die Villa war uralt mit beschädigten Dachziegeln, die gelblichbraunen Steine des Gebäudes zerfielen an den Ecken schon zu Staub, und die hohen Mauern, die es umgaben, hatten Risse. Aus den Fenstern konnte man einen weiten Ausblick auf rollende Hügel genießen, mit graugrünen Olivenhainen und Weinbergen, zwischen denen Schirmpinien Wache standen.

Im Inneren gab es Deckengemälde mit Nymphen, die sich hinter Wolken versteckten, an den Wänden hingen Tapisserien, die in dem kühlen Lufthauch, der durch die offenen Fenster kam, hin und her schwangen. Von der Küche und dem daran anschließenden Speisezimmer aus kam man in einen ummauerten Garten. Dieser Zufluchtsort hatte die lange Arkade, die verkrüppelten Rosen, die üppigen Weinreben und die Stille eines Klostergartens.

Die Villa war alles andere als bequem. Jeder Tropfen Wasser zum Kochen und Baden mußte aus einem Brunnen mitten im Garten geholt werden. Der Stall war eine zusammengefallene Ruine, wo Hühner und Enten in den Futtertrögen nisteten. Das nächste Dorf war fast fünf Kilometer entfernt und bestand nur aus ein paar Häusern, die sich um eine Kirche gruppierten. Violet liebte diesen Ort trotzdem, liebte ihn wegen seines Alters, seiner Mängel und dem Gefühl, das er in ihr weckte, daß hier schon öfter Liebende vor langer Zeit Zuflucht gefunden hatten.

Sie und Allain verbrachten fast den ganzen Tag in dem ummauerten Garten. Er stellte seine Staffelei unter der Weinlaube auf, wo der Mosaikboden eine einigermaßen glatte Oberfläche bildete und das Licht gut war. Sie hatten einen Tisch und einige bequeme Stühle dort und nahmen hier auch häufig ihre Mahlzeiten ein.

Diese alten Mauern verbreiteten Frieden und Sicherheit, die einzigen Laute waren Vogelgezwitscher, das Summen der Bienen und das Plätschern des Brunnens. Die Pflanzen, die an dem bröckelnden Mauerwerk oder in großen Töpfen wuchsen, wurden von dem Hausmeister der Villa, einem jungen Mann namens

Giovanni, geschnitten und bewässert, so wie sein Vater und Großvater auch schon die Villa und den Garten zu ihrer Zeit gepflegt hatten. Giovanni machte sich immer irgendwo zu schaffen, holte Wasser aus dem Brunnen und brachte es der Haushälterin Maria, die seine Mutter war, suchte Eier im Stall oder Zwiebeln aus dem Garten außerhalb der Mauer, zupfte die gelben Blätter von den Rosensträuchern oder schnitt das Gras unter der riesigen, silbergrauen Olive, die in einer Ecke stand. Wenn Violet ihn ansah, lächelte er immer und nickte ihr auf eine Art zu, die mehr ein Salut war als ein Zeichen der Unterwürfigkeit.

Mit Hilfe Giovannis lernte sie die Namen vieler Pflanzen, die in und um die Villa herum wuchsen, angefangen von der uralten, riesigen Apothekerrose bis zu Basilikum und Oregano, Salbei, Schalotten und Pfefferminze, die in den geometrisch ausgelegten Beeten des Gartens wuchsen.

Giovanni hatte eine leise Stimme und war immer außerordentlich höflich, ein gutaussehender Junge in ihrem Alter mit schwarzlockigen Haaren, feuchten braunen Augen und breiten Schultern von der Arbeit im Freien. In seiner freien Zeit baute er Gemüse und Blumen an, die sein Cousin einmal in der Woche in das dreißig oder vierzig Kilometer entfernte Florenz brachte. Im Frühling, sagte er ihr, wenn die wilden Rosen im Garten blühten, sammelte er Tausende von Rosenblättern ein. Er destillierte ihr Parfüm wie sein Vater und Großvater vor ihm und füllte die Essenz in Flaschen ab und verkaufte sie.

Als sich Violet für die Essenzgewinnung interessierte, schilderte er sie ihr im Detail und bat sie sogar, mit ihm zu kommen, um ihr seine Ausrüstung zeigen zu können. Er war so ausgehungert nach jemandem, mit dem er über sein Interesse an der Gewinnung von ätherischen Ölen und Essenzen sprechen konnte, daß er zu stottern anfing, obwohl seine Beschreibungen fast poetisch waren.

Die Herstellung von Parfüm war ein faszinierender Prozeß. Es schien unmöglich, daß etwas so Einfaches wie das Pressen von Blütenblättern in kaltem Öl, dann das Abgießen des Öls, das die Essenzen enthielt, und die Hinzufügung von dem aus Wein destillierten Alkohol so wunderbar duftende Ergebnisse zeitigen konnten. Violet bestand darauf, es selber auszuprobieren, sie benutzte Giovannis Ausrüstung und die Blüten des nachtblühenden Jasmins. Das Resultat war erstaunlich, es eröffnete ihr neue Welten. Es war, als wenn man durch das Wegnehmen des Duftes von den Blumen die Seele der Blüten erhielt, ihnen ein anderes Leben gab, das Wunder einer zweiten Blüte.

Eines Abends, nach einem Besuch in dem Schuppen, in dem Giovanni seine Parfüms herstellte, kam sie mit ihm durch die Seitentür der Gartenmauer in die Villa zurück. Sie lachte gerade über eine komische Bemerkung, die er gemacht hatte, als sie sich umdrehte und Allain unter der Weinlaube stehen sah. Er beobachtete sie.

Giovanni errötete ein wenig unter Allains Blick. Er grüßte ihn und verabschiedete sich dann von Violet mit einem leichten Neigen seines Kopfes. »Guten Abend, Madonna«, murmelte er und ging zum Haus.

Violet ging zu Allain, und er schlang seinen linken Arm um sie. Sie wartete, bis der junge Gärtner im Haus verschwunden war, ehe sie sagte: »Ich hoffe, es macht dir nichts aus, daß ich soviel Zeit mit Giovanni verbringe. Er freut sich, wenn er mir seine Blumen und seine Parfüms zeigen kann, und du weißt ja, wie sehr mich das interessiert. Er ist immer von ausgesuchter Höflichkeit und wahrt immer den gebührenden Abstand.«

»Ich sollte eifersüchtig sein«, antwortete er ihr und lächelte auf sie hinunter. »Unser Giovanni, glaube ich, ist ein bißchen in dich verliebt.«

»O nein«, widersprach sie. »Ich weiß von seiner Mutter, daß er schamlos mit den Dorfmädchen flirtet und daß ein ganzes Dutzend ihn sofort heiraten würde.«

»Das kann schon sein, aber ich kenne die Zeichen zu gut, um mich täuschen zu lassen. Mit den anderen mag er flirten, aber dich verehrt er. Denke nur an die Anrede, die er gerade benutzt hat – Madonna, Unsere Liebe Frau. Es ist eine altmodische Form großer Verehrung, die nur für Damen von höchster Geburt in alten Zeiten benutzt wurde, aber jetzt nur noch für die heilige Mutter Maria gebraucht wird. Er kann dir keinen höheren Platz in seinem Herzren einräumen.«

»Das kann ich nicht glauben; ich habe nichts getan, um in ihm solche Gefühle zu wecken, das schwöre ich.«

»Das mußtest du gar nicht. Du mußt nur du sein.«

»Aber ich bekomme ein Kind!« protestierte sie und schüttelte den Kopf, lächelnd, aber mit einem besorgten Blick.

»Ja, das tust du und blühst selber wie eine liebliche Blume, wirst jeden Tag süßer und schöner. Warum sollte Giovanni dich nicht verehren? Ich kann es ihm nicht verdenken, weil es mir nicht anders geht.«

Allain machte ihr öfter solche Komplimente. Es war nicht, das wußte Violet, weil er glaubte, daß sie gerade jetzt derlei hören wollte, da ihr Körper seine Schlankheit verlor. Und er meinte es auch in keiner Weise unehrlich. Es war einfach so, daß er keine Gelegenheit versäumte, um ihr zu zeigen, wie er für sie fühlte. Sie liebte ihn deswegen, es gab ihr jedoch ein Gefühl der Unbeständigkeit. Es schien fast, als fürchte er, daß eine Zeit kommen könnte, wo er ihr solche Worte nicht mehr sagen konnte.

Aber sie waren trotz allem glücklich. Die Tage und die Nächte vergingen. Sie lachten und sangen zusammen am Abend, sie berührten und hielten sich in den Armen. Sie beobachteten die sanften Sonnenuntergänge über den Bergen und die Sonnenaufgänge. Sie aßen wundervoll gebratenes Fleisch und die frischen Gemüse, mit Olivenöl zubereitet und mit Kräutern gewürzt. Sie tranken dazu jeden Tag einen anderen Wein. Und ihre Vereinigung in dem großen Himmelbett hatte etwas Heiliges.

Es war Giovanni, der die Neuigkeiten brachte, die ihren Frieden zerstörten.

Er hatte es von seinem Cousin gehört, der, wenn er nach Florenz auf den Markt ging, manchmal die reizende Tochter einer Köchin besuchte, die für die ältere Dame arbeitete, der die Villa gehörte, und die eine Schwester von Signora da Allori in Venedig war.

Signora da Allori war tot. Sie war an einem Herzschlag gestorben, kurz nachdem sie einen Einbrecher in der Nacht im Haus entdeckt hatte. Die Schwester der Witwe, sagte Giovanni, bestand darauf, daß sie vor Angst gestorben wäre. Sie hatte blaue Flecken am Körper, und ihr kleiner Finger war gebrochen.

War das ein Zufall? Oder hing Signora da Alloris Tod mit ihrem Aufenthalt in diesem Haus zusammen? Hatte der Einbrecher versucht, die energische alte Dame zu zwingen, das Versteck von Violet und Allain zu verraten?

»Es ist meine Schuld«, sagte Allain. »Ich hätte mir so etwas denken können.«

»Wer hätte sich vorstellen können, daß sie so weit gehen«, entgegnete Violet mit angsterfüllter Stimme. »Sie war nur eine alte Frau, die ihr Haus vermietet hatte. Warum dachten sie, daß sie ihnen etwas verraten könnte?«

»Ihre Verzweiflung wächst. Mit soviel politischen Unruhen überall gibt es kein Land, das gegen Revolution gefeit ist. Der Kampf auf der Krim kann jeden Moment anfangen. Das wäre für jeden Anlaß genug.«

»Ich weiß nicht, was du hättest tun können, um die Signora zu schützen.«

Er schüttelte den Kopf. »Ich hätte sie energischer warnen sollen. Ich habe versucht, es Savio zu erklären – so gut ich konnte, ohne eine vollständige Erklärung. Aber es war anscheinend nicht genug.«

Die Witwe und der Majordomus hatten beide geglaubt, daß sie ihnen halfen, sich vor Violets wütendem Mann zu verstecken. Das war Erklärung genug.

Violet sagte vorsichtig: »Glaubst du, dieser sogenannte Einbrecher hat die Informationen bekommen, die er wollte?«

»Es scheint nicht so. Savio hörte die Witwe schreien und kam rechtzeitig, um den Mann zu verscheuchen. Trotzdem lag die arme Dame schon im Sterben.«

Sie beide hatten die alte Frau liebgewonnen in der Zeit, die sie in ihrem Haus verbracht hatten. Obwohl sie sich immer eher grob gebärdete und wahre Schimpftiraden auf ihre Dienstboten losließ, hatte sie ein gutes Herz, hatte ihre Zurückgezogenheit berücksichtigt oder sich mit ihnen unterhalten, je nachdem, wie sie es wünschten. Der Gedanke, daß sie vielleicht wegen ihnen gestorben war, machte sie schuldbewußt und färbte die Tage grau.

Allain wurde sehr verschlossen und hörte auf zu malen. Die

Blumen für die Parfüms verblühten, als der Herbst sich näherte, aber Violet hatte sowieso kein Interesse mehr daran. Ihre morgendliche Übelkeit hatte aufgehört, und ihr Appetit war wieder normal, aber nichts schmeckte ihr, und nichts schien ihr richtig gewürzt.

Es gab Nächte, in denen Violet aufwachte und Allain am Fenster stehen sah, wie er auf die Hügel starrte, die im Licht der Sterne hellblau aussahen. Es gab Morgen, an denen sie erwachte und ihn neben sich liegen sah mit einem Ausdruck im Gesicht, der beides war, versunken und gequält. Manchmal hielt er sie so fest, daß sie keine Luft mehr bekam, während er sein Gesicht in ihrem Nacken oder zwischen den sanften Hügeln ihrer Brüste vergrub. Manchmal spreizte er seine Hand über ihren Bauch und streichelte und hielt ihn.

Er liebte es, sie dabei zu beobachten, wenn sie ihre langen Haare wusch und half ihr, die Knoten herauszukämmen. Er breitete die schimmernde Masse über ihre Schultern, und während es trocknete, nahm er immer wieder eine Handvoll und atmete ihren Duft ein. Später strich er dann die warmen Strähnen zur Seite, um ihren Nacken zu küssen.

Eines Abends nach dem Essen, als Maria und Giovanni schon gegangen waren, saßen Violet und Allain unter der Weinlaube und sahen dem Mond zu, wie er über der Gartenmauer emporkam. Die warme Luft roch nach frischgemähtem Heu und reifenden Trauben und ein wenig nach Holzrauch.

Das Weinlaub über ihnen raschelte trocken in der zarten Brise. Die Schatten der Blätter gegen das Mondlicht bewegten sich in einem unendlichen hypnotischen Rhythmus.

Allain hatte ihre Hand gehalten und die weiche Haut mit seinem Daumen gestreichelt. Als er anfing zu sprechen, war seine Stimme leise und nachdenklich.

»Da ist etwas, was ich dir sagen wollte. Die Zeit schien nie richtig dafür zu sein, oder ich – aber reden wir nicht davon. Paß genau auf. Wenn du je, aus welchem Grund auch immer, allein dastehst, *carina*, mußt du zu einem Advokaten und einem Geschäftsmann gehen, dessen Adresse ich dir geben werde. Er wird Geld für dich haben –«

Furcht ließ ihre Stimme schrill werden, als sie ihn unterbrach: »Du meinst Geld? Aber ich will –«

»Das weiß ich, glaube mir, Violet, aber bitte hör mich an. Das ist etwas, was ich für meinen eigenen Seelenfrieden getan habe. Du wirst mir bitte erlauben, dir davon zu berichten und dir alles mir zuliebe zu merken.«

»Glaubst du –«, fing sie an und verstummte, nicht imstande, ihre Furcht in Worte zu fassen. Ihre Hand umschloß die seine.

»Ich weiß nicht. Ich weiß nur, daß das etwas ist, was ich tun muß, um dich und unser ungeborenes Kind zu schützen. Gestatte es mir, bitte.«

Seine Stimme war so voller Schmerz und Flehen. Wie konnte sie es ihm verbieten?

»Gut«, sagte er erleichtert, weil sie nichts mehr sagte. »Paß auf.«

Sie tat, was er von ihr verlangte. Als er sicher war, daß sie ihn verstanden hatte, verstummte er. Die Nacht hüllte sie ein, während der leuchtende Mond hoch und unbeweglich über ihnen zu hängen schien.

Allain stand auf und kniete sich zu Violets Füßen. Er zog sie eng an sich und legte seinen Kopf in ihren Schoß. Sie streichelte mit ihren Fingern seine Haare, berührte sein Gesicht mit ihren Handflächen und umspannte seine Schultern mit ihren Armen so weit sie konnte. So verharrten sie eine ganze Weile, bis er flüsterte: »Komm, leg dich zu mir.«

Er breitete die Tischdecke über die uralten Fliesen und zog sie dann zu sich hinunter. Lange lagen sie mit dem Mondlicht und den Schatten in ihren Augen da. Zärtlich zog er ihr dann die Haarnadeln aus ihrem Haar. Er küßte ihre Augenlider, ihre Stirn und ihre Ohrläppchen und ihr Kinn. Langsam und vorsichtig entkleidete er sie und sich, bis sie nackt dalagen, nur mit dem Schattenmuster der Weinblätter auf ihrer Haut.

Seine Berührung war behutsam, sein Mund warm und feucht, als er ihrem ganzen Körper seine ungeteilte Aufmerksamkeit zuteil werden ließ. Wie ein blinder Geizhals, der seine Goldstücke zählt und sie nur durch ihre Form und ihr Gewicht erkennt, zeigte er ihr seine Verehrung.

Sie drückte sich eng an ihn, verging innerlich vor geschmolzener Freude. Die Begierde rann durch ihr Blut, aber gleichzeitig paarte sie sich mit einer Großmütigkeit, die so intensiv, so triumphierend war, daß sie wie ein Segen schien, ein Sakrament der Liebe.

Er preßte sich an sie, verlangte Einlaß, und sie nahm ihn mit verhaltener Sorgfalt in sich auf. Ganz langsam, langsam bewegten sie sich miteinander, sie atmeten flach und hektisch, versuchten, die Macht des Sturms, der in ihnen wuchs, zurückzuhalten. Sie zitterten unter seinem wilden Ansturm, aber sie besiegten ihre Gelüste, die sie trieben, um das Kind, das zwischen ihnen lag, nicht zu erschüttern. Und ihre Belohnung war eine Hitze, die sich in wilder Herrlichkeit singend in ihren Adern ausbreitete und ihre klopfenden Herzen überflutete.

Danach hielt Allain sie eng an seinem Herzen, während er ihr Liebesworte zuflüsterte. Als sich ihre Haut abgekühlt hatte, sammelte er ihre Kleidungsstücke ein, dann hob er sie hoch und trug sie ins Haus. In ihrem Schlafzimmer hielt er sie, während sie schlief, in seinen Armen und saugte den Duft ihres Körpers mit geschlossenen Augen ein und lauschte dem harten, regelmäßigen Pochen seines Herzens. Er schlief nicht.

Als der Morgen kam, lag Violet allein im Bett. Sie war nicht sonderlich beunruhigt, da sie dachte, Allain würde ihr Kaffee bringen, wie er es manchmal tat, oder ein Bild der Umgebung im frühen Morgenlicht malen oder er wäre vielleicht spazierengegangen. Sie würde ihn wahrscheinlich im Garten finden oder am Frühstückstisch. Sie überlegte, ob er vielleicht in den Stall gegangen war, um die Kätzchen zu besuchen, die dort vor ein paar Tagen zur Welt gekommen waren. Vielleicht war er nach Florenz gefahren, um etwas zu erledigen, das länger dauerte, als er angenommen hatte. Vielleicht wollte er sie mit etwas überraschen. Sie war sicher, daß er ihr eine Nachricht hinterlassen hatte, die verlegt oder vom Wind verweht worden war.

Sie paßte auf jeden Schritt auf, den sie hörte, und fuhr bei jedem Wispern des Windes auf. Sie ging dutzendemal vom Schlafzimmer in den Garten und dreimal in den Stall. Sie fragte Maria und hörte, wie ihre Stimme schrill wurde, ehe sie sich wieder beherrschen konnte. Sie wollte Giovanni fragen, aber der brachte sein Gemüse zu seinem Cousin für den wöchentlichen Markt.

Giovanni kam erst am späten Nachmittag zurück. Violet war im Garten. Seine Schritte waren langsam und sein Blick besorgt, als er vor ihr stehenblieb. In seiner Hand hielt er einen Strauß Blumen, die zu wenig und zu schlecht zusammengestellt waren, um sie als Bukett bezeichnen zu können.

»Verzeiht mir, Madonna«, sagte er leise. »Ich sollte sie Ihnen schon heute früh bringen, das hätte ich auch gemacht, aber Sie haben geschlafen, und ich wollte Sie nicht wecken. Es ist ja nicht besonders schön, dieses Bukett, aber man hat mir befohlen, Ihnen nur diese Blumen mit dem Grün zu bringen.«

Sie nahm das Bukett vorsichtig in die Hand und drehte es nach allen Seiten. Ringelblumen waren darunter, hellorange und aromatisch. Darum gewunden war dunkelgrüner Efeu. Das sanfte Blau von Vergißmeinnicht war halbverborgen unter den rauhen Blättern des Löwenzahns.

Ihre Stimme war heiser, als sie die Worte herauspreßte: »Hat Signor Massari das geschickt?«

»Ja, Madonna.«

Sie schloß die Augen, weil sie den Anblick der welkenden Blumen nicht ertragen konnte. »Danke, Giovanni«, sagte sie ruhig.

»Ich muß Ihnen noch etwas sagen, Madonna.«

»Ja?« Sie blickte auf, und Hoffnung erwachte in ihr.

»Ich soll Ihr Beschützer sein.«

»Mein Beschützer.« Die Hoffnung erstarb.

»Mit meinem Leben. Es ist ein Privileg für mich. Ich habe es nicht erwartet. Es ist mir ein Vergnügen und eine Ehre.«

Was konnte sie zu ihm sagen, während er vor ihr stand mit solch bescheidenem Stolz, mit solcher Bereitschaft, ihr zu dienen? Es war ihr unmöglich, ihm zu sagen, daß sie ihn nicht wollte und nicht brauchte, daß sie den Beschützer haben wollte, den sie vorher hatte, daß sie ihn zurückwollte.

Sie verzog ihre Lippen zu einem Lächeln. »Danke, Giovanni.«

»Es ist nichts, Madonna.«

Nichts und alles. Violet fühlte sich, als ob ihr Atem, ihr Leben abgeschnitten wären. Als der junge Gärtner sich umdrehte und wegging, fiel ihr etwas ein. »Giovanni!«

Er drehte sich sofort um und kehrte mit schnellen Schritten zu ihr zurück. »Ich komme immer, wenn Sie mich rufen.«

Violet war von dem Eifer in seiner Stimme überrascht. Sie konnte jedoch darauf keinen Gedanken verschwenden. Sie sagte: »Der Signor, wann hat er dir seine Instruktionen gegeben?«

»Gestern abend, bevor es dunkel wurde.«

»Danke, danke nochmals«, flüsterte sie.

Giovanni ging, nicht ohne sich ein paarmal nach ihr umzusehen. Violet trug ihr Bukett zu einem Stuhl unter der Weinlaube. Sie setzte sich und legte die Blumen in ihren Schoß. Sie berührte sie vorsichtig mit dem Finger, während ihr die Tränen unaufhaltsam in die Augen stiegen.

Vergißmeinnicht – Wahre Liebe.

Efeu – Treue.

Ringelblumen – Trauer.

Löwenzahn – Prophezeiung.

Es war eine Botschaft eigener Art, ihrer Art.

Allain war gegangen, hatte vielleicht beschlossen, sie zu verlassen, um sie zu schützen. Oder aus einem Grund, den sie möglicherweise verstehen würde, aber nicht akzeptieren konnte.

Genau wie sie seine Botschaft verstand, aber nicht akzeptieren konnte.

Er liebte sie.

Er würde sie bis zu seinem Tod lieben und niemals eine andere.

Er trauerte beim Abschied.

Ob er zurückkommen würde, wußten nur die Götter. Und sie würden es nicht verraten.

18. Kapitel

Joletta legte Violets Tagebuch, in dem sie gerade gelesen hatte, weg und ging in das Hotelbadezimmer. Sie beugte sich zu dem Spiegel über der Toilette. Ihre Augen waren unbestreitbar braun, ähnelten denen Violets und denen ihrer Eltern. Mimis Augen waren grau gewesen. Natalie hatte graublaue Augen, aber eigentlich mehr graue. Timothy hatte braungrüne.

Gilbert Fossier hatte braungrüne Augen gehabt, Allain Massari graue. Das alles hatte natürlich überhaupt nichts zu sagen, da Mimi einen entfernten Fossier-Cousin geheiratet hatte, einen Mann, der von Gilberts jüngerem Bruder abstammte, den Violet in ihrem Tagebuch erwähnt hatte. Zumindest hatten alle immer geglaubt, Mimi und Pop, wie alle ihren Mann genannt hatten, wären entfernte Cousins.

Mimi mußte gewußt haben, daß das nicht stimmte.

Oder vielleicht auch nicht. Violet war sich selbst nicht ganz sicher gewesen, wer der Vater ihres Kindes war.

Joletta hatte Schwierigkeiten, sich vorzustellen, daß ihre Ahnen Geheimnisse voreinander versteckt oder mit Fehlern gelebt hatten. So viele Jahre lang waren sie nur Namen auf dem Familienstammbaum gewesen, geradezu legendäre Gestalten.

Joletta hatte immer die Vorstellung gehabt, daß Violets und Gilberts Reise nach Europa eine Art letztes Hurra war, bevor der Bürgerkrieg solche Extravaganzen beendete. Sie hatte nie das Gefühl gehabt, daß die Reise irgendwie ungewöhnlich gewesen wäre, nie war auch nur ein Wort über einen Skandal gefallen oder darüber, daß sie ihr Leben sonderlich beeinflußt hätte, ausgenommen die Tatsache, daß Violet von dieser Reise das Parfüm mitgebracht hatte. Joletta hatte immer nur gewußt, daß Violet und Gilbert zwei Jahre auf Reisen gewesen und mit einem kleinen Mädchen zurückgekommen waren.

Rone war bereits gegangen. Er hatte sehr früh geduscht und das Zimmer verlassen, das war nun schon über zwei Stunden her. Er hatte versucht, leise zu sein im Glauben, sie würde schlafen. Joletta war liegengeblieben, mit dem Rücken zu ihm und geschlossenen Augen, bis sie das Zimmer für sich allein hatte. Sie hatte nach dem Tagebuch gegriffen, um sich zu versichern, daß alles da war und daß es in Sicherheit war. Beim Durchblättern hatte sie sich bei den Einträgen über die Anfangstage von Violets Schwangerschaft festgelesen.

Sie fragte sich, was Rone wohl von all dem hielt. Sie hatte inzwischen ein paar Ideen aufgrund ihrer Geschichtskenntnisse, aber sie waren noch zu vage, um sinnvoll zu sein. Sie hätte gerne gewußt, ob Rone schon etwas aufgedeckt hatte.

Den kleinen Teil, den er noch nicht gelesen hatte, würde er auch nicht zu sehen kriegen. Sie würde dafür sorgen, daß das Tagebuch jetzt in ihre Schultertasche kam und auch dort blieb. Rone mußte es sich am Abend zuvor genommen haben, sonst hätte er es gestern abend nicht lesen können. Irgendwie war es ihr bei all den gestrigen Aufregungen gar nicht aufgefallen.

Nachdem das Tagebuch sicher verstaut war, ging sie zurück ins Badezimmer, um zu duschen. Hinterher faßte sie ihre Haare mit einer einfachen Holzspange zusammen und legte sparsam Make-up auf. Sie hatte keine Lust, sich sonderlich Mühe zu geben, und außerdem war das Licht in Italien so klar und die Italiener so natürlich, daß mehr zu aufgemacht gewirkt hätte.

Sie holte ein T-Shirt und einen blauen Jerseyrock aus dem Koffer und warf sie aufs Bett. Ihr Blick verharrte einen Augenblick auf dem Kissen, das noch den Abdruck von Rones Kopf trug. Sie wandte sich hastig ab.

Sie hatte befürchtet, er würde erwarten, da weiterzumachen, wo sie aufgehört hatten, als sie sich gestern abend neben ihn in das große Bett legte. Er hatte es nicht getan. Anscheinend besaß er eine ungewöhnlich gute Nase für ihre Stimmungen, oder er fühlte sich selbst nicht so leidenschaftlich, nachdem er sie mit Cesare gesehen hatte. Er war auf seiner Seite des Betts geblieben.

Während sie ihre Kleider rasch überstreifte, dachte Joletta noch einmal über die Situation zwischen Violet und Allain nach.

Sie waren sich so nahe gewesen, waren so sicher, so leidenschaftlich überzeugt gewesen. Wieviel davon war Liebe gewesen und wieviel schlichte sexuelle Anziehungskraft?

Die beiden hatten Glück gehabt, dachte sie. Menschen in ihrer Zeit wurden nicht von solchen Überlegungen geplagt. Sie hatten alles akzeptiert, was sie als Teil des Ganzen betrachteten. Sie hatten ihre Beziehungen nicht zu Tode analysiert, hatten ihre Abhängigkeit von der Person, die sie liebten, nicht in Frage gestellt oder dagegen angekämpft.

Die Leidenschaft, die zwischen ihnen existierte, hatte etwas rührend Unschuldiges. Auf ihre Art war sie rein, nicht befleckt von dekadenten Freudschen Andeutungen oder dem ständigen Sperrfeuer sexueller Anspielungen der Medien. Es hatte eine gewisse Heiligkeit, eine völlig andere geistige Dimension, die heutzutage verloren war in der minutiösen Verfolgung sexueller Erregung und Reaktion und ihrer ständigen Beschäftigung mit persönlichem Lustgewinn.

Jolettas Gedanken verflogen, als es an der Tür klopfte. In der Annahme, es wäre Rone oder das Zimmermädchen, machte sie sofort auf.

»Tag«, sagte der junge Mann, der lässig in der Tür stand, die Hände in seiner Baumwollhose und mit einem zufriedenen Grinsen im Gesicht.

»Timothy!« Sie war so überrascht und erfreut, ein vertrautes Gesicht an diesem fremden Ort zu sehen, daß sie ihn spontan umarmte. »Wo kommst du denn her?«

»Aus Korsika. Bin gestern nacht angekommen«, antwortete er und erwiderte begeistert ihre Umarmung. Er trat zurück und strich sich eine blonde Strähne aus dem Gesicht. »Hast du schon gefrühstückt? Natalie hat gesagt, ich würde dich nie hier im Hotel erwischen, aber ich habe einen Zwanziger gewettet, daß ich es doch schaffe.«

Sie gingen zusammen in den Speisesaal, wo das übliche Continental Breakfast serviert wurde. Die Brötchen und Croissants mit Butter und Marmelade standen bereits auf dem Tisch, zusammen mit Kannen heißen Kaffees und Milch. Bis der Kaffee eingegossen war, hatte er ihr bereits erzählt, daß ihn plötzlich das

Sonnenbaden und Segeln und die ewigen Ruinen gelangweilt hatten und er beschlossen hatte, mal nachzuschauen, wie Natalie und sie mit dem Parfüm vorankamen. Er hatte ein bißchen Interesse angebracht gefunden.

»Glück gehabt?« fragte er und nahm einen kräftigen Biß von seinem Croissant.

Seine Offenheit war herzerfrischend nach Natalies ewigen Täuschungsmanövern. Joletta gab ihm eine unbeschönigte Antwort.

Er nickte und schluckte. »Hab' ich mir schon gedacht. Wenn du mich fragst, ist es ein sinnloses Unterfangen. Weißt du, was ich tun würde, wenn ich du wäre? Einfach durch Europa gondeln und Spaß haben.«

»Na ja, das hab' ich ja auch gemacht«, erwiderte Joletta.

»Ich mein' das ganz ehrlich. Was soll das ganze Theater überhaupt«, sagte er. »Wie anders kann schon ein Parfüm sein? Ich versteh' nicht, warum wir uns nicht einfach zusammensetzen, was aus Mimis Vorräten holen und dieser Camors-Tante sagen, hier ist das alte Familienrezept. Ich meine, wer soll denn den Unterschied merken?«

»Lara Camors, wenn sie die Nase eines Parfümeurs hat.«

Er zuckte die Achseln. »Wenn du meinst. Man könnte doch immer noch sagen, der Geruch stimmt nicht, weil irgendeine Zutat nicht mehr zu haben ist oder so was.«

»Das hilft mir nicht, wenn ich mich dazu entschließe, den Laden weiter zu führen. Es gibt Frauen in New Orleans, die schon seit Jahrzehnten Violets Parfüm nehmen, und ich garantiere dir, daß sie es merken, wenn es nicht mehr dasselbe ist.«

»Also irgend etwas muß passieren, wenn nicht bald eine Lösung in Sicht ist. Mutter ist reif fürs Irrenhaus. Man möchte meinen, sie muß unter die Penner gehen, wenn dieser Deal nicht klappt.«

»Ich seh's direkt vor mir«, sagte Joletta und mußte sich ein Grinsen verkneifen.

»Ich auch.« Sein Gesicht verdüsterte sich. »Sie hat gedroht, meinen Monatsscheck zu kürzen und mich zu zwingen, eines von diesen schrecklichen Dingen zu suchen, die man J-O-B nennt. So verhält sie sich immer, wenn der Haushalt ein bißchen aus dem Gleis gerät.«

Joletta legte den Kopf zur Seite. »Wäre das denn so furchtbar, wenn sich ein Teil von uns der arbeitenden Bevölkerung zugesellt?«

»Ich weiß es nicht, vielleicht nicht, wenn ich irgendwas gelernt hätte. Das Problem ist, ich hab' nie die Collegenummer durchgezogen. Mutter konnte sich nicht entscheiden, was ich tun sollte, und hat schließlich gesagt, am Strand rumhängen könnte ich immer noch am besten.«

»Sie war nicht zufällig diejenige, die dir den Strand gestrichen und dich hierhergeschickt hat, damit du Natalie hilfst, mich auszuspionieren?«

Sein Gesicht rötete sich etwas. »Du weißt doch, wie sie das macht – oder vielleicht auch nicht. Sie hat nie gesagt, ich soll hierherkommen, hat nur geredet und geredet, bis ich den Wink mit dem Zaunpfahl verstanden habe.«

Joletta nahm einen Schluck Kaffee und sagte dann: »Ich kann einfach nicht glauben, daß Geld so wichtig für sie ist.«

»Du hast je keine Ahnung. Bares. Dinaro. Argent. Wir brauchen es ständig. Wir sind teure Leute, meine Mutter und ihre Kinder. Es ist echter Streß, mit den Leuten mitzuhalten, die's eimerweise haben.« Er lachte leise. »Die arme Natalie muß vielleicht sogar wieder heiraten. Das wird ihr nicht gefallen. Oder vielleicht doch, kommt auf den Mann an. Heute früh hatte sie einen recht vielversprechenden Kandidaten an der Angel.«

»Wirklich? Hier in Venedig?«

Er nickte. »Den CEO der Camors Cosmetics, in Wirklichkeit der Sohn der Frau, der es gehört. Natalie hatte eine Frühstücksverabredung mit ihm im Cipriani, wo sie wohnt.«

»Ach wirklich?« sagte Joletta ironisch. Das Hotel Cipriani war alles andere als billig, egal an welchem Standard gemessen. Es war aber auch interessant, daß jemand von Camors Cosmetics augenblicklich in Venedig war.

»Deshalb hab' ich ja gewußt, daß du frei bist.« Timothy schaute etwas schuldbewußt drein, als er sich noch ein Brötchen nahm.

»Ach ja?« Joletta überlegte, ob sie Aprikosenmarmelade auf ihr Croissant streichen sollte, entschied sich dann aber dagegen.

»Meine geliebte Schwester schien zu glauben, sie hätte irgendeinen Coup gelandet und war äußerst selbstzufrieden. Der Typ war heiß auf dich, aber sie hat ihn sich geschnappt.«

Joletta hob den Kopf. »Auf mich?«

»Das hat sie gesagt. Um ehrlich zu sein, er ist ganz dein Typ. Direkt, amerikanischer als das Sternenbanner, Manieren, die ihm aus den Ohren triefen. Toller Boß, hört man: supertüchtig und sogar kreativ, leitete seine eigene Werbe- und PR-Abteilung. Es ist eine Schande, aber in der Liebe, im Krieg und im Geschäft ist alles erlaubt.«

Joletta legte ihr Croissant beiseite. Mit einemmal war ihr der Appetit vergangen. Mit heiserer und etwas zittriger Stimme fragte sie: »Wie heißt denn dieser CEO?«

»Laß mich mal überlegen«, sagte Timothy und kaute nachdenklich. »Irgendwas meilenlanges, das stark nach den oberen Zehntausend riecht. Adamson, glaub' ich, mit einem dritten oder vierten oder fünften hintendran.«

»Bist du sicher?« fragte sie, obwohl sie bereits wußte, daß kein Irrtum möglich war.

»O ja, Tyrone Adamson, das ist er.«

Übelkeit stieg ihr in der Kehle hoch. Sie schluckte heftig dagegen an, bekam aber plötzlich am ganzen Körper Gänsehaut, und ihr wurde eiskalt ums Herz.

»Geht's dir gut?« Timothy beobachtete sie besorgt. »Sag bloß, du hast nicht gewußt, wer dieser Adamson ist?«

Sie gab ihm keine direkte Antwort, sondern sagte: »Warum hat er einen anderen Nachnamen als seine Mutter?«

»Er ist angeblich der Sohn eines zweiten Mannes oder so was, die Frau war schon mindestens hundertmal verheiratet.«

»Du kennst sie?« fragte Joletta. »Und du kennst Rone?«

»Ich bin der alten Lady letztes Jahr vorgestellt worden, als ich den Bärenführer für meine Mutter gespielt hab' und mit ihr die große Party- und Wohltätigkeitsballrunde in New York gedreht habe. Ihren Sohn hab' ich heute früh das erste Mal gesehen: er hat nicht viel mit der Szene zu tun.«

»Ich kann es einfach nicht glauben«, sagte sie langsam mit schmerzerfüllten Augen.

»Wirst du das letzte Croissant essen? Nein?« Timothy nahm es von ihrem Teller. »Die Leute erzählen, seine Mutter hätte den Konzern mit dem Geld seines Vaters aufgebaut. Nach der Scheidung hat sein Vater die Aktienmehrheit behalten. Rone hat das gekriegt, als sein Vater starb, dadurch hat er nun in der Firma das Sagen. Er ist derjenige, der jetzt das letzte Wort hat.«

»Zum Beispiel, ob das Parfüm gekauft werden soll und wie man es bewerkstelligen kann, daß sie die Formel kriegen?«

»Du hast es erfaßt.« Er schüttelte bewundernd den Kopf. »Und der Typ ist mit dir durch Europa gereist, ohne zu verraten, wer er ist, und das mit einer Bustour, wo er die Concorde gewöhnt ist. Mann, der hat vielleicht Nerven.«

Sie konnte es nicht mehr ertragen. Sie mußte hier raus. Sie brauchte Zeit zum Nachdenken, Zeit, das Chaos von Schmerz und Wut, das in ihr brodelte, wieder in den Griff zu kriegen.

Sie stand auf und zog den Riemen ihrer Umhängetasche über die Schulter. »Hör mal, Timothy, tut mir wirklich leid, aber ich muß los. Ich übernehm' dein Frühstück.«

»Das mußt du aber nicht«, protestierte er.

»Ich mach' es trotzdem. Wirst du lange in Venedig sein?«

Er hob seine Schulter. »Kommt drauf an.«

»Wo wohnst du?«

»Augenblicklich im Cipriani mit Natalie«, sagte er, dann grinste er fröhlich. »Morgen wahrscheinlich wieder in der Jugendherberge. Mir ist das egal, die Gesellschaft ist dort netter.«

»Dann ist das ja geregelt. Vielleicht sehen wir uns später.« Sie wandte sich zum Gehen. »Hast du genug Geld?«

Er schnitt eine Grimasse. »Die Kasse ist okay, muß nur aufpassen, daß sie länger vorhält. Keine Sorge, ich komm' schon durch.«

Sie klopfte ihm kurz auf die Schulter, dann ging sie schnell weg. Sie hatte Angst zu bleiben, Angst in Tränen auszubrechen, wenn sie nur eine Minute länger blieb. Sie kam sich so unwahrscheinlich dämlich vor. Sie konnte aber auch gar nichts richtig machen, sich nicht einmal richtig verlieben.

Bei dem Gedanken blieb sie unvermittelt stehen, so daß der Kellner hinter ihr, mit einer Kaffeekanne in der einen und einer Kanne heißer Milch in der anderen Hand, fluchend ausweichen mußte. Sie murmelte eine Entschuldigung und ging dann weiter.

Nein. Das konnte nicht sein. Sie war nicht verliebt. Das würde sie einfach nicht zulassen.

Sie war kein behütetes viktorianisches Weibchen, das einem Mann ihr Herz schenken mußte, ehe sie mit ihm schlief. Sie war modern und vernünftig. Mit jemandem zu schlafen, war ein ausgezeichnetes Gegenmittel für Streß, ein angenehmer Zeitvertreib für einen Sonntagnachmittag und eine hervorragende Methode, um jemanden kennenzulernen. Sie brauchte keine Spitze, kein Parfüm und keine Blumen, brauchte keine verzweifelten Opfer und ewigen Treueschwüre.

Das einzige, was sie wirklich brauchte, war ein warmer Körper, etwas Erfahrung und gelegentlich ein bißchen Unterhaltung.

Ja. Und Verläßlichkeit.

Ein kleines bißchen Zärtlichkeit.

Humor vielleicht.

Rücksicht.

Und Ehrlichkeit.

Das war alles. Wirklich.

Verflucht soll er sein.

Verflucht, verflucht.

Sie blieb kurz an der Rezeption stehen, um zu hinterlassen, daß sie am morgendlichen Ausflug nicht teilnehmen würde, sie war einfach nicht fähig dazu. Nicht jetzt. Sie wandte sich gerade zum Gehen Richtung Tür, die offenstand, als sie einen hochgewachsenen Mann auf sich zukommen sah.

Rone. Sie blieb stehen. Es war zu spät, sie konnte ihm nicht ausweichen.

»Morgen«, rief er. Er überquerte die marmorne Schwelle und mußte dabei einer sehr rundlichen Dame mit einem Stars-and-Stripes-Pullover ausweichen. Seine Stimme klang sorglos, und sein Lächeln hatte für Joletta etwas sehr Intimes.

Joletta warf ihm einen Blick zu, der ihn hätte versteinern müssen, und rauschte an ihm vorbei. Einen Augenblick später war sie durch die Tür und mischte sich unter die Reihen verschlafener Italiener auf dem Weg zur Arbeit. Sie wandte sich in Richtung des nahen Kais.

Schnelle, entschlossene Schritte waren hinter ihr zu hören. Rone packte sie am Arm und brachte sie zum Stehen. Er sagte brüsk: »Was ist denn mit dir los?«

Sie drehte sich mit wutentbrannten Augen zu ihm. »Oh, mit mir ist gar nichts los. Ich habe nur entdeckt, daß der Mann, mit dem ich das Bett teile, ein Betrüger und ein Lügner ist.«

Er runzelte die Stirn. »Wovon, bitte, redest du überhaupt?«

»Du weißt sehr gut, wovon ich rede«, sagte sie verächtlich. »Und ich hoffe, du hast gestern abend in Violets Tagebuch etwas Nützliches für deine Mutter gefunden, weil es das letzte Mal war, daß du es gesehen hast.«

Sie riß sich los und wollte weitergehen. Nach zwei Schritten hatte er sie wieder eingeholt und wieder am Arm gepackt. »Einen Moment«, sagte er mit grimmigem Gesicht. »Du verstehst das nicht.«

Die Wut, die in ihr brodelte, kochte jetzt über. »Ich verstehe sehr wohl! Hast du gedacht, ich komme nicht dahinter? Hast du geglaubt, du könntest mich weiter benutzen, bis du alles herausgefunden hast, was du brauchst? Und was ist mit Natalie? Ich hätte wissen müssen, daß etwas faul ist, als du ihr gestern nachgelaufen bist wie ein zahmer Pudel.«

»So war es nicht«, widersprach er. »Es war nie meine Absicht –«

Joletta spürte die interessierten Blicke der Leute, die an ihnen vorbeigingen, ein menschlicher Fluß, der sich um ein lästiges Hindernis teilte. Sie ignorierte sie.

»Nein? Aber sobald du damit angefangen hattest, war es ja so praktisch, damit weiterzumachen? Mein Gott, wenn ich nur daran denke. Ich könnte sterben – oder dich mit bloßen Händen erwürgen!«

»Joletta, nicht«, sagte er mit leiser, besorgter Stimme. »Tu dir das nicht an.«

»Ich mir? Du Bastard hast das für mich erledigt. Mit deinen

miesen, schäbigen Tricks. Ich hätte wissen müssen, daß etwas faul ist, als plötzlich der charmante Akzent aus dem Süden verschwand. Ich hab' die Nase voll von dir, Mister Yankee aus New York. Ich will, daß du mein Zimmer und diese Tour verläßt und aus meinem Leben verschwindest. Ich will dich nie wiedersehen. Nie mehr.«

»Schwierig.«

Sie blinzelte erschrocken über die Entschlossenheit in seiner Stimme. »Was soll das heißen?«

»Das soll heißen, wohin du auch gehst, geh' ich mit. Akzent oder nicht, das Blut der Stuarts, die den General der Konföderierten J. E. B. erzeugt haben, fließt in meinen Adern, und so stur wie du bin ich schon lange. Du wirst keinen Schritt tun, ohne mich auf den Fersen zu haben, bis dieser Schlamassel vorbei ist. Was, zum Teufel, hast du denn geglaubt?«

»Wenn du glaubst, daß ich dich in meiner Nähe dulden werde, wirst du dich aber wundern.«

»Du hast keine andere Wahl.«

Sie hob die Hand und stieß ihm ihren Zeigefinger in die Brust. »Da irrst du dich aber.«

»Wirklich?« sagte er gelassen. »Das werden wir ja sehen.«

Als sie dieses Mal herumwirbelte und davonging, machte er keine Anstalten, sie aufzuhalten. Er ging einfach neben ihr her und hielt mühelos Schritt mit ihr. Ihr mörderischer Blick entlockte ihm nicht einmal ein Wimpernzucken. Er begegnete ihrem Blick nur mit gelassener Entschlossenheit.

Sie blieb stehen. »Geh weg«, sagte sie. »Sonst schreie ich nach einem Polizisten und sage, du belästigst mich.«

»Mach das ruhig«, sagte er ungerührt, »bis der hier ist, stimmt es vielleicht auch. Würdest du bitte wenigstens so lange stehenbleiben, bis ich dir alles erklären kann?«

»Ich kann mir nicht vorstellen, daß irgend etwas, was du sagst, mich interessieren könnte! Ganz zu schweigen davon, daß ich es glaube. Laß mich in Ruhe!«

»Wenn du mich nur erklären lassen würdest –«

»Was erklären? Wie du zufällig in New Orleans die Straße beim Parfümladen entlanggeschlendert bist? Wahrscheinlich warst auch du das, der mich verfolgt hat. Oder vielleicht möchtest du mir sagen, was für ein wunderbarer Zufall es war, daß du in London da warst, als meine Tasche gestohlen wurde? Ich mag ja vielleicht naiv gewesen sein, aber ich lerne schnell.«

Sie atmete so heftig, als sie sich umdrehte und weiterging, als wäre sie schon meilenweit gerannt. Sie weigerte sich, den Mann anzusehen, der jetzt wieder neben ihr herging, auch als er anfing zu reden.

»Ich bin dir in New Orleans zum Laden gefolgt, ja. Ich wollte dich nicht so erschrecken, aber ich bin dir so nahe gekommen, weil du eher am Laden warst, als ich erwartet habe. Später habe ich das Schwein gesehen, das dich verfolgt hat, hatte aber keine Ahnung, was er vorhatte, also hab' ich meine Kreise gezogen und dann diese kleine Szene inszeniert, um ihn zu verschrecken. Nachdem ich dich beobachtet habe und mir Sorgen gemacht habe, als ich hörte, daß du nach Europa gehst, bin ich dir gefolgt. Ich war am Flughafen, weil ich in derselben Maschine war, auf einem Platz so weit wie möglich von deinem entfernt. Ich wollte mich nie in dein Leben einmischen, aber nachdem ich dich kennengelernt habe, schien es mir einfach die beste Methode, um dich im Auge zu behalten, mit dir zu reisen.«

»Richtig«, zischte sie wütend, »und es ist immer leichter geworden, nicht wahr?«

Er holte tief Luft, als müsse er sich mit Gewalt beherrschen. Seine Stimme war barsch, als er antwortete: »Ja, richtig. Aber wenn du glaubst, ich hätte das alles nur gemacht, um an Violets Parfüm ranzukommen, irrst du dich gewaltig.«

»Oh, das hab' ich nicht geglaubt. Du hast das alles für Natalie gemacht, nicht wahr? Sie hat gedacht, mir wäre männliche Aufmerksamkeit so fremd, daß mich jeder gutaussehende Mann, der mir über den Weg läuft, sofort aufs Kreuz legen kann. Und sie hatte recht. Ich hoffe, es hat dir Spaß gemacht.«

»Ehrlich gesagt –«, begann er und verstummte dann einen Augenblick mit zusammengekniffenem Mund. »So war es nicht.«

»Nein? Dann hast du es wegen meines unwiderstehlichen Lächelns gemacht«, sagte sie verächtlich, obwohl der Schmerz sie fast umbrachte.

»Ich hab' es getan, weil ich Angst hatte vor dem, was dir zustoßen könnte.«

»Oh, bitte.« Die plötzliche Erschöpfung in ihrer Stimme drückte auch ihre Schultern nach unten.

»Ich weiß, es hört sich verrückt an. Aber meine Mutter ist nicht mehr ganz zurechnungsfähig, seit sie von diesem Parfüm gehört hat. Sie ist so besessen von der Idee, daß es das nächste Joy werden könnte, ein Parfüm, das so wunderbar ist, daß es das ganze Land im Sturm erobert. Sie wollte daraus das beliebteste, haltbarste – und natürlich auch teuerste – Parfüm der Welt machen. Ein Parfüm mit Geschichte und Romantik, etwas Edles, das keine Mischung aus dem Labor hervorbringen kann. Aber was mir am meisten zu schaffen machte war, daß ich nicht wußte, wozu sie fähig war, um die Formel in ihre Finger zu kriegen.«

»Du hättest sie fragen können«, sagte Joletta. Sie war sich nicht sicher, wann sie angefangen hatte, ihm zuzuhören. Aber es hatte natürlich auf keinen Fall etwas zu bedeuten.

»Lara Camors stellt man keine Fragen. Sie hat mit ihrer Firma in einem Keller angefangen, ein Bauernmädchen aus Arkansas mit einem Akzent, daß alle Lichter ausgingen. In New York hat sie ein Vertreter sitzenlassen, der vielleicht, vielleicht aber auch nicht ihr erster Ehemann war. Sie hat die Firma mit viel Mut und harter Arbeit und ein paar Vernunftsehen aufgebaut. Sie hat es nicht sehr freundlich aufgenommen, als ich die Aktien, die mein Dad mir hinterlassen hat, dazu benutzte, mich nach seinem Tod in die Firma zu drängen.«

»Warum nicht? Du bist ihr Sohn.«

»Ihr Sohn, den sie, zusammen mit seinem Vater, im Alter von drei Jahren verlassen hat.«

Es war nur eine Kleinigkeit, aber das genügte. Ihre Schritte verlangsamten sich. Sie sah ihn lange an.

»Auf jeden Fall«, fuhr er fort, »fing ich an, mir wirklich Sorgen zu machen, nachdem ich zufällig in ihr Büro kam und sie gerade wegen des Parfüms telefonierte. Sie hat zwar sofort aufgehört, aber ich habe noch gehört, wie sie sagte, es wäre noch zu früh, Mimi Fossiers Tod zu feiern. Da wäre doch noch immer die andere Enkelin.«

»Also ich.«

»Ich wußte genug über den Handel, um zu wissen, daß es nicht Natalie war, über die sie redete.«

Joletta ging ein paar Schritte weiter. Schließlich sagte sie: »Ich will damit nicht sagen, daß ich nichts davon glaube, aber wenn du wirklich gedacht hast, ich wäre in Schwierigkeiten, warum hast du mir das nicht gesagt?«

»Angenommen, ich wäre der Meinung gewesen, die große Lara Camors wäre in sehr zweifelhafte Industriespionage verwickelt? Oder Schlimmeres? Es hätte total verrückt geklungen, das tut es immer noch. Ich respektiere meine Mutter, wir haben im Laufe der letzten Jahre gelernt zusammenzuarbeiten. Ich habe gedacht, ich fliege nach New Orleans und schaue mir alles an und treffe dann meine Entscheidung. Wie sich herausstellte, war das nicht so einfach.«

»Aber warum hast du mich später angelogen und nicht gesagt, wer du bist?«

»Ich habe nicht gelogen. Ich habe dir nur nicht die ganze Wahrheit gesagt.«

»Du hast mich im Glauben gelassen, du wärst irgendein Werbefachmann, ein Produzent von Werbespots.«

»Das bin ich auch. Ich leite unter anderem die Werbeabteilung von Camors. Ich habe es nur nicht genau erklärt. Es bestand doch die Möglichkeit, daß du mich zum Teufel jagst und ich – das wollte ich nicht.«

Es schwang etwas in seiner Stimme, das sie sich weigerte anzuerkennen. Sie sagte statt dessen: »Und ich nehme an, du wirst mir sagen, du hast kein Interesse an dem Parfüm und nichts, was du getan hast, hatte damit zu tun, daß du die Rechte für deine Firma kriegen wolltest.«

Sie waren am Kai angelangt. Er blieb stehen, steckte seine Hände in die Taschen und schaute auf das plätschernde Wasser des Kanals, wo ein Transportboot vorbeituckerte, auf dem sich Coca-Cola-Kisten türmten. Schließlich schüttelte er kurz den Kopf. »Nein, das werde ich dir nicht sagen.«

»Was bedeutet«, sagte sie verächtlich, »daß es doch damit zu tun hatte.«

»Was heißt, daß ich mich von diesem Moment an weigere, irgendeinen Teil der Wahrheit vor dir zu verschweigen. Ich möchte gerne sehen, was mit dem Parfüm gemacht werden kann, falls die Formel je auftauchen sollte. Anfangs war ich nicht sonderlich interessiert, ich glaubte, es stecke nichts dahinter. Aber nachdem ich Violets Tagebuch gelesen und eingesehen hatte, daß die ganze Geschichte vielleicht doch legitim war, dachte ich anders. Da steckt ein ungeheures Potential dahinter.«

Sie wollte ihm glauben, das war das Allerschlimmste. Aber wie konnte sie das? Sie sagte in barschem Ton: »Ich habe beschlossen, die Formel für den Laden zu behalten, wenn ich sie finde.«

»Es wäre eine Schande, sie wieder zu vergraben. Du hast weder das Geld noch das Unternehmen, um das, was du hast, wirklich zu nutzen.«

»Das ist mir egal. Das Parfüm hat sich auch so hundert Jahre lang gut bewährt.«

Er wollte verneinen, ließ es aber dann. »Was auch immer«, sagte er. »Aber augenblicklich gibt es Leute, die versuchen, dich daran zu hindern, es zu kriegen. Es gibt da anscheinend eine Verbindung zu Camors Cosmetics, und dadurch bin ich verantwortlich, wenn dir etwas zustoßen sollte. Ich werde dich nicht aus den Augen lassen, bis diese Geschichte geregelt ist.«

»Womit du in allerbester Position wärst, es dir zu schnappen, wenn es auftaucht.«

Seine Augen brannten vor Wut. »Ich hoffe, daß du diese verdammte Formel findest. Und ich verspreche dir, wenn das geschieht, kannst du damit machen, was du willst und solange du willst, und wenn ich den Rest deines Lebens vor deiner Tür kampieren muß, um dafür zu sorgen, daß keiner versucht, dich daran zu hindern.«

Sie sah ihm direkt in die Augen. »Das ist ja wirklich eine echte Drohung.«

Er machte keine Anstalten, sein Versprechen zurückzunehmen, anscheinend wollte er in ihrer Nähe bleiben, ob sie nun die Formel fand oder nicht. Ein paar Augenblicke später stellte er sich vor sie hin. »Ich versuche zu helfen, mehr nicht. Kannst du das nicht glauben? Kannst du mir nicht vertrauen?«

Sie wünschte, sie könnte es, es wäre soviel einfacher gewesen. Aber sie war zu verletzt und verwirrt und voller Zweifel, und ihre Erfahrungen gaben ihr keinen Grund zu glauben, daß es die Mühe wert wäre.

»Ich glaube, das kann ich nicht«, sagte sie.

Rone fühlte sich, als wäre er gerade durch die Schrottpresse eines Autoausschlachters gekommen. Und daß es seine eigene Schuld war, machte die Sache auch nicht leichter. Seit Tagen hatte er schon versucht, Joletta zu sagen, wer er sei, besonders seit dem Treffen mit Natalie. Joletta hatte weiß Gott Grund genug, wütend zu sein. Aber wie sie ihm alles an den Kopf geworfen hatte, war wirklich beeindruckend gewesen. Er hätte noch mehr Bewunderung dafür gehabt, wenn der Zorn nicht gegen ihn gerichtet gewesen wäre.

Er wünschte, er könnte von vorne anfangen, dort auf der Straße in New Orleans. Er würde sich selbst vorstellen und sie zum Abendessen einladen und ihr dann ganz offen sagen, womit sie zu kämpfen hatte. Wie hätte sie wohl darauf reagiert? fragte er sich. Hätte sie ihn zum Teufel gejagt oder ihm irgendeinen Zugang zu ihrem Leben ermöglicht? Hätte sie ihm soweit vertraut, sich von ihm helfen zu lassen?

Dieses Vertrauen zu erlangen, war ihm wichtiger als alles andere, was er sich je erträumt hatte.

Zu spät.

Aber jetzt konnte er sich darüber nicht den Kopf zerbrechen. Er mußte mit allem, was er hatte, kämpfen, um Joletta daran zu hindern, ihn in den nächsten paar Stunden in ein italienisches Gefängnis werfen zu lassen. Er hatte zwar nicht vor, sie zu belästigen, war sich aber ziemlich sicher, daß seine Vorstellung, sie im Auge zu behalten, und ihre eigene sich erheblich unterschieden.

Über diesen Unterschied durfte er nicht zuviel nachdenken, sonst würde er den Verstand verlieren.

Er sagte in ganz neutralem Ton: »Also gut. Wie sind denn deine heutigen Pläne?«

»Ich habe keine Pläne«, sagte sie brüsk.

Auf den kühlen Blick, der diesen Satz begleitete, war Rone

vorbereitet gewesen, aber nicht auf die Niedergeschlagenheit, die darin erkennbar war. Er runzelte die Stirn und sagte: »Ich habe über diesen Canaletto nachgedacht, den Allain gekauft hat, der mit dem Haus, in dem er und Violet gewohnt haben. Ich bin mir nicht sicher, was es nützen würde, ihn zu sehen, aber es wäre einen Versuch wert.«

»Wir haben keine Ahnung, was daraus geworden ist.«

»Stimmt, aber wenn du dich erinnerst, war eine kleine Skizze des Hauses mit einem Stück Kanal in Violets Tagebuch auf einer Seite, auf der das Gemälde erwähnt war. Ich möchte meinen besten Hut darauf verwetten, daß es das ist.«

Das weckte ihr Interesse. »Wenn dem so ist«, sagte sie langsam, »müßten wir ja gar nicht dasselbe Bild finden, nur eines mit demselben Stück Kanal, auf dem noch ein paar weitere Merkmale erkennbar sind.«

Rone nahm die Hand aus der Tasche und griff sich in den Nakken, um die Verkrampfung dort zu lösen, und nickte. Er hatte richtig geraten, ein Interesse an ihrer Suche war der beste Weg, um an sie heranzukommen. Er sagte ruhig: »Ich schlage vor, wir besuchen ein oder zwei Museen, vielleicht den Palazzo Pesaro.«

Joletta sah ihn an, machte aber keine Einwände. Er wußte sein Glück zu schätzen, daß sie eine vernünftige Frau und außerdem fair war.

Sie wanderten über die staubigen Marmorböden der Galerien und verrenkten sich die Hälse, bis sie weh taten. Es war erstaunlich, wieviel es zu sehen gab und unfaßlich, wie wenig getan wurde, um das alles zu sichern. Es gab nur wenige Gemälde und Skulpturen, die man nicht einfach berühren konnte. Fast hatte man den Eindruck, es gäbe so viele Kunstwerke in Italien und die Sicherheitsprobleme wären so gigantisch, daß die Behörden, nachdem sie ein paar Meisterwerke gesichert hatten, einfach resigniert hatten.

Joletta war es schließlich, die die Ansicht fand, die der Skizze von Violet am nächsten kam. Das Gemälde war aber kein Canaletto, sondern ein Werk von J. M. W. Turner. Sie behauptete, daß ihr Turners strahlendere Farben und verschwommenen Effekte, als würde man die Szene durch den Regen sehen, ohnehin lieber wären als Canalettos Bilder mit den perfekten Linien und den weichen, klaren Farben. Rone weigerte sich, mit ihr darüber zu diskutieren, da er überzeugt war, daß sie ihn nur zu gängeln versuchte. Das gelang ihr zwar, aber er versuchte es, so gut es ging, zu kaschieren.

Sie stand vor dem Turner, die Hände auf dem Rücken verschränkt und mit abschätzig gekräuseltem Mund, der ihn reizte, Dinge zu tun, die man in der Öffentlichkeit besser unterläßt. Er versuchte sein Bestes, ihr zuzuhören.

»Ist dir klar, daß das ein Haus sein könnte, das genauso aussieht wie das, das Violet gezeichnet hat? So viele von diesen alten Häusern und Palästen sehen fast gleich aus, und ein Stück Kanal sieht wie das andere aus.«

»Stimmt«, erwiderte er.

»Außerdem hat Violet vielleicht das Haus gegenüber skizziert.«

Rone sagte: »Wenn du eine bessere Idee hast, ich höre.«

»Nein, nein«, sagte sie. »Ich wollte nur sichergehen, daß dir klar ist, daß wir vielleicht unsere Zeit verschwenden.«

Wir. Es war, wie Rone fand, ein nettes kleines Wort. Er sagte: »Also willst du jetzt an Türen klopfen gehn oder nicht?«

»Wir brauchen Cesare sicherlich«, schlug sie vor.

»Ich glaube, wir kommen auch ohne ihn zurecht.«

Sie sah ihn zweifelnd an. »Nur wenn du italienisch sprichst.« Sie sah ihn an. »Du sprichst es doch nicht, oder?«

Sein Mund verzog sich zu einem recht ironischen Lächeln. »Es gibt alle möglichen Sachen, die du nicht von mir weißt.«

»Ich fange gerade an, das festzustellen«, sagte sie giftig.

Warte nur bis heute abend, dachte er und sagte: »Wir haben noch ein paar Stunden bis zum Mittag und zur Siesta. Bist du bereit?«

19. Kapitel

Es war nicht so einfach, das richtige Haus zu finden, selbst nachdem sie es auf dem Gemälde entdeckt hatten. Der Künstler hatte sich seine Freiheiten mit der Perspektive genommen und sogar ein oder zwei Häuser weggelassen, die ihm nicht gefielen. Rone meinte auch, Turner hätte die Biegung des Kanals verengt. Joletta sagte ihm, er hätte einen Augenfehler.

Beim vierten Haus öffnete eine junge Frau mit einem Kleinkind auf der Hüfte die Tür. Sie trug einen grellpinkfarbenen Jogginganzug, Schuhe mit pinkgrünen Schuhbändern und ein Schweißband über der Stirn. Sie redete, über ihre Schulter blikkend, wie ein Maschinengewehr auf italienisch auf jemanden ein, der in den schattigen Tiefen der langen Eingangshalle stand. Sie drehte sich zu ihren Besuchern um, verstummte und sagte dann in schwer akzentuiertem, aber perfektem Englisch: »Das ist kein Museum oder Hotel. Bitte gehen Sie.«

Sie hätte die Tür geschlossen, wenn Rone sie nicht mit der Hand aufgefangen hätte. »Entschuldigen Sie bitte die Störung, aber wir sind keine Touristen. Wir suchen Informationen über einen Mann und eine amerikanische Frau, die, wie wir glauben, vor vielen Jahren hier in diesem Haus gewohnt haben könnten.«

»Ich weiß nichts von diesen Leuten«, sagte die Frau und wiegte den kleinen Jungen, der sie mit großen schwarzen Augen unter seinem Mop von goldbraunen Locken ansah wie ein lebendiger Botticelli-Putto.

Joletta sagte hastig: »Wir haben Grund zu der Annahme, daß die Dame, der das Haus gehörte, damals wegen ihnen sterben mußte.«

»Ah, *allora.*« Die junge Frau überlegte kurz. »Einen Moment.« Sie rief etwas über ihre Schulter. Schlurfende Schritte waren zu hören, und ein alter Mann tauchte aus dem Dämmerlicht auf. Er wäre, sagte sie, der Großvater ihres Mannes, der schon sein ganzes Leben lang in diesem Haus wohnte.

Er war gebeugt und hager, wodurch der schwarze Wollpullover, den er gegen die Feuchtigkeit des Hauses trug, vorne herunterhing. Seine eisengrauen Locken sahen aus wie Stahlwolle, und sein Lächeln zeigte ein paar Zahnlücken, aber sein Gedächtnis war in Ordnung. Die Frau, von der sie sprachen, war seine Vorfahrin gewesen, eine Witwe mit geringem Einkommen wie tausend andere, die im letzten Jahrhundert Zimmer vermietet hatten, bevor die Touristenhotels in der ganzen Lagune aus dem Boden schossen. Sie war an einem Herzanfall gestorben, wie die Ärzte behaupteten, aber in der Familie wußte man es besser. Eine schreckliche und äußerst merkwürdige Tragödie. Hinterher war Geld bezahlt worden, eine Art Wiedergutmachung. Dadurch war das Vermögen der Erben der Witwe entscheidend gewachsen. So etwas vergaß man nicht so leicht.

Es hatte auch eine Schwester gegeben, *sì*, mit einer Villa in der Nähe von Florenz. Diese Villa war im Zweiten Weltkrieg zerstört und eine neue an ihrer Stelle erbaut worden. Der Garten? Aber ja, der existierte noch, wenn sie sich die Mühe machen wollten, dorthin zu reisen. Es war immer wieder erstaunlich, was die Amerikaner alles sehen wollten.

Erfolg.

Joletta konnte es nicht fassen. Jemanden zu finden, der tatsächlich ein Detail aus Violets Tagebuch bestätigen konnte, grenzte an ein Wunder. Es war, als hätte sich die Zeit zusammengezogen und somit die Vergangenheit näher gebracht. Gleichzeitig war das wenige, was sie hatten erfahren können, wieder eine unliebsame Erinnerung daran, wie schwierig es war, irgend etwas Wichtiges über die längstvergangenen Ereignisse zu erfahren.

Als sie und Rone das Haus verlassen hatten, gingen sie Richtung Rialto-Brücke. Sie hatten sich darauf geeinigt, in der Nähe des Markts ein Lokal zum Mittagessen aufzusuchen. Sie gingen schweigend weiter, an Blumenverkäufern und Geschäften vorbei, die Lederkoffer, Seidenschals, Fächer, Uhren und zahllose andere Gegenstände für Touristen verkauften. Die Sonne auf dem Kanal blendete und warf seltsame Lichtflecke auf die Gebäude. Die vom Wasser herkommende Brise war erfrischend und roch nur ein bißchen nach Diesel von den vorbeifahrenden Booten. Es waren nur wenige Menschen unterwegs, da die meisten Italiener sich für ein langes Mittagessen und hinterher ein bis zwei Stunden Ruhe Zeit ließen. Joletta und Rone wanderten schweigend dahin, ohne jede Eile, da sie ihr Ziel für heute erreicht hatten.

»Weißt du«, sagte Joletta mit einemmal, »ich weiß nicht, ob es überhaupt einen Sinn hat weiterzumachen. Es wird kaum einer mit einem Stück vergilbtem Papier daherkommen und sagen: ›Hier ist die Formel, die deine Urgroßmutter vor hundert Jahren hiergelassen hat, weil sie gewußt hat, daß du irgendwann mal hier auftauchst und sie dir holst.‹«

Rone warf ihr einen Blick zu. »Ich dachte, du suchst nach einer Inspiration, nach etwas, das dir helfen kann, den Code zu entziffern, der vielleicht in dem Tagebuch steht.«

»Ja, aber vielleicht habe ich mir auch etwas vorgemacht. Vielleicht besteht gar keine Chance, je einen Sinn dahinter zu finden.«

»Aber stell dir doch vor, wie toll es wäre, wenn du es schaffst. Selbst wenn nicht, bist du doch wohl nicht schlechter dran als in New Orleans?«

»Das ist leicht gesagt, aber deine Zeit vergeuden wir ja schließlich auch«, sagte sie.

»Wenn mir das egal ist, warum sollst du dir dann deswegen den Kopf zerbrechen?«

»Richtig, das hätte ich ja fast vergessen«, sagte sie in schneidendem Ton. »Wenn ich etwas finde, möchtest du ja gerne dabeisein.«

Er sah ihr direkt in die Augen. »Vielleicht möchte ich einfach nur so dabeisein.«

»Hör auf!« sagte sie. »Du sollst solche Sachen nicht sagen.«

»Ich weiß«, erwiderte er. »Andererseits muß ich aber auch nicht aufhören.«

Sie warf ihm einen kurzen Blick zu, vermied es aber, weiter darauf einzugehen, sondern sagte statt dessen: »Ich versuche dir nur zu sagen, daß ich überlege, ob ich aufgeben soll. Ich werde vielleicht versuchen, diesen Garten zu sehen, da die Gruppe sowieso nach Florenz fährt. Vielleicht bleibe ich aber auch einfach bei der Gruppe. Zwei Tage in der Toskana, weiter nach Rom für drei Tage und dann zurück nach Hause.«

»Wunderbar.«

Sie sah ihn erbost an. »Was soll das heißen? Ich will damit sagen, daß du jetzt wieder deinen Geschäften nachgehen kannst.«

»Das haben wir schon einmal durchgesprochen. Du wirst mich bis zum bitteren Ende nicht loswerden.«

»Irgendwie kann ich mich nicht daran erinnern, zugestimmt zu haben.«

Ein Blumenstand schien seine Aufmerksamkeit in Anspruch zu nehmen, als er sagte: »Vielleicht genieße ich es auch.«

»Und vielleicht«, sagte sie langsam, »möchte ich auch den Rest meiner Reise genießen.«

Er schwieg lange. Schließlich sagte er: »Vielleicht ist es wichtiger, daß du in einem Stück nach Hause kommst.«

»Du willst also ganz sichergehen, daß ich mich mies fühle.«

Er lächelte: »Das war nicht meine Absicht, nein.«

In seinen Worten lag etwas Unterschwelliges, was ihr gar nicht gefiel. Sie betrachtete ihn, die strengen Linien seines Gesichts und das undurchdringliche Dunkelblau seiner Augen. Aber sein Gesichtsausdruck verriet nichts. Ihre Augen wurden schmal, und sie sagte: »Hör mal –«

»Später, wenn du nichts dagegen hast. Ich verhungere, und außerdem muß ich dringend telefonieren. Wir suchen uns ein Restaurant und streiten beim Essen weiter.«

Er drehte sich um und ging weiter. Sie starrte ihm einen Augenblick nach und war schwer versucht, in die entgegengesetzte Richtung loszugehen. Sollte er doch sehen, wie er sie einholte. Aber ihm entkommen war doch nicht ganz so reizvoll, wie ihm zu sagen, was sie von seinen arroganten Taktiken hielt. Sie biß die Zähne zusammen und stolzierte hinter ihm her.

Nach dem Essen kehrten sie ins Hotel zurück. Da sie am nächsten Morgen nach Florenz abreisten, wollte Joletta ihren Koffer packen und vielleicht ein kleines Schläfchen machen.

Es paßte ihr immer noch nicht, ihn an ihrer Seite zu haben, aber sie wußte nicht, was sie dagegen machen sollte. Es gab keine Möglichkeit, ihm zu entfliehen. Was ihr aber im Augenblick die meisten Sorgen machte, war die Frage, was er wohl in ihrem kleinen Hotelzimmer machen würde, wenn sie das Bett für sich allein beanspruchte.

Auf dem Weg zur Rezeption, um den Schlüssel zu holen, erhob sich ein Paar von einer Bank im Korridor.

»Endlich«, sagte Natalie vorwurfsvoll, aber lachend. »Cesare und ich haben uns richtig angefreundet, seit wir auf euch warten. Wir hatten euch schon aufgegeben.«

»Trotzdem«, fügte der Italiener mit einem Lächeln hinzu, »ist es eine Freude, Sie endlich zu sehen. Das Blau, das Sie tragen, Signorina Joletta, ist *perfetto*, wie geschaffen für Sie.«

Joletta sah, wie Natalie Cesare einen amüsierten, ironischen Blick zuwarf. Sie standen sehr dicht beisammen, die Schultern berührten sich fast, und sie wirkten, als wären sie bei einer Diskussion unterbrochen worden. Joletta schaute kurz zu Rone. Auch er beobachtete sie, und für seinen Gesichtsausdruck fiel ihr nur das Wort mißtrauisch ein.

»Haben wir eine Verabredung vergessen?« fragte Joletta.

»Nein, nein«, erwiderte Cesare. »Ich bin ins Hotel gekommen mit einer Idee für eine kleine Fahrt, und da habe ich Ihre Cousine getroffen, die hier wartete. Wir haben lange zu Mittag gegessen, wir sind ja in Italien, also gab es kein Problem. Aber es wäre besser gewesen, wenn wir alle zusammen die Villen am Brenta-Fluß besichtigt hätten.«

»Villen?«

»Etwas Ähnliches wie die Châteaus an der Loire, wissen Sie. Es sind Landsitze, die die alten Venezianer von ihren Gewinnen aus dem Seehandel gebaut haben, um der Feuchtigkeit zu entrinnen und Farmer zu spielen. Nur wenige Touristen finden sie, was wirklich schade ist.«

»Wir könnten immer noch fahren«, sagte Natalie. »Es sind nur etwa dreißig Kilometer. Cesare hat mir von einer wunderbaren Trattoria in einer Stadt namens Mira erzählt. Vielleicht könnten wir da zu Abend essen.«

»Nein, ich glaube nicht«, sagte Rone und nahm Jolettas Arm. »Wir haben andere Pläne.«

»Was für Pläne?« fragte Joletta und entwand ihm energisch ihren Ellbogen.

Natalies Blick wanderte von Rones grimmigem Gesicht zu Jolettas hochrotem Kopf. Mit giftiger Stimme sagte sie: »Irgendwo müßt ihr ja essen.«

»Nicht mit einem Haufen Leute«, sagte Rone.

Joletta fixierte ihn mit frostigem Blick. Es war einfach nicht zu fassen, daß er nach allem, was passiert war, immer noch versuchte, über ihre Zeit zu verfügen. »Ich glaube«, sagte sie sehr laut, »diese Trattoria klingt sehr interessant.«

»Du weißt ja überhaupt nichts darüber«, sagte Rone brüsk.

Cesare mischte sich hastig ein: »Es ist die beste in der ganzen Region, das verspreche ich.«

»Mach dich doch nicht lächerlich, Rone«, sagte Natalie mit scharfer Stimme. »Sollen wir uns mal kurz unterhalten? Ich glaube, ich kann dich dazu überreden, vernünftig zu sein.«

Rone erstarrte, dann richtete er seinen Blick langsam auf die andere Frau und sagte in scharfem Ton: »Das bezweifle ich, Natalie, wirklich. Joletta weiß bereits, wer ich bin.«

Natalie blinzelte erschrocken. Sie schaute noch einmal von Joletta zu ihm, sah, wie er schützend vor Joletta stand, damit sie die Tür nicht sehen und auch keinen direkten Augenkontakt mit Cesare haben konnte. Ihr Mund verzog sich verächtlich. »So ist das also?«

»Genau«, erwiderte Rone knapp.

»Weiß sie denn auch«, sagte Natalie leise, »was für wirklich *gute Freunde* wir sind?«

Sie betonte es so, daß es sehr anzüglich wirkte, was sie wohl auch beabsichtigte. Der Hieb saß, aber Joletta ließ sich nichts anmerken und antwortete lächelnd für sich selbst: »Er hat es mir nicht gesagt, aber das war auch nicht notwendig. Mir fiel auf, daß ihr beide euch erstaunlich schnell verstanden habt.«

»Ja, in der Tat«, sagte Natalie genüßlich. »Er entscheidet sich immer erstaunlich schnell. Das muß man bewundern.«

»Aber nicht«, erwiderte Joletta, »wenn er gleichzeitig meine

Entscheidungen für mich trifft. Ich finde die Idee mit der Fahrt hervorragend.«

Cesare lächelte und hob fragend eine Braue. »Soll das heißen, Sie werden mitfahren? Wir können ein Boot mieten und den Fluß entlangstaken, so sieht man die Villen am besten. Aber wir sollten bald aufbrechen, wenn wir Tageslicht haben wollen.«

Es war kein unbeschwerter Ausflug.

Cesare verhielt sich Rone gegenüber sehr steif. Natalie war anscheinend wütend auf Rone. Joletta hatte weder Natalie noch Rone viel zu sagen. Rone schwieg.

Trotzdem war alles die Mühe wert.

Viele der Villen waren nicht nur im Stil Palladios, sondern vom großen Andrea Palladio selbst entworfen. Mit ihren klaren, klassischen Linien und der perfekten Harmonie der Proportionen waren es mehr Paläste als Villen und wirkten doch leicht und luftig durch ihre gestuckten Fassaden in Creme, Gold und Grau. Die Giebel, Säulen und Bogenfenster, die man hinter den Mauern und den Bäumen erkennen konnte, waren ganz anders als die Tausendundeine-Nacht-Fassaden in Venedig.

Die Ruderboote, die Cesare mietete, waren jeweils für zwei Personen gedacht und hatten ein Paar langer Ruder, die man im Stehen betätigte. Joletta amüsierte sich stillschweigend darüber, wie geschickt Cesare sie in das Boot manövrierte, mit dem er selbst fahren wollte, so daß Rone mit Natalie folgen mußte.

Der Italiener bestand darauf, daß er das Boot den Fluß entlangmanövrierte, aber sie weigerte sich. Sie hatte das Bedürfnis, sich körperlich zu betätigen, um ihre aufgestaute Wut loszuwerden. Außerdem konnte sie im Stehen viel besser sehen und mußte Cesare nicht abwehren, falls er sich entschloß, sich neben sie zu setzen und das Boot mit der Strömung treiben zu lassen.

»Ah, amerikanische Frauen«, sagte Cesare und sah ihr bewundernd zu, wie sie mit dem langen Ruder umging. »Sie können einfach alles und machen es dann auch noch so schön.«

»Ich hab' auch schon italienische Frauen rudern sehen«, sagte Joletta.

»Ein paar«, erwiderte er grinsend, »aber wie Ihre Cousine ziehen es die meisten vor, die Männer die Arbeit machen zu lassen.«

Joletta fragte sich kurz, ob diese Bemerkung einen anzüglichen Unterton hatte, was bei Cesare, wie sie entdeckt hatte, öfter der Fall war. Sie sah ihm direkt in die Augen, aber er lächelte nur ungerührt.

Einen Augenblick später sagte er: »Sie fahren also morgen weiter nach Florenz. Zu schade, daß Sie Venedig schon so bald verlassen.« Seine Stimme wurde leise und zärtlich: »Ich brauche Ihnen wohl nicht zu sagen, *carina*, daß ich zu Ihrer Verfügung stehe. Ein Wort genügt, und ich fahre Sie dorthin, bleibe ständig an Ihrer Seite.«

»Das würde Rone nicht gefallen«, sagte sie trocken.

Er schnippte mit den Fingern. »Was Rone mag oder nicht mag, interessiert mich nicht. Es ist nur wichtig, was Sie mögen.«

Seine Einstellung war eine erfrischende Abwechslung. Daß er ihren Mißmut schon vorher erkannt und ausgenutzt hatte, änderte nichts daran. Plötzlich kam ihr eine Idee.

»Sie müßten aber sehr früh aufstehen«, sagte sie warnend, aber mit einem Lächeln.

»Für Sie wäre das kein Opfer.«

»*Sehr* früh.«

»Joletta, *carina*, Ihr Wunsch ist mir Befehl.«

Sie warf einen Blick auf das andere Boot, das ein Stück entfernt war, aber schnell aufholte, da Rone jetzt das lange Ruder im Griff hatte. Mit leiser Stimme erklärte sie ihm, was nötig wäre. Als sie fertig war, fragte sie: »Ist das für Sie möglich?«

Cesare breitete die Hände aus und ließ das Boot einfach schlingern. »Wie können Sie das fragen?«

Sie nickte langsam. »Lassen Sie mich noch ein bißchen darüber nachdenken, dann werde ich Sie wissen lassen, ob wir es tun.«

»Denken Sie schnell, Joletta, ich kann nicht zu lange nur mit Hoffnung leben«, erwiderte er gespielt verzweifelt.

Nach der Fahrt auf dem Fluß blieb ihnen noch Zeit, die prachtvolle Villa Pisani zu besuchen, die der Reihe nach ein Doge von Venedig, Napoléon der Erste und der Stiefsohn des Kaisers, Eugène Beauharnais, bewohnt hatten. Außerdem streiften sie noch durch das Haus mit dem Namen La Malcontenta, das angeblich nach einer abtrünnigen Frau benannt war, die man aufs

Land verfrachtet hatte, um indiskretes Verhalten zu vermeiden. Schließlich machten sie sich im langen Zwielicht auf den Weg zur Trattoria Nalin.

Das Essen hielt, was Cesare versprochen hatte, von dem Antipasto aus Scampi, Krebs und Muscheln bis zu dem köstlichen Risotto und den Krebs-Bandnudeln. Dazu tranken sie einen herrlichen örtlichen Wein, Prosecco Canogliano, herb, prickelnd und frisch.

Da die Konversation mit den anderen beiden immer noch etwas mühsam war, unterhielten sich Joletta und Cesare miteinander und fanden viel zu lachen. Er machte ihr extravagante Komplimente und füllte routiniert immer wieder ihr Weinglas trotz ihrer Proteste. Als Rone meinte, sie würde zuviel trinken, hörte Joletta auf zu protestieren und ermutigte den Italiener noch weiter.

Die Entscheidung über ihre Reise nach Florenz fällte sie beim Dessert. Rone machte einen Vorschlag, Cesare einen anderen und während sie noch überlegte, bestellte Rone einfach für sie. Es war eine Bagatelle, besonders da er ein Eis aus Aprikosen und Mandeln bestellte, für das sie sich selbst auch entschieden hatte. Aber sie hatte die Nase voll davon, daß jemand ihre Entscheidungen für sie traf und daß ihre Wünsche einfach überstimmt wurden.

Vor dem Restaurant, auf dem Weg zum Wagen, flüsterte sie Cesare etwas zu. Sein Blick war triumphierend.

Es war schon spät, als sie wieder in Venedig ankamen. Joletta und Rone trennten sich am Kai von Cesare und Natalie. An der Rezeption bat sie um ihren Schlüssel, Rone stand abseits und wartete ab. Sie warf ihm einen raschen, warnenden Blick zu, aber er sagte nichts, bis sie die Treppe hinaufgestiegen waren und vor ihrem Zimmer standen.

»Ich dachte«, sagte sie, als sie den Schlüssel ins Schloß steckte, »du würdest dir deinen eigenen Zimmerschlüssel holen.«

»Das konnte ich nicht«, sagte er ruhig. »Ich habe ihn abgegeben, und sie haben mein Zimmer schon vermietet.«

»Du hast es also versucht?«

»Hast du gedacht, ich würde das nicht tun?«

Sie war sich nicht sicher gewesen. Genausowenig wie sie sich jetzt sicher war, ob er die Wahrheit sagte.

Sie holte tief Luft. »Du weißt –«

»Ich weiß«, unterbrach er sie. »Du willst mich nicht in deinem Zimmer haben, und du möchtest, daß ich abreise. Aber das werde ich nicht tun. Und ich denke auch nicht daran, den Rest des Hotels mit dem Streit darüber zu unterhalten.«

Er griff über ihren Kopf und schob die Tür auf, die sie bereits aufgesperrt hatte. Er ging an ihr vorbei ins Zimmer.

Joletta hatte die Wahl: entweder hier in der Halle stehenzubleiben oder zu ihm zu gehen. Sie folgte ihm in das verdunkelte Zimmer. Die Tür schwang zu und klickte ins Schloß.

Sie bemerkte den Geruch, als sie nach dem Lichtschalter tastete. Würzig, frisch, eine dichte Woge von Duft, die aus der Dunkelheit strömte. Sie drückte den Schalter, und das Zimmer war schlagartig hell. Winzige, altmodische Nelken füllten den ganzen Raum. Hunderte von ihnen, dichtgedrängt in Vasen auf jeder verfügbaren Oberfläche. Pfirsichrosa und blutrot, gestreift und weiß hauchten ihre zerfransten Blüten ihr Aroma in die Luft, bis die Nacht von ihrer Süße schwindelte.

»Was in aller Welt?« fragte sie fassungslos.

»Nelken. Ich hab' sie am Rialto-Markt gesehen und sie bestellt.«

»Der Anruf.«

Er nickte. »Sie bedeuten angeblich ›Erster Frost der Liebe‹ oder so was laut dem Tagebuch.« Seine Stimme war schroff, und es war ihm sichtlich etwas peinlich.

»Ach, mein armes Herz«, erinnerte sie sich.

»Genau.«

Es war wirklich zu dumm von ihr, durch eine so offensichtlich sentimentale Geste bewegt zu sein. Doch die Großzügigkeit dieser Geste und das Verständnis ihrer Bedürfnisse und Gedankengänge, die sie zeigte, war unglaublich. Und entwaffnend.

»Was versuchst du damit?« fragte sie leise.

»Sagen, daß es mir leid tut, daß ich dir nicht weh tun wollte. Herausfinden, ob es eine Möglichkeit für uns gibt, es noch einmal zu versuchen.«

»Zumindest so lange, bis du das Tagebuch ausgelesen hast.«

Er holte tief Luft und atmete langsam aus. »Es ist mir vollkommen egal, ob ich das Tagebuch je wiedersehe.«

»Das ist gut«, sagte sie nüchtern.

Sie hatte ein irritiertes Gesicht erwartet. Aber da war nur eiserne Entschlossenheit. Sie ging zu einem Stuhl, streifte ihre Umhängetasche von der Schulter und ließ sie auf den Sitz fallen.

»Ich liebe dich, Joletta«, sagte er mit leiser, rauchiger Stimme.

»Sag das nicht!« sagte sie schroff, ohne ihn anzusehen, dann fügte sie leiser hinzu: »Bitte. Tu's einfach nicht.«

»Ich weiß, ich habe dir weiß Gott wenig Anlaß gegeben, mir zu glauben, aber für mich ist es wichtig, dir das zu sagen.«

»Es ist ja wirklich sehr praktisch, daß du das ausgerechnet jetzt entdeckt hast«, erwiderte sie ruhig.

»Ich weiß es schon lange, zumindest schon seit Bath, obwohl es lange vorher angefangen hat, möglicherweise sogar in dieser Nacht in New Orleans. Ich hielt es einfach nicht für richtig, es dir zu sagen, solange ich dir gegenüber nicht ehrlich war. Das hätte die Maskerade doch ein bißchen zu weit geführt.«

»Zu schade, daß du nicht dieselben Skrupel hattest, als du in mein Bett gestiegen bist.«

»Das«, sagte er, »bereue ich nicht. Nachdem es so aussah, als wäre es alles, was ich je kriegen würde.«

Sie wollte ihm wirklich glauben, das war das allerschlimmste. Sie konnte es nicht. Er hatte sie benutzt und würde es weiter tun, wenn sie es zuließ. Das würde sie nicht. Nicht noch einmal.

Ohne Zweifel dachte er, es gäbe eine Chance, daß sie dem Tagebuch doch noch die Formel entlocken könnte und wollte dabeisein, wenn es passierte. Wenn es denn passierte, wäre das das Ende. Er hätte dann, was er wollte und würde verschwinden. Oder wenn sie versagte, wenn sie nach dieser Reise nichts aufzuweisen hatte, hätte er keinen Grund mehr zu bleiben. In jedem Fall war sie die Verliererin.

Und damit konnte sie sich nicht abfinden, genausowenig wie mit den Lügen, die er ihr erzählte, um sie zu befriedigen.

Immer ließen sie alle im Stich. Ihre Mutter und ihr Vater, ihr Verlobter. Sogar Mimi. Aber diesmal nicht.

Dieses Mal würde sie gehen.

Sie ging zum Nachttisch, wo mehrere kleine Vasen mit Nelken standen. Sie beugte sich hinunter, atmete tief das üppige Aroma ein und genoß es, wie die kühlen Blüten ihre Augenlider, ihren Mund, ihr Kinn berührten. Der Wein und der Duft schwelte in ihrem Blut, und ihr kam der Gedanke, daß Rone zumindest ein Abschiedsgeschenk verdient hatte, etwas von ihr, an das er sich später erinnern könnte, um den Schmerz des Verlassenwerdens zu lindern.

»Joletta«, sagte er mit flehender Stimme.

Sie brauchte Zeit zum Nachdenken, Zeit, sich darüber klarzuwerden, daß es das war, was sie wollte. Reines Mitleid, unangebrachte Leidenschaft oder schuldbewußte Opferbereitschaft, all diese Dinge waren ein Teil des Impulses, der stetig in ihr wuchs. Da war noch mehr, das wußte sie, aber dem konnte sie sich nicht stellen.

Sie wollte eine letzte Nacht mit ihm, ein letztes Mal in der Sicherheit seiner Umarmung. Vielleicht brauchte sie doch einen Abschiedsgruß für sich selbst? Wer würde das je wissen? Wen scherte das? Niemanden außer ihr.

Wenn sie kapitulierte, würde er vielleicht denken, er hätte gewonnen. Na, und wenn schon? Sie kannte die Wahrheit.

Und das würde er auch, bald genug.

Mit etwas zittriger Stimme sagte sie: »Wir müssen das Gepäck zum Einsammeln vor die Tür stellen, bevor wir ins Bett gehen. Ich muß noch umpacken. Ich glaube, ich werde zuerst duschen, wenn du nichts dagegen hast.«

Er schaute sie lange Sekunden an, ehe er sich mit einem kaum hörbaren Seufzer abwandte. »Nein«, erwiderte er. »Ich habe nichts dagegen.«

Das Lächeln, das über ihren Mund huschte, als sie ihn aus dem Augenwinkel ansah, war flüchtig, aber voller Zärtlichkeit.

Joletta brauchte nicht lange im Bad. Während Rone seinerseits duschte, legte sie die Hose und das Hemd parat, das sie am nächsten Tag tragen wollte, stellte ihren Koffer vor die Tür und stopfte die Sachen, die sie selbst mitnehmen wollte, in ihre große Umhängetasche. Sie tastete die voluminöse Tasche ab, um sicherzugehen, daß das Tagebuch noch an seinem Platz war, sie hatte den ganzen Tag kaum einen Gedanken daran verschwendet. Eine harte Kante bestätigte ihr, daß alles in Ordnung war.

Nur mit einem Nachthemd aus häufig gewaschener weißer Baumwolle mit durchbrochenen Blumen bekleidet, ging sie noch einmal von Vase zu Vase, um den Duft der Nelken einzuatmen. Sie waren wirklich wunderbar. Sie nahm eine Blüte in ihre Handfläche, hob sie aus der Vase, nahm sie mit auf dem Weg zum Lichtschalter, dann glitt sie zwischen die Laken.

Als Rone ein paar Minuten später aus dem Bad kam, drehte sie den Kopf. Groß und breitschultrig zeichnete sich seine Silhouette im Türrahmen ab, bevor er das Licht löschte. Sie beobachtete, wie er im Dunklen um das Bett herum zur anderen Seite ging. Sein Kopf und seine Schultern waren ein Schattenriß vor dem Fenster, als er sich neben sie legte. Sie wartete nicht sehr geduldig, während er sich ausstreckte und auf den Rücken legte.

Sie fühlte das unregelmäßige Hämmern ihres Herzens in ihrer Brust wie ein Ball, den ein ungeschicktes Kleinkind hopsen läßt. Wogen von Hitze brandeten über sie, und ihre Handflächen juckten von der Feuchtigkeit, die sich dort sammelte. Es war, wie sie entdeckte, beängstigend, eine Verführerin zu werden, fast so beängstigend, wie es erregend war.

Sie drehte sich vorsichtig zur Seite, stützte sich auf einen Ellbogen und strich mit der Nelke über Rones Mund.

Er haschte im Reflex nach der Blume, als hielte er sie für ein boshaftes Insekt. Dann erstarrte er.

»Was machst du da?« fragte er mit erstickter Stimme.

»Sch«, sagte sie.

Sie entzog ihm vorsichtig die Nelke und berührte noch einmal seinen Mund, zeichnete seine Konturen nach und strich dann mit den zerfransten Blüten die energische Linie seines Kinns entlang und über seinen Hals hinunter. Sie tauchte sie in die Kuhle zwischen dem Schlüsselbein, dann rieb sie sie langsam hin und her zwischen dem schimmernden Haar auf seiner Brust bis zu den flachen Scheiben seiner Brustwarzen. Als sie die eine berührte und sie zu einer steifen Knospe wurde, drehte er in der Dunkelheit den Kopf zu ihr.

»Joletta?« flüsterte er flehend.

Sie gab keine Antwort.

Sie ließ die Nelke auf seinem Brustbein liegen, rutschte näher und beugte sich vor, um seine erigierte Brustwarze mit der feuchten Hitze ihrer Zunge zu streifen. Sie ließ sie kreisen, saugte, knabberte sanft, dann senkte sich ihr Kopf über die andere.

Er griff wortlos nach ihr, umfing ihren Körper mit seinen Armen, zog sie an sich, suchte die warmen und empfindlichen Rundungen ihres Körpers durch die weiche, dünne Baumwolle, fand sensible Stellen, von deren Existenz sie nichts geahnt hatte.

Sie kostete ihn ohne Hast und mit wachsendem Entzücken, als sie fühlte, wie sein Atem heftiger wurde, im Einklang mit ihrem.

Dann suchte sie blind die warmen Konturen seines Mundes. Ihre weichen Lippen schmiegten sich an seine, sie tastete sich über die Kanten seiner Zähne und drang dann behutsam tiefer ein, um ihm eine Antwort zu entlocken. Süß, großzügig gab er sie, verschlang seine Zunge mit der ihren, folgte ihrer Führung.

Er zog sie enger an sich, bis der untere Teil ihres Körpers sich an die harte Länge seines Schenkels drängte. Dort hielt er sie fest, glättete die sanfte Kuhle ihres Bauchs, seine Finger tanzten über die Rundung ihrer Hüften und zogen den Stoff ihres Hemdes fest, bis er sich an die Konturen schmiegte. Er strich die sanfte Kurve glatt, bevor er das Hemd langsam höher schob.

Joletta hob ein Knie über seinen Körper, um seinen behutsam suchenden Fingern den Zugang zu ermöglichen. Die Hitze, die ihre Haut erröten ließ, drehte eine Spirale in ihrem Inneren und sammelte sich im unteren Teil ihres Körpers. Ein leises Stöhnen entwich ihren Lippen, als er das Zentrum suchte und fand. Innerlich schmelzend vor Sehnsucht, kostete sie die Winkel seines Mundes und zeichnete eine Spur von Küssen über seine kantigen Wangen zum Ohr. Sie kostete das Ohrläppchen, dann vergrub sie in einem Schwall von Ekstase ihr Gesicht an seinem Hals.

Rone konzentrierte sich jetzt auf die Fülle ihrer Brüste in seinen Händen, schnippte mit seinen Daumen über ihre empfindlichen Warzen, so daß der Feuersturm in ihrem Inneren in seiner Intensität fast unerträglich wurde.

Und immer noch war keine Eile. Joletta haschte nach ihrer

schwindenden Vorherrschaft, indem sie die muskulöse Härte seiner Schulter umklammerte und sich dann tiefer senkte und die Nelke beiseite streifte, die seine Brust parfümierte. Mit zitternden Fingern griff sie noch tiefer, schob das Laken, das ihn bedeckte, beiseite, steckte ihre Hand unter das lose Taillenband seiner Schlafanzughose. Indem sie versuchte, ihm die Wonnen zu bereiten, die er ihr gab, steigerte sie ihre eigenen hundertfach.

Als Nerven und Gewebe und zitternde Geister es nicht mehr länger ertragen konnten, zog er sie auf sich. Sie lag lange Sekunden so da und schmiegte die festen Konturen ihrer Brüste an seinen Brustkorb, ihren flachen Bauch gegen seinen, während ihre Herzen in doppeltem Rhythmus gegeneinander prallten.

Schließlich bäumte sie sich mit hitzegeölten Muskeln über ihm hoch und nahm ihn mit einer langsamen, flüssigen Bewegung in sich auf. Langsam ritten sie dahin, immer geschmeidiger, immer heftiger, immer schneller. Er bewegte sich mit ihr, paßte sich ihrem Rhythmus an, gestattete ihr, Tiefe und Tempo zu bestimmen, während er sich eisern beherrschte.

Beide atmeten jetzt heftiger. Feuchtigkeit sammelte sich, Tautropfen gleich, auf ihrer Haut. Der saubere Duft ihres Haares und die Wärme ihrer Körper mischten sich mit dem Duft der Nelken, strömten in ihr Gehirn wie ein Aphrodisiakum. Joletta fühlte sich leicht und dennoch mächtig, voller Grazie und grenzenloser Zuneigung, schöpferisch, wagemutig und ewig weiblich.

Dann fühlte sie, wie ihr Herz, ihre Lenden, ihre innerste Seele sich zusammenzogen. Der schweigende Zauber explodierte in ihr wie ein Feuersturm.

Er hievte sich hoch, ohne sie loszulassen, und schwang sie auf ihren Rücken auf die zerknüllten Laken. Dann senkte er sich über sie, bedeckte sie mit seinem willkommenen Körper und stieß tief in die vitale Kraft ihres Körpers. Und wieder begann er, sich zu bewegen.

Joletta hielt nichts zurück. Sie bäumte sich gegen ihn, Atemzug für keuchenden Atemzug, Muskel gegen bebenden Muskel. Der Zauber kehrte zurück. Sie spürte seinen heißen Atem, der sie umfing, und sie klammerten sich keuchend aneinander und gaben sich ihm hin.

Erst viel später, im sicheren Schutz von Rones Umarmung, als sie mit großen Augen in die Dunkelheit starrte, erinnerte sich Joletta, daß dieses Liebesspiel ein Abschied hätte sein sollen. Irgendwie war es nicht so gelaufen, wie sie sich das vorgestellt hatte.

Sie dachte daran, zu bleiben wo sie war, so wie sie war, solange es ihr gestattet wurde. Sie spielte mit dem Gedanken, zu akzeptieren, was immer Rone ihr an Liebe vorgaukelte.

Vielleicht würde die Illusion wahr werden oder ihr zumindest genügen.

Nein.

Sie konnte es nicht tun. Sie hatte sich entschieden, und ob bitter oder nicht, sie würde ihren Plan durchziehen. Zu versagen hieße, Tante Estelle und Natalie – und Rone – durch Disqualifizierung gewinnen zu lassen. Auf jeden Fall hieße es, etwas wegwerfen, was, wie ihr inzwischen klargeworden war, für sie genauso wichtig war, nämlich ihre Selbstachtung.

Sie würde gehen. Mußte gehen.

Sie erwachte sehr früh, das graue Licht vor den Fenstern zeigte erst einen Hauch von Gold. Die Kirchenglocken hatten noch nicht angefangen zu läuten. Als sie aus dem Bett glitt, regte sich Rone und streckte die Hand nach ihr aus. Vielleicht war er aufgewacht, aber er vermied es, bei ihr Schuldgefühle zu erzeugen, indem er es zeigte.

Die Glocken begannen zu läuten, als sie mit dem Anziehen fertig war. Sie fuhr ein letztes Mal mit der Bürste durch ihr Haar und steckte es mit zwei Kämmen fest. Jetzt ging sie ins Schlafzimmer, weiter zum Stuhl, wo sie die Bürste in ihre Umhängetasche steckte und die schwere Tasche aufhob.

Rone lag auf dem Rücken, die Hände hinter dem Kopf verschränkt. Sein Mund verzog sich zu einem Lächeln, als er sich ihr zuwandte. Als sein Blick ihre Tasche streifte, sagte er. »Wo willst du denn so früh hin?«

»Ich brauch' ein paar Frauensachen. Ich bin gleich wieder da.«

»Die Geschäfte werden noch nicht offen sein«, sagte er.

Sein Haar war zerzaust, sein Kinn von Bartstoppeln überschattet, die Augen verschlafen. Vielleicht lag es an seinem besorgten Blick, aber noch nie hatte er so schön ausgesehen.

Joletta schluckte gegen den Kloß in ihrem Hals an, bevor sie sagte: »Vielleicht kann mir die Concierge helfen. Bin gleich wieder da.«

Sie wartete seine Antwort nicht ab, hielt sich nicht mehr auf. Sie küßte ihn nicht, sagte nicht adieu.

Sie war stark.

Sie ging zur Tür und schloß sie hinter sich.

Sie kam bis zur Treppe, bevor die Tränen in ihren Augen ihr den Blick so trübten, daß sie nicht mehr sah, wohin sie ging.

20. Kapitel

Cesare jagte seinen roten Alfa Romeo Richtung Florenz mit all dem Elan der antiken Wagenlenker, deren Blut in seinen Adern floß. Joletta versicherte sich, daß ihr Gurt festsaß, dann konzentrierte sie sich darauf, sich nicht öfter als unbedingt nötig an das Armaturenbrett zu klammern.

Ihrer Meinung nach fand der Italiener ihre Angst amüsant, und sie stachelte ihn an, noch wagemutigere Manöver zu machen, um ihr zu zeigen, wie vollkommen er das Auto beherrschte. Sie schätzte das gar nicht, behielt aber ihre Proteste für sich. Sie war dankbar für sein Angebot, sie zu fahren. Und darüber hinaus hatte sie momentan weder die Energie noch das Herz, mit ihm darüber zu streiten.

Sie fragte sich, ob sich mit ihm zu unterhalten eine gefährliche Ablenkung wäre, oder ob er dann vielleicht langsamer fahren würde, um zuzuhören. Sie beschloß, es zu riskieren, hauptsächlich weil sie sich von ihren eigenen trüben Gedanken ablenken wollte. Und den Anfang machte sie wohl am besten mit ganz normalen Fragen, die sich irgendwie bis jetzt noch nicht zwischen ihnen ergeben hatten.

»Wo ich jetzt lebe?« wiederholte er mit gönnerhaftem Lächeln. »Meistens in Venedig, manchmal in Rom oder auf Capri. Oft in Paris. Oder vielleicht in Nizza.«

»Ja, aber wo ist Ihr Zuhause?«

»Ah, das. Ein Dorf zwanzig Kilometer von Venedig, meine Eltern leben da noch.«

»Sie haben keinen ständigen Wohnsitz? Ein Appartment vielleicht?«

»Nein, warum sollte ich?«

Sie sah ihn verwirrt an. »Aber ich dachte, Sie hätten gesagt, Sie wären aus Venedig. Wo haben Sie denn dort gewohnt?«

»Ich sage, ich bin aus Venedig, und die Leute sagen, ja, natürlich, jeder kennt Venedig. Es ist einfach.« Er zuckte mit den Schultern. »Während der letzten Tage war ich im Hotel Cipriani.«

Es war dasselbe Grand Hotel, in dem Natalie wohnte. Joletta war für einen Moment beunruhigt, verdrängte aber das Gefühl. »Ich glaube, Sie haben mir noch nicht erzählt, womit Sie Ihren Lebensunterhalt verdienen.«

»Mal dies, mal das, kaufen und verkaufen. Einmal war ich Kellner auf einem Kreuzfahrtschiff. Lange Arbeitszeiten, harte Arbeit, aber eine wertvolle Erfahrung. Ich habe Englisch, Französisch, Spanisch, Deutsch und ein bißchen Japanisch gelernt und viele schöne, reiche Frauen kennengelernt, Witwen, geschiedene Frauen, die allein reisten.«

Sie fragte sich, ob er ihr das zu sagen versuchte, was sie glaubte. Sie studierte ihn mit erstaunten Augen, sein gepflegtes Äußeres, seine elegante Erscheinung, das cremefarbene Seidenhemd, die Rolex an einem Handgelenk, ein schweres goldenes Armband am anderen.

Er zog amüsiert eine Augenbraue hoch und sagte: »Haben Sie geglaubt, ich wäre ein reicher Mann, weil ich dieses Auto fahre? Ich fühle mich geschmeichelt, aber nein. Zumindest noch nicht.«

»Aber Sie haben vor, es zu werden«, sagte sie mit tonloser Stimme.

»Ich arbeite hart dafür.« Er hielt inne, dann fuhr er in sanfterem Ton mit einem liebevollen Blick fort: »Aber es passiert nicht oft, daß ich das, was ich mag, mit einer Lady tun kann, die so schön ist wie Sie.«

Es war schön, das zu hören, aber inzwischen glaubte sie ihm kein Wort mehr. »Sie wollen damit sagen, daß Sie davon leben – daß Sie sich bei reichen Frauen nützlich machen?«

»Joletta! Ich bin beleidigt. Ich habe Investments, ich mache Geschäfte. Ich bin kein Gigolo.«

»Nein?«

»Ich bin mein eigener Herr. Ich bin immer ich selbst.«

»Aber was Sie tun, erfordert doch eine gewisse Bereitschaft, nett zu Leuten zu sein?«

Er sah sie mit sehr ernster Miene an. »Es gibt immer etwas Nettes, das man zu einer Frau sagen kann, jede ist auf ihre Art schön.«

»Wirklich?« sagte sie teilnahmslos. All dieser Charme, all diese extravaganten Schmeicheleien und zärtlichen Aufmerksamkeiten. Nur eine Rolle. Sie hätte es wissen müssen.

»Ich würde nie etwas sagen, was nicht stimmt, das schwöre ich Ihnen, ganz besonders zu Ihnen nicht.«

Das entlockte ihr ein kleines Lächeln, aber ihr Blick war nachdenklich. Er hatte sie in Paris kennengelernt, hatte sich die Mühe gemacht, ihre Route ausfindig zu machen, hatte sie sogar mit dem Wagen verfolgt, als sie sich Venedig näherte. War das wirklich nur zu seinem eigenen Nutzen geschehen, oder steckte mehr dahinter?

Sie wünschte, sie wüßte es, wünschte, es gäbe eine Möglichkeit, sich sicher zu sein. So viel könnte von diesem Wissen abhängen.

Vor ihnen türmten sich rotgolden die Hügel des Appenin. Die sanften Berge erstreckten sich zu beiden Seiten der Autobahn mit ihrem Mantel aus graugrünen Olivenbäumen, Wiesenblumen und aromatischen Kräutern. Als sie sich Florenz näherten, fuhren sie an zahllosen Bauernhäusern und Obstgärten und Weinbergen und auch an Baumschulen vorbei, wo neben den üblichen Bäumen und Pflanzen verwitterte Säulen und gigantische Steinvasen angeboten wurden, die aussahen, als kämen sie direkt aus einem antiken römischen Garten.

Sie blieben an einem Autogrill stehen, um Kaffee zu trinken und ein Stück Kuchen zu essen. Ein silberner Fiat mit dunkel getönten Scheiben bog hinter ihnen ein, drehte dann aber schnell ab, um hinter dem Gebäude außer Sichtweite zu parken. Joletta hatte den Wagen auf den letzten paar Kilometern in ihrem Seitenspiegel beobachtet. Sie saß an einem Tisch und wartete auf Cesare, der an der Kasse Schlange stand, und nachdem er bezahlt hatte, mit der Quittung zum Tresen ging, um die Sachen zu holen. Dabei hielt sie Ausschau nach den Insassen des Fiats, aber keiner kam durch die rückwärtige Tür.

Sie erzählte Cesare von dem Wagen, aber er tat es mit einem

Achselzucken ab. »Vielleicht hatten sie ihren eigenen Kaffee dabei und brauchten nur einen Parkplatz«, sagte er, »oder vielleicht haben sie ein Baby, das eine frische Windel brauchte. Soll ich nachschauen?«

»Nein, nein«, erwiderte sie. »Sie haben wahrscheinlich recht.«

Er stützte seinen Ellbogen auf den Tisch und strich sich mit Daumen und Zeigefinger übers Kinn. »Sind Sie denn eine amerikanische Agentin?« sagte er mit amüsiertem Blick. »Wenn man Sie verfolgt, wollen Sie, daß ich dem Fiat davonfahre?«

»Nein danke«, sagte sie hastig. »Das ist schon in Ordnung.«

»Das habe ich befürchtet. Aber es sollte ein Scherz sein. Ihre Cousine hat mir nämlich erzählt, daß Sie auf der Suche nach irgendeiner Formel sind. Ich nehme an, deshalb fahren wir nach Florenz. Sie hätten mit dem Bus fahren können, also denke ich mir, daß Sie noch woanders hingefahren werden wollen außer ins Hotel. Hab' ich recht?«

Als sie nicht gleich antwortete, fuhr er fort. »Vielleicht sollte ich nicht fragen, aber ich bin trotzdem neugierig. Und irgendwann muß ich es ja wissen, wenn ich Sie hinfahren soll.«

Es war wirklich nicht fair, ihn im Dunklen zu lassen. Aber gleichzeitig war sie sich nicht sicher, ob es klug wäre, ihm zuviel zu erzählen. Gestern hätte sie kaum einen Gedanken daran verschwendet. Heute hatte sich alles geändert, wie auch sie.

Sie wünschte, sie wüßte ein bißchen mehr über den Garten und den Ort in der Nähe von Florenz, wo er lag. Sie fragte sich zum Beispiel, ob er sehr abgeschieden war und ob das Haus in der Nähe das ganze Jahr über bewohnt war. Sie war so aufgeregt gewesen, als sie es entdeckt hatte und herausfand, wie man dort hinkam, daß sie gar nicht danach gefragt hatte.

Aber nachdem sie schon einmal so weit gekommen war, war es fast unmöglich umzukehren. Auf jeden Fall würde sie es wohl nicht ertragen können, einfach ins Hotel zu gehen und auf die nächste Gelegenheit zu warten, ohne die jetzige zu nützen. Sie spürte einen wachsenden Widerwillen gegen ihren ewigen Hang, immer den sichersten Weg zu gehen. Das war möglicherweise genau das, was an ihrem bisherigen Leben falsch war.

Sie holte die Karte, die der alte Mann gezeichnet hatte, aus ihrer Schultertasche, breitete sie auf dem Tisch vor ihnen aus und erklärte ihm, wo sie hinwollte und warum.

Der silberne Fiat war hinter ihnen, als sie den Autogrill verließen. Er hielt reichlich Abstand, fuhr aber immer im selben Tempo, überholte, wenn sie überholten, und bremste, wenn sie bremsten.

Vor Florenz gerieten sie in einen Stau, der durch eine Kombination von Baustelle und Unfall entstanden war. Im Schneckentempo versuchten vier Spuren Autos, durch ein einspuriges Nadelöhr zu kommen. Geschäftstüchtige Verkäufer von Zeitungen, Rasierapparaten, kalten Getränken, Kaugummi und Pfefferminzbonbons wanden sich furchtlos zwischen heulenden Motoren und Hupkonzerten durch, ohne Rücksicht auf Leib und Leben. Cesare war sehr geduldig, murmelte vor sich hin, verrenkte sich den Hals, um zu sehen, was los war und hämmerte auf die Hupe, wenn ein Fahrer versuchte, sich in den winzigen Zwischenraum zum nächsten Auto zu drängen.

Ein Wagen, der mehrere Autos vor ihnen war, stieß gegen die Stoßstange seines Vordermanns. Männer stürzten aus beiden Fahrzeugen, brüllten einander mit drohenden und obszönen Gesten an. Dann rollte der Verkehr wieder an, und wie auf ein Signal stürmten alle zurück in ihre Autos und schlugen mit viel Getöse die Türen zu.

So unterhaltsam dieses Spektakel auch war, das Beste an dem Stau war, daß der Fiat hinter ihnen festsaß. Als der Stau sich auflöste und der Alfa Romeo wieder schnell wurde, war keine Spur mehr von dem silbernen Auto zu sehen.

Der Garten, den sie gesucht hatten, war vielleicht zu Violets Zeiten außerhalb von Florenz gewesen, aber die Stadt hatte sich ihn und das Bauerndorf, in dem er stand, inzwischen einverleibt. Signora Perrino, die ältere Dame, der die moderne Villa daneben gehörte, war von ihrer Ankunft informiert. Sie öffnete ihnen die Tür, eine mütterliche Frau mit weichen, gutgeschnittenen dunklen Haaren in einem bequemen Kleid aus maulbeerfarbenem Leinen. Sie bot ihnen die Gastfreundschaft ihres Hauses an inklusive einem Essen, Schweinebraten mit panzanella, einem Brotsalat und einem irdenen Krug Chianti Classico.

Joletta hatte gar nicht gemerkt, daß die Mittagszeit so nahe war, sonst hätte sie bis später gewartet. Sie wollte unter keinen Umständen Fremden zur Last fallen oder dasitzen und versuchen, mit jemandem ein Gespräch zu führen, den sie kaum kannte. Aber es war unmöglich, sich zu widersetzen. Sie konnte nichts tun, außer sich vornehmen, der Frau Blumen zu schicken, wie es in Italien üblich war.

Die Mahlzeit wurde in einem ummauerten Garten serviert, den man mittels einiger flacher Steintreppen, die von einer Wand von Glastüren in den Garten führten, zur Terrasse der modernen Villa umfunktioniert hatte. Die rustikale Atmosphäre war aber bewahrt worden. Der Tisch war aus verwittertem Holz und stand auf einem alten Mosaikkachelboden, unter einer Laube, die von einem riesigen Weinstock, dick wie ein Baum, überschattet war. Es war so unverkennbar der Platz im Garten, den Violet und Allain am liebsten gehabt hatten, wo sie sich vor so langer Zeit geliebt hatten, daß Joletta ganz hingerissen war.

Von ihrem Platz aus konnte sie alles überschauen, die Rosenranken, die geometrischen Beete und den Brunnen in der Mitte. Während Cesare ihre Gastgeberin mit einem endlosen Strom von Komplimenten und Geschichten unterhielt, konnte sie in Ruhe den Duft der Rosenblüten und sonnenwarmen Kräuter einatmen, dem leisen Plätschern des Brunnens und dem Summen der Bienen lauschen.

Während Joletta dasaß und sich vorstellte, wie es wohl damals gewesen war, merkte sie, wie sie zur Ruhe kam, endlich Frieden fand. Fast schien es, als könnte sie die leisen Stimmen von Violet und Allain hören, sie fast im Schatten des Olivenbaums sehen, wo ein Tor zu den Weinbergen und Stallungen führte, durch das Giovanni einst gegangen war, um seine Aufgaben zu erledigen.

Nur gab es jetzt kein Tor mehr, nur noch einen Torbogen aus Stein in der Mauer, wo es einst gestanden hatte.

Sie schüttelte den Kopf. Phantasiegespinste. Sie hatte gar nicht gewußt, daß sie eine so lebhafte Phantasie besaß.

Aber während sie diesen ummauerten Platz auf sich einwirken ließ, wurde ihr klar, was Violet getan hatte. Sie hatte diesen Garten in New Orleans neu geschaffen. Sie hatte ein Denkmal der

Liebe erbaut und möglicherweise das ihres Liebhabers im Hof ihres Hauses.

»Es ist mir eine große Freude, Sie hier zu haben, Signorina«, sagte ihre Gastgeberin etwas lauter zu Joletta. »Mein ganzes Leben schon bin ich fasziniert von der Tragödie, die sich hier abgespielt hat. Damals haben hier Mitglieder meiner Familie gearbeitet, müssen Sie wissen. Ich habe mich oft gefragt, was aus der amerikanischen Frau geworden ist, die in diese Geschichte verstrickt war, und ob ihre Nachkommen in den Staaten wissen, was hier in Italien passiert ist. Und dann ist da noch etwas, daß ich –«

Irgendwo im Inneren der Villa läutete eine Glocke. Die Gastgeberin runzelte ihre Stirn. Sie erwartete keine anderen Gäste. Ein paar Augenblicke später kam ein hübsches Dienstmädchen mit einem wadenlangen schwarzen Kleid und beriet sich kurz mit ihrer Herrin. Signora Perrino entschuldigte sich und ging ins Haus.

Cesare nippte an seinem Wein und beobachtete Joletta. Die Schatten der Traubenblätter zeichneten Muster auf die bronzefarbene Haut seines Gesichts. Er beugte sich vor, stellte sein Glas ab und griff nach ihrer Hand. Er nahm sie zwischen seine und sagte: »Woran haben Sie gerade gedacht, bevor Signora Perrino Sie angesprochen hat? Sie sahen irgendwie anders aus, sehr süß und mysteriös, als hätten Sie ein Geheimnis.«

»Ich habe an meine Urgroßmutter gedacht«, sagte sie. Es war zwar die Wahrheit, aber nicht die ganze. Mehr konnte sie aber unmöglich sagen.

»Sie muß eine beachtliche Dame gewesen sein. Sie hat einen Italiener geliebt, nicht wahr?«

Seine dunklen Augen ließen die ihren nicht los, als er ihre Hand zum Mund führte. Er küßte ihre Handfläche. Seine Lippen waren warm und glatt, und die Spitze seiner Zunge, die kurz die empfindliche Haut berührte, war wie ein elektrischer Schlag, der ihren Arm hochschoß.

»Schau einer an«, sagte Natalie giftig, als sie in der Tür stehenblieb, durch die ihre Gastgeberin gerade verschwunden war. »Lieber Cesare, ich glaube, ich hatte dir nicht gesagt, du sollst so charmant zu meiner Cousine sein.«

Cesare hob den Kopf, und Zornesröte stieg ihm ins Gesicht. Der Blick, den er Natalie zuwarf, war haßerfüllt.

Joletta entzog ihre Hand dem festen Griff des Italieners. Als sie seinen reumütigen, flehentlichen Blick sah, sagte sie: »Muß vielleicht jemand die Windeln wechseln?«

Natalie lachte. »Hat Cesare das wirklich gesagt? Ich hatte sowieso Angst, daß ihr uns gesehen habt, nachdem Rone darauf bestand, ganz dicht dranzubleiben. Ich werde nie wieder über italienische Fahrer schimpfen. Rone ist gefahren wie ein Wahnsinniger. Fragt nicht, wie er sich in dem Stau vor der Stadt aufgeführt hat.«

Jolettas Cousine war nicht allein. Rones hochgewachsene Gestalt füllte den Türrahmen hinter ihr. Joletta weigerte sich, ihn anzusehen, obwohl sie sofort gewußt hatte, daß er dabei war.

Ihre Gastgeberin stand verunsichert mit ratlosem Gesicht hinter den beiden. Sie konnte das plötzliche Interesse an ihrem Garten nicht verstehen.

»Zu dumm, daß Rone nicht daran gedacht hat, die Karte zu kopieren«, sagte Joletta.

Natalie warf den Kopf zurück. »Er hat daran gedacht, aber es war keine Zeit dazu, das hat er wenigstens gesagt. Glücklicherweise hat er ein gutes Gedächtnis.«

Jetzt riskierte es Joletta, seinem düsteren Blick zu begegnen. Seine Augen waren grimmig und wachsam. Er zeigte keinerlei persönliches Interesse an dem, was hier vorging.

Sie waren alle gegen sie. Nicht einer von ihnen scherte sich um ihre Interessen und Sorgen, nicht einer, der nicht etwas von ihr wollte. Die Wahrheit war wie eine Harpune, die sich in ihren Leib bohrte. Es gab keine Möglichkeit, sie rauszuziehen, ohne noch mehr Schaden anzurichten.

Sie wandte sich wieder an ihre Cousine: »Du mußt sehr froh gewesen sein, daß wenigstens einer deiner Komplizen etwas von sich hören ließ.«

»Ja nun, die hätten wir uns sparen können, wenn du nicht so unkooperativ gewesen wärst«, beklagte sich Natalie. »Ich habe keine Ahnung, warum du so ekelhaft sein mußt. Um ehrlich zu sein, sie waren beide eine Enttäuschung. Ich glaube, Rone hat mich nur mitkommen lassen, weil ich ihm sonst nicht gesagt hätte, mit wem du unterwegs bist und wohin.«

»Erpressung, Natalie, und Diebstahl und Einbruch?«

»Diebstahl und was? Ich weiß nicht, wovon du redest.«

Joletta sah die andere Frau gelangweilt an. »Na schön, wenn du es so haben willst. Es ist mir wirklich zuwider, dir die schlechte Nachricht geben zu müssen, nachdem du dir soviel Mühe gemacht hast. Tatsache ist, hier ist nichts.«

»Nichts.«

Natalies enttäuschtes Gesicht war beinahe komisch. Joletta deutete auf den Garten und sagte: »Du hast meine Notizen. Was siehst du?«

Natalie stemmte die Hände in die Hüften und fixierte sie mit hochgezogenen Augenbrauen: »Bitte Klartext, Joletta. Ich habe nichts und hatte auch nie etwas.«

»Ach hör doch auf«, sagte Joletta, erhob sich und entfernte sich vom Tisch. »Wenn du und Tante Estelle nicht jemanden geschickt habt, der mein Zimmer durchwühlt hat, wer dann?«

»Woher soll ich das wissen? Alles, was ich getan habe, ist, dir zu folgen, und das war nicht leicht. Ich hab' gedacht, daß wir uns irgendwie einig werden können.«

Joletta wußte nicht, ob sie ihr glauben sollte oder nicht. Sie klang überzeugend, aber das hatte sie immer schon beherrscht.

War es möglich, daß Tante Estelle ohne das Wissen ihrer Tochter gehandelt hatte? Sie hatte auf jeden Fall die Willenskraft dazu, aber ob sie die Kontakte oder die gnadenlose Habgier dazu hatte, war schwer zu sagen. Vielleicht ließ sie ihre Kinder im unklaren, um sie zu beschützen. Sie war immer eine Löwenmutter gewesen, eine, die nie zugeben konnte, daß ihre Kinder je etwas falsch machen könnten.

Oder vielleicht hatte Rone jemanden angeheuert, all diese Sachen zu machen. Jemanden im Zimmer zu überraschen, während er mit ihr zusammen war, war auf jeden Fall eine gute Methode, um den Verdacht von sich selbst abzulenken.

Und dann war da noch seine Mutter, die graue Eminenz, die man nur von ihren Pressefotos kannte, Lara Camors. War sie wirklich eine so rücksichtslose Geschäftsfrau, wie ihr Sohn behauptete? Oder war das alles nur Lug und Trug gewesen, eine Geschichte, die man erfunden hatte, um Rone die Möglichkeit zu geben, sie aufzuspüren?

Es spielte so oder so keine Rolle. Ihr Teil an der Suche nach Violets Vergangenheit und der Formel war beendet.

»Ich glaube«, sagte sie, »daß wir Signora Perrino lange genug belästigt haben. Wir sollten gehen.«

»Ich fahr' dich ins Hotel«, sagte Rone.

»Sie ist mit mir gekommen«, unterbrach ihn Cesare und stemmte die Fäuste in die Hüften.

Rone starrte ihn grimmig an. »Sie können Natalie nach Venedig zurückbringen.«

»Venedig?« rief Natalie. »Aber ich will nicht zurück. Joletta und ich müssen uns unterhalten. Wir müssen entscheiden –«

»Ein andermal«, sagte Rone.

Natalie kniff die Augen zusammen und fixierte Rone. »Jetzt hör mal gut zu, Rone Adamson. Ich habe allmählich genug von dir und deinen arroganten –«

Aber Rone hörte gar nicht zu. Er drehte sich zu Joletta und sagte: »Kommst du?«

Mit Rone oder mit Cesare allein sein? Joletta war sich nicht sicher, was ihr mehr zuwider war. Oder welche Entscheidung mehr Mut kostete.

»Ich komme«, sagte sie leise und ging zu Rone. Sie warf Cesare einen kurzen Blick zu; er lächelte resigniert und seufzte mit einem Schulterzucken.

Joletta dankte Signora Perrino für das Essen, entschuldigte sich für ihren plötzlichen Aufbruch und versprach, ihr das wenige zu schicken, was sie über den Tod der Witwe in Venedig wußte. Dann wandte sie sich um und ging.

Sie warf noch einmal einen Blick zurück, kurz bevor sie den Garten verließ. Die Sonne schien immer noch, und die Blätterschatten tanzten immer noch über die alten Kacheln. Die Bienen summten zwischen den blühenden Kräutern, und die Blätter des alten Olivenbaums glänzten wie Silber. Das Gras, zart und dunkelgrün, beugte sich im Frühlingswind, wie von leichtfüßigen Schritten zerzaust. Und eine einzelne perfekte Blüte der großen alten Rose zerbarst, und die Blütenblätter rieselten flüsternd zu Boden und blieben wie Blutstropfen liegen.

Joletta wandte sich hastig ab und ging.

Das erste, was sie sah, als sie in die Seitenstraße, in der man parken konnte, einbogen, war das Auto, das Rone fuhr. Ein beiger Volvo.

Sie hatte angenommen, er hätte den silbernen Fiat gefahren, ein Mietauto, das er am Kai in Venedig gemietet hatte, so wie eben den Volvo.

Höchstwahrscheinlich hatte, wer immer in dem Fiat saß, sie gar nicht verfolgt. Es war nichts Ungewöhnliches, daß ein anderes Auto auf der relativ kurzen Strecke Venedig–Florenz im selben Tempo fuhr, außerdem war es ja auch nach dem Stau verschwunden.

Rone sagte kein Wort, bis er vor dem Hotel in Florenz vorfuhr. Er drehte sich zu ihr. »Sag mir nur eins«, sagte er mit barscher Stimme. »Hatte die Nelke, die du auf meinem Kissen gelassen hast, etwas zu bedeuten, oder war es nur ein Impuls oder ein Scherz?«

Sie hatte einiges erwartet, aber nicht das. Panik erfaßte sie, als sie krampfhaft nach einer Antwort suchte, die sie nicht noch mehr Schmerz aussetzen würde. Die Wahrheit war immer gut, aber sie war sich nicht sicher, ob jetzt der richtige Moment dafür war.

»Ich weiß es nicht«, sagte sie schließlich, den Blick starr auf die Windschutzscheibe gerichtet. »Ich bin nicht Violet. Ich bin nur eine moderne Frau, die die Dinge lieber schlicht und einfach hat. Symbole sind nett, aber offene Worte und Taten sind besser.«

Er dachte darüber nach. »Das heißt?«

»Das heißt gar nichts«, sagte sie wütend. »Ich würde die ganze Geschichte gerne vergessen. Ich möchte meine Reise in Ruhe beenden und dann nach Hause fahren und mein Leben weiterleben.«

»Das wird nicht passieren«, sagte er leise, aber bestimmt, »selbst wenn ich es zulassen würde, und das werde ich nicht.«

»Warum nicht? Ich gebe auf, ich werde nicht einmal mehr an dieses Parfüm denken.«

»Das wird dir keiner abnehmen.«

»Du wirst schon sehen«, sagte sie.

»Das werde ich auch«, erwiderte er grimmig. Nach kurzem Zögern fuhr er fort. »Aber nein, diesmal nicht auf Tuchfühlung. Ich dachte an ein Zimmer neben deinem.«

Sie begegnete seinem Blick ohne Scheu. »Ohne Zwischentür.«

»Keine Zwischentür.«

»Gut«, sagte sie leise. Aber das war ihrer Meinung nach gar kein Abkommen.

Sofort nachdem sie ihre Sachen aufs Zimmer gebracht hatte, verließ sie das Hotel wieder. Sie hatte keine wirklichen Pläne, hatte sich nichts vorgenommen, sie wollte nur der ständigen Überwachung entrinnen, und Rone würde sicher nicht damit rechnen, daß sie sofort wieder losgehen würde.

Es war sehr angenehm, allein durch die alte Stadt zu wandern, den Dom und die alten Plätze zu sehen, Treppen hochzusteigen und die Aussicht zu genießen und ihren Obolus zu entrichten für das Privileg, den David Michelangelos zu bewundern.

Sie kaufte sich eine Jacke mit einem weichen, fließenden Kragen aus einem unglaublich weichen, leichten Leder, das für die milden Winter Siziliens und Capris gemacht war. Genau das Richtige für New Orleans. Sie fand ein wunderbares Paar achtzehnkarätiger Kreolenohrringe und mehrere vergoldete lederne Kammetuis als Mitbringsel für Freunde.

Die Bewegung, die Einsamkeit und sich selbst etwas zu gönnen, war genau das, was sie gebraucht hatte. Dennoch mußte sie irgendwann ins Hotel zurück.

Der erste Mensch, den sie sah, als sie sich dem Gebäude näherte, war Tante Estelle.

Fast hätte sie sie nicht erkannt in ihrem giftgrünen Hosenrock mit einer posamentverzierten Jacke, italienischen Sandalen und einem frechen Hut mit passendem Schal ums Haar. Drei andere Leute waren bei ihr. Sie saßen am Tisch eines Straßencafés neben dem Hotel. Timothy stand betreten auf und winkte Joletta lächelnd zu. Er setzte sich erst wieder, als sie auf sie zuging. Natalie, neben ihrem Bruder, sah verlegen aus und ein bißchen besorgt. Die vierte Person war eine ältere Frau mit wunderbar frisiertem weißem Haar, perfektem Make-up inklusive falscher Wimpern und einem schicken perlgrauen Kostüm. Ihre rauchblauen Augen musterten Joletta abschätzig, als sie zögernd näher kam.

»Joletta, meine Liebe«, sagte Tante Estelle, »ich glaube, hier ist jemand, den du kennenlernern solltest.« Sie drehte sich zu der weißhaarigen Frau, die neben ihr saß. »Lara, meine Nichte Joletta, von der ich dir soviel erzählt habe. Joletta, das ist Lara Camors.«

Rones Mutter. Die Eigentümerin von Camors Cosmetics.

Das Lächeln der älteren Frau hatte etwas Merkwürdiges, als sich die beiden begrüßten. »Sie sind also Joletta«, sagte sie. »Ich hätte es erraten müssen.«

Joletta sah sie fragend an.

»Ich hatte natürlich Rones Beschreibung«, sagte Lara. »Aber außerdem haben Sie denselben Stil wie Rones Großmutter, die ihn aufgezogen hat – die Mutter seines Vaters. Elegant, vernünftig, aber mit weichen Kanten.«

»Danke – glaube ich jedenfalls«, sagte Joletta.

Tante Estelle beanspruchte jetzt Jolettas Aufmerksamkeit, forderte sie auf, sich zu setzen, drängte ihr ein Glas Wein auf und bestellte sich selbst noch eins.

»Wie Natalie mir sagt«, begann Jolettas Tante, sobald der Kellner weg war, »hat sie noch keine Möglichkeit gehabt, sich richtig mit dir zu unterhalten, seit sie dich eingeholt hat. Ich dachte, es wäre an der Zeit, das zu ändern.«

»Wenn du und Mrs. Camors den weiten Weg hierher nur deshalb gemacht habt, hättet ihr euch die Mühe sparen können.«

»Sie hat gesagt, du behauptest, du hättest keine neuen Spuren, was das Parfüm angeht, aber ich kann das nicht glauben. Du wärst doch nicht hierhergereist oder hättest die Frau in Florenz besucht, wenn du nicht einen Grund dazu gehabt hättest.«

»Ist dir schon einmal der Gedanke gekommen, Tante Estelle, daß ich vielleicht auch noch andere Dinge im Sinn haben könnte?«

Timothy, der gerade von seinem Bier trinken wollte, hätte es fast umgeworfen, so hastig setzte er es wieder ab. Er wischte mit der Hand über den Fleck und sagte: »Sei bitte fair, Joletta. Du weißt, daß wir im dunklen tappen, weil wir noch keine Gelegenheit hatten, das Tagebuch zu sehen.«

»Natürlich weiß sie das«, mischte sich Lara Camors unerwartet ein. »Sie wehrt sich nur, weil ihr sie alle bedrängt.«

Joletta wußte nicht, ob sie sich geschmeichelt fühlen oder verärgert sein sollte über diese allzu genaue Beschreibung. Sie warf Rones Mutter einen prüfenden Blick zu.

Die Hände der Frau, die auf dem Rand ihres Weinglases ruhten, waren weich und sehr gepflegt, mit ovalen Nägeln, die mit einem Hauch Rosé lackiert waren. Ihre Gesichtshaut war fein und ohne Makel, nur um die Augen war ein Netz feiner Fältchen. Ihre Augen waren verständnisvoll und sehr klug.

Nach einer kurzen Pause fuhr Lara Camors fort: »Ihre Tante war sehr besorgt, als sie hörte, daß Sie Probleme hatten: gestohlene Taschen, Einbrüche und so weiter. Ich übrigens auch.«

Joletta erwiderte gelassen den Blick der anderen Frau. »Ihr Sohn hat sich um mich gekümmert.«

»Das hat mir Natalie zu verstehen gegeben«, sagte Mrs. Camors mit unbeirrtem Lächeln. »Ich hoffe, Sie haben sich gut mit Rone vertragen? Er kann manchmal sehr enervierend sein.«

»Wir haben uns arrangiert.«

Rones Mutter quittierte diesen knappen Kommentar nur mit einem leichten Zucken ihrer Wimpern. »So schwierig er auch sein kann, er hat doch oft die richtige Nase. Er hat vorgeschlagen, als dieses Unternehmen zum ersten Mal im Gespräch war, es müßte eine Möglichkeit geben, daß sich alle beteiligten Parteien einig werden. Er hat mich inzwischen überzeugt, daß es falsch wäre, nur mit einem Familienmitglied zu verhandeln. Ich bin hier, um zu sehen, ob wir uns nicht auf eine für alle zufriedenstellende Lösung einigen können.«

Joletta sah, wie Tante Estelle und Natalie sich lange ansahen. Ihren Gesichtern nach zu schließen war das, was Lara Camors gerade gesagt hatte, eine unangenehme Überraschung für beide. Timothy runzelte die Stirn und sah hilfesuchend seine Mutter an.

Joletta sagte zu Lara Camors: »Aber es hat doch eigentlich gar keinen Sinn, nicht wahr?«

»Ich weigere mich zu glauben, daß die Formel für das Parfüm, das seit über hundert Jahren in einem einzigen Laden in New Orleans hergestellt wird, verlorengehen kann. Geschäfte werden einfach nicht so geführt.«

»Mimis schon«, sagte Tante Estelle. »Aber wollen Sie damit sagen, daß Sie das Parfüm nicht wollen, gleichgültig was der Laborbericht bringt, wenn Joletta nicht mit einbezogen wird?«

»Laut meiner Rechtsabteilung muß ich die Zustimmung aller lebenden Erben von Mimi Fossier haben, wenn ich den alleinigen und uneingeschränkten Nutzen dieser Formel haben will, wenn sie endlich vorliegt. In dem Fall, Estelle, ist wohl meine Antwort auf deine Frage ja. Aber bevor wir so weit gehen, muß die Herkunft des Parfüms dokumentiert werden. Ohne seine farbige Vergangenheit ist es einfach nur ein schöner Duft wie viele andere. Und von der Sorte Parfüms hat Camors schon genug.«

Joletta richtete sich auf. »Ich muß Ihnen sagen, daß ich es vorziehe, das Parfüm für den Laden in New Orleans zu behalten.«

»Ach, tatsächlich? Warum denn nur?« fragte Lara Camors.

»Stolz, Tradition, die Herausforderung, die dahinter steckt«, erwiderte sie.

»Ah, das also«, sagte die ältere Frau mit einem wissenden Lächeln.

»Du bist dir doch darüber im klaren, daß wir hier von Millionen reden, oder etwa nicht?« fragte Natalie mit hochgezogenen Augenbrauen.

»Das bin ich mir.«

»Wenn du auf diesem Tagebuch hocken bleibst, es behältst und all das, was wir wissen müssen, verschweigst, werde ich – ich bring' dich um, Cousine hin, Cousine her.« Das andere Mädchen wandte sich amüsiert zu Lara Camors. »Wenn ich mir's recht überlege, ist das gar keine schlechte Idee. Mutter ist schließlich Jolettas nächste Verwandte nach Louisianas wunderbaren Erbschaftsgesetzen. Das würde alles wesentlich erleichtern, nicht wahr?«

Die ältere Frau schien für einen Augenblick ratlos, bis sie den Witz begriffen hatte. Aber sie lachte nicht und niemand sonst.

21. Kapitel

Ich warte.

Ich habe gewartet in den letzten Herbsttagen, während der Traubenlese und der Getreideernte und während der verblaßten, traurigen Tage, wenn die Erde selbst müde und bereit zur Ruhe ist. Ich kann es nicht glauben, daß mein geliebter Allain mich nicht zu sich holen wird.

Diesen Herbst sind Männer auf der Krim gestorben, in Orten, die nur Namen auf einer Landkarte sind, als die alliierten Herrscher von England, Frankreich, Preußen und Österreich sich verbündet haben, um die Ambitionen des Zaren Nikolaus zu zügeln. Ich bemitleide die armen Soldaten auf beiden Seiten, die fern ihrer Heimat und Familie sterben müssen, aber es ist nur ein oberflächliches Mitleid. Ich bemitleide mich selbst mehr. Weil ich jedoch Vertrauen in meine Liebe haben möchte, verachte ich diese Schwäche.

Manchmal packte Violet der Zorn auf Allain. Was dachte er sich eigentlich, einfach wegzugehen und sie hier unter Fremden zurückzulassen? Konnte er sich die Angst nicht vorstellen, die eine Frau in ihrem Zustand überfiel?

Er hatte gesagt, er würde sie nie verlassen. Und doch hatte er es getan. Er hatte es getan. Jeden Tag sagte sie sich aufs neue, daß er bald zurückkommen würde, daß er nicht beabsichtigte, für immer fortzubleiben. Jeden Tag ging die Sonne unter, und die Nacht hüllte die Villa in Schatten, und Allain kam nicht.

Sie war sicher, daß es für sein Weggehen einen triftigen Grund gab. Er mußte mit jemandem sprechen, etwas unternehmen, um der Beobachtung seiner Person ein Ende zu machen. Oder vielleicht wollte er den, der Signora da Allori zu Tode erschreckt hatte, vor den Richter bringen.

Aber sie allein in der Villa zurückzulassen, nach dem, was der alten Frau geschehen war, die sie aufgenommen hatte, war außerordentlich gefühllos. Was konnte sie tun, wenn die Männer zurückkämen, wenn sie wissen wollten, wo Allain war, und sie es ihnen nicht sagen konnte.

Sie fühlte sich sehr unbeholfen, als das Kind in ihr wuchs, sie war sich selber fremd. Wo sie früher schnell und beweglich war, mußte sie sich jetzt ganz vorsichtig bewegen. Und sie fühlte sich so verletzlich, weniger wegen sich, sondern wegen des Kindes, das in ihr wuchs. Wenn ihr irgend etwas zustieß, würde es nicht überleben. Um es zu schützen, mußte sie auf sich aufpassen.

Sie war nicht wirklich allein, Giovanni war da.

Er war immer in ihrer Nähe, schnitt Bäume zu, rechte oder fegte die Fliesen, wenn sie im Garten war. Oft brachte er ihr einen Strauß, damit sie ihn zum Frühstück oder zum Mittagessen auf den Tisch stellen konnte. Wenn ihr ihre Näharbeit hinunterfiel, war er da, um sie ihr aufzuheben. Wenn sie auf den Wegen ums Haus spazierenging, war er immer da, um sie mit seinem Arm zu stützen.

Seit der Nacht, in der Allain wegging, schlief Giovanni im Haus. Er kam jeden Abend in der Dämmerung und blieb bis Sonnenaufgang. Er nahm seinen Posten vor ihrer Tür ein, wo er sich einen Strohsack hingelegt hatte. Wann er schlief, wußte sie nicht. Wenn sie in der Nacht aufstand, war er da und fragte sie, ob sie ihn brauchte. Wenn sie früh aufstand, war er vor ihr wach. An den langen Herbstabenden kam Giovanni und leistete ihr im Salon Gesellschaft. Er liebte es, wenn sie ihm vorlas. Er war nicht ungebildet, der Ortspfarrer hatte ihn unterrichtet, aber sein langer Arbeitstag ließ ihm wenig Zeit zum Studieren oder für Bücher. Er las gerne in den Zeitungen, was auf der Welt geschah, aber am liebsten mochte er die italienischen Übersetzungen von Sir Walter Scotts Erzählungen von tapferen Männern und schönen Frauen. Als sie ihn eines Tages dabei erwischte, daß er lächelte, weil sie etwas falsch ausgesprochen hatte, fing er an, mit ihr italienisch zu lernen.

Er servierte immer ihr Abendessen, das seine Mutter gekocht hatte. Er erlaubte Violet nicht, in der Küche zu essen, sondern trug korrekt die verschiedenen Gerichte auf. Er brachte sie mit seinen lustigen Kommentaren über das Leben im Dorf zum Lachen und forderte sie immer wieder auf, mehr zu essen, bestand darauf, daß sie diesen oder jenen Leckerbissen versuchte, bot ihr die Nahrung wie einen Ersatz für Liebe an.

Zuerst war sie betroffen.

»Du mußt wegen mir deine Arbeit nicht vernachlässigen, Giovanni«, sagte sie, »oder deine Familie.«

»Nein, Madonna«, antwortete er ihr, und seine schwarzen Augen sahen sie zärtlich an, »aber ich muß in der Nähe sein, wenn Sie mich brauchen.«

»Ja, aber du mußt nicht jeden meiner Atemzüge beobachten.«

Sein Lächeln verschwand, und er sah sie besorgt an. »Stört es Sie, wenn ich in Ihrer Nähe bin?«

»Natürlich nicht, aber du mußt doch ein eigenes Leben haben.«

»Nein, Madonna, es gehört Ihnen.«

Er hatte dann mit so viel Festigkeit das Thema gewechselt, daß es unmöglich war, darauf zu bestehen. Sie mußte sich weiter wundern, ob Allain wirklich solche Instruktionen mit soviel Aufmerksamkeit für ihre Bequemlichkeit hinterlassen hatte, oder ob Giovanni sie nach seinem Gutdünken auslegte. Sie vermutete, es war ein wenig von beidem.

Ein anderes Mal fragte sie ihn: »Hast du jemanden Besonderen, eine Freundin, Giovanni?«

»Nein, Madonna. Wenn ich jemanden hätte, wäre ich nicht hier.«

Sie dachte einen Augenblick nach. »Vielleicht solltest du ein nettes Mädchen finden und heiraten.«

Er sah sie mit einem leichten Blitzen in den Augen an und legte den Kopf zur Seite. »Es ist ganz leicht, ein nettes junges Mädchen zu finden, Madonna, aber viel schwerer eine schöne Frau.«

Solche Ergebenheit war für eine Frau, die mit jedem Tag unförmiger wurde wegen dem Kind, das in ihr wuchs, sehr angenehm. Violet fühlte sich manchmal schuldig, daß sie es gestattete, wenn sie ihm nichts dafür wiedergeben konnte, aber zur selben Zeit war sie sehr dankbar für das, was immer ihn dazu brachte. Es stillte das Gefühl der Verlassenheit, das sie manchmal überkam, und half ihr, die Tage zu überstehen.

Dann kam der Winterregen.

Das Ocker und Rostrot der toskanischen Hügel verwandelte sich in Grau, so grau wie Violets Geist. Sie stand eines Morgens in einer kleinen Schlafkammer, die nach hinten hinausging und die sie als Kinderzimmer benutzen wollte. Vom Fenster aus sah man den Weg, der außen an der Mauer entlang in den Küchengarten und zum Stall führte. Der Regen hatte nachgelassen, nur die Dachtraufen tropften noch, und der Wind peitschte fette Tropfen von den Bäumen. Unter sich sah sie Giovanni, wie er mit einer Schubkarre voll Stroh aus dem Stall kam, das er auf die Rosenbeete im Garten verteilen wollte. Sie winkte ihm zu, als er mit seinem Kopf zu ihr hochgrüßte. Er stieß die Tür in der Gartenmauer auf und verschwand.

Hinter ihr sagte Giovannis Mutter, die ihr beim Saubermachen des Zimmers geholfen hatte: »Er ist ein guter Junge, ein fleißiger Arbeiter, aber er hat den Kopf voller Blödsinn und großer Gedanken.«

»Ich weiß nicht, was ich ohne ihn die vergangenen Wochen gemacht hätte.«

Maria schüttelte das Federkissen, das sie in der Hand hielt, mit mehr Kraft, als notwendig war. »Ja, Sie brauchen ihn sehr. Aber ich bitte Sie, seien Sie vorsichtig. Mein Giovanni weiß in seinem Kopf, daß Sie zu Signor Massari gehören, aber nicht mit dem Herzen.«

»Maria«, sagte Violet überrascht und sah die andere Frau an, »schau mich doch an. Ich kann doch jetzt keinem Mann gefallen.«

»Sie sind nicht häßlich geworden, nur weil Sie ein Kind erwarten, meine Dame, und Sie sind sehr einsam und brauchen Schutz. Giovanni sieht das alles.«

Mit leiser Stimme sagte Violet: »Ich habe ihm nie Hoffnungen gemacht.«

»Solange Sie hier ohne Mann sind, wird er weiter hoffen.«

»Ich würde auch lieber nicht hier allein leben, aber ich weiß nicht, wo ich sonst hingehen könnte.« Violet hielt inne, ehe sie fortfuhr. »Was soll ich nur machen, Maria, wenn er nicht zurückkommt?«

»Ich weiß es nicht. Haben Sie Geld, ich meine – haben Sie Geld zum Leben?«

»O ja«, sagte Violet, »nur nichts, wofür ich leben will.«

»Sagen Sie das nicht!« Maria stemmte ihre Hände in die Hüften. »Sie haben ein Bambino, und das ist etwas Wunderbares. Sie müssen nicht von Lebensunlust oder vom Tod reden, Ihr Baby wird von diesen schrecklichen Gedanken gezeichnet. Sie müssen ruhig und heiter sein, damit es dem Kleinen gutgeht und es zufrieden ist.«

»Das ist leicht gesagt. Angenommen – angenommen, Allain ist nicht zurückgekommen, weil er verletzt ist? Oder schlimmer? Angenommen, er ist schon seit Wochen tot, und da ist keiner, der es mir sagt, keiner, der weiß, daß ich hier auf ihn warte?«

»Es gibt genug Zeit, an so etwas zu denken, wenn es passiert, und keinen Grund, beim Warten darauf Ihre Kraft zu verschwenden.«

»Ich muß daran denken. Ich muß mich entschließen, was ich tun soll.«

»Sie werden gar nichts tun, bis das Bambino da ist; das ist das Beste. Der Signor war so aufgeregt, so glücklich, daß er Vater wird; er wird sicher zur Geburt seines Kindes zurückkommen, solange er noch einen Funken Leben in sich hat.«

»Und wenn er's nicht tut, was mache ich dann? Wer wird mir helfen?«

»Ihr werdet nirgends hingehen, weil ich zu Ihnen kommen werde. Sie werden Giovanni zu mir schicken; deswegen ist er da. Und Sie sollen sich keine Sorgen machen. Ich habe selbst sechs Kinder geboren und noch viele andere auf die Welt gebracht. Es wird alles gutgehen.«

Der Herbst verging. Berichte über die Schlacht von Alma auf der fernen Krim verkündeten einen Sieg der Alliierten. Als aber die Nachrichten durchsickerten, wurde es klar, daß es ein teurer und sinnloser Kampf gewesen war.

Die Alliierten fingen mit ihrem Bombardement von Sewastopol, Rußlands größtem Hafen am Schwarzen Meer, Mitte Oktober an. Das französische Pulvermagazin flog jedoch in die Luft, und der Hauptangriff wurde verschoben. Das erlaubte den Russen, neue Stellungen zu beziehen. Die Alliierten machten sich für eine längere Belagerung bereit, die notwendig schien, um die Stadt einzunehmen.

Die Russen starteten einen Gegenangriff auf das Hauptversorgungslager der Alliierten in Balaklava. Während dieses Gefechts wurden Befehle des englischen Oberbefehlshabers falsch weitergegeben, und aus dieser Verwirrung resultierte der selbstmörderische Angriff der Light Brigade, angeführt von Lord Cardigan. Das Blutbad war schrecklich, aber der Mut, den die Truppen an den Tag legten, und die Unterstützung der französischen Kavallerie brachten den Sieg.

Zehn Tage später, an einem nebligen und regnerischen Morgen, griffen die Russen das anglo-französische Heer an, das Sewastopol belagerte. Als endlich zum Rückzug geblasen wurde, waren dreizehntausend Männer gefallen.

Kurz darauf gerieten die britischen Versorgungsschiffe, die nicht nur Waffen und Munition, sondern auch Nahrungsmittel, Medikamente und Winteruniformen geladen hatten, auf dem Schwarzen Meer in einen Sturm und gingen unter. Die alliierten Streitkräfte zogen sich in ihre Winterquartiere zurück und warteten auf den Frühling, um den Kampf wiederaufzunehmen.

Während der ersten Siege wurde von einem Kriegskorrespondenten der *London Times* ein Bericht geschickt, der die schrecklichen Zustände anprangerte, die in den britischen Militärhospitälern herrschten. Eine Frau namens Nightingale wurde mit achtunddreißig anderen Krankenschwestern und einer Kommission vom Kriegsminister hingeschickt, um die Zustände zu verbessern. Sie kam auf der Krim gerade rechtzeitig an, um die Verwundeten der Herbstschlacht in Empfang zu nehmen und in der Presse für ihre Anstrengungen, Leben zu retten, als Heldin gefeiert zu werden.

So kamen gute und schlechte Nachrichten, das Jahr neigte sich seinem Ende zu, und die graue Winterkälte hielt ihren Einzug. In der Villa roch es jetzt nach Holzrauch von den Kaminfeuern und nach Kräutern und Knoblauch, die in Bündeln zum Trocknen an den Küchenbalken hingen. Diese Gerüche vermischten sich mit dem kräftigen Aroma von Fleischbrühe und Nudeln, die Maria auf ihrem riesigen Eisenofen kochte. Maria brachte Violet das Stricken bei, und zusammen fertigten sie hübsche kleine Deckchen und Schuhe an, die Violet mit kleinen Blümchen bestickte. Sie und Giovanni stellten auch Parfüm her.

Er fand eines Tages das Rezept, das auf Violets Stuhl im Salon lag. Violet hatte die Rückseite des Papiers dazu benutzt, das Muster für eine Babydecke aufzuzeichnen, an der sie gerade arbeitete. Giovanni hob es auf und las es laut vor.

»Ist das das Parfüm, das Sie tragen?« fragte er und sah sie an.

»Das, was ich getragen habe. Es sind nur noch ein paar Tropfen übrig, die will ich aufheben.«

Er nickte sein Einverständnis. »Bis der Signor wiederkommt. Aber es wäre nicht schwer, mehr zu machen.«

»Wirklich nicht?«

»Das Rosenöl habe ich selber. Die anderen kann man im Laden eines Apothekers in Florenz bekommen, zumindest die meisten. Eines, vielleicht auch zwei bekommt man nur in Rom, aber das würde auch nicht lange dauern.«

»Bist du sicher?« fragte sie interessiert.

»Ja, natürlich.« Er sah mit warmem Blick zu ihr auf.

»Denkst du, ich könnte das selber machen?« Es gab auf einmal nichts, was sie lieber tun wollte, als die Düfte zusammenzumischen, die sich zu dem lieblichen Wohlgeruch der kleinen Juwelenflasche verbinden würden.

»Es wäre mir ein Vergnügen, es Ihnen zu zeigen«, sagte er.

Eines Abends, als Maria schon im Bett war, sammelten sie die verschiedenen kostbaren Ölessenzen und den reinen Weinbrand, dessen Alkoholgehalt den Duft hervorbringen würde. Sie brachten sie in Violets Schlafzimmer, so weit wie möglich weg von den ablenkenden Essens- und Kräutergerüchen der Küche. Auf einen kleinen Tisch nahe am Feuer stellten sie alles, was sie brauchen würden, dazu einen Meßbecher mit Schnabel und ein kleines Glasröhrchen, mit dem man kleinste Mengen der Öle aufheben konnte, um sie Tropfen für Tropfen in den Meßbecher zu geben.

Giovanni, sehr ernst und ein wenig überlegen, erklärte den Vorgang. Er selber machte die erste Mischung, während Violet ihm die Zutaten und die Menge vorlas. Nachdem er es leicht umgerührt hatte, nahm er Violets Handgelenk.

Sie zog es instinktiv zurück.

Er lächelte, hielt sie aber weiter fest und rieb mit seinen Daumen über die Ader auf der Innenseite des Handgelenks. »Es muß auf Ihre Haut«, sagte er, »dahin, wo es hingehört.«

Als sie aufhörte zu ziehen, gab er einen Tropfen des ätherischen Öls auf ihr Handgelenk, wartete ein paar Minuten und atmete dann den Duft ein.

Er runzelte unzufrieden die Stirn. »Es ist nicht dasselbe.«

»Bist du sicher?« Violet atmete das von der Haut erwärmte Parfüm selber ein, schloß die Augen und konzentrierte sich. Schließlich schüttelte sie den Kopf. »Du hast recht. Was ist falsch?«

»Ein wenig zuviel von dem, nicht genug davon. Ich dachte, ich wäre sehr sorgfältig gewesen, aber irgendwo habe ich einen Fehler gemacht.«

Sie atmete wieder tief ein. Plötzlich lächelte sie. Sie sagte: »Ich glaube – ich bin mir fast sicher, es ist zuviel von der Narzisse.«

»Ja?« Er machte es ihr nach. »Ah, Madonna«, sagte er, »Sie haben eine wundervolle Nase.«

Sie lachte, sie konnte sich nicht beherrschen. Es war ein eigenartiges Kompliment, das ihr Vergnügen bereitete. »Wirklich?«

»Ich weiß es. Jetzt schnell. Sie müssen jetzt mischen.«

Die neue Mischung, die sie machte, war perfekt. Sie wußte es schon, noch ehe sie es auf ihrem Handgelenk ausprobierte. Die Dämpfe, die aus dem Steingutmeßbecher hochstiegen, füllten ihren Kopf mit ihrem perfekten Bukett voller Frühlingsnarzissen und Sommerrosen, Orangenblüten und exotischem Moschus und vielen anderen Dingen, aber auch mit Stärke und Schönheit und ja, auch mit Liebe.

Giovanni nahm ihr Handgelenk, als das Parfüm sich darauf verteilt hatte, und schnüffelte laut den warmen, kräftigen Geruch ein. Er lächelte, und sein Blick war voller Seligkeit.

»Ja«, flüsterte er. »Ja.«

Er trat näher und nahm sie in seine Arme. Es war eine spontane Umarmung, voller Triumph, Zufriedenheit und reiner Freude. Es war nichts Sinnliches darin, keine Verschlagenheit oder Falschheit. Es wäre für Violet leichter gewesen, wenn es das gewesen wäre, leichter für sie, abzulehnen, einfacher für sie, zu widerstehen.

So lehnte sie sich an diese harte junge Kraft, nahm die Umarmung ohne zu denken an, genoß die wärmende Geborgenheit und das Gefühl, Ruhe gefunden zu haben. Dann spürte sie seine Lippen auf ihrem weichen Stirnhaar. Und das Kind in ihr bewegte sich, als wolle es protestieren.

Sie löste sich ohne Hast von ihm, aber mit Nachdruck. Giovanni war süß und lieb und schien bereit, sich benützen zu lassen; aber es war unfair, ihn zu ermutigen, indem sie sich an ihn klammerte. Sie spürte eine zarte Zuneigung für ihn. Wäre es anders gekommen – aber das war es nicht. Ihre Liebe gehörte Allain und konnte niemals rückgängig gemacht werden.

Sie wußte, als sie von Giovanni zurückwich, daß für sie die Zeit gekommen war, etwas anderes zu tun, als zu warten.

Der Kreditbrief, der auf ihren Namen bei einem Florentiner Bankier deponiert war, schien unerschöpflich zu sein. Sie hob eine große Summe ab für Reisespesen für zwei Personen.

Sie hatte lange und eindringlich darüber nachgedacht, ob sie Giovanni bitten sollte, mit ihr zu kommen. Es war eine Sache, im selben Haus mit ihm zu schlafen, inmitten des Dorfes, wo jeder ihn kannte und das Haus seiner Mutter nur einige Meter vom Garten entfernt war, aber mit ihm in Gasthöfen und Pensionen zu übernachten, auch wenn er sein eigenes kleines Zimmer in einer gewissen Entfernung von ihrem haben würde, war doch etwas anderes. Es war nicht ihr guter Ruf, um den sie fürchtete, sie war sicher, daß sie den sowieso schon verloren hatte, sie machte sich Gedanken über ihre Abhängigkeit von ihm.

Trotzdem wäre es dumm von ihr, ohne Hilfe auf Reisen zu gehen. Sie war jetzt im sechsten Monat, wenn sie sich nicht verrechnet hatte, aber sie war schon sehr schwerfällig, und schweres Gepäck konnte sie nicht mehr tragen.

Das Problem lag nicht darin, ob Giovanni mitkommen wollte, sondern darin, ihn davon abzuhalten, als er herausfand, was sie plante. Seine Freude an dem Vorhaben war so leicht zu durchschauen, sein Entschluß so fest, daß sie es gar nicht versuchte.

Sie fuhren zuerst nach Venedig, zum Haus der Signora da Allori. Dort wohnte kein Mensch; es war verschlossen, und von der Tür war der Türklopfer entfernt. Sie fragten in jedem Hotel und wo immer man zahlende Gäste nahm nach Allain, aber keiner hatte ihn gesehen; mit Sicherheit war er keiner der eingeschriebenen Gäste.

Sein Haus in Paris war die nächste Station. Auch dies war verschlossen. Keiner seiner Freunde hatte ihn seit dem Sommer gesehen. Alle wunderten sich, wo er sich versteckte; sie vermißten ihn sehr.

Man sah ihnen an, daß sie Schlüsse zogen. Wenn sie sich fragten, warum sie ihn suchte oder warum sie von einem gutaussehenden Italiener begleitet wurde, der streitsüchtig und eifersüchtig aussah, ließen sie sich ihre Neugierde nicht anmerken.

London war die letzte Möglichkeit auf ihrer Liste, nur deswegen hinzugefügt, weil sie Allain dort kennengelernt hatte. Jedoch hatte Violet keine Ahnung, wo er dort gewohnt hatte, ob er eine ständige oder nur eine vorübergehende Adresse hatte. Auf jeden Fall sah sie keinen Grund, den Kanal zu überqueren. Nachdem sie so wenig Glück damit gehabt hatte, jemanden zu finden, der ihn irgendwo gesehen hatte, schien es ziemlich sinnlos, eine so vage Möglichkeit in Betracht zu ziehen.

Weil sie nicht mehr wußte, wo sie hingehen konnte, begann Violet darüber nachzudenken, Gilbert zu finden. Sie fragte sich, ob er noch in Europa war, ob er seinen alten Reiseplan noch einhielt und was er ihren Familien in New Orleans gesagt hatte. Sie fragte sich auch, ob Gilbert sie immer noch suchte. Am meisten war sie aber daran interessiert, ob er Allain aus Zufall oder Absicht getroffen hatte.

Diese letzte Frage bereitete ihr immer mehr Sorge, besonders als sie sich an den Vorschlag Allains erinnerte, zu ihrer eigenen Sicherheit wieder zu ihrem Mann zurückzukehren.

Kaum eine Woche nach ihrer Rückkehr, sobald sie sich von

den Strapazen der Reise erholt hatte, schrieb Violet mehrere Briefe und schickte sie an Orte, die Gilbert im ersten Jahr seiner großen Reise besuchen wollte. Sie war sich nicht sicher, ob er ihr überhaupt antworten würde, wenn ihn einer ihrer Briefe erreichte; aber sie mußte es versuchen. Sie gab ihre Adresse nicht an, nur die Post in Florenz. Sie wollte, wenn ein Kontakt zwischen ihnen zustande kommen sollte, selbst die Zeit und den Ort wählen können.

Die Antwort kam aus Rom, wo er den Winter verbrachte. Sie wurde aufgefordert, dorthin zu kommen, um die Fragen aus ihren Briefen ausgiebig zu diskutieren.

Fahren oder nicht fahren?

Der Besuch würde sehr unangenehm werden. Sie hatte geglaubt, sie könne die alte Schuld, den Bruch des Eheversprechens, das Verlassen des Mannes, dem sie Treue bis zum Tod geschworen hatte, vergessen, mußte aber feststellen, daß sie wieder erwachte, als sie anfing zu planen. Jedoch war die Erinnerung an die rohe Behandlung verblaßt, und sie hatte keine Angst mehr vor ihm. Sie glaubte auch nicht mehr daran, daß er hinter dem Angriff auf Allain in der Bahnstation stand.

Wenn es nicht um die Gelegenheit ging, herauszufinden, ob Allain sich mit ihm wegen ihr in Verbindung gesetzt hatte, warum hatte sie ihm dann eigentlich geschrieben? Sie mußte fahren. Es war ihre letzte Hoffnung.

Aber sie schob es hinaus bis nach Weihnachten, und dann noch einmal, weil sie glaubte, sie bekäme eine Erkältung. Endlich, Mitte Januar, machten Giovanni und sie sich auf den Weg.

Gilbert wohnte in einer Pension, einem unfreundlichen Ort in der Nähe des Forums, wo es stark nach Katzen roch, aber die Aussicht auf das Kolosseum versöhnte wieder. Er öffnete ihnen nicht selber die Tür. Eine schnippische junge Frau in einer tiefausgeschnittenen Bluse und einem Rock, unter dem nicht die Spur eines Unterrocks zu sehen war, machte ihnen auf. Als sie Platz genommen und Tee serviert bekommen hatten, verließ die Frau das Zimmer. Sie verabschiedete sich ziemlich formlos für einen einfachen Dienstboten und klapperte dann die Treppe hinunter.

Giovanni lächelte spöttisch und deutete mit einer Kopfbewegung an, was er von Gilberts Geschmack für das weibliche Geschlecht hielt. Violet fragte sich, ob die Gegenwart der jungen Frau ihr gegolten hatte, um ihr zu zeigen, daß sie nicht die einzige war, die sich der Sinnesfreude hingeben konnte, oder um ihre Eifersucht zu wecken. Wenn dem so war, hatte er einen Fehler gemacht. Ihr Mann tat ihr leid, wenn er seinen männlichen Stolz so stärken mußte, aber sie war auch froh darüber, daß er Trost gefunden hatte. Gilbert hatte abgenommen. Sein Gesicht war faltiger, er sah zehn Jahre älter aus. Seine Hände zitterten merklich, und die Ansammlung von Flaschen, die auf dem Seitentischchen standen, waren fast alle leer.

Er sah Giovanni scharf an, als Violet ihn vorstellte, dann ignorierte er ihn, als wäre er gar nicht vorhanden. »So«, sagte er mit krächzender Stimme und richtete seine Aufmerksamkeit herausfordernd auf ihren Bauch, »ich sehe, dir geht es gut.«

»Ja, und dir wohl auch«, sagte Violet höflich. Gleichzeitig schickte sie einen warnenden Blick zu Giovanni, der auf dem Stuhl nach vorne gerutscht war und mit geballten Fäusten auf den Knien dasaß.

»Weil du es bis jetzt nicht der Mühe wert gefunden hast, mich wissen zu lassen, ob du überhaupt noch lebst, nehme ich an, du willst dringend etwas von mir haben, wenn du jetzt gekommen bist«, fuhr er in unfreundlichem Ton fort.

»Nachrichten«, antwortete sie, »nur Nachrichten.«

»Erkläre mir, warum ich dir etwas sagen soll.«

Hoffnung stieg in ihr auf. »Du hast mir etwas mitzuteilen?«

Seine Stimme verletzte sie, als er weiterredete, ohne auf ihre Frage einzugehen. »Hast du dich je um meine Gefühle gekümmert, meine liebe Violet? Hast du dir nie vorstellen können, daß deine Art, mich zu verlassen, mich glauben machen könnte, man hätte dich entführt oder du wärst Verbrechern in die Hände gefallen? Hättest du mir nicht wenigstens eine kleine Botschaft schicken können, in der stand, daß du lebst?«

Ehe er auf irgend etwas einging, mußte er sie erst für die Angst und die Schande bestrafen, die sie ihm verursacht hatte. Er hatte sich überhaupt nicht geändert.

»Es tut mir leid, wenn ich dich verletzt habe, aber mir ist es nicht anders ergangen.«

»So? Wenigstens das.«

Seine Sorge galt nur seinen eigenen Gefühlen, seinem Verlust, da blieb für das, was sie dachte oder fühlte, wenig übrig. Einen Augenblick lang spürte sie wieder die Leere ihrer Ehe, sie wußte wieder, daß sie, wenn überhaupt, nur als Bild in Gilberts Kopf geliebt wurde, eine Verlängerung seines Ichs, ein Besitz statt einer Frau aus Fleisch und Blut.

Sie sagte: »Hast du von daheim etwas gehört?«

»Ein paar Zeilen, meistens wollten sie wissen, warum du und ich nicht schreiben. Ich gab dem Krieg die Schuld und daß nichts von Interesse zu berichten war, da ich mit dem eigentlichen Grund meiner Reise keine Fortschritte gemacht hatte.«

Nichts von Interesse zu berichten.

Das war vielleicht besser, als vor seinen Verwandten und auch vor ihren brieflich schlecht gemacht zu werden. Sie sollte ihm dankbar sein und wäre es auch gewesen, wenn sie nicht gewußt hätte, daß er es nur getan hatte, um sich eine Demütigung zu ersparen.

Sie sagte: »Wirst du früher als geplant nach New Orleans zurückkehren?«

»Weil du mich verlassen hast? Nein, wirklich nicht. Ich sehe keinen Grund dafür. Ich brauche für das Stadthaus sowieso noch ein paar Möbel.«

»Das freut mich. Ich möchte nicht denken wollen, daß du durch mich Ungelegenheiten gehabt hast.« Sie hielt inne und faltete ihre behandschuhten Hände im Schoß. »Jetzt möchte ich bitte eine Antwort auf die Fragen, die ich dir in meinem Brief gestellt habe. Du mußt es mir sagen – hast du Allain seit Paris wiedergesehen? Hat er vielleicht aus Sorge um mich mit dir gesprochen, dir einen Vorschlag gemacht für den Fall, daß ich allein zurückbleiben würde? Ich muß es wissen.«

Gilbert starrte sie an. Dann stellte er zufrieden fest: »Er hat dich verlassen.«

»Nicht«, sagte sie gequält, »aus freien Stücken.« Der Zwang zu betteln, um die Information zu bekommen, die sie wollte, wurde zur unüberwindlichen Aufgabe. Sie spürte, wie sie der Zorn packte, und ließ alle Rücksicht fahren.

»Warum denn? Was konnte ihn denn zwingen, die Frau zu verlassen, die seinen Bastard im Bauch hat?«

Giovanni sprang auf, ehe sie die Hand ausstrecken konnte, um ihn zu stoppen. Er packte Gilbert mit seiner schwieligen Hand an der Krawatte und stellte ihn auf die Füße. Nase an Nase mit Gilbert sagte er: »Sie werden sich sofort entschuldigen. Augenblicklich.«

Gilbert sah Giovanni wütend an, sein Gesicht wurde krebsrot, und die Adern auf seiner Stirn schwollen lilablau an. Sein Atem fing an zu pfeifen.

»Giovanni, bitte«, sagte Violet und stand mühsam auf, »tu's für mich.«

Giovanni reagierte nicht.

»Ja, ich – war jähzornig«, brachte Gilbert mühsam heraus. »Ich hätte nicht so von einer Dame sprechen dürfen.«

Giovanni ließ ihn nicht los, er schüttelte ihn noch einmal durch. Gilberts Augen traten fast aus den Höhlen, als er von Violet zu Giovanni und wieder zurück sah.

»Massari – Massari habe ich nicht gesehen.«

Giovanni ließ ihn los. Gilbert schnappte krächzend nach Luft und fiel in seinen Stuhl zurück. Der junge Italiener reichte Violet die Hand und zog sie an seine Seite. »Ich glaube«, sagte er leise, »daß wir hier alles getan haben, was wir konnten.«

Ihre Augen waren voller Hoffnungslosigkeit, als sie ihn ansah. »Ja«, antwortete sie, »gehen wir nach Hause.«

22. Kapitel

Es war ein Tag voller warmer Märzwinde und leuchtendem Sonnenschein gewesen. Die Luft war mild, das Gras schien buchstäblich aus der Erde zu schießen, und die Bäume breiteten ihre weißen und rosa Blüten wie Willkommensbanner für die Ankunft des Frühlings aus.

In den dicken Steinmauern der Villa hielt sich immer noch die Winterkälte. Violet hatte ihr Tagebuch mit in den Garten hinaus genommen, als der Tag sich zum Nachmittag hin erwärmte. Giovanni hatte ihr einen Hocker für die Füße gebracht, damit sie ihr nicht anschwollen, und auch ein Tuch, damit sie im Schatten der Olive nicht fror.

»Ist es Ihnen jetzt bequem?« wollte er wissen und stand aufmerksam vor ihrem Stuhl, mit einer Hand das Gelenk seines anderen Armes festhaltend.

»Sehr.« Sie lächelte ihn an.

Sein Lächeln erlosch schnell. Er sagte: »Ich sollte es Ihnen sagen – wahrscheinlich ist nichts dahinter, kein Grund zur Aufregung –, aber man hat mir gesagt, daß man gestern abend vor der Villa einen Fremden beobachtet hat.«

Die Nachbarschaft hielt eng zusammen. Das hatte sie in den vergangenen Monaten gelernt, jeder war fast mit jedem verwandt, und es blieb nicht viel verborgen. Wenn Giovanni sagte, daß der Mann ein Fremder war, dann war er einer.

»Was hat er gemacht?« fragte sie.

»Nichts. Er hat sich herumgetrieben. Er ist weitergegangen, als einige Männer ihn gefragt haben, was er wollte.«

Die zusammenhaltende Nachbarschaft hatte ihre Vorteile. »Hat ihn heute schon jemand gesehen?«

Er schüttelte den Kopf. »Ich habe nichts gehört. Aber Sie sollten sich keine Sorgen machen. Ich bin gleich außerhalb der

Mauer und pflanze Bohnen. Rufen Sie mich, wenn Sie etwas brauchen. Rufen Sie mich, wenn Sie ins Haus zurückgehen wollen.«

Sie grinste zu ihm auf. Seine übergroße Sorge amüsierte sie, rührte sie aber auch. »Ich weiß, du kommst immer, wenn ich rufe.«

»Immer«, sagte er, seine Augen blieben trotz seines Lächelns ernst.

Als er weg war, schrieb Violet in ihr Tagebuch und versuchte an etwas anderes, als an die Schmerzen zu denken, die ihr Zustand mit sich brachte, um es darin festzuhalten. Sie war jetzt im achten Monat und konnte es kaum erwarten, ihre Last loszuwerden.

Sie schrieb über den plötzlichen Tod des Zaren Nikolaus, der vor kurzem an einer Erkältung gestorben war, und die Auswirkungen, die sein Tod auf eine Beendigung des Krieges auf der Krim haben konnte. Der russische Herrscher war ein harter und unbeugsamer Autokrat gewesen; es hatte seit seiner Thronbesteigung nach dem plötzlichen Tod seines älteren Bruders Alexander viele Versuche gegeben, ihn zu stürzen, die immer blutig niedergeschlagen wurden. Man vermutete, daß jetzt, nachdem der Stolz dieses unbeliebten Zaren nicht mehr geschont werden mußte, die russischen Diplomaten eine Ausrede finden würden, die Feindseligkeiten einzustellen. Verhandlungen könnten schon bald beginnen.

Das Ende jedes Krieges war eine gute Nachricht, aber Violet dachte, daß es für sie keinen Unterschied machen würde, sie war die Dame in der Villa, die so exzentrisch war, daß sie Parfüm machen wollte. Der einzige Unterschied war, daß sie bald Mutter eines Kindes sein würde.

Violet hob die violette Flasche, die an einer Kette um ihren Hals hing, hoch. Der Duft, der aus ihr strömte, beruhigte ihre Sinne und brachte sie zum Lächeln. Er war wieder ein Teil ihrer selbst geworden, umschmeichelte sie, wenn sie sich bewegte, drang in ihre Poren ein, daß sie glaubte, sie würde ihn ausatmen. Am Verschluß war er sogar noch stärker, stark genug, um ihr Frieden zu schenken.

Sie sollte sich mehr Sorgen um ihre Zukunft und die ihres Kindes machen. Was, wenn Allain nie zurückkam? Aber sie konnte es nicht. Sie hatte das Stadium erreicht, in dem Frauen, deren Zeit nicht mehr fern ist, alles gelassen hinnehmen. Es gab nichts, was sie unternehmen konnte, um etwas zu ändern, und sie hatte keine Energie, sich darüber aufzuregen. Der Nachmittag ging in einen Sonnenuntergang von rotgoldner Pracht über, der die Steinmauern um Violet in den herrlichen Farben von Tizian und Michelangelo färbte. Die Schatten fielen länger auf das zarte junge Gras. Das Wasser im Brunnen gluckste in der Stille. Maria kam aus dem Haus und füllte einen Kücheneimer aus dem Steintrog des Brunnens. Sie lächelte Violet an, als sie ihren vollen Eimer hochhob und wieder ins Haus ging.

Von einem Hügel in der Nähe hörte man das Läuten einer Ziegenglocke. Es war ein Signal, daß die Kirchenglocken im Dorf zur Abendandacht einsetzen ließ.

Violet hatte kein Licht mehr zum Schreiben. Es war Zeit, ins Haus zu gehen.

Sie blieb aber immer noch sitzen. Die Dämmerung war wunderbar. Sie war müde, und es war zu anstrengend für sie, aus dem tiefen Korbstuhl aufzustehen. Wenn sie wartete, würde Giovanni kommen und ihr helfen.

Sie hörte seine Schritte im Gras, zielbewußt kam er durch das Gartentor. Sie saß ganz still, sog den Frieden auf, wollte ihn nicht loslassen.

Er kniete zu ihren Füßen und legte seine warme Hand in ihren Schoß.

»Schau mich an und verzeih mir«, erklang Allains tiefe Stimme. »Laß mich deine süße Stimme hören, oder ich muß vor Sehnsucht sterben.«

Sie drehte so langsam den Kopf, daß ihre Augen schon voll lavendelfarbener Tränen glänzten, als sie ihn ansah. Ihre Hände zitterten, als sie sie ausstreckte, um sein Gesicht zu berühren und mit ihren Fingerspitzen durch seine Haare zu streichen.

»Oh, mein Allain«, flüsterte sie, »wo bist du gewesen? Wo bist du gewesen?«

»Ich habe versucht, den Verstand zu bewahren und unsere Leben zu retten, obwohl ich entdeckt habe, daß mein Leben die

Anstrengung nicht wert war, wenn ich nicht bei dir sein konnte. Ich wußte, daß deine Zeit nahe ist, ich mußte kommen. Ich hätte es nicht ertragen, fernzubleiben.«

Maria hatte recht gehabt; sie hätte auf sie hören sollen, dachte Violet. Aber was machte es schon, solange er nur da war.

»Hilf mir aufstehen«, sagte sie, nahm die Füße vom Hocker und streckte ihm ihre Hände entgegen.

Er riß den Hut herunter und warf den Stock, den er trug, zu Boden, dann beugte er sich zu ihr und ergriff sie mit seinen starken warmen Händen.

Einen Augenblick später lag sie auf seinen Armen, und er wiegte sie und das Kind, das sie trug, vorsichtig hin und her. Sie vergrub ihr Gesicht in seiner Schulter, Geborgenheit durchrieselte sie, und sie atmete mit einem tiefen Seufzer aus. Dann hob sie den Kopf.

Er berührte ihren Mund mit seinem, als glaube er, sie würde zerbrechen. Dann küßte er sie mit unersättlichem Hunger, schwelgte in ihrem Duft, drückte sie näher und näher an sich, bis sie ihm protestierend ihre Lippen entzog.

Er bat sie mit wirren Worten um Verzeihung und preßte sein Gesicht in ihr Haar, wollte aber schon wieder von vorne anfangen.

Sie kamen aus den wachsenden Schatten heraus. Vier von ihnen kamen durch das Tor, vier Männer mit Degen und Messern, die im letzten Abendlicht silbern aufglänzten. Sie trugen Masken, so daß ihre Augen aus blassen, runden Löchern unter ihren breitrandigen Hüten hervorstarrten.

Violet sah sie über Allains Schulter. Ihr warnender Schrei erstickte fast vor Schreck in ihrer Kehle.

Allain wirbelte herum, um seinen Stock zu greifen. Die stählerne Klinge, die in ihm steckte, sang, als er sie aus der Scheide riß. Er warf sich zwischen Violet und die anrückenden Männer und stellte sich zum Kampf.

»Ins Haus«, rief er ihr über die Schulter zu, die Worte leise und knapp, damit sie keiner hörte.

Aber sie wurden gehört. Einer der Männer löste sich von den anderen und versuchte von der Seite, Allains Deckung zu durchbrechen. Allain zog sich ein paar Schritte zurück, um sie alle in Reichweite seines Degens zu haben.

Violet stolperte nach hinten, als sie versuchte, ihn nicht zu behindern. Ein Degenstoß konnte nicht schmerzhafter sein als die schneidende Klinge des kalten Grauens in ihr. Sie durfte ihm nicht noch mehr im Weg stehen, als sie es ohnehin schon tat.

Sie sah keine Möglichkeit, wie Allain mit allen vieren fertig werden sollte. Es mußte einen Weg geben, ihm zu helfen. Sie konnte an nichts denken, sich nichts vorstellen. Hinter ihr an der Tür zur Villa hörte sie, wie Maria anfing zu schreien, sah sie da stehen, mit den Händen auf den Mund gepreßt.

Allain ging zum Angriff über, attackierte mit geschmeidigen, federnden Muskeln. Mit blitzschnellen Bewegungen nahm er es mit drei der Angreifer auf einmal auf, versuchte sie mit Scheinattacken, Paraden und Ausfällen zu stoppen, den vierten daran zu hindern, seine Deckung zu durchbrechen und zu Violet zu gelangen. Sein Gesicht war eine Maske der Entschlossenheit, im sterbenden Licht des Tages stellte er sich grimmig seiner Aufgabe.

Die Degen zischten und kratzten, klirrten, wenn sie aufeinanderschlugen, hämmerten unerbittlich, während ein Mann seinen Vorteil gegen die vier Gegner suchte.

Seine Angreifer kamen näher und zogen sich wieder zurück, schoben einer den anderen, als sie miteinander stolperten oder von Allain zurückgedrängt wurden. Sie grunzten und fluchten, zischten sich gegenseitige Befehle zu, schrien auf, wenn sie den beißenden Schnitt von Allains Klinge spürten. Blut erschien hier und dort auf ihren Jackenärmeln und Händen. Ihr Atem kam vor Wut und Anstrengung pfeifend aus ihren Kehlen.

Allain kämpfte brillant mit verzweifelter Kraft. Sein Handgelenk federte wie Stahl, als er alle Tricks, die ihm die besten Fechtmeister Roms und Paris' beigebracht hatten, anwandte. Seine Angreifer waren nicht schlecht, aber sie waren ihm nicht gewachsen. Gegen seine präzisen Bewegungen, seine genau durchdachten Strategien, konnten sie nicht ankommen. Ein maskierter Mann stieß einen halberstickten Schrei aus und fiel auf die Knie, sein Körper über Allains funkelnden Degen gebeugt.

Als Allain seine Klinge herauszog, schlüpfte der vierte Mann an ihm vorbei zu Violet. Die anderen bedrängten Allain und versuchten, ihn mit vereinter Kraft zu überwältigen, so daß er eine Zeitlang verbissen um sein Leben kämpfen mußte.

Violet versuchte zu laufen und rannte in die Weinlaube, sie wollte den Tisch zwischen sich und den Angreifer bringen. Er lachte höhnisch, als er mit seiner linken Hand über den Tisch langte und den Stoff über ihrer Brust zu fassen kriegte. Sie taumelte nach hinten, aber er erwischte das Parfümfläschchen an seiner goldenen Kette.

Er zog sie zu sich her. Ihr Bauch schlug gegen die Tischkante, und sie stöhnte auf. Violet hielt sich an der Tischkante fest, als ihre Knie unter ihr nachgaben. Der Mann hob beinahe gemächlich seinen Degen.

Weißglühend stieg die Wut in Violet hoch. Sie packte den Tisch und hob ihn hoch.

Die Halskette riß. Ihr Angreifer sprang zurück, aber nicht schnell genug. Der Tisch traf ihn am Schienbein. Er fluchte und stolperte. Violet taumelte rückwärts und versuchte, ihr Gleichgewicht wiederzufinden.

Der Mann mit dem Degen fletschte knurrend die Zähne. Er stieß den Tisch beiseite und kam hinkend auf sie zu.

Allain, der, während er kämpfte, immer wieder hinsah, schrie verzweifelt auf.

Dann kam ein wütender Schrei aus der Richtung des Gartentors. Giovanni, sein Gesicht vor Wut verzerrt, sprang auf Violets Angreifer los. In seiner Faust hielt er eine Handsichel. Scharf wie ein Rasiermesser, war sie eine beachtliche Waffe, aber einem Degen im Nahkampf weit unterlegen.

Der Angreifer wirbelte herum und stellte sich der neuen Gefahr. Giovanni hatte nur eine Chance, dem Mann so nahe zu kommen, daß ihm seine Deckung nichts mehr half. Er sprang, ließ die Sichel vor sich kreisen wie die uralte Vernichtungswaffe eines Gottes. Die zwei krachten aufeinander, rangen miteinander, drehten sich und schlugen aufeinander ein. Der Angreifer stolperte und zog Giovanni mit nach unten. Sie landeten beide mit lautem Krach auf den Fliesen. Der maskierte Mann ließ seinen Degen fallen. Er klapperte auf dem Steinboden, als ihn Giovanni wegstieß. Er rutschte über die Fliesen und landete vor Violets Füßen.

Sie bückte sich, um ihn aufzuheben, und stieß einen leisen Schmerzensschrei aus, als sie versuchte, sich wieder aufzurichten. Zur selben Zeit sah sie, wie der Mann, der sie angegriffen hatte, in seine Jacke faßte und einen glitzernden Dolch herauszog.

Sie rief Giovanni eine Warnung zu. Giovanni hörte sie und versuchte mit seinen harten Fingern, die Hand des Mannes zu fassen. Sie rollten knurrend auf dem Boden herum, Stärke traf auf Stärke, Entschlossenheit auf Wildheit.

Violet ging ein paar Schritte auf sie zu, versuchte in der wachsenden Dunkelheit etwas zu erkennen, bereit, mit der Waffe in der Hand zuzustechen. Aber die kämpfenden Männer waren zu schnell für sie. Sie konnte nicht sicher sein, ob sie den richtigen erwischen würde.

Sie kamen wieder auf die Füße. Einen Augenblick standen sie sich gegenüber. Sie umkreisten sich. Das ersterbende Licht blitzte bläulich auf der Schneide der Sichel, die Giovanni in der Hand hielt, hing wie ein Tropfen an der Spitze des Halbmonds. Der Angreifer drehte den Dolch in seiner Hand um, daß er aussah wie ein Stachel.

Wie auf ein Signal sprangen sie wieder aufeinander los, schwer atmend, warfen sich hin und her und rutschten auf den Fliesen aus. Dann erklang das Geräusch eines dumpfen Schlags. Im selben Moment brachte Giovanni die Sichel nach vorn und führte eine Bewegung wie beim Mähen aus.

Der Angreifer taumelte rückwärts, sein Kopf saß nur noch zur Hälfte auf seinen Schultern, und Blut spritzte wie eine Fontäne aus seiner Wunde.

Giovanni stand einen Augenblick still da und blickte an sich hinunter. Dann sah er Violet an, seine Augen dunkel vor Schmerz und Bedauern. »Ich wäre früher gekommen, Madonna«, sagte er. »Ich hörte Euch schreien, aber ich hatte keine Waffe –«

Dann versuchte er, den Dolch zu umfassen, der aus seiner Brust hervorragte. Er fiel auf die Knie.

Violet erstickte mit beiden Händen ihren Schrei, während die Übelkeit in ihr hochstieg.

»Lauf ins Haus, Violet!« schrie Allain hinter ihr. Seine Worte wurden durch den Klang der Degen unterstrichen, während er versuchte, seine Gegner in Schach zu halten. Ihre Klingen pfiffen, prallten mit einem Schauer von orangenen Funken aneinander. Sie atmeten schwer. Sie näherten sich, wichen zurück, stolperten über den Körper des toten Angreifers. Sie zertrampelten die Kräuterbeete, und der Duft von Basilikum und Minze und zerstampfter Erde stieg in die Luft.

Violet, zerrissen von Schmerz, Schrecken und Angst, konnte sich nicht dazu bringen, ins Haus zu flüchten. Sie konnte Giovanni nicht erreichen, weil die kämpfenden Männer ständig zwischen ihnen hin und her tanzten. Sie konnte nur mit dem Degen in der Hand dastehen und auf eine Gelegenheit warten, ihn zu gebrauchen.

Allain schickte einen gehetzten Blick zu Violet. Er verdoppelte seine Anstrengungen. Er trieb den größeren der beiden Männer in einem Wirbel von rigorosem Können und gehärteter, geschmeidiger Stärke zurück. Allains Klinge glitt unter die des anderen. Der Mann schrie vor Schrecken auf, als Allain wie eine Natter zustieß, zustieß und die Klinge wieder zurückzog, zu schnell für ein menschliches Auge. Bereits als sein Gegner zu Boden ging, drehte er sich blitzschnell um und stellte den letzten der vier Angreifer.

Der Mann hatte den Augenblick genutzt, seinen Degen weggeworfen und eine kleine Pistole aus der Jacke gezogen. Er zielte und drückte im selben Moment ab.

Die Pistole krachte, donnerte förmlich in dem ummauerten Garten. Blaugrauer Rauch und Feuer explodierten. Allain wurde wie eine Marionette, deren Fäden durchschnitten waren, zurückgeschleudert. Er preßte eine Hand auf einen purpurnen Flecken auf seinem Hemd über seiner Weste, als er zu Boden sank. Er fiel schwerfällig, drehte sich noch einmal und lag dann leblos da. Seine feinen Haare mischten sich mit den Grashalmen.

Der letzte der Angreifer warf die einschüssige Pistole mit einer triumphierenden Geste zu Boden. Er sah sich nach seinem Degen um und bückte sich, um ihn aufzuheben. Dann wandte er sich Violet zu.

Er hielt sofort inne, als Maria mit drei ihrer Nachbarn, bewaffnet mit Rechen und Mistgabeln, aus der Küchentür stürmten. Sein Blick fiel auf Violets Tagebuch, das im Gras lag und mit dessen blutbefleckten Seiten der Wind spielte. Er rannte hin, hob es auf und rannte mit einem letzten Blick auf Violet durch das Gartentor.

In diesem Moment sah Violet alles ganz scharf und klar, so kristallklar, daß ihre Augen davon schmerzten. Die Form des Gartens und seiner Beete, den silbernen Glanz der vom Wind durchraschelten Olivenblätter, alles war zu vollkommen, zu schön. Der Duft der Kräuter und des zertretenen Grases vermischte sich mit dem Geruch warmen Blutes, das den Mosaikboden zu ihren Füßen bedeckte. Die sanfte Frühlingsluft auf ihrer Haut fühlte sich wie eine Peitsche an. Ihr schien, wenn sie jemand berühren würde, wie zärtlich auch immer, würde sie davor wie vor einem Schlag zurückweichen.

Maria kam und kniete sich schluchzend neben Giovanni. Sie zog ihn an sich, stützte ihn, griff nach dem Dolch und zog ihn heraus, während er sie anlächelte. Andere hoben ihn hoch und trugen ihn ins Haus.

Eine freundliche alte Frau kam zu Violet, faßte sie schüchtern am Arm und wollte sie ins Haus ziehen.

Violet schüttelte den Kopf.

Sie zwang ihre Muskeln, sich zu bewegen, ihrem Befehl zu gehorchen. Langsam ging sie auf die Stelle zu, wo Allain lag, dessen Blut von seiner Hemdbrust ins Gras tropfte. Sie kniete sich unbeholfen neben ihn und nahm seine Hand. Seine Finger waren leblos, als sie sie an ihre Wange legte. Sie schloß die Augen und wiegte sich ein wenig hin und her; die warmen Tränen flossen durch seine Finger und benetzten die Schwielen an seinem Daumen, Zeigefinger und den Handflächen.

Seine Augenlider zuckten, hoben sich. Er sah mit soviel Liebe und Zuneigung zu ihr auf, als wolle er ihren Anblick für immer bei sich behalten, eine letzte liebliche Vision.

Er zuckte ein wenig zusammen und ließ seinen Blick umherschweifen. Seine Stimme war so leise, daß sie erraten mußte, was er meinte. »Weg?«

Sie nickte, nicht imstande zu sprechen, weil ihr die Kehle wie zugeschnürt war.

»Meine Schuld. Sie sind mir gefolgt. Ich hätte besser aufpassen müssen.«

Seine Hand wurde kälter. Sie schluckte. »Bitte«, sagte sie, »bitte nicht.« Aber sie war nicht sicher, was sie damit meinte, ob sie ihn am Reden hindern wollte oder ihn bat, sie nicht zu verlassen.

Sein Blick flackerte, festigte sich wieder mit übermenschlicher Kraft. Er versuchte zu lächeln, aber der Schmerz hinderte ihn daran. »Ich wollte dir Blumen bringen – aber es ging alles so schnell.«

»Das macht nichts«, flüsterte sie.

»Rosmarin«, sagte er, »zur Erinnerung, sag, meine Liebste –«

Sie schrie auf, als seine Stimme verstummte und seine Augen sich schlossen. Der Klagelaut tat ihrer Kehle weh, aber sie konnte nicht aufhören.

Der Schmerz kam aus ihrem Innersten, eine rasende, brausende Springflut der Qual. Sie wurde davon eingehüllt, bedeckt und an ein Ufer in ihrem Bewußtsein getragen, wo sie gestrandet und ausgesetzt liegenblieb. Sie lag auf der Folterbank ihres Schmerzes, jede Berührung, jedes Geräusch fügte ihr neue Pein zu. Sie versuchte sich gegen die Hände zu wehren, die sie hochhoben, sie von dem Platz wegbringen wollten, an dem sie bleiben wollte. Sie hörte Stimmen, die sie nicht erkennen konnte, spürte, wie ihr Blut heiß und feucht aus ihr wie aus einer Wunde floß.

Dann kam die willkommene Dunkelheit. Sie griff mit beiden Händen danach, weil sie den Schmerz nicht länger ertragen konnte.

»Deine Tochter, wie schön sie ist. *Bella, molto bella.*«

Violet drehte den Kopf, als sie Maria hörte. Sie lächelte, als sie das reizende Bild betrachtete, das kleine Baby, das in eine weiche, weiße Decke gewickelt auf Marias schwarzem Rock lag. Das kleine Gesichtchen sah im Schlaf so friedlich aus, der perfekte kleine Mund wie eine Rosenknospe, noch feucht von Milch. Die kleinen Lider, die die dunklen, blaubraunen Augen bedeckten, hatten gebogene Wimpern, und über ihnen wölbten sich vollendet geformte, dunkle Brauen. Auf dem Köpfchen lockten sich feine lichtbraune Haare.

Ja, sie war schön, eine Freude und ein Trost.

»*Bella Giovanna*«, fuhr Maria sanft fort. »Ich bin so stolz, daß Sie sie so genannt haben. Sie sieht ganz italienisch aus.«

Violet schloß vor Schmerz die Augen. Jetzt konnte sie sich schon beherrschen, jetzt, wo sie erfahren hatte, daß er vielleicht ein Ende haben würde.

»Ja«, sagte sie genauso leise.

Sie widmete sich wieder ihrem Tagebuch, einem neuen mit einem prächtigen Einband aus burgunderrotem Samt mit Messingecken, das Marias Neffe für sie in Florenz besorgt hatte. Sie hatte die vergangenen Tage damit verbracht, alles hineinzuschreiben, was im alten gestanden hatte, sorgfältig die Tage rekonstruiert und sie wieder durchlebt. Vielleicht versuchte sie sogar, wieder in ihnen zu leben, wenigstens ein bißchen, um der unerträglichen Gegenwart zu entkommen.

Die endlose Schreiberei war eine Beschäftigung für sie. Und sie wollte vor allen Dingen das vergangene Jahr aufzeichnen. Sie wollte sich nicht darum betrügen lassen, aus Angst vor irgendeinem Attentäter, die Tage mit Allain nicht niederschreiben. Sie brauchte es für sich und für Allains Tochter.

Maria räusperte sich, ihr Blick war immer noch auf das Baby gerichtet, als sie wieder sprach. »Ich habe Ihnen noch nichts von der Beerdigung erzählt. Es war eine sehr zu Herzen gehende Trauermesse, der Priester hat gute Worte gefunden, wahre Worte des Trostes. Es waren viele Trauergäste da – viele Blumen.«

Violet holte tief Luft, hielt sie an, um gegen die Tränen anzukämpfen. Sie sagte schnell, solange sie noch konnte: »Und das Begräbnis?«

»Auf dem Hügel neben der Kirche bei meiner Familie. Der Grabstein ist schön, groß, fein gemeißelt mit Rosenblüten und Rosmarinzweigen und mit einem stehenden Engel.«

Violet konnte nicht antworten.

Sie schwiegen eine lange Zeit. Der weiche Frühlingswind kam durchs Fenster und bewegte die Bettvorhänge. Auf den Hügeln in der Ferne lag zarter Dunst, aber ihre Farben, ocker, rostrot und graugrün, leuchteten in der Sonne.

Maria schnüffelte ein wenig und sagte dann. »Der Doktor hat gesagt, heute dürfen Sie ein wenig herumgehen.«

»Darf ich wirklich schon?«

Violet hatte am Tag zuvor im Stuhl am Fenster gesessen, aber das war alles. Die Geburt war sehr schwierig gewesen, und sie hatte viel Blut verloren. Sie hatten um ihr Leben gebangt, hatte Maria ihr erzählt; sie konnte sich an nichts erinnern. Sie hatten auch um das Baby gefürchtet, aber Giovanna kam brüllend vor Wut auf die Welt, weil sie ihren warmen Kokon so früh verlassen mußte. Sie war zuerst sehr blaß gewesen, aber bald bekam sie eine gesunde rosa Farbe. Wie ein Kind, das voll ausgetragen war, hatte sie sofort an der Brust gesaugt und in den drei Wochen nur zum Schlafen aufgehört.

»Sie müssen es versuchen«, sagte Maria. »Er hat die ganze Zeit darauf gewartet. Und nicht geduldig. Er will Sie heute sehen, oder er wird selber aufstehen. Aber das sollte er noch nicht, noch eine ganze Woche nicht.«

»Er würde es tun, und wenn es ihn umbringt.« Violets Stimme verstummte, und ihr Lächeln verschwand wie eine Kerze, die man auslöscht.

Maria griff nach Violets Hand, obwohl ihre eigenen Augen dunkel von Tränen waren. »Männer sind Narren, ja. Aber anders wollen wir sie doch nicht haben, oder? Nein, nein. Kommen Sie, ich lege die Kleine ins Bett und werde Ihnen helfen.«

Maria stützte sie bis zur Schlafzimmertür. Dort spürte Violet, wie ihre Kraft zurückkehrte. Es war eigenartig, sich wieder zu bewegen wie früher, seltsam, die Hand auf den Bauch zu legen und zu fühlen, wie flach er wieder war. Zum ersten Mal dachte sie daran, wie sie wohl aussah. Maria hatte ihr Haar gebürstet, und es fiel offen wie ein braungoldener Vorhang über ihren Rükken, aber sie hatte nicht in den Spiegel gesehen. Sie wußte nicht, ob sie blaß oder rot von ihren Anstrengungen war.

Es machte keinen Unterschied. Aber die Tatsache, daß sie sich wieder darüber Sorgen machte, war ein gutes Zeichen. Es ging ihr wirklich besser.

Maria öffnete die Schlafzimmertür und gab Violet einen leichten ermunternden Schubs, dann verließ sie sie.

Violet ging hinein, die weichen Falten ihres Nachthemds und ihres Morgenmantels flossen um ihre Füße. Der Mann auf dem Bett hatte geschlafen. Seine Wimpern zitterten, dann öffneten sie sich plötzlich. Er sah sie an.

Ein langsames Lächeln hob seine Mundwinkel, zog über sein Gesicht, ließ seine Augen aufleuchten. Er deutete auf den Stuhl neben dem Bett, ehe er ihr seine Hand entgegenstreckte. Seine Stimme liebkoste sie, als er sagte: »Komm her. Setz dich nahe zu mir.«

Ihr Herz bewegte sich ein wenig. Sie wollte weinen, aber konnte nicht. Es waren schon zu viele Tränen geflossen.

Sie setzte sich. Als sie ihre Hand in seine legte und den starken Druck seiner Finger spürte, preßte sie ihre zusammen, als wolle sie nie mehr loslassen.

»Ich möchte«, sagte er, und seine Stimme war voller Sehnsucht, »daß du dich neben mich legst. Damit ich dich trösten kann.«

»Ja.« Ihre Kehle war wie zugeschnürt.

»Wenn das nicht geht, dann rede mit mir. Sag mir, wie es dir geht und wie du dich fühlst. Erzähle mir von Giovanna – ich habe sie gesehen, und sie ist so schön wie ihre Mutter, so klein wie sie noch ist. Ich möchte deine Stimme hören und wissen, daß du da bist. Damit ich den schrecklichen Moment vergesse, wo ich glaubte, ich hätte dich verloren, wo ich dachte, ich wäre schuld, weil ich dich nicht genug beschützt hatte.«

Er mußte innehalten, weil sie sich vorgebeugt hatte und ihm den Finger auf die Lippen legte. Unter ihren empfindsamen Fingerspitzen spürte sie, wie er lächelte, fühlte, wie er das Lächeln in einen Kuß verwandelte.

»Sag mir, was jetzt geschehen wird«, bat er.

Sie schluckte. »Wenn wir beide wieder gesund sind, gehen wir fort von hier. Vielleicht nach Ägypten, wenn du willst.«

»Das sollte weit genug sein für deine Sicherheit.«

»Und auch für deine, vielleicht.«

Er lächelte sie nachsichtig an. »Meine Sicherheit ist mir egal, solange ich bei dir sein kann.«

»Du wirst wieder stark werden und braun in der Sonne.«

»Das wäre schön. Und dann?«

»Weiß Gott. Ich kann es nicht sagen.«

Er gab keine Antwort, lag nur da und spielte mit ihren Fingern. Ein paar Minuten vergingen. Sein Griff wurde stärker, und er ließ los, ehe er ihr weh tat. Er flüsterte: »Nenne mich bei meinem Namen. Sag ihn. Ich will ihn jetzt von deinen Lippen hören.«

»Ich – kann es nicht«, sagte sie, und die Tränen stiegen ihr wieder in die Augen.

»Du mußt, mir zuliebe. Bitte.«

Wie konnte sie sich widersetzen. Es war unmöglich. Sie versuchte es hinauszuzögern. Sie sagte: »Bitte, Madonna?«

»Ah. Wie du es wünschst, immer. Bitte, Madonna – meine Madonna.«

Der Schmerz wurde heftiger. Ihre Lippen zitterten ein wenig, als sie sagte. »Gut. Ja, Liebling, ja –«

»Giovanni.« Er sagte es für sie mit flehender Stimme.

»Ja, Giovanni«, wiederholte sie.

Sie fiel neben seinem Bett auf die Knie. Sie hielt seine Hand mit ihren beiden fest und legte ihre Stirn auf seine gesunde Schulter, weg von den Verbänden. Ihre Haare bedeckten sein Gesicht, und sie gestattete den heilenden Tränen endlich zu fließen.

24. April 1855
Heute hat mich Gilbert besucht. Er ist gekommen, um mir sein Beileid auszusprechen. Er sagte, er hätte von dem Tod des Künstlers gehört, als er in Florenz ankam. Ich fragte ihn, wie lange er schon in der Stadt sei. Er behauptete, nur zwei Tage. Ich weiß es nicht.

Ich bin überrascht. Er schlägt vor, daß wir zusammen nach New Orleans zurückkehren. Er will weiter einkaufen, während ich tun kann, was ich will, bis zu dem Zeitpunkt, an dem wir nach seinem Reiseplan sowieso zurückkehren wollten. In einem Jahr werden wir heimfahren. Bis dahin kann ich machen, was ich will.

Das werde ich auch. Ich habe meine Pläne gemacht.

In New Orleans wird Gilbert das Kind, das ich geboren habe, als sein eigenes annehmen. Niemals wird etwas anderes über seine Lippen kommen. Er wird mir das Stadthaus schenken und mich dort von Zeit zu Zeit am Tag besuchen. Ich muß dafür so tun, als wäre alles noch beim alten.

Wie zynisch ich geworden bin und wie hart. Ich habe zugestimmt. Warum nicht? Das macht alles so viel leichter.

Gilbert wirkte sehr gedrückt.

Armer Mann. Er scheint zu glauben, daß eines Tages alles wieder sein wird wie vorher.

Ich weiß es besser. Ich weiß es viel besser.

23. Kapitel

Joletta saß da und drückte die Tagebuchseiten an ihre Brust. Sie wischte sich die Feuchtigkeit ab, die sich unter ihren Augen gesammelt hatte. Sie hatte das Ende von Violets Odyssee schon einmal gelesen, aber nicht in Italien, wo alles passiert war. Das machte es irgendwie noch rührender.

Ein großer Teil ihrer Traurigkeit war für Violet, ein kleiner Teil aber auch für sie selbst. Sie hatte in ihrem Leben schon so viele Verluste hinnehmen müssen. Der letzte war jemand gewesen, der, unter anderen Umständen, ein Liebhaber wie Violets Allain hätte werden können.

Nein, darüber würde sie jetzt nicht nachdenken.

Violets letzter verschlüsselter Eintrag beunruhigte sie diesmal genauso wie beim ersten Mal, als sie ihn gelesen hatte. Irgendwie klang er so gar nicht nach ihr. Außerdem konnte sie nicht ganz begreifen, wieso Violet so einfach bereit sein konnte, mit Gilbert nach Hause zurückzufahren, nach allem, was passiert war. Aber genau das hatte Violet getan, demnach zu schließen, was Joletta bis jetzt über ihre Urgroßmutter erfahren hatte, hatte es sich genauso abgespielt.

Hatte Violet einer Versöhnung zugestimmt, damit sie nach New Orleans und zu ihren Verwandten und Freunden zurückkehren konnte, ohne die Notwendigkeit einer Entfremdung zu erklären? Hatte sie es um des Babys willen getan, damit die kleine Giovanna einen unbefleckten Namen und die Vorteile enger Familienbande haben würde? War es der Sicherheit wegen geschehen, für sie und ihr Kind, oder aus dem Bedürfnis, all das Leid hinter sich zu lassen, das sie in Europa erduldet hatte?

Was war in diesem verlorenen Jahr in Ägypten passiert? Warum war Violet nicht in Italien geblieben, wie sie selbst angedeutet hatte?

Eine andere Frage war, warum hatte Gilbert sie gebeten, mit ihm zurückzukehren? Aus Liebe oder nur um seinen Stolz zu retten? Hatte er es getan, um sich an ihrem Unglück zu weiden oder um ihre Bande zu Italien zu prüfen und sie gezwungen, zwischen dem und ihrem alten Leben zu wählen?

Und hatte Violet vielleicht deshalb zugestimmt, weil sie es für eine gerechte Strafe hielt, daß ihr Mann gezwungen war, seinen Namen dem Kind eines Mannes zu geben, den er vielleicht ermordet hatte?

Trotz allem wollte Joletta mehr wissen. Zum Beispiel, warum Violet aufgehört hatte, in ihr Tagebuch zu schreiben und was sie dabei empfunden hatte, als sie das Leben, gleichgültig wie verändert, mit Gilbert wiederaufnahm.

Und dann war da noch Giovanni. Joletta mußte unbedingt wissen, was mit ihm passiert war. Sie hatte ihre Vermutungen, wußte es aber nicht mit Bestimmtheit.

Es gab keine Möglichkeit, diese Dinge nach so langer Zeit zu klären, und so blieb da ein Gefühl von ungesagten, unvollendeten Dingen. So irritierend das auch war, die Wirklichkeit war eben so, dachte sie, unordentlich mit losen Enden, die jahrelang vor sich hin flatterten.

Aber da war eine Idee in bezug auf das Tagebuch, die allmählich in Jolettas Kopf Gestalt gewann. Es war faszinierend, daß das Original in ihren Händen nicht das Buch war, das Violet begonnen hatte, als sie ihre Reise begann. Diese Tatsache eröffnete neue Möglichkeiten. Alles mögliche konnte mit der überarbeiteten Ausgabe passiert sein; Ereignisse und Daten konnten verändert, Dinge hinzugefügt oder rausgelassen sein, oder sie waren verdreht, um Violets Zwecken zu dienen.

Es gab keine wirkliche Veranlassung zu glauben, daß Violet so etwas getan hatte. Schließlich hatte sie dieses Tagebuch ja für sich selbst geführt, es gab niemanden, den sie beeindrucken und nichts, was sie verheimlichen mußte. Wenn sie versucht hätte, die heimliche Affäre vor der Nachwelt zu verbergen, hätte sie nur die Aufzeichnungen darüber vernichten müssen.

Nichtsdestotrotz gab es Dinge, die Joletta überprüfen wollte, sowohl in Italien als auch zu Hause in New Orleans.

Ein Klopfen an der Tür unterbrach den ruhigen Fluß ihrer Gedanken. Sie wußte, wer es war. Sie erkannte nicht nur das Klopfen, sie hatte auch darauf gewartet, sowohl unbewußt als auch bewußt, seit ihrer Rückkehr ins Hotel.

Rone lehnte mit einer Hand gegen den Türrahmen, als sie die Tür öffnete. Er musterte sie von Kopf bis Fuß, was ihn anscheinend befriedigte, da er beifällig nickte.

»Du hältst dich wohl für sehr klug, was?« fragte er.

»Wie bitte?«

»Du weißt ganz genau, wovon ich rede.« Er drängte sich an ihr vorbei, blieb in der Mitte des Raums stehen und sah sich um, bevor er fortfuhr. »Es reicht dazu, einen Mann auf den Gedanken zu bringen, du könntest es absichtlich getan haben.«

Sie schloß energisch die Tür. »Ich hab' dich nicht gebeten, auf mich aufzupassen wie eine Gluckhenne. Ich bin eine erwachsene Frau und habe das Recht, mein Hotelzimmer ohne deine Genehmigung zu verlassen.«

Er stand mit dem Rücken zu ihr, während er die beiden Betten betrachtete, mit denen das Zimmer ausgestattet war. »Du mußt doch gewußt haben, als du es getan hast, daß das alle Wetten zunichte macht.«

»Was heißt das?«

»Genau das, was du glaubst, daß es heißt. Ich werde noch vorm Schlafengehen meine Sachen hierherbringen.«

Sie drehte sich zu ihm. »Versuch's nur, ich lass' sofort die Polizei durch den Hotelmanager verständigen. Das ist mein Ernst.«

»Schön. Ich werde ihnen sagen, es ist ein Streit unter Liebenden. Und du kannst den liebestollen italienischen Herrn erklären, warum du in Florenz Einwände gegen etwas hast, das dir in Venedig sehr recht war.«

»Sogar italienische Frauen können ihre Meinung ändern!«

Er sah nachdenklich drein. »Vielleicht sag' ich ihnen, du willst mich zwingen, dich zu heiraten und läßt mich nicht mehr rein, bis ich ja gesagt habe.«

»Das traust du dich nicht.«

»Reiz mich nicht.« Seine blauen Augen waren stahlgrau vor Entschlossenheit.

Sie holte tief Luft und atmete langsam aus, dann sagte sie: »Vielleicht sag' ich ihnen, du bist ein Betrüger, der Frauen verführt, um sie auszunehmen.«

Seine Augen wurden schmal. »Glaubst du das etwa?«

»Warum nicht?« Er versuchte nicht einmal zu antworten, starrte sie nur wutentbrannt an. Sie fuhr fort: »Aber du kannst dir diesen ganzen Zirkus sparen, wenn es nur darum geht, Violets Tagebuch zu kriegen. Du bleibst in deinem eigenen Zimmer, dann kannst du's haben. Zum Fertiglesen, meine ich, nicht zum Behalten – was immer dir das nützen wird.«

»Ist das dein Ernst?« Sein herausfordernder Ton war plötzlich verschwunden.

Sie nickte und wandte sich ab. Dann sagte sie mit tonloser Stimme: »Allain ist gestorben.«

»Nein.« Er klang, als wäre der Tod in diesem Moment passiert und zwar bei einem engen Mitglied seiner Familie.

Sie nickte langsam und setzte sich auf eines der Betten. Irgendwie war es seltsam, daß sie gewußt hatte, wie sehr ihn diese Nachricht treffen würde. Aber sie hatte es gewußt und es ihm deshalb an den Kopf geworfen.

»Das war wohl unvermeidlich«, sagte er. Er warf einen Blick auf das andere Bett und setzte sich dann an den Fuß desselben. »Es gibt keinen Hinweis auf ihn in Violets Leben in New Orleans. Natürlich hätte sie mit ihm Schluß machen können, aber irgendwie kann ich mir das bei ihr nicht vorstellen. Und er schien mir nicht der Mann, der sie einfach sitzenläßt.«

Sie sah ihn kurz an, aber er starrte auf seine Hände. Eine vage Idee regte sich in ihrem Kopf. Bevor sie es verhindern konnte, sagte sie: »Erinnerst du dich, was du in England gesagt hast, als ich dich nach der Sprache der Blumen gefragt habe?«

»Wahrscheinlich das erste, was mir eingefallen ist.«

»Du hast von Rosmarin gesprochen.«

»Ach, das kennt doch jeder«, sagte er mit einer abfälligen Geste. ›Liebes Herz, gedenkt meiner.‹ Hamlet.«

»Nicht jeder kennt das.«

Er warf ihr einen mißtrauischen Blick zu. »Worauf willst du hinaus?«

»Auf gar nichts. Wirklich nichts.«

Sie hätte es wissen müssen. Solche Sachen passierten einfach nicht. Liebende, die wiedergeboren werden, um zusammenzusein. Das war nur Unterhaltung für Leute mit zu lebhafter Phantasie, Unsinn, der bei der Lösung des augenblicklichen Problems nur hinderlich war. Mumpitz, hätte Mimi gesagt.

»Wer hat Allain getötet?« fragte Rone.

Eine Augenbraue schoß nach oben. »Woher weißt du, daß er umgebracht wurde?«

»Die Cholesterinspiegel der Leute damals waren sicher astronomisch, aber in meinen Augen war er nicht der Typ, der einfach einen Herzanfall kriegt und tot umfällt. Außerdem hatte bereits jemand versucht, ihn am Bahnhof umzubringen.«

»Ja nun, es waren anscheinend dieselben Leute, aber sicher bin ich mir nicht. Violet schreibt es nicht, und ich weiß nicht, ob sie es je erfahren hat. Ich persönlich glaube, Gilbert hat sich dort herumgetrieben – jemand wurde gesehen, der die Villa beobachtete. Ich traue ihm zu, daß er Leute angeheuert hat, es zu tun. Er war nicht zurechnungsfähig.«

»Der alte Gilbert hatte anscheinend wenig Ahnung von Frauen, viele Probleme hat er sich selbst eingebrockt. Aber er hatte ja auch Veranlassung genug auszurasten.«

»Du verteidigst ihn?« sagte sie ungläubig.

»Ich sage nur, daß immer die langweiligen, verklemmten Männer am eifersüchtigsten sind. Und Eifersucht über den Fehltritt seiner Frau war damals nicht nur zu erwarten, sondern entschuldigte auch einiges an Verbrechen.«

»Der Meinung war Gilbert anscheinend auch.«

»Ich muß zugeben, daß er mit völlig falschen Methoden versucht hat, seine Frau wiederzukriegen.«

»Aber er hat sie zurückgekriegt. Das ist ja das, was ich nicht begreife.«

»Ja und nein«, sagte Rone.

»Was meinst du damit?«

»Er hat sie ja nicht direkt zurückgekriegt, würde ich sagen, nachdem sie hinterher praktisch nicht mehr zusammengelebt haben.«

»Wer hat dir das gesagt?« Jolettas Frage war so scharf wie die Zornesfalte zwischen ihren Augen.

»Natalies Mutter, als sie mir erzählt hat, wie Violet dazu kam, Parfüm zu verkaufen«, erwiderte er, immer noch mit diesem konzentrierten Gesichtsausdruck. »Auf jeden Fall ist es meines Erachtens eine Höllenqual, mit einer Frau verheiratet zu sein, die man nicht anfassen darf, wegen etwas, was man selbst getan hat.«

Die Parallele war da, dachte sie, wenn sie sie akzeptieren würde. Rone durfte sie auch nicht anfassen, weil er etwas getan hatte. Oder wollte er das damit sagen? Vielleicht interpretierte sie zuviel hinein. Sie sollte wirklich aufhören, ihre Phantasie zu gebrauchen und nur noch Worte hören.

»Gilbert tut dir leid?« sagte sie.

»Dir nicht auch, wenigstens ein bißchen? Natürlich war er ein prüder Moralapostel mit der Persönlichkeit eines Baumstumpfes, der typische viktorianische Mann. Aber er ist nach Europa mit einer schönen jungen Frau und dem Traum von einem Stadthaus und einer Familie aufgebrochen und ist mit leeren Händen zurückgekehrt. Ein Jahr später hält er sich eine silberbeschlagene Duellpistole an den Kopf und versucht sich das Gehirn rauszuschießen. Das kriegt er auch nicht hin und muß als Invalide weiterleben.«

»Ich hab' immer geglaubt, er wäre bei einem Unfall verletzt worden.«

»Es wurde als Unfall hingestellt. Laut Estelle hat man die Geschichte verbreitet, es wäre beim Säubern der Pistole passiert. Der Skandal mußte wohl unterdrückt werden, nehme ich an.«

»Er hat noch viele Jahre gelebt«, sagte Joletta mit leiser Stimme und dachte darüber nach, wie viele Tragödien wohl durch hastige Worte und Taten im Affekt ausgelöst worden waren. Nach einiger Zeit sagte sie: »Ich glaube, ich werde morgen versuchen, Alains Grab zu finden.«

»Weiß du, wo du suchen mußt?«

»Eine Kirche in der Nähe der Villa, wo genau, weiß ich nicht. Ich kann Signora Perrino anrufen.«

»Oder einfach hinfahren und dich umschauen«, sagte er vorsichtig. »Ich habe immer noch mein Mietauto.«

Es war ein Angebot, falls sie Lust hatte, es zu akzeptieren. Sie konnte es nicht. Er war aus dem feindlichen Lager. Aber noch bevor sie ja oder nein sagen konnte, fuhr er fort: »Hast du Hunger? Falls du beim Abendessen warst, hab' ich's verpaßt.«

»Ich hab's vergessen«, erwiderte sie. »Ich hab' angefangen, das Tagebuch zu lesen und wollte nicht aufhören.«

Er schüttelte mißbilligend den Kopf. »Keine Sorge. Sie wollen ein Mitternachtsmenü? Wir sind hier in Italia, *bella Signorina*. Kein Problem. Was mich angeht, ich sterbe vor Hunger.«

»Du hast wegen mir dein Abendessen verpaßt?«

»Der getreue Wächter. Hast du denn kein Mitleid mit mir?«

»Ich bin verärgert und überrumpelt, aber von Mitleid keine Spur.«

»Aber du wirst trotzdem mit mir essen?«

Es war natürlich ein Fehler, sich von seiner angeblichen Besorgnis und einem bittenden Lächeln verführen zu lassen. Sie wußte es, konnte sich aber anscheinend nicht dagegen wehren.

Nichtsdestrotrotz überlegte sie fieberhaft, während sie sich kurz das Haar kämmte und ein bißchen Lippenstift auflegte, wie sie ihn davon abhalten könnte, die Nacht in ihrem Zimmer zu verbringen. Sie war sich nicht sicher, wie sie das bewerkstelligen sollte, ohne ihm eine Szene zu machen, was sie verabscheute. Aber sie würde auf keinen Fall mit ihm in einem Zimmer bleiben. Sie würde ihn vor dem Schlafengehen loswerden, egal, was es kostete.

Eine Gelegenheit dazu bot sich, bevor der Abend vorbei war.

Das Restaurant war klein und keine fünf Straßen vom Hotel entfernt. Die Küche war norditalienisch mit französischem Akzent, deftig, aber mit Stil präsentiert.

Das Lokal war trotz der späten Stunde oder vielleicht gerade deshalb voll. Ein paar unverkennbare Touristen waren anwesend, aber an den meisten Tischen saßen Einheimische. Der Kellner war geneigt, es als persönliche Beleidigung für sich und sein Restaurant aufzufassen, falls sie nicht mindestens fünf Gänge bestellten. Nachdem sie sich durch Suppe, Salat, Pasta, einen Hauptgang Lamm am Spieß mit Babykarotten und Auberginen gekämpft hatten und eine Crème Caramel zum Nachtisch – mit den entsprechenden Weinen und einem Mandellikör – gegessen hatten, wurde ihnen allmählich klar, warum die Italiener überall zu Fuß hingingen. Es war als Gegenmittel für das viele Essen notwendig.

Sie waren gerade wieder zum Hotel aufgebrochen, als sie Natalie und Timothy auf sich zukommen sahen.

»Der Portier hat gesagt, er hätte euch beiden dieses Lokal empfohlen«, sagte Natalie. »Aber ich konnte einfach nicht glauben, daß ihr euch inzwischen den italienischen Zeiten angepaßt habt.«

»Noch eine Woche«, sagte Rone, »dann sind wir italienischer als die Italiener.«

»Ihr beide könnt es vertragen, ihr seid alle zwei so schlank. Ich müßte sofort in Kur fahren. Aber ich wollte Joletta eigentlich fragen, was sie zu Cesare gesagt hat. Er hat mich angerufen, völlig daneben. Er hat nur Unsinn geredet.«

»Ich habe gar nichts gesagt«, erwiderte Joletta.

»Das gibt es nicht. Er hat davon gefaselt, daß er in seine Heimatstadt zurückgeht, irgendein kleines Kaff in der Nähe von Venedig mit einem unaussprechlichen Namen, damit er wieder sein eigener Herr wird. Ihm hat nicht gefallen, wie du ihn gesehen hast und auch nicht wie er sich wegen dir plötzlich selbst gesehen hat. Zumindest glaube ich, ihn so verstanden zu haben.«

»Oh«, sagte Joletta.

»Du weißt also doch, was das alles soll. Cesare war ein so wunderbarer Mann. Es tut mir leid, daß ich ihm gesagt habe, er soll nett zu dir sein.«

»Mir auch«, sagte Joletta leise.

Natalie machte ein reumütiges Gesicht. »Das hätte ich wohl nicht sagen sollen, obwohl ich auch nicht weiß, was das jetzt noch für einen Unterschied macht. Ich hielt es einfach für eine gute Idee, daß sich jemand bei dir einschleicht und rauszufinden versucht, was du vorhast.«

»Mein Gott, Natalie«, sagte Timothy mit brüderlicher Verachtung.

Joletta fühlte, wie ihr das Blut in den Kopf stieg. Sie ballte ihre Hände zu Fäusten. »Es war ein niederträchtiger Trick. Hast du dir vielleicht mal überlegt, daß Cesare das erkannt und sich schuldig gefühlt hat?«

»Cesare?« Natalie zog eine Augenbraue hoch. »Ich kann mir nicht vorstellen, daß er auch nur weiß, wie man Schuldgefühl schreibt.«

»Ich glaube, du unterschätzt ihn«, sagte Joletta mit ernster Miene.

»Im Gegensatz zu dir?« sagte Natalie und lachte. »Ich weiß ehrlich nicht, warum du dich beklagst: es hat dir doch nicht weh getan, ihn kennenzulernen. Ich hab' gedacht, es würde dir Spaß machen, ein wenig italienische Amore kennenzulernen.«

»Wie gütig von dir. Vielleicht sollte ich tatsächlich dankbar sein.« Joletta versuchte ihr Bestes, nicht zu zeigen, wie verletzt, beschämt und wütend sie sich fühlte, war sich aber nicht sicher, ob es ihr gelang.

Natalie errötete ein bißchen und sagte mit etwas spitzer Stimme: »Auf jeden Fall sollte ich eigentlich diejenige sein, die sich aufregt. Ich hatte ein tolles Ding mit Cesare laufen, aber nachdem ich ihn dir in Paris vor die Füße geworfen habe, hat er kaum noch registriert, daß ich existiere. Er hat sich in dich verknallt, glaube ich. Vielleicht weil er dachte, er hätte dir bei diesem lächerlichen Beinaheunfall das Leben gerettet. Du hast ihm das Gefühl gegeben, er wäre galant und ein wertvoller Mensch oder so was, nehme ich an.«

»Tut mir leid«, sagte Joletta. »Ich wollte dir deine Romanze nicht verderben.«

Natalie warf ihr einen mißmutigen Blick zu. »Also gut, es war meine eigene Schuld. Aber woher sollte ich wissen, daß Rone dieselbe Idee hatte, ganz allein?«

Rone unterbrach sie mit schneidender Stimme. »Herzlichen Dank auch, Natalie, aber ich kann meine Beichten selbst ablegen.«

»Ja«, sagte Timothy. »Ich glaube, es ist schon mehr als genug gesagt worden. Joletta wird uns sicher aus der Familie verstoßen wollen, und ich kann es ihr gar nicht verdenken.«

»Vielen Dank auch, Bruder.« Natalies Sarkasmus klang etwas mitgenommen.

Der junge Mann ignorierte den Kommentar und wandte sich mit ernster Miene an Joletta. »Schau, das alles tut mir furchtbar leid. Es tut mir auch leid, das nichts dabei herausgekommen ist – Natalie hat mir erzählt, du hast alles bis dahin überprüft, wo das Tagebuch aufhört und nichts gefunden. Keine Sorge. Wir kommen alle zurecht. Aber Familien müssen zusammenhalten. Wenn es irgendeine Möglichkeit gibt, das bei dir wiedergutzumachen, ein Wort genügt.«

»Ich glaube«, sagte Joletta langsam, »da gibt es eine Möglichkeit.«

»He, großartig.«

Joletta begegnete Natalies mißtrauischem Blick. »Ihr seid doch im selben Hotel wie wir, oder? Habt ihr zwei Betten im Zimmer?«

»Joletta, warte bitte.« Rone legte eine Hand auf ihren Arm.

»Ist dein Zimmer nicht in Ordnung?«

»Das Zimmer schon, das Sicherheitssystem nicht.«

»Ich glaube, ich versteh' nicht so recht.«

»Sie will damit sagen«, sagte Rone erbost, »daß ich sie zu intensiv bewacht habe.«

»Du meinst – im selben Zimmer? War das nicht ein bißchen zu –?« Natalie verstummte, als sie Rones grimmiges Gesicht sah. Sie fügte hastig hinzu: »Oh, vergiß es.«

»Er war anscheinend der Meinung, ich wäre in Gefahr«, sagte Joletta.

»Du warst in Gefahr«, erwiderte Rone knapp.

»Seit wir in Venedig angekommen sind, hat es keine Probleme mehr gegeben.«

»Du meinst, seit ich die Nachtwache übernommen habe.«

»Du meine Güte, Joletta«, sagte Natalie, »ich hab' ja nie geahnt, was für eine Herzensbrecherin du bist.«

»Bin ich auch nicht. Das hat nichts mit mir persönlich zu tun, wie du ja wissen solltest.«

»Ach, wirklich nicht?« fragte Rone mit leiser Stimme.

Timothy hob den Arm wie ein Verkehrspolizist. »Jetzt reicht's aber«, sagte er. »Natalie hat sicher nichts dagegen, wenn du bei ihr schläfst.«

»Du vergißt eins, Tim«, verbesserte ihn seine Schwester. »Das Hotel hatte zu wenig Zimmer. Mutter schläft bei mir.«

»Ach richtig.« Er wandte sich wieder zu Joletta. »Aber he, ich könnte in deinem anderen Bett schlafen, wenn es dir hilft.«

»Das wird nicht notwendig sein«, sagte Rone brüsk.

»Moment mal«, warf Natalie ein. »Joletta ist meine Cousine, und wenn sie dich nicht in ihrem Zimmer haben will, solltest du dich besser fernhalten.«

»Deine Besorgnis ist wirklich rührend, kommt aber ein bißchen spät«, sagte Rone.

»Was, bitte, willst du damit sagen?« fragte Timothy.

»Eure Cousine ist um ein Haar getötet worden. Wo wart ihr da? Joletta ist bei mir vollkommen sicher – zumindest vor allem, was ich tun könnte –, also könnt ihr in diesem Punkt ganz beruhigt sein. Was den Rest betrifft, ich habe bis jetzt auf sie aufgepaßt und werde es auch weiterhin tun. Wenn ihr glaubt, ihr könnt mich daran hindern, versucht es ruhig.«

Timothys Augen wurden schmal, aber nach einem kurzen Blicktausch mit Rone schluckte er und schwieg. Natalie sagte ebenfalls nichts, sie stand nur da und musterte Jolettas Beschützer mit nachdenklichen blaugrauen Augen.

Für Rone war die Sache anscheinend erledigt. Er legte kurz eine Hand auf ihren Arm, ein Vorschlag, zu gehen. Joletta folgte ihm, zum Teil, weil sie keinen Sinn darin sah, mitten auf der Straße herumzustehen und teils, weil ihr Verstand so fieberhaft arbeitete, daß das Losgehen ein reiner Reflex war.

Als ihr klarwurde, was sie da tat, blieb sie stehen. Sie sagte ohne Umschweife: »Du kannst heute nacht nicht zu mir ziehen.«

Er blieb stehen, fuhr sich mit der Hand durchs Haar und schaute dann in den Nachthimmel, als suche er dort oben eine Inspiration. Schließlich sagte er: »Warum? Wovor hast du denn so furchtbare Angst? Was ist denn so schlimm an mir, daß du es lieber riskierst, von so einem Schwein überfallen zu werden wie dem Kerl, der in Luzern dein Zimmer durchwühlt und dich in Verona in den Graben gedrängt hat, als mit mir ein Zimmer zu teilen?«

»Du bist ein anmaßender, manipulierender –«

»Das sind Charakterfehler, keine Gründe.«

Sie fixierte das Schaufenster eines Schuhladens hinter ihm, bis die hellen, klaren Farben vor ihren Augen verschwammen. »Also gut«, sagte sie etwas undeutlich wegen der Verengung in ihrem Hals. »Was willst du denn von mir hören? Glaubst du, ich habe Angst vor dem, was ich für dich empfinden könnte? Schön. Das kannst du hören. Ich mag es nicht, wenn jemand mit meinen Gefühlen spielt, nur um etwas aus mir herauszuholen. Ich hasse es, wenn ich anfange, etwas für jemanden zu empfinden und dann feststellen muß, daß ich nur Mittel zum Zweck war. Ich kann den Gedanken nicht ertragen, daß ich vielleicht lerne, etwas für jemanden zu empfinden und dann aufwache und feststellen muß, daß er weg ist. Du sagst, du versuchst mich zu beschützen. Das ist wunderbar, wenn du dich dabei stark fühlst. Ich versuche auch, mich zu schützen. Ich versuche mich nur vor dir zu schützen.«

»Joletta«, sagte er leise, flehend und griff nach ihrer Hand.

»Laß das!« Sie riß ihre Hand weg, wich zurück. »Sag nichts Liebes, bring mir keine Blumen, bitte! Und spiel mir nicht den Verliebten vor. Ich brauch' das nicht. Ich will das nicht. Ich will nur eins: diese Reise hinter mich bringen und dann so weit wie möglich von dir wegkommen.«

Seine gequälten blauen Augen musterten ihr Gesicht. Mit einemmal sagte er: »Ich wollte dich nicht bedrängen.«

»Menschen sagen viele Dinge, die sie nicht meinen.« Sie weigerte sich, ihm in die Augen zu sehen.

Ein Auto fuhr in einem Schwall von Gelächter und Radiomusik durch die Straße. Keiner von beiden bemerkte es. Die Atmosphäre zwischen ihnen hatte die glühende Zerbrechlichkeit eines mundgeblasenen Glases, kurz bevor es von der Pfeife geschlagen wird.

Rone schob sein Kinn vor, dann versuchte er bewußt, wieder locker zu sein. Er sagte: »Wenn du mich loswerden willst, brauchst du damit nicht bis zum Ende der Reise zu warten.«

Jetzt sah sie ihn an. Sein Gesicht war etwas blaß im Licht der Straßenlaternen, aber die Kanten waren hart und unergründlich, und seine Wimpern verdeckten seinen Blick.

»Ist das dein Ernst?« fragte sie.

»Von dieser Sekunde an.«

Die Worte hätte nicht entschlossener sein können. Trotzdem fühlte sie einen seltsamen Widerwillen, sie auf die Probe zu stellen. Aber es mußte getan werden.

Sie trat einen Schritt zurück. Er bewegte sich nicht.

Sie machte noch einen Schritt. Er steckte die Hände in die Taschen.

»Adieu«, sagte sie.

Er gab keine Antwort.

Es blieb nichts mehr zu tun, außer sich umzudrehen und wegzugehen.

Und das tat sie.

Aber während sie ging, spürte sie, wie der Schmerz in ihr wuchs. Sie hätte sich besser fühlen müssen. Sie war ihn endlich los, oder etwa nicht? Das hatte sie doch gewollt.

Oder etwa nicht?

Rone sah Joletta nach, wie sie ihn verließ, sehr aufrecht, die Schultern gerade, mit erhobenem Kopf. Er liebte ihre Grazie und ihre Würde, die Klasse, die sie hatte. Er liebte sogar die Art, mit der sie ihn zum Teufel gejagt hatte. Mein Gott, er liebte sie einfach.

Er wünschte, er hätte nie etwas von diesem Parfüm gehört. Noch besser, er wünschte, seine Mutter hätte nie davon gehört. Es hatte eine Zeit gegeben, in der er gedacht hatte, es könnte ein ungeheurer Erfolg werden.

Jetzt war es ihm völlig egal, ob es je wiederentdeckt würde. Er fand sogar, daß es ganz gut wäre, wenn es für immer verloren wäre. Was spielte das schon für eine Rolle? Alle guten Sachen gingen irgendwann einmal zu Ende.

Vielleicht gehörte seine Jagd auf Joletta auch dazu?

Vielleicht war es an der Zeit für ihn, weiterzuziehen, etwas anderes zu tun, an etwas anderes zu denken.

Sie wollte ihn nicht in ihrer Nähe haben, brauchte ihn nicht.

Es gab anscheinend keine Möglichkeit, zu ihr durchzudringen, nichts, was er sagen oder tun könnte, sie davon zu überzeugen, daß er sie um ihrer selbst willen wollte, daß er sie brauchte, sich nach ihr mit einer Sehnsucht verzehrte, die sein Inneres zu Knoten verschlang und sein Herz mit Wackersteinen beschwerte.

Das war es also. Gehab dich wohl. Adieu.

Der Abschiedskuß ohne Kuß.

Wenigstens hatte er noch die Nelke.

24. Kapitel

Der Friedhof war von einer Mauer aus Stein umgeben und von düster grünen Zypressen umstanden. Die Gräber mit ihren marmornen Grabsteinen waren so angelegt, daß jedes die Aussicht des Hügels genießen konnte. Schwalben schwirrten durch die warme, stille Luft, und im sanft wehenden Gras zirpte ein Grashüpfer und sang leise vor sich hin.

Joletta stand mit Signora Perrino neben einem von der Sonne gebleichten Marmorstein, den Wind und Wetter so geschliffen hatten, daß die eingemeißelten Blumenranken und der Engel mit hängenden Flügeln kaum noch sichtbar waren. Vorsichtig strich sie über den eingeschnittenen Rosmarin und die Blütenblätter der altmodischen Rosen, die identisch waren mit denen, die an der Mauer des Gartens der Villa wuchsen. Sie fuhr auch den Namen und die Daten nach:

ALLAIN ALEXANDRE MASSARI
17. DEZEMBER 1827 – 9. März 1855

Violet hatte nie seinen zweiten Vornamen erwähnt. Es war, wie Joletta annahm, unwichtig für sie gewesen.

»Er war sehr jung«, sagte Signora Perrino, die auf der anderen Seite des Grabes stand.

Joletta nickte. »Das waren sie eigentlich beide, er und die Frau, die hier mit ihm zusammen war.«

»In der Tat. Ich muß Ihnen sagen, daß immer Blumen auf sein Grab gelegt werden, wenn die anderen meiner Familie, die hier begraben sind, geehrt werden.«

»Wirklich?« sagte Joletta. »Wie rücksichtsvoll.«

»Wir hatten neulich gerade angefangen, darüber zu reden, als Ihre Cousine kam. Ich weiß nichts von einer Parfümformel, die

Sie suchen, wie ich Ihnen damals gesagt habe, aber die Geschichte, wie dieser Mann und die Frau, die er liebte, nach Florenz kamen, ist von großer Wichtigkeit für mich und die meines Blutes, die seither hier gelebt haben. Ich hab' es als Kind wohl tausendmal gehört. Ich erzähle es meinen Kindern und sie den ihren.«

»Ich glaube, ich verstehe nicht ganz«, sagte Joletta langsam.

»Bevor diese beiden kamen, waren wir Bauern, die als Diener bei den Franchettis gearbeitet haben, denen die Villa gehörte. Hinterher waren wir – nicht direkt reich, aber wohlhabend. In der nächsten Generation haben wir die Villa und das umliegende Land gekauft. Es gehört uns immer noch. Die jetzige Villa wurde von meinem Vater gebaut und an mich weitervererbt, da ich keine Brüder hatte. Mein Mann, Gott hab' ihn selig, hielt es für eine gute Mitgift und hat hier gelebt, weil ich es wünschte. Das Anwesen wird an meine Söhne weitergehen, wenn ich einmal nicht mehr bin.«

»Ich glaube – ich vermute, daß der Reichtum Ihrer Familie auf einen Mann namens Giovanni zurückgeht, der nach Amerika ausgewandert ist. Ist das richtig?«

»Das ist nur ein Teil der Wahrheit. Es gab eine Bezahlung für einen großen Dienst, der der amerikanischen Frau geleistet wurde. Wir hatten nach all den Jahren ihren Namen verloren, und es ist eine große Freude, ihn wieder zu entdecken und mit einem Mitglied ihrer Familie zu sprechen.«

»Es ist wunderbar, hier zu sein«, sagte Joletta lächelnd. »Ich habe über Giovanni und seine Mutter Maria gelesen, und ich bin froh, daß für diejenigen, die nach ihnen kamen, alles so gut ausgegangen ist.«

Die ältere Frau sah Joletta lange an, dann nickte sie entschlossen. »Da ist noch etwas.«

Sie holte einen Beutel aus ihrem Ärmel, öffnete ihn und zog etwas heraus, das golden funkelte und in der Sonne glitzerte. Es war ein Kollier.

»Das gehört von rechts wegen Ihnen, glaube ich. Es wird seit Jahren von den Frauen meiner Familie versteckt. Ich weiß, daß es das Eigentum der amerikanischen Dame war, aber ich bin mir nicht sicher, wie es in unseren Besitz gekommen ist. Es war schon immer eine sehr mysteriöse Angelegenheit, so daß ich Angst hatte, es wäre gestohlen. Oder wenn nicht, dann hatte es meine Urgroßmutter Maria zur Aufbewahrung bekommen, sie war damals die Haushälterin, und sie hat es aus irgendeinem Grund niemals zurückgegeben. Ich möchte es Ihnen jetzt geben.«

Joletta nahm die schwere Halskette. Sie sah sofort, daß der Verschluß gebrochen war. Es war also seit dem Abend im Garten, als Violet überfallen wurde und der Angreifer es ihr vom Hals riß, nicht mehr getragen worden. Hatte es Maria nach dieser schrecklichen Nacht aufgehoben und es dann vergessen? Oder hatte man es ihr geschenkt? Es gab keine Möglichkeit, das zu erfahren.

Es war immer noch bildschön, ein bißchen stumpf vom Alter und mit Fusseln verklebt von dem Tuch, in dem es eingewickelt war, aber doch noch so, wie es in dem Tagebuch geschildert war. Die Diamanten, mit denen die Goldbänder um das Flakon besetzt waren, reflektierten winzige Lichtstrahlen auf Jolettas Gesicht. Sie mußte ein bißchen blinzeln bei der Betrachtung des riesigen Amethysts und dem Vogel mit den ausgebreiteten Schwingen, der auf einer Seite des Juwels eingeätzt war. Ein wirklich exquisites Stück, ähnlich denen, die Fabergé gemacht hatte.

Sie drehte das Juwel ein bißchen. Die Kanten des kleinen Bildes auf der Seite fingen das Sonnenlicht ein. Der geätzte Vogel war mit einemmal deutlich erkennbar.

Sie sollte diesen Vogel kennen. Er war vertraut und ach –

Sie wußte es.

Auf einmal kamen all die Erinnerungen an halbvergessene Geschichtsstunden, Gedankenfetzen aus ihren Arbeiten während des Studiums wieder. Und sie sah ganz plötzlich, warum Violet in ihrem Tagebuch nicht niederschreiben konnte, wer Allain war. Und sie sah auch, warum er gestorben war.

Tränen brannten in ihren Augen und drangen in ihre Nase, als sie unerwartet von Trauer gepackt wurde, Trauer für Violet und den Mann, den sie geliebt hatte, und das unausweichliche Schicksal, das sie ereilt hatte.

»Geht es Ihnen gut, Signorina?« fragte die andere Frau besorgt.

»Ja, ich denke schon«, sagte Joletta. Es gelang ihr zu lächeln, sie konnte aber Signorina Perrino nicht direkt in die Augen sehen. Sie wünschte, sie könnte jemandem erzählen, was sie wußte. Nicht einfach irgend jemandem, aber jemandem, der genauso an Violet und Allain interessiert war wie sie, jemand, der ihre Geschichte kannte. Sie wollte es Rone erzählen, wollte hören, was er dazu zu sagen hatte und was er davon hielt.

In dem Flakon war ein wenig goldfarbene Flüssigkeit.

Mit zitternden Händen probierte Joletta den Verschluß. Er war verklebt, versteinert von Zeit und Alter und uralten Parfümkristallen. Sie packte fester zu, voller Angst, die alte Flasche zu beschädigen, aber doch überwältigt von dem Drang zu riechen, was immer für ein Rest von Aroma noch in dieser Flasche blieb.

Der Stöpsel löste sich.

Sie hob die Flasche, atmete vorsichtig ein, sog die duftende Luft tief in ihre Nase.

Rosen, das war die Hauptnote, Orangenblüten, Moschus. Ambra. Narzissen. Vanille-Orchideen. Veilchen.

Sanft, warm, fließend, vertraut und doch exotisch in ihrer Kombination, vermischten sich die Düfte in ihrer Stirn.

Die Frische erstaunte sie. Nach all der Zeit müßte sich das Parfüm verändert haben, hätte seinen wahren Duft durch Verdunstung und Alter verlieren müssen. Daß es nicht passiert war, lag sicher an der Tatsache, daß die Ingredienzen rein und natürlich waren anstatt flüchtige chemische Verbindungen, die so oft in modernen Parfüms verwendet wurden, und auch daran, daß das Kollier all die Jahre an einem dunklen Platz versteckt gewesen war.

Es war ein herrlicher Duft, wunderbar gemacht, und er trug den Hauch einer geisterhaften Erinnerung mit sich.

Aber es war nicht Le jardin de cour.

Sie inhalierte ihn noch einmal. Nein. Es war nicht das Parfüm, nach dem sie suchten.

Rosen – Orangenblüten – Moschus – Ambra – Narzissen – Orchideen – Veilchen.

Das war kein Vetiver. Kein Jasmin und kein Flieder.

Jolettas Mund verzog sich zu einem ironischen Lächeln. Natürlich. Wie dumm sie doch alle gewesen waren.

Sie sah sie.

Die Wahrheit über die Formel. Und wo sie zu finden war.

Sie war die ganze Zeit dagewesen, aber sie hatte es nicht erkannt, weil sie mit dem Unmöglichen gerechnet hatte, ein Wunder, ohne jede Rücksicht auf die verschlungenen Pfade und persönlichen Eigenheiten menschlicher Natur und völliger Negierung all dessen, was sie über die Entwicklung von Parfüms gelernt hatte.

Und sie sah noch etwas anderes.

Ein Laut ähnlich einem Lachen und einem Schmerzensschrei entfuhr ihr. Die Tränen in ihren Augen flossen über, obwohl sie kopfschüttelnd dazu lachte.

»Sind Sie sicher, daß es Ihnen gutgeht?« fragte Signora Perrino erneut besorgt.

»Mir geht es gut«, sagte Joletta. »Wirklich. Mir ist nur – mir ist etwas eingefallen.« Ihre Finger schlossen sich noch einmal um das Kollier, dann reichte sie es Signora Perrino. »Es war sehr liebenswürdig von Ihnen, mir das zu zeigen, aber es gehört mir nicht. Ich halte es für wahrscheinlich, daß es sich jemand verdient hat oder zum Dank für einen großen Dienst erhalten hat.«

Die alte Frau nahm das schwere Schmuckstück in die Hand. »Sind Sie sich sicher, Signorina?«

»Ja«, sagte Joletta. »Ganz sicher.«

Die Parfümerie war noch geöffnet, als Joletta ankam. Trotz der späten Stunde herrschte noch reger Betrieb. Kunden standen vor den Vitrinen, und die Verkäuferin an der Kasse packte gerade ein Parfüm für Kunden ein, die wie Touristen aussahen. Der Laden war hell und freundlich, und der Geruch von Dutzenden verschiedener Düfte schwebte aus der offenen Tür zum Mischraum, um sie willkommen zu heißen.

Joletta hatte schon früher im Laden sein wollen, aber nach dem langen Flug über New York und Atlanta, mit Verspätungen in beiden Städten, war sie so müde gewesen, daß sie in ihrer Wohnung ins Bett gefallen war und rund um die Uhr geschlafen hatte. Bis sie sich dann endlich wieder hochgerappelt hatte, gegessen, ausgepackt und etwas zum Anziehen gesucht hatte, war der Tag schon halb vorbei. Der Rest des Nachmittags verging mit Recherchen über den Krimkrieg und Russische Geschichte in der Universitätsbibliothek.

Jetzt winkte sie nur kurz zur Begrüßung und ging durch den Laden und den Mischraum in den Hof hinaus. Es schien eine Ewigkeit her zu sein, seit sie das letzte Mal hier gewesen war. Nichts sah mehr aus wie vorher, als hätte alles sich unmerklich verändert, obwohl sie wußte, daß sie es war, die sich verändert hatte.

Es schien auch, als wäre eine Ewigkeit vergangen, seit sie angefangen hatte, Violets Geheimnis zu erraten. Sie konnte es kaum erwarten zu sehen, ob sie recht hatte.

Sie war so sicher gewesen und so aufgeregt, daß sie ihre Rundreise frühzeitig abgebrochen hatte. Nach ihrer Unterhaltung mit Signorina Perrino war sie direkt ins Hotel zurückgegangen. Sie hatte ihren Koffer gepackt, eine Nachricht für den Reiseleiter hinterlassen und war mit dem Taxi zum Flughafen gefahren.

Sie hatte auch vorgehabt, Rone eine Nachricht zu hinterlassen und ihm kurz zu schildern, was sie entdeckt hatte. Der Mann an der Rezeption sagte ihr, das wäre nicht möglich, er wäre frühmorgens abgereist. Er hatte keine Nachsendeadresse hinterlassen, hatte aber beiläufig erwähnt, er wäre auf dem Weg nach Hause.

Seine Abreise war ein Schock für Joletta. Sie hatte ihm keinerlei Anlaß gegeben zu glauben, sie wäre an seiner Abreise interessiert, trotzdem hätte sie erwartet, daß er sich zumindest verabschiedete. Sie konnte nur annehmen, daß er doch endlich zu dem Schluß gekommen war, daß sie ihn nicht brauchte.

Sie sollte froh sein. Es ergab keinen Sinn, daß sie sich gelähmt, im Stich gelassen und sogar deprimiert fühlte.

Joletta warf einen Blick auf den Hofgarten, als sie hindurchging. Selbst der sah anders aus, ihn umgab ein Hauch von Italien mit den Säulenarkaden, dem Brunnen, der weinumrankten Steinlaube und dem süßen Olivenbaum in der Ecke, in der eine echte Olive wegen der Feuchtigkeit nie gediehen wäre. Sie schüttelte kurz den Kopf, als sie die Außentreppe hochstieg. Im Salon legte sie ihre Umhängetasche ab und ging weiter in Mimis Schlafzimmer.

Sie wußte genau, was sie wollte, und glaubte sich auch zu erinnern, wo sie es finden würde. Sie ging direkt zu Mimis Erinnerungskommode, öffnete weit die Außentüren, zog die oberste linke Schublade heraus und leerte den Inhalt aus. Es war zuunterst, da, wo sie es vor Jahren gesehen hatte, ein Paket Daguerreotypien, Glasnegative und verblaßte Fotos.

Joletta trug das Paket zum Bett und öffnete das elfenbeinfarbene Band, mit dem es zusammengebunden war. Behutsam suchte sie, bis sie das Gesuchte fand. Sie nahm es heraus und hielt es gegen das Licht.

Es war Ende der 1870er oder Anfang der 1880er aufgenommen, der Mode nach zu schließen, ein sehr steifes Foto, das die Fassade der Parfümerie zeigte. Violet Fossier stand neben der Tür, zusammen mit einer Verkäuferin, beide hatten das Haar zu Pompadours frisiert und trugen Hemdblusen, die bis zum Hals zugeknöpft waren, und bodenlange Röcke, die hinten gerafft waren. Auf Violets anderer Seite stand ein Mann, und gleich neben ihm war das Zeichen der Apotheke zu sehen, die neben der Parfümerie bis zum Tod des Eigentümers kurz vor dem Ersten Weltkrieg existiert hatte, nur ein paar Monate bevor Violet selbst gestorben war. Auf dem Schild stand der Name in kleinen Lettern: GIOVANNI REDAELLI, BESITZER.

Der Mann neben Violet hatte sich halb von der Kamera abgewandt, als ließe er sich nur ungern fotografieren. Er war breitschultrig, gut proportioniert und sah nach dem damaligen Zeitgeschmack sehr gut aus, hatte dicke Koteletten und einen stattlichen Schnurrbart. Er trug einen dunklen Anzug und hielt einen Stock in der behandschuhten Hand. Auf dem Kopf hatte er einen breitkrempigen Hut, der seine Augen in Schatten warf. Indem er der Kamera auswich, hatte er sich Violet zugewandt. Trotz des halbverdeckten Gesichts, des unscharfen Bilds und der Vergilbung war zu erkennen, daß er sie geradezu anbetete.

Violet selbst schaute mit klaren Augen und mit einem angedeuteten Lächeln direkt in die Kamera. Sie war älter geworden seit ihrem Miniaturporträt, aber sie war immer noch eine schöne Frau, heiter, selbstzufrieden. Ihre Aufmerksamkeit galt zwar dem Fotografen, aber es war unverkennbar, daß sie sich des Mannes neben ihr sehr wohl bewußt war. Sie sah aus, als würde sie sich, sobald keine Gefahr mehr bestand, das Bild zu verwakkeln, dem Mann an ihrer Seite zuwenden, vielleicht sogar ihre Hand in seine Armbeuge legen und mit ihm weggehen.

Joletta lachte leise, befriedigt.

Mit dem Foto in der Hand ging sie zum Schrank zurück und holte das schwere in Samt und Messing gebundene Tagebuch aus der Schublade, in der sie es vor ihrer Abreise nach Europa versteckt hatte. Sie trug beides zu den Glastüren, die auf die obere Galerie um den Hof führten. Sie öffnete die Türen, um noch mehr Licht zu haben, dann blätterte sie das Tagebuch kurz bis zur Mitte auf, wo eine kleine Federzeichnung von Kopf und Schultern eines Mannes zu sehen war. Sie hielt die beiden Bilder nebeneinander.

Ja.

Es war derselbe Mann.

Sie seufzte, ging langsam zu einem Korbstuhl auf der Galerie und setzte sich. Sie ließ das Buch und das Foto in ihren Schoß fallen und schaute in den Hof hinunter. Irgendwo in ihrem Inneren löste sich eine Spannung, deren Existenz sie nicht geahnt hatte.

Sie wußte nicht, wie lange sie da saß. Als sie das nächste Mal auf die Uhr sah, verblaßte bereits das Abendlicht, und aus dem Laden unter ihr war nichts mehr zu hören. Der Abendwind vom Pontchartrain-See raschelte in den Blättern der süßen Olive unten und trug Wolken ihres Duftes zu ihr nach oben.

Ihr Blick ruhte auf dem Tor in der Mauer des Hofes, ein Tor, das schon immer dort gewesen war. Es führte in den Hof des Gebäudes nebenan, das Gebäude, das heute der Teil einer Erdgeschoßwohnung für Junggesellen war, aber das in früheren Jahren dem Besitzer der Apotheke gehört hatte.

Wie viele Menschen, fragte sie sich, hatten in der Vergangenheit von dem Tor gewußt? Wie viele hatten über die Frau mit dem bettlägerigen Mann geklatscht, der versucht hatte, sich selbst umzubringen, über die Frau, die ein so gutes Verhältnis zu dem gutaussehenden italienischen Apotheker in dem Laden nebenan hatte?

Zu dieser Zeit brauchte ein Apotheker nur ein paar Kenntnisse über das Mischen von Pillen, Elixieren und Mundwasser, das Geld, um die Zutaten zu kaufen, und die Rechtschaffenheit, die Produkte, die er mischte, nicht zu verwässern. Der Mann auf dem Foto sah wohlhabend aus. Joletta hatte keine Zweifel, daß man ihn in der Stadt respektiert hatte und daß die Damenwelt viel über ihn zu tuscheln fand. Es war wirklich ein Kompliment an seine Diskretion und vielleicht auch an seine Treue, daß nicht einmal ein Hauch eines Echos von Skandal an Violets Nachkommen überliefert worden war.

Was für ein Gefühl war das wohl gewesen, fragte sich Joletta, so von einem Mann geliebt zu werden, der alles riskierte, alles opferte, nur um mit einem zusammenzusein?

Sie wollte lieber nicht darüber nachdenken.

Joletta stand auf und ging in den Salon zurück. Sie ließ das Foto auf einem Beistelltisch liegen, nahm aber das Tagebuch mit nach unten in die Werkstatt, wo die Parfüms gemischt und abgefüllt wurden.

Hinter der Tür, die in den Laden führte, war alles ruhig. Der Laden war für heute geschlossen und abgesperrt. Das war gut so, genauso hatte sie es gewollt.

Sie legte das Tagebuch auf den langen Tresen, der durch die Mitte des Zimmers verlief. Sie nahm ein gläsernes Meßgefäß und eine Reihe Pipetten aus einem Regal und stellte sie daneben. Mit Hilfe einiger kleiner Rechnungsbücher als Beschwerer klappte sie das messinggebundene Tagebuch beim ersten Eintrag auf, der mit einer von Violets kleinen Skizzen am oberen Rand versehen war.

Es war wirklich sehr einfach, den Code, den Violet verwendet hatte, um die Formel ihres Parfüms festzuhalten, zu entschlüsseln. Er war in den Zeichnungen und Daten verborgen. Violet hatte viele Skizzen angefertigt, aber die meisten waren auf leeren Seiten oder an den Rändern. Diejenigen mit einer Bedeutung waren über den datierten Überschriften der Seiten. Die Blumen und kleinen Tiere, die sie gezeichnet hatte, waren der Hinweis auf die Ölessenz, die gebraucht wurde. Die Zahlen für den Monat gaben den Anteil des Öls proportional zum Ganzen an.

Joletta studierte die Seite einige Minuten, dann ging sie zu den Regalen, in denen die braunen Flaschen mit den kostbaren Ölen aufbewahrt wurden. Sie ging an ihnen entlang und suchte die entsprechenden Flaschen heraus.

Nachdem alle sorgsam etikettierten Flaschen vor ihr aufgebaut waren, jede zu der passenden Tagebuchseite, nahm Joletta eine Pipette und begann.

Innerhalb weniger Augenblicke breiteten sich die Düfte um sie herum aus. Sie bemerkte die einzelnen kaum, so heftig konzentrierte sie sich. Die Beschaffenheit der kombinierten Essenzen war in ihren Augen genau richtig. Sie hatte ein Gespür dafür wie ein Bäcker, der die Hefe des gärenden Teigs riecht und genau weiß, daß das Brot gedeiht, wie das Rezept es verlangt.

Sie arbeitete sorgsam und präzise, kein Tropfen mehr als vorgeschrieben durfte in den Meßbecher, und alles mußte genau in der richtigen Reihenfolge aus der Pipette hineingeträufelt werden. Sie achtete darauf, genau wie Mimi es ihr beigebracht hatte, daß die Öle nicht einfach achtlos hineingetropft oder die Mischung geschüttelt wurde, was die Duftstoffe verletzte. Sie behandelte die Öle respektvoll, ja sogar liebevoll.

Sie war in ihrem Element, merkte sie mit einemmal, als sie beobachtete, wie die blaßgrünen, hellgelben und golden orangeroten Tropfen sich mischten und verschmolzen. Bis jetzt hatte Mimi ihr immer über die Schulter geschaut, wenn sie Parfüm mixte. Das war das erste Mal, daß sie es wagte, selbst etwas zu kreieren. Es war ein völlig anderes Gefühl.

Sie genoß das Gefühl, die Glasbehälter und Phiolen und die anderen Werkzeuge in ihren Händen zu halten. Sie genoß das Gefühl des Experimentierens und der schöpferischen Macht, die die Arbeit mit ihnen ihr gab. Die Einmaligkeit ihrer Aufgabe war ein Genuß für sie, die Tatsache, daß sie eine Formel schuf, die seit möglicherweise hundert Jahren keiner mehr gerochen hatte. Sie kam sich vor wie eine Zauberin, die irgendeine mystische Imitation des Lebens braut, eine, die nur einen warmen Körper brauchte, um ihre Macht wahrzunehmen, für ein paar flüchtige Stunden zum Leben zu erwachen.

Sie wußte, was sie wollte. Sie würde Parfüm herstellen.

Sie würde neue und andere Düfte kreieren genau wie Mimi und Violet und all die anderen Fossier-Frauen vor ihr. Es war in ihrem Blut, aber das meiste davon kam aus ihrem Herzen.

Endlich war sie mit dem Abmessen fertig. Vorsichtig rührte sie den Alkohol hinein, der die Öle flüchtig machte, damit sie in die Luft steigen und den olfaktorischen Sinnen leichter zugänglich würden. Sie wartete einen Moment, dann tupfte sie das Parfüm auf ein Stück sauberes, weißes Papier. Sie ließ den Molekülen Zeit, sich zu setzen, dann inhalierte sie den Duft.

Sie hatte es geschafft. Sie hatte Violets Parfüm perfekt neu geschaffen, das Parfüm, das in der Halskette gewesen war.

Aber trotz all dem war es immer noch nicht Le Jardin de cour. Es war ähnlich, sehr ähnlich, aber nicht ganz richtig.

Sie hatte gewußt, daß es nicht möglich war.

Um alle Zweifel zu beseitigen, rieb sie einen Tropfen Parfüm auf ihr Handgelenk und wartete ein wenig, dann roch sie daran.

Nein, definitiv nicht.

Sie hörte Schritte auf dem Steinboden. Sie drehte sich so heftig um, daß die Glaspipette in ihrer Hand gegen das Meßglas mit Parfüm stieß. Das Meßglas kippte um. Parfüm ergoß sich in einer Lache über den Tresen, breitete sich wie Wasser aus, und die exotischen Öle schimmerten im Licht der Deckenlampe.

Der Duft explodierte in der Luft, überwältigend, fast betäubend, noch bevor die Stimme im Destillationsraum ertönte.

»Ich dachte, das Parfüm wäre angeblich verloren«, sagte Natalie. »Ich hätte wissen müssen, daß du lügst.«

»Mach dich bitte nicht lächerlich«, fauchte Joletta. Sie riß das Tagebuch hoch. Die dicken Seiten hatten sich fast über ein Viertel ihrer Breite mit Parfüm vollgesogen. Der Geruch würde ewig halten, unauslöschlich.

»Und wie nennst du es dann?«

Die Frage kam von Timothy, der sich hinter seiner Schwester in den Raum gedrängt hatte. Tante Estelle stand mit grimmigem, feindseligem Gesicht dicht vor der Tür.

»Ich nenne es eine falsche Hoffnung«, sagte Joletta und drückte das Tagebuch schützend an ihre Brust. »Wie du auch sicher begreifen würdest, wenn du die Nase eines Parfümeurs hättest.«

»Sprich nicht in diesem Ton mit mir, Mädchen«, sagte ihre Tante mit wutentbranntem Gesicht. »Ich möchte eine Erklärung für das, was du hier machst, und zwar jetzt.«

Die Versuchung, ihnen allen zu sagen, wohin sie mit ihren Forderungen und Vorwürfen gehen konnten, war für einen Augenblick so heftig, daß Joletta merkte, wie ihr das Blut in den Kopf schoß. Aber das Maß an Geheimniskrämerei und Mißverständnissen war voll, es war sinnlos, so weiterzumachen.

»Ich sage euch, daß dieses Parfüm, das ihr riecht, nicht Le Jardin de cour ist und deshalb auch nicht das berühmte alte Parfüm, von dem wir Jahrzehnte gehört haben. Ich vermute, die Mischung, die ich aus dem Tagebuch habe, könnte darauf basieren, aber ich glaube, Violet hat es nach ihrem Gutdünken verändert, aus Gründen – nun ja, sie wird schon ihre Gründe gehabt haben.«

»Aber das kann doch unmöglich sein«, sagte ihre Tante mit eisiger Stimme. »Meine Mutter und ihre Mutter vor ihr haben doch angeblich Violets Rezept verwendet. Ich hab' die Geschichte so oft gehört, daß ich sie im Schlaf aufsagen könnte.«

»Das mag vielleicht stimmen, aber ich glaube, sie haben sie nach ihrem jeweiligen Geschmack verändert oder einfach Öle verwendet, die sie gerade parat hatten. Zum Beispiel ist in Violets Formel kein Vetiver, aber ihr wißt selbst, daß es eines der Hauptöle war, die Mimi gebraucht hat, weil die Leute in New Orleans den frischen Holzduft mögen.«

Estelle tauschte einen kurzen Blick mit ihren Kindern. Als sie die herbe Enttäuschung auf den Gesichtern der drei sah, fuhr Joletta fort: »Aber ich glaube, das ist noch nicht das Ende der Geschichte. Ich bezweifle, daß das Parfüm, das Violet in Europa entdeckt hat, und das Parfüm, das Kaiserin Eugénie verwendet hat, genau dasselbe ist, das Joséphine benutzt hat. Es ist unwahrscheinlich, daß diese beiden Frauen dem widerstehen konnten, ihre eigenen Lieblingsessenzen hinzuzufügen. Joséphine zum

Beispiel hatte eine Vorliebe für schweren Veilchenduft. Dieser wurde auch in der Formel, die ich gerade benutzt habe, verwendet, aber es ist sehr zweifelhaft, daß Kleopatra viele hundert Jahre zuvor in der Hitze Ägyptens Veilchenessenz zur Verfügung hatte. Was Kleopatras Version angeht, so bin ich mir sicher, daß sie auch ihren Obolus dazu beigetragen hat. Das Rauchwerk der Priesterinnen der Mondgöttin, das sie angeblich kopiert hat, sollte eine sehr einfache Mischung sein, mit dem Schwerpunkt auf Holznoten. Außerdem liebten die Ägypter Parfüm –«

Tante Estelle wehrte mit einer schwerberingten Hand ab. »Das reicht. Ich bin auch mit Parfüm aufgewachsen. Ich habe begriffen.«

»Hältst du es nicht für plausibel?« fragte Joletta leise.

»Sehr wahrscheinlich«, zischte die alte Frau wütend.

»Willst du damit sagen, daß wir nie Le Jardin de cour herstellen können?« fragte Natalie erbost.

»Ich sage damit, daß es keinen Sinn hat, es zu machen, nicht für den Zweck, für den Lara Camors es will. Le Jardin de cour hat nur sehr wenig Ähnlichkeit mit dem sagenhaften Parfüm berühmter Frauen der Geschichte, das man ihr versprochen hat.«

»Das kann doch nicht wahr sein«, sagte Natalie und schlug mit der Faust auf den Tresen. »Es steht viel zuviel auf dem Spiel, das darf einfach nicht wahr sein.«

»Es ist aber wahr«, sagte Joletta, »und es gibt nichts, was irgendeiner von uns dagegen tun könnte.«

»Außer dir«, sagte ihre Tante voller Verachtung. »Du kannst mit Violets Rezept weiterhin etwas machen, was Le Jardin de cour nahe kommt.«

Joletta nickte nachdenklich. »Das ist wahr, nicht genau dieselbe Mischung, aber etwas, was ihr ziemlich nahe kommt.«

»Also hast du gewonnen.«

Joletta gab keine Antwort. Es wurde still im Raum, und sie wandte sich von den anderen ab und holte sich ein Stück Papierhandtuch von der Rolle am Ende des Tresens. Dann begann sie, so weit es ging, das verschüttete Parfüm aufzuwischen.

»Eigentlich«, sagte Timothy mit seiner unbekümmerten Stimme, »spielt es gar keine Rolle.«

»Sei bitte nicht dämlich«, keifte seine Mutter. »Natürlich tut es das.«

»Warum?« fragte er mit unschuldigem, klaren Blick vom Türrahmen, an dem er lehnte. »Wir sind die einzigen, die wissen, daß es nicht dasselbe Parfüm ist.«

Natalie schaute von Timothy zu ihrer Mutter. Die ältere Frau starrte ihren Sohn mit grimmig gerunzelter Stirn an. Natalie richtete jetzt ihre Aufmerksamkeit auf Joletta. Nach einiger Zeit zuckte sie resigniert mit den Schultern.

»Es wird nicht funktionieren«, sagte sie. »Joletta weiß es, und sie würde es dem ersten, der sie fragt, direkt ins Gesicht sagen, auch wenn sie die Formel nicht für sich behalten will. Da sie sie nicht will, müßte sie lediglich einen Anruf bei Lara Camors machen.«

Tante Estelle spitzte den Mund und sagte: »Unsere liebe Lara liebt das Geld, aber sie schwört auf Wahrheit in der Werbung: sie hütet den guten Namen von Camors Cosmetics wie eine Henne, die nur ein Küken hat. Das wäre das Ende.«

»Außer es gibt eine Möglichkeit, Joletta daran zu hindern zu reden.« Natalie warf Joletta einen prüfenden Blick zu.

»Was schwebte dir denn da vor?« fragte Timothy amüsiert. »Eine Fahrt zum Mississippi und Betonschuhe? Gute Planung, Schwesterchen, dann müßten wir die zwei Millionen auch nicht mit ihr teilen oder uns Sorgen machen, ob sie das Zustimmungsabkommen unterschreibt.«

»Sehr komisch«, sagte seine Mutter. »Aber vielleicht könntest du deine grauen Zellen für etwas Nützliches einsetzen, wenn du das überhaupt schaffst.«

»Wie wär's denn mit einer netten Bestechung?« fragte ihr Sohn. »Was haben wir denn, was Joletta möchte?«

»Nichts«, sagte Joletta wütend. »Ich will keine Bestechung und auch sonst nichts. Ich will nichts mit Camors Cosmetics zu tun haben.«

Natalie strahlte plötzlich vor Eifer. »Du meinst, du willst uns die Formel geben und dich zurückhalten, nicht ausplaudern, was damit nicht stimmt?«

»Das hab' ich nicht gesagt.« Joletta warf das gebrauchte Papierhandtuch in einen Mülleimer unter dem Tresen, dann drehte sie sich um und schaute ihre Verwandten der Reihe nach an. »Habt ihr euch schon einmal überlegt, was passieren würde, wenn jemand herausfindet, daß das Parfüm ein Schwindel ist, nachdem es in Produktion gegangen ist? Der Ruf von Fossier's Royal Parfums wäre ruiniert. Es wäre das Ende des Ladens, ganz zu schweigen des guten Namens, den wir in der Stadt haben.«

»Du klingst förmlich viktorianisch, Joletta«, sagte Natalie lachend. »Wir hätten aber das Geld, nicht wahr?«

»Joletta macht sich nicht soviel aus Geld wie wir, Schwesterchen«, sagte Timothy leise. »Aber vielleicht legt sie keinen Wert darauf, daß ihre Familie wie ein Haufen Idioten dasteht.«

»Also das ist wirklich das Vernünftigste, was ich seit langem von dir gehört habe, Timothy«, sagte seine Mutter. Sie sah Joletta an. »Ich frage mich nur, ob wir darauf zählen können.«

»Ich persönlich würde es nicht riskieren«, sagte Natalie. »Aber ich hab' eine andere Idee.«

»Hört, hört.« Timothys Blick war ironisch, aber auch voller Haß.

Natalie warf ihm einen vernichtenden Blick zu. »Hör mal, Joletta, du sagst, das alte Parfümrezept taugt nichts. Schön. Aber würdest du Le Jardin de cour wieder machen, wenn es nach der Formel aus der chemischen Analyse hergestellt wird?«

»Ich denke, das wäre in Ordnung.« Joletta lehnte sich an den Tresen und verschränkte die Arme.

»Wunderbar. Dann gib uns die alte aus dem Tagebuch. Wir werden sagen, alles war wunderbar, bis Mimi auftauchte. Und sie wäre diejenige, die die Veränderungen gemacht hat; Vetiver und so weiter drunter gemischt hat. Mit anderen Worten, wir teilen die Formel, machen zwei Parfüms daraus, eines für den Laden, eines für uns.«

Es war, wie Joletta sah, die Bestechung, die Timothy vorgeschlagen hatte. Sie waren so leicht durchschaubar in ihrer Habgier. Merkten sie das denn nicht? Oder war es ihnen egal, wenn sie es merkte, weil sie zur Familie gehörte und nicht zählte? Sie sagte: »Glaubt ihr etwa, Lara Camors wird darauf hereinfallen? Oder Rone?«

»Ich denke schon, besonders wenn du es ihnen erklärst. Wenn dir dabei wohler ist, könnten wir zugeben, daß das Parfüm sich seit Kleopatras Zeiten verändert hat. Französisches Parfüm hat heute ohnehin den besten Ruf. Es wird für die Werbung eindrucksvoll genug sein, wenn wir nur Joséphine und Eugénie erwähnen. Außerdem ist es doch wahr, oder?«

»Ich weiß nicht, ob es wahr ist oder nicht. Violet schreibt nichts darüber.«

»Aber es ist doch nahe genug an der Wahrheit, daß du es behaupten könntest, oder etwa nicht?« Natalie klang sehr ungeduldig, und die Falten zwischen ihren Augen wurden noch ausgeprägter.

Joletta zögerte, aber schließlich schüttelte sie den Kopf. »Ich glaube nicht, daß ich das jemandem wie Lara Camors antun könnte, und schon gar nicht Rone.«

25. Kapitel

Joletta sperrte mit einem Seufzer der Erleichterung die Tür hinter ihren Verwandten ab. Sie hätten den Weg nach draußen auch allein gefunden, genau wie sie hereingekommen waren, aber es war ihr eine gewisse Befriedigung, sie aus dem Haus zu begleiten.

Sie war erschöpft. Der Streit über die Formel, immer wieder dieselben Argumente, hatte eine Ewigkeit gedauert.

Sie glaubte nicht wirklich, daß die Sache damit beendet war. Ihre Tante und deren Kinder würden wieder versuchen, sie zu überreden, daran bestand kein Zweifel. Oder sie würden wieder mit neuen Plänen kommen, die sie umstimmen sollten. Es spielte keine Rolle, es würde nicht funktionieren.

Sie hatte sich größte Mühe gegeben, fair zu sein. Aber sie wußte jetzt, was sie tun konnte und was nicht, wußte, was sie wollte, und sie würde niemals dabei helfen, Lara Camors oder die Öffentlichkeit zu betrügen. Sie würde mischen und riechen und riechen und mischen und versuchen, Le Jardin de cour auf eigene Faust neu zu kreieren. Aber wenn es ihr nicht gelang, war das auch in Ordnung. Sie hatte ihr Bestes getan. Es mußte Tausende von Parfüms geben, die im Laufe der Jahrhunderte verlorengegangen waren, genau wie Millionen kostbarer Leben zerstört worden waren, abgeschnitten wie die losen Fäden einer schönen Stickerei. Der Verlust wurde zwar bedauert, aber die Leute lebten einfach weiter, liebten weiter und versuchten, das Beste aus ihrem bißchen Leben zu machen.

Und genau das würde sie auch tun, genau wie es Violet vor so langer Zeit getan hatte.

Joletta ging durch den Laden zurück in den Mischraum. Sie würde den Rest des Unfalls mit dem Parfüm noch entfernen, und dann war es höchste Zeit, nach Hause zu gehen.

Sie hatte ihre Schultertasche und die Autoschlüssel oben gelassen. Als sie kurz darauf auf dem Weg nach oben durch den Hof ging, blieb Joletta stehen, um die frische, unparfümierte Luft einzuatmen. Sie kam sich vor, als würde sie sich in einem Miasma von Düften bewegen, die an ihrer Haut, ihren Haaren und Kleidern klebten und ganz besonders an dem Tagebuch in ihrer Hand. Normalerweise hätte sie es genossen, aber momentan war ihr das alles ein bißchen zuviel.

Es war angenehm warm. Die Feuchtigkeit in der Atmosphäre machte die Luft zu inhalierbarer Seide. Ein sanfter Wind ließ die Blätter der riesigen süßen Olive in der Ecke flüstern. Der Wasserdruck im Brunnen war so niedrig, daß er kaum noch plätscherte. Unter der alten Hoftür, die vom Hof durch den unteren Stock des Hauses auf die Straße führte, gurrten sich die nistenden Tauben in den Schlaf.

Einen Augenblick lang fühlte sich Joletta nach Venedig auf den Markusplatz zurückversetzt, wo die Tauben in Schlachtformationen über dem Kampanile kreisten und sie links Rone und rechts Cesare neben sich hatte.

»*Bella, bella*«, sagte sie leise und lächelte mit einem bittersüßen Zug um den Mund.

Dieser Garten war schon der Schauplatz vieler Erinnerungen mit Mimi gewesen, einschließlich ihrem Sturz auf der Außentreppe. Jetzt trug er auch noch die Schatten der anderen Tragödie in Florenz aufgrund seiner Ähnlichkeit mit dem dortigen Garten.

Sie schüttelte den Kopf und schickte sich an, die Treppe hochzusteigen.

In diesem Augenblick sah sie den Schatten, der sich unter der süßen Olive in der Ecke am Ende des Gartens bewegte.

»Wer ist da?« rief sie in scharfem Ton.

Niemand antwortete. Die Augenblicke dehnten sich endlos, während sie versuchte, etwas zu erkennen. Sie war schon fast davon überzeugt, es wäre eine Katze gewesen, die hinter den Tauben her war, als ein Mann ins Licht trat.

»Ich bin's nur«, sagte Timothy.

Sie atmete erleichtert auf. Verärgert sagte sie: »Was machst du denn hier? Ich dachte, du wärst gegangen.«

»Mutter und Natalie sind gegangen, aber ich mußte dich noch einmal sehen. Ich will das Tagebuch, Joletta.«

»Wir haben das schon hundertmal durchgekaut. Ich dachte, es wäre geregelt, zumindest für heute abend.«

Er kam einen Schritt näher. »Es ist gar nichts geregelt. Ich brauche wirklich dieses Tagebuch für Camors, weil sie nicht bereit sind zu verhandeln, wenn sie es nicht sehen. Diesmal gehe ich nicht ohne das Buch hier weg.«

Sein Ton war so kalt und gefühllos, daß es Joletta eine Gänsehaut über den Rücken jagte. Trotzdem gab sie nicht klein bei. »Warum du? Ich dachte, dir wäre das eigentlich egal.«

»Moneten, Schätzchen, zwei Millionen, um genau zu sein. Außerdem ist da noch Mutter. Sie wird stocksauer sein, wenn sie es nicht kriegt und die alte Formel, die du gefunden hast. Sie erwartet, daß ich etwas tue. Ich kann sie nicht enttäuschen.«

»Oh, Timothy, es tut mir wirklich leid, aber siehst du denn nicht, daß es für mich unmöglich ist, dabei mitzuspielen?«

»Ja. Deswegen bin ich zurückgekommen, um dich umzubringen«, sagte er ruhig. »Ich will es eigentlich gar nicht, aber es muß sein.«

Als er noch einen Schritt auf sie zuging, wich sie aus und brachte den Tisch zwischen sie beide. Gleichzeitig trug die Abendbrise einen Hauch Limonenduft an ihre Nase. Es war Timothys Rasierwasser, hier konnte sie es riechen, im Gegensatz zu vorhin, wo all die anderen Gerüche so überwältigend gewesen waren. Limone. Sie hatte diesen scharfen, etwas beißenden Duft schon einmal gerochen.

Es schnürte ihr die Kehle zu. Sie mußte schlucken, ehe sie etwas sagen konnte. »Du«, sagte sie. »Du warst es, der mein Zimmer in der Schweiz verwüstet hat und die Wohnung oben, bevor ich abgereist bin.«

»Und was hab' ich davon gehabt, daß ich wie ein Affe Wände rauf- und runtergeklettert bin? Nur dieses dämliche Notizbuch mit lauter Gekritzel, das überhaupt keinen Sinn ergeben hat ohne das Tagebuch.« Er versuchte den Tisch zu umkreisen, während er redete.

»Du hast uns von der Straße gedrängt, Rone und mich.« Sie

bewegte sich weiter, um die Barriere zwischen ihnen zu halten, während die Erinnerung an den Unfall und die Explosion wie ein Kurzfilm vor ihrem inneren Auge ablief.

»Ich war stocksauer. Ich hätte dich in Paris auch fast überfahren, aber dieser dämliche Italiener war da, ganz zu schweigen vom guten alten Rone. Es ist ein Fehler, mir in die Quere zu kommen. Mimi hat das rausgefunden. Ich hab' ihr nur einen kleinen Schubs gegeben, als sie da drüben die Treppe runtergehen wollte, aber gestorben ist sie trotzdem.«

Ihre Großmutter, zu Tode geängstigt wie Signora da Allori, dachte Joletta, und Kälteschauer liefen ihr über den Rücken. Oder wahrscheinlich an Kummer gestorben. Diese furchtbare Tortur hatte Mimi vielleicht auch versucht, ihnen mitzuteilen.

»Weiß Tante Estelle, daß du das getan hast?« fragte sie. »Sie weiß es nicht, stimmt's?« fuhr sie fort, als ein Schatten über sein Gesicht huschte.

»Sie kann schon lange nicht mehr damit Schritt halten, wo ich bin oder was ich treibe. Natalie auch nicht, obwohl sie glaubt, es zu können.«

»Wenn du mich umbringst, werden ihnen vielleicht ein paar Zweifel kommen.«

»Denen ist das doch egal, Hauptsache, sie kriegen das Tagebuch. Das wollen sie wirklich. Dann werden die Leute endlich Notiz von ihnen nehmen. Aber du wirst es mir geben. Du wirst es mir gerne geben.«

Während er noch redete, glitt seine Hand in die Jeanstasche und zog einen schwarzen, röhrenförmigen Gegenstand heraus, der einem großen Taschenmesser glich. Er hielt es von seinem Körper weg. Ein metallisches Schnappen, ein Klicken, und dann sprang ein Schnappmesser heraus, schimmernd im Dämmerlicht.

In diesem Augenblick waren Schritte von der Hoftür her zu hören. Eine scharfe Stimme ertönte aus der Dunkelheit.

»Rühr dich nicht vom Fleck.«

Timothy wirbelte fluchend herum. »Wo kommst du denn plötzlich her? Wie bist du hier reingekommen?«

»Du hast das Tor zur Straße offengelassen«, erwiderte Rone.

Joletta hatte seine Stimme erkannt, noch ehe Rone aus der tunnelähnlichen Öffnung trat. Sie konnte es nicht fassen. Er war hier, trotz allem, was sie gesagt hatte. Er war da, der selbsternannte Wächter, genau wie er ihr geschworen hatte.

Er atmete heftig, als wäre er gerannt, und Schweißperlen standen ihm auf der Stirn. Er streifte seine leichte Jacke ab und wikkelte sie als Schutz um seinen Arm, während er weiterging. Er schien nicht bewaffnet zu sein.

»Mit dir nehm' ich's allemal auf, Mann«, prahlte Timothy mit weit aufgerissenen Augen.

»Versuch's doch«, sagte Rone. »Ich hab' nichts dagegen.« Er ging weiter auf den jüngeren Mann zu, mit wachsamen Augen und bereit zum Gegenangriff.

»Warte«, rief Joletta. »Tu das nicht.«

Sie kam sich vor, als wäre sie aus tiefem Schlaf erwacht und mitten in einem Alptraum gelandet. Ihr Herz hämmerte wie ein Preßluftbohrer. Übelkeit verkrampfte ihren Magen.

Rone war gekommen, ihr zu helfen, als sie ihn brauchte. Er war bereit, sein Leben für sie zu riskieren. Wegen Violets Parfüm. Sie konnte das nicht zulassen. Es mußte doch etwas geben, was sie tun konnte.

Das schwere Tagebuch war in ihrer Hand. Sie streckte es Rone entgegen. In ihrer Hast fing sie zuerst an zu stottern, aber dann brachte sie heraus: »Deswegen bist du doch hier. Nimm es, nimm es für Camors. Der Code für das alte Parfüm steht da drin, der Beweis, wo es herkommt, alles, was du brauchst.«

»Halt die Klappe!« schrie Timothy und trat zwischen Rone und sie, bevor der andere Mann das Tagebuch nehmen konnte. Seine Stimme war nur noch ein Knurren, als er einen Schritt auf sie zumachte und sagte: »Was, zum Teufel, bezweckst du denn damit?«

Er griff nach dem Tagebuch, aber Joletta riß es weg und wich hastig zurück. »Wenn Rone alles hat, wird Tante Estelle zufrieden sein, und dann bleibt dir nichts mehr zu tun, als nach Hause zu gehen.«

Timothy drehte das Messer in seiner Hand. Er drehte es noch einmal und sagte: »Oder ich könnte euch beide umbringen und alles selbst zu Mutter und Lara Camors bringen.«

Er griff an.

Rone warf sich ihm entgegen. Die beiden Männer prallten grunzend aufeinander. Rone blockte Timothys ersten Schlag ab, und ein Riß, der sich schnell dunkel färbte, klaffte in seiner Jacke. Dann hatten sie einander gepackt und rangen miteinander, ihre Schuhe kratzten laut über den Steinboden, und Rones Finger bohrten sich in Timothys Handgelenk mit dem Messer. Timothy krallte mit seiner freien Hand nach Rones Gesicht und nach seinen Augen.

Rone verpaßte Timothy einen harten Kinnhaken. Timothy riß sich von Rone los, taumelte zurück, hatte sich aber sofort wieder gefangen. Sie umkreisten einander, suchten nach einer Öffnung in der Deckung des anderen.

Rone wickelte seine inzwischen flatternde Jacke wieder fester um den Arm. Der Stoff glänzte naß. Timothy fletschte grinsend die Zähne, als er das sah. Er griff noch einmal an, diesmal zielte das Messer auf Rones Bauch.

Rone wich dem Stoß mit einer Körperdrehung aus, ließ den jungen Mann an sich vorbei, bevor er wieder zupackte. Sie kämpften Brust an Brust, mit gefletschten Zähnen.

Joletta konnte es nicht ertragen. Ihre Augen brannten vor Anstrengung, etwas zu erkennen. Das Bedürfnis zu schreien war so stark, daß ihr Hals schmerzte. Ihre Muskeln waren wie versteinert, während ihre Hände vom eisigen Strom des Blutes in ihren Adern zitterten.

Sie mußte etwas tun. Sie mußte einfach, oder sie würde den Verstand verlieren. Sie machte einen Schritt auf die beiden Männer zu.

Sie holte mit dem Tagebuch aus und schleuderte es dann mit aller Kraft gegen Timothys Kopf.

Ihr Cousin sah die Bewegung. Er duckte sich, und das schwere Buch streifte ihn nur an der Schulter und segelte mit flatternden Seiten an ihm vorbei.

Rone nutzte die kleine Ablenkung, verlagerte sein Gewicht und drehte sich. Timothy warf sich in die entgegengesetzte Richtung und versuchte, seine Schulter in Rones Brust zu rammen, um seine Hand mit dem Messer frei zu kriegen. Rone gab nach und wich zur Seite aus. Timothy warf sich auf ihn, und die beiden Männer stürzten zu Boden. Sie rollten von den Steinplatten auf den Rasen um den Brunnen, jeder versuchte, das Messer in die richtige Richtung für ihn zu dirigieren.

Dann ertönte ein dumpfer Aufprall, ein heiseres Keuchen und ein Seufzer. Dann Schweigen.

Joletta stand reglos da, während ihr Herz aufhörte zu schlagen. Dann löste Rone sich von der langen Gestalt im Gras, rappelte sich auf die Knie, und sie stolperte auf ihn zu. Er fing sie auf, zog sie an sich, hielt sie fest an sich gepreßt.

Sie blieben lange, zitternde Sekunden so stehen. Joletta fühlte sein warmes Blut auf ihren Rücken sickern und bewegte sich zuerst.

»Dein Arm«, begann sie.

»Das geht schon, aber wir müssen uns um deinen Cousin kümmern.«

Sie wich einen Schritt zurück, und ihre Augen stellten die Frage, die sie nicht in Worte fassen wollte.

Er schüttelte zur Antwort den Kopf. »Wenn du einen Krankenwagen rufst, seh' ich nach ihm, aber ich glaube, er wird durchkommen.«

Die Mannschaft des Krankenwagens, der nach kurzer Zeit erschien, war etwas zurückhaltender mit ihren Prognosen als Rone. Aber ihr Verhalten ließ nicht darauf schließen, daß der Fall besonders ernst war. Und keiner von ihnen hatte Einwände, daß die Polizei Timothy zu gegebener Zeit verhören wollte.

Der Morgen graute, bis alle Aussagen gemacht und alle Protokolle unterschrieben waren, bevor Tante Estelles letzte Schreie erschollen und sie behauptete, daß an der Gewalttat Timothys alle Schuld hatten außer ihr und ihrem Sohn. Sie würde Timothy den besten Anwalt im Staat besorgen, sagte sie. Sie konnte nicht glauben, daß er wirklich versucht hatte, Joletta etwas anzutun, und ganz bestimmt hätte er Mimi nie ein Haar gekrümmt. Das alles war ein schreckliches Mißverständnis. Sie würden kämpfen, auf Unzurechnungsfähigkeit plädieren, aber dazu brauchten sie Geld. Joletta sollte sich noch einmal überlegen, was sie ihnen allen antat, indem sie ihnen das Parfüm verweigerte.

Die Sonne kletterte über den Horizont, als Rone und Joletta den Moon Walk entlanggingen, die erhöhte Aussichtsplattform über dem Mississippi vor dem Jackson Square. Der Dunst über der gelbbraunen Wasserfläche war von Lichtstrahlen durchzogen. Die Algiers-Fähre stampfte quer durch die Strömung, und der Schaum ihres Kielwassers trieb langsam stromabwärts.

Der Geruch von Kaffee und Krapfen schwebte in der reglosen warmen Luft. Er kam aus dem Café du Monde, das nur ein paar Straßen von der Parfümerie entfernt war. Dort hatten sie gerade gefrühstückt. Und Joletta hatte anschließend den Spaziergang am Fluß vorgeschlagen.

Rone ging mit leicht gerunzelter Stirn neben ihr her, die Hände in den Taschen zu Fäusten geballt. Er hatte sie nicht mehr berührt, seit er sie im Garten in die Arme genommen hatte. Diese Zurückhaltung war Absicht, dachte Joletta. Er hatte sehr hilfsbereit und wirksam alles mit der Polizei geregelt, er war rücksichtsvoll und unendlich verständnisvoll gewesen. Aber er hatte bis jetzt noch kein persönliches Wort gesagt. Und was das Parfüm anging, war es nicht erwähnt worden.

Joletta hingegen hatte eine Menge zu sagen. Sie wartete den ihrer Meinung nach richtigen Moment ab, als sie ganz allein auf dem Steg waren und an dem Geländer über dem Wasser lehnten. Dann begann sie.

Sie erzählte ihm zuerst von dem Code für das alte Parfüm, dann fuhr sie fort. »Da ist noch etwas. Ich glaube, Violet hat mit der Formel gespielt, ich bin mir aber nicht sicher, was sie damit bezweckt hat. Vielleicht hatte sie Angst, sie könnte getötet werden, und war entschlossen, kundzutun, wer Allain wirklich war, egal wie versteckt. Vielleicht hatte sie auch die viktorianische Vorliebe für versteckte Botschaften und Bedeutungen – wie bei der Blumensprache. Oder vielleicht war ihr das Ganze Trost oder Befriedigung, ich weiß es nicht. Ich weiß nur eines: sie hat Dinge verändert, als sie alles, was passierte, noch einmal umgeschrieben hat.«

»Umgeschrieben?« Seine Augen glänzten vor Interesse, als er zu ihr hinuntersah.

»Genau.«

Von da an war es keine Mühe weiterzuerzählen. Sie fing mit der Geschichte von Violet und Allain an, wo er aufgehört hatte zu lesen, und informierte ihn über alles, was bis zu dem Tag mit dem letzten Eintrag in Violets Tagebuch passiert war. Sie erzählte ihm auch die Einzelheiten, für die sie gestern abend mit ihrer Tante und deren Kindern keine Zeit gehabt hatte: von ihrem Besuch bei Signora Perrino und den vielen Dingen, die Violet und die anderen Frauen bei der Formel verändert hatten.

»Violet hat viele Blumen skizziert, und die haben mir auch zu denken gegeben, aber es waren zu viele, um eine Bedeutung zu haben. Die Blüten und die anderen Skizzen, du erinnerst dich sicher, waren einfach wahllos hingekritzelt, während sie nachgedacht hat. Erst nachdem Signora Perrino mir die Kette gezeigt hatte, haben sie plötzlich einen Sinn ergeben. In dem Amethyst war etwas eingraviert. Es war der Doppelkopfadler mit den ausgebreiteten Schwingen der russischen Zarenfamilie.«

»Kein Phönix?«

Sie schüttelte den Kopf. »Das war beinahe eine falsche Spur. Nein, das war das Symbol für die Romanows. Sobald ich es gesehen hatte, hab' ich mich an eine Reihe kleiner Zeichnungen erinnert, alle etwa gleich groß, die sich in der Überschrift über verstreuten Tagebuchdaten befanden. Eine Sache, die mich von ihnen abgebracht hat, war die Tatsache, daß sie nicht alle von Blumen waren. Die Zeichnungen waren eine Rose, eine Orangenblüte, ein Moschushirsch –«

»Ein Walfisch«, schlug er mit kurzem Kopfschütteln vor.

»Du siehst es, nicht wahr?« stimmte sie ihm rasch zu. »Rosen, R., Orangenblüten, O., Moschus, M., Ambra, A. Außerdem eine botanische Narzisse auf ihrer Zwiebel, die Orchideenblüte der Vanillebohne und schließlich ein Waldveilchen.«

»Romanow.« Er wiederholte den Namen und nickte.

Joletta fuhr fort. »Ich glaube, Allain war der Sohn Alexanders des Ersten von Rußland. Die einzige konkrete Information, die er je über seinen Vater gibt, paßt genau: das Treffen mit Napoléon Bonaparte 1807 in Tilsit, nur wenige Jahre nach dem ägyptischen Feldzug – als Napoléon das Parfüm angeblich Allains Vater schenkte.«

»Aber hätte denn nicht jeder gewußt, daß Allain diese Verbindung hatte?« widersprach Rone.

»Offensichtlich wußten sie es, sehr viele sogar, es war anscheinend ein offenes Geheimnis an den europäischen Höfen. Dieses Wissen erklärt Allains inoffizielle Position bei Louis Napoléon und in der Pariser Gesellschaft und auch seine angebliche Anerkennung anderswo. Und erinnerst du dich daran, daß Napoléon der Dritte Violet erzählte, daß Allain und der Duc de Morny etwas gemeinsam hätten? Ich dachte, als ich es zuerst las, er spielte darauf an, daß Allain ein unehelicher Sohn wäre wie Morny. Aber erinnerst du dich, daß Mornys Frau die uneheliche Tochter von Zar Alexander dem Ersten war? Das machte sie zu Allains Halbschwester. Allain wäre also Mornys Schwager gewesen und deshalb durch Heirat mit Napoléon dem Dritten verwandt.«

»Du glaubst also, Allain war kein unehelicher Sohn?«

»Ja, ansonsten wäre er ja für niemanden eine Gefahr gewesen.«

»Aber wenn er Alexanders rechtmäßiger Sohn war, wieso saß er dann nicht auf dem russischen Thron anstatt dieses Idioten, der den Krimkrieg angefangen hat?«

»Ich glaube nicht, daß man ihn als Erben anerkannt hätte. Du mußt wissen, Alexander der Erste ist angeblich 1825 gestorben, etwa zwei Jahre bevor Allain geboren wurde. Da er zu dieser Zeit keine rechtmäßigen Kinder hatte, wurde sein Bruder Nikolaus Zar.«

Rone starrte sie einen Augenblick lang an. Er nahm die Hände aus den Taschen und deutete auf eine Bank in ihrer Nähe, ohne ihren Arm zu berühren. Sie setzten sich, und er streckte seinen Arm hinter ihr über die Lehne. Er hob die Hand, als wolle er nach ihrer Schulter greifen, doch dann ballte er sie zur Faust. Joletta wartete mit angehaltenem Atem, aber er schaute nur mit grimmigem Gesicht auf den Fluß hinaus und öffnete langsam die Hand.

»Also gut, machen wir einen kleinen Abstecher in die Vergangenheit. Willst du mir erzählen, daß Alexander der Erste angeblich gestorben sein soll, aber in Wirklichkeit gar nicht gestorben ist?«

Es dauerte einen Augenblick, bis Joletta wieder einen klaren

Gedanken fassen konnte. Schließlich fuhr sie fort: »Genau. Der Tod ist eines der ungelösten Rätsel der Weltgeschichte. Allen Berichten zufolge war er schon seit einiger Zeit mit seiner Position sehr unzufrieden gewesen und hatte wiederholt gedroht abzudanken. Seine Ehe mit einer kränklichen Frau war sehr unglücklich. Sie konnte ihm keinen legitimen Erben geben, und er war deprimiert über den Tod einer unehelichen Tochter. Angeblich hatte er einige Male verlauten lassen, er würde alles geben, um von der Last des Lebens, das er führte, befreit zu werden. Dann starb er, wie der offizielle Bericht zeigt, in einer kleinen Stadt am Schwarzen Meer. Wegen des schlechten Wetters traf seine Leiche zur Bestattung erst zwei Monate später in St. Petersburg ein. Bis dahin war eine Identifizierung kaum noch möglich.«

»Ich kann mir vorstellen, daß das etwas problematisch gewesen wäre«, sagte Rone trocken.

»Ja, und zu allem Überfluß starb seine Frau, die kränkliche Zarin, infolge des Schocks und den Strapazen der langen Beerdigungsreise aus Azov. Somit gab es niemanden Hochrangigen mehr, der ihn sterben gesehen hatte. Es kursierten sofort Gerüchte, daß der Tod des Zaren nur vorgetäuscht wäre, daß man irgendeinen armen Kurier von seiner Größe und Statur, der bei einem Unfall ums Leben gekommen war, als seine Leiche ausgegeben hat. Diesen Gerüchten zufolge war Alexander angeblich auf der Yacht des Grafen von Cathcart weggebracht worden, eines Engländers, dem früheren Botschafter in Rußland. Die Familie hat die Geschichte nie bestritten und hat sich außerdem geweigert, die Familienchroniken zu veröffentlichen. Und die russische Regierung hat sich immer geweigert, die Genehmigung zur Exhumierung der Leiche zu geben, damit durch Tests die Zweifel ausgeräumt werden können.«

Rone nickte. »Und nachdem Alexander die Flucht gelungen ist, landet er in Italien und heiratet eine Operndiva, die Allains Mutter wird?«

»Eine, die er vielleicht, vielleicht aber auch nicht, vor seiner Flucht schon gekannt hat«, fügte Joletta hinzu.

»Also ist Alexander wie der Phönix der Legende aus der Asche seines eigenen Todes wieder auferstanden.«

»So sieht's aus. Das Signum, das Allain getragen hat, war vielleicht ein neues Symbol für die Romanows, ein Phönix mit dem Lorbeerkranz des Sieges.«

»Und was ist dann später aus Alexander geworden? Soweit ich mich erinnern kann, hatte Allains alter Herr etwa ein Jahr nach seiner Geburt die Nase voll von Heim und Herd und ist abgehauen.«

»Oder ihn hat plötzlich die Sehnsucht nach Mutter Rußland gepackt. Es gab zu dieser Zeit einen berühmten Eremiten, der angeblich Alexander zum Verwechseln ähnlich sah. Die Leute vom St. Petersburger Hof sollen ihn regelmäßig besucht haben, um seinen Rat zu erbitten und haben Trauer getragen, als er 1864 starb.«

»Was bedeutet, daß der Eremit Alexander 1855 noch am Leben war, als sein Bruder, Nikolaus der Erste, starb«, schlug Rone vor.

»Und dadurch fähig, Allain zu legitimieren, wenn es eine Bewegung gegeben hätte, ihn an die Macht zu bringen. Alexander war ein sehr populärer Herrscher gewesen, Nikolaus nicht. Nikolaus hat seine ganze Regierungszeit damit verbracht, Revolutionen niederzuschlagen, wie sie damals ganz Europa erschütterten und auch Napoléon den Dritten auf den Thron brachten. Er lernte, nach den geringsten Anzeichen von Rebellion Ausschau zu halten und sie sofort im Keim zu ersticken. Er wäre einem Thronanwärter gegenüber sicher nicht freundlich gesonnen gewesen – und die Fraktion auch nicht, die nach seinem Tod mit Nikolaus Sohn, Alexander dem Zweiten, an der Macht bleiben wollte.«

Rone starrte aufs Wasser hinaus. »Nikolaus hat vielleicht Allain nicht offiziell als Sohn seines Bruders anerkannt, aber er könnte von seiner Existenz gewußt haben und hat möglicherweise Männer angeheuert, die jeden seiner Schritte beobachteten. Die Männer, die Allain in Venedig besucht haben, waren vielleicht Mitglieder irgendeiner Gruppe, die ihn auf den Thron bringen wollte. Er hat sich verweigert, weil er nicht interessiert war, aber auch weil er wußte, daß er unter Beobachtung steht.«

»Durch den Krimkrieg ist alles noch mehr angeheizt worden«,

fügte Joletta hinzu. »Wie's aussieht, hat man schon in Venedig die Mörder auf Alexander angesetzt, um ihn beiseite zu schaffen, bevor er Ärger machen konnte. Möglicherweise hatte er Angst vor einem neuerlichen Mordversuch, besonders nach dem Besuch der beiden Männer, die ihn vielleicht dazu bewegen wollten, eine Revolte anzuführen, um den russischen Thron für sich zu beanspruchen. Zu diesem Zeitpunkt hat er Violet auf dem Land versteckt. Später, als Signora da Allori starb, bekam er solche Angst um Violet und das Kind, das sie erwartete, daß er sie verließ und versuchte – was? Kontakt mit Nikolaus aufzunehmen und jedem Anspruch auf den Thron abzuschwören? Sich zu stellen und ins Gefängnis zu gehen im Austausch für die Sicherheit von Violet und dem Baby? Er hat es Violet nie erzählt, also wissen wir es nicht.«

»Das Baby wäre nicht legitim gewesen«, warf Rone ein.

»Nein, und ich muß zugeben, daß mir das zu denken gibt. Aber das Kind war beim Tod Nikolaus des Ersten noch nicht geboren, und Gilbert wäre nicht der erste Ehemann, der sich zur passenden Zeit das Genick bricht, wenn ein Thron auf dem Spiel steht. Diese Möglichkeit wurde beseitigt, als Allain den Mördern im Garten zum Opfer fiel – deshalb hat der letzte Überlebende dieser Nacht keine großen Anstalten gemacht, Violet zu töten. Wenn es nie eine Ehe geben konnte, dann waren sie und das Kind auch keine Bedrohung mehr.«

»Also ist Allain wieder zurückgekehrt, um sie und das Baby zu schützen«, sagte Rone nachdenklich, »und durch seinen Tod hat er dafür gesorgt, daß sie überleben.«

»Nein.«

Joletta ließ das Wort ein paar Sekunden für sich allein wirken. Sie konnte sich dessen, was sie sagte, nicht sicher sein, und dennoch ergab nichts anderes einen Sinn, nichts ergänzte so die vorhandenen Fakten.

Rone sah ihr direkt in die Augen. »Nein«, wiederholte er leise. »Es war Giovanni, der gestorben ist, nicht wahr?«

Sie versuchte zu lächeln, wenn es auch ein kläglicher Versuch blieb. »Es muß wie ein Geschenk des Himmels gewesen sein. Eine Wiederholung dessen, was mit Allains Vater passierte, wie ein seltsamer makabrer Streich, den einem die Zeit spielt. Giovanni und Allain waren etwa gleich alt und ähnelten sich in Größe und Aussehen. Sie starben für dieselbe Sache, dieselbe Frau. Maria war da, um ihren Sohn aufzubahren und ihn in sein Leichentuch zu wickeln. Warum sonst sollte Violet ihre Halskette der Haushälterin geben und der Familie gegenüber so großzügig sein, wenn nicht dafür, daß Maria ihnen gestattete, Giovanni unter Allains Namen zu begraben?«

»Während aus Allain Giovanni wurde.«

»Der nach New Orleans reiste, wo er Apotheker wurde und bis ans Ende seiner Tage neben Violet lebte. Sie haben nie geheiratet. Violet hätte Gilbert vielleicht dazu zwingen können, sich scheiden zu lassen, wenn er gesund und munter gewesen wäre, aber sie konnte einen bettlägerigen Mann nicht öffentlich verstoßen, der versucht hatte, sich selbst zu töten.«

»Es könnte sein, daß sie beschlossen haben, daß es die beste Lösung wäre für den Fall, daß Allains Identität je entdeckt würde.«

»Da magst du recht haben«, stimmte Joletta zu.

Rone holte tief Luft und schüttelte den Kopf. »Glaubst du wirklich, daß es so war?«

»Ich hab' nach meiner Rückkehr alles nachgeschlagen. Die Daten passen. Außerdem gibt es noch ein Foto von Giovanni, das in New Orleans aufgenommen ist. Es ist kein sehr gutes, aber die Ähnlichkeit mit den Skizzen von Allain in Violets Tagebuch ist sehr groß.«

»Und trotzdem«, sagte Rone mit nachdenklich zusammengekniffenen Augen, »wäre es denkbar, daß die Agenten des Zaren ihn durch Violet bis nach New Orleans hätten verfolgen können. Sie hatten doch sicher inzwischen ein Dossier über sie. Aber ich nehme an, wenn sie die Geschichte von seinem Tod geglaubt hatten, hat es kein weiteres Interesse an ihr gegeben.«

»Und ganz sicher keines für ein Kind, das öffentlich als Tochter von Gilbert Fossier anerkannt war.«

Rone musterte sie amüsiert. »Was heißt, daß du die – was? Ich weiß nicht wievielte Urenkelin Zar Alexanders des Ersten von Rußland bist?«

»Irgend etwas in der Richtung nehme ich an«, sagte sie, »was immer das bedeutet. Es muß Tausende von Leuten mit seltsamen Stammbäumen geben. Schau dir nur die Präsidenten an, die plötzlich ihre königlichen Vorfahren entdecken, sobald sie gewählt sind.«

»Und wenn du das nicht bist, wenn das, was mit Allain und Violet passiert ist, einen völlig anderen Hintergrund hatte, wird es wohl nie einer erfahren.«

»Nein«, stimmte sie zu. »Wahrscheinlich nicht.«

Er schwieg lange, aber sein Blick ruhte noch immer prüfend und fragend auf ihrem Gesicht. Als er fortfuhr, wechselte er unvermittelt das Thema. »Ich habe Florenz vor dir verlassen, aber anscheinend nicht sehr lange vor dir, wie's aussieht. Es gab da etwas in New York, worum ich mich kümmern mußte. Ich wollte es holen, bevor es jemand anders in die Finger kriegt.«

Aus seiner Tasche zog er ein gefaltetes Stück Papier und zwei kleine Fläschchen. Eines war die übliche Form, die Fossier's Royal Parfums verwendete, das andere eine reich geschliffene Kristallflasche mit Silberverschluß. Er nahm Jolettas Arm und drückte sie ihr in die Hand. Er ließ sie schnell wieder los, als hätte er Angst, sie könnte sie ihm zurückgeben.

Sie betrachtete die Sachen in ihrer Hand. Mit dem Parfüm in einer Hand, öffnete sie das Papier.

Es war der Bericht, die Analyse mit der genauen Formel für jede Komponente. Neben den Zahlen war eine Graphik mit Einteilungen wie eine Torte, deren Stücke den jeweiligen Prozentsatz für jede in Zahlen zeigten.

Es war die Formel für Le Jardin de cour.

»Der Bericht, den Tante Estelle bestellt hat«, sagte sie leise.

»Richtig«, erwiderte er mit ruhiger Stimme. »Die Formel gehört dir, und es wird keine zweite mehr bei Camors gemacht werden. Eine der Flaschen ist das Parfüm, das Natalies Mutter nach New York gebracht hat. Mach damit, was du willst.«

Sie hatte ihm alle Informationen gegeben, die sie hatte, er hatte ihr gegeben, was sie brauchte. Beide hatten sich zum Wohl des anderen kasteit. Es war eigentlich komisch, wenn man es sich recht überlegte. Aber Joletta war nicht zum Lachen zumute.

»Du mußt das nicht tun«, sagte sie mit tonloser Stimme. Angst hatte jede Reaktion, jedes Gefühl ausgelöscht. Solche Geschenke kündeten manchmal den Abschied an.

»O doch. Du wolltest es, du hast viel auf dich genommen, um es zu finden.«

»Du wolltest es auch«, sagte sie mit zugeschnürter Kehle.

»Es ist mir völlig gleichgültig, wenn ich dich verlieren muß, um es zu behalten.«

Der Krampf in ihrer Seele lockerte sich etwas. Sie schluckte und sagte: »Meinst du – ist es möglich, daß wir beide das Parfüm verwenden könnten? Du nimmst die ältere Formel für das, was du brauchst, ich könnte die neuere Version, Mimis Version, für den Laden nehmen.«

»Du hast sie ausfindig gemacht und bist fast dafür gestorben, du solltest alles haben.«

Er brachte dieses Opfer ohne jeden Hintergedanken. Als sie das erkannte, packte Joletta das Bedürfnis, diese Großzügigkeit auf gleiche Weise zu erwidern. »Nein«, sagte sie. »Du hast auch dein Leben dafür riskiert. Ich hatte solche Angst, Timothy würde dich töten. Er hatte das Messer, du hattest nichts. Ich dachte, er hätte keinen Grund, dich zu töten, wenn du das Tagebuch hast – aber ich hab' alles nur noch schlimmer gemacht. Ich hatte solche Angst – solche Angst.«

Rone beobachtete sie, während der Flutwind ihr Haar zerzauste und wie warme Finger über ihre Gesichter strich. Schließlich sagte er leise: »Warum, Joletta, warum hattest du Angst?«

Sie begegnete seinem Blick mit großen dunklen Augen. Ihre Brust, ihr Herz, ihr ganzes Wesen barsten schier vor Liebe, die sich in ihrem Innersten gestaut hatte. Sie öffnete ihre Lippen, brachte aber keinen Ton heraus. Sie hatte ihn in Florenz verlassen, und er hatte sie gehen lassen, hatte ihr sein Wort gegeben, sie nicht mehr zu belästigen. Es lag jetzt an ihr, ihn zu bitten, bei ihr zu bleiben.

Die Worte wollten nicht kommen. Das Risiko war zu groß. Sie zu sagen und dann mit ansehen zu müssen, wie er davonging, wäre ein Verlust, von dem sie sich vielleicht nie mehr erholen würde.

Ein Lächeln umspielte seine Lippen, und das Versprechen in seinen Augen wuchs. Er sagte leise und flehend: »Kannst du mir denn nicht einmal jetzt vertrauen?«

»Ja, ich könnte es – kann es. Es ist nur –« Sie verstummte, war unfähig weiterzureden.

»Mehr brauche ich nicht«, sagte er, und seine Stimme zitterte etwas. »Mach die andere Parfümflasche auf, Joletta.«

Sie gehorchte ganz mechanisch mit tauben und etwas ungeschickten Händen. Der Silberstöpsel saß ziemlich fest, Joletta mußte so heftig daran ziehen, daß sie fast die Flasche ausgegossen hätte, als er sich löste. Ein paar Tropfen der Flüssigkeit spritzten heraus und liefen über ihre Finger.

Der Duft war üppig, von durchdringender Süße, duftig und doch leidenschaftlich und positiv, gewöhnlich und doch rar und unermeßlich befriedigend. Sie brauchte es nicht tief einzuatmen, um es zu identifizieren oder es zu lieben.

»Für Violet und Allain«, sagte Rone, und seine Stimme war tief und voller Gefühl, üppig wie das Parfüm, »war es die Sprache der Blumen. Für uns, dachte ich, wäre die Botschaft des Parfüms das beste. Also werde ich kein Zimmer mit roten Rosen für dich füllen. Aber weil du Teerose trägst, dachte ich mir, daß du von allen Frauen die Bedeutung der Essenz von tausend bulgarischen Rosen erkennst.«

Bulgarische Rosen, die teuersten, kostbarsten in der Welt des Parfüms und immer rosenrot.

Rote Rosen stehen für Liebe.

Der Duft stieg ihr zu Kopf, entfaltete sich in ihr, legte sich über ihren Verstand und ihr Herz, unausweichlich, unauslöschlich, Angst vertreibend, Zweifel auslöschend.

Sie lächelte, und Freude und Zuversicht strahlten aus diesem Lächeln. »Ich liebe dich, Tyrone Kingsley Stuart Adamson der Vierte«, sagte sie.

Er zog sie an sich, schützend in die Zuflucht seiner Umarmung, hielt sie fest, strich mit den Händen über ihren Rücken, als wollte er nie aufhören, sie zu berühren, sie nie wieder loslassen.

»Ich bete dich an«, sagte er in ihr Haar. »Ich bin halb wahnsinnig geworden auf der Suche nach einer Möglichkeit, dir alles glaubhaft zu machen. Ich liebe dich seit dem Augenblick, als ich dich auf einer dunklen Straße in New Orleans geküßt habe, liebte dich mit jedem verzweifelten Schritt, den ich machte, mehr, als ich dir durch halb Europa gefolgt bin wie ein treuer Hund. Und ich werde dich lieben und dich auf Schritt und Tritt verfolgen, bis du es so satt hast, daß du mich heiratest, damit ich den Mund halte.«

»Wenn das ein Antrag sein soll«, sagte sie ziemlich undeutlich gegen seine Hemdbrust, »bin ich nicht sonderlich beeindruckt davon.«

Er hielt sie von sich weg, um sie anzusehen. »Bist du's nicht?«

»Es könnte ziemlich lange dauern«, sagte sie mit lachenden Augen, »bevor es mich langweilt, geliebt oder gejagt zu werden.«

»Sollen wir's ausprobieren?« sagte er voller Zärtlichkeit und gespielter Wut.

Und begann.